N&K

»In New York bezahlte er anderthalb Dollar für den Parkplatz in Midtown. Der Parkplatzwärter sah Camilo an, sah Link an, ohne Regung, ohne Neugier. In New York, dachte Link, stehen die schwarzen Jungs, die auf Caddys stehen, wie sie Cadillacs gern nennen, eben auch alle auf weiße Mädchen. Der kennt das nicht anders. Der denkt sich, wenn ich – durch Lotto oder Frauen oder sonst welche krummen Dinger – reich genug bin, so eine Karre zu fahren, dann findet mich fast jedes gut aussehende weiße Mädchen annehmbar. Geld verwandelt den schwarzen Mann. Macht ihn schön in den Augen der weißen Frau. Schwarz und gar lieblich.«

Ann Petry (1908-1997) war Journalistin, Pharmazeutin, Lehrerin und Gemeindeaktivistin. Ihre drei Romane, zahlreichen Kurzgeschichten, journalistischen Texte und Kinderbücher beschäftigen sich mit Rassismus in all seinen Facetten. *The Street* war der erste Roman einer afroamerikanischen Frau, der sich über 1,5 Millionen Mal verkaufte.

Pieke Biermann (*1950) lebt in Berlin als Schriftstellerin und Übersetzerin. Aus dem Englischen übersetzt hat sie u. a. Dorothy Parker, Liza Cody, Walter Mosley, Ben Fountain, Ann Petry und Gayl Jones. Ihre Übersetzung von Fran Ross' Oreo wurde 2020 mit dem Preis der Leipziger Buchmesse ausgezeichnet.

Ann Petry

The Narrows

Roman

*Aus dem amerikanischen Englisch
von Pieke Biermann*

NAGEL UND KIMCHE

Die Originalausgabe erschien 1953 unter dem Titel
The Narrows bei Houghton Mifflin, Boston.

1. Auflage 2023
© 1953 by Ann Petry
Ungekürzte Taschenbuchausgabe bei NAGEL UND KIMCHE
© 2022 für die deutschsprachige Ausgabe bei
NAGEL UND KIMCHE
in der MG Medien Verlags GmbH, München
Gesetzt aus der Centennial
von GGP Media GmbH, Pößneck
Druck und Bindung von CPI books GmbH, Leck
Printed in Germany
ISBN 978-3-312-01304-3
www.nagel-kimche.ch

»… ich sag euch, Hauptmann,
wenn ihr in der Welt Karten schaut, ich bürg,
ihr findet dorten, beim Vergleich von
Mazedonien und Monmouth, dass beide so besehn recht
gleich beschaffen sind.
Da ist ein Fluss in Mazedonien, und da ist auch
ebenfalls ein Fluss in Monmouth:
Er heißt der Wye in Monmouth; mir will partout
nicht einfallen, wie der Name von dem andern ist;
aber sonst ist alles eins,
ist gleich wie meine Finger und meine Finger,
und Lachse sind in beiden.«

Fluellen

1

Abbie Crunchs Schritte wurden langsamer, als sie in die Dumble Street bog, am Arm den Henkelkorb, im Kopf den festen Vorsatz, nicht zum Fluss zu schauen; sie wusste, sobald sie ihn in der Sonne glitzern sähe, würde sie an Link denken, sich Sorgen um Link machen, sich an Link als kleiner Junge erinnern. Als kleiner Junge? Ja, als kleiner Junge. Acht Jahre. Springt vom Kai. Schwimmt im Fluss herum.

Sie hörte das Wasser an die nahe Spundwand schlagen und schwach, sehr fern, vom Wind an Land getragen, das Schreien der Möwen, das Tuten eines Schleppers, sie roch den vertrauten alten Dunst vom Fluss. Und wie immer an einem sonnigen Morgen sah sie sich und Frances Jackson wieder auf der Dock Street stehen, halb verborgen hinter einem Handwagen am Bordstein, und über aufgeschichtete Kartoffeln und Grünkohl und Möhrenbündel und viele runde Salatköpfe hinwegspähen. Sie war klein und fett, nein füllig. Frances war lang und dünn und knochig.

Frances sagte: »Kuck! Kuck mal da drüben!«, zeigte hin, zwang sie zum Hinsehen.

Sie erinnerte sich, wie zuwider es ihr immer war, wie dieser biegsame, scheinbar gelenklose, lange dunkelbraune Zeigefinger ihren Blick lenkte, ihr hinzusehen gebot, und dass ihre Augen dem gebieterischen Zeigefinger am ausgestreckten Arm folgten, obwohl sie nicht hinsehen wollte.

Sie sah Bill Hod auf dem Kai stehen, in einer kurzen dunklen Hose, einer dunklen Badehose, sonst nichts.

Brustkorb, Schultern, Arme weiß verglichen mit der Badehose und schockierend nackt wegen der Badehose. Seine glatten schwarzen Haare waren nass, er fuhr mit den Händen durch und drückte sie flach, bis sie seidig-geschmeidig glänzten. Sie hatte, auch daran erinnerte sie sich, gedacht: Ich habe den Verstand verloren, völlig verloren, nicht mehr unter Kontrolle. Einfach weil sie so ehrlich erstaunt war, dass seine Haare so eben auf dem Kopf lagen ... sie hatte sich irgendwie eingeredet, dass auf seinem Kopf Hörner sein müssten ... jedenfalls irgendein Zeichen, ein Beweis für ... Sie schloss die Augen. Die Sonne war unerträglich hell. Sie war Dunkelheit gewohnt, die Rollos immer unten, die Vorhänge zu, kein Licht an abends, Dunkelheit im Haus war ihr lieber.

An jenem Morgen bestand Frances Jackson nur aus Ellbogen, ein langer Körper mit Ellbogen überall. Sie stupste sie an: »Mach die Augen auf. Abbie, Abbie, Abbie ...«

Sonnenschein auf dem Fluss, Sonnenschein über Bill Hod, Sonnenschein in ihrem Gesicht, das dachte sie zumindest, es tat weh in den Augen, weh im Gesicht, deshalb behielt sie die Augen zu. Sie hörte Links Stimme, eine Kinderstimme, hell, hoch, eine Stimme voller Begeisterung und noch etwas – Zärtlichkeit.

Sie schlug die Augen auf und sah Link vom Kai springen und in den Fluss eintauchen. Sie wollte ihn aufhalten. Es war doch gefährlich. Er konnte doch nicht schwimmen. Noch mehr plötzliche Schläge würde sie nicht aushalten. Er war so klein. Und der Fluss war so breit und so tief, so trügerisch. Aber dann schwamm er, weiter und immer weiter weg, sein Kopf klein wie der eines Hündchens, gerade noch über Wasser gehalten, rückte weiter und immer weiter weg. Sie sagte: »Nein!«

Bill Hod schrie: »Heh – du – komm zurück.« Bassstimme, arrogant, dominant, der Ton, allein der Ton war eine Beleidigung, die Stimme hatte sie nie vergessen, hörte sie immer noch, sogar im Schlaf –

Der Kopf, der kleine Kopf rückte ferner, immer ferner, weiter und weiter hinaus auf die Flussmitte zu, wurde immer kleiner, war jetzt nur noch der Kopf eines frisch geworfenen Welpen. Dann außer Sicht. Nein, noch da, aber immer ferner rückend.

Bill Hod brüllte, der Wind trug seine Stimme landeinwärts bis zum Handwagen, zu Frances Jackson und Abigail Crunch, eine wütende Stimme: »Wehe ich – muss dich – da rausholen – komm zurück ...«

War das Köpfchen noch da? Ja, und jetzt kam es zurück, ganz ganz langsam. Sie dachte: Er hätte nie – wieso hat der Mann da ...

Dann, endlich, griff Bill Hod nach unten und zog Link hoch auf den Kai. Und Bill Hod schlug ihm ins Gesicht. Sie konnte den Schlag hören, er schlug zu und noch mal, sagte: »Wenn du noch ein Mal« – klatsch – »so was machst« – klatsch – »mach ich dich alle« – klatsch – »endgültig« – klatsch.

Niemand hatte Link je geschlagen. Weder sie noch der Major. Sie wollte über die Straße laufen, dachte: Woher nimmt der das Recht, dieser Mann mit dem Henkergesicht. Frances Jacksons Hand hielt sie zurück, diese Kraft in der schmalen knochigen Hand, diese Entschlossenheit in der Hand, die sie festhielt hinter dem Handwagen, hinter Kartoffeln und Salatköpfen und Grünkohl.

Frances sagte: »Abbie – nicht. Du hast nicht mehr das Recht, dich einzumischen. Link lebt seit drei Monaten da in der Kneipe – seit drei Monaten. Abbie, hör auf mich ...«

Einmal waren sie nachmittags in die Last Chance gegangen, um Link zu holen, aber er war weggelaufen, hatte sich unter der Theke verkrochen und gebrüllt: »Ich will da nicht wieder hin. Ich will da nicht wieder hin.«

Sie sah sich und Frances noch, wie sie Link auf Händen und Knien anflehten, versuchten ihn unter der Theke der Last Chance hervorzuziehen. Und wie Bill Hod dabeistand und zusah, ohne ein Wort zu sagen, nur die Hände in die Hüften stemmte und zusah. Sein Gesicht? Sie hatte ihm nicht ins Gesicht sehen können. Woher wusste sie dann, dass er innerlich lachte, warum war sie so sicher, dass er dachte: Die alte Jungfer Totengräber und die Witwe sind hier in meiner Kneipe. Vermutlich wegen der Art, wie er an der Theke lehnte und ihnen zusah. Er machte ihr bewusst, was für ein lächerliches Bild sie abgaben: Eine kleine füllige und eine lange dürre Frau versuchen, einen achtjährigen Jungen unter einer Theke hervorzuziehen, und kriegen ihn nirgends zu fassen, rudern auf Händen und Knien mit den Armen, rudern, wollen irgendetwas greifen – Hose, Beine, Turnschuhe, Hemd; aber er krabbelt immer wieder weg.

Frances erklärte das Ganze schließlich für unmöglich. Sie stand auf, wischte sich die Hände ab und sagte: »Mr. Hod, ich will mit Ihnen reden.«

Frances erteilte gewohnheitsmäßig Befehle und hatte gewohnheitsmäßig Umgang mit Hinterbliebenen und Trauernden, mit Panischen und Verängstigten, deshalb wusste sie besser als Abbie, wann man sich lieber zurückzog und wann man vorpreschen konnte, und beides beherrschte sie mit Würde. Aber als sie jetzt wieder aufstand und an ihrem Rock hinuntersah, war sie verblüfft. Abbie wusste warum. Auf Frances' dunklem Rock war kein Schmutz, kein Stäubchen. Der Boden hinter der Theke der Last Chance war staubfrei, schmutzfrei.

Damals war Link acht Jahre alt gewesen. Jetzt war er sechsundzwanzig und arbeitete in der Last Chance. Hinter der Theke. Bill Hod hatte gewonnen – mühelos, einfach so.

Jedes Mal, wenn sie in die Dumble Street einbog, stellte

Abbie sich dieselbe Frage: Wäre Link nicht adoptiert, sondern ihr eigenes Kind gewesen, hätte sie ihn dann auch drei Monate lang vergessen, vergessen können, drei ganze Monate lang?

Manchmal schob sie alles auf die Straße, die jetzt gerade, an einem milden Oktobermorgen, nichts als Sonnenlicht und Schatten war – ein kompliziert gemusterter Schatten von den jungen Ulmen, ein dichterer Schatten mit schlichterem Muster beim alten Ahorn, kurz vorm Ende des Häuserblocks; der Schatten zeichnete die scharfen Umrisse der Backsteingebäude weich und kaschierte die Trostlosigkeit der einstöckigen Holzbohlenhäuser, das Sonnenlicht brachte das Gelbgrün der Ulmen, das Orangerot des Ahorns zum Leuchten und das Mattgrau des Kais zum Glänzen. Nein, dachte sie, an der Straße lag es nicht. Schuld war Abbie Crunch. Hätte sie nicht sich selbst beschimpft: Mörderin, Mörderin, hätte sie sich nicht als Kronzeugin gegen sich selbst aufgespielt, sich selbst zum Tode verurteilt, ihren eigenen Tod gewollt und Link darüber vergessen, so vergessen, als hätte es ihn nie gegeben, dann hätte sie ihn nicht verloren.

Sie hatte den Fluss nicht ansehen wollen, aber sie hatte kurz zum Kai geschaut, und von da war ihr Blick weitergewandert. Sie blieb stehen und betrachtete ihn jetzt doch. Der Wye war kornblumenblau, rittersspornblau im Sonnenlicht; an der blauen Oberfläche tauchten unentwegt kleine weißgeränderte Schaumwellen auf und verschwanden wieder – ein glitzernd blauer Fluss direkt am Ende der Straße, ein schöner Fluss. Auch die Straße war schön. Sie fiel sanft zum Fluss hin ab. Aber die Schilder an den Häusern zerstörten jede Anmutung von Schönheit. Das Neonschild an der Last Chance, das scheußlich rot in der Sonne leuchtete – also war Link schon bei der Arbeit. Auch die anderen Schilder: Zimmer zu vermieten, Untermieterin gesucht, Haarglättung nach Poro-Methode, Kool-Aid Brausepulver hier gratis, Heizung extra, Zimmer einein-halb Dollar die Nacht. Zimmer. Zimmer.

Sie wusste noch, wie Mrs. Sweeney das Schild Zimmer zu vermieten in ihrem Fenster durch Zimmer für Weiße ersetzt und zu ihrer Rechtfertigung erklärt hatte, es seien zu viele Farbige auf Zimmersuche, sie werde mit ihrer Arbeit nicht fertig, weil andauernd die Türglocke gehe. »Das soll nur Zeit sparen«, hatte sie gesagt, »meine und die von denen.«

Mrs. Sweeneys Schild war längst durch ein ganz ande-res, viel größeres ersetzt worden: »Masters University – Kirche der Metaphysischen und Spirituellen Wissenschaf-ten – Offenbarung von sonderbaren Geheimnissen der unsichtbaren Lebens-, Zeit- und Naturkräfte. Göttlicher Segen – Heilung für Körper und Geist. Ich bin der Weg und die Wahrheit und das Leben, niemand kommt zum Vater denn durch mich. Höret die Stimme des Herrn durch Dr. H. H. Franklin Longworth, F.M.B. Minister, Psychologe, Metaphysiker. Jedermann willkommen.«

Ja, dachte sie, die Dumble Street hat sich verändert. Und die Geschichte dieser Veränderung erzählen die Schilder. Trotz all ihrer trügerischen frühmorgendlichen Schönheit war die Straße inzwischen so berühmt oder eher berüchtigt, dass, wer in Monmouth wohnte, die Dum-ble Street oder die Nachbarstraßen nie beim Namen nannte; die ganze Gegend, das Viertel hatte jetzt verschie-dene neue Namen: Die Narrows, Nadelöhr, Ganzunten, Little Harlem, Finstereck, Niggertown, weil Negroes den Platz der früheren Einwanderer – Iren, Italiener und Po-len – eingenommen hatten.

Der Fluss hatte sich zum Glück nicht verändert. Auch der große Ahorn nicht. Aber sie, Abbie Crunch, hatte sich verändert, seit ein paar Jahren nannte auch sie den Ahorn

Henker, wie alle, die in den Narrows wohnten. Es war wohl unvermeidlich. Die Leute redeten über den Baum, als wäre er ein Mensch: »Der Henker verliert die Blätter, wird 'n früher Winter«, oder: »Is Frühling, der Henker sitzt voll Knospen.« Bei Kälte, richtig beißender Kälte, wenn der Wind direkt vom Fluss hochblies und die Bürgersteige immer enger wurden, fast Trampelpfade, weil sich rechts und links die Schneeberge türmten, wenn die Eisdecke jeden Schritt zum Risiko machte, schwankten seine prächtigen Äste hin und her und knackten. Dann sagten Passanten: »Hörma, der Henker ächzt. Hörst'n?«, oder: »Der Henker redet. Der Henker stöhnt im Schlaf«, und gingen schaudernd weiter.

Sie hatte vor Jahren herauszufinden versucht, warum der Baum Henker genannt wurde, vergeblich. Und weil sie den leidigen, lehrerinnentypischen Hang zu Akkuratesse nie ganz losgeworden war, hatte sie in der Monmouther Stadtbibliothek sämtliche Botanik-Bücher durchforstet, aber nirgends etwas über einen Henkerahorn gefunden. Vielleicht, so ihr Fazit, hatte mal jemand erwähnt, dass ein großer Ahorn genau die Sorte Baum ist, an der gern Henker ihre Opfer zum Schlenkern aufknüpfen – von geradem, hohem Wuchs, mit mächtigen Ästen –, und wer immer das aufgeschnappt hatte, hatte es beim Weitererzählen etwas abgewandelt und den Baum zum Henkerahorn erklärt; und irgendwann hatte irgendein fantasiebegabter Negro, vermutlich aus South Carolina, den Ahorn Henker getauft. Heute nannte sie ihn selbst so, ebenso leicht und inakkurat wie alle anderen in den Narrows.

An diesem Morgen war der Henker ein Bild von einem Baum – ein Kalenderbild, mit Blättern in fast unfassbarem Orangerot. Manchmal bedauerte sie, dass sie das alte Backsteinhaus Dumble Street Nr. 6 damals unbedingt hatte kaufen wollen. Jetzt gerade nicht. Wer bereute denn, ein schönes altes Haus zu besitzen, wenn im Vorgarten ein Baum wuchs, der wie eine grandiose, von einem Chor aus lauter harmonierenden Stimmen gesungene Hymne war?

Natürlich war der Henker Quell diverser kleiner Ärgernisse und möglicherweise zumindest indirekt auch die Ursache einer größeren Katastrophe. Die Hunde des Viertels kamen ständig in den Vorgarten, schnüffelten um den Baum herum, hoben ein Bein und buddelten hinterher energisch im Rasen. Magere Katzen hielten tagsüber Nickerchen im Schatten unter dem dichten Geäst und gingen um Mitternacht auf jaulende Balz. An heißen Sommerabenden fläzten schlafende Säufer unter dem Baum, aber richtiger Schlaf war es nicht, eher Starre. Sie hatte immer einen Eimer voll Wasser auf der Treppe hinten stehen, mit dem ging sie frühmorgens, obwohl ihr vor Angst das Herz schneller schlug, obwohl die Angst sie ins Haus zurückzog, auf den schlafenden Mann zu, kippte ihm das Wasser über und prallte zurück wegen seines Gestanks, wegen der ganzen grässlichen wackeligen Gestalt, sagte dann aber: »Raus hier. Hau sofort ab, sonst hol ich die Polizei –« Es gab immer Gezitter, Getorkel und mit schwerer Zunge gemurmelte Flüche, lauter Beweise für Trunkenheit, und nur Trunkenheit, wenn sich der Mann dann auf die Füße rappelte. Solche Männer liefen immer direkt über die Straße in die Last Chance, wie instinktgetrieben.

Ja, dachte sie, alles ändert sich, nur nicht unbedingt zum Besseren, und lenkte ihre Gedanken vom Thema Alkoholvergiftung weg, das hatte sie sich antrainiert. Ihr Haus dagegen hatte sich verbessert. Dumble Street Nr. 6 hatte unverkennbar Flair – ein aristokratisches Flair. Der Türklopfer war aus gleißendem Messing, die Rahmen der

Fenster mit den kleinen Scheiben und der Haustür leuchtend weiß gestrichen. Im frühen Morgenlicht schimmerten die Ziegelmauern nicht rot, sondern rosig – wie das zarte Rosenrot in alten Perserteppichen. Das schmiedeeiserne Geländer zu beiden Seiten der Eingangsstufen war so filigran und fein gearbeitet, dass es fast aussah wie Filethäkelei, unglaublich, dass man ein hartes Metall wie Eisen so verdrehen und winden und biegen kann, bis es wirkt wie Spitzenklöppelei.

Sie machte einen kleinen Satz vor Schreck, weil sie dicht hinter sich Schritte hörte. Sie drehte sich um, und ein Mann ging mit entschlossenen Schritten an ihr vorbei. Ein farbiger Mann. Seine Haut war nur einen Hauch dunkler als ihre. Aber gekleidet war er mit einer Sorgfalt, die man hier heutzutage nur selten sah – die Hose mit Bügelfalten, die Schuhe hochglanzpoliert, sie glänzten sogar hinten, auf dem Kopf ein Filzhut, dunkelgrau, makellose Kontur.

Was mochte er gedacht haben, als er sie mitten auf dem Bürgersteig stehen sah? Wie hatte sie von hinten, nur von hinten oder mit einem raschen Blick von der Seite gesehen, auf ihn gewirkt? Schäbig? Alt? Wie die zahnlosen alten Frauen, die vornübergebeugt vor sich hinbrabbelnd in der Haustür saßen, auf den Stufen der Häuser in den Narrows? Beim Anblick der krummen Buckel, der dunklen runzligen Haut, den funkelnd schwarzen Augen, den schludrigen langen Röcken musste sie immer an alte Weiber und Hexen und Nekromantie denken.

Sie genierte sich und ging weiter, mit schnellen Schritten und dem Drang, ihre äußere Erscheinung einer geistigen Inventur zu unterziehen. Der Marktkorb? Er war handgeflochten, von Willow Smith, dem alten Korbmacher. Ein untergegangenes Kunsthandwerk. Heutzutage hatten Frauen braune Papiereinkaufstüten, die nicht lange und auch nicht viel hielten und oft ersetzt wurden. Mit Trageschnüren, die in die Finger schnitten. Sie hatte ihren Korb seit fast vierzig Jahren. Er war robust und doch leicht, und er war Teil ihrer samstäglichen Einkaufsausrüstung wie die polierten Schnürschuhe an den Füßen und die Baumwollzwirnstrümpfe an den Beinen. Die Schuhe waren schon oft neu besohlt worden, aber das Obermaterial war noch wie neu. Sie musterte ihre Hände – die beigen Handschuhe waren makellos, na gut, sie waren geflickt, aber sie bezweifelte, dass das irgendjemand bemerkte, jedenfalls keiner, der zufällig vorbeiging.

Und einen Buckel hatte sie auch nicht, das wusste sie. Sie war immer stolz auf ihren geraden Rücken gewesen und hielt ihn beim Anblick des Mannes, der jetzt eilig vor ihr herlief, noch etwas aufrechter. Allzu merkwürdig konnte sie nicht auf ihn gewirkt haben. Der schlichte schwarze Wollmantel war immer abgebürstet, wenn sie das Haus verließ, ebenso der schlichte schwarze Filzhut – den hatte sie genommen, weil er nie wirklich aus der Mode kommen und gleichzeitig nie Aufmerksamkeit erregen würde. Sie trug ihn flach und fest auf den Kopf gezogen, aber nicht so tief, dass er ihre Haare verbarg – seidige weiße Haare. Immer stolz auf ihre Haare. Aber immer entwischten zwei, drei Ringel den Haarnadeln, deshalb hängte sie den Korb an den anderen Arm, langte an den Hinterkopf und betupfte ihn, nein, alles adrett, soweit sie es mit den Handschuhen feststellen konnte.

Wieso habe ich das gemacht? Ich weiß doch, wie ich aussehe. Aber ich frage mich schon mein Leben lang: Was werden die Leute denken? Und mit siebzig werde ich wohl auch nicht mehr schaffen, das zu lassen. Also, da geht ein kleiner Mann mit eiligen Schritten an mir vorbei, genau in dem Moment, in dem ich einfach auf der Straße stehe, und ich fange sofort an, mein Aussehen zu überprüfen. Vielleicht hat der sich überhaupt keine Gedanken über mich gemacht. Aber angesehen hat er mich, von der Seite, ganz kurz, und weg war er. Er ist nicht viel größer als ich, dachte sie, und sah ihm weiter nach. Aber er wiegt weniger. Nicht dass ich fett bin, aber ich habe Fleisch auf den Knochen – kleinen Knochen –, also wirke ich plump.

Zu ihrer großen Überraschung ging dieser Mann, dieser gut gekleidete kleine Mann direkt zur Nummer 6 und die Stufen hoch, hob den Messingklopfer und ließ ihn sachte gegen die Tür fallen, ein paarmal nacheinander, sie hörte ein leises, aber hartnäckiges Tock-tock-tock-tock. Auch das war überraschend, nur sehr wenige Menschen wussten, wie laut Türklopfer im Haus klingen, sie jedenfalls bekam immer einen Schreck, wenn Vertreter oder Hausierer an ihrer Tür ein Geballer veranstalten, mit dem man Tote hätte wiedererwecken können.

Sie war jetzt dicht bei ihm und stellte fest, dass ihm der schwarze Anzug passte, als wäre er für ihn gemacht. Seine Körperhaltung war tadellos, Kopf hoch, Schultern gerade. Er drehte sich zu ihr um, als sie gerade die Stufen hochsteigen wollte, und sie registrierte, dass er schwarze Schuhe trug – hochglanzpoliert. Link trug immer braune Schuhe, anscheinend taten das die meisten jungen Männer heutzutage, sie wusste nicht warum. Braune Schuhe wirken doch nie so angezogen wie schwarze.

Dann nahm der Fremde vor ihrer Tür den grauen Filzhut ab, machte einen Diener und sagte: »Guten Morgen.«

Und zwar mit einer Eleganz, die sie seit Jahren nicht mehr gesehen hatte. Sie dachte sofort an den Governor und den Major, sie hatten beide den Hut immer so gezogen und einen Diener gemacht, dass sie sich fühlte, als hätten sie sie mit Madam angeredet – oder Königin von England – Kaiserin von Indien.

»Mrs. Crunch?«

»Ja«, sagte sie.

»Mein Name ist Malcolm Powther. Darf ich wohl so frei sein und mich nach der Wohnung erkundigen, die Sie zu vermieten haben?«

»Oh«, sagte sie verblüfft. Die Allens waren noch gar nicht ausgezogen.

»Ich bin der Butler von Treadway Hall. Ich bin seit neun Jahren bei Mrs. Treadway«, sagte er. »Ich dachte, das sollte ich Ihnen sagen, damit Sie wissen, dass ich Referenzen beibringen kann. Und auch damit Sie verstehen, warum ich so früh am Morgen komme.«

Treadway Hall, überlegte sie. Das ist doch der Wohnsitz der Leute, denen die Fabrik gehört, Treadway Gun. Am Stadtrand von Monmouth. Die roten Dachziegel waren von weit her zu sehen. Sie hatten sie aus Holland importiert und von ausländischen Handwerkern anbringen lassen, von denen manche noch in Monmouth lebten. Mrs. Treadway lud an jedem 4. Juli alle Arbeiter der Rüstungsfabrik zu einem Picknick ein. Der Chronicle berichtete darüber. Er brachte auch immer eine ganze Seite mit Fotos vom Haus, vom Park und den Rehen im Park, vom Teich und den Schwänen auf dem Teich. Die Auffahrt zum Haus war angeblich eine Meile lang.

Sie sah Mr. Powther mit leichter Ehrfurcht an. Kein Wunder, dass er so eine würdevolle Ausstrahlung hatte. Kein Wunder, dass er so ausgesucht gekleidet war. Alles an ihm ließ darauf schließen, dass er sein gesamtes Leben in enger Verbindung mit den sehr Reichen verbracht hatte. Seine Haut war mittelbraun, nicht dass sie gegen Leute mit sehr dunkler Hautfarbe irgendwie voreingenommen wäre, aber sie hatte nie Untermieter gehabt, die aussahen, als ob sie in direkter Linie von der alten Aunt Grinny Granny abstammten. Seine Nase war gerade wie ihre. Aber woher wusste er, dass die Wohnung oben bald frei wurde? Da lebten seit sechs Jahren die Allens, und sie zogen auch aus, aber erst nächste Woche. Wie war die Information über eine frei werdende Wohnung in der Dumble Street durch die steinernen Mauern des Herrenhauses gesickert, in dem er arbeitete?

»Woher wissen Sie, dass die Wohnung zu vermieten ist?«, fragte sie.

Seine Erscheinung veränderte sich auf höchst seltsame Art. Eben war er noch ein kleiner Mann von enormer Würde mit geradem Rücken, gereckten Schultern, eingezogenem Kinn, erhobenem Kopf. Einen Augenblick später wirkte er wie geduckt, zusammengesackt, schwankend, sogar der Gesichtsausdruck war anders. Er zuckte zusammen, als hätte er den Schlag erwartet.

Was wohl mit ihm los ist, überlegte sie. Vielleicht hat er Luft im Bauch oder will auf keinen Fall niesen oder unterdrückt einen Hustenanfall. Aber beinah sofort war alles wieder in Ordnung, er hatte, was immer ihm durch den Körper gebebt war, wieder unter Kontrolle.

»Der Cousin meiner Frau hat es mir erzählt«, sagte er, und nach einer kaum merklichen Pause: »Wir müssen schnell umziehen. Die Stadt reißt für eine der neuen Sozialbausiedlungen einen ganzen Straßenzug ab. Wir wohnen an der Ecke des ersten Häuserblocks, den es erwischen soll.«

»Die Allens sind noch nicht ausgezogen«, sagte Mrs. Crunch. »Aber ich nehme an, Mrs. Allen hätte nichts dagegen, dass Sie sich die Wohnung ansehen. Sie ist heute Morgen zu Hause. Kommen Sie doch herein, ich frage sie gleich.«

Sie geleitete Mr. Powther ins Wohnzimmer und bot ihm einen Sessel am Erkerfenster an. Wieder fiel ihr auf, wie gepflegt er aussah, Schuhe auf Hochglanz, die Bügelfalten mustergültig. Er setzte sich erst, als sie sich zum Gehen umdrehte, aber sie sah aus dem Augenwinkel, dass er vorher die Hosenbeine hochzog, mit einer kaum wahrnehmbaren Handbewegung.

Er sagte: »Ach, Mrs. Crunch«, und stand wieder auf. »Ich sollte Ihnen vorher noch sagen, dass wir drei Kinder haben. Es ist ohnehin nicht gerade leicht, etwas zu finden, und mit drei Kindern – na ja, beinah aussichtslos. Sind Sie – womöglich haben Sie etwas gegen Kinder?«

»Nein, nein«, sagte sie. »Ich mag sie sehr gern.« Sie wartete kurz und sagte dann schnell: »Ich müsste natürlich zehn Dollar mehr Miete im Monat bekommen. Das ist ja eine recht große Familie – fünf Personen. Die verursachen mehr als die übliche Abnutzung. Da müsste ich siebzig Dollar pro Monat bekommen.«

Etwas leicht Amüsiertes flackerte kurz in seinen Augen auf. Sie hatte das Gefühl, sie müsste die zehn Dollars extra rechtfertigen. »Ich hatte bisher nur mittelalte kinderlose Paare oben wohnen. Bei fünf statt zwei Leuten müsste öfter frisch gestrichen und Wände und Böden repariert werden.«

»Sie haben völlig recht.«

»Dann gehe ich jetzt nach oben und frage Mrs. Allen, ob Sie mal einen Blick werfen dürfen.«

Sie ging die Treppe vorn im Flur hoch, nur langsam, weil ihr die »bösen« Knie, wie sie sie nannte, wehtaten und bei kühlem Wetter noch mehr, und kramte dabei im Kopf nach einem Reim auf Powther. Ohne es zu wollen und ohne es lassen zu können. So war nun mal ihr Gehirn, sie liebte Wortgeklimper und produzierte ständig Wortpaare, wie sie sie nannte, Sinn-Kinn, knapp-schlapp, Herd-Wert, Klang-bang, schlief-tief, Lug-Trug. Aber Powther? Powther? Sie fand kein Wort, sondern erfand einfach eins und dann eine Zeile: Malcolm Powther saß auf einem Sowfa.

Reime auf Powther waren genauso schwer wie auf Major. Nach ihrer Hochzeit mit dem Major hatte sie monatelang nach einem passenden Reim gesucht, aber nur einen Umweg gefunden:

Dann kam der Major und versprach,
er sei zu Diensten im Gemach.

Noch heute, achtzehn Jahre nach seinem Tod, gab es Momente, in denen die Erinnerung an ihn sie so packte, dass sie ihn fast sehen und hören konnte – den Riesenkerl mit dem dröhnenden Riesenlachen, das seine Echos selbst durch Zimmer voller Möbel und dichter Vorhänge schickte. Diesen Mann, der so vor Leben und Energie strotzte, dass man immer dachte, gleich kommt er in die Küche, summt vor sich hin und ruft: »Heh, Abbie, hast du 'n bisschen Futter für einen ausgehungerten Abessinier?«

Sie blieb auf halber Treppe stehen und überlegte, warum das lebhafte Bild des Majors sie plötzlich so überwältigte. Es lag an dem höflichen, maßgekleideten kleinen Mann, der unten im Wohnzimmer wartete. An dem extremen Kontrast. Der Major war der Typ großer Teddybär, er sah selbst in den letzten Jahren seines Lebens, als sie sich schon maßgeschneiderte Anzüge für ihn leisten konnten, immer aus, als hätte er in den Kleidern geschlafen. Er brauchte nur zwei Minuten zu sitzen, und seine Hose war in Schritt und Kniekehlen zerknautscht, die Jacke hatte Querfalten im Rücken, und in der Kragengegend quoll irgendwo ein Stoffwulst hervor, sodass er aussah, als hätte er einen Buckel. Der kleine Mr. Powther konnte bestimmt endlos lange sitzen, und sein Anzug sah beim Aufstehen immer noch aus wie frisch gebügelt.

Einmal hatte sie sich beim Schneider über die Anzüge des Majors beschwert. Der Schneider, ein Mr. Quagliamatti, hatte gekontert: »Mrs. Crunch, mein Anzug ist nicht schuld. Das liegt am Major. Ganz allein daran, wie der im Sessel sitzt. Ich kann keinen Anzug aus Elastik schneidern, aber so was müsste er haben. Er sitzt immer da wie hingeschüttet. Sagen Sie ihm, er soll gerade sitzen und die Hosenbeine hochziehen. Er sitzt schief und krumm, aber der Stoff ist nun mal Stoff, Meterware, nicht Elastik ...«

Sie war immer noch in Gedanken beim Major, als sie Mrs. Allen erklärte, dass jemand gern die Wohnung ansehen würde. Der Major hatte ja immer leicht zerknautscht ausgesehen, aber Männer sahen doch irgendwie nie so – na ja, so unattraktiv aus wie Frauen, vor allem frühmorgens. Sie versuchte, nicht auf den weißen Lappen um Mrs. Allens Kopf zu starren, auch nicht auf den verblichenen Kittel, an dem ein paar zentrale Knöpfe fehlten, weshalb er über ihrem fetten Bäuchlein auseinanderklaffte. Aber natürlich musste sie unbedingt einen raschen Blick nach unten werfen und nachsehen, was Mrs. Allen an den Füßen hatte. Es waren Turnschuhe, die Schnürsenkel nicht zugebunden, und Strümpfe hatte sie auch nicht an. Die nackten Beine waren graubraun.

Mrs. Allen sagte, fast schrill: »Jemand soll die Wohnung sehen? So früh am Morgen? Also wirklich, Mrs. Crunch ...«

»Der Jemand, der sie sehen möchte, ist Mr. Malcolm Powther. Der Butler bei Treadway.«

»Ich werde nicht –«, Mrs. Allens Stimme ging noch weiter hoch, steil nach oben. »Der Treadway-Butler!« Sie bekam große Augen. Sie holte tief Luft. »Ich kann doch nicht – Augenblick – geben Sie mir zehn Minuten, Mrs. Crunch. Nur zehn Minuten, dann bin ich dafür bereit. Kommen Sie in zehn Minuten mit ihm wieder.«

Sie ging ins Wohnzimmer mit dem Gedanken, dass Mrs. Allen, sobald sie aufgeregt war, eine höchst unangenehme Art zu kreischen hatte. Sie war froh, dass sie bald auszog. Diesen stillen kleinen Mann und seine Familie im ersten Stock zu haben, wäre dagegen sehr angenehm.

Sie erzählte Mr. Powther, in ein paar Minuten könnten sie nach oben, und in der Zwischenzeit würde sie ihm gern zeigen, wie gut ihre weißen Geranien gediehen, sie blühten alle; erzählte, dass Pretty Boy, der im Schaukelsessel dösende Kater, eigentlich kampferprobt, jetzt alt geworden und nicht mehr so lebhaft wie früher; erwähnte kurz, dass sich die Dumble Street sehr verändert hatte, fügte aber fast sofort hinzu, wie günstig sie lag, weil die Franklin Avenue, wo die Straßenbahn fuhr, nur einen Block entfernt war.

»Ich glaube, jetzt können wir hochgehen«, sagte sie.

Diesmal öffnete Mrs. Allen die Tür fast mit einem Knicks. Sie hatte sich frisiert, ein paar Strähnen lagen jetzt wie ein lockiger Fries auf ihrer Stirn. Sie trug ein gemustertes Kleid und Lackschuhe mit hohen Absätzen. Auf ihren runden braunen Wangen war Rouge.

Eher zu viel Rouge, dachte Abbie, als sie Mr. Powther vorstellte und in Mrs. Allens Wohnzimmer stand und Mrs. Allens Geturtel zuhörte, sie klang jetzt, als ob sie ihr Leben lang Taubenimitieren übte. Sie lächelte und nickte und gurrte: »Finden Sie nicht auch, Mr. Powther? Wissen Sie, was ich meine, Mr. Powther?«

»Ich warte unten auf Sie, Mr. Powther«, sagte Abbie. Damit Mrs. Allen die Chance hatte, all die Koketterie ihrer mittleren Jahre aufzufahren, hinter vorgehaltener Hand zu giggeln und ihren dürren Busen vorzuwölben, ohne von der Anwesenheit einer Abigail Crunch eingeschüchtert zu werden.

Unten im Wohnzimmer suchte sie wieder nach einem Reim auf Powther und landete wieder nur da, wo sie angefangen hatte:

Der kleine Mr. Powther
saß auf einem Sowfa.

Immer wenn sie mit der Welt im Frieden lebte und manchmal auch, wenn nicht, dachte sie sich kleine Klimperreime aus, eigentlich ungewollt, aber anscheinend konnte sie nicht anders. Sie kritzelte sie auf die Rückseite von Umschlägen, auf die braunen Tüten aus dem Lebensmittelladen, auf die Dexter-Linen-Blöcke, die sie als Briefpapier nutzte. Wenn sie einmal etwas aufgeschrieben hatte, konnte sie es partout nicht wegwerfen, und so versteckte sie es in Kommodenschubladen oder unter den Laken im Wäscheschrank.

Sie hörte Mr. Powther mit leichten schnellen Schritten die Treppe herunterkommen. Der kleine Mr. Powther – saß auf einem Sowfa – dachte sie.

Mr. Powther sagte: »Das ist eine hübsche Wohnung, Mrs. Crunch. Ich zahle gern etwas an, vorausgesetzt natürlich, dass sie auch Mrs. Powther zusagt. Ich bin aber sicher, dass sie ihr gefällt.«

»Eine Anzahlung ist nicht nötig«, sagte Abbie.

»Recht herzlichen Dank«, sagte er. »Ob wir wohl einziehen könnten, sobald Mrs. Allen auszieht? Das heißt, wenn Mrs. Powther die Zimmer gefallen. Wir sind ziemlich in Eile, denn die sechsmonatige Kündigungszeit läuft nächste Woche ab.«

Viel dran getan werden muss ja nicht, dachte Abbie. Mrs. Allen war eine von den Putzteufel-Hausfrauen, die immer eine Scheuerbürste oder einen Staubsauger oder ein Staubtuch in der Hand hatten. Auch der arme Mr. Allen wurde auf Trab gehalten. Er strich immer irgendetwas oder bohnerte Böden oder putzte Fenster.

»Die Allens ziehen heute in einer Woche aus«, sagte sie. »Wir brauchen mindestens drei Tage, um Küche und Bad etwas herzurichten. Ist Ihnen der Dreißigste recht?«

»Recht herzlichen Dank«, sagte Mr. Powther. An der Tür machte er wieder einen Diener.

Sie sah ihm nach. Unten an den Stufen blieb er einen Moment lang auf dem Bürgersteig stehen und schaute hoch zu den Ästen des Henkers. Dann war er weg.

So gute Manieren wie Mr. Powther konnten die jungen farbigen Männer aus Links Generation wohl gar nicht mehr haben, auch wenn sie nicht wusste, warum. Vielleicht hatte es etwas mit Kriegen und Atombomben zu tun, und mit der Tatsache, dass die Welt so voller Hass war. Sie hatte schon manchmal gedacht, dass Ungezogenheit eine Charaktereigenschaft von Link sei, dass andere junge Männer von Natur aus höflich seien, wie er nie werden würde. Aber dann hatte sie in den Narrows irgendetwas gesehen oder gehört, das ihr sagte, diese jungen Männer waren alle so – irgendetwas hatte sie verrohen lassen. Aber was?

Was Link anging – ja, wenn sie nicht in der Dumble Street gewohnt hätten, wenn der Major länger gelebt hätte, wenn Link kein Adoptivkind gewesen wäre, sondern ihr eigenes, wenn sie ihn nicht vergessen hätte, als er acht war, einfach vergessen, dass es ihn gab, wenn sie mit dem bisschen Geld, das sie hatte – die Miete von der Wohnung, eine Rente vom Governor (die Rente des Majors) –, nicht so hätte knapsen und es nicht mit den kleinen Einkünften vom Nähen, Sticken, Marmeladekochen hätte aufstocken müssen. Wenn. Sie hatte es doch geschafft, das Haus zu halten und sich und Link zu ernähren und zu kleiden. Es hieß eben, dass sie ihm nicht viel Zeit widmen konnte. Und gleich gegenüber auf der Straße war die Last Chance, war Bill Hod, dem sie gehörte. Und der hatte Geld zuhauf. Manchmal hatte sie gedacht, dass er Katz und Maus mit ihr spielte, absichtlich, grausam, nein – brutal. Und sie war machtlos, nicht imstande, mit ihm um Links Zuneigung zu konkurrieren.

Als sie Link beim Abendessen an jenem Tag von dem neuen Mieter erzählte, vermied sie sorgfältig jeden Hinweis auf Mr. Powthers hervorragende Manieren, aber sie konnte nicht verhehlen, wie angenehm es ihr wäre, ihn im Haus zu haben, und kam immer wieder auf seine adrette Erscheinung zu sprechen.

Link grinste. »Also, du lässt den einfach einziehen? Ohne die Frau und die Kinder gesehen zu haben?«

»Er ist schließlich der Butler bei den Treadways«, sagte sie. »Wenn du gesehen hättest, was für ein geschliffen aussehender Mensch er ist, würdest du dir auch nicht erst seine Familie angucken müssen.«

»Miss Abbie, ein Mann ist kein Ausbund an Tugend, bloß weil seine Schuhe poliert sind. Guck dir lieber die Familie an, trotz der schmucken Bügelfalten in seiner Hose.«

»Du klingst wie Frances«, sagte sie verärgert, weil er sie Miss Abbie genannt hatte.

»Ja, natürlich, meine Liebe. Wen zwei Frauen praktisch von Geburt an am Schlafittchen haben, der kann als Mann nur klingen wie eine oder alle beide.«

»Frances hat nicht mit uns hier gewohnt«, sagte Abbie.

»Da hat nicht viel gefehlt. Da hat nicht viel gefehlt. Sie war so oft hier, dass ich immer dachte, sie ist mein Vater und du bist meine Mutter.«

»Sie war wahnsinnig gut zu mir.« Abbie dachte zurück.

»Klar. Das bezweifle ich ja nicht. Aber F. K. Jackson hat mindestens in neunundneunzig von hundert Fällen recht. Und uns Durchschnittsmenschen fällt es schwer, ein weibliches Wesen mit so einer Schlagzahl zu lieben. Wenn sie pokern würde, könnte sie ein Vermögen machen.«

»Pokern? Sie spielt keine Karten …«

»Nein«, sagte Link. Er kniff die Augen zusammen, als ob er ein Bild betrachtete, das ihn freute, kniff die Augen zusammen und warf den Kopf nach hinten. Abbie be-

trachtete seinen geschwungenen Hals, das leicht vorge-
schobene Kinn, die geschmeidige Haut, die perfekte Form
von Nase und Mund, die glatten Haare und dachte:
Manchmal, nur manchmal wünsche ich mir, dass er nicht
so wahnsinnig gut aussieht, oder besser, dass alles andere an ihm zu seinem guten Aussehen passt. Ihn interessiert einfach nicht, was richtig ist. Wie kann er weiter in
dieser Kneipe arbeiten? Wozu soll es gut sein, dass er
aufs College gegangen ist, wenn er am Ende in einer
Kneipe arbeitet?

Was es meine Schuld? Ja. Ich habe ihn vergessen, als er
acht war. Als er sechzehn war, hatte ich die Chance, ihn
zurückzugewinnen, und sie irgendwie verpatzt. Und jetzt
ist es zu spät. Jetzt traue ich mich nicht mehr ihm zu
sagen, was ich davon halte, dass er in diesem Schuppen
arbeitet, aus Angst, dass er mich verlässt und nie wiederkommt.

»Nein«, Links Stimme klang jetzt verträumt, »aber das
fände ich toll. Ich fänd's toll, wenn sie pokern würde.
Wenn ich dabei wäre, wenn sie eine Runde mit Bill Hod
spielt. Ich würde 'ne Rolle Geldscheine springen lassen,
um F. K. Jackson und Mr. B. Hod zu 'ner Pokerpartie zu
kriegen.«

Abbie ließ seine Bemerkung unkommentiert. Als Link
mit dem College fertig war, hatte er gesagt, er wolle Geschichtsbücher schreiben. Kurz darauf war er zur Marine
gegangen und vier Jahre weg gewesen, und als er wieder
nach Hause kam, ging er in einer Kneipe in der Dumble
Street arbeiten. An den Samstagen pokerte er bis vier, fünf
Uhr morgens mit seinen Freunden: einem Weißen, der
Fotograf war, den unwahrscheinlichen Namen Jubine
trug und aussah wie ein bolschewistischer Zausel, einem
Farbigen namens Weak Knees, der einen Gang wie ein
Betrunkener hatte und in der Last Chance kochte, sowie

Bill Hod, dem die Last Chance gehörte, der alle illegalen, unmoralischen, verbotenen Geschäfte in den Narrows kontrollierte oder betrieb – obwohl das niemand beweisen konnte – und der ein Gesicht wie ein Henker hatte, ein Mördergesicht. Auch er farbig.

Link ahmte jetzt Frances nach, mit abgehackter Sprache und aufgeworfenen Lippen, er zog wie sie die Brauen hoch und setzte einen imaginären Kneifer ab.

Er sagte:»Kannst du dich erinnern, wie F. K. Jackson damals gewarnt hat: ›Abbie, vermiete nie und nimmer irgendetwas im Haus, bevor du dir nicht alle Familienmitglieder angeguckt hast. Männer heiraten bekanntermaßen oft Frauen, die starke Ähnlichkeit mit Fruchtfliegen haben, und Frauen heiraten bekanntermaßen oft Männer, die Cousins ersten Grades vom Tomatenschwärmer sind. Und selbst vollkommen respektable Paare produzieren ihrerseits bekanntermaßen oft Kinder mit sämtlichen unangenehmen Eigenschaften von Japankäfern!‹«

Abbie hörte zu und dachte: Auch seine Stimme passt nicht zum Rest. Eine tiefe, volltönende, musikalische Stimme. Eine perfekte Sprechstimme. Und – jemand muss da oben durch die Wohnung gehen und feststellen, was gemacht werden muss, bevor die Powthers einziehen. Wenn Link jetzt hochginge, wäre es Mrs. Allen egal, dass Abendbrotzeit ist. Sie würde seine breiten Schultern betrachten und der Musik in seiner Stimme nachlauschen und sofort anfangen zu gurren wie eine Taube und ihn sogar in die Schränke gucken lassen.

»Link«, sagte sie, »kannst du hochlaufen und Mrs. Allen bitten, dich durch die Wohnung gehen zu lassen, und nachsehen, ob noch etwas daran gemacht werden muss, bevor die Powthers einziehen?«

»Jetzt sofort?«

»Natürlich nicht. Wenn du zu Ende gegessen hast.«

»Klar, Miss Abbie, klar. Wusste ich ja nicht. Ich dachte, du meinst, mit Messer und Gabel in der Hand und Serviette unterm Kinn. Ich bin ja schließlich nur ein sterblicher Mann, und der sterbliche Mann ist so auf Attacken vom unsterblichen Weib konditioniert, dass er – na ja, er weiß halt nie.«

Die Woche verstrich. Die Allens zogen aus. Abbie begann, sich Sorgen zu machen wegen Mrs. Powther. Warum war sie die Wohnung nicht ansehen gekommen?

Donnerstag um die Abenddämmerung erschien Mr. Powther an der Tür. Hereinkommen wollte er nicht. Er war in Eile. Er bezahlte die Miete für einen Monat im Voraus, siebzig Dollar in knisternden neuen Scheinen.

»Mrs. Powther ist mit dem Packen und den Kindern beschäftigt. Sie ist vollkommen einverstanden, die Wohnung zu nehmen, wenn ich das sage.«

Als er wieder weg war, befühlte Abbie die Scheine, überlegte zum ersten Mal, wieso er nicht mit Frau und Kindern in Treadway Hall wohnte, und dachte beinah gleichzeitig, dass niemand in den Narrows je so knisternd neues Geld gesehen hatte. Die Scheine sahen aus, als wären sie direkt aus der Münzanstalt nach Treadway Hall gekommen und Mr. Powther übergeben worden, der sie seinerseits Abbie Crunch übergab. Hoffentlich stimmte es, dass seine Frau einverstanden war, in der Dumble Street zu leben.

Sie war auch am nächsten Nachmittag noch mit ihren Gedanken bei Mrs. Powther, als es an der Tür klopfte. Laute Schläge, mehrmals, ein Gedonner an der Tür, das kreuz und quer durchs ganze Haus echote, vom Keller bis zum Dachboden, und sie so erschreckte, dass ihr der Griff des Teppichkehrers aus der Hand rutschte, mit dem sie gerade die Treppe putzte. Wer in aller Welt poltert denn dermaßen an eine Tür? Sie schubste den Kehrer beiseite, dachte aber: Eigentlich müsste ich den mit zur Tür nehmen und demjenigen über den Kopf ziehen. Das klingt doch für jeden, dass der, wer immer es ist, eine Putzfrau herbeizitiert, und zwar eine taube Putzfrau.

Normalerweise stand sie etwas weg von dem kleinen Fenster neben der Haustür, um beim Hinausgucken nicht gesehen zu werden. Diesmal wollte sie gesehen werden, sie starrte durch die kleinen Scheiben, erst zornig, dann finster. Auf den Stufen stand eine Frau. Eine Fremde. Zumindest kein vertrautes Gesicht. Den Typ Frau allerdings kannte sie sehr wohl: jung, aber zu viel Fett um die Taille, ein weicher fleischiger und ziemlich ausladender Busen, zu viel Lippenstift, ein rosa Blumenhut über glatt gezogenen Haaren; die Haare als Pagenkopf frisiert, wie das neuerdings hieß, offen bis fast auf die Schultern hängend. Sie trug einen beigebraunen Mantel, sehr prall, sehr lang. Unter einem Arm klemmte ein lose eingewickeltes Paket, nachlässig mit roten und grünen Strippen verschnürt. Das Paket sah aus, als würde es beim ersten kräftigen Rütteln komplett aufgehen.

Die Frau hob die Hand und knallte den Türklopfer noch einmal an die Tür, eine herrische Befehlsgeste. Abbie hätte nicht aufgemacht, wenn die Frau nicht einen kleinen Jungen an der Hand gehabt hätte – einen patronenköpfigen, sturköpfigen kleinen Jungen. Patronenköpfig. Sturköpfig. Ausdrücke des Majors. Sie kamen immer wieder hoch in ihren Gedanken. Er bezeichnete Kinder liebend gern so, und mit besonderem Vergnügen deutete er dabei auf kleine dunkle Exemplare, bei denen sie schließlich widerwillig zugab, dass die Ausdrücke wirklich passten. Dieses Kind da auf ihren Türstufen war beides, patronenköpfig und sturköpfig.

Wegen des Kindes kam sie zu dem Schluss, die Frau wollte bestimmt die Allens besuchen und wusste nicht, dass sie weggezogen waren. Sie war sicher, den kleinen Jungen schon irgendwo gesehen zu haben. Sie zog die Tür auf, nicht viel, nur so weit, dass sie sie notfalls schnell wieder zudrücken konnte. Sie war schließlich allein im Haus.

»Guten Tag?«, sagte sie, im Frageton.

»Tach. Sind Sie Missus Crunch?«

Abbie nickte, jetzt mit starrem Blick.

Die Frau lächelte, ihre Zähne wirkten dank der dicken roten Lippenstiftschicht sehr weiß. Es waren gute Zähne, ebenmäßig, kräftig.

»Ich bin Mamie«, sagte sie.

»Äh – ja?«, sagte Abbie. Die Frau hatte Musik in der Stimme, eine unbekümmerte, leichte Art von Musik.

»Ich bin Mamie Powther.«

»Mamie Powther? Mamie Powther? Ach – ich – ach so, natürlich. Kommen Sie herein, Mrs. Powther.«

Einen Augenblick lang standen sie betreten im Flur und sahen sich gegenseitig an, Mrs. Powther lächelte und zeigte ihre kräftigen weißen Zähne, Abbie versuchte, weiter den Eindruck zu vermitteln, sie sei herzlich willkommen. Sie wusste nicht, wann sie sich je so unterlegen gefühlt hatte. Was hatte sie erwartet, wie Mrs. Powther aussehen würde? Sie wusste es nicht genau. Aber bestimmt nicht so wie diese Frau. Wahrscheinlich hatte sie eine Art weibliche Ausgabe von Mr. Powther erwartet, klein, adrett, mit präziser Sprechweise und geschäftsmäßigem Auftreten. Sie dachte an Mr. Powthers hochglanzpolierte Schuhe und warf eher beiläufig einen Blick auf Mrs. Powthers Füße. Sie trug schwarze Wildlederschuhe mit verschrammten Spitzen, eine Art Ballerinas, die auf das Unglücklichste an Hausschlappen erinnerten, und jeder Schuh hatte seitlich eine Ausbuchtung, kleine Buckel, die nur von entzündeten Ballen kommen.

»Das ist J. C. hier.« Mrs. Powther lächelte noch immer.

Bei der Erwähnung seines Namens verschwand der patronenköpfige kleine Junge hinter Mrs. Powthers beigebraunen Mantel und klammerte sich an die Falten.

»Du lässt das, du, J. C.«, sagte Mrs. Powther barsch. »Komm hierher, wo Missus Crunch dich sehen kann.«

Als Antwort auf das Kommando wickelte sich J. C. noch enger in die Mantelfalten und verschwand komplett aus dem Blick, bis auf einen verschrammten braunen Schuh und einen schmutzigen blauen Socken.

»Er's schüchtern«, sagte Mrs. Powther wohlwollend.

»Wie heißt er denn?«, fragte Abbie.

»J. C.«

»Ja, aber«, versuchte Abbie noch einmal, »wofür stehen die Initialen?«

»Och, die stehn für gar nichts. Sind bloß Initialen. Ich fand, damit tu ich ihm irgendwie was Nettes. Wenn er alt genug ist, kann er selber einen Namen aussuchen, der passt zu den Initialen. Dann braucht er sich nich sein Leben lang rumärgern mit keim Namen, den er nicht mag.«

»Ach, so was habe ich noch nie gehört.«

»Nö-hh. Haben die meisten nicht.«

»Oah, Mamie«, kam plötzlich die gedämpfte Stimme von J. C., »komm, guck dir das Haus hier ma an.«

»Er will hier eigentlich nicht her«, sagte Mamie Powther. Sie machte keine Anstalten, J. C. aus ihrem Mantel zu entwirren. »Er hat 'n Haufen Freunde da, wo wir wohnen. Alle so sein Alter. Und er's da der Häuptling, was, Liebes?«

Abbie wollte das Gespräch beenden. Sie musste nachdenken, allein irgendwo sitzen und nachdenken, sie hatte ja schon alle möglichen Namen für Kinder gehört, aber Initialen – und die anderen Kinder?

»Mr. Powther sagte etwas von drei Kindern. Sind die – haben die anderen auch Initialen statt Namen?«

»Nein, Ma'am. Das is mir erst eingefallen, wie J. C. unterwegs war.« Sie hielt kurz inne, wie in Erinnerungen vertieft, und lächelte. »Gibt nur noch die Zwillinge. Die sind sieben. Heißen Kelly und Shapiro. Dauert 'ne Weile, bis man die auseinanderhalten kann, aber Kelly ist ruhig und Shapiro hat die große Klappe.«

»Ah so«, sagte Mrs. Crunch. Dann fuhr sie eilig fort, weil Mamie Powther den Mund aufmachte, als ob sie weiterreden wollte, und aussah wie die Sorte Frau, die mit Freuden alle Einzelheiten ihrer letzten Entbindung ausbreitet: »Gehen Sie einfach nach oben und sehen Sie sich die Zimmer an. Meine Knie sind nicht mehr das, was sie mal waren, wenn es Ihnen nichts ausmacht, bleibe ich unten.«

Sie hatte die Absicht gehabt, Mrs. Powther durch die Zimmer zu führen, ihr zu erklären, wo nachmittags die Sonne stand, und ihr den Blick auf den Fluss zu zeigen, den man von den Wohnzimmerfenstern aus hatte. Aber das hier war nicht die Mrs. Powther, die sie erwartet hatte. Sie wollte nicht mitansehen, wie der Busen dieser Mrs. Powther beim Gehen durch das Schlafzimmer wogte, in dem einst der Major und sie geschlafen hatten.

»Sie können einfach hochgehen. Die Türen sind alle offen. Sie brauchen keine Schlüssel.«

»Wie schön«, sagte Mrs. Powther herzlich. »Na, komm, «

Abbie ließ sich in den Schaukelsessel im Esszimmer sacken – sie nannte es noch immer so, wenn sie durcheinander war, obwohl es schon seit langem zum Wohnzimmer geworden war. Zwillinge, dachte sie. Kelly und Shapiro. Na, das war ja fantastisch. Unglaublich. Aber sie konnte die Wohnung nicht gut nicht an die Powthers vermieten. Sie hatte das Geld von Mr. Powther angenommen und ihm zugesagt, und sie hielt immer Wort. Vielleicht gefiel Mrs. Powther die Wohnung ja nicht. Unsinn. Mamie Powther würde die Dumble Street toll finden. Abgesehen davon gab es in Monmouth nichts zu mieten. Aber vielleicht der grässliche kleine Junge, J. C., wer hatte je so einen Unsinn gehört, Initialen als Name, vielleicht gefiel es dem ja hier nicht, weil er nicht genug Gelegenheit bekam, der Häuptling zu sein. Doch, sie würden die Wohnung nehmen. J. C. und Mamie. Er sagte nicht mal Mutter zu ihr. Wie um alles in der Welt hatte es der gepflegte kleine Mr. Powther geschafft, sich so eine großbusige Kreatur zuzulegen, mit lackierten Fingernägeln, der Lack an manchen Stellen abgeblättert, mit klimpernden Ohrringen, die nach Bergamotte roch oder nach irgendetwas genauso eklig Süßem, und diesen kleinen Jungen, der eindeutig nach Urin roch.

Sie hörte Mrs. Powthers schwere, weiche Schritte auf der vorderen Treppe, gedämpft vom Teppich, stand auf und ging in den Flur.

»Und?«, fragte sie.

Mamie Powther zog langsam ein paar schmuddelige weiße Handschuhe über die Hände mit den scharlachroten Nägeln. »Eine hübsche Wohnung«, strahlte sie. »Eine hübsche Wohnung. Eigentlich wollt ich sie mir gar nicht ansehen, ich wär einfach eingezogen, weil, einfach wenn Powther das sagt. Er kennt sich sagenhaft mit Häusern aus. Aber J. C., der hat mich nicht in Ruhe gelassen, bis ich mit ihm hergekommen bin. Hat immer gesagt, Mamie, ich geh hier nich weg, solange ich nicht weiß, wo ich hingeh.«

»Und gefällt dir die Wohnung, J. C.?«, fragte Abbie absichtlich sarkastisch.

J. C. verschwand wieder in Mrs. Powthers Mantelfalten. »Hat ihm prima gefallen. Ganz prima, er is gleich eingezogen, Missus Crunch. Seine Sachen sind schon oben.«

Was in aller Welt redet sie? überlegte Abbie.

»Er hat seine Comichefte oben gelassen. Das war das dicke Bündel. Er hat gesagt: ›Mamie, wenn ich das gut find da, dann zieh ich als Erster ein.‹ Passt zu uns, als hätten wir's uns selbst ausgedacht, was, J. C.?« Sie ließ eine Pause, aber J. C. antwortete nicht. »Und so schön, dass es auch 'ne Hintertreppe gibt, wo nach draußen geht.«

Abbie Crunch meinte eine Art vorfreudiges Strahlen in Mamie Powthers Augen zu sehen, das kaum von der Existenz einer Treppe nach hinten raus stammen konnte. Da war mit Sicherheit etwas Extra-Fröhliches an ihrem Benehmen.

»Hintertreppen sparen einem ja viel Abnutzung auf der Teppichtreppe nach vorne«, erläuterte Mamie Powther. »Kinder rennen doch andauernd rauf und runter und raus und rein.«

Abbie sah den beiden nach, als sie über die Straße gingen. Mamie Powther bewegte sich zügig, J. C. versuchte, im Trab hinter ihr herzukommen. Der Wind vom Fluss brachte die Seiten im Comicheft, das er in der Hand hatte, zum Flattern und trieb Spielchen mit Mrs. Powthers dickem Mantelunterteil.

Bill Hod stand vor der Last Chance. Er zog den Hut, als sie vorbeigingen. Mrs. Powther nickte und hob eine behandschuhte Hand in einer Mischung aus Grüßen und Winken. Abbie überlegte, ob er sie kannte oder bloß ihrem wogenden Busen Tribut zollte. In den Ballerinas wirkte sie, als hätte sie Plattfüße. Als sie außer Sicht waren, beschloss Abbie, dass sie aussahen wie zwei Figuren aus den alten Mother-Goose-Büchern, völlig falsche und total übertriebene Proportionen. Und beinah sofort fielen ihr wieder Reime ein:

Der kleine Mr. Powther
saß auf einem Sowfa.
Und mümmelt' seinen Quark.
Da kam eine Mamie
Die verlangt ihre Prämie
Jetzt zahlt er bis ins Mark.

Wie alt Mamie Powther wohl war? Anfang dreißig? Mr. Powther war viel älter, knapp fünfzig, mindestens. Link würde lachen. Fruchtfliegenweibchen? Japankäfer? Tomatenspinner? Nicht Mamie Powther. Mamie Powther war Dumble Street.

Der Major war total gegen diese Straße gewesen. »Ein schönes altes Backsteinhaus, ja. Aber die Dumble Street – die Dumble Street – kein guter Ort zum Leben.« Und mit dem nächsten Satz hatte er sie verblüfft: »Die sollte Fumble Street heißen. Das ist sie nämlich.«

Sie hatte ihn scharf angesehen und überlegt, ob er auch reimsüchtig war und sie das nur nie gemerkt hatte. Nein. Denn er hatte bloß seinen Abscheu gegen die Straße verächtlich herausgeschnaubt, aber keine Ahnung von den endlosen Reimmöglichkeiten: dumble, fumble, stumble, tumble, mumble. Ja, hier wurde gefummelt, gestrauchelt, getaumelt, gemurmelt. Das taten die Leute, die nahe am Hafenviertel lebten, und ich erfinde einfach dazu: gedumblet.

2

Got no roof over my head
Slats keep fallin' out of my bed
And I'm lonesome – lonesome.

Rent money's too long overdue
Landlord says he's goin' to sue
And I'm lonesome – lonesome.

Die Worte waren klar, aber die Stimme klang fern. Sie kam näher, langsam, langsam, wurde lauter, schien schließlich direkt hier in der Küche zu sein. And I'm lonesome. Eine volle warme Stimme mit einem leichten Singsang, und noch etwas, einer undefinierbaren Extraqualität, weshalb Abbie lauschte, weshalb sie mehr hören wollte und noch mehr, so als ob die Sängerin nahe herankäme, ganz dicht, und sagte: Ich rede mit dir, hör mir zu, ich hab dies Lied für dich gemacht, und ich muss dir wunderbare Dinge sagen und zeigen, hör mir zu.

Abbie sah über den Frühstückstisch zu Link. Bei den Leuten nebenan liefen morgens, mittags, abends Schallplatten. Vielleicht hielt er das hier auch für eine Platte. Er strich gerade Butter auf eine Scheibe Toast und hörte anscheinend nichts von der aufsehenerregenden vollen klaren Stimme, die die ganze Küche mit Musik erfüllte. Das ist keine Sopranstimme, dachte sie, für einen Sopran reicht sie zu weit nach unten, zu mühelos, lonesome kam von tief unten, fast wie aus einer mittleren Tenorlage, head und bed, sue und due dagegen waren ganz hoch.

Link sah zur Fliegengittertür. »Ist das eine Platte?«

Abbie zögerte, sie hätte nur zu gern geantwortet: Ja, das ist eine Platte, eine Platte mit Blues oder Boogie-Woogie oder Jazz oder wie immer das Zeug hieß, das heutzutage aus jedem Plattenspieler, jedem Radio jaulte und sich immer gleich anhörte, zu laut, zu grob, keine Anmut, keine Melodie, nur ein ewiges Gejaule über Mieten und Männer, die mit anderen Frauen abgehauen waren, und Zahlen, die nicht gezogen wurden. Es war zwar völlig albern, das wusste sie, gab sie zu, aber sie wollte nicht, dass Link Mamie Powther sah. Das würde er noch früh genug. Die Powthers wohnten jetzt seit zwei Tagen oben, aber Mamies Stimme kam erst mittags aus einem Fenster oben heruntergeschwebt.

»Nein«, sagte sie widerstrebend. »Das ist keine Platte. Das ist Mrs. Powther, die neue Untermieterin.«

Link ging zur Hintertür, stand reglos da und beobachtete irgendetwas so lange, dass Abbie vom Tisch aufstand und auch hinaussah.

Mamie Powther hängte hinten im Garten Wäsche auf. Abbie runzelte die Stirn. Sie soll sich selbst eine Leine organisieren, sonst habe ich keinen Platz zum Aufhängen für meine Sachen. Die muss ja sehr früh aufgestanden sein für den Riesenberg Wäsche. Und lauter sehr saubere Kleider. Ein großer Wäschekorb stand randvoll auf dem Rasen unter der Leine. Mamie Powther bewegte sich in einem fast hypnotischen Rhythmus, und Abbie konnte selbst nicht wegsehen. Bücken und Hemd hochnehmen, aufrichten und ausschlagen, nach Wäscheklammer langen, aufrichten, Hemd auf Leine hängen, bücken.

Big John's got a brandnew gal
High yaller wench name of Sal
And I'm lonesome – lonesome.

Sie macht immer neue Texte, dachte Abbie, während sie ihr zuhörte und zusah. Der Wind peitschte die Wäsche hin und her und lüpfte den Saum von Mamie Powthers kurzem Baumwollkleid, als ob er drunterguckte und gut fand, was er sah, und deshalb immer wieder kam, um noch mal zu gucken. Was für eine vulgäre Idee. Solche Sachen denke ich sonst nie. Das liegt an ihrem Aufzug. Ein ärmelloses Kleid, bedruckter Stoff, große rote Mohnblumen auf weißem Grund. Ein rotes Tuch um den Kopf geschlungen. Und zwischen all den Laken, Kissenbezügen, Handtüchern, Kindersocken und Unterhosen und Latzhosen ragte ihre Gestalt hervor – eine knallige, großbusige junge Frau mit drallen Armen und Grübchen an den Ellbogen. Wenn sie sich bückte, sah man, dass sie keine Strümpfe trug, sah man die Unterseiten ihrer Schenkel bis fast ganz oben, gerade als ob sie bloß einen Badeanzug anhätte. Das mühelose Bücken, das Aufrichten, alles in einer reibungslosen, bruchlosen Bewegung, und der Wind peitscht die Wäschestücke und hebt sie hoch und gibt sie zu ihr zurück, und im Rhythmus all dieser Bewegungen singt sie:

> *Trouble sits at my front door*
> *Can't shut him out any more*
> *And I'm lonesome – lonesome.*

Wenn man ihr zusieht, könnte man fast an eine Art Tanz denken, den Tanz der Kleider, den Tanz der Nasswäsche. Ich tanze nicht. Habe ich nie gekonnt, dachte Abbie. Ich habe überhaupt kein Rhythmusgefühl, aber kaum hängt sie da Wäsche auf, fällt mir Tanzen ein. Ich glaube, die hat unterm Kleid gar nichts an.

Link wandte sich von der Tür ab, und Abbie rechnete mit einem lustigen Spruch von ihm, über die roten Mohnblumen auf dem Kleid oder das so freizügig zur Schau gestellte weiche braune Fleisch.

Aber er sagte nur: »So! So! So! Das ist also Mrs. Powther.«

Er trank den Kaffee im Stehen aus, dann beugte er sich zu Abbie, tätschelte ihr die Wange und gab ihr einen Kuss, richtete sich auf, sagte leise: »Das Fruchtfliegenweibchen«, und lachte.

Eine fast unmerkliche Sekunde lang brach der Rhythmus von Mamie Powthers Song ab, und Abbie wusste, sie hatte das kräftige Männerlachen aus der Küche gehört. Gehört und sich bestimmt gemerkt, um später darauf zurückzukommen.

Dann war Link weg. Pfeifend. Und zwar den Schluss genau dieser Melodie: I'm lonesome – lonesome.

Sie musste sie irgendwie loswerden, diese dicke junge Frau, die weiter Wäsche aufhängte, hin und wieder innehielt und in den Himmel sah. Luschig. Nein. Knallig. Ja, doch. Sie gehörte einfach nicht in diesen adretten Garten mit dem sorgfältig gepflegten Rasen und den weißen Zäunen. Neben dem grellen Rot der Mohnblumen auf ihrem Kleid wirkten die roten Blätter des Hornstrauchs verblichen, verwaschen. Sie passte weder zum Garten noch zu einem solchen Morgen. Sonnig. Ziemlich warm. Der Winter noch fern, noch im Anmarsch, sein Potenzial schon im Ostwind spürbar, aber das Gras noch grün. Sie beherrschte diesen Morgen derart, dass man nichts sah als Mamie, nichts hörte als Mamie, und wenn man sich etwas konzentrierte, dachte man, man könne auch nichts riechen als Mamie – das schwere süße Parfüm lag eindeutig in der Luft. Frech wie Blech. Sie hatte ihren Reim. Mamie Powther war wie der Stoß aus einer Blechtrompete, der die zarten Nuancen und Schattierungen sanfter Streichinstrumente überschreit und einen erschreckt aufspringen lässt, weil es da nicht hingehört.

I'm lonesome – lonesome ...

Mamie Powther. Warum nicht Mrs. Powther? Irgendwie natürlich, sie nicht Mrs. zu nennen. Nicht die Frau eines Mannes und dauerhaft gebunden, sondern ein ungebundenes unfrauliches Weibchen. Sie gehörte genauso wenig in diesen Garten, wie ihre Möbel in die Dumble Street Nr. 6 gehörten. Was für Möbel! Lampenschirme aus grellrosa Kunstseide, ein Bett mit Amoretten und Weinranken und Trauben am Kopf- und am Fußteil, ein Schubladenschrank, fast so groß wie eine Aufsatzkommode, mit den gleichen scheußlichen Amoretten als Schubladengriffe. Nichts war ordentlich gepackt gewesen, das heißt, Mamie Powther hatte sich nicht die Mühe gemacht, überhaupt zu packen. Tausenderlei Einzelteile mussten stapelweise die Treppe hochgetragen werden. Kleidung und Töpfe und Pfannen und Nuckelflaschen. Ein mit Essensresten verklebter kaputter Kinderhochstuhl war dabei, und ein Töpfchen aus rosa Plastik. Auch irgendwie typisch für die Frau. Dann Spielzeug, für das sie nicht mal Kartons besorgt hatte – Puppen ohne Beine und kaputte Feuerwehrautos und Lastwagen ohne Räder und Roller ohne Lenkstange, alles wurde stapelweise hochgetragen –, und dann war da noch ein Riesenwust, sie war nicht sicher, er sah aus wie schmutzige Windeln, aber von den Kindern hatte doch bestimmt keins mehr Windeln an.

Zwei Möbelträger kamen mit einem Umzugs-Lkw – einer groß, einer klein, aber beide gleich laut. Manche Möbel mussten sie zu zweit hochschleppen. Das Haus hallte wider von ihrer Brüllerei: »Jetzt ich!« – »Jetzt du!« Nur dass es bei ihnen klang wie: »Äätzich« und »Äätztu!« Abbie war vors Haus gegangen, um nachzusehen, was sie da taten. Der Kleine tat einen Schritt zurück, sammelte alle

Körperkraft für das Gewicht des enormen, blassblau brokatbezogenen Sofas und brüllte: »Äätzich!« Der andere Mann war keinen halben Meter entfernt, brüllte aber trotzdem zurück: »Äätztu!« Als beide am Treppengeländer ankamen, sammelte der Große seine Kraft und brüllte: »Äätzich!« – »Äätzich!« – »Äätztu!«, und sofort fielen die Kinder ein, sie fanden den Klang toll, und weder Shapiro noch Kelly standen den Männern an Lautstärke erkennbar nach.

Gleich nach dem Spülen des Frühstücksgeschirrs wollte sie Mrs. Powther das mit der Wäscheleine sagen. Sie hörte ein leises Trommelgeräusch, es kam von vorn. Sie horchte. Was könnte das sein? Ein gedämpftes Trommeln, nicht ballernd, aber ein Trommeln.

Sie ging mit resolutem Schritt in den Flur und dachte: Seit der Major tot ist, habe ich Angst vor allem. Niemand hat je gemerkt, wie ängstlich ich bin. Bei jedem unerwarteten Geräusch schlägt mein Herz schneller, stockt mir der Atem.

J. C. saß auf der Treppe, zwei Stufen hoch, und trommelte mit den Hacken auf die Stufe darunter. Der Teppichbelag gab den Hackentritten einen weichen, regelmäßigen rhythmischen Klang. Angeborenes Rhythmusgefühl, dachte sie. Von Mamie geerbt. Das war doch nicht möglich, doch, er trank aus einer Nuckelflasche. Als Abbie näher kam, ließ er die Flasche los, hielt sie mit den Zähnen fest, sodass sie hin- und herschlenkerte, und fing an, auch mit dem Körper hin und her zu schaukeln. Dabei starrte er auf den Seidenhut des Majors und seinen Gehstock mit dem Goldgriff – der Hut hing noch immer am Garderobenständer im Flur, der Stock daneben.

Er sah kurz zu Abbie, dann war er mit den Augen wieder beim Hut. Und wieder hatte Abbie das Gefühl, ihn schon irgendwo mal gesehen zu haben. Er legte die Hände wieder um die Flasche, trank ein paar Schlucke, schüttelte sich kurz vor Vergnügen, dann hakte er einen Arm um die Geländerstreben und machte sich auf der Stufe lang. Die Flasche stellte er neben sich auf die Stufe.

»Crunch«, sagte er, »was ist das?« Er lispelte, es klang eher nach: »Crunßß – waßßißßaßß?«

»Für dich bin ich Mrs. Crunch, junger Mann.«

»Missus Crunch«, er sah sie mit so erwachsener Bosheit an, dass sie ihn am liebsten geschüttelt hätte, »was ist das?«

»Ein Seidenhut und ein Gehstock mit Goldgriff.«

»Was ist ein Gehstock mit Goldgriff?«

Es hätte endlos so weitergehen können. Gab sie ihm, wenigstens versuchsweise, eine Antwort, dachte er sich ihren Antworten hundert neue Fragen aus.

»Frag deine Mutter, sie kann's dir erklären.«

»Was ist ein Gehstock mit Goldgriff?« beharrte er.

»Frag deine Mutter, sie kann's dir erklären«, sagte sie noch einmal so unbeeindruckt, als hätte er zum ersten Mal gefragt. Dann sagte sie abrupt: »Was trinkt ein großer Junge wie du eigentlich noch aus der Nuckelflasche?«

»Milch.«

Sie sah ihn scharf an. Für eine derart geschickte Ausflucht war er eigentlich nicht alt genug. Vierjährige machten normalerweise – das heißt, war er das?

»Wie alt bist du?«

»Dreieinhalb.« Er sah nicht sie an, sondern starrte weiter auf Hut und Stock.

»Nun, dann bist du alt genug, Milch aus dem Glas zu trinken.«

»Das mach mir nich.«

»Sag: Das mag ich nicht, nicht mir.«

»Das mach ich nich«, sagte er folgsam, sah sie aber immer noch nicht an.

Ist doch gar nicht so schwer, dachte sie. Sie müssen einfach fest anfasst werden. Er hatte sich ein Comicheft vorn ins Hemd geschoben, sie erkundigte sich danach, er konnte mit Sicherheit noch nicht lesen, also warum war er so scharf auf Comichefte, jemand musste seinen Geschmack schon verdorben haben und vielleicht … Sie kam nicht weiter mit dem Comicheft, denn sie hörte ein schwaches Zischen, etwas wie Hhh-sstt. J. C. sah sie jetzt sehr ernst an, und sie drehte sich weg. Irgendetwas musste mit der Heizung in Links Zimmer los sein. Im Wegdrehen fiel ihr Blick auf den Boden mit dem gebohnerten Parkett. Unter anderem die schönen Parkettdielen waren schuld, dass sie darauf beharrt hatte, dieses Haus zu kaufen, obwohl der Major nicht wollte. Da war eine kleine Pfütze, und sie wurde beim Hinsehen größer. Sie starrte entsetzt auf den kleinen Jungen, der auf der Treppe lag. Wieso ist der noch nicht sauber, dreieinhalb und noch nicht sauber. Mein Treppenbelag, mein Boden, und der ganze Flur wird nach Urin riechen, genau wie in den Mietskasernen …

»Hör mir mal zu«, sagte sie ärgerlich. »Es gibt Dinge, die ich einfach nicht dulden werde. Und das ist eins. Du kannst deiner Mutter ausrichten, dass ich das gesagt habe.«

Er antwortete nicht, sondern sah sie nur weiter ernst an.

»Hast du gehört, was ich gesagt habe?« Sie legte ihm die Hand auf den Arm.

Er schüttelte die Hand ab, stand auf und hüpfte die Treppe hoch. Oben auf dem Absatz blieb er stehen, stierte auf sie herab und schrie: »Nacktfrosch im Hemde – sitzt inne Fremde – weiß nich wie und kricht – Juhuuh! Crunßß – Crunßß – Crunßß!«

Sie machte eine Bewegung, als ob sie ihm nachlaufen wollte, aber er streckte ihr die Zunge raus und hoppelte weiter hoch, schnell, mit Trampelschritten.

Als sie die von ihm hinterlassene Pfütze aufwischte, ging ihr durch den Kopf: Vielleicht ist er nicht besonders helle, dreieinhalb Jahre und hängt noch an der Nuckelflasche, nässt sich noch ein, aber seine Augen sind hochintelligent, fast zu intelligent, und er ist wissbegierig, stellt dauernd Fragen, wie es sich für jedes normale Kind gehört. Er hatte die Milchflasche auf der Treppe stehen lassen. Nun, die würde sie in die Mülltonne werfen, und dann würde sie Mamie Powther die Sache mit der Wäscheleine erklären und dabei auch gleich sagen, sie solle J. C. von der Vordertreppe fernhalten.

Sie ging nach hinten in den Garten zu Mamie Powther, die sich gerade wieder bückte, und überlegte: Ich fange mal so an – »also, wegen der Wäscheleine ...«

Aber sie kam nicht zum Anfangen, denn sie hörte eine Männerstimme: »Heh, Mamie, wie sieht's aus?«

Auf der anderen Seite der Wäscheleine stand Bill Hod.

Mamie Powther sagte: »Herrgott, Schätzchen, hast du mich erschreckt! Hab dich gar nicht kommen hören. Und wie geht's dir so?« Sie lachte. Es klang warm und fröhlich. »Komm mit hoch und kuck's dir an. Is alles durch'nander, aber 'ne Tasse Kaffee kann ich dir bieten.«

Das lasse ich nicht zu, dachte Abbie. Der kommt mir nicht in meinen Garten.

Mamie wandte sich in Richtung Haus. »Oh! Guten Morgen, Missus Crunch. Hab Sie gar nicht gesehen«, sagte sie und entblößte lächelnd ihre kräftigen weißen Zähne. »Darf ich vorstellen, mein Cousin, Mr. Bill Hod.«

In der Küche ließ Abbie sich auf den nächsten Stuhl sacken, saß zitternd da, als ob sie fröstelte, und dachte: Das Haus, der Major, die Dumble Street. In der Reihenfolge. Er hatte ihre Wahl missbilligt, nicht so sehr das Haus selbst, obwohl es groß und heruntergekommen war, es hatte jahrelang leer gestanden, die Reparaturen würden teuer werden, aber das Haus war es nicht, es war die Lage. Nahe am Fluss, nahe am Kai. Er fand, Flüsse und Hafenanlagen seien keine gute Gegend zum Leben. Aber das Haus war aus Backstein, und Abbie hatte sich immer ein Backsteinhaus gewünscht, es kostete auch ganz wenig, und so hatten sie es gekauft.

Es war jetzt beinah zwanzig Jahre her, dass das passiert war. Das alles. Trotzdem schaudert es mich, wenn ich Bill Hod sehe, als ob es gestern gewesen wäre. Es war an einem Samstagnachmittag im August. Der Henker stand in vollem Laub. Sie war vor die Tür gegangen, um eine Handvoll besonders schöner Blätter für ihre Sonntagsschulklasse morgen früh zu sammeln. Zufällig hatte sie die Straße in Richtung Franklin Avenue hinuntergeschaut und den Major herantorkeln sehen, gestützt von Bill Hod. Manchmal blieb er stehen und schwenkte beide Arme durch die Luft oder vollführte vage Gesten mithilfe seines Gehstocks mit dem Goldgriff, manchmal schleifte er den Stock hinter sich her über den Bürgersteig oder bohrte ihn senkrecht in die Luft.

Sie ging ins Haus, wartete und sah beiden vom Fenster aus zu. Als sie vor der Treppe ankamen, zog sie die Tür auf.

»Geht ihm schlecht«, sagte Bill Hod.

Sie kannte sie, diese Männer, denen es »schlecht geht« und die von peinlich berührten treuen Freunden nach Hause geschoben und gezogen wurden. Mrs. O'Learys Mann ging es jeden Samstagabend und den ganzen Sonntag »schlecht« – so erzählten jedenfalls die Kinder.

»Das sehe ich«, antwortet sie kühl. Sie hatte das alles oft genug gesehen, den unsicheren, stolpernden Gang und die trüben, ins Leere starrenden Augen der betrunkenen Penner, die in Eingängen schliefen, auf dem Kai herumlagen, unter den schützenden Ästen des Henkers hervorgetorkelt kamen, sie kannte diese Art »Schlechtgehen«.

Der Major roch nach Whiskey, er roch nicht einfach danach, er hatte den Geruch an sich, als hätte er in Whiskey gebadet.

»Setzen Sie ihn da in den Sessel ...«, sie zeigte auf die Wohnzimmertür und legte hastig Zeitungen darum herum aus. Mein Teppich, mein schöner neuer Teppich, dachte sie.

»Er gehört ins Bett.«

Der Major sagte etwas, oder wollte es zumindest. Es kam aber nur ein verschwommenes Gemurre aus dem Hals, ein widerliches Suffgeräusch, als ob sogar die Muskeln in seiner Kehle betrunken wären.

Sie drehte sich zu Bill Hod. Oh ja, den kannte sie auch. Sie hatte versucht zu verhindern, dass er die Alkoholausschanklizenz für die Kneipe, die er gegenüber betrieb, bekam.

»Raus aus meinem Haus.«

Bill Hod sagte: »Der Mann ist krank. Holen Sie lieber einen Arzt.«

Aus dem Hals des Majors kam wieder das widerliche Suffgemurre, und der Geruch von etwas, das bei ihr unter billiger Whiskey lief, schien sich im ganzen Zimmer auszubreiten. Sie dachte: Den Geruch ertrage ich nicht, wenn ich hier nicht schnell rauskomme, wird mir auch schlecht. Bill Hod rührte sich nicht, er sah sie nur an, starrte sie an, herausfordernd.

Sie nahm einen Schürhaken vom Kamin, einen sehr alten, handgefertigten Haken, schwarz, plump aussehend, der in ihrer Familie von einer Generation an die nächste weitergereicht wurde, und schon als sie ihn in die Hand nahm, spürte sie die Kälte des Metalls, das Grobe, die Schwere und überlegte: Ob der schon mal als Waffe benutzt worden ist?

Sie sagte: »Gehen Sie jetzt aus meinem Haus oder soll ich die Polizei rufen?«

Der Schürhaken rutschte ihr aus der Hand und polterte auf den Kaminboden. Sie dachte: Gleich wird Bill Hod mich schlagen, nein, nicht schlagen, diese Augen, diese Stimme, sie hatte nie so eine Wut in einer menschlichen Stimme gehört, der wird mich, dachte sie, gleich umbringen. Mit Händen erwürgen. Er ging einen Schritt vor, und seine Augen waren kalt, absolut unmenschlich. Henkeraugen. Ein Henkergesicht.

»Du Idiotin – du gottverdammte Idiotin – hol einen Arzt …« Und weg war er.

Sie ging in die Küche und setzte sich an den Tisch. Sie konnte nicht geradeaus denken. Sie hätte Hod gern im Gefängnis gesehen. Sie hörte immer noch den Atem des Majors, schwerfällig, überlaut, es klang wie Schnarchen. Betrunken. Sternhagelvoll. Was war bloß über ihn gekommen? Die Leute würden sie auslachen. Die Präsidentin der Christlichen Temperenzlerinnen-Union am Ort, und der Ehemann zu betrunken zum Geradestehen. Ha-ha, ha-ha, ha-ha. Die farbige Präsidentin der weißen Union. Mit betrunkenem Ehemann. Tja, der ist auch farbig. Ha-ha, ha-ha, ha-ha.

Sechs Uhr. Abendbrotzeit. Und er klang noch immer genauso. Link ging immer wieder auf Zehenspitzen zu ihm, um nachzusehen, und kam mit erschrockenem Gesicht und erschrockenen Augen zurück in die Küche, aber er war zu fasziniert, um auf ihre Warnungen zu achten, er solle aus dem Wohnzimmer bleiben.

Sie hatte ganz vergessen, dass sie Frances zum Essen eingeladen hatte. Link hatte wohl im Flur gewartet, auf den Türklopfer gewartet, um als Erster an der Tür zu sein und Frances hereinzulassen. Frances ging direkt in die Küche, und Link sagte, noch bevor sie den Hut annehmen konnte: »Onkel Theodore ist krank. Ist im Wohnzimmer, und um ihn rum sind lauter Zeitungen auf dem Boden.«

Frances ging sofort weiter zum Wohnzimmer, um nach ihm zu sehen, und Abbie ging hinterher. Frances horchte auf seinen Atem, blieb auf der Türschwelle stehen, um genau hinzuhören, dann lief sie durchs Zimmer, beugte sich über ihn, sah skeptisch drein, fühlte ihm den Puls, zog die Augenlider hoch, und bei jedem Schritt um ihn herum raschelten die Zeitungen unter ihren Füßen.

Als sie endlich etwas sagte, klang ihre Stimme noch barscher, als Abbie je gehört hatte, und ihre Brille schien mehr als sonst zu funkeln. »Er ist schwer krank, Abbie«, sagte sie, »todkrank. Ich denke, er hatte einen Schlaganfall. Ich hole einen Arzt ...«

Abbie glaubte noch immer nicht an Krankheit. Er war ein Hüne, über einsachtzig, fast zwei Zentner schwer und sah noch massiger aus als normalerweise, wie ein Gebirge. Vielleicht nur, weil er so im Sessel hing. Sein Kopf war auf die Schulter gekippt, als hätte er keine Verbindung mit Hals und Wirbelsäule. Sein Mund stand offen, ein Speichelfädchen rann heraus und über die Wange. Die Arme baumelten nach unten, die Hände waren aufgeklappt und schlaff und baumelten auch. Genauso sahen die Betrunkenen aus, die im Sommer unter dem Henker schliefen, so rochen sie, so klangen sie, derselbe seltsame Schnarchlaut kam aus seiner Kehle. Nur dass – seine Hände ... Sie befühlte beide. Sie waren kalt. Er hatte immer warme Hände, wunderbare große warme Hände.

Dann kam Frances mit dem neuen Arzt ins Wohnzimmer, Dr. Easter. Ein schwarzer Mann, vermutlich noch jung, aber er führte sich so wichtigtuerisch und achtungheischend auf, als ob er über siebzig wäre. Er klappte gar nicht erst seine Tasche auf, sondern fühlte dem Major gleich den Puls, beugte sich über ihn und horchte ihn offenbar ab, nur mit dem Ohr, dann richtete er sich auf und sagte: »Wir müssen ihn ins Bett bringen. Sofort.«

Ach, aus der Karibik kommt der, dachte Abbie. Und fragte: »Ist er –«

Aber er unterbrach sie: »Ich weiß es nicht, Madam. Er ist sehr krank. Ich kann darüber jetzt nicht diskutieren. Keine Zeit dafür. Miss Jackson, ich brauche Hilfe. Wir müssen ihn ins Bett schaffen. Sofort.«

Er benahm sich, als ob sie im Weg wäre. Frances auch. Frances telefonierte schon wieder. Und fast augenblicklich standen zwei Männer vor der Haustür und gleich danach im Wohnzimmer. Vielleicht ging es nicht so schnell. Aber es wirkte so. Als sie auch endlich oben ins Schlafzimmer kam, hatten sie den Major entkleidet und ins Bett gelegt. Der Whiskeygeruch war verschwunden. Jetzt konnte sie auch sehen, dass sie recht gehabt hatten, er war ganz ganz furchtbar krank. Unglaublich. Er war doch nie krank gewesen in all den Jahren, die sie verheiratet waren. Seine Hautfarbe hatte sich verändert. Jetzt war sie grau. Die Haut grau. Er lag regungslos unter der Bettdecke und der weichen rosenroten Überdecke, der Kopf vollkommen ruhig auf dem Kissen, auch die Hände mit den kräftigen Knochen ruhig, offen, alle Finger ausgestreckt, auf der rosenroten Decke.

Er lag nie ruhig im Bett. Er drehte und wälzte sich im Schlaf herum, als wäre der Schlaf ein Feind und er entschlossen, ihn niederzuringen, anzukämpfen gegen die Laken und Decken und Kissen, die vorderste Verteidigungslinie des Feindes. Im Winter lag er morgens immer auf der Seite und hatte die Bettdecke so über die mächtige Schulter gezogen, dass sie jedes Mal beim Aufwachen dachte, sie hätte im Zelt geschlafen, wie ein Zelt ragte die Bettdecke über die Schulter des Majors, aber um ihren Hals und ihren Rücken und den Bettdeckentunnel hinunter zog es. Wenn der Major aufstand, sah das Bett aus wie ein Schlachtfeld, alles zerfurcht und zerwühlt, das Laken zerknautscht, die Decke auf dem Fußboden. Sie fragte sich oft, ob dieses Bettzerfleischen in der Familie lag, in manchen Familien kamen ja Gaumenspalten, vorstehende Zähne und Rheuma vor, vielleicht waren die Crunchs eben seit Generationen Bettzerfleischer, unfähig, ruhig im Bett zu liegen, und mit einem angeborenen Zwang, sich zu drehen und zu wälzen, Laken wegzuzerren und Decken wegzuschubsen und Kissen wegzuprügeln, im Krieg gegen den Schlaf. Sie warf dann immer einen letzten angewiderten Blick auf ihn und ging leise nach unten, Kaffee kochen.

Gegen sieben hörte sie seine Schritte auf der Treppe, schwer, aber behände. Er kam singend die Stufen herunter, er hatte einen reinen Tenor voller Schmelz, für einen so massigen Mann eine absolut unpassende Stimme. »Wecke früh mich, liebe Mutter, wecke früh mich morgen auf«, sie hatte den Verdacht, dass er genau die Zeit kalkulierte, denn sobald er an der Küchentür war, schmetterte er laut: »Denn Mutter, ich werde Maikönigin, morgen zum ersten Mal.« Dann küsste er sie, tätschelte ihr die Hand und sagte: »Nun denn, Abbie, ein neuer Tag, ein neuer Teig, sagt der Bäcker zur Knetmaschine.« Er gab ein röhrendes Lachen von sich, so laut und mit so viel Lungenkraft dahinter – aber vielleicht lag es nur an der Tonhöhe, jedenfalls brachte sein Lachen Teller, Tassen und Untertassen auf dem Tisch zum Klappern.

Sie saß die ganze Nacht an seinem Bett. Noch etwas hatte ihr gezeigt, wie entsetzlich krank er war, nicht nur, dass er so ruhig dalag. Als sie ins Zimmer gekommen war, hatten Frances und Dr. Easter über ihn gebeugt gestanden, sich aber, kaum dass sie sie sahen, aufgerichtet und waren zur Seite getreten, weg vom Bett, mit ausdruckslosen Gesichtern. Diesem Danebenstehen hatte sie entnommen, dass er vielleicht nicht überleben würde. So wortlos daneben standen Leute, wenn die trauernde

Hauptperson hereinkam, um den Leichnam zum ersten Mal zu sehen. Manchmal hielt sie seine Hand, die große starke Hand – eine Hand voller Mitgefühl und Zärtlichkeit, die anderswo und unter anderen Umständen einem Chirurgen gehören könnte, denn ihre Finger waren enorm feinfühlig, beherrscht, geschickt. Manchmal betete sie, neben dem Bett kniend, das Gesicht in den Händen verborgen, mit dem hauchfeinen Lavendelduft der Bettwäsche in der Nase. Ihr einstiger Stolz auf die feine Bettwäsche, die Bettfedern, die Rosshaarmatratze, die weichen Decken, ein Stolz auf Dinge, die jetzt wertlos waren, bedeutungslos. Lass ihn nicht sterben. Ihre Schuld. Sie hätte erkennen müssen, dass er nicht betrunken war. Er war krank. Lieber Gott, lass ihn nicht sterben. Ich kann nicht leben ohne ihn. Ich würde auch nicht wollen.

Dr. Easter kam während der Nacht immer mal wieder ins Zimmer. Sie wusste, er tat für den Major, was er konnte. Aber die Atmung veränderte sich nicht, nur dass sie, aber das bildete sie sich vielleicht ein, vielleicht hatte sie sich daran gewöhnt, nicht mehr so laut klang. Frances, dachte sie, war die ganze Zeit irgendwo im Zimmer.

Gegen Morgen sagte Frances: »Geh nach unten, Abbie. Geh mal nach draußen, ein bisschen Luft schnappen. Ich bin hier. Ich rufe dich, wenn ich dich brauche.«

Sie ging schweren Herzens. Wenn er starb, war sie schuld. Es wäre in Wahrheit Mord. Sie hätte es erkennen müssen. Sie hätte den Arzt holen müssen, sobald der Major im Haus war. Sie hatte ihn in den Sessel gesetzt und da gelassen. »Um ihn rum sind lauter Zeitungen.« Links junge Stimme. Vorwurfsvoll, oder? Der neue Teppich. Zeitungen. Der Monmouth Chronicle. Von gestern. Über den Fußboden verteilt.

Sie blieb auf den Eingangsstufen stehen. Es wurde allmählich hell. Noch waren ein paar Sterne am Himmel.

Oder waren das nur Tränen in ihren Augen? Tränen. Keine Sterne. Es war taghell. Der Henker hing breit und dunkel nach rechts über. Lieber Gott, lass ihn nicht sterben. Sie sah unter sich auf den Bürgersteig. Da stand etwas geschrieben. Genau vor dem Haus. Sie ging die Stufen hinunter, sie wollte gar nicht wissen, was immer da stand, und hatte gleichzeitig Angst, es nicht zu lesen, in Gedanken an all die Geschichten über die prophetischen Kräfte von Cesar the Writing Man, der kreuz und quer durch Monmouth zog und Bibelverse auf Bürgersteige schrieb. Auch auf der Dumble Street.

Sie konnte es erst nicht entziffern. Da waren so viele Kringel und Ranken und Schnörkel und Zierteilchen in Rosa, Rot, Blau und Gelb, dass es aussah wie ein hintersinniges Kreidemuster auf dem Bürgersteig. Ihre Augen füllten sich mit immer mehr Tränen, sie schossen einfach immer weiter hoch, bis sie nicht mehr klar sehen konnte. Sie wischte sie immer wieder mit dem Handrücken weg. Nicht weinen. Nicht weinen. Lieber Gott, lass ihn nicht sterben. Lass ihn nicht sterben. Ich darf nicht weinen. Ich darf nicht weinen.

Sie zwang sich, nicht mehr zu weinen, um lesen zu können, was Cesar auf den Bürgersteig vor ihrer Tür geschrieben hatte. Als sie es gelesen hatte, schrie sie laut auf, zitternd und gepackt von Angst, von Entsetzen, abwehrend: »NEIN! NEIN! NEIN!« Und plötzlich war der Morgen unerträglich, die Sonne kam heraus, die Luft füllte sich mit dem Geruch vom Fluss, Nebel wehte herüber vom Fluss und feucht und kalt in ihr Gesicht. Sie bückte sich und las noch einmal: »Zu ihren Füßen verbeugte er sich, fiel nieder und lag da: zu ihren Füßen verbeugte er sich, fiel nieder: wo er sich verbeugte, da lag er tot.«

Sie wandte sich ab und ging ins Haus zurück, ihr war so schrecklich schwindelig, dass sie am liebsten vornüber aufs Gesicht gekippt wäre, einfach vornüber fallen und nie wieder aufstehen, aber sie lief die Treppe hoch und horchte, horchte, horchte jetzt auf genau das Geräusch, das sie so wütend gemacht hatte, als sie es zum ersten Mal gehört hatte, und das sie jetzt hören wollte, jetzt betete sie, es noch hören zu können. Sie blieb in der Tür zum Schlafzimmer stehen und hörte ihn, den seltsamen schnarchartigen Atem des Majors, eindeutig nicht mehr so laut, nicht mal mehr so laut wie vorhin, als sie das Zimmer verlassen hatte.

Seine Hände waren noch immer kalt, aber sie reagierten auf ihre Berührung. Er erkannte sie. Anscheinend konnte er nur durch einen anhaltenden leichten Druck der Hand ausdrücken, dass er sie wahrnahm.

Er starb in der Nacht. Kurz bevor er starb, versuchte er sich aufzusetzen, schien sich zu verbeugen und sagte: »Das Haus – Abbie – das Haus ...« Den Rest verstand sie nicht mehr, der Rest war nur noch ein Murren in der Kehle, dann kippte er vornüber, und sie barg ihn in ihren Armen.

Leere. Nur Schluchzen. Dann die Beerdigung. Ich werde nicht weinen. Wo kommen all diese Leute her? Ich werde nicht weinen. Ich werde keinen Laut geben. Und all die Blumen. So viele Blumen. Die ganze Vorderseite der Kongregationalistenkirche für Farbige voller Blumen. Als sie frisch verheiratet waren, hatte sie vorgeschlagen, in die Kongregationalistenkirche für Weiße zu gehen, aber er hatte sagt: »In der weißen Kirche könnte ich nie Gemeindeältester werden. Das ist auch in Ordnung. Ich will aber Gemeindeältester werden, also bin ich in der farbigen Kirche.« Ich werde keinen Laut geben. So viele Leute. So viele Blumen. Alte Männer mit feuchten Augen. Denen hat er Priem gekauft und Kautabak. Farbige und weiße. Der Governor hat geweint. Seine Frau auch. Gegenüber vom

Gang. Und Kinder. Eigentlich komisch. Aber für die hatte er immer Lutscher in der Tasche. Sogar junge Männer. Farbige und weiße. Er konnte immer tolle Geschichten erzählen. Der geborene Geschichtenerzähler.

Ich werde nicht weinen. So viele Leute. All die Frauen aus der Dumble Street, die morgens mit kleinen Papiertüten unterm Arm zur Arbeit gingen. Alle hier. Und der Schneider und der Mann von der Bäckerei und der Mann, der den Lebensmittelladen hatte. Reiche Leute. Arme Leute. Junge Leute. Alte Leute. Ich werde nicht weinen. Sogar die leichten Mädchen von der Dumble Street. Beine und Busen immer knapp vor der kompletten Entblößung, total am Lachen oder total am Heulen, total am Singen oder total am Fluchen. Vor denen hatte er immer den Hut gezogen, als verbeugte er sich vor der Königin von England. Der Kaiserin von Indien. Der Governor, weißhaarig, auf den Stock gestützt, einen Stock mit Goldgriff, genau wie der, den er dem Major geschenkt hatte. Ich werde nicht weinen. Dem Governor laufen Tränen über die Wangen. Seiner Frau auch.

Schau nach vorn. Schau auf die Blumen. Halt alles in dir ruhig. Frances hat ihre Hand auf meiner liegen. Lass sie nicht weg. Halt sie da. Bis jetzt alles in Ordnung. Die Gebete vorbei. Die Lesung aus der Heiligen Schrift vorbei. »Du freundlich Licht, zeig mir den Weg«, vorbei. Ich bin die Auferstehung und das Leben: Wer an mich glaubet. Wie komme ich den ganzen Gang entlang. Nicht weinen.

Sie war nicht vorbereitet auf – ach, wer wäre es gewesen. Wer hat das hier geplant? Nicht diese Frau. Sie stand jetzt auf. Dann sang sie also gleich. Jetzt die Orgel. Der Governor, vermutlich. Einen weißen Organisten hatte sie nie hier gesehen. Der Major hatte manchmal im Chor gesungen. Und Solos. Aber nur dreimal im Jahr. Er sagte: »Du spielst da Orgel, Abbie. Wenn ich jeden Sonntag Solos singen würde, sähe das nicht gut aus. Die Leute würden denken, wir hätten die Kirche gekapert.« Weihnachten. Ostern. Kindersonntag. Da sang er Solos. Er ist auferstanden. Halleluja. Stille Nacht, heilige Nacht. Der Schmelz in der Stimme. Sein schmelzender Tenor. Immer am Summen und Pfeifen und Singen.

Der fremde Organist spielte »Goin' Home«. Und die Frau würde das gleich singen. Dick, die Frau. Hellbraun. Sommersprossen im Gesicht. Sopran. Aus der Baptistenkirche. Eine Stimme wie ein Schrei aus dem Grab. Trauer. Kummer. Reue. Anklage – eine Stimme wie keine andere. Die hohen Töne ein bisschen falsch, absichtlich falsch, das war nicht mehr gesungen, das war ein Wehklagen und ging wie ein Echo durch Mark und Bein.

Beim ersten Laut dieser überirdischen, furchtbar sorgenvollen Stimme befahl sie sich: Denk an etwas, das du an ihm nicht mochtest. Sonst wirst du ohnmächtig. Dir steckt der Kummer im Hals, und er wird sich Bahn brechen. Lass dir schnell etwas einfallen.

Die Geschichten, zum Beispiel. Die Geschichten über seine Familie. Sie hatte diese Geschichten nie gemocht. Und er erzählte sie mit Wonne. Seine Leute seien Sumpfnigger, sagte er immer und lachte. Sein Urgroßonkel Uncle Zeke, zum Beispiel, der hatte rote Augen und Kröten und Wurzeln in den Taschen und konnte hexen. »Sagt mir nicht auf Wiedersehen.« Hatte er auf dem Bahnhof mal zu ihnen gesagt. Stimmten die Geschichten eigentlich? Gab es damals schon Eisenbahnen? Wenn sie aus dem Zug stiegen, stand Uncle Zeke wartend auf dem Bahnsteig. Uncle Zeke konnte auf dem Bauch im Bett liegen und plötzlich hochsteigen und kreiseln, einen Meter hoch, und rum und rum, Bauch nach unten, knochige, aus dem weißen Nachthemd ragende Beine, rote Augen unter geschlossenen Lidern, so schwebte er kreiselnd über dem

Bett und sagte immer dasselbe: »Kuck mal die Fittiche, Sam, kuck mal die Fittiche.« Niemand hat je erfahren, was er damit meinte.

Hatte der Major sie erfunden? All die Geschichten über die längst verstorbenen anderen Mitglieder der Familie Crunch erfunden? Aber die Einzelheiten waren so lebhaft. Die Geschichten wurden offenbar immer und immer weitergegeben, erzählt auf immer gleiche Weise, deshalb klangen sie wahr. Sie wusste sogar, wie Uncle Zeke aussah, ein kleiner dunkler Mann, der hinkte, und seine Hände fühlten sich eklig an, feucht und kalt. Wann immer jemand krank war, wurde Uncle Zeke geholt. Sie wusste sogar, wie seine Stimme klang, hoch und käckernd, fast weiblich. »Zeke bebrütet das. Zeke hockt sich ans Feuer. Und Zeke bebrütet das. Sch-sch-sch. Zeke brütet.« Und der Wind heulte den Kamin herunter.

Sperr diesen Klageton weg. Bleib bei den Erinnerungen. Du mochtest die Geschichten nicht. Er hat diese Leute wieder zum Leben erweckt. Das war pathetisches, primitives Volk, dass sie überhaupt existiert hatten, selbst vor langer Zeit, kam dir vor wie ein Affront gegen alles, woran du glaubtest und wofür du standest. Sein Urgroßvater Theodore Crunch hat bei einer Schlägerei in einem Kneipenvorgarten einem Iren das Ohr abgebissen. Und ein anderer von den männlichen Crunchs hat nach der Emanzipation immer vor seiner Haustür Ausschau gehalten und alle kleinen Negerbabys, wie er sie nannte, eingesammelt, für zehn Dollar pro Stück an jeden verkauft, der sie haben wollte, und erklärt, er habe ihren Anblick satt. Der Rest der Familie musste dann aufs Land ausschwärmen und die Kinder zurückholen.

Oder Aunt Hal, zum Beispiel, die trug immer Männerschuhe und konnte auch hexen und wollte mit ihren Zauberbüchern begraben werden; laut der Geschichte bot ein weißer Mann tausend Dollar für die Zauberbücher, aber die hinterbliebenen Crunchs wagten nicht, sie zu verkaufen, denn Aunt Hal hatte auf dem Sterbebett gedroht: »Die Büchers gehn mit mir innie Kiste. Wehe, die holt wer raus, ich komm zurück. Aber wenn ich zurückkomm muss, dann nehm ich jeden von euch Niggern mit übern Jordan.«

Aunt Hal war einsachtzig auf Strümpfen, Aunt Hal trug lange schwarze Kleider, Aunt Hal hatte eine tiefe Stimme, Bass, eine Männerstimme. Und schwarze unergründliche Hexenaugen, Zigeuneraugen. Wenn einer der früheren Crunchs starb, wurde Aunt Hal nicht zur Beerdigung geladen. Aber kaum brach der Leichenzug auf, thronte Aunt Hal auf dem Leichenwagen, ritt bei der Prozession mit, bestimmte, wo es langging, hielt sich mit einer Hand fest und drehte mit der anderen den Trauernden in den Kutschen, die dem Leichenwagen folgten, eine Nase. Jemand rief: »Peitsch'ie Pferde! Peitsch'ie!« Und der Leichenwagen wurde schneller und schneller, Aunt Hal hielt sich fest und hopste auf und ab, schneller, schneller, und der tote Crunch im Sarg war komplett vergessen. Die lebenden Crunchs hinter dem Leichenwagen steckten die Köpfe aus den Kutschenfenstern und riefen: »Peitsch'ie! Peitsch'ie Pferde! Wenn Hal runterfällt, drübermangeln! Über Hal drübermangeln!« Gottlose Bagage. Keine einzige Geschichte handelte von Güte und Gnade, es ging immer nur um Tod und Grausamkeit. Die Leute blieben stehen und sahen staunend zu, Pferde im gestreckten Galopp, schnelle, wütende Hufschläge, schwankende Kutschen, Hal, die sich an die Seiten des Leichenwagens klammerte und sich nicht abwerfen lassen wollte, und am Ende auf dem Friedhof, als der Sarg in die Grube gesenkt wurde, spuckte sie auf alle, spuckte auf sämtliche dunkelhäutigen Crunchs, die sie über das offene Grab hinweg wütend anfunkelten, und sagte: »Tja! Bin doch beie Vererdigung. Oder etwa nich?« Tiefe Bassstimme. Männerstimme.

Mit der Erinnerung an die Geschichte von Hal schaffte sie es den Gang entlang, hinter dem Leichnam des Letzten der Crunchs, des letzten Theodore Crunch. Heim zu seinen Vätern. Zurück in die ewige Heimat. Wo die anderen Crunchs auf ihn warteten. Dieser, der Letzte von ihnen, hatte nie den gewünschten Sohn bekommen. Hatte überhaupt nie Kinder. Ein Mann, der Jungs und Gärten und Pferde liebte. Jungs liebte. Deshalb hatten sie Link adoptiert. Auf Drängen des Majors. Wo war Link? Beim Gottesdienst war er nicht. Sie dachte an ihn, dieses eine Mal, als sie aus der Kirche kam. Danach nicht mehr. Vergaß sie ihn, als hätte er nie existiert. Weil sie glaubte, dass sie schuld am Tod des Majors war.

Alles so lange her, aber sie erinnerte sich daran, als wäre es gestern passiert. War nie wirklich drüber weggekommen. Weil sie das Gefühl nicht los wurde, dass sie schuld am Tod des Majors war. Aber da war doch dieser Whiskeygeruch gewesen, und deswegen hatte sie ihn nicht richtig angesehen, nicht ansehen wollen. Bill Hod hatte ihn nach Hause gebracht, und es hatte nach Whiskey gerochen.

Sie saß in der Küche und hörte jemanden pfeifen. Dann ging Bill Hod an der Hintertür vorbei. Das heißt, der war die ganze Zeit da oben. Sie hatte ihn nicht die Treppe herunterkommen gehört. Er hatte überhaupt kein Geräusch gemacht. Nur eine Melodie, die scheinbar von allein pfeifend die Außentreppe hinten herunter und näher und näher kam. Die Melodie kannte sie doch. Woher? Natürlich. Link hatte sie gepfiffen, als er aus dem Haus ging, Mamie Powther hatte sie gesungen, beim Wäscheaufhängen: I'm lonesome – lonesome.

Ich weiß nicht, was ich machen soll, stellte sie fest. Dann richtete sie sich auf. Sie würde sich jetzt Tee kochen und dann würde sie zu Frances gehen und sie um Rat bitten, wie sie, auf höfliche Weise natürlich, die Powthers schnell wieder los wurde.

In der Treadway Munitions Company ging der Zwölf-Uhr-Pfiff los. Tee zum Mittagessen? Nein. Sie wärmte Suppe und Brötchen auf und machte einen Salat. Dann deckte sie den Tisch so sorgfältig, als ob sie einen Gast erwartete, und dachte: Ich war immer schon der typische Engländer, der sich selbst im Dschungel zum Abendessen feinmacht. Dann setzte sie sich zu Tisch, beugte den Kopf und sprach den Segen.

»Machs'n du da?«

Sie fuhr hoch. J. C. stand in der Küche, direkt neben dem Tisch. Er hatte denselben Gesichtsausdruck wie die Leute, die einmal im Halbkreis auf der Franklin Avenue gestanden und auf etwas unter sich gestarrt hatten – diese Mischung aus Verblüffung und Ehrfurcht und Angst. Gewöhnlich mied sie Menschenansammlungen auf der Straße, aber etwas an den Gesichtern dieser Leute war so ungewöhnlich, dass sie neugierig stehen blieb. Auf dem Bürgersteig befand sich, ohne die in respektvollem Abstand stehende Menge zu beachten oder sich zu rühren, eine Gottesanbeterin. Sie musste fast lachen bei dem Gedanken: Ich sehe bestimmt genauso aus wie die Gottesanbeterin für den schmutzigen kleinen Jungen. Und schmutzig war alles an ihm – Gesicht, Hände, Kleidung.

»Was has'n du macht?« Immer noch Ehrfurcht im Gesicht.

»Ich habe das Tischgebet gesprochen.« Er bewegt sich wie ein Mäuschen, dachte sie. Ich habe ihn nicht hereinkommen gehört. »Ich habe einen Segen gesprochen.« Keine Reaktion. »Vor dem Essen«, sagte sie bedächtig,

»segnet man die Mahlzeit.« Sie erwartete, dass er fragte, warum, aber er tat es nicht.

»Wo sitzen?«, fragte er fordernd. Er war näher gerückt, noch einen Schritt näher, und er würde mit der Nase in ihrer Suppe hängen.

Ach, dachte sie und stand auf, ein Mal ist kein Mal. »Setz dich da hin.« Sie zeigte auf den Stuhl, auf dem Link immer saß. »Aber warte mal eben.« Sie wusch ihm die Hände und das Gesicht. Er ließ es unkommentiert. »So«, sagte sie, »jetzt darfst du dich zu Tisch setzen.«

Sie deckte für ihn, goss Milch in ein Glas und gab es ihm in die Hand, dann konnte er gleich mal damit anfangen, Milch aus dem Glas statt aus der Nuckelflasche zu trinken. Er aß ohne Pause und ohne ein Wort zu sagen, aber er murmelte beim Essen fast melodiös vor sich hin, hmmh, hmmh, hmmh, hmmh. Die Milch trank er in hastigen Schlucken, eine große Schüssel Apfelmus verputzte er restlos, dann schnappte er sich drei Kekse, sagte: »Mich muss los jetz«, und lief aus der Hintertür.

»Oh je!«, sagte sie laut.

3

Samstagnachmittag, und Jubine, der Fotograf, lehnte am Schreibtisch, am Tresen, an der Schranke, am Pult oder wie immer das hieß, was die junge Frau in der Telefonzentrale des Monmouth Chronicle von den Leuten trennte, die ihre Hochzeits- und Trauer-, Geburts- und Taufanzeigen durchgeben oder sich über falsch geschriebene Namen beschweren wollten.

Jubine lehnte sich darüber und flüsterte ihr ins Ohr: »Wie schön sind deine Füße in den Sandalen, du Fürstentochter! ...«

Die junge Frau wandte sich um und lächelte ihn an, ihr Gesicht kam seinem sehr nahe und entfernte sich auch nicht sofort wieder.

»Jubie!«, sagte sie. »Ich wusste auch ohne Hinkucken, dass du das bist.«

»Du meinst, die brillanten jungen Männer beim Chronicle sprechen kein Englisch mehr? Reden die etwa in unbekannten Zungen? Oh, ich vergaß. Die reden alle Bullockesisch – die zornrotglühende Lästersprache. Und somit ist Jubine, selbst wenn er flüstert, sofort zu erkennen.« Er balancierte eine Zigarre einmal rings um den Mund.

»Wo warst du denn?«, fragte sie.

»Och, unterundunterundunterwegs. In Kreisen. Vorwärts und rückwärts und ringsherum.«

»Und wieso haben wir dich nicht gesehen?«

»Wir? Wir? Du meinst dich, oder? Hab ich dir gefehlt?«

»Natürlich.«

»Und du hast mich nicht angerufen?« Er wartete die Antwort nicht ab. »Zu viel zu tun? Kein Telefon? Kein Kleingeld für ein Telefon? Oder nervt dich die Telefonfirma so, dass du Telefone boykottierst? Wie wär's mit Essen? Heute Abend?«

»Jubie, ich finde dich ja süß. Aber ich möchte nicht neben einer Leiche ein Sandwich essen. Weder mit dir noch ohne dich. Oder auf dem Kai. Oder hinten auf deinem Motorrad.«

»Frühstück. Wie wär's mit Frühstück? Sonntagmorgen. Wo immer du willst.«

»Nicht mit mir. Hab ich ein Mal probiert. Nie wieder.«

Er seufzte. »Was soll ich denn machen, wenn ich einfach immer fest dran glaube, dass mir eines Tages eine hübsche Kleine übern Weg läuft, mit schwarzen Locken wie deine und Grübchen in den Wangen wie deine und einem Mund, der Honig verheißt, wie deiner? Und die keine Matratze von Simmons oder Toaster von Toastmaster oder Bettwäsche von Cannon oder Mäntel von Gunther will und der De Beers Limited nichts sagt. Sie will mich. Sonst nichts. Sie teilt mein Pumpernickel und mein Bierfässchen mit mir und will sonst gar nichts, wenn sie nur meine Hand halten darf. Und die sieht dann genau aus wie du.«

»Was ist'n De Beers?«

»Kleines, du meinst, so weit bist du noch nicht? Oh, ich vergaß. Du bist ja erst einundzwanzig. Aber das kriegst du noch raus. Kriegen alle.«

»Jubie, du willst keine Ehefrau. Du willst auch kein Mädchen. Du brauchst nur eins bis an dein Lebensende, eine Kamera. Und du weißt das. Du kannst mich nicht veräppeln.«

»Ich dachte, du hätt'st es dir vielleicht anders überlegt.«

»Nö.« Sie stöpselte wieder routiniert Leitungen, sagte: Ja, Nein, Augenblick bitte, ach, Klappe du Depp, nee, du Volltrottel, Ja Sir, Nein Sir. »Wolltest du was, Jubie? Außer mich ankucken und Wortkunst üben?«

»Ist der Chef da?«, fragte er demütig.

»Mal sehen.«

»Bei mir kannst du die Taktik lassen, Süße. Ein Mann von dem Format im Kamelhaarmantel in der Farbe kann hier überhaupt nicht rausgehen, ohne dass du das siehst. Außerdem stampft Hornochs Bullock beim Gehen mit den Hufen und stößt Feuer und Rauch durch die Nüstern. Oder hat der ein Extra-Treppenhaus für Notlagen, nur für den Fall, dass ihn seine Vergangenheit doch mal einholt? Außerdem, dieser steuerfreie Fünftausend-Dollar-Detroit-Job liegt gleich draußen am Bordstein. Mitten vorm Eingang.«

Die junge Frau kicherte. »Wenn er da ist, soll ich ihm sagen, du hast Bilder für ihn?«

»Ich bin nicht hier, um ihm irgendwelche Bilder zu verkaufen, es sei denn, ich erliege einem jähen Mitleidsanfall. Was ich bezweifle. Sag dem Hüter der Tür, Jubine ist hier, weil Hornochs Bullock nach Jubine geschickt hat. Jubine kommt immer sofort angesprengt, wenn sein Freund, der Herausgeber, Besitzer und Verleger des Monmouth Chronicle, Ärger hat und nach ihm schickt.«

»Ärger? Ärger? Was hat der denn für'n Ärger, Jubie?«

»Vielleicht ist er schwanger. Deshalb bin ich ja so schnell hier. Ich will das auch wissen.«

Sie sagte: »Mr. Jubine für Mr. Bullock«, in die Telefonmuschel und wartete ungefähr fünf Minuten, dann sagte sie: »Ist gut.«

»Du kannst rein. Aber quäl ihn nicht, Jubie. Er fühlt sich heute nicht so.«

»Hach! Hach! Dann soll er danach leben. Ein großer

starker junger Mann im Kamelhaarmantel und fühlt sich heute nicht so. Merk dir, dass ich einen Kopf, zwei Arme, zwei Beine und einen Rumpf hatte, als du mich durch jene Tür dorten gehen sahst. Grrrrr!«, knurrte er und warf ihr einen Luftkuss zu.

Peter Bullock sah Jubine an und dachte: Ich weiß nicht, warum ich die Schwäche gezeigt habe, ihn herzubestellen, mal abgesehen davon, dass ich ihm in letzter Zeit zu verdammt viele Bilder abkaufen musste, ihn manchmal sogar anrufen und fragen musste, ob er hat, was ich will. Erst heute Morgen hatte er die Trottel in der Bildredaktion zusammengestaucht: »Was ist los mit euch? Der verdammte Jubine kommt an Bilder. Wieso ihr nicht?«

Und noch während er das sagte, hatte er gedacht: Man kann niemanden für das bezahlen, was Jubine macht, schlafen in Häppchen und selbst im Schlaf halb wach bleiben, essen wo und wann es gerade geht, immer mit dem Ohr am Polizeifunk, immer die Kamera am Mann, die Kamera als Frau, Kinder, Zuhause, Leben, Schlaf, alles. Hatte das gedacht und beschlossen: Ich biete ihm einen Job an. Und ihn herbestellt. Und hier war er. Und also bot er ihm jetzt den Job an – Leiter der Bildredaktion.

Jubine fing an zu lachen. Er nahm die Zigarre zum Lachen aus dem Mund, dann steckte er sie wieder in den Mund und zündete sie an. Bullock hatte Jubine noch nie die Zigarre anzünden sehen, seiner Vorstellung nach hielt eine einzige Zigarre ein Jahr oder so vor, denn Jubine hatte sie immer nur im Mund, kaute nicht mal darauf herum, schob sie einfach nur von hier nach da und zurück.

Jetzt stieß er eine grandiose blaugraue Rauchwolke aus. »Wissen Sie, was ich im Jahr verdiene, Bullock?«

Bullock schüttelte den Kopf.

»Raten Sie mal. Ich krieg manchmal für einen Schuss mehr, als Sie sich an Gehalt für vier Monate Arbeit von mir leisten könnten.«

»Glaube ich Ihnen nicht. Wieso kaufen Sie sich dann nichts Anständiges zum Anziehen und ein Auto? Und wohnen nicht in einem ordentlichen Haus?« Jubine wohnte in einer Fabriketage, trug Armeehosen und -schuhe und fuhr ein Motorrad.

»Wozu? Meine Klamotten halten mich warm. Mein Loft hält mir Regen und Wind vom Leib. Und ich bin frei. Sie dagegen, mein lieber Bullock, sind ein Sklave, nämlich der Gewohnheit, Ihres Hauses, Ihres Autos. Sie haben sich ein paar rohe kleine Stellen im Magen zugelegt, wunde, brennende kleine Stellen, weshalb Sie nicht essen können, was Sie wollen, und nachts nicht schlafen können, Sie haben so viele Purzelbäume geschlagen, um Ihren glänzenden langen Wagen zu bezahlen, und die müssen Sie auch weiter schlagen, um die teuren Reifen dafür bezahlen zu können, um das teure Benzin bezahlen zu können, das der schluckt. Das Ding ist ein Sklavenschiff. Überlegen Sie mal – ein Sklavenschiff, mitten im schönen neuenglischen Städtchen namens Monmouth …«

»Ach, um Gottes willen«, sagte Bullock gereizt, »gehen Sie nach Hause und essen Sie Wurzeln und Kräuter von der Wiese, gehen Sie nach Hause und leben Sie nackt in der Höhle, lieber Gott, hätte ich bloß nie –«

»Ich weiß, Bullock, ich weiß.« Mit zärtlicher Stimme, voller Mitgefühl. »Ich mag Sie, deshalb rede ich gern mit Ihnen. Wissen Sie, Ihre Zeitung könnte so gut sein, aber Sie dürfen damit nicht rumblödeln, das würde die Leser erschrecken, und dann würden die ihr Abo kündigen, und die Werbekunden würden sauer werden und ihre Anzeigen zurückziehen und – »

»Die Zeitung wird nicht von Werbekunden gemacht.«

»Das habe ich auch nicht gesagt. Aber die wären schön blöd, wenn sie Ihnen nicht klarmachen würden, dass ihnen etwas nicht passt, eine Geschichte oder ein Leitartikel.«

»Quatsch.«

»Hat noch nie ein Inserent versucht, eine Geschichte aus dem Chronicle rauszuhalten?«

»Sie lesen wohl die Prawda.«

Jubine schüttelte den Kopf. »Wollen Sie mir erzählen, in Ihrer Zeitung oder in Ihnen selbst gäb's keinen Funken, nicht mal den Hauch eines Lebensfünkchens, das einen Anzeigenkunden stören könnte? Nicht mal einen Leitartikel, nach dem ein Inserent sich am Telefon beschwert?« Er hielt inne, sah Bullock an und fuhr fort: »Wissen Sie, was dereinst über Sie und Ihre Zeitung in den Geschichtsbüchern stehen wird?«

Bullock antwortete nicht.

»Nichts. Absolut nichts. Auch Monmouth wird nicht als interessanter Ort vorkommen. Erwähnt wird es nur als Geburtsort von Jubine, dem Mann, der sein Leben lang einen Fluss fotografiert und auf die Weise das Leben von Menschen im zwanzigsten Jahrhundert festgehalten hat. Zum ersten Mal.«

»Wenn das so ist«, Bullock gab sich Mühe, trocken und überlegt zu klingen, »warum vergeuden Sie dann Ihre kostbare Zeit hier mit mir? Warum gehen Sie nicht –«

»Weil, mein lieber Bullock, ich versuche, Sie zu retten.«

Bullock ging in die Offensive. »Mich retten? Vor was retten?«

»Vor Magengeschwüren und dem Schicksal von Magengeschwüropfern, vor Sklaverei und dem Sklavenschicksal, vor Hurerei und dem Hurenschicksal ...«

»Raus hier«, röhrte Bullock. »Los jetzt, raus hier, und kommen Sie nie wieder –«

»Moment. Ich habe Ihre Weihnachtsbilder dabei.« Jubine klappte seine abgeschabte Aktentasche auf, zog ein großes Foto heraus, pustete darüber und warf ihm einen Handkuss zu. »Schauen Sie.«

Bullock sah das Bild lange an. Er kannte die Kirche sein Leben lang, aber so hatte er sie noch nie gesehen. Schnee am Boden, im Hintergrund der Fluss, der getaute Schnee machte ihn größer, breiter, vielleicht lag es auch am Aufnahmewinkel, anscheinend hatte gerade der Wind geweht, denn auf dem Wasser waren kleine Kräuselwellen, war Bewegung, und die Kirche einfach ein schlanker Turm, der hoch, sehr hoch in den Himmel ragte. Dazu eine Wolke, eine einzige Wolke weit oben. Kirche, Fluss, Himmel, Wolke, zeitlos, alterslos allesamt. Hoffnung darin und im Sonnenglitzern auf dem Fluss, auf dem Schnee, auf dem Kirchturm, der so zerbrechlich aussah und so hoch nach oben strebte, hoch und höher.

»Das ist wunderschön.« Er seufzte.

»Warum seufzen Sie?«

»Fangen Sie nicht wieder an zu reden. Ich kaufe das Bild, und Sie hauen ab und retten jemand anderem die Seele. Wie viel wollen Sie dafür?«

»Moment. Ich muss Ihnen noch etwas zeigen. Hier. Das gehört zusammen mit dem Bild von der Kirche. Eben haben Sie Religion auf dem Wye gesehen, das, wonach Menschen streben, worauf sie hoffen, woran sie glauben, etwas von ihren Träumen. Aber der Fluss verrät viele Dinge über Menschen. Hier steht die Verzweiflung dem Fluss quasi ins Gesicht geschrieben.«

Bullock betrachtete kopfschüttelnd das nächste Foto. Auch hier lag der Fluss im Hintergrund, aber das Bild war eindeutig an einem kalten Abend aufgenommen worden, denn der Wye war schwarz und hässlich. Er schien etwas gegen den Kai zu haben, denn der Kai lag im Vordergrund

und war zugeschneit, und der Fluss hatte eine Borte aus gefrorener Gischt über die Kante des Kais gezogen, als ob er ihn bespuckt hätte. Fußspuren waren zu erkennen, Männerschuhe, und auf einer Seite lag ein Männerkörper auf dem Bauch, auch eingeschneit. Die Schuhabdrücke waren schwarz auf dem weißen Schnee, in den Absatzstellen stand Wasser.

Er gab das Bild zurück, sagte nichts.

Jubine griff noch einmal in die Aktentasche. »Ich bin nach einer Stunde noch mal hingegangen – da habe ich das hier gekriegt.«

Man sah, wo der Mann gelegen hatte, den Abdruck seines Körpers. Man konnte im Schnee erkennen, wie er gekämpft, wo er sich in den Schnee gekrallt hatte, um wieder auf die Beine zu kommen, und die Fußabdrücke danach. Er hatte die Füße nachgezogen, die schleifenden unsicheren Füße waren im Zickzack bis an die Kante des Kais gegangen, und da endeten sie. Fußspuren zurück gab es nicht.

»Sie meinen – hätten Sie ihn nicht aufhalten können?«

»Aufhalten? Ich habe nicht gesehen, was er gemacht hat.«

»Aber vorher, als er im Schnee lag, warum haben Sie nicht nachgesehen, was er da macht? Sie müssen doch gewusst haben, dass er in den Fluss wollte.«

»Ich?« Jubine riss die Glubschaugen auf. Er bugsierte die Zigarre vom rechten Mundwinkel bis in die Mitte und wieder zurück in die Ursprungsposition. »Ich? Bin ich die Hand Gottes, Bullock? Muss ich mich einmischen in das Unvermeidliche, das Vorherbestimmte? Mich einmischen bei den Todgeweihten und Verdammten?«

Er machte eine Handbewegung, als wollte er die Idee von sich weisen, wegschieben. »Jubine doch nicht. Jubine beobachtet. Jubine nimmt auf, aber Jubine mischt sich nie und nimmer ein …«

»Ich wusste immer, dass Sie solche Sachen inszenieren«, sagte Bullock zornig. »Alles für ein Foto – selbst ein Menschenleben.« Jubine langte über den Tisch, nahm das Bild mit der Kirche und steckte es in die Aktentasche. »Halt. Das da will ich haben.«

»Alle oder keins. Die drei Bilder gehören zusammen. Sie müssen zusammen gedruckt werden. Sie dürfen die Kirche nicht allein bringen. Ich interessiere mich nämlich für die unsterblichen Seelen Ihrer Leser genauso wie für Ihre. Sind auch alles arme Knechte. Und am Weihnachtsmorgen –«

»Nicht mal, wenn Sie mir Geld dafür geben, bringe ich die anderen beiden Bilder in der Weihnachtsausgabe.«

»Ich hatte befürchtet, dass Sie das so sehen. Eines Tages werde ich verzagen und aufhören, für Ihre Unsterblichkeit zu sorgen. Sie sind ein dummer Mann, Bullock. Solange es noch irgendwo auf der Welt eine Zeitung gibt, werden diese Bilder gedruckt werden, nicht einzeln, sondern zusammen. Sie werden berühmter werden als die Mona Lisa, als eine Madonna von Raffael, und wenn ich überlege, dass sie zuerst im Monmouth Chronicle hätten erscheinen können, ach, Bullock, ich weine um Sie. Ich weine um Sie.«

Wahrscheinlich war es kindisch, aber als Jubine ging, lief er hinterher bis in das kleine Vorzimmer, in dem seine Sekretärin saß, und sagte so laut, dass Jubine es hören musste: »Lassen Sie ihn hier nie wieder rein. Ich will von ihm keine Fotos mehr. Ich will auch nicht mit ihm telefonieren. Sagen Sie das der Puppe in der Telefonzentrale genauso.«

Die Gereiztheit, die Jubine in ihm ausgelöst hatte, hing wie ein Mantel um ihn; und sie schien stärker zu werden, denn als er endlich nach Hause kam, packte ihn allein beim Anblick seines Zuhauses der Zorn. Lola erahnte seine Laune, kaum dass er hereinkam, und schlich praktisch auf Zehenspitzen um ihn herum, was ihn noch wütender machte.

Wir leben wie Millionäre, dachte er, müssen unbedingt ein Hausmädchen haben und einen Koch und eine Putzfrau und Gott weiß was noch. Der Abendbrottisch gedeckt wie für ein Bankett, brennende Kerzen, Blumen auf dem Tisch. Bestimmt feines Essen, aber er bekam Kartoffelbrei mit Sahne.

»War's ein harter Tag, Pete?«

»Mmmhhh.«

Damit war die Unterhaltung bei Tisch erledigt. Danach gingen sie ins Wohnzimmer, und er dachte: Rosenfarbene Vorhänge über das ganze Panoramafenster, Glashaus, nie mit Steinen werfen, wenn man im Glashaus wohnt. Gemütlich. Fast Winter. Inszenierung perfekt. Die Gattin in schwarzem Samt, knöchellang, weiter Rock, irgendein Golddings um die Taille, der Gatte im Tweedjackett, nicht dazu passende Hose, Pfeife in der Hand, am Kamin lehnend, flackerndes Feuer im Kamin, der Kamin praktisch mitten im Wohnzimmer, der Abzug ein Beitrag zur dekorativen Wertigkeit des Raums, laut der Schwuchtel, die die Einrichtung ausgesucht hatte. Apfelholzscheite zum Feuermachen, praktisch grammweise zu kaufen, er musste es wissen, er bezahlte die Rechnungen für das gottverdammte Holz und fragte sich, was für eine vermaledeite Welt das war, in der man Holz für einen Kamin kaufte und gleichzeitig Öl verballerte, um die Bude zu heizen, aber man hatte schließlich einen Kamin, obwohl man in der Stadt lebte, also kaufte man gefälligst Holz, Scheit für Scheit, bei einem Bauern, der einen obendrein noch beleidigte, während er das Geld einsackte, und dann gab man ein Vermögen dafür aus, es hierherzuschaffen, und dann verbrannte man das Zeug nicht etwa, um es warm zu haben, sondern – wegen der dekorativen Wirkung. Herd. Heim. Eine Siamkatze gehört dazu. Keine Kinder. Die Siamkatze als Ersatz. Hockte vor dem Kamin, wärmte sich den Hintern und grinste spöttisch. Lolas Katze.

Lola las eine Illustrierte. Er dachte: Ich hasse sie nicht. Ich glaube, manchmal tue ich es. Aber ich tu's nicht. Könnte ich gar nicht. Es ist einfach der Kalte Krieg zwischen Mann und Frau. Nie beendet und wird auch nie beendet. Ich könnte sie nicht hassen. Sie ist bildschön. Ein Rotschopf. Wie zum Teufel sind wir überhaupt so weit gekommen? Warum bin ich so wütend auf sie, auf mich, auf die gottverdammte Zeitung, dieses Haus, sogar das Holz, das im Kamin brennt. Kostet ein Heidengeld, brennt aber sanft und gleichmäßig, sprüht keine Funken und geht nicht aus.

Er seufzte. Lola sah hoch, und er dachte, sie kennt mich so gut, dass sie weiß, jetzt darf man mich ansprechen, jetzt bin ich wieder ein Mensch und nicht mehr ein Tier, dessen Pfote in einer Falle klemmt, und die schwillt und tut weh, das Tier ist verrückt vor Schmerz und würde jedem die Hand abbeißen, der es retten will. Lola. In diesem Licht … rote Haare …

»Was liest du da?«

»Vogue. Die neue Ausgabe. Die haben die wunderbarsten Fotografen. Schau.«

Sie kam mit der Illustrierten durch den Raum, stellte sich neben ihn und hielt sie ihm aufgeschlagen hin. Er hätte es wissen können. Eins von Jubines Fotos. Farbige alte Wäscherin. Aufgenommen hier in Monmouth, mit Sicherheit. Sah aber aus, als wäre es in Charleston aufgenommen. Eine Frau auf einer Haustreppe sitzend. Ein Gesicht wie – nicht zu glauben, dass es solche Gesichter gab –, ein Gesicht wie von einem alten Meister gemalt, von Meisterhand, ein kraftvolles altes Gesicht, stark, nicht stark im modernen Sinn, stark wie Leder, unverwüstlich, in Ewigkeit haltbar, ein Gesicht, das alles Mögliche erlebt hatte, ein Gesicht, das alles überlebt hatte, ein Gesicht, in dem etwas lag – Erbarmen. Er hatte das Gefühl, dass diese Frau ihn, Bullock, bemitleiden würde, wenn sie ihn betrachtete. Und dachte: Das ist es, was mich an Jubine wütend macht. Nicht der Mist, den er redet, nicht dass er pausenlos redet, wie zwanghaft, reden erleichtert ihn, deshalb muss er reden und reden und reden und reden, sondern dass er mich allen Ernstes bemitleidet. Woher wusste ich sofort, dass die Frau Wäscherin ist, ach ja, das Schild neben der Tür, Wescherei Han, herrlich falsch geschrieben, und die krummen Knöchel und Gelenke an den Händen.

Er gab Lola die Illustrierte zurück. »Das ist ein gottverdammter Kommunist.«

»Wer?«, fragte sie erschrocken.

»Jubine. Der größte Fotograf der Welt. Der Spinner, der das Bild gemacht hat.«

»Warum sagst du, der ist Kommunist?«

»Weil er gegen Reichtum ist. Der lässt keine Gelegenheit aus, Attacken gegen reiche Leute zu reiten.«

»Na ja«, sie zögerte, sie wollte offensichtlich keinen Streit mit ihm anfangen, ihm aber trotzdem klarmachen, dass das nicht stimmte, »ich kenne ja nicht alle seine Fotos. Aber ich kann mich an zwei erinnern, die alles andere als Attacken gegen reiche Leute sind. Die Fototapeten mit dem Fluss in der Eingangshalle von Treadway Hall, das sind einfach wunderschöne Aufnahmen von einem Fluss, sonst nichts. Und dann das Foto von der Hochzeit der kleinen Treadway, wo die Hochzeitsgesellschaft gerade aus der Kirche kommt. Das war vor vier, fünf Jahren in der Vogue. Und das war so goldig.«

»Ja. Das hat er ganz goldig der Vogue verkauft. Hast du

auch gesehen, was er mir angebracht hat? Das mit den Knechten, wie er die nennt, die da rumschwirren. Er sagt nie die Leute, das Wort Bauern benutzt er auch nicht, nein, er nennt sie Knechte, damit man sofort Versklavung, Ignoranz, Rassengemisch vor Augen hat. Und kein Mensch weiß, ob er lachen oder weinen soll. Ja, das goldige Ding hat er zur Vogue gebracht, lauter Licht und Schatten, die kleine Treadway und der Mann, den sie geheiratet hat, wer immer das war, alles perfekt bis zum letzten Schmuckstück, zum letzten Manschettenknopf, hinter ihnen der Kirchengang inklusive Teilansicht vom Altar. Und das Ja Ich Will, damit selbst die Unreinen und Unzüchtigen beim Angucken ein Tränchen verdrücken.

Aber mir bringt er den Schuss mit den Knechten, die sich ins Bild drängeln, einer ohne Beine sitzt praktisch im Rock der Braut, verkriecht sich in den Falten des Hochzeitskleids, und der verdammte Idiot, der die Gesellschaftsseite macht, fällt auf das Geschwätz rein, das ihm aus dem Mund schwallt: ›Schauen Sie mal, das Licht, die Schatten, die Äste, die ergeben ein Muster, schauen Sie, die Kontraste, die Anbetung im Gesicht von dem Beinlosen, Anbetung, und derselbe Gesichtsausdruck wie bei dem jungen Bräutigam – aber im Gesicht der jungen Braut Erwartung …‹.«

»Das stimmt«, sagte Lola nachdenklich. »Jetzt erinnere ich mich. Das war eins der Fotos des Jahres.«

»Du hast im Ernst nicht gesehen, was er da gemacht hat?« Er schnaubte verächtlich. »Wo kommt das Treadway-Geld denn her? Munition, Waffen, Sprengstoff. Wieso hat der Mann keine Beine mehr? Weggeschossen im Ersten Weltkrieg. So eine Pointe würde sich Jubine nie entgehen lassen. Kontraste, na klar, aber nicht von Licht und Schatten. Wahrscheinlich hat er dem Beinlosen Geld gegeben, damit der sich vor die Kirche hockt.«

Sie sagte leise: »Ich nehme an, es liegt alles an der Art, wie man etwas sieht.«

»Tut es nicht. Es liegt an der Art, wie er Sachen arrangiert oder stundenlang wartet, bis sie sich von allein so arrangieren, dass sie in sein Denkmuster passen. Was glaubst du, warum er Monmouth und seinen kostbaren Fluss jedes Jahr verlässt und zum Eröffnungskonzert der Metropolitan Opera fährt? Weil er Musik so gern hat? Nein, zum Teufel, weil er weiß, da kriegt er Bilder von reichen Typen, die sich zum Affen machen, die Treppe auf Pferden hochreiten, die Kleider abwerfen, oder von grässlich aussehenden diamantenbehängten alten Frauen, bei denen die Röcke hochgerutscht und die dürren Schenkel zu sehen sind, weil sie die alten Beine auf die Tische gelegt haben. Er kriegt auch Zitate, wie von der Frau, die ihre Tiara verloren hatte, der hat er entlockt: ›Ohne die friere ich.‹ Fällt schon auf, dass von seinen armen Leuten, seinen Knechten nie einer den Mund aufreißt oder die Zunge rausstreckt oder den Hintern entblößt.«

»Doch, so zeigt er die. Er knipst Betrunkene und Prostituierte und Mörder, man muss das Foto nur ansehen und weiß, wer die sind …«

»Ja, sicher. Aber denen gibt er immer Würde, selbst wenn sie in der Gosse liegen. Die Frau letztes Jahr, die ihren Mann erschossen hat, die sah aus wie eine Rächerin, eine Furie, nicht lächerlich oder albern oder einfältig.«

»Vielleicht haben die Armen Würde, weil –«

»Das ist Kommunismus. Genau das sagt er mit seinen Bildern.«

»Moment mal, Pete. Ich habe nicht gesagt, dass die Reichen keine Würde haben, weil sie reich sind.«

»Nein. Aber du wolltest sagen, dass die Armen Würde haben, weil sie arm sind. Das behauptet Jubine die ganze Zeit mit seinen Bildern. Und die reichen Schmarotzer-Knechte fressen's und zahlen ihm ein Vermögen dafür.«

Reiche Schmarotzer-Knechte. »Ich hoffe ja immer, eines Tages merken Sie, dass Sie auch bloß ein armer Knecht wie wir alle sind. Erst dann sind Sie ein freier Mann.« Das hatte Jubine gesagt, als er mit dem Foto vom Leichenzug für den alten Governor gekommen war. Ja, sicher, die Blitzlichtbengel vom Chronicle hatten auch Bilder, aber nicht so eins wie Jubine – in seinem Foto war Tod, Grandeur und noch etwas, das einem schon beim flüchtigen Blick das Gefühl gab, man sei dabei gewesen beim Ableben des letzten Aristokraten in der Regierung, und deshalb sei man jetzt ärmer.

Er sagte: »Ich werde ihm nie wieder eins seiner gottverdammten Kommunistenfotos abkaufen.«

Und wechselte das Thema, denn man musste sich vorsehen, mit einer Frau, mit der man amtlich verheiratet war, sollte man lieber keinen Streit anfangen, sonst fand man sich Samstagsnacht allein im nicht so komfortablen der beiden Gästezimmer wieder.

»Und was hast du den Tag über so gemacht, meine Schöne?« Er strich ihr durch die Haare – die weichen, seidigen, duftenden. Die Katze sah hoch und blinzelte, und er dachte: Das ist ein gutes Haus, es ist ein gutes Zimmer, es ist ein gutes Kaminfeuer. Die Katze? Nun ja, als Katze ist sie gut, als Ersatz für männliche und weibliche Kinder ist sie saumäßig. Aber als Katze gehört sie zu diesem Zimmer wie der Kamin und Lolas Haare.

»Liebst' mich?«, fragte sie.

»Ich liebe dich. Schon mein Leben lang. Und werde es immer tun.« Er legte ihr den Arm um die Taille. »Komm, reden wir über dich.«

Er dachte: Jubines Miene sieht immer nach Lachen aus, dabei lacht er gar nicht oft. Also warum? Weil er im

Grunde das Gesicht eines Clowns hat, mit ein paar Tupfern hier und da wäre es ein Clownsgesicht, das Potenzial ist ja da, der Mund ein bisschen zu breit, die Nase zu scharf, hervorquellende Augen, abstehende Ohren, auch zu groß. Ein Clownsgesicht.

»Lass uns bald nach oben gehen«, sagte er und hielt seine Wange dicht an ihre. »Meine Güte, riechst du gut.«

Als er das Schlafzimmerlicht ausschaltete, dachte er: Na, wenigstens wusste die Schwuchtel, die die Möbel ausgesucht hatte, was er tut, als er hier ein Kingsize-Bett reingestellt hat, aber womöglich war das auch Lolas Idee. Er fragte sie, und sie kicherte, schmiegte sich an ihn und flüsterte, mit dem Mund in der Kuhle seines Halses, der bei jeder Lippenbewegung zart und warm an seiner Halskuhle kitzelt: »Hat Stalin sich ausgedacht – gehört zum kommunistischen Plan, um den Niedergang der kapitalistischen Klasse zu beschleunigen.«

4

Gegen Mitternacht desselben Samstags lehnte Link Williams an der Brüstung auf dem Kai und wartete auf Jubine. Vom Fluss wehte der Nebel herüber, ein weicher, feuchter, klammernder, alles einhüllender Nebel. Er hörte dem Wasser zu, das gegen die Spundwand plätscherte. Der Wind kam von Südwesten, ab und zu lichtete er den Nebel, blies ihn zurück, lichtete ihn, und so erhaschte Link ab und zu einen Blick auf den Fluss, auf das darin gespiegelte Licht, und konnte Teile vom Kai selbst erkennen, bevor der Nebel wieder hereintrieb vom Fluss, dichter als vorher, in Schwaden. Als er sich umdrehte und in Richtung Dumble Street sah, war ihm, als ob eine Wolke, ein Kumulus in die Dumble Street zog.

Nebel über dem Fluss, Nebel über der Dock Street, die parallel zum Fluss lief. Er hörte das Knatt-knatt von Jubines Motorrad schon von der Franklin Avenue her, in langsamem Tempo, hatte ihn als Bild vor Augen, Kopf vorgebeugt, Späherblick auf beide Straßenseiten gleichzeitig aus lauter Furcht, etwas zu verpassen, die Chance auf ein Foto zu verpassen, bei dem jemand gerade auf die Welt kam oder sie verließ.

Er grinste, während er da stand und auf Jubine wartete, und dachte über Abbie nach. Sie war beim Abendessen total aufgebracht gewesen, weil sie erfahren hatte, dass Mamie Powther, Mrs. Mamie Powther, Bill Hods Cousine war. Das hatte ihn auch ziemlich umgehauen. Aber aus anderen Gründen. Cousine, dachte er. Klar!

Abbie war so aufgebracht, dass sie ihm ein bisschen

leidtat. Aber dass sie aufgebracht war, hielt sie nicht von ihrer üblichen Samstagabend-Litanei ab. Er konnte auch seine Zeilen auswendig. Folglich ging die Szene reibungslos ab. Sie führten sie seit zwei Jahren auf, seit er von der Marine zurück war, und niemand brauchte dem anderen noch zu soufflieren. Seine Zeilen, ihre Zeilen, unverändert, unveränderlich. Die einzigen Variablen waren Kommentare zum Wetter. Im Sommer sagte Abbie: »diese Hitze«, im Winter: »diese Kälte«, im Frühling und Herbst: »dieser Wind«, und natürlich dieser Regen, Schnee, Nebel, Hagel, welcher Niederschlag immer gerade vom Himmel fiel:

»Diese Pokerrunden … der Mann … du kommst so spät heim …«

»Ist der schönste Teil des Abends …«

»Allein im Haus … jeden Samstagabend … höre Geräusche …«

»Kommen von der Straße …«

»Jemand läuft hinten im Garten herum …«

»Wahrscheinlich ein Hund …«

»Kippt den Mülleimer um …«

»Wahrscheinlich ein Hund …«

»Zieh dir einen Mantel an … diese Klammheit …«

»Brauch ich nicht« – Pfeifen, Summen, Singen – »I got my love to keep me warm.«

»Diese Pokerrunden … der Mann … Samstagabend … Dumble Street … der Nebel…«

Die Zeile ließ er immer kommentarlos stehen.

»Dumble Street … unsicher … Leute erstochen … überfallen … ausgeraubt … dieser Nebel …«

»Unwahrscheinlich … kenne hier jeden … paar Blocks weit … sicher auf der Dumble Street … sicher wie in der Kirche … mein Ende der Stadt …«

Warum wie in der Kirche? Warum sagte er immer, sicher wie in der Kirche? Wer war sicher in der Kirche? Sicher vor was?

»Du gehst überhaupt nicht mehr zur Kirche ... du solltest zur Kirche gehen ... ich verstehe nicht, wieso ... dieser Mann ...«

Als Kind war er reichlich zur Kirche gegangen, so reichlich, dass es für den Rest seines Lebens reichte. Er wusste noch genau, wie die Kirche einem Herz und Leben aus dem Sonntag fraß. Er sah sich wieder zur Kirche gehen, gewaschen und geschrubbt, mit der Bibel in der Hand, immer in Reichweite von Abbies weißen Handschuhen. Auch sie hatte eine Bibel dabei. Sie gingen nebeneinander, eine Frau mit geradem Rücken und zartem Knochenbau und ein widerwilliger Junge, zwei Bibelträger. Und am anderen Ende der Dumble Street, in der entgegengesetzten Richtung lag der Fluss. Alle Kinder, die er kannte, waren auf dem Kai, am Kai, um den Kai herum, lagen zum Trockenwerden in der Sonne, tauchten, schwammen, faulenzten. Er dagegen – erst zur Sonntagsschule, dann zur Kirche, und der neue Pfarrer betete so lange, so lange, er schloss immer die Augen und versuchte, nicht zu denken, einzuschlafen, aber die Stimme blieb und blieb da: »Schau auf uns arme Sünder und hilf uns, oh Herr ...«

Er schlug die Augen wieder auf und zählte die Scheiben im nächstgelegenen bunten Kirchenfenster. Er starrte zur Decke und zählte die Glühbirnen im Kronleuchter und wünschte sich, irgendwo anders sitzen zu dürfen, nicht auf der Chorempore. Auf der Chorempore saß Abbie, weil sie Orgel spielte, deshalb musste er da auch immer sitzen, damit er »keine Dummheiten machte«. Er ließ das Gesangbuch fallen, nur wegen des erlesenen Vergnügens, es aufknallen zu hören, er zupfte sich am Ohr, zappelte auf dem Sitz herum und rutschte ganz weit nach vorn, bis er halb lag, dann fiel ihm ein, dass Abbie ihn durch den kleinen Spiegel mit dem Eichenrahmen genau über der Orgel sehen konnte, und er setzte sich wieder aufrecht.

Manchmal vertrieb er sich die Zeit mit der Überlegung, was passieren würde, wenn er ganz schnell aufstand und der alten Mrs. Brown das Gesangbuch voll auf den Kopf knallte. Sie hatte immer einen zerdetschten schwarzen Filzhut auf, würde Spaß machen, den noch ein bisschen platter zu hauen. Aber er tat es nie. Er blieb der Zappelphilipp und drehte und wendete sich, stellte die Füße geradeaus vor sich, knickte die Fußgelenke nach innen, dann nach außen, ließ die Fingergelenke knacken und sinnierte über die grenzenlose, nie endende Ausdehnung der Zeit, und mittendrin er, zum Stillsitzen gezwungen, wo er doch laufen und springen und juchzen und brüllen und im Fluss landen und kreischen wollte: »Der Letzte is'n Schlappschwanz.«

Er versuchte sich auszumalen, wie Krieg geht, offener Krieg, Dschungelkrieg, Sprung aus dem Hinterhalt, Guerillakrieg. Er könnte mit einem Schrei den Krieg erklären, den Krieg gegen Abbie, den Pfarrer, die auf den Vorderbänken dösenden alten Damen, die auf den Hinterbänken sitzenden, auf ihre Gehstöcke gestützten alten Männer, den Chor. Den Sopran würde er gleich im Morgengrauen erschießen, sie hatte einen Triller in der Stimme und Hasenzähne und stieß ihn ständig mit dem Fuß an. Dann war er Gott und sämtliche Engel, er war Gabriel, der die Trompete bläst, zum Jüngsten Gericht bläst, und er war Hesekiel und sah selbst ein Rad und noch ein Rad und lauter Räder, er war Moses, der sein Volk ins Gelobte Land führt, sein Volk ins Gelobte Land tritt.

Jedenfalls war er kein zehnjähriger Link Williams und saß in einer Kirche auf der Empore fest, an einem Morgen, an dem keine Schule war, an dem die Sonne schien und die Luft heiß war und der Fluss praktisch vor seiner Haustür floss. Und so hob er das Gesangbuch und nahm es der Länge nach in Augenschein, hielt es sich an die Lippen, machte sich bereit für den letzten großen Trompetenstoß zum Jüngsten Gericht, dann ließ er es fallen, peng, nur um die Monotonie zu durchbrechen.

Und jeden Sonntag nach der Kirche sagte Abbie: »Um Himmels willen, Link, warum lässt du immer dein Gesangbuch fallen? Manchmal glaube ich, du machst das mit Absicht.«

Die Nachmittage waren auch nicht viel besser. Er saß unter dem Henker wie im Käfig, noch immer in Abbies Reichweite. Sie las den ganzen Nachmittag lang die Sonntagsausgabe des Chronicle, er saß meistens nur ruhelos, ratlos herum, bis sechs. Gleich nach dem Abendessen war er allein mit sich, eine Stunde oder so, und kaum hatte er die Sonntagssachen ausgezogen und gegen eine alte Hose und ein Trikot getauscht, begann er sich frei zu fühlen. Er ging über die Straße, direkt zum Hintereingang der Last Chance und in die große Küche, pünktlich zum Essen mit Weak Knees und Bill, wie er wusste. Bill sagte: »Deine Tante muss Judenblut haben. Kaum ist die Sonne weg, kommt alles Fromme auch weg über Nacht.«

Weak Knees sagte: »Hol dir'n Stuhl, Sonny, und hau die Zähne in das Brathähnchen hier. Hast bestimmt'n ganzen Tag nichts Gottverdammtes zu essen gekriegt.«

Jubines Motorrad gab kein Tschak-tschak mehr von sich, Link hatte es seit einiger Zeit nicht mehr gehört. Aber offenbar hatte er sein Bild gefunden, denn jetzt fing es wieder an, im Stakkato, sofort erkennbar, trotz der bremsenden und anfahrenden Busse und des Kläng-kläng der Straßenbahn auf der Franklin Avenue.

Der Nebel stieg hoch und senkte sich, und ihm fiel auf, dass das Nebelhorn immer verschieden blökte, je nachdem wie der Nebel hereinkam, vielleicht änderten sich die Tonhöhe oder die Lautstärke mit den Windbewegungen, zuerst klang es wie ein Stöhnen auf einem Ton, dann auf zwei Tönen, mal lauter, mal leiser, stöhn-seufz, stöhn-seufz, stöhn-seufz.

Er erkannte an den Geräuschen, dass die Dumble Street jetzt ganz auf Samstagnacht eingestellt war. Sie hatte die Gähn-und-Dehn-Phase hinter sich, war schon aus dem Haus, in ihrer besten Hose, Bügelfalten rasierklingenscharf, Hemd sauber, hatte längst auf die Hüfttasche geklopft, ob das Portemonnaie auch wirklich da war, und die Krempe auf den gut pomadierten Haaren zurechtgerückt, die Finger über die frisch rasierten Wangen gleiten lassen, noch eine gute halbe Stunde nach Kontakt mit den Wangen rochen die Fingerspitzen nach Nelkenpuder und Flieder. Sie hatte auch längst eine Bestandsaufnahme bezüglich des Möglichen und Machbaren gemacht, das diese Spanne Zeit zu bieten hatte, die Zahltagzeit, die Morgen-früh-nicht-arbeiten-müssen-Zeit, die Geld-und-jede-Menge-Orte-zum-Ausgeben-Zeit, die Zeit, in der man die ganze Nacht durchmacht und den halben nächsten Tag im Bett liegt und in der Erinnerung an die Eroberungen der Nacht davor schwelgt. Tanzen im Tanzlokal. Ja. Wer nicht tanzen wollte, stand hüfttief in der Last Chance und trank und redete eben. Er musste ziemlich bald zurück nach da und wieder die Kasse übernehmen. Das Moonbeam war bestimmt rappelvoll bis zur Tür. Wenn man wollte, konnte man es die Dumble Street jetzt summen und surren hören, später kamen Schlägereien und Überfälle und Gewalt dazu – weitgehend ohne Vorsatz.

Immer, wenn sich der Nebel hob, erhaschte er kurze Blicke auf die Straße, das grell orangerote Neonschild der Last Chance, die Holzbohlenhäuser, die nicht mehr genutzten Straßenbahnschienen, konnte sogar erkennen, wo die Bürgersteige kaputt waren, kaputt gemacht von Kohlenkarren und Umzugswagen. Er drehte dem Fluss den Rücken zu, der Nebel darüber war so dicht, dass man nichts sehen konnte, nicht mal wüsste, dass er da war.

Er hörte das Röhren, den Stakkato-Takt, das Tschak-tschak eines Motorrads. Jubine näherte sich dem Kai, der Engel der Aufnahme auf einem Motorrad, bei seinem nächtlichen Beutezug, auf der Jagd nach dem Tod, nach von eigener Hand Gestorbenen, nach vom Messer oder der Knarre in eines anderen Hand Gestorbenen. Dann Motor aus. Scheinwerfer aus. Stille. Er hörte ihn über den Kai gehen, wusste, dass er stehen blieb und versuchte, den Fluss zu sehen.

»Bist spät dran, Jubie«, sagte er.

»Link?«

»Ja.«

»Himmel, du hast wohl Turnschuhe an. Spielste Räuber und Gendarm oder so was?«

»Nebel schluckt Geräusche. Wäre aber eine gute Nacht dafür.«

»Prima Nacht. Die Nacht für Mord. Die Nacht für Vergewaltigung. Die Nacht für Sabotage. Die Nacht, in der alle armen Knechte weinen und heulen und mit den Zähnen knirschen. Die armen Knechte. Nachts sind sie dran.« Seine Stimme war weich, mitfühlend.

Nebel überall um sie herum, sich lichtend, wirbelnd, mal verbergend, mal entbergend, treibend, ungreifbar, feucht, mal da, mal nicht, berührte ihre Gesichter, berührte ihre Hände, kalt und feucht, warm und feucht, weich und feucht.

Jubine zündete seine Zigarre an, und der jähe Lichtstrahl, kurz, gleich wieder weg, leuchtete sein Gesicht aus, entblößte seine Glubschaugen, die auf das Streichholz zu starren, es zu katalogisieren, darin herumzuschnüffeln schienen. Link dachte: Das Gesicht des geborenen Schnüfflers – muss unbedingt wissen, will wissen, muss sehen, die Ohren riesig und deformiert, der Mund, na ja, volle Lippen, muss reden, alles sehen, alles hören, über sich reden, die Nase, ein Zucken um die Nüstern, als müsste auch die Nase unbedingt alles riechen, und die Hände riesig, zupackend, schwarze Härchen auf dem Rücken, Hände fühlen alles. Aber es waren die Augen, die einen festhielten, verlegen machten, dreiste hervorquellende Augen, die nie so taten, als ob sie nicht guckten, die gar nicht genug kriegen konnten vom Gucken. Das war nicht der kindliche konzentrierte Blick, der etwas ohne Verständnis ansah, es war der unverwandt starre Blick eines Kindes mit einem Schuss lebhafter Intelligenz. Seine Stimme war immer ein Schock, sie hätte hart und heiser klingen müssen, aber sie war sanft und einschmeichelnd – die Stimme einer Mutter, die ein Kind tröstet: Alles ist gut, ich tu dir kaltes Wasser aufs Knie und einen Verband. Siehst du? Jetzt ist alles wieder gut. Eine zärtliche, mitfühlende Stimme, deshalb drehten sich die Leute zu ihm um, und er kriegte sein Bild.

Der Nebel hob sich, und Link beobachtete Jubine, der in Richtung Dumble Street sah und seinen neugierigen Blick auf ihr entlangschweifen ließ.

»Musst du eigentlich dauernd nach dem richtigen Winkel jagen, Entfernungen abschätzen, Licht messen?«

Jubine schüttelte den Kopf. »Du wartest, du beobachtest, du hörst zu, und samstagnachts auf der Dumble Street kannst du sie erwischen, wenn sie auf die Welt kommen, Sonny, und kannst du sie erwischen, wenn sie abtreten.«

Sie hörten beide gleichzeitig die heulende Sirene. Jubine sagte: »Krankenwagen. Franklin Avenue. Bis später.«

Und weg war er wieder. Link war ziemlich sicher, dass die Runde Poker damit ins Wasser fiel, aber er wollte eine halbe Stunde warten, und wenn Jubine nicht wieder aufkreuzte, würde er mit Weak Knees in der Küche über Gott und die Welt quatschen.

Er stand weiter da, an die Brüstung gelehnt, nur Nebel um sich, den plätschernden Fluss unter sich, er hätte schwören können, dass der Nebel sein Gesicht, seine Hände berührte. Er dachte an Mamie Powther, wie sie Wäsche aufhängte, sich hochreckte, bückte, eine jüngere wohlproportioniertere braunere Ausgabe von China – zum Greifen nahe. Wenn, auch diesmal wieder, wenn Bill Hod nicht wäre. Mit sechzehn war er zum ersten Mal in Chinas Etablissement gewesen. China. Gelbes Fleisch, warmes gelbes Fleisch. »Warte hier«, und er hatte ihr geglaubt und im Flur gewartet.

China war blassgelb und fett, und ihr Gesicht – er sah es wieder, deutlich, würde es nie vergessen –, der Mund, die Nase eingedrückt, irgendwie platt gemacht, selbst die Augen platt im Gesicht, ein Gesicht ganz ohne Falten oder Runzeln und dennoch uralt aussehend, ein altes Gesicht gerade wegen der prallen Haut, auch die Müdigkeit in den Augen machte das Gesicht alt. Mamie Powthers Gesicht dagegen hatte etwas Energiegeladenes, wegen des straffen Fleischs, eine Entschlossenheit, die auf alles abstrahlte, die Nase, den Mund, die Augen, der Mund war wirklich hübsch, die Lippen – na ja, klar waren die Lippen muskulös, es war der Mund einer Sängerin. Der Nebel hob sich, senkte sich, hob sich, senkte sich. Nebel. China und Bill Hod. China hatte gesagt: »Warte hier im Flur.« Und er hatte in dem Flur da gewartet, er hatte ihr geglaubt und in dem Flur da gewartet. Warum fiel ihm das jetzt wieder ein? Wegen des Nebels, er schloss ihn ein, und genauso eingeschlossen hatte er sich plötzlich in dem Flur da gefühlt.

Der Nebel hob sich, senkte sich, hob sich, senkte sich, war jetzt dicht wie der Rauch, wenn jemand Wasser ins offene Feuer gießt, kam in Wolken, weiß, dicht, Sichtweite null, Obergrenze null.

Er drehte sich um und horchte. Jemand kam den Kai entlang, rannte den Kai entlang, rannte Hals über Kopf leichtsinnig schnell. Und da war noch ein Geräusch, ein Geräusch, das er nicht identifizieren konnte, es schien die rennenden Schritte zu begleiten, zu verfolgen. Die Schritte kamen näher und näher, Frauenschritte, leicht, mit flinken Beinen. Dann hob sich der Nebel ein Stück, und er sah eine junge Frau auf sich zulaufen, eine junge Frau in einem langen weiten Mantel, sie rannte wie im Rausch, wie wenn sie buchstäblich um ihr Leben lief.

Das andere Geräusch konnte er immer noch nicht identifizieren, er konnte auch nicht sehen, wovor sie weglief. Sie war mal sichtbar und mal unsichtbar. Er konnte sie immer mal wieder flüchtig sehen, aber noch immer nicht erkennen, wovon sie verfolgt wurde.

Als sie näher kam, hörte er Räder, über die Planken rollende kleine Räder. Das konnte nur eins bedeuten. Cat Jimmie – dieses obszöne männliche Relikt jagte im Schutz des Nebels hinter einer Frau her. Erstaunlich, wie dicht er ihr auf den Fersen war, wie er das Brett mit den kleinen Rädern so akkurat steuerte, dass er sie nicht ein Mal verlor. Sicher, er kannte den Kai, er hing hier ständig herum, aber er hätte jederzeit direkt auf die Straße geraten können, weil er den Karren mit seinen Armen, mit den Stümpfen, die noch davon übrig waren, antrieb, als wären es Ruder. In diesem Nebel konnte kein Mensch etwas sehen.

Jetzt, wo er wusste, dass er nach unten schauen musste, konnte er ihn kurz sehen, die abgeschabte Lederjacke, die Beinstümpfe, sogar das wilde Glühen in den Augen. Die junge Frau rannte, rannte immer weiter, konnte anscheinend vor lauter Angst nicht schreien. Sie war so nahe, dass er ihren Atem hörte, ein hastiges Japsen, schmerzhaft anzuhören, eindeutig zu panisch, keine Kraft mehr zum Schreien. Wie lange jagte der verdammte Depp schon hinter ihr her? Er hörte das Grunzen, das Cat Jimmie immer von sich gab, wenn er erregt war.

»Heh«, rief Link. »Hier lang. Hier lang!« Sie konnte ihn im Nebel nicht sehen, sondern lief einfach auf die Stimme zu, langte nach ihm, jetzt ganz nah, griff nach ihm, hielt sich an ihm fest, klammerte sich an seine Hand, seinen Arm, mit zitternder Hand, am ganzen Leib zitternd.

Cat Jimmie hielt genau vor ihnen an.

Link beugte sich hinunter. »Mach dich vom Kai, bevor ich dir die Fresse eintrete«, sagte er und dachte: Ich wüsste, auch wenn ich ihn jetzt nicht sehen könnte, dass er da ist, ich wüsste genau, wo er ist, wegen des Gegrunzes, wild, erregt wie seine Augen, und wegen des Gestanks, den er verströmt.

Cat Jimmie gab einen drohenden kehligen Laut von sich.

Link sagte: »Du gottverdammter Bastard«, und trat gegen den Karren, zielte nach unten, aber nicht zu tief, dachte: Hoffentlich ist da das Gesicht, und hörte die Räder keinen halben Meter den Kai entlangrollen und dann stehen bleiben.

»Link, oder?« Heisere Stimme, tief aus der Kehle, dann ohne die Antwort abzuwarten: »Das ist Link. Dacht ich mir doch.«

Der flache kleine Karren rollte hörbar über die Straße, dann war er weg. Link dachte: Wahrscheinlich ist das das einzige Gefühl, das ich mit Abbie gemein habe und immer gemein haben werde, totaler, absoluter Ekel beim Anblick von Cat Jimmie. Ich hätte ihm die Fresse eintreten sollen.

Die junge Frau rang noch immer nach Luft. Er drehte sich in Richtung des Japsens, konnte aber nicht erkennen, wie sie aussah, sie hätte ein Gespenst sein können, eine von Fluss und Nebel geschaffene, substanzlose Gestalt. Ganz bestimmt war sie eine von den Krauskopftussis aus Chinas Etablissement. Komisch, dachte er, die fette Frau mit der gelben Haut hat ihr Gewerbe dermaßen geprägt, dass alle Läden aller nach ihr Kommenden, egal wie sie heißen oder sich selbst nennen, unter Chinas Etablissement laufen und die Mädchen unter Chinas Mädchen.

Gereizt sagte er: »Um Himmels willen, bist du komplett von Sinnen? Der Kai ist nicht der Ort, am frühen Morgen nach Kundschaft zu suchen.«

»Ich –«, sagte sie, »ich –«

»Ich kaufe nichts heute Nacht.«

Sie antwortete nicht, rührte sich nicht, lehnte sich an die Brüstung und japste. Ihre Hand lag noch immer wie eine Klammer um seinen Arm. Der Nebel hob sich, er sah, wenn auch nicht allzu klar, dass ihre Haare entweder gebleicht oder blassgelb gefärbt waren und sich über ihr Gesicht kringelten. Sie war bestimmt neu bei China. Wieso zum Teufel ging eine Schabracke, die sowieso bald als Krähenfutter endete, samstagnachts auf dem Kai anschaffen.

»Schwirr ab, Süße«, sagte er und zog seinen Arm nicht gerade sanft aus ihrem Griff. »Schwirr ab.«

»Ich –«, sagte sie, »ich hab Angst.«

»Ahh, erzähl noch einen. Schwirr ab!«

Er verzog sich, langsam, grübelnd: Soll dieses japsende einsame kleine Weib ihre Einsamkeit doch auf irgendeinen andern einsamen Hurensohn versprühen, soll der doch taxieren und überlegen, ob er einschlägt und zu welchem Preis. Die junge Frau folgte ihm, folgte nicht wirklich ihm, folgte seiner Rückzugsbewegung, ihre Hand fand seinen Arm, blieb auf seinem Arm, umklammerte seinen Arm. Und er blieb stehen.

»Pass mal auf, Süße«, sagte er, »lauf mir nicht nach. Nichts nervt Männer mehr, als wenn ein einsames kleines Weib arschwackelnd um sie rumläuft, vor allem, wenn an besagtem Arsch ein Preisschild hängt.« Sie rührte sich nicht vom Fleck. »Der Kai gehört mir«, fuhr er fort, »ist mein Claim, den habe ich mir vor langer Zeit abgesteckt und gesichert. Und du verschwindest aus dem Reservat, Süße.« Vielleicht verstand sie kein Englisch. »Heute kein Stoß.« Er packte sie am Arm und gab ihr einen eher unsanften Schubs Richtung Dumble Street. »Zurück in die Goldgrube, Süße. Zurück in die bodenlose Goldgrube von dieser China. Wenn du da bist, sag China, ich hab dir gesagt, dass ich noch immer selbst entscheide, wann ich Bock hab. Ich bin inzwischen ein großer Junge. Ich kann da ganz alleine rein. Ich brauche keinen Begleitschutz und keinen Wisch vom Lehrer.«

»Nicht ...«, sagte sie. »Bitte. Ich habe Angst. Mein Auto steht zwei Blocks entfernt.«

Sie rang noch immer nach Luft, und er dachte: Ach, zum Teufel. Ich kann sie einfach unter eine Laterne ziehen und sie mir genau ansehen, dann kann ich sie immer noch am Schlafittchen packen und in den Fluss werfen. »Na gut, na gut. Wo hast du das Ding hingestellt?«

Sie zeigte in eine Richtung, und sie gingen los. Er lief absichtlich schnell. Sie hielt Schritt, flink und leichtfüßig, obwohl sie ihm fast hinterherrennen musste, und sie atmete immer noch zu hastig. Sie sah sich auch immer wieder um und starrte in den Nebel. Nach ungefähr anderthalb Blocks sagte sie: »Hier ist es.«

Unter der Ecklaterne stand tatsächlich ein Auto. Ein langes rotes Cabrio mit New Yorker Kennzeichen. Sie lief darauf zu, fummelte aber erst mal so lange am Türgriff herum, bis er ihn für sie aufdrückte. Er befühlte die kühle glatte Polsterung der Türinnenseite und dachte: Hah, Le-

der, Spezialanfertigung, und neuer als das Baujahr, das
Bill früher fuhr. Das Ding hätte ich eines Abend mal um
Haaresbreite zu Klump gefahren, da war ich noch sehr
jung. Das war der Abend, an dem er mir den Gürtel über-
gezogen und mir die Irische-Bullen-Lektion erteilt hat.
Mr. B. Hod über irische Bullen. Müsste man auf Platten
pressen.

Sie kramte den Schlüssel aus der Tasche, fand aber erst
mal das Zündschloss nicht und stocherte weiter herum. Er
zog die Beifahrertür auf, stieg ein, nahm ihr den Schlüssel
ab und steckte ihn an die richtige Stelle.

»Starten kannst du jetzt aber?«

»Glaub schon.«

»Warte vielleicht mal eine Minute. Hier – rauch eine.«
Wir wollen lieber erst das Schlimmste klären, bevor wir
zu Vornamen kommen. Er riss ein Streichholz an und hielt
es auch, nachdem er ihre Zigarette angezündet hatte,
hielt es weiter hoch, starrte, dachte: Was für ein Teufels-
spiel ist das denn, wieso läuft eine jüngere, dünnere, hell-
häutigere und schöner gebaute Ausgabe von Mamie Powther um diese Zeit frei auf der Dumble Street herum. Mit
blassgelben, weichen, seidigen Haaren, die sich über ihr
Gesicht kringeln. Heiligemuttergottes, dachte er, was für
ein wunderwunderhübsches Gesicht, ein wunderhüb-
sches ängstliches Gesicht.

»Wie kommst du denn um die Zeit in die Gegend hier?«

»Ich war auf der Durchfahrt und dachte, ich sehe mir
mal an, wie das hier unten so ist. Ich lese immer mal wieder etwas darüber.«

»Hast du ja dann gesehen«, sagte er trocken.

»Eigentlich nicht. Es war nichts los, bis …«

»Bis du um dein Leben gerannt bist.«

»So kam's mir vor. Es war grauenhaft. Ich konnte ja
nichts sehen bei dem Nebel, aber ich habe andauernd et-

was gehört, das sich hinter mir bewegte. Es kam immer näher, und da bin ich losgerannt, dann hat sich kurz der Nebel gelichtet, und ich habe mich umgedreht und diesen Karren gesehen, das sah aus wie ein Tier, ich habe es atmen gehört und grunzen und ...«

»Du brauchst einen Schluck«, sagte er, »komm mit«, und stieg aus. Jede Frau bekam hysterische Anfälle, wenn sie nur lange genug an Cat Jimmie dachte, und für eine Ohrfeige war dieses Mädchen viel zu hübsch. Selbst Abbie geriet komplett aus der normalerweise gut bewahrten Fassung, wenn Cat Jimmie sich vor ihren Augen die Straße entlangkarrte. Er wusste besser als Abbie, was in Cat Jimmies Hirn vermutlich ablief, konnte eher nachvollziehen, was für ein Horror es für einen ausgewachsenen Mann mit allen noch vorhandenen Instinkten und Trieben war, nicht die geringste Chance zur Befriedigung zu haben. Außerdem sah er ihn öfter als Abbie, tagsüber und auch nachts sah er ihn auf dem Bürgersteig, vor einer Eingangstreppe, neben einer Haustür, am Bordstein und auf der Kreuzung lauern, hatte ihn auf dem selbst gebauten Karren liegen sehen und wie ein Tier grunzen hören, wenn er einer Frau unter den Rock glotzte, hatte Frauen sich umdrehen und auf die andere Straßenseite gehen sehen, wenn sie ihn mit dem Rücken an einer Hauswand auf seinem Karren entdeckten. Alles an ihm war ekelerregend – das Fleisch an den Stümpfen, die mal Arme gewesen waren, war rot, entzündet, voller Narbengewebe, mit Absicht entblößt, denn wenn er sich auf seinem selbst gebauten Karren vorwärts propellerte, zog er Lederflicken darüber; seine Schultern waren gewaltig, überentwickelt. Die Beine fehlten bis zu den Oberschenkeln, und an den Stümpfen, die jetzt seine Beine waren, sah das Fleisch genauso aus, roh und entzündet. Das rote rohe Fleisch an Armen und Beinen bildete einen schockierenden Kontrast zur dunkelbraunen Haut im Gesicht und am Hals. Seine Augen waren direkt einem Albtraum entsprungen – ein zornrotes Funkeln lag darin, Erregtheit lag darin, und Hass. Frauen, die ihn dabei ertappten, dass er ihnen unter den Rock guckte, sahen zu, dass sie wegkamen, mit entsetzten Gesichtern, als wären sie vergewaltigt worden, nur von diesen Augen.

Er wusste nur zu gut, warum die junge Frau, die neben ihm durch die Dumble Street ging, vorbei an der Last Chance, noch immer stockend atmete. Das orangerote Neonschild war an. Noch ein paar Stunden, und Weak Knees würde es ausmachen. Das Schild abzuschalten schien ihm eine besondere Befriedigung zu verschaffen, als ob er dadurch die öffentliche Seite des Hauses abschaltete und es wieder zum Zuhause machte, privat, gemütlich, vollständig seins.

Sie kamen an Abbies Haus vorbei. Er drehte sich um, sah zurück durch die Äste des Henkers und den Nebel und dachte: Nirgends Licht. Doch, eins. Ein Schummerlicht, irgendwie rosa, hinten im ersten Stock. Ob Mr. B. Hod wohl gerade Mamie Powther einen vetterlichen Besuch abstattete, und wie Bill und Mamie wohl Powther, diesen adretten präzisen kleinen Mann, ruhigstellten? Vielleicht war er ihnen egal. Vielleicht hatte sich Bill ja in die Nummer 6 geschlichen, die Tür zur Wohnung oben so jäh und explosionsartig aufgerissen, als ob er sie körperlich angreifen wollte, hatte Powther auf einen Sessel gefesselt und dann Mamie seine Aufwartung gemacht. Bei der Vorstellung, dass der anständige, korrekte Powther in seinem adretten schwarzen Anzug zwangsweise zum Zeugen einer unanständigen, gar nicht korrekten Szene wurde, musste er grinsen. Und etwas an seinem Grinsen, die Breite, die Art oder die Boshaftigkeit, war offenbar zu der jungen Frau durchgedrungen und beunruhigte sie, denn sie fragte: »Hast du etwas gesagt?«

»Nein. Ich dachte gerade an einen Freund von mir mit einem makabren Humor.« Einem makabren Humor und ohne moralische Skrupel. Ohne alle Skrupel, weder moralische noch sonst welche. Ohne Skrupel, aber mit einem kräftigen rechten Arm.

»Was hast du denn über den Kai gelesen, dass du ihn dir mal ansehen wolltest?«

»Es ging nicht nur um den Kai. Es ging um die ganze Gegend hier.«

«Die Narrows. Ganzunten. Little Harlem. Die Höhle. Nadelöhr. Manche sagen einfach Dumble Street. Gemeint ist immer dasselbe. Und wo hast du was darüber gelesen?«

»Im Chronicle. Die hatten eine Artikelserie über den Zusammenhang von schlechten Wohnverhältnissen und Kriminalität hier. Mit ein paar wunderbaren Fotos ...«

Jubines Fotos. Cesar the Writing Man. Old Man John the Barber. Der Fluss. Die Franklin Avenue. Na schön, dachte er, war nett, dich und deine gelben Haare und deine süße helle Stimme ein paar Minuten lang kennengelernt zu haben. Aber eine Frau, die mir was vom Zusammenhang zwischen schlechten Wohnungen und Kriminalität erzählt, ist nichts für mich. Mich wollten Abigail Crunch und F. K. Jackson die letzten zwei Jahre lang in einen Raum mit solchen Wohnungs- und Kriminalitätsexpertinnen einsperren. Die kamen alle aus Vassar und Wellesley, und die meisten waren gut gebaut, aber die haben gequatscht und gequatscht und gequatscht über Wohnen und Kriminalität, über Churchill und Stalin und Roosevelt und Wohnen und Kriminalität und Churchill und Stalin und Roosevelt. Und hießen alle Betty oder Karen oder ähnlich.

Er hatte diverse Male in F. K. Jacksons Wohnzimmer über der Trauerkapelle herumgelungert und ganz höflich gesagt: »Ah, ja«, oder: »Kaum zu glauben. Nein, das wusste ich nicht«, und F. K. Jackson am Gesicht abgelesen, dass sie ihn am liebsten in den Hintern getreten hätte, aber nicht durfte, weshalb ihre Miene noch frostiger wurde und sie das Kinn vorreckte und versuchte, das Gespräch auf Tanzen oder Canasta umzulenken, und das kleine Ding aus Vassar-Wellesley hatte solange einfach weiter gequatscht über Wohnen und Kriminalität.

Eine war auch auf dem Bennington College. Die aus Bennington war die Tochter eines Arztes aus Washington, D. C., der höchst mysteriöser- und höchst unlogischerweise das Wochenende gern bei F. K. Jackson verbrachte. Die Arzttochter war eine junge braune Ausgabe von Marlene, wobei das Braun für ein bisschen mehr Sinnlichkeit sorgte, braune Haut, glatte Haut, schöne Haut, und schöne lange Beine hatte die Arzttochter auch, garantiert war sie ab dem passenden Alter von sechs Wochen mit Orangensaft und Vitamin D gefüttert worden, schöne lange Beine und einen süßen kleinen Hintern, und wir sind zusammen schwimmen gegangen im Fluss und vom Kai gesprungen, und sie konnte schwimmen und tauchen und tanzen und singen und hatte ein Gesicht wie ein Engel. Sie wollte Tänzerin werden, deshalb hat sie immer über den Zaren und das russische Ballett, über Stalin und das russische Ballett und das Sadler's Wells und Bach und Beethoven gequatscht. Hingebungsvoll. Alle waren sie so hingebungsvoll. Und so grimm entschlossen dabei, dass er sich nur zurücklehnen und versuchen konnte, sie zu verkackeiern. Als er die vom Ballett küsste, schüttelte sie bloß den Kopf und sagte: »Für so was habe ich keine Zeit, Link.« In sanft missbilligendem Ton, eben wie bei einer Lehrerin.

Die Schönste von allen wollte Ingenieurin werden. Wieso bloß nahm sich der liebe Gott die Zeit und machte sich die Mühe, ein weibliches Wesen derart sorgfältig schön und liebenswert zu gestalten, und brachte sie dann auf die Idee, Ingenieurin zu werden? Die hier, die gerade mit ihm durch die Dumble Street ging, die mit dem Seidenhaar, wollte vermutlich Ärztin werden oder Zahnärztin oder vielleicht Tierärztin. Eine Zahnärztin mit solchen Haaren, das wäre schon was. »Heh, Frau Doktor, drehen Sie mal den Kopf, ich hab Ihre Haare im Gesicht.«

Die hier war vermutlich auch Arzttochter. Dieser neue Adel, der schwarze neue Adel war ein Produkt der Medizinischen Hochschulen. »Mein Vater ist Arzt«, das sagten sie gern. Hah! Irgendwann würde er eins dieser hübschen stolzen Mädchen bei dem Spruch scharf ansehen und fragen, womit ihr Papa denn seine Kohle machte, Drogen oder Abtreibungen.

»Bist du oft da? Unten am Kai?«, fragte sie.

»Ja.«

Wieder Schweigen. Dann sagte sie: »Ist nebelig, nicht?«

»Es ist neblig«, sagte er feierlich. Und jetzt zahle ich es dir heim, du einsamer kleiner weiblicher Fremdling, ich zahle dir heim, dass du dich so interessierst für schlechte Wohnungen und Kriminalität, für – wie hast du noch gesagt – den Zusammenhang zwischen schlechten Wohnverhältnissen und Kriminalität. Du lieber Gott. »Ja, ist neblig. Eine Nacht für Mord, eine Nacht für Vergewaltigung oder sonst welche dunklen mitternächtlichen Taten, die im Verborgenen bleiben sollen.«

Dann fragte er höflich: »Wohnst du in der Gegend?«

»Nein. Ich wohne am anderen Ende der Stadt. Ich bin hier runtergefahren, um mir den Fluss anzusehen.«

Runter? dachte er. Verglichen mit dem anderen Ende ist das hier Uptown. Weißt du nicht, dass Uptown für uns dunkles Volk steht? Du hast das jetzt zum zweiten Mal gesagt. Und du bist nicht aus der Gegend hier, Süße, sonst würdest du die schlichte Tatsache, den Unterschied kennen. Außerdem, wenn du wirklich in Monmouth wohnen würdest, kämst du nicht nachts um zwei den Fluss am

Ende der Dumble Street ansehen. Du wüsstest es besser. Wenn dein Daddy Arzt wäre, was ich vermute, hätte er dir das beigebracht. Zur Melodie einer Hickorygerte. So kriegen das die Jüngsten immer beigebracht. Und außerdem lügst du wie gedruckt. Du bist nicht mal aus Connecticut. Dein Auto hat ein New Yorker Kennzeichen. Vielleicht hast du es gestohlen.

Sie bogen auf die Franklin Avenue. Er sagte: »Hier kriegen wir was zu trinken«, und lenkte sie Richtung Moonbeam.

5

Das Moonbeam war rappelvoll bis vorn zur Tür. Er blieb auf der Schwelle stehen, legte der jungen Frau die Hand auf den Arm und sah sich um, ob irgendwo wenigstens ein paar Zentimeter Platz war. Ja, dachte er, voller Leute, voller Krach, Jukeboxgedröhn, Geschirrgeklapper, Besteckgeklimper, Stimmengeröhre; auch voller Gerüche, Bier, Zigarettenrauch, billiges Parfüm und Küchendünste, fettiges Spülwasser, unausgewaschene Eisbox, derbe Kernseife. Ein wildes Gemisch. Nicht wirklich hell, der Laden, rosa-bläuliches Licht von Wandlampen, aber so gedämpft, dass der Raum kaum ausgeleuchtet war, sondern wirkte wie eine Höhle. Durch die Höhle eilten Kellner, stießen an Stühle, Tische, Gäste, Bier schwappte über Tabletts, auf Tische. Alle tranken Bier, Bier war billig, und wenn man genug trank, kriegte man einen leichten Schwips, und wenn man einen leichten Schwips hatte, sah das kleine Flittchen, das man auf der Franklin aufgegabelt hatte, aus wie Marlene, und die dünnen staksigen Beine sahen aus wie die Beine von Marlene, und der übergroße rausgestreckte Steiß sah aus wie der von Marlene. Wieder Stimmengeröhr. Alle mussten viel zu laut reden, um sich durch das Getöse der Ventilatoren hindurch zu verständigen. Die Ventilatoren waren immer an, im Winter wie im Sommer, sie mussten, sonst wären die Gäste am Geruch erstickt, an den Gerüchen, die sie selbst reinbrachten, an den Gerüchen, die hier heimisch waren. Lärmende Ventilatoren. Lärmender Dampfabzug in der dreckigen Küche.

Es war ein bisschen zu früh für eine Prügelei, die Jungs hatten sich noch nicht genug Bier hinter die Binde gekippt. Wenn man genug Bier trank, hatte man bald einen sitzen, und wenn man einen sitzen hatte, redete man sich ein, man hätte die Schlagkraft von Old Man Louis in jungen Jahren und nannte ihn Joe und alle wussten, wer gemeint war. Aber im Moonbeam war Old One-One der Chef, und der konnte Prügeleien beenden, bevor sie richtig losgingen. Er war mal Ringer gewesen und Stauer und Gewichtheber, so wurde behauptet, jedenfalls sah er aus wie Gargantua und verdankte seinen Spitznamen dem Umstand, dass er nie irgendwo irgendwann sonst wo mal mit einer Frau gesehen worden war. Einer von den Geechies aus South Carolina hatte ihn Old One-One getauft und erklärt, da wo er herkomme, nenne man die rotflügelige Amsel so – die Männchen und Weibchen bildeten im Herbst und Winter getrennte Schwärme, weshalb die Männchen immer ohne Weibchen dastanden, bei ihm klang es allerdings ausgesprochen obszön.

Old One-One kämpfte mit dreckigen Mitteln, also schrillten, selbst wenn man einen sitzen hatte und sich für Old Man Louis in jung und schnell hielt, irgendwo im Hirn die Alarmglocken und erinnerte einen an die Geschichten über Old One-One und wie der sich eine Flasche schnappt und auf der Theke zerschlägt und mit der gezackten Kante auf einen losgeht oder seinen Totschläger zückt oder einem ein Bein stellt und, wenn man am Boden liegt, mit voller Wucht die Zähne den Hals runter tritt, also vergaß man, selbst wenn man vom Bier benebelt war, sobald man Old One-One durch das rappelvolle, lärmige Moonbeam auf sich zupflügen sah, die Idee, man sei Old Man Louis, und flüchtete durch den Nebenausgang, weil sich ein paar Hirnreste an den ganzen Kram mit zermatschten Schädeln und Nierenrissen und ruinierten Testikeln erinnerte.

Das Moonbeam Café. Es gehörte Bill Hod, wie eine Menge anderer Schuppen, aber das hatte Link, als er noch minderjährig war, wie das juristisch hieß, nicht gewusst und sich auf ein Glas Bier hineingeschlichen, überzeugt, dass Bill nichts davon erfahren würde. Auch Old One-One gehörte Mr. B. Hod, wie eine Menge anderer Leute.

Plötzlich streckte Link einen Arm aus und hielt einen der flitzenden Kellner an.

»Heh, Bug Eyes«, sagte er, »gibt's noch'n Platz?«

»Hinten, Sonny. Geh ganz nach hinten durch. Ganz nach hinten. Ich scheuch da 'n paar mit'm Tisch weg.«

Bug Eyes ging weiter, er hatte kaum hochgeguckt, balancierte das Tablett mit durchgedrücktem Arm über dem Kopf und eilte nach hinten, Richtung Theke. Während Link und die junge Frau sich durch die Menge quetschten und über Beine und um Tische herum stiegen, hatte Bug Eyes einen Tisch und zwei Stühle nebeneinander organisiert.

»Was kriegst du, Sonny? Was kriegst du?«

»Na?« Link sah die junge Frau an.

»Roggenwhiskey. Mit Soda.«

»Na dann, Bug. Zweimal. Doppelten Roggen. Soda.«

»Hab ich. Hab ich.« Bug Eyes war schon beim Reden wieder losgeflitzt.

»Wie heißt du?«, fragte die junge Frau. Sie hatte sich umgeschaut, sich die Leute, die in der Nähe saßen, angesehen, jetzt sah sie Link an, und ihr Gesicht bekam einen anderen Ausdruck.

»Link Williams.« Was ist denn jetzt mit ihr los? Sie sieht aus wie verrückt vor Angst. Wenn sie den Nerv hat, nachts um zwei am Kai rumzuspazieren, vor was zum Teufel hat sie im Moonbeam Angst? Jeder gute Soziologe studiert seine Objekte mit eigenen Augen, und ja, stimmt, der Laden ist laut, und ja, stimmt, hier stinkt es fürchterlich – aber das hier ist Das Volk.

»Link?« Es klang deutlich angestrengt. »Ist das ein Spitzname?«

»Ja. Kurzform von Lincoln.« Dem Emanzipator mit den großen übergroßen knochigen Händen, den tief liegenden traurigen Augen. Und fast immer ruhten die knochigen Riesenhände auf den übergroßen Knien, ein übergroßer Mann mit übergroßen Ideen. Mann des Volkes. Hatte irgendwas mit den Drüsen. Überfunktion? Unterfunktion? Alle Menschen frei und gleich und Streben nach Glück – Worte auf Papier, an die hat er geglaubt. Emanzipation Proklamation Williams. Nach ihm benannt. Warum? Die Frauen geben Kindern Namen, Belohnung für geleistete Dienste, Auszeichnung für Tapferkeit, für den Geburtsakt, den Zeugungsakt. Also wer zeugt, verleiht den Namen. Was wollte meine Mutter damit sagen? Was war das? Ein Akt der Dankbarkeit? Eine Art, danke zu sagen? Oder hießen vielleicht nur ein paar Männer in ihrer Familie Lincoln, und sie hatte einfach, ohne groß nachzudenken, ohne große Absicht, ihr männliches Kind auch so genannt. Lincoln Williams. Ein weitergereichter Name ohne eine Spur von Rückbesinnung auf jemanden oder etwas oder ein Wie oder Warum, ohne besondere Bedeutung, seit Langem vergessen. Vielleicht nie gewusst?

Er wollte sie gerade nach ihrem Namen fragen, obwohl er sie eigentlich gern weiter Süße nennen würde, aber Frauen hielten es lieber eine Spur förmlicher. Ich bin Sowieso, wer bist du, oder zumindest taten sie so, obwohl nur Frauen wussten, wozu zum Teufel das gut sein sollte. Aber genau da kam Bug Eyes, und zwar langsam. Bug Eyes rannte sonst immer. Link vergaß die Frage nach dem Namen und überlegte, was ihm das Tempo genommen hatte.

Es war das Mädchen, die junge Frau mit den seidigen blassgelben Haaren. Bug sah sie an, sah sie seltsam neugierig an, ein verstohlener allumfassender analytischer starrer Blick, der so flink anderswohin wechselte, dass Link das schnelle Taxieren nicht bemerkt hätte, wenn er ihn nicht beobachtet hätte. Beinah sofort wurde der Blick leer, die Augen wie zugehängt, aber im Gesicht erschien etwas sehr Ähnliches wie Feindseligkeit.

Auch Link sah die junge Frau an, kritisch, analytisch, und jetzt sah er, was Bug gesehen hatte, und fragte sich, wie Bug das so schnell erkannt hatte und er nicht. Er hatte sich mit ihr unterhalten, war mindestens zwei Blocks weit neben ihr her gegangen, mit ihr ins Moonbeam gekommen, hatte mit ihr besprochen, was sie trinken wollte, und nicht erkannt, was Bug mit einem kurzen Blick erkannt hatte. Er musterte ihr Gesicht. Hätte er, ohne dieses augenblickliche Erkennen, ganz kurz und sofort wieder weg, in Bugs Augen, erkannt, dass sie weiß war? Nein. Warum erkannte Bug das auf den ersten Blick und er erst jetzt, aus zweiter Hand? Bug hatte die junge Frau überhaupt nicht angeguckt, weder beim Hereinkommen noch beim Hinsetzen. Bug war älter, erfahrener. Quatsch. Warum dann? Tja, Bug war im Süden geboren, hatte im Süden gelebt, wo sein Wohlbefinden, ja, ganz und garlich sein Leben davon abhing, dass er eine weiße Frau erkannte, wenn er eine sah.

Aber wieso war er oder Bug oder sonst wer so sicher? Er hatte schon farbige junge Frauen gesehen, die so blonde seidige Haare und so blaue Augen und eine so weiße Haut hatten wie die hier. Und farbige Mädchen, Vassar-Wellesley-Bennington-Farbige quatschten die gleichen Phrasen über Kriminalität und schlechte Wohnungen wie das kleine Ding, das er jetzt im Schlepptau hatte.

Mamaluke Hills Mutter, zum Beispiel, falls man aus irgendeinem Grund eins brauchte, die war genauso blond und blauäugig wie die junge Frau hier neben ihm im Moonbeam. Verheiratet mit dem Baptistenpfarrer von der Franklin Avenue. Anfangs, als die Hills nach Monmouth gezogen und die Baptistenkirche auf der Franklin Avenue übernommen hatten, hätte man mit der ganzen beim Kopfschütteln und Augenbrauenhochziehen freigesetzten Energie einen Dieselmotor betreiben können, weil alle fragten: Ist die oder ist die nicht? Mamaluke war ein dürrer brauner Junge, und als seine blauäugige Mutter am Elternsprechtag in der Schule erschien, geriet die ganze Schule in Schockzustand, es schien einfach nicht möglich oder vernünftig oder logisch, dass sie die Mutter dieses Jungen sein sollte, Matthäus Markus Lukas Johannes Apostelgeschichte Zebedäussohn Garten-Gethsemane Hill, genannt Mamaluke Hill. Der Kürze halber. Mamalukes Pappi war ein großer schwarzer Mann, der leicht ins Schwitzen kam, leicht ins Brüllen auch, er war die ganze Franklin Avenue rauf und runter zu hören, jeden Sonntagmorgen brüllte er mit Donnerstimme über Höllenfeuer und Verdammnis und das Blut des Lamms, wurde auf dem Weg zum Höhepunkt lauter und lauter, aber kurz bevor er den erreichte, zog er den Mantel aus, brach mitten in der Predigt ab, und zog sich den Mantel aus, um den Schwestern und den Brüdern mitzuteilen, dass er soeben einen guten baptistischen Schweißausbruch erlebt habe. Hallelujah!

Mrs. Ananias Hill war farbig, aber ihre Haut war so weiß wie die Haut der verängstigten Kleinen, die das Roggenwhiskeyglas auf dem Tisch anstarrte. Er dachte: Was zum Teufel sieht die hier drin, dass sie guckt, als ob sie in Angst ertrinkt? Jetzt starrte sie die Leute an, die sich um die Theke herum drängten, und er sah auch hin. Nichts zu sehen außer einem Haufen junger Männer und junger Frauen, die Biergläser leerten.

»Was ist denn?«, fragte er, weil sie ihn jetzt genauso anstarrte. Selbst wenn sie sehr lange unter Wasser gewesen wäre, einen Monat oder so, und dann langsam wieder

an die Oberfläche getrieben wäre, sie hätte einer Wasser-
leiche nicht ähnlicher sehen können als in diesem Augenblick. »Geht's dir gut?«

Sie nickte, anscheinend unfähig zum Sprechen, und er
runzelte die Stirn. Was zum Teufel mache ich mit ihr, wenn
sie hier drin umkippt? Wo kann ich denn hin mit ihr? Wie
alles erklären? Und – ist sie nun oder ist sie nicht? Wie soll
ich das entscheiden? Woher wissen? Mrs. Hill? Auf der
Dumble Street hieß es immer, der alte Hölle-und-Verdammnis-Hill weiß selber nicht, ob seine Frau weiß oder
farbig ist, mit viel Gekicher und endlos durchgespielten
Variationen zum Thema: Die ist weiß wie das Lamm, und
Reverend Ananias ist schwarz wie der Höllenpfuhl. Abbie
traf ihre Entscheidung über Mrs. Hill, als Mamaluke getauft wurde. F. K. Jackson war zur Taufe gegangen und
zurückgekommen, um ihr zu berichten.

F. K. Jackson: Die haben ihn auf den Namen Matthäus
Markus Lukas Johannes Apostelgeschichte Zebedäussohn
Garten-Gethsemane Hill getauft.

Abbie (nach langem Schweigen): Keine Frage. Sie ist
farbig. (noch ein langes Schweigen) Und wie wollen sie
ihn nennen – na ja, im Alltag?

F. K. Jackson: Sein Körbchenname ist Mamaluke.

Abbie (absolute Empörung): Körbchenname? Was ist
das denn?

F. K. Jackson: Eine Art Kosename, den geben sie einem
Säugling so lange, bis er getauft ist und sein christlicher
Name amtlich eingetragen ist. Der Kosename soll verhindern, dass ein böser Geist vorher seinen richtigen Namen
erfährt und ihn in einen Wechselbalg verwandelt.

Er musterte die junge Frau noch einmal. Weiß? Farbig?
Ihre Haare hatten einen wunderschönen Schimmer – aber
den hatten Abbies auch. Wie sich so blassgelbe Haare wohl
anfühlten? War sie oder war sie nicht? Sie hatte den Man-

tel abgelegt, und das Kleid darunter war aus irgendetwas, das nach dunklem Samt aussah. Sie hatte ein unnützes langes, dünnes Tuch um die Schultern, blassgrün, mit Metallfäden durchwirkt, die selbst in dem Schummerlicht glitzerten. Er hätte gern gewusst, zu wem sie gehörte und wo sie hinwollte in dem langen Mantel und mit diesem flatterdünnen Tuch um die Schultern. Also fragte er sie.

»Ich wollte zu einer Dinnerparty, hab's mir aber anders überlegt. Ich bin bis ganz nach New York gefahren, und dann habe ich es mir anders überlegt.«

»Aha.« Auf dem Kai hatte sie verschreckt geklungen und eine Art Schnappatmung gehabt, aber jetzt hier klang sie von Panik geschüttelt, ihre Stimme hatte etwas Hektisch-Verzweifeltes, sie wiederholte andauernd Wörter und ganze Sätze und schien nicht aufhören zu können.

»Als ich nach Monmouth kam, bin ich einfach weitergefahren, ich dachte, ich finde eine Stelle – wo ich den Fluss sehen kann – und dann ist der Nebel immer dichter geworden – der Nebel – dichter und dichter – ich bin ausgestiegen beim Kai und ein paar Straßen langgegangen – hab die Straßenschilder gelesen, hab gedacht, ich seh mich mal um – seh mich mal um – aber viel gesehen hab ich nicht – die Straßen sahen aus wie in irgendeiner anderen Stadt – dann bin ich zurück zum Kai, und der Nebel war so dicht, ich hab nichts mehr gesehen – aber hören konnt ich – hören konnt ich immer wieder – dieses komische Geräusch – und das kam näher und immer näher – und …« Die Stimme brach, als ob sie gleich zu weinen anfangen würde.

»Denk nicht mehr dran. Hier, trink aus, und dann gehen wir hier weg.«

Sie nahm das Glas, ihre Hand zitterte, sie gab sich Mühe, sie still zu halten, und kleckerte etwas Whiskey Soda über den Tisch, dann trank sie hastig aus, offensichtlich lustlos, denn sie verzog unwillkürlich das Gesicht, als ob ihre Kehle das Zeug partout nicht schmecken wollte. Er sah ihr nachdenklich zu und sagte: »Können wir jetzt los?«

Draußen auf dem Bürgersteig sagte sie: »Ach! ... Nebel. Es ist immer noch neblig«, und das Japsen war wieder da. »Wo lang ... ich weiß nicht mal, wo lang wir gekommen sind ...«

»Den Weg gehe ich mit verbundenen Augen. Leg deine Hand auf meinen Arm.« Er dirigierte sie durch den Nebel und dachte: Sie könnte purpurrot oder blau sein bei dem Nebel, bei so einem Man-sieht-die-Hand-vor-Augen-nicht-Nebel. Im Dunkeln sind alle Katzen grau. B. Franklin. Fisch isst die Katz, aber macht sich die Pfoten nicht nass. Wenn alle Kerzen aus, dann alle Katzen grau. John Heywood. Weiße Fraun sin steif wien Brett. Weak Knees. Zitat von L. Williams? Kein Kommentar. Keine Zitate. L. Williams teilt J. Heywoods Ansicht: Wenn alle Kerzen aus ...

Er sagte: »Wir gehen hier lang. Das ist die Dumble Street.«

»Ich dachte, dass der sich lichtet, dass der Nebel sich lichtet, während wir da drin sind. Aber er ist noch dichter – was war das?« Sie tat einen Satz und sah hinter sich.

»Nur das Nebelhorn. Oder ein Auto auf der Franklin Avenue.«

Sie sah immer wieder nach hinten, als ob sie damit rechnete, Cat Jimmie zu sehen, nicht zu sehen, sondern zu hören. Wie zum Teufel will die denn bei diesem verdammten Nebel Auto fahren, so wie die bibbert und bebt? Ich kann doch nicht gehen und sie da im Auto auf der Dock Street sitzen lassen, die stirbt bis morgen früh an Hysterie.

Sie sagte: »Der Nebel –«, und brach ab.

Er dachte: Der Nebel, der Nebel, der Nebel. Sie klingt wie eine Schallplatte mit Sprung. »Hör mal«, sagte er, »irgendwo drinsitzen und beim Rauskommen ist das Wetter oder das Licht ganz anders, ist noch viel schlimmer.« So ist gut, mein Junge, red weiter, red schnell, bevor sie sich ihr hübsches Köpfchen wegschreit. »Ich weiß noch, wie ich mal im Kino war, als Kind. Ich war noch nie im Kino gewesen. Beim Reingehen war helllichter Tag, aber als ich rauskam, war es dunkel. Das kam mir total falsch vor. Ich hatte gedacht, die Zeit bleibt einfach stehen, solange ich mir den Film angucke. Ist sie aber nicht. Es war dunkel geworden, wie immer eben.«

Er zog die Autotür auf, aber sie machte keine Anstalten einzusteigen. Sie sagte: »Könntest du ... würdest du ... vielleicht mitfahren?«

»Eigentlich nicht.«

»Ich kann nicht durch diesen grässlichen Nebel fahren – allein. Ich sehe andauernd dieses Etwas auf dem kleinen Karren, höre seinen Atem, frage mich, ob ich überhaupt noch länger rennen kann ...«

»Na gut.« Sie wollte einsteigen und sich ans Steuer setzen, aber er legte ihr die Hand auf den Arm und schob sie zur Seite, plötzlich ödete ihn alles nur noch an, die Frau, das Auto, der Nebel, die hysterischen Anfälle, Cat Jimmie, die Dumble Street. »Ich fahre.«

Er ließ sie allein auf der anderen Seite einsteigen und selbst die Tür zumachen. Dann wendete er den Wagen, fuhr durch die Dumble Street, vorbei an der inzwischen dunklen Last Chance, bog auf die Franklin Avenue und fuhr vorbei am Moonbeam, wo noch immer Licht war.

»Du hast so einen schon mal gefahren.«

»Ja.« So einen, nette Formulierung. Ach, du hast schon mal einen Tennisschläger in der Hand gehabt, ach, du hast schon mal Schuhe getragen, ach, du hast schon mal eine Zahnbürste benutzt. Bug Eyes ist ein Klugscheißer, aber er hatte richtiggelegen. Die Lady ist weiß. Dieser erstaunte herablassende Tonfall ist ein unverkennbares Kennzeichen für Kreideweiß, vor allem die weibliche Ausgabe. Das Komische ist, die wissen nicht mal, dass sie den haben.

Klar hatte er so einen schon mal gefahren, und zwar verdammt fast zu Klump. Mit sechzehn. Der damals hatte Mr. B. Hod gehört. Als er mit dem College fertig war, hatte ihm Abbie die Uhr des Majors aus reinem Gold und die Krawattennadel mit dem Diamanten geschenkt, als Belohnung für den Abschluss, Belohnung für den Phi-Beta-Kappa-Schlüssel, den er nie getragen hatte; und Mr. B. Hod hatte ihm einen nagelneuen glänzenden Cadillac übergeben. Cabrio. Sonderanfertigung. Mit den Worten: »Hätte nicht gedacht, dass du's packst. Respekt, Sonny.« Abbie hatte auf den Haustürstufen gestanden und den Wagen mit finsteren Blicken betrachtet, offensichtlich passten ihr weder seine Größe noch Form, Farbe und Marke. Die dunkelrote Karosserie glitzerte, als die Sonne darauf fiel. »Der sieht aus wie ein Zockerwagen«, sagte sie.

»Ist er ja auch«, fauchte F. K. Jackson und schnaubte, die dicken Brillengläser blitzten in der Sonne.

Und jetzt hier bei ihm, neben ihm, in einem Auto derselben Marke, eine Frau, die nach etwas Exquisitem duftete. Blumen. Was für Blumen? Der Nachtblüherstrauch, der in Abbies Garten wuchs. In der Abenddämmerung war der Garten – na gut, nicht überströmt von seinem Duft, denn der Geruch vom Fluss hing über allem, aber wenn man an einem heißen Augustabend nahe an die Blumenrabatte ging, nahm einen der Duft gefangen, packte einen, und man musste stehen bleiben und ungläubig herumschnuppern. Das Herz schlug einem ein bisschen schneller. Der Atem ging ein bisschen schneller. Weil einem Bilder in den Kopf stiegen, Bilder von Frauen, nicht klein, nicht füllig, nicht lang, nicht knochig, einfach in der richtigen Größe, der Knochenbau vollkommen, das Fleisch auf den Knochen absolut richtig, absolut vollkommen.

Und einen Augenblick lang, nur einen Augenblick lang –
und das war natürlich eine Illusion, eine Illusion, gesponnen aus dem Mondlicht, dem weißen Licht, dem eigenartigen unwirklichen geheimnisvollen Licht des Mondes und dem unglaublichen süßen satten Duft des Strauchs – glaubte man, man würde, wenn man die Hand ausstreckte, eine Frau berühren, nicht klein und füllig und steif und stolzerfüllt und unberührbar aufgrund von Sitte und Religion und unmöglichen Sauberkeits- und Rechtschaffenheitsnormen, auch nicht lang und knochig und nervös und zu schlau und aufgeweckt, zu logisch und zu maskulin, sondern ein einfach richtiges, sich weich anfühlendes, süß duftendes, wunderschön gebautes weibliches Wesen, bei dem alles an der richtigen Stelle sitzt, das nie so aussieht, als ob sich der dicht unter der Haut liegende Knochen gegen die berührende Hand sträubt, weil er einfach unnachgiebig ist, oder das Fleisch sich gegen die Hand sträubt, weil es nun mal rechtschaffen ist und stolzerfüllt.

Die junge Frau, die neben ihm saß, schwieg. Er sah zu ihr, ihr Blick war auf die Straße gerichtet oder dem, was davon zu sehen war, der Nebel so dicht, dass die Autoscheinwerfer nicht durch die weißen Schwaden drangen. Sie hatte die Beine übereinandergeschlagen, und er sah die hauchhauchfeinen Strümpfe über den hübschen Fesseln, den über den Waden der hübschen Beine bauschenden Rock. Und er dachte, dass er noch nie eine so schöne Gestalt gesehen hatte – gebaut wie eine Schwimmerin oder ein Rennpferd oder ein Flugzeug, alles Wesentliche genau an der richtigen Stelle. Einfach schön.

Der Wagen zog nach rechts, obwohl er nur einen kurzen Moment die Straße aus den Augen gelassen und zu ihr geguckt hatte. Es war sowieso ein verdammter Blödsinn, an so einem Abend Auto zu fahren und ständig den schwarzen Strich, die Straßenmitte, im Auge zu behalten, wenigstens versuchsweise, und dreißig Meilen pro Stunde nicht zu überschreiten. Er beschleunigte auf fünfunddreißig. Nicht sicher. Ging zurück auf Tempo dreißig, gleichmäßig, langsam. Er hatte den Klang des Motors im Ohr, summ-summ-summ, pausenlos, und vor Augen den schwarzen Strich, der die Straße teilte. Ein gelegentlicher Seitenblick nach rechts, zum Randstreifen, aber sobald er da hinsah, zog der Wagen nach rechts, scheinbar aus eigenem Antrieb. Motorsummen, gleichförmig träge das Tempo, gleichförmig träge die Bewegung, gleichförmig träge das Tempo, gleichmäßige langsame Bewegung, träge, gleichförmig der schmale schwarze Strich in der Straßenmitte, der grauweiße Belag kaum erkennbar, die Scheinwerfer zu schwach, um durch den Nebel zu dringen, der Nebel schluckte das Licht. Er riss das Lenkrad nach links, er war einen Sekundenbruchteil lang eingeschlafen, weggedöst, beim starren Blick auf den schwarzen Strich.

Ich muss das Tempo wechseln, dachte er, entweder schneller oder langsamer fahren, singen, oder pfeifen oder reden, sonst schlafe ich ein, hypnotisiert vom Blick auf diesen schwarzen Strich. Schlafe ein oder fahre gegen anderer Leute Hauswand, rase direkt auf die Veranda, die Sonnenveranda, über die Bastmatten, die auf Sonnenveranden immer ausgelegt sind, direkt in die Schaukelbank, die auf Sonnenveranden immer stehen, mache die Pflanzen platt, krachrums, wenn's die Pflanzen erwischt, Pflanzen haben sie auch alle auf der Sonnenveranda. Ist allerdings noch etwas früh fürs Frühstück. Es fuhr ein Bau'r ins Holz, fiel ihm ein. Was der wohl macht, wenn ein Gentleman in Farbe in Begleitung einer Lady nicht in Farbe plötzlich bei dem auf der Sonnenveranda aufkreuzt, dem direkt auf die Sonnenveranda brettert?

Guten Morgen. Wir sind zum Frühstücken hier.

Soso, aber Ihre Farben passen nicht zusammen. Einer

Lady und einem Gentleman in Farbe, die Farben haben, von denen einer farbig ist und einer nicht, servieren wir kein Frühstück. Passen nicht zusammen.

Im Nebel mögen die ja alle gleich aussehen, unterm elektrischen Licht nicht.

Nebenbei, nicht der Holzbauer würde seine Empörung angesichts der nicht zusammenpassenden Farben des Mannes und der Frau im roten Cabrio zum Ausdruck bringen. Der Bau'r nahm sich ein Weib. Heißa Viktoria. Und was bei ihrem Anblick aufschreit und loskreischt, wäre des Bau'rn Weib.

Unkeusches Frauenzimmer! Hure Babylon!

Red nicht so, Bauernweib, Frau vom Holzbau'r. Ich habe sie auf dem Kai gefunden. Sie war verloren und ganz alleine, eine Kleine, ganz verlor'ne Kleine, irrt ganz alleine auf dem Kai in Niggertown herum. Ich bin hier auf ihre Einladung hin. Es war weder meine Idee noch ihre, Bauernweib. Es lag in der Hand des Schicksals. Es war Gottes Fügung.

Ich habe nicht mal auch nur den Finger meiner linken Hand auf den Finger ihrer linken Hand gelegt. Es war genau umgekehrt. Sie hat mich festgehalten, sie hat mich an ihren Busen gedrückt. Sie hat einen ganz ganz hübschen Busen. Etwa nicht, Bauernweib? Sie wollte nicht von mir lassen. Es ging nicht von mir aus, überhaupt gar nicht. Ich war nur ein Instrument, ein Gefäß, der Ton in des Töpfers Hand auf der Töpferscheibe, und am Rad gedreht hat der Töpfer, am kleinen Rad des Schicksals und am großen Rad der göttlichen Gnade. Ich habe sie bewahrt vor einem Schicksal, schlimmer als der Tod. Der wollte eigentlich bloß gucken. Der konnte gar nicht gehen, seit Jahren nicht. Aber das wusste sie nicht.

Verstehen Sie? Verstehen Sie, wie das war, Holzbau'rnweib? Fragen Sie den Bau'rn. Der kennt sich aus mit so was. Der wird's Ihnen sagen. Der alte Adam in ihm wird die Situation sofort erfassen, und er wird nicken, und er wird Ihnen sagen: Lag an der Frau. Heiße Viktoria.

Er döste wieder ein, und der Wagen glitt unmerklich ziemlich weit nach rechts und auf den rechten Straßenrand zu. Er riss sich aus dem Schlaf. Himmel, dachte er, ich muss reden, sonst bin ich in der erstklassigen Position herauszufinden, ob der alte Hölle-und-Verdammnis-Hill recht hatte mit der Höllenschwärze. Er schaute noch einmal kurz zu der jungen Frau und dann wieder auf den schwarzen Strich in der Straßenmitte. Sie sah aus, als sei sie ins Sinnieren über die Vergangenheit oder die Zukunft vertieft. Völlig egal, was ich ihr erzähle. Sie hört mich nicht. Sie guckt gerade in ihre eigene Glaskugel. Na gut, Süße, dann hole ich meine auch raus.

Er sagte: »Ich wollte dir gerade von damals erzählen, als ich zum ersten Mal im Kino war.« Pause. Sie drehte nicht mal den Kopf, was in Ordnung war, also brauchte er sich keine Sorgen zu machen, ob er sich vernünftig anhörte. Er konnte einfach reden. »Ich bin nie ganz darüber weggekommen.« Weak Knees war schockiert gewesen, als er erfuhr, dass Link noch nie im Kino gewesen war: »Gottsnahm, Sonny, hier is'n Dollar, heut Nachmittag gehste ins Emporium. Und kauf dir Schockelade zum Essen. Gottsnahm, Sonny, in deim Alter und nie kein Film gesehn.«

Er war in die Frühvorstellung gegangen. Samstagnachmittag. An den Film konnte er sich kaum noch erinnern, aber die ganzen Jahre hindurch hatte ein schwaches Echo gewabert, ein Echo der Erregung, des Staunens, das immer größer geworden war, während er auf die Leinwand schaute. »Es war helllichter Tag, als ich ins Emporium hineinging. Ich war noch ein Kind. Und ich weiß noch, wie ich vor dem Kino stehen geblieben bin und die Sonne auf den Säulen betrachtet habe.«

Er hatte kurz dagestanden und die flackernden Bewegungen des Sonnenlichts auf den großen weißen Säulen beobachtet. Es kam durch die Blätter und Zweige der Ulmen, und weil die Blätter ständig in Bewegung waren, bewegte sich auch das Sonnenlicht, jedenfalls schien es so. Wenn er scharf genug und lange genug hinsah, bildete er sich ein, dass sich nicht die Sonne oder die Blätter bewegten, sondern die Säulen selbst, als unregelmäßige kleine Flecken. Er hatte plötzlich die Vorstellung, dass die Säulen wirklich zerfallen könnten, in blätterförmige, astförmige Abschnitte bersten. Samson fiel ihm ein, der hatte doch die Säulen, an die er gekettet war, zum Einsturz gebracht. Er legte die Hände auf eine der großen Kinosäulen, um sich zu beruhigen. Die anderen Säulen, die, an denen Samson festgekettet war, waren beim Einstürzen bestimmt auch in Bröckchen und einzelne Stücke zerbrochen, genauso, wie das bei den sonnenglitzernden beweglichen Säulen gerade aussah.

»Ich habe eine der Säulen angefasst. Die sahen alle aus, als ob sie sich bewegen, wegen der Sonne. Und die war aus Holz. Die Säule. Das war ein furchtbarer Schock. Ich hätte fast vergessen, dass ich gleich meinen ersten Film sehen sollte. Ich hatte erwartet, dass die Säulen aus Marmor sind, aus Stein, dass sie sich kalt anfühlen. Aber die waren aus Holz. Warm, fast nachgiebig verglichen damit, wie sich Stein anfühlt.«

Er hatte völlig fassungslos an der Säule hochgesehen. Sie reichte bis unter das Dach. Und neun weitere waren gleichmäßig über die Fassade des Gebäudes verteilt. Er konnte nicht anders, er musste sie jede einzelne anfassen. Sie waren alle aus Holz. Er fühlte sich reingelegt, betrogen, und er war zornig.

»Ich fing an zu grübeln, ob es noch andere Dinge gab, von denen ich nichts wusste, andere Dinge, die nicht waren, was sie schienen. Die Leute liefen an mir vorbei und durch die großen Türen nach innen, ich stand weiter draußen und sah an den Säulen hoch, ich wollte unbedingt wissen, was da noch war, das etwas anderes war. Es hat mich wütend gemacht zu wissen, dass etwas aussehen konnte wie etwas anderes und nicht das war, was ich immer geglaubt hatte.«

Willie Pratt mit den Sommersprossen kam herausgestürzt und packte mich am Arm. »Heh, Link, komm rein. Der Fillim geht gleich los. Mis' Bushnell setz' schon anner Orgel für die Musik, und ich und Johnnie ham in der ersten Reihe drei Plätze belegt und ein für dich freigehalten. Los, komm, der kann nicht allein drei Sitze belegen, irgendwer schnappt ein Platz vorn weg, garantiert. Los, komm!«

Als er den Saal betrat, war die Musik laut und heftig, alle wurden ruhig, und ihm lief ein Prickeln den ganzen Rücken hinunter. Dann vergaß er die Musik. Der Film ging los, und er schaute in eine neue, wundervolle Welt, sah direkt hinein und wurde sehend Teil davon. Es war eine Art Welt, von der er immer vermutet hatte, dass es sie irgendwo geben musste, und hier war der Beweis. Ihr Anblick zog ihn nach vorn, bis er nur noch auf der Holzkante saß. Er hielt sich an den Armlehnen fest, aus Furcht, sonst bis an die Decke zu schweben, so leicht und beschwingt war er geworden. Er hatte alles Feste und Banale und Gewöhnliche, aus dem seine Alltagswelt bestand, weit hinter sich gelassen.

Als der Film zu Ende war, gingen die Lichter im Saal an. Mrs. Bushnell spielte einen schnellen lebhaften Marsch auf der Orgel, so schnell und so lebhaft, dass die Kinder aus den Sitzen schnellten, lebhaft wie die Musik. Um ihn herum war Tumult, Füßescharren auf dem Boden, Gekicher, Gespräche, Gedrängel um Durchkommen, und dann strömten alle in den Gang. Er wurde aus dem Sitz gedrängt, überholt und von der allgemeinen Bewegung zum Ausgang gespült. Er merkte gar nicht, dass er ging, dass er Füße und Beine bewegte, es geschah automatisch, ohne nachzudenken, schon gar nicht aus eigenem Antrieb. Es war wie Schlafwandeln, wie in Trance.

»Ich war im Emporium und als ich reinging, war helllichter Tag. Als ich rauskam, war es dunkel. Das hat mich verwirrt, weil ich gedacht hatte, die Zeit müsste doch stillstehen, solange der Film läuft. Ich dachte die ganze Zeit, dass ich irgendwie ein Doppelleben geführt hatte, mein eigenes als Junge namens Link Williams und ein anderes, viel aufregenderes. Dass es dunkel geworden war, während ich in der anderen, der Filmwelt lebte, machte das Ganze sehr mysteriös.«

Hinterher stand er auf den Stufen des Emporium, vor Aufregung zitternd.

Eine Frau sagte: »Guter Film, nicht?«

Ein Mann sagte: »Und wie. Der Typ, der aufs Schiff geklettert ist, war in Ordnung.«

Das war alles, was sie über den Film sagten. Jemand anderes fragte: »Ob's wohl gleich regnet?«

Alle sahen zum Himmel. Sogar die Kinder. Da begriff er, dass der Film für alle anderen vorbei und erledigt war. Nichts von seiner Herrlichkeit blieb in ihren Köpfen. Weil alle nach oben sahen, tat er es auch. Ganz fern am Himmelsrand und nur schwach wegen der großen strahlenden Beleuchtung des Emporium entdeckte er den Abendstern.

Klein und schwach sah er aus, und ganz fern an dem dunklen Himmel. Trotzdem beruhigte ihn der Anblick. Dieser Stern war an den entlegensten Orten zu sehen. Eines Tages, wann, wusste er nicht genau, aber eines Tages würde er solche Orte auch sehen, solche großen

Städte mit Abenteuern überall. Während er wartete, bis er an die Reihe kam und die Treppe hinuntergehen konnte, suchte er nach einem brauchbaren Ausdruck für das Gefühl, das ihn beim Anschauen des Films erfasst hatte.

Das Einzige, was zu passen schien, was schön war und einen besonderen hohen Ton hatte, war: »die Kraft und die Herrlichkeit«. Er war bestürzt, als ihm einfiel, dass die Worte aus dem Vaterunser stammten. Er hatte sie nicht gleich richtig zuordnen können und, als er es wusste, hin und her überlegt, ob es sich gehörte, sie einfach so für etwas zu benutzen, das mit Gott oder Kirche oder Sonntagsschule nichts zu tun hatte.

Er kam zu keiner Entscheidung über richtig oder falsch. Es mussten einfach diese Worte sein, denn sie fassten zusammen, was er empfunden hatte bei der neuen, fabelhaften, aufregenden Welt, die er gerade gesehen, zu der er gehört, die er fast hatte anfassen können. Eine Welt aus Gebäuden, sehr hohen, und Tausenden von Leuten, die sich darin bewegten, wo der Verkehr so dicht war, dass sich dauernd alles staute, weiterkroch, vorwärts kam, sich hoffnungslos verhedderte und wieder vorwärts ging. Schiffe liefen ein, so einen Kai hatte er im Traum nicht für möglich gehalten, und hinter dem Kai erstreckte sich meilenweit die Stadt selbst mit all den Häusern, die bis in den Himmel selbst ragten.

»Ich bin nie damit fertig geworden«, sagte er. »Aber damals habe ich beschlossen, eines Tages erobere ich die Welt – frag mich nicht, welche. Ich war überzeugt, das Einzige, was mich je aufhalten könnte, wäre, dass jemand anders zuerst da ist. Ich hielt das nicht für möglich. Ich hielt niemand nirgends niemals nirgendwo für so schlau und so zäh wie mich. Also wäre ich als Erster da. Ich würde die Welt erobern.«

»Und jetzt bist du nicht mehr überzeugt?«

Ihre Stimme erschreckte ihn. Oh, dachte er, du hast doch die ganze Zeit zugehört. Und ich dachte, ich rede mit mir selbst. »Süße«, sagte er, »ich mache tagsüber die Bar in der Last Chance. Und ich bin vollauf zufrieden, einfach Barmann zu sein und sonst gar nichts. Was immer mal in meiner Seele rumort hat, jede Hummel, die ich mal im Hintern hatte, das hat sich alles verloren, als ich erwachsen wurde. Solche Welteroberungsfantasien hat man nur mit acht Jahren. Danach – nee, nee.«

»Warum hattest du denn das Gefühl, du könntest die Welt erobern?«

»Weiß ich nicht genau. Das ist lange her, und ich war noch ein Kind. Ich weiß nur noch bis heute, dass ich eine neue Welt gesehen und eine neue Welt gefunden hatte, einen neuen Kontinent, und dass ich wie alle Entdecker beschloss, ihn zu erobern und zu meinem zu machen. Mehr nicht. Bisschen dürftig. Aber so war's.«

»Wie hieß der Film?«

Der Nebel hatte sich wieder etwas gelichtet, er konnte beide Straßenränder erkennen und fuhr schneller.

»Das ist auch weg, entschwunden in den langen Korridor der Zeit. Wie alles Mögliche andere.«

Er schwieg, als er merkte, dass sie ihn ansah, ganz direkt, regelrecht anstarrte. Wahrscheinlich versuchte sie, aus seinem Gerede schlau zu werden.

Sie sagte: »Mir geht's wieder gut. Wir sind weit genug weg. Du kannst umdrehen und zurückfahren.«

Er fuhr weiter, als er hätte er es nicht gehört, er fuhr auch immer schneller, dachte: Sie klingt genau, als ob sie mit einem Chauffeur redet. Nach Hause, James. Tja, James hatte Uniform und Mütze abgelegt, James trug jetzt Flanellhose zum gestreiften T-Shirt, und James war wild entschlossen, zur Hölle und wieder zurück zu fahren, und hatte die volle Absicht, die Madam mitzunehmen, denn er arbeitete nicht mehr bei ihr. Er hatte gekündigt, und die Madam war – tjaja – wenn alle Kerzen aus, dann alle Katzen grau. Unterm elektrischen Licht? Nein. Im starken scharfen Sonnenlicht? Nein. Aber im Dunkeln, im Dunkeln …

Sie sagte, und zwar mit einer Schärfe, mit Arroganz und noch etwas im Ton, das er nicht richtig benennen konnte, etwas nicht so Unkontrolliertes wie Wut, aber eine kontrollierte Wut, Wut, weil der Chauffeur zu spät gekommen war, dass der Chauffeur Widerworte gab, dass er unverschämt und frech war und in die Schranken gewiesen gehörte: »Ich möchte zurück. Halt an und dreh um.«

»Diese Tour war nicht meine Idee, Süße«, sagte er leise. »Aber langsam gefällt sie mir. Also gedenke ich, noch eine ganze Weile weiterzufahren. Da kannst du leider verdammt nichts machen, nur mitfahren.«

Es war spät nachts, es gab sonst keine Autos auf der Landstraße. Auf geraden Strecken jagte er den Tacho hoch auf achtzig. Er wartete auf Protest von ihr, aber es kam keiner. Sie hatte die Hände zu Fäusten geballt, ihr Körper war angespannt und steif in den Sitz gepresst wie in Erwartung eines Angriffs. Er fuhr weiter parallel zum Fluss. Noch vierzig Meilen, erst dann würde er umkehren. Die junge Frau schwieg noch immer.

Die hat Angst, dachte er. Die ist taub, blöd und blind vor Angst. Die glaubt, ich will sie vergewaltigen. Steht mir doch zu, sie zu vergewaltigen, wenigstens der Versuch, ich bin ja farbig, und es ist festgeschrieben, dass farbige Männer einzig und allein dafür leben, weiße Frauen zu vergewaltigen, vor allem schöne junge weiße Frauen, die sich rumtreiben. Woher weiß ich, dass sie sich rumtreibt? Na, was zum Teufel wollte sie denn sonst am Kai? Sie würde sofort losschreien, wenn jemand sie hören könnte, hier ist aber niemand, also reißt sie sich zusammen und wartet ab.

Er bog in eine Seitenstraße ab, hielt an, schaltete den Motor aus. Das sanfte Summen des Motors war wie ein Gespräch gewesen, dem niemand zuhört, wie ein leise gestelltes Radio, das einem erst auffällt, wenn es ausgeht, und dann will man es wieder einschalten, will, dass das Gespräch, dem man nicht zugehört hat, weitergeht, weil die Stille stört. Er hörte ein Stöhnen von der jungen Frau, nein, kein Stöhnen, es war ein kleiner ängstlich-banger Laut beim Ausatmen.

Sie saßen im Auto und schwiegen beide, vielleicht fünf Minuten lang. Er grinste, aber das konnte sie nicht sehen. Sie war so weit von ihm weggerückt, offenbar langsam und unmerklich, er hatte jedenfalls keinerlei Bewegung bemerkt, dass sie jetzt an der Tür klebte, mit einer Hand am Griff.

Dann hörte er auf zu grinsen, denn einen Moment, einen unglaublichen Moment lang wollte er, wollte er – Hitze hinter den Augen, ein heißer Knoten im Hals, pochendes Blut in den Ohren. Er beugte sich zu der jungen Frau, angezogen von ihrem Parfüm, das duftete wie der Strauch, ein Drang, der absolut nicht zu kontrollieren war, wie damals vor Jahren im Flur von Chinas Etablissement, beim Herumstehen und Warten und Nicht-Denken, Nicht-Denken-Können. Er sah zu, wie sie am Türgriff herumfummelte. Ach, zum Teufel, dachte er und ließ den Wagen an, mit Ingrimm.

Er schwieg, bis sie wieder in Monmouth waren, zurück an der Ecke Franklin Avenue und Dumble Street. Dann sagte er: »Wenn ich du wäre, würde ich auf dem Kai vor der Dumble Street nicht mehr auf Sightseeingtour gehen.«

Dann stieg er aus, knallte die Tür zu, so heftig, als hoffte er, sie würde aus den Angeln fallen, und sagte trocken: »Danke für die irre Tour.«

6

Link Williams stand wieder auf dem Kai, mit hochgeschlagenem Mantelkragen, an die Brüstung gelehnt. Den Kragen hatte er vor ungefähr einer Stunde hochgeschlagen, und schon dabei hatte er gedacht, dass nie jemand mal einen Mantelstoff gewebt hatte, der den eisigen Wind vom Fluss her wirklich abhielt. Jubine der Fotograf stand neben ihm, mit dem Gesicht zum Fluss, und wartete, dass etwas Außergewöhnliches passierte, wie jeden Abend.

Auch Link wartete darauf, dass etwas Außergewöhnliches passierte. Er wartete darauf, dass die junge Frau zurückkam, seit zwei Wochen wartete er jetzt Abend für Abend, trotz Nebel und Regen und kaltem Wind. Er sagte sich immer wieder, dass das unlogisch wäre, wider alle Vernunft wäre, denn niemand würde an so einen Ort zurückkommen, einen Ort, an dem die Nacht Kreaturen wie Cat Jimmie ausspie.

Jubine wusste, dass Link auf jemanden wartete, nach jemandem suchte, denn er sagte jeden Abend, wenn er auf sein Motorrad stieg und die Schutzbrille aufsetzte, dasselbe: »Nix heut Abend, was, hombre? Na dann, vielleicht ein andermal.« Und war weg, knatt-knatterte die Dock Street entlang, wurde schneller und schneller, und der Motor klang wie eine Gewehrsalve.

Nach zwei Wochen, in denen er auf den Fluss gestarrt hatte und von Jubine angestarrt worden war, in denen er dem Nebelhorn und dem heiseren Tuten der Kähne zugehört, dem Fluss zugehört hatte, der klang, als ob ein Mund an der hölzernen Spundwand saugte, in denen er der großen Tür der Last Chance beim Auf- und Zuschwingen zugesehen hatte, in denen er durchnässt worden war und gefroren hatte, gab er auf. Eines Samstagabends. Spät.

Er ging über die Dock Street zur Pokerpartie in die Last Chance. Vor der Tür drehte er um, warum wusste er nicht, vielleicht einfach aus Gewohnheit, vielleicht drehte er sich immer um, wenn er auf der Dumble Street stand, und sah zum Kai, vielleicht hatte ihm irgendein sechster Sinn gesagt, dass er sehen würde, worauf er gewartet hatte. Ihr Wagen stand beim Kai. Er sah noch einmal hin, ja, es war derselbe Wagen, dann schob er die Tür auf und ging hinein.

Mr. B. Hod und Mr. Weak Knees waren dabei, den Laden für heute zuzumachen. Jubine stand an der Theke und beobachtete Old Man John the Barber. Alle anderen hatte Bill offensichtlich schon nach Hause gescheucht. Old Man John the Barber nippte an einem Bier, verfolgte jede Bewegung von Bill, mit vorgeschobener Unterlippe, einem grimmigen Blick unter den struppigen Augenbrauen, einem Fuß auf der polierten Messingstange und ausgebleichten, abgetragenen, staubigen Schuhen. Das Jackett, einst schwarz, war jetzt grau, im Rücken ausgebeult, die Ärmel exakt seinen Armen nachgebildet, vor allem an den Ellbogen.

Link sagte: »Kann man hier gefahrlos rein?«

Bill ignorierte ihn, ignorierte Jubines erfreutes Grinsen.

Jubine sagte: »Klar. Ist hier sicher wie'n Kloster. Der Boss hat vor 'ner Stunde 'n Riesenknecht hochkant rausgeschmissen und dem verdammt fast das Genick gebrochen. Riesen-Schwedenknecht. Das Genick hat hübsch geknirscht, wie's beinah in zwei saubere Teile zerfallen is. Also, alles wieder prima. Gemütlich. Wie zu Hause.«

Als Bill die Tür aufriss, in der Art, wie er Türen immer aufriss, überfallartig, stand die Uhr über der Theke auf zehn vor zwei.

»Was machst'n du so früh zu, Bill? Is noch nicht Sperrstunde«, protestierte Old Man John the Barber. »Hab kein warmes Plätzchen wo ich hin kann außer hier.« Er krümmte sich noch etwas tiefer und sah augenzwinkernd nach draußen auf die dunkle kalte windgepeitschte Straße.

Bill schaltete weiter die Lichter aus. »Also, Barber«, sagte er, »du kannst auf der Franklin Avenue in jedem Samstagnachtschuppen hocken, bis drei, vier Uhr. Bis dahin schläft deine Frau, dann hast du noch was, wo du hin kannst. Nach Hause. Also, Barber, raus mit dir.«

Sie gingen in die Küche und warteten auf Weak Knees' Kaffee. Bill Hod setzte sich an den Küchentisch und mischte die Karten, ein nagelneues Spiel. Link und Jubine blieben neben dem Herd stehen und sahen Weak Knees zu. Trotz seines Watschelgangs bewegte er sich schnell. Link dachte: Die sind alle bei ihren Lieblingsbeschäftigungen. Jubine misst das Licht hier drin, Lichtmessen mit den Augen, mit halbgeschlossenen Augen, und studiert dabei Weak Knees. Mr. W. Knees hat den weihevollen Blick eines Hohepriesters beim Verrichten der Riten, der Herd als Altar, über dem Herd die große Kupferhaube, die ihm altarartigen Glanz und Erhabenheit verleiht. Mr. B. Hood lauscht der Musik der Karten, swisch-slisch, swisch-schlisch, ganz schnell, zu schnell, das Auge kommt nicht mit, das Ohr sehr wohl.

Die Küche jetzt erfüllt vom Duft von frisch aufgegossenem Kaffee. Komische Sache, die beiden Gentlemen haben sich solche Mühe gegeben, verdammt alle Mühe, ihre wahren Herzenslieben an mich weiterzugeben – aber ich bin nicht dafür geschaffen. Ich kann immer noch keine Karten so swisch-slisch-mischen. Und kochen auch nicht. Aber sie haben dran gearbeitet. Als Kind habe ich immer die Kupferhaube poliert, ich stand auf dem Herd, kein Feuer an, auf dem Herd ausgelegt rosa Titelseiten von

Boulevardzeitungen, zum Draufstellen, ich hatte bei meinem Kupfergeschrubbe immer Bilder von Schönen mit dicken Busen unter den Füßen, während ich am Kupfer rieb und rieb. Musste noch einen Stuhl auf den Herd stellen, um bei der Haube bis ganz oben zu kommen. L. Williams, Akrobat und Akoluth. Mochte den Job gern, mochte das Schimmern und Glänzen des Kupfers, stand auf dem Stuhl, ganz weit oben, und sah nach unten auf die Töpfe und Pfannen an der Wand, mochte auch deren Schimmern, das Schimmern und Glänzen. Als Akrobat und Akoluth auf einem Stuhl stehen und die Kupferhaube polieren, das geht. Aber ein Chefkoch wird aus mir nie, hat Mr. W. Knees gesagt. Wurde auch nicht. Nicht mit dem Herzen dabei. Swisch-Slisch mit neuen Karten. Auch da nicht mit dem Herzen dabei. Junge Frau mit blassblonden Haaren auf der Suche nach dem Akoluthen auf dem Kai. Er grinste. Da sehr wohl mit dem Herzen dabei.

Jubine sagte: »Na, was für'n Kanarienvogel hast du grad verspeist, Sonny?«

Link grinste weiter, er konnte nicht anders. »Noch gar keinen. Werd ich aber, Kumpel. Hab das liebliche Geschöpf gerade erst ins Visier gekriegt.«

»Los jetzt, lasst uns anfangen«, sagte Bill. »Ihr Jungs hampelt zu viel durch die Gegend. Wir haben seit zwei Wochen keine anständige Partie mehr gespielt. Sonny muss den Fluss beobachten und Vögelchen jagen. Jubine muss sofort los zu 'nem Feuer oder 'ner Totenwache oder 'nem Selbstmord.«

»Ich bin immer hier, Boss. Bereit, willig und fähig«, sagte Weak Knees. »Ich hab noch nie keiner Runde die Luft abgedreht, weil ich nich da war.«

Bill sagte: »Stimmt, du bist hier und drehst keinem Spiel die Luft ab, außer du probierst grad 'ne neue Spaghettisoße.«

»Die letzte war gut.« Weak Knees normalerweise hohe Stimme wurde eine Oktave tiefer und bekam einen Hauch Ehrfurcht. »Beste Spaghettisoße, wo ich je auf die Lippen gekriegt hab. War mit gepökelter Schweinebauch und Schampinjongs. Hab die noch nie so gemacht. Und ein Tick Petersilie. Irgendne weiße amerikanische Lady hat das Rezept aus Brüssel mitgebracht. Die hatte das von eim talljenischen Chefkoch. Wo ist Brüssel eigentlich?«

»In Belgien«, sagte Jubine. »Wann machst du die wieder?«

»Wenn ich der talljenische Chefkoch wär, ich hätt's Rezept nie rausgerückt. Hab so was noch nie geschmeckt. Die wieder machen? Mal sehn. Sonnahmt mach ich wieder die belgien-talljenische Spaghetti. Jetzt nächsten Sonnahmt. Für nach der Pokerrunde. Sonny, kommst du zum Spiel oder gehst du wieder Kanarienvögel fangen am Kai?«

Link sagte: »Sag ich dir dann.«

Weak Knees runzelte die Stirn. »Wusste gar nich, dass beim Kai rum Kanarienvögel sind. Hab da noch keine nich gesehen.«

Jubine lachte. »Du bist zu alt dafür. Man muss so sechsundzwanzig sein wie Link. Man muss so 'ne echt griechische Statur haben wie Link. Und man muss mit so'm Rattenfängertimbre reden können wie Link. Und selbst damit sieht der die auch bloß, wenn so'n Londoner Nebel vom Fluss reinkommt.«

Er legte Weak Knees die Hand auf den Arm. »Hör mal, Weak Knees, mach die Spaghetti diesen Samstag. Poker oder nicht. Und heb mir was auf. Dafür komm ich extra vorbei.«

»Gut, Jubie. Ich heb dir den halben Topf auf. Ich weiß wirklich nicht, wie dieser Talljener das Rezept rausrücken konnte.«

»Hätt er's nicht rausgerückt, würd'st du's nicht kennen«, sagte Jubine.

»Joh-joh – joh. Schon klar. Aber der hätte Mülltimillionär werden können, bloß mit dem einen Rezept.«

Jubine gab einen spöttischen Ton von sich. »Da hätt er aber erst mal in die Vereinigten Staaten kommen müssen, ich meine, wenn er Spaghettimillionär werden wollte. Und hier hätt er erst mal ewige Zeiten Probleme gehabt mit der Einkommenssteuer und mit Arbeitern und Schweinebauchmangel und Champignonmangel und den hohen Kosten von allem, der hätte vor lauter Sorgen nachts nicht mehr geschlafen. Und von der ganzen Sorgerei hätt er rohe kleine Stellen im Magen gekriegt und könnte nicht mal mehr seine eigenen Spaghetti essen. Er dagegen gibt sein Rezept weiter, und eine Menge Leute essen seine tollen Spaghetti und sind ihm dankbar, und er kann essen, was er will und geht nachts in sein großes weiches Bett und schläft sofort ein, weil's in seinem Leben nichts gibt, was ihm Albträume macht – keine Gewerkschaften, keine Mangelwaren …«

Weak Knees blieb stur: »Gibt kein Mangel an gepökelter Schweinebauch. Wird's nie geben, weil die meisten Chefköche wissen nämlich gar nich, was sie damit anfangen solln.«

Jubine sagte: »Klar, klar. Aber wenn irgendein Forscher mal rauskriegt, dass da irgendein wichtiges Vitamin drin ist, so wie in Leber, dann will den in Amerika jeder haben, und dann wird der Mangelware. Außerdem, wenn in Amerika jeder die neue Spaghettisoße mit Pökelschweinebauch haben wollte, dann wär die garantiert bald Mangelware …«

Bill sagte: »Lieber Gott noch mal, hört ihr mal auf mit diesem Gequake und hebt endlich ab?«

Montagabend wartete er wieder auf dem Kai. Die Luft war frisch, kühl, klar. Er konnte die ganze Dumble Street hinuntersehen, er betrachtete sie und fand sie gut, für ihn war sie die Straße, in der er aufgewachsen war, die Straße, in der er durch den Prozess des Mannwerdens geschaukelt war, manches losgelassen hatte, an anderem festgehalten hatte, gelernt hatte, gewachsen war, bis er schließlich ganz erwachsen war. Oder etwa nicht? Wurde das überhaupt jemand? Jemals?

Gegen Mitternacht sah er ihren Wagen langsam die Dock Street heraufkommen. Er beobachtete, wie sie ausstieg und über die Straße ging. Sie ging, als hätte die Welt schon immer ihr gehört, würde immer ihr gehören, und als wüsste sie das. Diesmal trug sie ein Kostüm, ein graues Flanellkostüm. Um den Hals hatte sie ein gestreiftes Tuch geschlungen, lebhafte grüne Streifen. Ihre Schritte waren schnell, leicht. Braune Schuhe an den Füßen. Und die Beine – Beine wie die Dietrich, nur besser. Eigentlich.

»Hallo«, sagte sie. Aus ihren Augen kam ein Funkeln, ihr Gesicht und ihre Stimme hatten etwas Lebhaftes, ein Lächeln spielte immer wieder um ihren Mund.

Tja, dachte er, genau das wolltest du wissen. So sieht sie aus, wenn sie nicht halb zu Tode erschrocken ist.

»Selber hallo«, sagte er.

»Ich habe dich gesucht.«

Sie stand jetzt nahe bei ihm. Wieder dachte er, ihr Parfüm duftet wie dieser Strauch in einer heißen Augustnacht, bei Vollmond – nur nicht so unverhohlen und unkompliziert wie ein Strauch, süß ja, aber flüchtiger, man will näher und näher dran, damit man weiterschnuppern kann.

»Ja, ich weiß. Ich habe dich gesehen.«

»Du hast mich gesehen? Du – also – wieso hast du mir nicht Bescheid gesagt?«

»Weil ich die letzten zwei Wochen lang jeden Abend auf dich gewartet habe. Genau hier. Auf dem Kai. Manchmal hat es geregnet, und manchmal war es neblig, und an manchen Abenden war es so kalt, dass Blechaffen der Schwanz abfriert. Also...«, er klopfte auf ihren Arm, »habe ich beschlossen, dass du mal mit Warten dran bist.«

»Aha.«

Sie schmollte fast wie ein verzogenes, arrogantes Kind, dem man sagt, es kriegt keinen fünfzehnten Lutscher. Er war neugierig, wie sie ihr Missfallen ausdrücken würde.

Zu seiner Überraschung sagte sie: »Willst du eine kleine Tour machen?«

»Nein.« Pause. »Danke.«

»Gut, gibt's irgendeinen Ort, wo wir reden können? Vielleicht den vom letzten Mal?«

»Das Moonbeam?«

»So heißt das? Passt nicht so ganz, oder?«

Das ließ er unkommentiert. Das Moonbeam Café. Wohin sonst würde er in Monmouth um Mitternacht mit einem weißen Mädchen gehen? Im Moonbeam würden sie zwar nicht angestarrt werden, aber beobachtet, vorsichtig, verhohlen. Er war da schon mal mit ihr gewesen. Aber da war er noch davon ausgegangen, dass sie Mulattin war. Er hatte im Nebel kaum etwas gesehen und hatte im Moonbeam kaum etwas gesehen. Es wäre ihm nie in den Sinn gekommen, dass die junge Frau weiß war, jedenfalls da noch nicht, bis Bug Eyes sie so angesehen hatte. Wäre er, wenn er gewusst hätte, dass sie weiß war, überhaupt mit ihr hierher gegangen? Wohin sonst? Was für eine Sorte Rassendiskriminierung in Gedanken betrieb er hier gerade? Warum zögerte er jetzt, da mit ihr hinzugehen? Er würde auch mit jeder anderen jungen Frau, weiß oder farbig, nur sehr ungern da hingehen, wenn er mit ihr reden, ihr zuhören wollte, mit ihr tanzen wollte oder ... Er wollte einfach nicht in dieser Räucherhöhle von Moonbeam sitzen und versuchen müssen, über den Lärm weg zu reden oder drunter durch, umgeben von einem Haufen Leute, die alle redeten, die sie alle ansahen, die alle Mutmaßungen über sie anstellten, und aus der Jukebox blökte derweil ein Song über verlorene alte Lieben und unsterblichen Hass und mein Mann ist weg.

»In Ordnung«, sagte er. »Wir gehen ins Moonbeam und trinken Bier. Wenn wir genug trinken, glauben wir irgendwann, dass wir woanders sind.«

»Warte«, sagte sie. »Ich möchte dir etwas sagen.«

»Na?« Sie sagte aber nichts, also sagte er: »Na los, was denn?«

»An dem Abend«, fing sie an, hörte wieder auf, fing neu an. »An dem Abend, als ich auf dem Kai war, da, also, ich habe ja nichts gesehen wegen des Nebels. Aber einmal hat er sich gelichtet, und da habe ich kurz dieses Wesen gesehen, das auf dem kleinen Karren angerollt kam. Ich dachte, ich kriege nie wieder richtig Luft. Ich bin gerannt und gerannt und gerannt, und das Ding auf dem Karren kam immer näher, und es hat gestunken, ein Geruch wie im Zoo. Oder im Zirkus. Ich wusste, der kommt von dem Ding, das hinter mir her war – mit dem Karren –«

»Moment mal. Wieso erzählst du mir das alles?«

»Ich muss. Ich muss dir etwas erklären.«

»Du klingst, als ob du dich gerade selbst zum schicken hysterischen Fall erklären willst. Oder genießt du es, dir selbst Angst zu machen?«

»Ich habe keine Angst mehr. Ich muss dir etwas sagen. Sei still und hör zu, bis ich fertig bin.«

Er zog eine Augenbraue hoch und fing an zu pfeifen. Dann sagte er, in leisem Singsang:

Wenn ich artig bin,
Und ohn' Eigensinn
Tue, was ich soll,
Ja, dann ist mir wohl.

»Tut mir leid«, sagte sie schnell. »Ich habe das nicht so gemeint, wie es klang. Aber ich werde nie fertig, wenn du mich immer unterbrichst. Und ich muss es genauso erzählen, sonst verstehst du es nicht.«

»Na gut. Mach weiter.«

»Ich – ich konnte nicht erkennen, wo ich langging. Nicht in dem Nebel. Das war wie ein Albtraum, ich wollte vor etwas Schrecklichem wegrennen, ich musste rennen, ich wusste, wenn ich nicht renne und immer weiter renne, hat dieses bösestinkende Ding mich bald eingeholt. Es war wie Rennen mit verbundenen Augen, rennen und rennen und nicht sehen zu können wohin ...«

»Also bist du gerannt«, sagte er trocken.

»Ja!« Sie klang zornig. »Ich bin gerannt. Du weißt nicht, wie das war, du kannst da sicher und hochmütig rumstehen, weil du noch nie im Leben vor irgendwas Angst gehabt hast.«

»Angst vor irgendwas? Ich habe nie vor irgendwas Angst gehabt? Aber natürlich hab ich. Mach weiter. Ich sage nichts mehr, bis du fertig bist.« Sie schwieg, und er ermunterte sie: »Du bist gerannt und dann?«

»Dann hast du gesagt: ›Heh!‹ Ich bin auf dich zugerannt, direkt auf dich zu, nicht auf dich, auf deine Stimme. Ich wusste, wenn ich es bis da schaffe, wo die Stimme herkommt, bin ich sicher. Der Nebel ging ein bisschen hoch, ich konnte erkennen, dass du groß genug bist und stark genug und jung genug, um das Ding wegzuhauen, was immer das war da auf dem Karren.«

Sie sprach jetzt langsamer. »Ich habe ja nichts richtig

gesehen, weil ich so erschrocken war und wegen des Nebels. Ich wollte mich einfach festhalten, an deiner Hand, an deinem Arm, in Hörweite bleiben, und du hast irgendwie sauber und gut gerochen. Ich habe gemerkt, dass du mich wegschicken wolltest. Ich weiß nicht, was du gesagt hast. Ich hab's nicht verstanden. Ich wusste nur, egal was du mir erzählst, ich gehe nicht allein durch diesen Nebel zu meinem Wagen. Das Nebelhorn hat gedröhnt und gedröhnt. Ich dachte nur, vielleicht wartet das Ding mit dem Karren auf mich, wartet da im Nebel. Das hat das Nebelhorn gesagt, das hat der Fluss gesagt, die ganze Zeit: ›Ich krieg dich, krieg dich, krieg dich.‹ Erst als ich da in diesem, diesem Moonbeam saß –«, sie brach ab, fing wieder an: »Weißt du, ich hatte keine Ahnung, dass du farbig bist. Als wir in dieses Moonbeam kamen, als wir uns hingesetzt haben und ich mich umgeschaut habe und all die farbigen Leute gesehen habe, da war ich – da habe ich wieder Angst gekriegt, alles ging wieder los. Und dann habe ich gesehen, du bist ja auch farbig. Ich habe das Durcheinander nicht aus dem Kopf gekriegt. Ich weiß nicht, was ich dachte …«

»Und trotzdem bist du wiedergekommen?«

»Warte«, sagte sie, »du hast mich da in dem Laden noch mal gefragt, wieso ich auf dem Kai war, und das war wieder diese Stimme. Die Stimme, die ich auf keinen Fall verlieren wollte, von der ich mich nicht losreißen konnte da auf dem Kai. Ich habe mir eingehämmert: Du wusstest ja nicht, dass das ein Negro ist, du hast dich bloß an ihn geklammert, an ihn geklammert, weil seine Stimme sagte: Bei mir bist du sicher, sicher, sicher, sicher, sicher. Nicht mit Worten. Du hast das nicht ausgesprochen. Ich habe nicht verstanden, was du geredet hast, irgendwas mit China, aber die klare saubere Aussprache, die habe ich verstanden, die Resonanz, das Timbre – die Stimme war einfach wunderschön, und dann gehörte die einem farbigen Mann. Ich musste versuchen, das zusammenzukriegen, diese Stimme, die Sicherheit bedeutete, und dass du farbig bist, aber das ging nicht. Im Nebel, als ich nicht richtig sehen konnte, habe ich mich an dich geklammert, wie deine Stimme klang und wie sich dein Arm anfühlte, der lange glatte Muskel in deinem Unterarm, ein Männerarm, feste Muskeln, eine Männerhand, stark, warm, mit glatter Haut, das war alles, woran ich mich halten konnte. Aber die Hand und der Arm gehörten einem farbigen Mann.

Dann hat mich der Kellner, der, den du Bug Eyes genannt hast, angeguckt, angestarrt, lange und scharf. Als du über einen Tisch für uns mit ihm geredet hast, hatte er ein freundliches, lachendes einfaches Bauerngesicht. Ich fand, er sah aus wie ein südeuropäischer Bauer, einfach mit sehr dunkler Haut. Aber als wir an dem Tischchen saßen und er mich angeguckt hat, da hat sich seine Miene vor meinen Augen verändert. Sie wurde verschlossen, beinah feindselig, undurchschaubar und gefährlich. Ich habe mich umgesehen, und alle haben mich angestarrt, alle hatten Gesichter wie der Kellner, verschlossen, feindselig.

Ich wollte aufstehen, ich wollte da raus, aber ich konnte mich nicht rühren. Meine Knie versagten, meine Beine funktionierten nicht. Ich wusste, selbst wenn ich auf die Füße gekommen wäre, ich hätte es nie durch den verrauchten Raum und den ganzen Krach geschafft. Und dein Gesicht hatte sich auch verändert. Es war nicht feindselig, aber es hatte einen Ausdruck, der vorher nicht da gewesen war, eine Art Geringschätzung und Verblüffung.

Als wir rauskamen, war da wieder der Nebel, als ob er gewartet hätte. Und noch schlimmer als vorher. Ich wusste, allein durch den Nebel fahren, das kann ich nicht, ich hätte ständig die Vorstellung, dass dieser Karren gleich hinter mir ist und immer ein Stück näher kommt. Ich dachte, wenn du mit einsteigst und eine halbe Stunde oder so mit mir herumfährst, dann kann ich mich wieder aufrappeln. Ja, du bist farbig, aber in dem ganzen Nebel da bist du das einzige normale, saubere, bekannte Wesen … und, verstehst du … man hängt ja, man hält sich ja immer fest an etwas, das irgendwie Schutz signalisiert, Sicherheit … und …«

Sie schien darauf zu warten, dass er etwas sagte, aber er konnte nicht. Er verspürte eine seltsame Art Zorn. Eigentlich hätte er sagen wollen: Aha, und wozu bist du wiedergekommen? Weißt du eigentlich, was du gerade gesagt hast, was du da in Wirklichkeit gesagt …

Sie redete weiter: »Als ich gesagt habe, du sollst umdrehen, und du einfach weitergefahren bist, habe ich überlegt: Was mache ich jetzt, was mache ich jetzt. Als du endlich angehalten hast, dachte ich wieder dasselbe: Was mache ich jetzt, was mache ich jetzt. Rennen kann ich nicht mehr. Schreien auch nicht, in mir ist nichts übrig, womit ich schreien könnte, nichts, womit ich mich wehren könnte. Ich dachte: Nein, unmöglich, ein Mann mit so einer Stimme würde nicht … Und dann bist du zurück nach Monmouth gefahren und ausgestiegen, und ich war erleichtert.

Ich habe mich hinterher geschämt, über mich, weil ich gedacht hatte: Ja, das ist ein Negro, aber hier ist sonst niemand, der dich beschützt, dafür ist er gut genug, ich hab mich geschämt für die ganze Sache. Und so bin ich zurückgekommen.«

»Weshalb?«

»Weil ich dir danken wollte, weil ich fand, ich schulde dir eine Erklärung, eine Bitte um Verzeihung. Und ich wollte dich besser kennenlernen.«

»Besser kennenlernen?«

»Ich dachte, wir könnten Freunde werden«, sagte sie schüchtern.

»Du bist zurückgekommen zu diesem Kai, wo du so furchtbare Angst gehabt hast?«

»Natürlich bin ich zurückgekommen. Ich hatte vor, immer wieder zu kommen, bis ich dich finde. Was mir solche Angst gemacht hat, war der Nebel. Ich konnte nichts sehen, konnte nicht sehen, wo ich langging. An einem klaren Abend wie heute ist hier nichts, was irgendjemandem Angst macht.«

Da liegst du falsch, Süße, dachte er, und das ist ein verdammt schräger Beginn einer Freundschaft. Freunde. Hah!

»Freunde also«, sagte er. »Gehen wir ins Moonbeam, Bier trinken und die Emanzipation feiern? Auch wenn dich der Anblick von lauter farbigen Leute da schon mal umgehauen hat?«

Sie sah so bestürzt drein, dass er lachte. »Versuch nicht, dahinterzukommen. Du bist viel zu schön zum Denken. Gehen wir unsere Kehlen befeuchten.«

Und so gingen sie noch einmal durch die Dumble Street, die jetzt ruhig war, montagabendruhig, nur Wind vom Fluss, Geruch vom Fluss, fernes Kläng-kläng der Straßenbahn, Heulen von Sirenen irgendwo, weit weg, im Herzen der Stadt, Gerumpel von einem Lkw auf der Franklin Avenue, die Last-Chance-Beleuchtung noch an, das grelle Orangerot des Neonschilds, das einen Streifen Bürgersteig in ein etwas blasseres Orangerot taucht. Er drehte sich kurz um zur Nummer 6 und sah rosa Licht oben, wo die Powthers wohnten, gedämpft, durch die Äste des Henkers hindurch. Kein Licht unten, wo Abbie und er wohnten und ihr Dasein fristeten.

Sie bogen auf die Franklin Avenue. »Sag mal«, sagte er, »wie heißt du eigentlich?«

»Camilo Williams.«

»Williams?«, fragte er verblüfft.

»Williams.«

Das, dachte er, glaube ich nicht. Camilo? Ja. Das klingt irgendwie richtig. Aber Williams? Nein. Das hattest du dir zurechtgelegt, griffbereit, nein, hattest du nicht, du hast das schnell so gesagt, weil du nicht vorbereitet warst auf genau die Frage in genau dem Moment, aber du brauchtest einen Nachnamen, jedenfalls hat man einen in den meisten Kreisen, also hast du zu diesem gegriffen. Wahrscheinlich hast du längst vergessen, dass das auch mein Nachname ist. Aus irgendeinem Grund ist dein eigener Nachname, der richtige, wie immer der lautet, nicht brauchbar.

Sie waren fast beim Moonbeam, als sie sagte: »Ach, guck mal!«, und auf einen Mann zeigte, der auf dem Bürgersteig kniete.

Wenn sie nicht stehen geblieben wäre, um Cesar the Writing Man zuzusehen, wäre Link einfach weitergegangen, er hatte ihn so oft gesehen, ihm so oft zugesehen, dass er jede seiner Bewegungen, jeden Ausdruck von ihm kannte. Cesar machte immer eine Verbeugung gen Osten, und eigentlich hätte dieser Diener lächerlich wirken müssen, was er nicht tat, dann klappte er eine Zigarrenkiste auf, setzte die Brille auf und fing an, etwas auf den Bürgersteig zu schreiben. Er schrieb in einer Art Furor, mit einer kleinen Pause ab und zu, um ein anderes Stück Kreide aus der Zigarrenschachtel zu nehmen, und fügte immer neue Schnörkel, Verzierungen, kleine Ornamente an die großen Buchstaben.

Und jetzt sah Cesar zu ihnen, sah wieder weg, machte seinen Diener und fing an, den Bürgersteig zu beschreiben. Link fragte sich, wie er es hinbekam, so sauber auszusehen, obwohl er immer dasselbe anhatte – einen dicken braunen Pullover, graue Tweedkniebundhose, dunkelgraue Kniestrümpfe. Der wuchtige Pullover und die beutelige Hose passten gut zu seiner hageren drahtigen Figur.

Die junge Frau blieb etwas abseits stehen, als ob sie einem Maler bei der Arbeit mit Öl- oder Wasserfarben zusah, respektvoll gegenüber seinem Recht auf die für den Schöpfungsakt nötige Privatheit. Sie machte, bis er fertig war, keine Anstalten, das Geschriebene zu lesen.

Jetzt nahm Cesar die Brille ab, sortierte die blauen und roten und grünen Kreiden wieder in die Zigarrenkiste und klappte den Deckel zu. Er machte wieder einen Diener gen Osten und schaffte es irgendwie, auszusehen wie ein Mohammedaner, der sich gen Mekka verbeugt. Dann ging er und eilte mit geschmeidigen Schritten und der Zigarrenkiste unterm Arm die Franklin Avenue entlang.

Die junge Frau bückte sich und las laut, was er auf den Bürgersteig geschrieben hatte: »Geschieht etwas, von dem man sagen könnte: Sieh, das ist neu? Es ist längst zuvor auch geschehen in den Zeiten, die vor uns gewesen sind. Kohelet 1:10«. Sie bückte sich etwas tiefer und musterte die Schnörkel, die blumigen und ornamentalen Linien, die die Schrift schmückten.

»Was soll das bedeuten?«, fragte sie. »Warum hat er das geschrieben?«

»Bedeuten?«, wiederholte Link. »Na ja, ich nehme an, es ist eine Art Ermahnung, eine kleine, auf den Bürgersteig geschriebene Predigt zum Wohl derer, die stehen bleiben und es lesen. Vielleicht hat er es auf das Moonbeam bezogen und will sagen, dass es solche Orte immer gegeben hat und immer geben wird. Oder er will dir und allen anderen sagen, egal, was für Ärger oder Sorgen oder Spaß und Freud man hat, auch andere Leute haben so was schon erlebt und werden es wieder erleben. Und warum er das geschrieben hat – wer weiß? Er schreibt seit Jahren Verse auf Straßen und Bürgersteige in Monmouth, auf der Eastside und der Westside, Uptown und Downtown. Er nennt sich Cesar the Writing Man.«

Sie sagte leise, wie zu sich selbst: »Es ist schon geschehen in den Zeiten, die vor uns gewesen sind.«

Dann standen sie im Moonbeam. Es war selbst an diesem Montagabend ziemlich voll von Leuten, vor allem aber, wie jeden Abend, voll vom überlauten Geblöke der Jukebox. In all diesen Läden läuft dasselbe Lied, dachte Link, von verschiedenen Platten, mit verschiedenen Sängern und vielleicht verschiedenen Melodien, aber es ist immer dasselbe Lied von verlorenen Lieben und altem Hass, von brutaler Liebe, blues-brutaler Liebe, der Mann weg, weg, weg, immer undeutlich, verhuscht gesungen, nein, nicht gesungen, gejammert, mit Schmerz in der Stimme, Reue in der Stimme, Wehklagen in der Stimme. Die jungen Männer und die jungen Frauen an den Tischen oder vor der langen Theke sahen aus, als ob sie gerade über den weggegangenen Mann, die verlorene Frau nachdachten und sich an die alten Lieben, den alten Hass erinnerten. Schon seit hundert Jahren.

Link stand in der Tür und sah durch den großen, kaum beleuchteten Raum und dachte wieder an China und den Weihrauchduft, an Bill Hod und China, an Bill Hod und Mamie Powther.

Bug Eyes kam auf sie zu, in Eile, das Tablett auf der flachen Hand über dem Kopf balancierend. Er lächelte beide an und sagte spontan: »Hab 'n schön Tisch für euch diesmal, ziemlich inner Mitte. 'n schön Tisch.«

Der Tisch war wirklich schön, fand Link. Die nächsten Arme und Beine und Ohren waren etwa einen Meter entfernt. Sie konnten also, wenn sie wollten, reden, ohne sechs, sieben andere Leute mitzuunterhalten. Aber jedes Mal, wenn er die junge Frau ansah, ihren hübschen leidenschaftlichen Mund, die tiefen blauen Augen, die geschwungenen Augenbrauen, die blassgelben Haare, die selbst im schummerigen Moonbeam Café auf der Franklin Avenue seidig schimmerten, spürte er einen Kloß im Hals, der jedem Wort in die Quere gekommen wäre, das er hätte sagen wollen. Was sagt man, überlegte er, zu einer weißen Frau, die beim bloßen Gedanken, dass sie ihre Hand auf den Arm eines Negros gelegt hatte, Horror empfunden hatte? Sie hatte auf ihn, Link Williams, und auf »all die farbigen Leute da«, exakt so reagiert wie auf das ekelhafte Wesen, das im Nebel Jagd auf sie gemacht hatte. Cat Jimmie auf dem Karren gleich Entsetzen gleich starr vor Angst. Lauter Farbige in einer Bierschwemme gleich Entsetzen gleich starr vor Angst. Auch Link Williams, sobald als Farbiger enttarnt, gleich Entsetzen gleich starr vor Angst. Gleich Freundschaft? Höchst unplausibel. Was zum Teufel hatte sie eigentlich erwartet auf dem Kai an der Dumble Street, in einer Bierschwemme auf der Franklin Avenue? Etwa Eisbären? Du siehst irgendwo ein paar Fotos von Jubine und glaubst, du findest da Old Man John the Barber, und der sieht nicht aus wie ein Negro, der sieht aus wie eine Radierung von Rembrandt, also werden wohl alle farbigen Menschen, die in der Gegend leben, aussehen wie Rembrandt-Radierungen, tun sie aber nicht, sie sehen aus wie ein wüster Haufen farbiger Menschen, und die reden, wie ihnen der Schnabel gewachsen ist, und kippen sich Bier hinter die Binde und ziehen durch die Gegend, und was die anhaben, kommt dir total falsch vor, und ihre Stimmen klingen alle falsch für dich, und meine Stimme war nur so lange in Ordnung, bis du die Farbe der Haut in meinem Gesicht gesehen hast, die Farbe der Haut da am Hals, wo die Stimme herkam. Hah!

Er bestellte Bier. Sie trank. Sie sah nur das Glas an, das Bug Eyes ihr hinstellte, setzte sich vor und stützte die Ellbogen auf den Tisch.

Sie sagte: »Erzähl mir, was du machst, wo du so lebst und wie. Ich möchte alles von dir wissen. Warst du im Krieg?«

»Bei der Marine. Postüberwachung. Marinestützpunkt. Hawaii. Ich hab immer die Briefe der Jungs gelesen. Hab gelesen: Ich liebe dich, in sämtlichen bekannten falschen Schreibweisen und ein paar unbekannten neuen, ich liebe dich tränenverkleckert, im übertragenen Sinn, verklebt von Herzblut, auch im übertragenen Sinn, buchstäblich schweißgetränkt. Hab gelesen: Ich kann ohne dich nicht leben, genauso geschrieben, und dann – ich liebe dich, immer und immer wieder.«

Sie zog die Ellbogen vom Tisch und setzte sich sehr gerade hin.

»Hat's dir gefallen?« Flache Stimme, etwas gezwungene Stimme.

»Bei der Marine meinst du? Oder lesen, was jemand anders an Schweiß und Blut und Tränen in einsilbige Wörter gepackt hat?«

»Ich meine die Marine.«

»Nicht besonders. Gut? Schlecht? So einfach ist das nicht. Ich weiß, dass ich vier Jahre auf der verdammten Insel da gehockt und gelesen habe: Ich liebe dich, ich liebe nur dich, nur dich liebe ich, ich werde dich immer lieben. Ich weiß nicht, ob ich überhaupt irgendwas dabei empfunden habe, das heißt, ich habe verdammt gehofft, dass wir nicht irgendwann frühmorgens ins Jenseits gesprengt werden. Und manchmal habe ich gehofft, dass wir eine Ladung abkriegen, eine ganz kleine, so als Tempowechsel.« Er grinste sie an, denn bei jedem »ich liebe dich« hatte sich ihr Rücken mehr aufgerichtet, jetzt saß sie kerzengerade wie Abbie oder Queen Victoria.

»Lebst du gern in Monmouth?«, fragte sie.

»Klar. Ich bin hier aufgewachsen. Ich bezweifle, dass man den Ort, an dem man aufgewachsen ist, wirklich und wahrhaftig hassen könnte, außer wenn einem da etwas passiert ist, das einem den Glauben an sich selbst zerstört hat. Und mir ist kaum je was passiert ... ich bin einfach aufgewachsen ... wie so ziemlich alle. Mit ein paar Ausnahmen, die vielleicht doch nicht ganz durchschnittlich waren.«

Er dachte: Alles Leben bewegt sich im Kreis, rings und rum, man fängt an einer Stelle an und kommt genau an die wieder zurück. »Es ist längst zuvor auch geschehen in den Zeiten, die vor uns gewesen sind.« In gewisser Weise hatte sein Leben in der Last Chance erst wirklich angefangen. Und so war er jetzt wieder da, als Tagschicht hinter der Bar, von zehn Uhr morgens bis sechs Uhr abends, genau wieder da, wo er angefangen hatte. Und sie? Die junge Frau, die jedes Mal, wenn er dieses »Ich liebe dich« wiederholt hatte, und er hatte es mit voller Absicht wiederholt, zurückgewichen und weggerückt war, gehörte sie auch zu dem, was er längst zuvor gekannt hatte? Nein. Er hatte nie jemandem mit einem derart lockeren, natürlichen Auftreten gekannt. Sie strahlte etwas Heiteres aus, und etwas ziemlich Herrisches. Als er sich die Worte: »Ich liebe dich« in allen möglichen Variationen abgerungen hatte, war ihr Rücken immer steifer geworden. Glaubte er immer noch, dass alle Katzen grau sind? Na ja, ja. Na ja, nein. Bei dieser Kleinen, die den Kopf hoch trug und das Kinn vorreckte, was ihren makellosen Hals freilegte, den langen Nacken, einen Ballerinanacken mit einer zum Küssen gemachten kleinen Kuhle unten, standen Auflehnung und die Weigerung, sich zu unterwerfen in jeder Linie des straff gespannten Körpers geschrieben. Sie war wie ein reinrassiges Rennpferd, das vor dem Hindernis scheut. Alle Katzen grau? Nein.

»Was machst du?«, fragte er.

»Was ich mache?«

»Beruflich.«

»Ach so. Ich schreibe über Mode. Ich gehe zu allen Schauen und sehe mir die neuen Kleider an. Und schreibe darüber. Ich fliege nach Dallas und Chicago, nach Paris und London und wieder zurück nach New York und gucke mir den ganzen neuen Glitzerkram an, den sich Designer so zusammenträumen.«

»Wo lebst du?«

»Meistens in New York. Manchmal in Chicago, manchmal in Montreal. Manchmal in London und in Paris und in Monmouth.«

Die neue internationale Szene, dachte er. Bilder im Life Magazin. Französische Riviera, Eden Roc, Hôtel du Cap, Ali Khan, der Schah von Persien, argentinische Millionäre. Womöglich ist sie eine internationale Wanderhure. Er musterte ihr Gesicht. Nein, unmöglich, selbst in diesem unbrauchbaren Schummerlicht sind die Augen zu schön dafür, zu ehrlich, das ganze Gesicht zu jung, zu rein, ein total verletzliches Gesicht, ein erwartungsvolles Gesicht. Irgendetwas erzählt sie nicht, und deshalb ist ihr unbehaglich, aber internationale Wanderhuren, egal wie schön, haben nicht so ein Staunen, so etwas Erwartungsvolles, Ungestümes in den Augen, um den Mund.

»Wo bist du geboren?«

»In Monmouth.«

»Also du – du bist hier aufgewachsen?« Du meinst, wir sind dieselben Straßen entlanggelaufen? Du und ich? Unmöglich. Ich hätte dich gesehen. Ich hätte dich nur ein Mal irgendwo sehen müssen, über die Straße gehen sehen müssen, nur ein Mal und dann nie wieder, ich würde mich daran erinnern.

»Mal hier, mal da – meistens da …«

Er versuchte, sie sich in Monmouth vorzustellen, wie sie zur Highschool ging und aufwuchs in dieser geschäftigen kleinen Stadt, vergeblich. Vielleicht hatte Monmouth das aus ihr gemacht, aber das glaubte er nicht. Als er sie jetzt ansah, dachte er, sie könnte auch glatt Tee trinkend in einem Salonzimmer sitzen, zu Besuch auf eine Tasse Tee sein, so unempfänglich für den Krach, das Jukebox-Geblöke, den Qualm, das Schummerlicht, die Leute hier schien sie zu sein. Wahrscheinlich lag es an der Art, wie sie saß, kerzengerade, Kopf hoch, dass er an Abbie dachte. Abbie hatte schon mitten in einer überfüllten Straßenbahn gesessen und mit F. K. Jackson geplaudert, und auch sie hatte dabei ausgesehen, als ob sie zu Hause im Wohnzimmer säße und Tee servierte. Bisher hatte er diese Aura ruhiger Eleganz für das Merkmal einer Handvoll aristokratischer alter farbiger Frauen und einer Handvoll aristokratischer alter weißer Frauen gehalten und gedacht, dass sie erst mit dem Alter kam. Und hier war plötzlich eine junge Frau und hatte sie auch. Es überraschte ihn und verwirrte ihn. Und komischerweise fand er es auch noch reizvoll.

»Warst du auf dem College?«, fragte er weiter.

»Natürlich. Ich war in Barnard und fand es toll da. Ich war gut. So gut, dass sie mir eine Dozentenstelle für Englisch angeboten haben, sowie ich meinen Master habe, am besten von der Columbia.«

»Frau Professor Williams«, sagte er und lachte. »Kann ich mir nicht vorstellen. Beim Rest versuche ich es noch, aber das – das ist lustig.«

»Nein, ist es nicht«, sagte sie barsch. »Es war etwas, das ich ganz allein geschafft habe, mit meinem eigenen Hirn. Lach mich nicht aus. Ich wäre gut gewesen. Ich wäre aus eigener Kraft jemand gewesen, stattdessen – stattdessen …«

»Stattdessen was?«, drängte er.

Sie schob das Bierglas von sich, als wäre es eine Absage nicht nur an das Bier, sondern an eine ganze Lebensweise.

»Tja, gondele ich eben zweimal im Jahr in Paris herum und denke mir neue Floskeln aus, bloß um zu erzählen, die Röcke werden länger oder die Röcke werden kürzer. Die Taille sitzt höher oder die Taille sitzt tiefer.« Sie stand auf. »Ich fahre heute Abend nach New York, ich muss langsam los.«

Als er ihr die Autotür aufhielt, überlegte er immer noch, was wirklich nach dem »stattdessen« kommen sollte ... statt wessen? Offenbar war ihrem Wunsch, jemand aus eigener Kraft zu sein, etwas anderes als Modereportagen in die Quere gekommen.

Er sagte: »Wann sehe ich dich wieder?«

»Samstag? Hier? Wär das in Ordnung?«

»Samstag nicht. Sonntag. Spätnachmittags.«

»Gut.«

»Halb sechs ungefähr?«

»Auch gut.« Sie gab ihm die Hand, bevor sie einstieg. »Mir hat es Spaß gemacht.« Sie lächelte. Dann fing sie aus irgendeinem Grund, der ihm unklar blieb, an zu lachen – übersprudelnd und fröhlich.

Er sah dem Auto hinterher, stirnrunzelnd, und dachte: Sie fährt zu schnell. Sie rast über Kreuzungen, als ob eine Polizeieskorte vor ihr fährt und den Weg freimacht. Dann ließ er das Stirnrunzeln und dachte an ihr Gesicht, wie es beim Lachen aussah, an ihren Mund, der sich vor Lachen bog, die leuchtenden Augen, den in den Nacken geworfenen Kopf, den langen geschwungenen Hals. Es ist unmöglich, unmöglich, aber unvermeidlich, dachte er. Es gibt nichts, womit ich es aufhalten könnte. Ich bin dabei, mich in sie zu verlieben. Nicht erst dabei. Ich bin längst verliebt in sie. Ich habe schon wieder, allein beim Anblick dieses schönen lachenden Gesichts, mein Vertrauen, meine Überzeugung unwiderruflich in die Hände eines anderen Menschen gelegt. Mich hoffnungslos, unentwirrbar verwickelt.

Wieder mal. Zum dritten Mal. Beim ersten war es Abbie Crunch gewesen, dann Bill Hod und jetzt ein – Mädchen. Und diesmal? Diesmal? Würde auch sie, diese junge Frau mit dem lachenden schönen Gesicht, dem langen Hals und den tiefen Augen, würde auch sie ihm so eine dieser Possen spielen? »Solche Possen, dass Engel weinen«?

Er ging in die Last Chance. Bill Hod stand hinter der Bar. Allein.

»Freund«, sagte Link, »lass uns auf den Abend trinken.«

Bill starrte ihn an, ausdruckslose Miene, ausdruckslose schwarze Obsidianaugen. Er sagte sehr langsam: »Manchmal glaube ich, du rauchst Gras.«

»Selbst wenn, Genosse. Selbst wenn. Trink trotzdem einen mit mir.«

»Okay. Was soll's denn sein?«

»Whiskey Soda.«

Bill hatte die Drinks schnell fertig. Link beobachtete seine Hände, geschickte Hände, saubere Hände, Hände mit sorgfältig gefeilten Nägeln, Hände, die eine Knarre oder ein Messer oder einen Totschläger halten konnten, die alles halten, mit allem umgehen konnten, schnell, geschickt. Wetten, der sieht mit hundertzwei noch genauso aus, klingt genauso, hat genauso geschickte Hände. Nicht kleinzukriegen.

Bill sagte: »Und auf was trinken wir jetzt?«

Link sagte: »Erst trinken wir auf Bill Hod, dann auf Bill Shakespeare. Die Unsterblichen.« Er lehnte sich an die Theke. Bill hielt ihn offenbar für high wie den Mount Everest, also wieso sollte er ihm nicht gleich noch ein paar Beweise für das Stadium fortgeschrittener Intoxikation liefern, dessen er sich angeblich erfreute. Er sagte: »>Wie viele herrliche Geschöpfe hier! Wie schön die Menschheit ist! O schöne, neue Welt, die solche Wesen trägt.‹ Bill Hod,

143

der hinter der Theke steht, und Bill Shakespeare, der mir für immer auf der Schulter hockt.« Er hielt inne, beäugte Bill und sagte noch einmal: »O schöne, neue Welt, die solche Wesen trägt.« Er trank das Glas leer. »Bill«, sagte er dann, »mal unter Freunden und vertraulich natürlich, absolut vertraulich, bist du je verliebt gewesen?«

»Geh lieber über die Straße und hau dich ins Bett, bevor dich das heulende Elend packt.«

»Was ist das denn für eine Antwort? Hier, Mr. Boss, noch mal so einen.«

»Nein«, sagte Bill. »Du bist betrunken.«

»Wovon denn, verdammt. Ein Whiskey Soda. Mehr hatte ich nicht. Hier, vor deinen Augen. Keine Joints. Ich hab im ganzen Leben noch kein Gras geraucht, Kumpel. Stinkt mir zu mies. 'n Freund hat mich mal mitgenommen in so'n Schuppen. In Harlem. Innen dunkelblaue Lampen, ein Höllenlicht. Und die faaabing Leute da alle durch'nander gemischt mit den weißen, und alle am Ächzen und Stöhnen, Arme und Beine und Leiber alle durch'nander gemischt auf Sofas, sogar auf dem Teppich. Ich hab nur einen Hauch von der Bude aufgeschnappt und zu meinem Freund gesagt: Mein von Herzen geliebter Freund, ich hab noch in kurzen Hosen meiner weißhaarigen alten Mutter versprochen, wenn ich je in einen Schuppen gerate, wo es so riecht wie hier, so mieft und trieft vor Gestank und dermaßen die Nüstern beleidigt, dann gehe ich sofort raus, frische Luft schnappen. Ich hab ein Fläschchen frische saubere Luft in der Tasche, hab ich gesagt, und ich geh jetzt, und draußen hole ich besagtes Fläschchen aus der Hosentasche und atme so lange die frische saubere Luft ein, bis meine Nase die Beleidigung vergessen hat, die Kränkung, deretwegen sie beinah den verdammten Betrieb eingestellt hätte. Ich muss hier sofort weg, denn wenn ich noch einen Augenblick länger in diesem, äh, Geruch, diesem, äh, Odeur, dieser, äh, Pestwolke und Fäulnis bleibe, dann werde ich, äh, mich erbrechen ...« Er lächelte Bill zuckersüß an. »Ich habe kein Gras geraucht, Alter.«

»Was zum Teufel ist dann mit dir los?«

»Sei doch so freundlich und mach dies große, große Glas wieder voll, dann sag ich's dir. Komm, komm, Señor. Ohne Schluck kein Schwatz.«

Bill schenkte das Glas voll. »Hier. Wenn ich dich nur so aus dem Laden kriege, dann trink in Gottes Namen schnell aus und hau ab.«

Link trank langsam, nippte fast zärtlich. »Schmeckt wie Hölle, das Zeug. Für Verzehr durch Menschen nicht geeignet. Oh, ist 'n guter Schnaps, Boss Man, aber der hier kommt zu schnell nach dem ersten. Ich habe einen empfindlichen Magen, einen nervösen Magen, Father Hod. Mein Magen mag nicht, wie das Zeug schmeckt. Meine Kehle auch nicht. Du, sag mal«, sagte er im Plauderton, den Männer anschlagen, wenn sie ein langes Gespräch vorhaben, »wusstest du, dass F. K. Jackson einen nervösen Magen hat. Stell dir mal 'ne Bestatterin mit nervösem Magen vor. Partner, kannst du dir vorstellen, wie der der Magen hüpft, wenn sie die Jungs auf die Kühlplatte packt? Überleg mal, die nennen sich doch selbst Leichenbearbeiter, oder?« Er hielt ein kleines bisschen zu lange inne, was Bill die Chance gab, auch etwas zu sagen.

Bill sagte: »Und?«

»Und was?«

»Wenn du nicht betrunken bist, was ist los mit dir?«

Link grinste ihn an. »Ja, stimmt, aber wir haben einen Pakt, nicht?« Er ging Richtung Tür, drehte sich um und sagte: »Psssst! Sag's niemandem, Freund, ich bin – verliebt.« Er riss die Tür weit auf, trat hinaus, drehte sich wieder nach innen und stieß einen Rebellenschrei aus – lang, sehr hoch, wild, dann noch einen, bis der gellende Ton die Gläser auf den Regalen zum Klirren brachte.

Bei dem Schrei kam Weak Knees aus der Küche gerannt, stolperte über die eigenen Füße und brüllte: »Wassnloooos, Boss? Wer war das hier drin? Wer war das hier drin? Den Dreckskerl bring ich um ...«

Link ließ die Tür zuschwingen, stand auf der Straße und betrachtete das Schild. The Last Chance. Orangerotes, grell orangerotes Neon, einen Block weit zu sehen. Und lachte. Weil er wieder einmal das Gefühl hatte, die Welt erobern zu können. The Last Chance. Die Letzte Chance.

7

Link hatte zu Ende gefrühstückt.

Abbie Crunch sagte: »Mir wäre lieber, du –«, brach ab, sagte: »Ich –«, brachte aber nicht zu Ende, was sie sagen wollte.

Sie hörten beide die Schreie oben. Link erkannte an der Lautstärke und der Tonhöhe, dass diese Haare-zu-Berge-steh-Schreie, Blut-gerinnen-lass-Schreie nur aus Mamie Powthers Kehle kommen konnten. Wie ständig bewusst sie ihm inzwischen war, dachte er, wie vertraut ihre Stimme, dass er sie sogar wiedererkannte, wenn es um Hilferufe ging.

Abbie sagte: »Wer – was –«, schauderte, holte tief Luft und sagte: »Link, geh nachsehen, was ...«

Er rannte die hintere Außentreppe hoch, rannte hoch, dachte: Tja, vielleicht war Powther in seinem dunklen Anzug, die Hose mit Rasiermesserbügelfalten, und den Spiegelglanzschuhen nach Hause geeilt, war wieder zu Hause, hatte Mr. B. Hod in seinem Bett vorgefunden und Mr. Hod ermordet, und gerade ermordete er Mrs. Powther.

In der Küche oben stand Mrs. Powther auf einem Stuhl, die Röcke gerafft und um sich herum gezurrt, so hoch und so festgezurrt, dass Knie, Beine, Schenkel zu sehen waren. An den Füßen rote Sandalen. Keine Strümpfe. Eine Hand über den Augen, in der anderen die Röcke. Er dachte an ein Mädchen, das etwas durchwatet, ein Mädchen, das zum Waten die Röcke hochgerafft und um sich herumgewickelt hat. Trifft's nicht richtig, was dann? Venus. Warum Venus? Eine Göttin. Wegen der Wadenform, der Oberschenkelwölbungen. Nur die Griechen stellten sie so dar. Eine Göttin. Eher nicht. Gut, dann eben eine profane Göttin. Und führe uns nicht in Versuchung. Aber wer würde nicht mitgehen, wenn Mrs. M. Powthers weichfleischige Schenkel …

Er sah sich in der Küche um und suchte nach einem Eindringling, einem Einbrecher, einem aufgebrachten Ehemann. Nichts. Niemand. Tellerstapel in der Spüle. Tisch mit Kaffeetasse.

Er sagte: »Was –?«

»Da lang«, sie zeigte nirgends hin, sagte nur: »Da lang. Schnapp dir den, schnapp den, schnapp den …« Eine Hand an die Röcke geklammert, die andere auf den Augen.

Er ging die ganze Wohnung ab. Nichts. Am längsten blieb er im Powther'schen Schlafzimmer, sofort zu erkennen an den Amoretten, die das Bett verzierten. Er grinste sie an, salutierte, dachte: Alles Freunde, Mitreisende, Augenzeugen, Waffenbrüder. Seid gegrüßt, Amoretten!

Er ging wieder in die Küche. »Was war das denn?«

Sie nahm die Hand von den Augen. »Ach, du bist das …«

»Ja«, sagte er, »wer ist denn … ähm, da lang?«

»Maus.«

Er sah sie lange an, die Röcke waren noch immer hochgerafft, zusammengerafft, war ihr das nicht bewusst oder …?

»Sie meinen so einen kleinen grauen Vierbeiner, verwandt mit der Ratte?« Dumble Streetler verpassten Freund und Feind manchmal ausgesprochen passende erlesene Namen. Vielleicht war »Maus« ein Fassadenkletterer.

»Eine Maus«, sagte sie und ließ die Röcke fallen.

Also war ihr wirklich nicht bewusst gewesen, dass sie die Röcke immer noch hochgerafft hatte. Hättest du lieber nicht, Mamie Powther, dachte er, ein Mann hat schließlich

Träume, und sagte: »Na ja, ähm, keine Maus, nirgends. Wahrscheinlich hatte die genauso viel Schiss wie Sie.«

Er streckte die Hand aus und wollte ihr vom Stuhl helfen. Aber sie kletterte allein herunter, schüttelte die Röcke aus und strich sie zurecht.

Sie schenkte ihm ein Lächeln, ein großes breites blitzendes herzerwärmendes Lächeln, und sagte: »Danke. Geht mir wieder. Is das Einzige, wo ich Angst vor hab, Mäuse. Hab Powther schon so oft gesagt, er soll ne Falle aufstellen ...«

Er war kaum wieder in Abbies Küche, als sie fragte: »Was?«

»Mäuse«, sagte er. »Eine Maus ist über den Küchenboden gerannt. Sie hat Angst vor Mäusen.« Nicht vor Männern. Vor Mäusen. Keine Angst vor Männern, denn wenn er fünf Minuten länger oben geblieben wäre, hätte er die Amoretten auf dem Kopfende des Bettes besser kennengelernt. Er hätte Amorettenstudien betreiben können, einfach Augen auf und hinsehen – Flügel, Hintern, Trauben et al. Mrs. M. Powthers Augen, ihr aufgeworfener Mund waren die Einladung, eine herzlich, huldvoll und mit Absicht entbotene Einladung.

Abbie sagte: »Du willst mir erzählen, dass diese Frau, eine große Frau wie die, Angst vor Mäusen hat?«

»Ja. Sie stand auf dem Küchenstuhl, hielt sich die Augen zu und schrie wie am Spieß. Weil sie Angst vor Mäusen hat.«

»Wie vollkommen lächerlich.« Abbie klang zornig.

»Des einen Freud, Miss Abbie«, sagte er beschwingt und ging über die Straße, um die Bar für die Tagschicht klarzumachen. Abbie, dachte er, hatte »diese Frau« im selben Tonfall gesagt, wie sie Bill Hod als »dieser Mann« titulierte.

Er schob einen Keil unter die Tür, damit sie offen blieb. Noch zwei Stunden, dann kam Old Man John the Barber auf sein Morgenbier hereingestakst. Bis dahin sollte der Laden gelüftet, geputzt und gewienert sein.

Während er Spirituosenkisten aufmachte, Bierzapfhähne reinigte und die Theke polierte, dachte er nach, nicht über dieses Mädchen, die junge Frau, die sich Camilo Williams nannte, nicht über Mamie Powther, nicht über China, sondern über die Last Chance.

Mit acht Jahren – auf die Zeit, als er acht war, kam er in Gedanken immer wieder zurück – hatte er die Last Chance faszinierend gefunden, sie hatte diese gewisse Faszination des irgendwie Bösen, Verbotenen, Geheimnisvollen. Er versuchte sich vorzustellen, wie es drinnen aussah, vergeblich. Ob es da wohl Fässer mit Bier und harten Getränken gab? Die versoffenen Männer, die mit den harten Getränken und dem Bier, waren die selbst in die Fässer gewatet oder hatten andere Männer sie reingesteckt und so lange eingesperrt, bis sie versoffen waren? Er konnte sich keinen Reim drauf machen, obwohl Abbie dauernd über den Laden redete und immer von »Versoffenen« erzählte.

Acht Jahre alt. Wenn Abbie und er sich sonntags morgens zur Kirche aufmachten, stand Bill Hod, dem dieser geheimnisvolle Ort gehörte, immer mit aufgekrempelten weißen Hemdsärmeln auf der anderen Straßenseite, und neben ihm fläzte eine weiße Bulldogge auf dem Bürgersteig. Die Kinder aus dem Block behaupteten, der Hund habe einen Goldzahn. Ganz konnte Link das nicht glauben. Er hätte ja gern. Aber es klang wie der Kram, den Kinder erzählen, bloß um zu sehen, ob man blöd ist und drauf reinfällt. Er fragte Hod nicht nach dem Goldzahn, er wusste, dass Abbie nicht mochte, wenn er mit Hod redete. Andererseits sprach an Hods Erscheinung, soweit er sehen konnte, nichts dafür, dass Gästeversäufen zu seinem Tagewerk gehörte.

Der andere Mann, der in der Last Chance lebte, war ziemlich außergewöhnlich. Er war klein und dunkelbraunhäutig und hatte einen wackligen, schlurfigen Watschelgang wie ein Betrunkener, der dauernd aus dem Gleichgewicht gerät. Er trug eine weiße Baumwollhose und einen bis zum Hals zugeknöpften braunen Sweater, auf dem Kopf klemmte ein aus der Façon geratener, verstaubter Filzhut, nicht schräg, sondern rechtwinklig in die Stirn gezogen. Die einzige Änderung an seiner Ausstattung nahm er im Winter vor, dann kam ein Mantel dazu, den er aber nie zuknöpfte, und wenn der Wind wie so oft direkt vom Fluss hochwehte, blähte sich der Mantel wie ein Segel auf und der bis zum Hals zugeknöpfte braune Sweater war genauso zu sehen wie an heißen Augusttagen.

Er sah den Mann mit dem komischen Gang jeden Samstag, wenn er mit Abbie einkaufen ging. Solche Ausflüge in Geschäfte, vor allem Daviolis Obst- und Gemüseladen, waren ausgesprochen befriedigend. An solchen Tagen liebte er Abbie und wollte immer mit ihr zusammen sein, er sprach sie zwar mit Tante Abbie an, aber in Gedanken nannte er sie Abbie, weil er den Namen so schön fand und gern aussprach. Acht Jahre alt. Klar würde er sie heiraten, wenn er groß wäre, er wusste nur noch nicht genau, wie das machbar wäre angesichts der Tatsache, dass sie schon verheiratet war. Aber egal, er würde immer mit ihr leben.

Er trug den Korb, wenn sie einkaufen gingen, schwang ihn hin und her und freute sich über die Ruhe auf der Straße, über Abbies forschen schnellen Schritt, über den Klang ihrer Stimme und darüber, dass sie Mr. Davioli nur »Davioli« nannte, ohne Mister, was eindeutig den sozialen Unterschied zwischen ihnen festlegte. Daviolis Laden hieß bei ihr Grünkrämer, zwei Wörter, die nicht zusammengehörten und die kein Mensch sonst zusammenfügte, aber wenn er darüber nachdachte, gehörten die Wörter durchaus zusammen, auch wenn es sich fremd anhörte.

Sie trafen immer dieselben Leute bei ihren Samstagmorgenausflügen, und auch fast immer an denselben Orten. Abbie sagte, dass man sich zwar gegenseitig nicht kannte, aber da sie alle angezogen, gekämmt und mit geputzten Zähnen und gefrühstückt um acht Uhr morgens unterwegs waren, wenn alle anderen Dumble Streetler noch mit schlafverklebten Gesichtern und Strubbelhaaren im Bett lagen, bestand immer die Möglichkeit, miteinander bekannt zu werden, denn eine Gemeinsamkeit hatten sie ja wenigstens, das Frühaufstehen.

Manchmal sahen sie den Mann mit dem komischen Gang, wenn er gerade aus Daviolis Laden kam, mit zwei großen braunen Papiertüten im Arm, aus denen immer Staudensellerie ragte. Er trug die Tüten fest umklammert an die Brust gedrückt, und die dunkelgrünen Sellerieblätter reichten bis unter seine Nase. Wenn Link die Augen zukniff, konnte er sich fast vorstellen, dass da kein Mann die Straße entlangkam, sondern ein Pferd oder eine Kuh mit dem Kopf in Weidegras. Abbie mochte Staudensellerie nicht, wenn Davioli ihn ihr andrehen wollte, schüttelte sie den Kopf und sagte: »Der ist mir zu derb, Davioli.«

Eines Morgens waren Abbie und er entweder früher als üblich bei Davioli, oder der dunkelbraune Mann war zu spät dran. Jedenfalls suchte Abbie Apfelsinen aus, und Link schlenderte herum, genoss den Obstduft und fand den Laden einfach schön. In der Mitte stand ein Öfchen, an kalten windigen Morgen strahlte es gerade so viel Wärme ab, dass das Gemüse nicht gefror, und sorgte für Gemütlichkeit. Es gab ein paar Stühle zum Hinsetzen, von denen man auf die Franklin Avenue schauen konnte, und immer lief laut das Radio und immer duftete es nach Daviolis Kaffee – alles in allem war der Laden wie ein Zuhause. Davioli hatte stets eine weiße Emaillekanne auf dem Öfchen, und bis die Kunden wussten, was sie wollten, trank er Kaffee aus einem dicken braunen Becher und biss herzhaft in einen Krapfen.

Jeden Samstag hielt Davioli ihm die Krapfen-Tüte hin: »Lassen Sie mal, Mis' Crunch. Jungs ha'm immer Hunger. Ich weiß alles über junge Burschen. Die Alte und ich hatten vier Jungs. Iss du ruhig, junger Mann.«

Link mümmelte an einem Krapfen und hoffte, dass Der Idiot, wie Davioli seinen Neffen nannte, heute Morgen in den Laden kam, solange er und Abbie noch da waren. Laut Abbie war der Junge eigentlich kein Idiot, nur einen Tick langsam im Kopf, und Davioli regte sich über das langsame Sprechen, die langsamen Bewegungen seines vierzehnjährigen Neffen nur deshalb auf, weil er selbst ein flinker kleiner Mann war und schnell redete. Link hatte den Idioten noch nie aus der Nähe gesehen, nur immer darauf gehofft. Manchmal radelte er auf der Franklin Avenue entlang, gaaanz laangsam, mit offenem Mund, es sah aus, als ob er auf dem Fahrrad schliefe.

Er war in Gedanken beim Idioten, als Davioli sagte: »Entschuldigen Sie mich eine Minute, Mis' Crunch. Ich hol nur eben bisschen Gemüse von hinten für Weak Knees.«

Er drehte sich um und sah Davioli und den Mann mit dem komischen Watschelgang in den Hinterraum gehen. Er dachte: Weak Knees, Weak Knees, so heißt der also, das steht ihm, passt gut zu der Art, wie er geht. Weak Knees.

Davioli sagte: »Hier sind die Pilze, hab auch 'n paar rosa Pampelmusen für dich und 'ne Kiste Cortlands. Die Äpfel bringt der Idiot rüber, wenn der endlich seinen dicken Hintern ausm Bett kriegt, und hier sind'n paar Strünke Brockeli und Grünkohl und paar Apfelsinen, die du wolltest, und Mutter Fenchel.«

Weak Knees sagte: »Stimmt«, und kam mit zwei großen Tüten aus dem Hinterraum. Er stellte die Tüten auf einen Stuhl. »Hab den Knoblauch vergessen. Hast du auch frischen, Davie?« Er wühlte durch den Knoblauch auf dem Ständer. »Die hier sind alle trocken wie mein –«, brach abrupt ab und tippte sich an den aus der Façon geratenen, verstaubten Filzhut. »Guten Morgen, Ma'am, hab Sie nicht gesehen«, zu Abbie und zu Link: »Und wie laufn sie heut morgen, junger Mann? Wie laufn sie? Deins vorneweg?«

Er hatte eine lustige hohe Stimme, aber Link fand den Tonfall angenehm. Er klang, wie wenn er mit jemand Gleichaltrigem redete. »Prima, Sir«, antwortete er und grübelte, was Weak Knees meinte. Er bemerkte, dass Abbie nicht zurückgegrüßt, sondern weggesehen und nur kurz genickt, na gut, halb genickt und sich halb verbeugt hatte, ganz allgemein in Richtung eines großen Kartoffelhaufens, und jetzt klaubte sie ein paar kleine Kartoffeln heraus, dabei hatten sie noch für mindestens eine Woche Kartoffeln zu Hause.

Als sie aus dem Laden kamen, ging Weak Knees direkt vor ihnen. Link wusste noch, dass er dachte: Die Beine sind krumm, das ist das Problem, und beim Gehen werden sie immer krummer. Ein Bein gab plötzlich nach. Es knickte einfach weg, und Weak Knees wäre fast hingefallen. Er war aus dem Gleichgewicht geraten und versuchte verzweifelt, sich aufzurichten, er sah aus, als hätte er fünfzig Beine, alle außer Rand und Band, verlagerte das Gewicht erst auf eins, dann auf das andere, das, auf dem er stehen wollte, knickte ein, und als es sich wieder streckte, flutschte das andere weg.

Es war wie ein Tanz, eine verrückte Art Tanz. Link blieb stehen und sah ihm zu. Beim letzten schauerlichen Versuch, aufrecht zu stehen, rutschten Weak Knees beide Tüten aus den Armen, barsten, rissen auf, und Apfelsinen,

Pampelmusen, Grünkohl, Sellerie, Pilze, Salatköpfe rollten in alle Richtungen.

Weak Knees sagte: »Ahh, Gott strafe diese Jutedinger. Gottverdammte ...« Er sah hinter sich, verscheuchte etwas, das Link nicht sehen konnte, und brummte: »Hau ab! Hau ab, Eddie!«

Er drehte sich auch um und sah niemanden. Hielt Ausschau nach einer Wespe, einer Biene, einer Mücke, beschloss, dass es ein Mensch sein musste, denn nirgends in der Nähe waren Insekten, außerdem würde doch niemand eine Mücke wegboxen wollen, und jetzt boxte Weak Knees auch noch mit den Ellbogen: »Gottverdammt, Eddie, hau ab. Hau ab.«

Abbie sagte: »Komm weiter, Link.«

Link rührte sich nicht. Er sagte: »Lass meine Hand los, Tante Abbie. Ich will ihm helfen, seine Sachen aufzuheben.«

Abbie hielt seine Hand noch fester, und weil er sie liebte, auch wenn das oft bedeutete, etwas Aufregendes und Neues und Rätselhaftes wie diesen Mann zu verpassen – diesen Weak Knees, der immer noch irgendjemand Unsichtbaren anbrummte und mit dem Ellbogen wegstieß –, folgte er dem Zerren und Ziehen ihrer Hand, hüpfte im Gleichschritt mit ihr, und sie ließen Weak Knees und das herumliegende Obst und Gemüse rasch hinter sich.

Zu Hause fragte er: »Mit wem hat denn Mr. Weak Knees geredet, Tante Abbie?«

»Das weiß ich nicht.«

»Aber was hat er gemeint mit seinem ›Hau ab, Eddie‹?«

»Ich weiß es nicht. Ich weiß gar nichts über ihn. Ich pflege Leute seiner Art nicht zu kennen.«

Abends beim Essen (es war Samstag, also gab es gebackene Bohnen und Graubrot, selbst eingelegte Gurken und Krautsalat, Lebkuchen mit Apfelmus – herzhaft, sättigend und billig, laut Abbie) wartete er geduldig einen Moment ab, in dem Abbie und der Major mal nichts sagten, damit seine Frage nicht in Abbies Spruch: »Du sollst doch nicht dazwischenreden, Liebes«, unterging.

Der Major zog den Deckel vom Steinguttopf mit den Bohnen, beugte sich darüber und schnupperte am duftenden Dampf. Er füllte allen die Teller und schnitt Graubrot mit einem Zwirnfaden in Scheiben, während Abbie den Krautsalat auf die Teller verteilte, und beide redeten, denn sie hatten sich den ganzen Tag nicht gesehen. Die werden ja nie fertig mit Reden, dachte Link, aber dann sprach der Major das Tischgebet, und es gab eine kleine Pause.

Link sagte: »Onkel Theodore, was heißt das, wenn jemand fragt, wie sie laufen?«

Der Major sagte: »Na, wollen mal sehen. Wer hat dich das gefragt und wie hat er geklungen?«

»Mr. Weak Knees, der Mann mit dem komischen Gang. Er war auch beim Grünkrämer und hat gesagt: ›Wie laufen sie heut Morgen, junger Mann? Deins vorneweg?‹ Was soll das heißen?«

»Er wollte wissen, ob bei dir alles in Ordnung ist«, sagte der Major und brach in schallendes Gelächter aus, legte Messer und Gabel beiseite, lehnte sich zurück, hielt sich an der Tischkante fest und lachte aus vollem Leib. Abbie lächelte und lachte schließlich mit. Link auch.

»Das hat er gemeint«, sagte der Major. »Der hat bestimmt mit Pferderennen zu tun. Liebt wahrscheinlich Pferde. Das Beste, was einem mit einer Passion für Rennpferde passieren kann, ist, wenn das Pony, auf das er beim Start sein Geld gesetzt hat, vorneweg läuft. Der Governor ist ein großer Pferdenarr. Das heißt«, er sah kurz zu Abbie, »er war es in jüngeren Jahren. Wenn sein Pferd so weit vorn lag und kein Zweifel bestand, wer zuerst reinkommen würde, ist er immer auf- und abgesprungen und hat geschrien und gebrüllt wie ein Irrer. Irgendwas ist dran an einem Pferd, wenn's vorn liegt, bei einem Rennen, das …«

Link mochte die Geschichten des Majors, aber er wollte unbedingt zurück zu Weak Knees. »Ist der verkrüppelt? Mr. Weak Knees, meine ich?«

»Ich nehme an, das kann man so sagen. Irgendwas stimmt nicht mit seinen Beinen.«

»Und zu wem hat er gesagt –«

»Warum stellst du so viele Fragen über ihn?«, sagte Abbie.

»Lass den Jungen ausreden, Abbie. Er hat das Recht, auf eine ehrliche Frage eine ehrliche Antwort zu kriegen. Mach weiter, Link.«

»Na ja, er hat die Esssachen fallen lassen, ich meine das Gemüse, und die Tüte ist gerissen, und er ist fast selbst hingefallen. Er war total aus dem Gleichgewicht, und als er endlich wieder irgendwie auf geraden Beinen stand, hat er dauernd gesagt: ›Hau ab, Eddie, hau ab‹, und irgendwas weggewischt, von sich weggeschubst. Mit wem hat er geredet? Außer Tante Abbie und mir war niemand in der Nähe.« Er schwieg und dachte zurück an die frühmorgendliche Stille und den kleinen Mann mit dem staubigen Hut und dem überall verstreuten Obst und Gemüse, der gesagt hatte: »Ahh, Gott strafe diese Jutedinger.« Dann erzählte er schnell weiter, bevor Abbie ihm wieder dazwischenreden konnte. »Ich hätte es bestimmt rausgekriegt, wenn sie mich seine Sachen aufheben lassen hätte. Ich dachte, er kriegt die nie vom Bürgersteig hoch, mit den kaputten Beinen. Und wenn ich die Sachen aufgesammelt hätte, hätte ich ihn gefragt, was er gemeint hat, aber sie hat mich nicht gelassen. Mit wem hat er geredet, Onkel Theodore?«

Abbie sagte: »Ich bin sicher, wenn er das Obst nicht selbst aufheben könnte, hätte der Andere schon dafür gesorgt, dass es jemand aufhebt.«

»Der Andere?«, fragte Link.

»Der andere Mann. Dieser Mr. Hod, dem das Lokal gehört.«

Wenn Abbie erst mal anfing mit der Last Chance und den Bierfässern und den versoffenen Männern, würde er nie erfahren, was er wissen wollte, das war ihm klar. »Ach so«, sagte er zu Abbie und gleich danach: »Onkel Theodore, mit wem hat Mr. Weak Knees geredet?«

»Wenn er aufgeregt ist, denkt er wohl immer, dass ein alter Freund von ihm in der Nähe steht. Und den boxt er weg, deshalb sagt er: ›Hau ab, Eddie, hau ab‹. Weak Knees glaubt, dass er seinen Freund umgebracht hat. Das war vor Jahren in Washington. Sie haben einen Ringkampf gemacht, so aus Jux, und Eddie, Weak Knees' bester Freund, ist zu Boden gegangen und mit dem Kopf aufgeschlagen und gestorben.«

»Wer hat dir denn das erzählt?«, fragte Abbie.

»Bill Hod. Manchmal steht er gegenüber, wenn ich abends nach Hause komme, und ich gehe rüber und plaudere eine Weile mit ihm. Eines Abend kamen wir ins Gespräch über gute Küche und gutes Essen. Hod hat erzählt, dass Weak Knees wahrscheinlich der beste Küchenchef in diesem Land ist, aber nie die richtig erstklassigen Jobs gekriegt hat, wegen seiner Beine. Die Leute hielten ihn immer für einen Säufer und nahmen ihn nicht. Und danach hat Hod mir die Geschichte mit Eddie erzählt.«

Abbie sah den Major lange eindringlich an. »Also wirklich, Dory«, sagte sie, »ich meine, zum Plaudern ließe sich durchaus – nun ja, jemand Besseres finden.«

Noch jetzt, fast zwanzig Jahre später, konnte sich Link an den Ton erinnern, in dem der Major geantwortet hatte. Der Major aß liebend gern, er aß in einem Zug, bis der Teller leer war, und redete dabei, ohne mit Essen aufzuhören. Diesmal hörte er auf, legte die Gabel auf den Teller und sagte, mit bedeutsamer Stimme und ebenso bedeutsamer Miene, die Stimme getragen, die Miene irgendwie auch, obwohl Link nicht klar war, wie seine Miene getragen aussehen sollte, aber sie tat es: »Abbie, wenn du glaubst, dass der Herr einen Sperling gern hat und über ihn wacht, dann musst du auch glauben, dass Er Bill Hod gern hat und über ihn wacht.«

Schweigen im Esszimmer. Link starrte auf die weißen Platzdeckchen auf dem polierten Tisch, auf die braune Teekanne mit der Wärmehaube, beobachtete Abbies Hände, die kleinen plumpen Hände, die mit Tassen und Untertassen, mit der Teekanne und der Zuckerdose und dem Milchkännchen hantierten, geschäftig Tee nachschenkten und sah zu den Händen des Majors, die auf dem Tisch lagen, große braune Hände, die keine Gabel, keinen Löffel, gar nichts hielten, sondern einfach auf dem Tisch lagen. Dann nahm der Major die Gabel wieder zur Hand, und er und Abbie redeten und lachten wieder wie immer beim Abendessen.

Das war an einem Samstag. Eine Woche später war der Major krank, war plötzlich krank geworden, nachmittags. Der Major hatte alle zwei Wochen den Samstagnachmittag für sich und arbeitete dann immer im Garten oder im Haus, und Link kam herein, suchte ihn und fand ihn im vorderen Wohnzimmer im, wie Abbie ihn nannte, Herrensessel, der Kopf auf eine Schulter gesackt, der Kopf irgendwie lose, nicht mehr verbunden mit dem Restkörper, der Mund offen, ein kleines, aus einem Mundwinkel sickerndes Speichelrinnsal. Er schnarchte. Er roch nach Whiskey. Auf dem Fußboden unter dem Sessel, vor dem Sessel, unter den Füßen des Majors waren Zeitungen ausgebreitet. Link sah sie an und grübelte, warum da Zeitungen lagen. Zeitungen auf dem Fußboden. Zeitungen legte

Abbie sonst unter dem Katzenklo aus. Warum unter dem Major? Mit was rechnete sie beim Major?

Gegen Abbies Einwände ging er ins Wohnzimmer, um sich den Major anzusehen. Dann kam F. K. Jackson zum Abendessen. F. K. Jackson ließ Dr. Easter holen. Und Dr. Easter kam und blieb und blieb und blieb.

Er wusste ja, dass Abbie um den Major bangte, aber er verstand nicht ganz, warum sie einen gewissen Link Williams einfach vergaß, vergaß, ihn ins Bett zu schicken, vergaß, ihm etwas zu essen zu machen, und zwar Samstagabend, den ganzen Sonntag lang und Sonntagabend auch.

Sie vergaß ihn vollkommen. Dann war der Major tot.

Am frühen Montagmorgen kam F. K. Jackson die vordere Treppe herunter, schnell, still, stieß im Flur auf Link und sagte, ohne ihn anzusehen, ohne wirklich mit ihm zu reden, sondern anscheinend mit der gestreiften Tapete, denn die sah sie an: »Du musst sehr still sein. Du musst ganz brav sein. Der Major ist tot. Du musst dich um deine Tante Abbie kümmern. Du musst jetzt für sie sorgen.« Sie klopfte ihm mit ihrer dünnen knochigen Hand auf die Schulter, und er wich zurück, wich aus vor der Hand. Abbie hatte weiche, plumpe Hände, kleine Hände, beruhigende Hände, F. K. Jacksons Hände waren groß und knochig und fahrig, und bei ihrer Berührung fing er an zu zittern.

Er saß in der Küche und wartete darauf, dass Abbie herunterkam und ihm vom Major erzählte. Letzten Sommer hatte er fast mal einen Toten gesehen. Der Henker stand voll im Laub. Die Leute saßen auf den Haustürstufen und in den kleinen Gärten hinten. Nur die Kinder liefen schreiend durch die Gegend. Er war vor der Tür der Nummer 6, auch laufend und schreiend. Es war kurz vor der Bettzeit, weshalb das Geschrei lauter und länger und wilder wurde und noch mehr Spaß machte, weil alle wussten, dass sie in ein paar Minuten in die Wanne gesteck wurden und die üblichen Drohungen und Befehle zu hören bekamen: Beeil dich, wasch dich hinter den Ohren, schrubb deine Füße, beeil dich, eben alles, was mit dem Insbettgehen einherging.

Plötzlich liefen alle zum Kai, ohne jeden Grund, einer der Jungs lief vor, und alle anderen hinterher. Auf dem Kai blieben alle stehen, denn da lag eine Frau auf dem Rücken.

Link sagte: »Das ist Pearly Gates. Los, wir machen ein bisschen Spaß mit ihr. Wir kneifen sie so lange, bis sie aufwacht.«

Einer der Jungs bückte sich, nahm ihre Hand, kniff hinein und fuhr hoch, in Panik, die Stimme merkwürdig, voller Angst, Verwirrung. »Die ist irgendwie kalt. Hier, Link, fühl du mal.«

Link berührte die Hand und war angewidert, total angewidert von der Kälte.

Der andere Junge sah ihn stirnrunzelnd an: »Ich glaub, die's gestorben … ich glaub … die's so kalt … ich glaub …«

Sie traten die Flucht an und liefen nach Hause, jeder in seins, Stufen hoch, bloß schnell rein in ein Haus. Denn morgens war Pearly Gates noch am Leben gewesen, genau an dem Morgen hatten sie sie alle noch gesehen, da war sie die Dumble Street entlanggetorkelt, vor sich hin brabbelnd, den schwarzen Filzhut schief auf dem Kopf, die schwarzen Kleider verrutscht, der lange schwarze Rock schleifte über den Bürgersteig, mit graubraunen Dreck- und Staubrändern, und alles roch nach Whiskey. Alle hatten sie sie gesehen und waren hinter ihr hergerannt, hatten sie angekreischt, aber wenn ihr so was, was immer das war, passiert war, konnte es ihnen auch passieren.

Link ging in die Nummer 6, ihm war übel, furchtbar übel, und Abbie fragte: »Was um Himmels willen hast du gegessen, Link?«

Er konnte nur den Kopf schütteln, er war im Leben nicht imstande zu erzählen, dass er den Tod mit eigenen Händen berührt hatte, das könnte er nie irgendjemandem erzählen, aber vergessen würde er es auch nie mehr.

Und jetzt war dem Major dasselbe passiert.

Während er in der Küche saß, kam jemand die Treppe herunter. Er dachte, es könnte Abbie sein, lief in den Flur und wollte ihr entgegengehen. Aber er sah drei Männer, die einen schweren Segeltuchsack die Treppe heruntertrugen. Er wollte nicht glauben, dass darin der Major steckte, aber er wusste, dass es so war, er erkannte es an der Art, wie die Männer ihn ansahen, mit unsteten abweisenden Blicken und kopfschüttelnd.

Er ging zur Hintertür und setzte sich draußen auf die Treppe, schaudernd, er konnte den sauren Speichel, der aus den Wangen nach innen sickerte, schmecken und spürte, dass sich sein Magen zusammenzog wie von einer Riesenhand gequetscht. Spatzen kratzten unter der Hecke in Schmutzklümpchen herum, laut Abbie war eine Ligusterhecke billiger als ein Zaun, Zäune mussten gestrichen, Latten ersetzt werden, eine Hecke dagegen brauchte man nur regelmäßig zu stutzen. Die Hecke versperrte im Sommer auch die Sicht auf das verkommene Treiben der Finnen nebenan und diente als Trennwand im Winter, wenn es egal war, was die Finnen trieben, weil die Fenster und Türen alle zu waren und man nicht hören musste, dass sie wieder mal aus dem Fenster fielen und sich gegenseitig auf Englisch verfluchten, obwohl sie nüchtern immer Finnisch sprachen. Jeden Winter fiel ein betrunkener Finne aus dem Fenster. Ein Blauhäher kreischte wie verrückt im Birnbaum, Link sah ihn davonfliegen, ein abrupter Wuuusch aufwärts, dann ein blauer Blitz, ein schroffer Schrei, der klang wie die Flüche der Finnen. Die Finnen fluchten beim Sterben.

Warum hatten sie den Major in so einen Sack gestopft? Warum bekam er keine Bestattung, so wie andere Leute. Wegen der Finnen?

Am späten Nachmittag ging er wieder ins Haus, um Abbie zu fragen. F. K. Jackson war in Abbies Zimmer, kam an die Tür, versperrte ihm den Weg und flüsterte: »Du darfst sie jetzt nicht stören. Sie schläft. Ab mit dir, und mach dir was zu essen. Sie wird wieder. Ab mit dir jetzt.«

Er konnte nichts essen. Er ging zu Bett. Irgendwann schlief er ein, wachte aber immer wieder auf und erinnerte sich.

Am nächsten Tag brachten sie den Major zurück. Er hatte nicht mitgekriegt, wann sie ihn zurückgebracht hatten. Er war auf Zehenspitzen die Treppe hinuntergegangen, erst im Flur stehen geblieben, um einen vorsichtigen Blick ins Wohnzimmer zu werfen, und dann bis zur Türschwelle gegangen, hatte hineingesehen und festgestellt, dass sie den Major zurückgebracht hatten. Er lag in einem offenen Sarg. Der Sarg stand vor dem Kamin.

Das Wohnzimmer sah merkwürdig aus. Jemand hatte alle Bilder abgehängt, den hohen Blattgoldspiegel abgehängt, den die Frau des Governors Abbie geschenkt hatte, die Pflanzen entfernt, die Bücher und Illustrierten auf dem Marmortisch am Kamin weggeräumt, die Rollos heruntergezogen. In einem Paar dreiarmiger Leuchter, die er noch nie gesehen hatte, steckten weiße Kerzen. Sie brannten und flackerten ständig, als ob ein Luftzug durchs Zimmer ginge. Und überall um den Sarg herum waren Blumen, rote und weiße und gelbe Blumen, er hatte noch nie so viele Blumen auf einmal an einem Ort gesehen.

Er ging zu dem Sarg. Der Major war tot, und er hatte seinen feinsten schwarzen Tuchanzug an, mit einer gestreiften Krawatte, er sah nicht aus wie irgendjemand, den Link kannte, hatte nicht die geringste Ähnlichkeit mit dem Major, die Lider zu über den Augen, die Lider über den Augen fest zugezogen; das Gesicht schief, schmaler, selbst die Hände schmaler, knochiger; die Hände gekreuzt, nein: gefaltet, und eine Bibel mit einem abgewetzten Ledereinband, schwarz und braunscheckig, in einer Hand, locker mit einer Hand gehalten, nein, nicht gehalten, die Hand lag auf der kleinen Bibel, und eine Nelke, eine weiße Nelke im Knopfloch. Alles an ihm schmaler, kleiner. Link beugte sich über den Sarg, und ein seltsamer, ekelerregend süßlicher Geruch nahm ihm den Atem. Er zwang sich, die Hand, das Gesicht des Majors zu berühren. Der Major war tot. Tot hieß kalt. Tot hieß reglos. Tot hieß sich anfühlen wie ein Stein. Ein kalter Stein, im Winter aufgehoben, die Finger sträuben sich gegen seine Kälte, seine Härte. Pearly Gates. Und jetzt der Major. Er blieb am Sarg stehen, zu erschrocken, um wegzugehen.

Er drehte sich um, weil er F. K. Jackson leise mit jemandem sprechen hörte. F. K. Jackson geleitete Abbie ins Zimmer. Offenbar sah Abbie nicht, wohin sie ging, sie sagte nur: »Oh, Dory, Dory«, immer wieder.

»Ist schon gut, Abbie. Es ist gut«, sagte F. K. Jackson.

Abbie antwortete nicht. Sie ging zum Sarg, fiel auf die Knie und sagte schluchzend: »Vater unser … Vater unser … Dory, Dory …«

F. K. Jackson sagte: »Link! Ich wusste nicht, dass du hier bist. Ab mit dir, geh spielen. Geh nach draußen spielen, Liebes.«

»Ich mag nicht. Ich kann nicht …«

»Ab mit dir jetzt. Ich kümmere mich um Tante Abbie.«

Er setzte sich auf den Kai und sah in den Fluss, zusammengekauert, die Arme untergeschlagen, saß da wie ein alter Mann. Er hätte gern losgeheult, aber er tat es nicht, konnte es nicht. Er blieb dort bis acht Uhr abends, dann ging er nach Hause. Im ganzen Haus kein Licht. Totale Dunkelheit. Kalt im Haus. Er schaltete das Flurlicht an. Abbie war im Wohnzimmer beim Sarg, sie kniete nicht, sie saß in einem Sessel und weinte. Der Klang ihres Weinens tat ihm tief innen weh.

Er sagte: »Tante Abbie ...«

Sie drehte nicht mal den Kopf zu ihm, saß nur da und weinte, weinte, weinte, sah ihn nicht, hörte ihn nicht. Er schlich aus dem Zimmer und überlegte, ob sie vielleicht dachte, er sei irgendwie, wie wusste er auch nicht, irgendwie verantwortlich für den kalten steinernen reglosen Zustand des Majors.

Er fühlte sich schuldig und schämte sich und hatte Angst und war so allein, dass er nicht wagte, schlafen zu gehen. Irgendwann, endlich oben in dem Zimmer gegenüber dem Schlafzimmer von Abbie und dem Major, sank er auf der sauberen weißen Tagesdecke in Schlaf, noch angezogen.

Irgendwann in dieser Nacht beschloss er, er könne und werde nicht zur Beerdigung des Majors gehen. Den ganzen nächsten Tag trieb er sich auf dem Kai herum und ging erst nach Hause, als es dämmerte, ausgehungert, verfroren, einsam. Abbie war bestimmt sauer, sie würde ihn ausschimpfen, aber er war froh darüber, weil er ihr dann alles erklären konnte, das mit dem Sack, mit Pearly Gates, mit dem Angsthaben.

Er war fast so schnell wieder draußen, wie er ins Haus gegangen war. Abbie lag im Bett, ausgestreckt auf dem Rücken im großen Himmelbett aus Mahagoni, und über dem Schirm der Lampe am Bett hing ein hellbraunes Tuch, sodass es im Zimmer sehr schummerig war. Neben dem Bett saß F. K. Jackson, hielt Abbies Hand und murmelte ihr etwas zu, mit einer besänftigenden Stimme, die ihn an gurrende Tauben erinnerte. F. K. Jackson hatte ein großes dickes dunkles Tuch um die Schultern. Damit sah sie fett und bucklig aus, und so anders, dass er sie wortlos anstarrte und dachte, dass gerade alles anders wurde, sogar Miss Jackson, wie er sie in Gedanken nannte, Miss Jackson und nicht die alte Frances Jackson oder F. K. Jackson. Sie saß dicht am Bett, und das Schummerlicht der Lampe warf einen Schatten auf die Wand, Miss Jacksons Schatten, hünenhaft, gekrümmt; und der Schatten hatte den gleichen Umriss wie der Sack, in dem sie den Major weggetragen hatten.

Er sagte: »Nein! Nein!«

Miss Jackson drehte sich um, sah ihn und sagte: »Wolltest du etwas, Link?«

Er wollte mit Abbie reden, aber das sagte er nicht. Er ging zum Bett, und Miss Jackson rückte noch dichter an Abbie heran, als wollte sie sie hinter ihrem dunklen dicken Tuch abschirmen, ihm den Blick versperren. Er musste um Miss Jackson herumspähen.

Abbies Augen waren geschlossen. Sie wirkte kleiner im Bett. Er betrachtete die beiden Frauen, die eine, die auf dem Rücken im Bett lag, und die andere, die so riesenhaft aussah und bucklig und in ein Tuch gewickelt am Bett saß, und fing an zu bibbern, als ob ihn fröstelte. Sie hatten ihn nicht mal vermisst. Sie hatten gar nicht gemerkt, dass er nicht beim Begräbnis des Majors gewesen war. Sie hatten ihn aus ihrem Leben ausgesperrt, von sich abgetrennt. Miss Jackson und was die tat oder nicht tat, war ihm egal. Aber Abbie war doch sein Leben gewesen, sie hatte auf ihn aufgepasst, sich alles angehört, was er erzählte, ihm gesagt, was er anziehen, was er essen, wann er zu Bett gehen sollte, ihn geliebt. Und jetzt hatte sie ihn vollkommen vergessen. Es war, wie nirgends zu sein. Verloren. Überhaupt nirgends.

Er zwang sich, auf den hässlichen Schatten an der Wand zu schauen, auf Miss Jackson, die Abbies Hand hielt und dieses leise, tiefe Taubengegurre von sich gab, von dem er kein Wort verstand, nur Klänge hörte, die wohl Wörter waren, immer und immer wieder gesagt, sie klangen wie: Na, na, na, ja, ja, ja, ich weiß, ich weiß, ich weiß, ich bin hier, bin hier, bin hier.

Er dachte: Ja, die beiden zusammen – und was ist mit mir?

Abbie setzte sich auf, langte nach Miss Jackson, und Miss Jackson nahm sie in die Arme, hüllte sie in das dicke dunkle Tuch. Abbie hatte den grauen Bademantel an, dunkelgrau, den sie immer Furcht und Schrecken nannte, weil er so groß und unförmig war, und wegen der Farbe, schlammig grau; aber er war warm und noch völlig in Ordnung, kein Ritz, kein Riss, deshalb konnte sie ihn nicht wegwerfen, aber sie sah damit total nach Aunt Mehalie aus.

Als sie das zum ersten Mal gesagt hatte, hatte er gefragt, wer Aunt Mehalie war, und Abbie hatte lachend erklärt: »Niemand Richtiges. Das ist bloß eine alte und ziemlich lustige Umschreibung für alle schludrigen schwarzen Frauen. Wenn eine farbige Frau alt und fett und zerrupft und nicht besonders sauber aussieht, sagen wir, die sieht aus wie Aunt Mehalie. Im Bademantel sehe ich auch so aus.«

Sie klingt auch wie Aunt Mehalie, dachte er – alt und zerrupft. Sie sagte wieder: »Oh, Dory, Dory …« Sie weinte nicht, aber es hörte sich an wie Weinen, die Stimme gedämpft vom Stoff. Sie steckten jetzt beide unter einer Decke, in das Tuch gewickelt. Er wollte Miss Jackson wegstoßen, aus dem Haus stoßen. Für ihn war es ihre Schuld, dass Abbie so aussah, so klang, sich so benahm, sich so fürchterlich verändert hatte.

Er lief aus dem Haus. Er fror. Er hatte Hunger. Er war einsam. Er hatte Angst. Und, das Schlimmste, er traute

Abbie jetzt nicht mehr. Er wusste es noch nicht, aber er war schon auf der Suche nach etwas oder jemand anderem, den er an die Stelle setzen konnte, die Abbie in seinem Herzen eingenommen hatte.

Bill Hod stand gegenüber vor der Last Chance. Es spielte keine Rolle mehr, dass Abbie ihn immer dieser Andere genannt hatte, dieser Mr. Hod, dieser Mann, und ihrem Tonfall nach meinte: der mit den Hörnern, der mit dem Bocksfuß, der Böse, all das spielte keine Rolle mehr, denn er war der einzige Mensch in Sichtweite auf der Dumble Street. Also ging er hinüber, stellte sich neben Bill Hod, sagte nichts, stand nur neben ihm und hoffte, dass die Nähe eines Erwachsenen half, ein bisschen von seinem Kummer, seiner Einsamkeit versickern zu lassen. Von diesem Mann käme kein: »Oh, Dory, Dory«, und auch kein: »Los, lauf spielen.«

Bill Hod sagte: «Hallo, Sonny. Wie laufen sie?«, und legte ihm die Hand auf die Schulter.

Die Hand war warm und fest. Link antwortete auf die Berührung der Hand, auf ihre Wärme, ihre Festigkeit, eine Hand, die zupacken, sich bewegen konnte und nach Leben anfühlte, mit einer Frage, die er gar nicht stellen wollte: »Mister, haben Sie irgendwas zu essen für mich?«

»Zu essen? Zu essen? Ja, klar. Komm mit in die Küche.«

Und so kam Link zum ersten Mal in die Last Chance. Er folgte Bill Hod durch die breite Schwingtür, so dicht hinter ihm, dass er ihm fast in die Hacken trat. Hier drinnen duftete es noch stärker nach Hefe, ein eigenartiger, ziemlich leckerer Geruch, von dem er im Sommer, wenn er an der offenen Tür vorbeiging, ab und zu eine Nase voll abbekam. Er warf einen kurzen Seitenblick auf das polierte dunkle Holz der Theke, die Messingfußleiste, die Flaschen, reihenweise Flaschen auf Regalen zu beiden Seiten des größten Spiegels, den er je gesehen hatte, am längsten betrachtete er den Mann hinter der Theke, der ein Glas blank rieb, einen Mann im weißen Jackett. Abgesehen von dem Spiegel und den Flaschen fand Link den Raum schmucklos, enttäuschend schmucklos. Abbie lag falsch. Hier waren nirgends Fässer. Es gab Tische und Stühle auf der anderen Seite des Raums, gegenüber der Theke. Aber nicht mal sehr viele. Sonst nichts.

Dann kamen sie in die Küche, und die war fast so groß wie der Schankraum und duftete so lecker, dass er einen Moment lang fürchtete loszuheulen, die ganze Küche war voll von Düften wie in der Bäckerei auf der Franklin Avenue, wenn samstagmorgens Brot gebacken wurde, er bekam allein von dem Duft Hunger, und Kuchen, und er dachte immer, die müssten haushoch sein und dick mit Schokoladenguss überzogen, so dufteten die; von Düften wie sonntags auf der Dumble Street, wenn er mit Abbie aus der Kirche kam und sein Hunger immer größer wurde, ein Uhr und seit halb acht nichts gegessen, und sein Magen sich zusammenzog, die ganze Dumble Street duftete nach Brathähnchen und gebackenen Süßkartoffeln und Grünkohleintopf mit Schweinespeck, und Abbie ging immer langsamer, und er versuchte sie anzutreiben, um an etwas Essbares zu kommen, bevor er den Hungertod starb, verhungert auf einer Straße voll von himmlischen Düften, die aus allen Türen und allen Fenstern über ihn herfielen.

Es war warm in der großen Küche. Es war auch sehr hell. Weak Knees stand vor einem kolossalen Herd mit einer kupfernen Haube, schmeckte etwas ab, rührte in einem Topf, schmeckte ab und drehte sich erst um, als Bill sagte: »Der Bengel hat Hunger.«

Weak Knees sah Link an und klappte den Mund auf, als wäre er überrascht, dann sagte er: »Hallohi, Sonny. Deine vorneweg?«, und drehte sich wieder zum Herd. »Such dir'n Plätzchen. Such dir schnell 'n Plätzchen. Essen steht auf'm Tisch, sowie du sitzt.«

Und das stimmte. Weak Knees füllte die Teller am Herd. Kein Telleranreichen und Warten, er packte sie voll und stellte sie auf den Tisch, einen runden Tisch aus glattem hellem Holz. Es gab weder Zierdeckchen noch Platzdeckchen noch eine Tischdecke. Auch keine Servietten. Link versuchte, langsam zu essen, denn beide schienen ihn zu beobachten, aber er war so ausgehungert, so leer, sein Magen fühlte sich an, als wäre er leer bis in die Zehenspitzen, dass er einen Teller Brathähnchen mit Reis und Soße und Grünkohl und vier Kekse verschlungen und ein Glas Milch heruntergestürzt hatte, bevor die anderen richtig angefangen hatten. Und selbst danach fühlte er sich noch nicht wirklich satt.

Weak Knees sagte: »Noch mehr Kuh, Sonny?«

»Kuh, Sir?«

»Er meint Milch«, sagte Bill Hod.

»Ja, Sir.«

Jetzt, wo er sich langsam besser fühlte, sah er sich in der Küche um. Direkt neben dem Herd hing die Wand voll mit Töpfen und Schmor- und Bratpfannen jeder Größe, Sieben und Seihern, Löffeln mit langen Stielen und Tortenhebern. Manche waren aus Aluminium, manche aus Kupfer, manche aus Eisen, und so wie sie angeordnet waren, sahen sie aus wie ein Muster auf der Wand, eine Art Dekoration. Bei Abbie kamen alle Töpfe und Pfannen in Schränke und Schubladen, wo man sie nicht sah, aber er fand diese Methode viel besser, praktischer, und besser aussehen tat es auch.

Er fuhr zusammen, weil er etwas hörte, eine Art Schnarchen von unter dem Tisch. Er sah Bill Hod fragend an.

»Das ist Frankie«, sagte Hod. »Er ist noch ganz jung und schnarcht schon wie Yellow Man Johnson.«

Die weiße Bulldogge lag unterm Tisch auf dem Boden und schlief. Jetzt hob Frankie den Kopf, wahrscheinlich, weil er seinen Namen gehört hatte, stand auf, schnupperte an Links Beinen, wedelte mit dem Schwanz und legte sich wieder schlafen. Link kniff die Beine zusammen, Abbies Geschichten über komische Hunde fielen ihm ein, und dass die ohne Vorwarnung zubeißen konnten. Aber der große weiße Hund ignorierte ihn und schnarchte weiter, und Link wurde etwas ruhiger. Er hätte gern gewusst, wer Yellow Man Johnson war und warum der so laut schnarchte, aber er fragte nicht, weil Abbie immer sagte, man fragt Leute nicht aus, bei denen man zu Gast ist.

Weak Knees stellte ihm noch einen vollgepackten Teller hin. »Da war grad noch so'n einsames Stückchen Huhn in der Pfanne, 'n Stück Hühnerbein, das Beste am ganzen Vogel, Brustfleisch is trocken, die Schenkel sind saftig und süß, Brust taugt bloß für Sämwitsches und Salat, da rutscht das mit runter. Und ne Gabel Reis war auch noch da, die wartet auf 'n Löffel Soße, und die Soße war grad noch in der Pfanne und wartet, dass sie sich auf 'n Reis legen darf. So, bitte, Sonny, bitte sehr. Mund auf und rein damit.« Das sagte er alles in einem Atemzug.

»Und wie laufen sie jetzt?«

»Prima, Sir.«

»Bin kein Sir nich. Kannst einfach Weak Knees sagen.«

»Er ist ein einfacher Mann aus dem einfachen Volk«, sagte Bill Hod. »Sag Weak Knees zu ihm und Bill zu mir.«

Link nickte. Weak Knees ging leicht über die Lippen. Bill nicht so leicht. Mr. Hod hatte etwas an sich – also, er war ruhiger als alle, die er je erlebt hatte. Er sagte nicht viel. Und er schien alles zu sehen, er hatte gemerkt, dass Link Angst vor Hunden hatte. Jetzt, wo er ihn aus der Nähe betrachtete, verstand er nicht, wieso Abbie immer »dieser Mann« oder »der Andere da« sagte, gerade als meinte sie eigentlich: der Ausgestoßene, der Aussätzige. Bill hatte glatte, absolut glatte Haare, und Abbie fand es eigentlich wunderbar, wenn farbige Leute glatte Haare hatten. Seine Haut war hell, auch das fand Abbie bei farbigen Leuten gut, obwohl sie selbst nicht gerade hellhäutig war und der Major auch nicht. Dann fiel ihm wieder ein, dass es ja keine Rolle mehr spielte, was Abbie fand oder sagte. Auf sie war kein Verlass mehr. Also würde er sich seine eigene Meinung über Bill bilden.

Weak Knees sagte: »Hast noch Platz für'n Stückchen Kuchen? Der Mensch is erst richtig satt, wenn er sich was Süßes in' Mund gesteckt hat ... is die Zielgrade ... da is man erst nach'n bisschen was Süßem ...«

Er hatte noch Platz für zwei Stück Schokoladenkuchen. Er hatte das zweite fast aufgegessen, als Bill Hod fragte, ob er gern schwamm. Er sagte, er wisse nicht, wie das geht, er sei noch nie geschwommen.

Bill sagte: »Dann kommste nächsten Sonntag mit zum Kai, ich bring's dir bei.«

Link sagte Danke, aber er wusste, dass das nicht ging, weil er mit Abbie zur Sonntagsschule und in die Kirche musste, weil Abbie die Sonntagsschule leitete und sie den anderen Farbigen ein Vorbild sein mussten, also wurde da hingegangen, selbst bei Regen oder Schnee.

Aber er wollte doch gar nicht mehr bei ihr leben, er wollte nicht wieder zurück in das kalte Haus gegenüber, dieses Haus der Tränen, Haus der Finsternis, in dem er die letzten vier Tage in Angst gelebt hatte und durch die Räume geschlichen war, als wäre er ein Gespenst, nein, nicht mal das, denn die Anwesenheit eines Gespensts hätte Abbie bemerkt, darauf hätte sie irgendwie reagiert, zumindest das Licht angemacht. Sie bewegte sich nur langsam durchs Haus, die immer so gerade aufgerichtete Abbie ging jetzt gebückt wie eine alte Frau, eine Hand ausgestreckt, den

Weg ertastend, als ob sie blind wäre, sie kämmte sich nicht, behielt den ganzen Tag das Nachthemd und diesen Aunt-Mehalie-Bademantel an und ging entweder barfuß oder in Filzpuschen. In so ein Haus konnte er nicht mehr zurück.

Er hatte alles aufgegessen. Weak Knees auch. Und Bill Hod. Jetzt müsste er es ihnen wohl sagen. Sagen? Sie fragen. Erklären.

Es war warm in der Küche, und es war so hell, dass es keine hässlichen Schatten gab, auch kein lautes Weinen. Auf dem Herd zisch-blubberte der große Teekessel, der Hund schnauf-schnarchte weiter vor sich hin, manchmal so laut, dass es wie Husten klang, und manchmal schien er sich zu räuspern und zu grunzen.

Bill Hod sagte: »Verglichen mit Frankie ist Yellow Man Johnson ein Fliegengewicht, wenn's ums Schnarchen geht. Heh, Frankie, stell den Krach ab, du schläferst uns ja alle ein.«

Weak Knees lachte. Sein hohes Käckern war so ganz anders als der Rumpelbass, das Riesengedröhn, mit dem der Major gelacht hatte, dass Link ihn anstarrte, um sich zu bestätigen, dass das nervöse Gekäcker wirklich Gelächter war. Er beschloss, den Klang zu mögen.

»Könnte ich hier wohnen?«, fragte er.

Beide sahen ihn an: Weak Knees mit ernster, besorgter Miene und gerunzelter Stirn; Bill Hod ohne die geringste Änderung im Gesicht. Keiner von beiden sagte etwas. Weak Knees scharrte mit den Füßen, schob sie unter den Tisch. Der Hund stellte das Schnarchen ein.

»Er ist gestorben«, erklärte Link, »und sie weint die ganze Zeit.«

Noch immer sagten sie nichts, und er dachte: Ich müsste ihnen irgendwie klarmachen, wie das ist, das dunkle kalte Haus, wo man Angst hat, wo man nicht angesehen oder angehört oder angesprochen wird, sagte aber schließlich nur:

»Die sieht mich gar nicht, sie hört nicht mal, wenn ich was sage. Sie scheint gar nicht zu merken, wenn ich da bin.«

Bill Hod zuckte die Schultern, sagte: »So?«, und zu Weak Knees: »Er kann in der Kammer hinten schlafen. Mach ihm die klar.«

»Okay, Boss.«

Weak Knees machte die Kammer klar, indem er das Bett bezog. Link schlief fast auf der Stelle ein. Er wusste nicht, wie lange er geschlafen hatte, aber als er aufwachte, war er schweißgebadet und schluchzte: »Ich war das nicht. Ich war das nicht.« Zumindest wollte er das sagen, warum wusste er nicht, aber die Wörter wollten nicht raus, es kam nur ein schreckliches Gejammer aus seiner Kehle, es klang so gruselig, dass ihn die Angst packte. Er konnte das Geräusch nicht bändigen, nicht unterbinden und wusste gleichzeitig, dass es aus ihm selbst kam, und so lag er da, stöhnend, spürte die Dunkelheit, spürte genau, dass er allein in einem fremden Bett in einem fremden Raum war, und hämmerte sich immer wieder ein, dass der Major tot war, erinnerte sich, wie er ausgesehen hatte in dem Sarg, erinnerte sich, wie er seine Hand, sein Gesicht berührt hatte, und fing an zu weinen.

Bill Hods feste, warme Hand tätschelte ihm die Schulter, strich ihm übers Gesicht, sanft, wärmend und tröstend. Er erkannte die Hand sogar im Dunkeln, einfach am Gefühl.

»Na, na, Sonny«, sagte er. Dann etwas nachdrücklicher: »Alles in Ordnung mit dir«, und noch einmal, mit etwas mehr Druck der Hand: »Alles in Ordnung mit dir.«

Link bibberte und schluchzte weiter. Es war nicht nur der Major. Er hatte auch Abbie verloren, und damit war er selbst verloren.

Bill Hod sagte: »Na, komm. Komm da mal raus.« Er half ihm hoch und führte ihn durch den kahlen fremden Raum über einen Flur in sein eigenes Zimmer, in sein eigenes Bett, wo Link sofort wieder einschlief.

Als er am nächsten Morgen aufwachte, warm und erholt, war der Raum sonnendurchflutet. Keine Gardinen vor den Fenstern, keine Bilder an den Wänden, die Wände weiß gestrichen, deshalb konnten die Sonne oder Lichtreflexe überall hin. Als er sich umsah, kam Bill Hod herein, nackt, auf bloßen Füßen. Er starrte ihn an, erstaunt und ein bisschen geschockt, er hatte noch nie einen völlig unbekleideten Erwachsenen gesehen.

Einmal hatte er zugeschaut, als der Major seine Füße in der Küche in eine große Fußwanne gestellt hatte. Das hatte Abbie nicht gepasst, denn er war in die Hocke gegangen und hing praktisch mit der Nase in der Wanne, starrte hinein und zeigte auf die Ballen und Hühneraugen und fragte den Major, was das war und wie das an seine Füße geraten war. Von Abbie kam nur: »Dory, ich hatte dir doch gesagt, du sollst das nicht hier in der Küche machen. So etwas machen Sharecropper.«

Wahrscheinlich durfte er diesen Mann, der barfuß im Raum herumlief, auch nicht ansehen. Aber er konnte nicht anders. Der hatte keine Hühneraugen und auch keine Ballen. Sein Bauch stand nicht raus, er war flach, absolut flach; seine Taille war schmal und seine Schultern breit. Die Haut am Körper war fast weiß, Unterarme und Gesicht hellbraun, ein Kontrast. Er ging völlig geräuschlos, und Link dachte: Er schwebt in der Luft, leicht wie Luft.

Die Fenster standen weit offen, weshalb der Raum nicht nur voller Sonnenlicht, sondern auch voll frischer Luft war – kalter Luft; und so konnte er auch die Äste der Bäume draußen sehen. Der nackte Bill Hod, der durchs Zimmer lief und offensichtlich genoss, nichts anzuhaben, blieb ihm zeitlebens als Bild im Gedächtnis, unauflöslich verschmolzen mit Sonnenlicht und kühler frischer Luft.

Bill Hod unterbrach das Kleiderzusammensuchen und zündete sich eine Zigarette an. Dann warf er einen Blick zum Bett, sah, dass Link ihn ansah, und fragte:»Hunger?«

Link sagte:»Ja ... Bill.«

Er hätte nicht beschreiben können, was er in diesem Augenblick für Bill Hod empfand. Er hatte in dick verhängten dunklen Räumen gelebt, immer in Hörweite von Abbies Weinen, und das war wie Alleinleben gewesen, wie ein Versuch, allein zu leben, tief unter der Erde, wohin kein Licht kam, immer mit den Klageklängen im Ohr. Dieser Mann, Bill Hod, hatte ihn aus dem Dunkel geholt und in die Sonne gebracht. Er hatte Abbie ja auch geliebt, aber anders, ruhiger, nicht so ungestüm. Das, was er für Bill Hod empfand, war so etwas wie Anbetung und auch Leidenschaft.

Drei Monate lang lebte er in der Last Chance. Drei ganze Monate lang vergaß Abbie Crunch, dass es ihn gab.

Er lernte schwimmen, kochen, mit einem Gewehr zielen, einen Hund lieben, und der Hund hatte wirklich und wahrhaftig einen Goldzahn. Er duschte, statt in die Badewanne zu gehen. Er hörte jetzt auf den Namen Sonny, nicht mehr auf Link.

Und samstags gab es keine gebackenen Bohnen.

Eines frühen Samstagnachmittags war er in die Küche gekommen, als Weak Knees gerade in einer sagenhaften Bratpfanne hinten auf dem Herd herumrührte. Es roch so gut, dass er sofort hätte losessen mögen, obwohl er eigentlich keinen Hunger hatte. Er fragte Weak Knees, was er kochte.

»Fleischsoße für Spaghetti.«

»Für heute Abend?«

»Aber klar.«

»Bei uns gibt's samstagabends immer gebackene Bohnen«, sagte Link erstaunt. Er war acht und überzeugt, dass alle Leute samstagabends gebackene Bohnen aßen.

»Gebackene Bohnen? Samstagabends?« Weak Knees hörte auf, die Soße zu rühren, drehte sich vom Herd weg und sah ihn einigermaßen entsetzt an. »Gottsnahm, Sonny, was'n das für Essen? Da furzt man die ganze Nacht von.«

Als Old Man John the Barber durch die offene Tür hereinstakste, zog Link eins der gestärkten weißen Fräckchen für die Last-Chance-Barkeeper an und dachte: Mal probieren, gefällt mir, dass Mr. Hods Barjungs immer adrett und elegant zurechtgemacht sind.

Barber knallte einen Dollarschein auf die Theke, sagte: »Bier«, und glotzte Link an, das heißt, er glotzte wie üblich das Fräckchen an.

Link zapfte ein Bier, stellte dem alten Mann das Glas hin und legte den Chronicle daneben. »Hier«, sagte er, »damit sind Sie beinah endlos versorgt. Und falls noch irgendwelche Herrschaften mit unstillbarem Durst durch jene Tür dort eintreten und nach dem Verbleib des Barmanns fragen sollten, seien Sie bitte so freundlich und sagen Sie, er ist in der Küche, gießt sich eine Tasse guten ehrlichen Kaffee hinter die Kiemen und unterhält sich derweil mit seinem Freund und Mentor, Mr. Weak Knees. Rufen Sie mich freundlicherweise, Mr. Barber, falls Kundschaft kommt.«

Barbers Antwort bestand aus Grummeln.

8

Er lag auf dem Rücken, die Augen halb geschlossen; halb wach, halb schlafend; er verspürte eine gespannte Erwartung, die seinen Herzschlag beschleunigte und seinen Blutdruck erhöhte; er zog absichtlich den Moment in die Länge, in dem sein Bewusstsein noch nicht analysiert, gedeutet hatte, was da eigentlich noch nicht passiert war, aber demnächst passieren würde. Das Wundervolle, was immer es war. Undefinierbar wundervoll.

Dann fiel es ihm ein. Heute war Sonntag. Er war mit Camilo Williams verabredet.

Er ging duschen in das teure Bad, das Bill Hod auf eigene Kosten im ehemaligen großen Wandschrank im Wohnzimmer von Abbies Haus installieren lassen hatte. In genau dem Wohnzimmer hatte vor vielen Jahren der Sarg mit dem Major gestanden. Abbie und F. K. Jackson hatten es als sein Zimmer hergerichtet, nachdem sie ihn aus dem Last Chance losgeeist hatten, aber es sah immer noch nach Wohnzimmer aus, bis Bill Hod auch einen Innenarchitekten bezahlt hatte, es völlig umzubauen. Es war immer noch ein schönes Zimmer. Auch wenn Abbie das nie so sah.

Er war fast angezogen, als er ein eigenartiges Scharren hörte. Es kam aus seinem Zimmer. Er zog die Stirn in Falten und horchte. Ach, verdammt, der Kater, dachte er. Man könnte Abbie glatt für eine alte Jungfer halten, die all ihre verborgenen Leidenschaften, Gefühle, Zuneigungen und unterdrückten sexuellen Begierden einem Kater um den Hals gehängt hatte – bis hin zum Namen, Pretty Boy.

Er nahm die Schuhe in die Hand und öffnete die Tür zu seinem Zimmer. Ich schlag dem den Schädel ein, dachte er, ich hau den platt. Macht der da einfach Ringkampf mit dem Kram, den ich auf dem Tisch liegen lassen habe.

Es war nicht der Kater. Es war J. C. Powther. Er kramte auch nicht auf dem Schreibtisch herum, sondern durchwühlte die obere Schublade, methodisch, aber schnell, der runde Kopf verschwand fast in der Schublade, der kleine Po hüpfte auf das Verführerischste auf und ab, während er immer tiefer hineingrabbelte.

Link sagte: »Heh! Raus hier zum Teufel!«

J. C. drehte sich um und sah ihn fragend an, offensichtlich taxierte er Grad und Wucht von Links Zorn, blieb aber mit einer Hand in der Schublade, tastend, grabbelnd, verwerfend, und fahndete weiter, während sich der Rest des Körpers straffte, Mobilmachung für Flucht oder Gegenangriff.

»Hast du'n Penny?«

Link gab ihm einen Fünfer. »Hier. Kauf dir ne Waffel Eis. Und erstick beim Dranrumlutschen.«

J. C. schoss ihm einen schwarzen giftig funkelnden Blick zu. Er rührte sich nicht von der Schublade weg, griff nur nach der Fünf-Cent-Münze und schloss die Faust. »Die kosten jetzt sechs.« Er hatte Link als Gefahrenquelle verworfen und richtete sein Interesse wieder auf die Schublade.

»Hier ist ein Zehner. Das ist Erpressung, aber ich hoffe wie alle Erpressungsopfer, dass es Schutz bringt. Du bleibst jedenfalls aus meinem Zimmer. Wenn ich dich noch mal hier erwische, schneide ich dich in kleine Stücke und brate sie einzeln in Öl.«

J. C. schnappte die Zehn-Cent-Münze und zog sich zurück, Richtung Tür. »Ich hol mir'n Kool-Aid.«

Link funkelte ihn an. »Hol dir Arsen, Alter. Du trabst zum Bonbonladen, jetzt sofort, um Viertel nach sechs morgens, und du trittst so lange gegen die Tür, bis Mintz aufmacht, um halb sieben, und sagst: ›Mintz, ich möchte ein halbes Pfund Arsen.‹«

»Mintz hat den Bonbonladen gaanich.«

»Nein?«

»Miss Dollie hat den. Die macht erst kurz vor neun auf.«

»Tja, na dann. Ist Miss Dollie farbig oder gehört sie zur selben Sorte wie der Große Weiße Vater?«

»Faaabich.«

»Aha! Deshalb die späte Öffnung. Zu meiner Zeit hat der Bonbonladen Franklin Ecke Dumble einem Gentleman namens Mintz gehört, da konnte sich jeder, dem danach war, morgens um Viertel vor sieben mit Soda Pop oder Eiswaffeln erfrischen. Mintz hat früh auf- und spät zugemacht. Deine Miss Dollie wird nie Millionärin, wenn die erst um neun aufmacht. Jedenfalls gehst du dahin, wenn sie den Laden aufhat, und verlangst ein halbes Pfund Arsen, und jeden Morgen um diese Uhrzeit isst du ein bisschen davon und …«

»Haaah!« J. C. blieb kurz in der Tür stehen. »Du kannst dein Arsch nich von deim Ellbogen unterscheiden«, brüllte er und rannte die vordere Treppe hoch, gedämpft stapfend wegen des Teppichbelags.

Link schrie hinter ihm her: »Wenn ich dich hier noch ein Mal erwische, du kleiner Bastard, dann weißt du jedenfalls genau, wo dein Arsch ist, garantier ich dir, ist nämlich die Stelle, auf der du einen Monat lang nicht sitzen kannst.«

Abbie kam in den Flur. »Was in aller Welt ist …«

»Guten Morgen«, sagte Link. »Ich hab nur gerade meinem kleinen Freund gesagt, er soll wieder hoch und die Schotten dicht machen. Ich hab dich doch wohl nicht ungebührlich gestört mit meinem Gebell. Ich hoffe, ich habe dich nicht rüde aus Morpheus' Armen gerissen …«

»Armen … aus was für Armen … von wem?«, fragte sie. »War er in deinem Zimmer? Link, du bringst mich ganz durcheinander. Das machst du mit Absicht. Wieso redest du nicht wie andere Leute? War J. C. in deinem Zimmer?«

»Ich meinte nur, ich hoffe, ich hab dich nicht aus dem Bett gescheucht, Miss Abbie. Du warst schon auf, oder? Komm, ich helfe dir mit dem Frühstück. Sonntagmorgen. Spezialfrühstück.«

Er sah ihr an den Augen an, dass sie überrascht war von dem unerwarteten Angebot. Was immer sie dachte oder fühlte, es stand ihr sofort in den Augen, den schönen Augen, alles in allem mit einem Ausdruck von Tapferkeit. Dabei war sie gar nicht tapfer. Oder doch? Sie hatte Angst vor allem unter der Sonne, vor Sturm, vor fremden Hunden, vor Pennern, vor Betrunkenen, vor jedem unerwarteten Geräusch. Zu viel Fantasie, mehr nicht. Sie konnte Katastrophen anschaulich machen, sie sehen, erspüren; und hatte es nur ungern getan, weil er ihre Ängste partout nicht teilen wollte. Aber sie hatte eine persönliche Katastrophe überlebt, und zwar eine große, daher die Tapferkeit in ihren Augen. Er sah zu ihr hinunter und lächelte bei dem Gedanken: Wir hätten Freunde werden können, wenn deine Moralvorstellungen nicht ganz so hoch wären, wenn du andere Leute weniger unfreundlich, weniger kritisch beurteilen würdest, wenn dieser Panzer aus Stolz nicht so dornig, so undurchdringlich wäre.

»Mir helfen? Ja, das könntest du wohl. Aber du … irgendwie bist du anders heute Morgen. Was ist los mit dir?«

»Es liegt an der Jahreszeit«, sagte er feierlich. »Im Herbst benehme ich mich immer so. Ich werfe die Haare ab und lasse mir nagelneue Stoppeln wachsen, und das – ähm – stimuliert mich. Vorbereitung auf den Winter. Weißt du, wie bei Katzen oder Hunden oder Waldmurmeltieren oder Eichhörnchen. Das belebt. Hoh! Lass mich den Kaffee machen.«

»Link! Du bist barfuß. Geh dir Schuhe und Strümpfe anziehen.«

»Ich doch nicht, Liebes. Liegt auch am Saisonwechsel. Genau um diese Zeit schreien meine Füße nach Freiheit. Das ist der afrikanische Ureinwohner in mir. Na komm. Lass uns Kaffee kochen und Speck braten und Eierchen schlagen.«

Er und Abbie hatten gerade angefangen zu essen, als Mamie Powthers Stimme erklang, die Stimme hob an zum Gesang, die Stimme stieg auf der Treppe draußen auf und ab, die Stimme wurde lauter, wurde leiser, verschwand fast, und Link merkte, dass er horchte, angestrengt horchte, als ob etwas Wichtiges davon abhing, dass er den Klang nicht verlor. Dann wurde sie allmählich wieder lauter, lauter und lauter, Mamie kam die Treppe herunter, und schließlich schien sie direkt neben ihnen zu sein, nicht nur die Stimme, auch die Frau. Er hatte sie manchmal nachts singen gehört, da klang ihre Stimme leise, weit weg.

Abbie hatte die Küchenfenster aufgemacht. Egal, wie kalt es war, morgens lüftete sie immer die Küche durch und sagte auch immer dasselbe, wenn sie die Fenster aufriss: »Bei Farbigen zu Hause riecht es immer nach Essen, Speck und Brathähnchen und fettigem Grünzeug. Manchmal denke ich, die haben alle bloß Magen und keinen Verstand.« Er war immer drauf und dran zu kontern: »Aber Miss Abbie, das geht doch gar nicht. Bist du nicht auch farbig?« Aber er tat es nie.

Durch die offenen Fenster klang Mamie Powther, als ob sie direkt neben ihnen stände. Sie sang:

Same train carry my mother;
Same train be back tomorrer;
Same train, same train.
Same train blowin' at the station,
Same train be back tomorrer;
Same train, same train.

Wahrscheinlich war es ein Lied über den Tod, vielleicht ursprünglich ein Spiritual, das er allerdings noch nie gehört hatte, aber diese weiche warme Stimme hier machte daraus ein Lied über das Leben, über den Menschen und seinen ersten Sündenfall, über Eva und die Wunder ihres Fleisches, über alle Evas früherer Generationen und künftiger Generationen. Vielleicht ging es nur um eine Frau, die in einem Zug wegfuhr, der Zug würde morgen wiederkommen, aber aus dem Timbre, der Reife der Stimme sprach, dass ein Mann in diesem Zug sitzen musste.

Abbie sagte: »Die denkt nie dran, alles, was sie braucht, mit nach unten zu bringen. Die läuft dauernd rauf und runter und holt Wäscheklammern oder Wäsche, die sie vergessen hat, und dann rennt sie noch mal hoch, wegen der Wäscheleine. Sie wäscht auch immer sonntags, als wäre das irgendein Wochentag, und hängt draußen Wäsche auf. Ich habe sie gebeten, das zu lassen. Sonntags Wäsche auf der Leine, das hat etwas – also, das ist liederlich, das schreit zum Himmel. Aber sie hat ja Kinder, ich nehme an …«

Sie stand auf und sah aus dem Fenster. »Die muss doch frieren. Nichts auf dem Kopf. Die Arme praktisch nackt …«

Link stand auch auf, schenkte sich Kaffee nach, blieb auf dem Rückweg zum Tisch mit der Tasse in der Hand am Fenster stehen und sah Mamie Powther zu. Es war frühmorgens, noch kalt, die Sonne erst schwach und bleich, und Mamie Powther trug ein Baumwollkleid und einen

roten Pulli, der die großen Brüste betonte, die Ärmel aufgekrempelt, die Unterarme bloß, Grübchen an den Ellbogen. Alles an ihr berstend vor Kraft, urgewaltig – die Arme,
die Brüste. Weichfleischig. Glatthäutig. Braun.

Mamie Powther beugte sich vor, stand mit dem Rücken
zum Haus, ohne Strümpfe, ein nacktes Bein frei für den
Blick, ein Teil des Oberschenkels frei für den Blick. An den
Füßen hochhackige rote Schuhe.

Abbie sagte noch einmal: »Die muss doch frieren. Die
Arme sind praktisch nackt.«

»Wahrscheinlich hält die Liebe sie warm«, sagte Link.
Die Arme praktisch nackt – hah, na, alles andere war auch
praktisch nackt. Abbie schaffte es, der Frau direkt auf den
Hintern zu gucken und den entweder nicht zu sehen oder
nicht sehen zu wollen oder ihn doch zu sehen, aber irgendwas in ihrem Kopf konnte nicht zugeben, ihn gesehen
zu haben, also redete sie über die Arme.

Das ist mit mir los, dachte er, es ist die Frau, die sich da
draußen über den Wäschekorb beugt. Wer zum Teufel
könnte unter einem Dach mit Venus Powther leben und
ihr nicht an die Wäsche wollen, vor allem wenn die Lady
es einem praktisch unter die Nase reibt, wenn die Lady
dafür geschaffen ist, wenn die Lady genau weiß, und darauf schwöre ich jeden Eid, schwöre ich auf die Bibel, dass
ich um diese frühe Morgenstunde immer gerade Kaffee
trinke.

Das ist mit mir los. Ich bin nicht verliebt. MamiePowtherChinaCamiloWilliams geht mir an die Gurgel. Sie ist
es, was alle Männer jagen und nie zu fassen kriegen, aber
irgendwann kommt doch mal einer mit den Fingerspitzen
dran und streckt für den Rest des Lebens die Hand aus,
um nach dem warmen weichen Fleisch zu greifen, aber
keine von all den anderen Frauen, die er jagt und irgendwann zu fassen kriegt, ist das, was er wirklich will, er

stellt ihr nur nach wegen irgendeiner tatsächlichen oder fantasierten Ähnlichkeit mit MamiePowtherChinaCamiloWilliams: im Timbre oder Kopfschwung, in der Halslinie oder ... MamiePowtherChinaCamiloWilliams hat mich zum Mondkalb gemacht, ihretwegen weiß ich, wann die Sonne auf- und untergeht, starre ich die nackten grauschwarzen Äste des Henkers vor dem Morgenhimmel an, starre ich genauso staunend den Messingklopfer an der Tür zu diesem Haus an, stehe wie gestern Abend wie festgenagelt davor und betrachte, bevor ich den Schlüssel ins Schloss stecke, den Türklopfer, den ich tausendundein Mal gesehen habe, bewundere seine Größe und seine Form und denke, dass er aussieht wie pures Gold, das im Licht der Straßenlaterne glänzt; schaue ich zurück auf die Dumble Street, die Dumble Street bei Nacht, Licht in den Häusern, Stimmen, Gelächter, das Tempo immer schneller, das kaputte Pflaster kaschiert von der Nacht, die scharfen senkrechten Umrisse der Gebäude weichgezeichnet von Schatten, die Straße länger im Schatten, breiter, verwandelt, nicht mehr öde, runtergelatscht, überlaufen, sondern nur Licht und Schatten, nur Stimmengemurmel und Gelächterwellen.

Bald nach drei stand er wieder am Kai. Der Himmel im Westen glühte in Rosa und Orangerot. Der Fluss hatte rotgoldene Ränder, auch die Fenster in den Häusern auf der Dock Street und das Stück Dumble Street, das man im schrägen Winkel von hier aus sehen konnte, waren rotgolden. Er lief auf und ab, auf und ab, ungeduldig, unruhig, und dachte: Mir fehlt eigentlich nur noch ein dickes Sträußchen aus Feldblumen, Tausendschönchen und Butterblumen, fest im heißen Händchen gehalten, und ein Büchlein mit Gedichten, in geschmeidiges Leder gebunden, mit sämtlichen Monologen und Selbstgesprächen über die Liebe: Dich hörte noch mein Staub und bebte, selbst wenn er ein Jahrhundert todt gelegen. Komm leb mit mir und lass dich lieben. Mach mich durch einen Kuss von dir unsterblich. Es war die Lerche. Ihr Mund saugt meine Seele, sieh, sie fliegt. Ich mache dir ein Bett von Rosen, Sträuße aus Blüten, frischentsprossen; Frankie und Johnny. Er war auch rollengerecht herausgeputzt; er hatte sich noch mal rasiert; er hatte noch mal gebadet; er hatte lauter frische Sachen angezogen – sauber von oben bis unten, von Kopf bis Fuß. Glaubte er den Kram – mein Staub, meine Seele, lass dich lieben? Nein. Würde er auch nie. War absolut unfähig zu der Art totaler, kompletter Versenkung in ein anderes menschliches Wesen, die man brauchte, um in solchen Sätzen zu denken. Und würde dieses Mädchen dennoch nie wirklich vergessen können, diese Camilo Williams, weniger das Gesicht, weniger die Figur, vor allem diese absolute Arglosigkeit, die sie ausstrahlte, diese lachende Arglosigkeit.

Er hatte auf den Fluss hinausgeschaut und drehte sich um, weil er Schritte auf dem Kai hörte, ja, sie kam auf ihn zu, lächelnd. Er dachte an Mamie Powther, Same Train singend, an China, im Eingang von diesem Haus auf der Franklin Avenue lehnend, unglaublich fett, nicht mehr jung, tückisch wie eine Schlange.

Warum kam er beim Anblick der jungen Frau im schwarzen Kostüm, mit weißen Handschuhen, einem dunkelbraunen Pelz um die Schultern, einem Pelz bis an die Knie, der Frau mit dem Ballerinagang, mit dem aufrechten Rücken und dem langen Ballerinanacken, der Frau mit dem eleganten Look, dem Flair argloser Fröhlichkeit, dieser Frau, die nach dem nachts unterm Augustmond blühenden Strauch duftete, wie kam er bei ihrem Anblick auf China, auf Mamie Powther? Sie hatten nicht die geringste Ähnlichkeit. Sie könnten von drei verschiedenen Planeten stammen – und doch musste da etwas sein, eine Emanation, eine Aura, irgendetwas, was sie für ihn verband. Es war der Gesichtsausdruck, beschloss er: zum Teil herausfordernd, zum Teil erwartungsvoll, zum Teil einladend.

Camilo sagte: »Link! Wie wunderbar. Du bist auch früh dran.« Und stellte sich lächelnd zu ihm.

Er nickte. »Der frühe Vogel …«

»Sehe ich aus wie ein Wurm?«

»Du siehst aus …«, fing er an und kam nicht weiter. Sie stand zu nahe bei ihm – alles an ihr war zu nahe: Augen, Mund, Haare.

»Ich sehe aus wie?«

»Wie ein Engel.«

»Hast du schon mal einen gesehen?«

»Nein«, sagte er, »aber wenn Gabriel zum letzten großen Trompetenstoß ausholt und Petrus die Unterlagen prüft und mir dann das Tor aufmacht, dann sind um ihn herum lauter schöne geflügelte Wesen, und die gucken mich alle nur kurz an und sagen: ›Link, wie wunderbar‹, und es klingt, als ob sie es meinen. Das ist die Williams'-sche Version vom Himmel.«

»Donnerwetter! Genau das wollte ich hören, ich wusste nur nicht, dass es so klingen könnte.«

»Gut?«

»Wie von einem Dichter.«

»Kommt daher, dass ich gerade dachte: ›Komm leb mit mir und lass dich lieben‹. Das hatte ich im Hinterkopf. Steckt wohl irgendwie an, so Zeug.« Sie versteifte sich wie bei einem elektrischen Schlag, und er wollte eigentlich grinsen, sagte aber lieber behutsam und so vorsichtig, dass sie nicht sicher sein konnte, ob es eine Einladung oder ein hingesagtes Zitat war: »Mach mich durch einen Kuss von dir unsterblich.«

Er dachte: Noch gerader kriegst du deinen Rücken nicht, Süße, sonst bricht er durch. Du musst dich jetzt irgendwie wegducken, deinen Unmut entweder mit einer Ohrfeige kundtun, oder sagen: Sir, wie können Sie es wagen. Wenn du nicht damit gerechnet hast, dass ich irgendwie mein Interesse an dir kundtue, wieso bist du hier wieder hergekommen?

Sie sagte kühl: »Nachdem wir das geklärt hätten – ich hätte einen Vorschlag.«

Er sagte: »Ihr Mund saugt meine Seele, sieh, sie fliegt.« Sanfter Ton, liebkosender Ton.

Sie überging es. »Ich dachte ...«

»Liegt es am Schlips? Ich habe zwei Stunden gebraucht, um den Schlips auszusuchen. Ich finde, es ist mir ziemlich gut gelungen. Betont irgendwie den Bart. Grauer Schlips. Grauer Bart.«

»Sind beide schön. Das war nicht mein Vorschlag. Ich bin so früh da, weil ich fand, es wäre doch lustig, nach New York zu fahren, ins Kino zu gehen und danach irgendwo etwas essen.«

»Nach New York?« Lady, du gehst aber ran, dachte er. Du hättest Manager werden sollen. Normalerweise werden Truppenbewegungen nicht von Frauen befehligt, zumindest nicht so unverblümt. Normalerweise schicken Frauen ihre Truppen aus dem Hinterhalt in den Einsatz, um zu tarnen, wann der Angriff losgeht.

»Warum nicht? Sind zwei Stunden hin und zwei Stunden zurück. Warum sollen wir unsere Sonntagskleider, deinen Schlips, deinen Bart, meine Flügel und meinen Heiligenschein auf das Moonbeam verplempern.«

»In Ordnung.«

Als sie zu ihrem Wagen kamen, sagte er: »Ich fahre.«

»Wieso? Traust du meinem Fahrstil nicht?«

Er ließ sich Zeit mit der Antwort, bis er den Wagen angelassen hatte. Dann sagte er: »Ehrlich gesagt, nein. Du fährst zu schnell. Du achtest nicht auf Vorfahrt. Du benimmst dich, als ob du eine Königskutsche lenkst und den Weg von Vorreitern freigemacht kriegst. Aber die Bauern in den Fords und Chevrolets, die auf dem Merritt Parkway eine Spazierfahrt nach New York machen, die erkennen womöglich eine Königskutsche nicht, die wissen vielleicht nicht, dass sie gerade die königliche Strecke blockieren. Deshalb fahre ich.«

»Warum sagst du das?«, fragte sie scharf und runzelte die Stirn.

»Ich habe dich mit der Karre hier wegfahren sehen. Zweimal. Jedes Mal haben mir die Haare zu Berge gestanden. Ich mag nicht, dass meine Haare zu Berge stehen, und meine Haare mögen auch nicht zu Berge stehen, die wissen nämlich, dass sich das nicht gehört für Menschenhaare. Mein Skalp ist empört über das unnatürliche Gebaren meiner Haare und schreit: Halt, stopp, lass das sein.«

»Du lachst mich aus.« Dumpfe Stimme, wütend.

Sie schwieg, als sie aus Monmouth hinausfuhren. Liebe Güte, dachte er, das ist eine temperamentvolle Kleine, ich habe aber keine Lust, mit Schweigen gestraft zu werden. Ich kann nicht richtig damit umgehen. Da sträubt sich alles in mir. Ich muss wohl noch üben, auf rohen Eiern zu gehen. Ich habe keine Erfahrung, keine Vorerfahrung im Umgang mit rohen Eiern, ich könnte also nie eine gute Figur abgeben. Sie fuhren um New Haven herum und auf den Parkway. Sie hatte noch immer keinen Ton gesagt.

Er beschleunigte den Wagen, dann sagte er leise: »Hast du mal den alten Spruch gehört, dass man nicht gekränkt sein soll, wo keine Kränkung gemeint war?«

»Nein. Klingt aber vernünftig.«

Er beließ es dabei und sagte, und das wollte er schon lange sagen: »Immer wenn ich einen Himmel sehe, an dem sich die Farben so unverschämt austoben, möchte ich gern malen können. Zeigen, wie unglaublich heiß die Sonne beim Untergehen aussieht, und gleichzeitig zeigen, dass die Luft kalt ist, und das Ganze müsste aussehen, wie wenn die Sonne dem Winter den Fehdehandschuh hinwirft, ihn den langen kalten Nächten in den Rachen stopft.«

»Du könntest es schreiben«, sagte sie.

»Schreiben reicht nicht. Das geht nicht schnell genug. Ein grellbunter Wintersonnenuntergang in Farben aus den Tropen, mitten in die brutale Kälte von Neuengland gesetzt, das schreit nach Malen. So was muss man nämlich auf den ersten Blick klarmachen, den unmöglichen, unglaublichen Kontrast rüberbringen, Silhouetten von kahlen Ästen und hageren, schwarzgrauen Bäumen vor lauter hinreißenden Farben – über den gesamten Horizont …« Er nahm beide Hände vom Lenkrad und breitete sie zu einer allumfassenden Geste aus, und sofort zog der Wagen nach rechts. Er riss ihn auf die Fahrspur zurück.

Camilo sagte höflich: »Zitat: Ich mag nicht, dass meine Haare zu Berge stehen, und meine Haare mögen auch nicht zu Berge stehen, die wissen nämlich, dass sich das nicht gehört für Menschenhaare. Zitat Ende.« Sie lachte. »Tut mir leid, aber das musste sein.«

»Nur mal zur späteren Verwendung: Was war denn falsch an dem, was ich über deinen Fahrstil gesagt habe?«

»Ich ertrage es nicht, ausgelacht zu werden.«

»Ich habe dich doch nur geneckt. Ich habe dich nicht ausgelacht. Und selbst wenn, warum erträgst du das nicht?«

»Ich fühle mich sofort wieder wie vierzehn und im Internat und so fett, dass mir nur Größe 50 passt, und ein Mädchen namens Emmaline hält mein Nachthemd hoch und lacht und lacht und lacht und sagt: ›sieht aus wie ein

Zelt. Wetten, da passen drei von uns rein, und dann wäre immer noch Platz. Kuckt mal! Ein Zelt.‹«

Er sagte: »Auf irgendeine Art erleben alle so was.« Er dachte: Ich war zehn, und sie haben mich Sambo genannt, und ich bin jedes Mal fast gestorben. Aber schön, jetzt wissen wir ein bisschen mehr. Du warst im Internat. Hätte gar nicht gedacht, dass Leute von deinem Rang aus der Monmouther Highschool fliegen.

»Es ist komisch«, sagte sie, »wenn man so jung ist, glauben die Leute, man hätte keine Gefühle. Wir wurden jeden Monat gewogen, und jeden Monat wäre ich am liebsten im Boden versunken und gestorben, weil ich so lächerlich viel wog. Alle haben gelacht, die Betreuerin, die Ärztin, die anderen Mädchen. Ich wollte aussehen wie GarboCleopatra, aber ich sah aus wie Dickens' Fettsucht-Joe, nur mit Zöpfen, und trug ein Zelt in Größe 50, kein Kleid, ein Zelt. Ich habe dann abends Gedichte gelesen, das war meine Flucht aus dem Lächerlichsein und dem Fettsein; und wenn das Licht ausgeschaltet wurde, habe ich lange wach gelegen und mir einen Traumliebhaber ausgedacht, einen gut aussehenden dunklen Mann, der meine schöne Seele erkennt und sich in mich verliebt, nicht in eine von den hübschen dünnen Hohlköpfen.

In jedem Internat gibt es ein Mädchen mit dem Gesicht eines Botticelli-Engels und der Zunge einer Natter, und die macht dir klar, wie scheußlich du aussiehst. In meinem war das Emmaline Rosa May Carruthers. In meiner Traumwelt ist Emmaline immer an Eifersucht gestorben, weil der dunkle, gut aussehende Liebhaber sie abserviert hat und mit mir durchgebrannt ist.«

Wie wunderbar kompliziert Frauen sind, schon mit vierzehn, dachte er beim Zuhören. Vierzehn, vierzehn, vierzehn. Wie war ich mit vierzehn? Ich war verdammt kurz davor, Profisportler zu werden, Footballspieler, Baseballspieler, Basketballspieler, und ich war total scharf darauf, den Ärmelkanal zu durchschwimmen. Irgendwer hatte das damals wohl gerade gemacht, sonst hätte ich nicht praktisch im Wye gelebt, dick eingeschmiert mit Fett. Mit Weak Knees und Bill Hod, die mich vom Kai aus anfeuern. Kein Geld der Welt hätte mich in die Nähe von Mädchen gekriegt. Ich fand die dumm, die konnten alle keinen Köpper.

Camilo sagte: »Ich habe die gehasst, diese ganzen hübschen Lockenköpfchen. Aber ich habe ihnen Bonbons und Kuchen und Seidenstrümpfe geschenkt, in der Hoffnung, wenn sie in meiner Schuld stehen, lachen sie mich nicht mehr aus. Sie haben die Bonbons und den Kuchen gegessen und die Seidenstrümpfe angezogen und mich trotzdem ausgelacht. Das war eine ganz neue, miese Erfahrung. Ich kriege heute noch Wut, wenn jemand mich auslacht.«

»Du als fettes kleines Mädchen, irgendwie kann ich mir das nicht vorstellen. Du warst bestimmt bildschön.« Die Haare, die Augen, der Mund müssen doch dieselben gewesen sein.

»War ich nicht. Kein Kind ist grauenhaft fett und gleichzeitig schön.«

»Seit wann siehst du so aus wie jetzt?«

»Seit ich achtzehn bin.«

»Was war da?«

»Ich war inzwischen im College. Barnard, im zweiten Jahr. Da hat mich niemand ausgelacht. Die Mädchen gingen alle mit Jungs. Ich auch, aber meine Jungs waren die Zufetten mit den dicken Brillengläsern oder die Zudünnen mit den krummen Rücken vom vielen Studieren. Also habe ich eine Diät gemacht und zum ersten Mal im Leben erfahren, was es heißt, andauernd Hunger zu haben. Als ich dünn genug für Größe 40 war, habe ich mir die Haare kurz schneiden lassen. Im Juni hat mich einer der fetten

Jungs angestarrt, die Augen aufgerissen und gesagt: ›Mensch, du bist ja bildschön!‹ Ich habe mich gefühlt wie der Graf von Monte Christo, weil ich mich regelrecht aus einem Fettkerker gebuddelt hatte, ganz allein, ohne Hilfe.«

Sie schwieg. Dann drehte sie sich zu ihm. »Weißt du, als du mir von deinem ersten Film erzählt hast, dass du geglaubt hast, die Welt gehört dir, da war ich verblüfft. Weil mir das auch passiert ist. Als der Junge sagte: ›Du bist ja bildschön‹, war ich überzeugt, dass mir die Welt gehört, ich muss einfach nur die Hand ausstrecken und zugreifen.«

Er stellte ihr dieselbe Frage wie sie ihm: »Bist du immer noch überzeugt?«

»Natürlich nicht. Ich furchtbar jung mit achtzehn, schrecklich jung.«

»Bist du noch.«

»Aber anders. Wenn man acht ist, darf man überzeugt sein, dass einem die Welt gehört. Mit achtzehn kann man sich damit leicht Ärger einhandeln.«

In New York bezahlte er anderthalb Dollar für den Parkplatz in Midtown. Der Parkplatzwärter sah Camilo an, sah Link an, ohne Regung, ohne Neugier. In New York, dachte Link, stehen die schwarzen Jungs, die auf Caddys stehen, wie sie Cadillacs gern nennen, eben auch alle auf weiße Mädchen. Der kennt das nicht anders. Der denkt sich, wenn ich – durch Lotto oder Frauen oder sonst welche krummen Dinger – reich genug bin, so eine Karre zu fahren, dann findet mich fast jedes gut aussehende weiße Mädchen annehmbar. Geld verwandelt den schwarzen Mann. Macht ihn schön in den Augen der weißen Frau. Schwarz und gar lieblich. Nein. Das hieß: Schwarz, doch gar lieblich. Schwarz und gar lieblich, nimm es einfach selbstverständlich, dass Schwarz- und Lieblichsein nicht nur möglich ist, sondern Hand in Hand geht. Ein selbstverständlicher Zustand. Schwarz- oder Lieblichsein wäre gleichzeitig Erklärung und Abbitte. So lange schon, dachte er. Vor so langer Zeit hatte das angefangen. Nun ja.

»Welcher Film, Süße? War ja deine Idee.«

»Ich habe Karten für die Radio City Hall«, sagte sie.

»Kosten?«

»Ach, das sind Freikarten. Ich kriege immer Karten für dies und das, weil ich über Mode schreibe.«

Er gab keinen Kommentar ab, aber die Idee gefiel ihm nicht besonders. Als er in dem strahlend hellen, weitläufigen und aufwändig gestalteten Musiksaal der Radio City Hall neben ihr saß, dachte er: Tja, eine neue Erfahrung. Ins Kino abgeschleppt hat mich noch nie jemand. Muss schon sagen, ziemlich übergriffig, das kleine Weib.

Die Lichter erloschen, und sein Unmut verschwand, denn in jedem Kino gab es kurz bevor der Vorhang aufging einen Augenblick, in dem er sich einredete, dass er gleich wieder dieses Gefühl von Körperlosigkeit verspüren würde wie damals bei seinem ersten Film, mit acht. Es kam aber nie. Trotzdem lehnte er sich, obwohl er schon vorher ziemlich genau wusste, was er gleich sehen würde, auch jetzt wieder vor, sah zu, wie sich der Vorhang teilte, und war fast sicher, dass der Zauber diesmal wirken und er eine wunderbare neue Welt erblicken würde.

Was er sah, war eine Bühne voller Tanzgirls in fabelhaften Kostümen. Er lehnte sich zurück. Warf einen Blick auf Camilo. Sie saß vorgelehnt da, völlig in den Anblick der Bühne vertieft, als ob sie allein wäre, als ob diese Show extra für sie und sonst niemanden inszeniert worden wäre. Sie hatte die weißen Handschuhe abgelegt. Der weiche braune Pelz lag nicht mehr um ihre Schultern, sondern auf ihrem Schoß, wie ein Hügel auf ihrem Schoß.

Seine Hand streifte ihn kurz. Er widerstand dem Impuls, ihre Hand zu berühren, etwas zu sagen, irgendetwas, das ihre Aufmerksamkeit von den tanzenden Frauen auf der Bühne weg und hin zu dem Mann lenken könnte, der neben ihr saß.

Endlich traten die Tanzgirls beineschwingend von der Bühne. Sie waren identisch, die Beine, Knöchel, Oberschenkel, Brüste, alle so exakt gleich, als wären sie aus einem Guss. Selbst die Beinschwünge, Beinhoch und Kopfrechts, Beinhoch und Kopflinks. Vielleicht hatten sie irgendein Messgerät zur Höhenbestimmung der Beinschwünge in ihrem Probensaal. Oder vielleicht noch einfacher, hatten sie irgendeinen Automaten erfunden, so was wie diese Riesenmaschine auf der Forty-Second Street, man steckt einen Nickel rein und raus kommt ein Tanzgirl oder mehrere, die den Anforderungen an Größe und Figur entsprechen und die Beine exakt so und so hoch werfen und folglich direkt auf diese Bühne verfrachtet werden konnten, ohne dass der Tanzleiter weitere Mühen aufwenden musste.

Nach den Tanzgirls kam ein Paar tanzender farbiger Komödianten. Dachte er. Oh nein, schon wieder die Minstrel Show. Ich bin wieder in der Arsenal School auf der Franklin Avenue, und Miss – Pause – Dwight sagt: »Bei – Pause – Link können wir uns den Ruß ja sparen.«

Auf der Herfahrt hatte Camilo gesagt: »Es ist komisch, aber wenn man so jung ist, glauben die Leute, man hätte keine Gefühle.« Sie war damals vierzehn. Tja, und er war zehn, als Miss Pause Dwight, seine Lehrerin, zu dem Schluss gekommen sein musste, dass er keine Gefühle hatte.

Und nicht nur Miss Dwight. Als sich die Dumble Street veränderte und immer mehr farbige Kinder auf die Arsenal School kamen, lernte er eine neue, andere Art

Unsicherheit kennen. Er war sich nie sicher, ob die weißen Jungs ihn mitspielen ließen. Manchmal nach der Schule spielten sie Baseball, dann riefen sie: »Gib ab an olle Link, gib ab an olle Link, Link is gut!« Andere Male bildeten die weißen Jungs eine uneinnehmbar feste Gruppe, zusammengeschweißt durch ihr Weißsein, und er, der Ausgestoßene, der Abgesonderte, war plötzlich abgemeldet, ausgegrenzt durch eine Geste, einen Blick, ein Wort.

Er behielt seine Ängste für sich. Er hatte verschiedene, seltsame. Er hatte Angst vor Tauben, vor diesen fetten Vögeln mit ihren ekelhaften Brüsten, die den Schulrasen abfraßen, in Gruppen über das Gras watschelten und mit sich selbst gurrten, was klang wie: Gucke der Mohr!, und irgendwann nur noch wie ein langes Wort Guckedamohr.

Jedenfalls erzählten ihm die weißen Jungs, dass die Tauben das sagten. Und dabei lachten sie. Wenn er dann mürrisch und wütend wurde und das zeigte, sagten sie: »Guck olle Link. Wir ham nich über dich geredet. Waren die Tauben, die sagen das«, und dann sagten die Tauben und die Jungs gemeinsam: Guckedamohr, Guckedamohr, Guckedamohr, immer wieder.

Er hasste Krähen und Stärlinge und Stare, alle schwarzen Vögel. Weil die Jungs kicherten und Seitenblicke auf ihn warfen, wenn sie diese großen schwarzen Vögel sahen. »Blackbird!« Sie meinten ihn. Sturm hasste er auch, Gewitter, Regenwolken, Sturmwolken, alle großen schwarzen Wolken, die ihre Dunkelheit in den Himmel türmten. »Sturm im Anzug«, sagten die weißen Jungs. Sie sagten es locker und lachend und sahen ihn mit Unschuldsaugen an. »Da zieht 'ne große schwarze Wolke lang, is Sturm im Anzug.« Und: »Link is hier. Sturm im Anzug.«

Dann wieder, genauso abrupt, war er willkommen und akzeptiert. Aber er misstraute ihrer Akzeptanz. Er wusste nie, wann er wieder verraten würde, weggeschubst, weil gerade noch irgendein Wesen da war, so dunkel wie er, ein Star vielleicht oder eine Krähe oder ein anderer farbiger Junge; verraten von den ekligen rotfüßigen Tauben und ihrem Gegurre: Guckedamohr, Guckedamohr.

Nicht mal auf seinen Namen war Verlass. Seine Lehrerin Miss Dwight schaffte es, einen merkwürdigen Namen daraus zu machen. Sie sprach ihn erst nach einem Zögern aus, zog ihn dabei ins Lächerliche und sah ihn abweisend an. »Also, rede – Pause – Link.« Die Pause machte den Namen zu etwas, für das man sich schämen musste.

Miss Dwight, Miss Eleanora Dwight, war auch der Meinung, die Klasse solle eine Minstrel Show aufführen, zum Spendensammeln, als Beitrag zum Spendensammeln für die Parent Teacher Association. Er sollte mitspielen. Als sie seinen Rollentext vorlas, lachten die anderen Schüler beinah Tränen. Er war die Zielscheibe bei jedem Witz, sollte Yessaah und Nossaah sagen, sollte erklären, was er im Hühnerstall trieb – Is keiner hier, Boss, bloß wir Hühner –, sollte beim Klauen von Wassermelonen erwischt werden, sollte etwas tanzen, was Miss Dwight buck and wing nannte, sollte auf verschlafen machen und überall zu spät kommen. Sein Name in der Minstrel Show war Sambo.

Er tanzte besser als die anderen Schüler. Aber wegen Miss Dwight mit ihrem Pause-Link schämte er sich für seine Tanzkünste.

»Du kannst ja buck and wing, oder – Pause – Link?«

»Nein, Ma'am«, sagte er höflich und ließ die Antwort so stehen, schmucklos, ohne Erklärung, nur die Verneinung.

Miss Dwight sagte: »Ach, na, jeder Tanz, den du kannst, tut es auch.« Sie wartete.

Link sagte nichts.

»Was für Tänze kennst du?«

»Ich kenne keine Tänze, Miss Dwight, nur die, die wir hier in der Schule beigebracht bekommen.«

»Ach, ich dachte –«, Miss Dwight runzelte die Stirn. »Na, dann erfinden wir etwas. Vielleicht könnte dein Vater dir buck and wing oder so etwas Ähnliches beibringen.« Und als er nichts sagte, fuhr sie fort: »Antworte. Kann dir dein Vater zeigen, wie buck and wing geht?«

Er fing an: »Miss ...«, und hatte plötzlich einen Einfall. Er setzte eine Pause vor »Dwight«, genauso eine Pause wie sie vor »Link«. Er sprach ihren Namen auch aus, als wäre er sehr seltsam, sehr fremd, sehr komisch, und die anderen Schüler kicherten. Miss Dwight lief rot an, die Röte zog sich über das ganze Gesicht bis zum Hals und zum Haaransatz. »Mein Vater ist tot«, sagte er, und sie lief noch röter an. Schweigen im Klassenzimmer. Stille.

Sie las weiter seine Zeilen vor und behielt den roten Kopf. Er empfand es als Triumph. Er hatte sie mit ihren eigenen Waffen geschlagen. Aber als sie zu Ende gelesen hatte, lachten die Schüler wieder. Nicht ganz so spontan, nicht ganz so herzhaft wie vorher, aber sie lachten. Miss Dwight sah sich im Raum um, ohne Link anzusehen, und er dachte: Gleich macht sie was, das beweist, dass ich anders bin als die andern hier.

Miss Dwight sagte: »Natürlich muss man dafür ein schwarzes Gesicht haben. Also so wie Al Jolson bei Mammy.« Sie musterte Links Gesicht. »Aber bei Link können wir uns den Ruß ja sparen.«

Zum ersten Mal im Leben schämte er sich für die Farbe seiner Haut. Er beschloss, krank zu werden. Er würde alle Proben mitmachen, aber zwei Tage vorher, nein, genau am Abend der Minstrel Show würde er krank werden, und zwar so krank, dass er kein Sambo sein konnte. So kurzfristig würde keiner der anderen Schüler einspringen können. Und damit würde es keine Minstrel Show geben.

Abbie las abends nach dem Essen immer den Chronicle. »Ach, es gibt eine Minstrel Show an der Schule«, sagte sie.

Link sagte: »Hm-mh.«

»Bist du dabei?«

»Irgendwie ja«, sagte er und ging, bevor sie ihn weiter ausfragen konnte. Sturmwolken, schwarze Vögel, über den Schulrasen stolzierende Ekeltauben, aber unendlich viel schlimmer als all das – Minstrel Shows, Minstrel Shows, auf die Beine gestellt von Lehrerinnen namens Miss Pause Dwight, die einem den Namen wegnehmen und in etwas Lächerliches verdrehen.

Bei den Proben wurde er immer tollpatschiger, knallte gegen Tische und Stühle, stolperte über die eigenen Füße.

Miss Pause Dwight lachte und verschluckte sich und hustete und lachte. »Oh, er ist wunderbar!«, sagte sie. »Er trägt die ganze Show.«

Die Schüler nannten ihn bald nur noch Sambo, im Unterricht, nach der Schule, samstags. Wenn sie ihm auf der Straße begegneten, riefen sie im Chor: »Hallo, Sambo«, und beobachteten, ob er wütend wurde. Er murmelte nur: »Hallo«, und ging weiter.

Auf der Bühne in der Radio City Music Hall drosselte einer der tanzenden farbigen Komödianten sein furioses Tempo, legte sich auf den Rücken und schlief, schlief, schlief. Der zweite tanzende farbige Komödiant ärgerte ihn, triezte ihn, huschte und flitzte um ihn herum wie eine Mücke oder Fliege oder Schnake.

Der Schläfer verscheuchte den Tänzer, schlug nach ihm, räumte einen Arm beiseite, bewegte ein Bein, schüttelte sich und wollte partout nicht aufwachen. Eine gekonnte Pantomime, sorgfältig ausgedacht, komisch.

Lächelnd sah er der rhythmischen Vorführung zu und dachte: Tja, ja, Sambo sitzt immer noch in der Sonne. Er sah zur Seite. Camilo lachte, warf den Kopf in den Nacken, zeigte die lange Halslinie; er nahm ihr Parfüm ganz deutlich wahr, vielleicht weil sie jetzt anders saß. Ich habe es weit gebracht, dachte er. Wenn Bill Hod und Weak Knees nicht gewesen wären, würde mich deine Hautfarbe beunruhigen, wenn ich dich so lachen sehe über Sambo, der da in der Sonne sitzt.

9

Er wusste noch immer ein paar der Sätze, die Sambo sagen sollte: Yessaah, is keiner hier bloß wir Hühner; Nossaah, Wassermelone is mein lieblingstes Gemüse; ich Sambo, Yessaah, sitz bloß inne Sonne, Ssaah, bloß bisschen Schlaf nachholn, Ssaah.

Zehn Jahre alt. Am Tag der Minstrel Show war er schwitzend aufgewacht und hatte kaum Luft gekriegt. Sein Kopf tat weh. Abbie rief ihn immer wieder herunter zum Frühstück. Dann kam sie hoch. »Oh nein, Link!«, sagte sie und legte ihm die Hand auf die Stirn. Die Hand war kühl und trocken. Er war schweißgebadet.

Abbie sagte: »Du gehst sofort wieder ins Bett.«

Er schlief ein, und als er wieder wach wurde, beugte sich Dr. Easter über ihn und sagte: »Hmmmm ...« Dann war Dr. Easter weg, aber so kurz konnte die Visite nicht gewesen sein, denn er erinnerte sich noch an das Gefühl des kühlen harten Thermometers unter der Zunge.

Er schlief wieder ein. Irgendwann weckte ihn Telefonklingeln. Er hörte Abbie sagen: »Er ist sehr krank, Miss Dwight.« Schweigen. »Oh, nein!« Ihre Stimme jetzt scharf und kalt. »Vollkommen unmöglich. Er darf nicht aufstehen.«

Er starrte an die Decke. Er hatte die ganze Minstrel Show vergessen. War er wirklich krank, oder hatte er sich krank gemacht? Kann man sich selbst krank machen, ohne zu wollen? Ohne es wirklich zu wollen? Dann konnte man sich auch selbst verrückt machen.

Er setzte sich auf und runzelte die Stirn. Er hatte sich nicht krank gemacht. Es war einfach passiert. Vielleicht hatte er Mumps. Aber ihm tat nirgends etwas weh. Er fühlte sich kräftig, kühl, eigentlich wohl. Er wollte aufstehen, er hatte Lust, schwimmen zu gehen.

Wenn er nicht mehr krank war, müsste er sich anziehen, zur Aula gehen und Sambo sein und in der Sonne sitzen. Er hatte einen Verrat begangen, oder? Einen Verrat an was?

Er zog sich an. Er schlich leise aus der Haustür, damit Abbie es nicht hörte. Miss Pause Dwight wäre glücklich. Er wäre unglücklich. Aber er musste Sambo sein und in der Sonne sitzen. Er ging langsam die Dumble Street hoch, hinüber zur Franklin Avenue und auf der weiter bis zur Schule.

Er blieb stehen. Leute gingen zu Fuß den Weg hoch und durch den Haupteingang. Autos parkten an beiden Seiten der Auffahrt. Er konnte doch vor all diesen Leuten nicht Sambo sein und in der Sonne sitzen. Is keiner hier bloß wir Hühner.

Wenn Abbie davon erführe, würde sie sagen, er habe die Race hängen lassen. Sie erklärte immer, farbige Leute (manchmal sagte sie auch nur die Race) müssten sauberer, schlauer, sparsamer und ehrgeiziger sein als weiße Leute, dann würden weiße Leute farbige Leute auch mögen. So, wie sie das erklärte, hatte er das Gefühl, die ganze Zeit die Race mit sich herumzuschleppen. Das war verwirrend, auch ein bisschen beängstigend. Jetzt gerade saß die Race ihm rittlings auf den Schultern und hatte ein Gewicht, dass sein Rücken ganz krumm war. Er drehte sich um und ging schnell von der Schule weg.

Am nächsten Morgen in der Schule sagte Miss Pause Dwight: »Ich denke, du bist krank, Pause Link.«

»War ich auch.«

»Du hast ja nun die Minstrel Show ruiniert. Wir konnten sie nicht aufführen. Deinetwegen. Ich habe es ja gewusst, du wirst mich in letzter Minute enttäuschen.«

Er wusste, was sie mit Enttäuschen in letzter Minute meinte. Er wusste so ziemlich alles, was mit der Race zu tun hatte. Abbie erzählte ihm ständig, was er alles durfte und nicht durfte, wegen der Race. Man hatte höflich zu sein; man hatte pünktlich zu sein; man durfte keine Sachen in leuchtenden Farben oder Socken in schreienden Farben anziehen; selbst gewisse Sachen zu essen war verboten. Abbie liebte Wassermelonen, aber sie hätte sich eher den rechten Arm abgehackt, als in einen Laden zu gehen und eine zu kaufen, denn Wassermelonen waren bei Farbigen beliebt. Sie kaufte keine Meerbrassen, denn jeder Fisch mit grobem Fleisch war bei Farbigen beliebt und Meerbrassen ganz besonders. Bei ihr gab es nie Bratfisch oder Brathuhn, denn alle Welt wusste, dass Gebratenes bei Farbigen beliebt war. Sie kam immer pünktlich, das heißt, viel zu früh, denn Farbige kamen immer zu spät, man konnte sich nie auf sie verlassen, sie hatten kein Verantwortungsgefühl. Das Komische war, wenn Abbie über die Race redete, klang sie, als wäre sie nicht selbst auch farbig, was sie aber offensichtlich war.

Aus all diesen Gründen hatte Miss Pause Dwight gewusst, dass er sie in letzter Minute enttäuschen würde. Aber das konnte sie doch gar nicht wissen. Er war doch krank gewesen, wirklich und wahrhaftig krank. Dann hatte er sich wieder besser gefühlt. Er war aufgestanden, noch gestern, und bis ganz zur Schule gegangen, aber als er da ankam, konnte er einfach nicht Sambo sein und in der Sonne sitzen. Nicht vor all den Leuten da.

Den ganzen Morgen lang hörte er von Miss Pause Dwight: »Ich habe es ja gewusst«; »Sitz still«; »Lass die Zappelei«; »Antworte!«; »Schläfst du?«; »Steh auf!«; »Setz dich hin!«

Als die Mittagsglocke läutete, wusste er, er würde nicht mehr zur Schule gehen. Nie wieder. Den Nachmittag über trieb er sich auf dem Kai herum. Er stellte fest, dass noch drei farbige Jungs da waren, älter als er, und auch schwänzten. Die hatten sich gedacht, wenn sie ungefähr dann, wenn alle anderen Schüler nach Hause kamen, zum Essen aufkreuzten und morgens zur selben Zeit wie alle anderen Schüler aus dem Haus gingen, dann würde die Familie nicht merken, dass sie schwänzten. Die Post kam morgens, bevor sie zur Schule mussten, also falls der Rektor den Eltern womöglich einen Brief schrieb, konnten sie den abfangen, aufreißen und dann – tja, ganz ganz lange draußen bleiben.

In jener langen wunderbaren Woche verschwanden F. K. Jackson und Abbie und die Race und Miss Pause Dwight aus seiner Welt, von Sonne, Wind und Nebel vertrieben. Er vergaß, dass irgendetwas an seiner Hautfarbe falsch war, schlecht. Wenn es regnete, liefen alle zusammen im Gänsemarsch leise um die Last Chance herum, hockten sich dahinter in den alten, nicht mehr genutzten Hühnerstall, spielten Karten und lasen Comichefte. Aber auch wenn es regnete, gingen sie schwimmen im Fluss.

Abbie kam schließlich dahinter, durch einen höchst unabsehbaren, einen absolut haarsträubend unabsehbaren Zufall. Sie ging zum Rektor, ohne Link etwas davon zu sagen, spontan, aus einem Impuls heraus, weil sie unzufrieden mit Links Lesefähigkeit war. Sie hielt ihm ständig vor, sie habe mit zehn Jahren schon Gedichte, die Bibel, Shakespeare gelesen und verstanden, und er sagte dann, er könne besser lesen als jeder andere in seiner Klasse, daraufhin sie: »Na, in dem Fall sind das wohl alles Trottel und Schwachköpfe, denn du kannst nicht mal die Wörter in der Fibel buchstabieren, und so schreiben, dass jeder es lesen kann, kannst du auch nicht.« An der Stelle brach das Gespräch gewöhnlich ab – aber diesmal fühlte er sich so frei, der Fluss schien in seine Knochen, in sein Blut zu spülen, er fühlte sich wie Luft und Wasser und Sonne, und die Race saß ihm nicht mehr rittlings auf den Schultern, Miss Pause Dwight stichelte nicht mehr gegen ihn und die Race gleichzeitig, dass er sagte: »Na ja, Tante Abbie, andere Leute können meine Schrift lesen. Vielleicht brauchst du eine neue Brille.« Sie wurde wütend und ging zum Rektor, um zu klären, ob man nicht etwas tun könnte, um seine Lesefähigkeit zu verbessern.

Gegen halb vier nachmittags kam er wie üblich durch die Hintertür, um den Flurfußboden nicht zu bekleckern, kam pfeifend und völlig unbekümmert durch die Hintertür, er fühlte sich, als ob er innerlich grinste, breiter und immer breiter, und ermahnte sich achtzugeben, dass das Grinsen nicht im Gesicht erschien.

Abbie und F. K. Jackson warteten im Wohn-Esszimmer, Ess-Wohnzimmer schon auf ihn, und beide sahen aus, als ob sie eine Leichenwache hielten. Er wusste sofort, die Leiche war er, und sie warteten darauf, dass er endlich kam. Er erkannte es an der Art, wie Abbie mit gefalteten Händen im Schoß im Schaukelsessel saß, so still saß Abbie nie, sie häkelte oder strickte immer etwas, als ob sie keinen Augenblick Zeit verschwenden wollte und durfte. Und F. K. Jackson lehnte am Kamin, mit einem knochigen Ellbogen auf dem Marmorsims. F. K. Jacksons Zwicker glitzerte mehr als üblich.

Abbie sagte: »Link –«

F. K. Jackson fiel ihr ins Wort. »Warum warst du die ganze Woche nicht in der Schule?«

Er kam genauso direkt zur Sache wie F. K. Jackson und sagte genauso schroff: »Ich hatte es satt.«

Das war ein Fehler. F. K. Jackson erklärte, sein Fernbleiben von der Schule sei ein unredliches Ausweichmanöver, welches zu weiteren und schlimmeren Akten der Unredlichkeit führen könne, und zwar weitaus ernsteren;

das sei ja auch bereits geschehen, denn er habe sich an der Post der Vereinigten Staaten vergriffen; damit habe er den ersten Schritt in Richtung Erziehungsanstalt getan. Sie lief beim Reden ständig auf und ab und sah ihn finster an. Schließlich fuchtelte sie ihm mit ihrem langen knochigen Zeigefinger praktisch unter der Nase herum und sagte: »Du bist ein undankbarer Bengel. Genau das bist du – undankbar!«

Dann war Abbie dran und redete und redete. Über die Race. Es habe, sagte sie, einmal eine Zeit gegeben (der Begriff Sklaverei kam bei ihr nicht vor), da war es in diesem Land ein Verbrechen, farbigen Menschen Lesen und Schreiben beizubringen, und wegen dieser Phase in der Geschichte der Race gezieme es sich für jeden farbigen Menschen, sich die heute jedermann zugängliche freie Bildung zunutze zu machen. (Link lächelte, er dachte an Fishmouth Taylor und Fishmouths Kommentare über praktisch alles: freie Schulen, hübsche weiße Lehrerinnen und tumbe Nigger. Abbie war offenbar sauer über sein Lächeln, sonst hätte sie das Folgende nicht gesagt.)

Und insbesondere, sagte sie, gezieme es sich für Link Williams, einen aus lauter Herzensgüte vom Major (sie wischte eine Träne weg) und ihr selbst adoptierten Waisenjungen, jeden Tag zur Schule zu gehen und zu lernen, lernen, lernen, damit er in allem an der Spitze seiner Klasse stand und der Race Ehre mache.

Die Bühnenshow endete in einem spektakulären Schlusswirbel aus Tanzgirls und tanzenden farbigen Komödianten, brillanter Beleuchtung und Musik, die klang wie der Sturmausbruch in der Ouvertüre zu »Wilhelm Tell«, dann schloss sich der Vorhang. Im Saal gingen die Lichter an und gleich wieder aus. Der Film begann.

Er sah ein paar Minuten zu. Fand ihn langweilig. Er fragte sich, warum Frauen so gern Filme sahen. Was hatte Camilo auf der Herfahrt gesagt? Etwas über einen gut aussehenden dunklen Liebhaber. Vielleicht waren Frauen immer auf der Jagd danach, vielleicht hatten Frauen fest im Hinterkopf die Idee, dass sie den finden könnten, selbst wenn sie verheiratet waren und sechs Kinder hatten. Und das wusste Hollywood. Deshalb tauchte in jedem Film ein dämonischer Liebhaber auf, ein gut aussehender beutegieriger dunkler Liebhaber, den Frauen anderthalb Stunden lang für den ihren halten konnten. Deshalb gingen sie abends gleich nach dem Abwasch ins Puschenkino und saßen breitbeinig da, mit offenem Mund und leicht hechelnd, denn plötzlich waren sie wieder jung, hatten keinen Hüftspeck und makellos schöne, von keiner Krampfader verschandelte Beine, und der dämonische Liebhaber zog sie in seine Arme. Wenn der Film zu Ende war und das Licht wieder anging, wirkten sie immer etwas beduselt.

Camilo hielt den Blick auf die Leinwand fixiert wie vorher auf die Bühnenshow, mit derselben Konzentriertheit. Er überlegte, wie sie sich so vollkommen mit etwas identifizieren konnte, das in einem Film stattfand. Ihn hatte ein Film auch mal in eine andere Welt katapultiert, aber da war er acht gewesen, seitdem hatte er irre viele verschiedene Welten erlebt, und die hatten entschieden mehr mit ihm zu tun als irgendwas in Hollywood Zusammengerührtes. Der dämonische Liebhaber, dachte er. Ob auch Camilo noch so einem hinterherjagte? Eher zweifelhaft. Aber ob eine Theorie Hand und Fuß hatte, ließ sich wohl nur in der Praxis überprüfen? Abbie? War sie so einem hinterhergejagt? Sie hatte einen gefunden, in Gestalt des Majors. Sie hatte ihn verloren, als er starb, und danach war sie nicht mehr dieselbe gewesen. F. K. Jackson? Unvorstellbar, dass sie auf die Jagd nach einem

Partner ging, gut aussehend oder sonst was. Sie war zu schroff, zu selbstgenügsam. Vielleicht war sie ja ihrerseits der gut aussehende dunkle Liebhaber und Abbie für sie die ChinaCamiloWilliams, der Männer hinterherjagen und die sie nur selten kriegen und selbst wenn doch, nie ganz zu erobern schaffen.

Ach, zum Teufel, dachte er.

Zehn Jahre alt. Er hatte geschwänzt. Eine Woche später war er wieder in der Schule, beschämt und gekränkt. Er war kein undankbarer Bengel. Niemand hatte Abbie und dem Major vorgeschrieben, ihn zu adoptieren. Er wäre besser dran, wenn sie es gelassen hätten.

Miss Pause Dwight war immer noch sauer wegen ihrer geplatzten Minstrel Show und wütend, dass er geschwänzt hatte. Den ganzen Tag lang, jedenfalls kam es ihm so vor, sagte sie: »Ich habe es ja gewusst«; »Kannst du bitte aufwachen, Link?«; »Bist du taub? Ich habe dich etwas gefragt.«

Er wollte jetzt nichts mehr lernen. Es nützte ja doch nichts. Vielleicht vergaß sie ihn, dachte er, wenn er sich benahm, als wäre er taub, stumm, blind. Sie beschwerte sich beim Rektor, er sei total unansprechbar. Der Rektor bestellte ihn ein und drängte ihn, sich anzustrengen. »Du bist doch ein heller Junge, Link. Du kannst alles, wenn du es willst.«

Miss Pause Dwight beschwerte sich noch einmal und erklärte, er könne nicht in ihrer Klasse bleiben. Der Rektor bestellte Abbie zu sich, holte Link dazu und erklärte beiden, dass Link bald in eine Klasse für geistig Zurückgebliebene müsse, für die Doofies, wie die Schüler sagten, weil er sich verhalte, als ob er schwachsinnig wäre. Er benahm sich trotzdem weiter, als ob er taub, stumm, blind wäre.

Abbie weinte. F. K. Jackson keifte. Ständig redeten sie über ihm, debattierten über ihn, sogar wenn er im Zimmer war.

Abbie: Vielleicht ist er krank.

F. K. Jackson: Das glaube ich nicht. Er frisst wie ein Pferd. Wenn er krank wäre, würde er nicht fressen wie ein Pferd.

Abbie: Ich hole Dr. Easter.

F. K. Jackson: Sei nicht albern. Geh mit dem Jungen in die Praxis. Kostet einen Dollar weniger. Abgesehen davon, er hat überhaupt nichts.

Dr. Easter drückte und schnupperte an ihm herum, wog ihn, maß ihn und sagte: Er ist ein prima Exemplar, wenn ich je eins gesehen habe. Hat überhaupt nichts, Mrs. Crunch.

Abbie berichtete es F. K. Jackson mit leichtem Tremolo: Vielleicht stimmt mit seinem Kopf etwas nicht, Frances. Denkst du, mit seinem Kopf stimmt etwas nicht?

F. K. Jackson schnaubte: Das ist reiner Dickkopf. Er ist stur wie ein Maulesel. Irgendjemand müsste ihm ... was immer sie sagen wollte, blieb ungesagt.

Er durfte eigentlich nicht in die Last Chance, außer samstags, das war eine Art Kompromiss, den F. K. Jackson mit Bill Hod ausgehandelt hatte. Er ging trotzdem hin. Eines Mittwochs. Spätnachmittags.

Weak Knees sagte: »Hallohi, Sonny. Kommst grade richtig. Hab hier 'n Topf Wildreis. Mitten am Nachmittag, so wie jetzt, kriegt ein Mann den ganzen roten Reis hier verputzt und dreht sich um und will dasselbe noch mal.« Er stellte einen vollen Teller Wildreis auf den Tisch. »Na los, Sonny, Mund auf, hau einfach rein.« Dann sah er zu Link, sah ihn genau an und sagte: »Was'n los, Sonny? Siehs' gar nicht gut aus.«

Der Reis auf dem Teller wurde kalt, während Link erzählte – von den Tauben und den schwarzen Vögeln, von

Miss Pause Dwight und der Minstrel Show und Sambo, der in der Sonne sitzt. Bill kam in die Küche, schaufelte sich einen Riesenteller mit Reis voll, zog einen Stuhl heran, setzte sich dazu, sagte nichts, aß einfach roten Reis und hörte zu, was Link über die Race erzählte und dass er für alle anderen Mitglieder der Race verantwortlich sei, obwohl er die gar nicht kannte; und dass er das nicht mehr sein konnte, dass es ihn irgendwie lähmte, weil er nie wusste, ob er etwas tat, weil er, Link, das tun wollte, oder ob er etwas bloß wegen seiner unerwünschten Hautfarbe tat, was ja bedeutete, dass er nicht selbst in der Hand hatte, was er tat, es passierte einfach.

Plötzlich fing Bill an zu reden. Er erzählte von den Chicago Riots. Link setzte sich hoch und lauschte, lauschte. So etwas hatte er noch nie gehört.

Bill erzählte von Ma Winters, einer alten Frau, die in der Chicagoer South Side Zimmer vermietete, und dass weiße Männer ihr die Tür eingetreten hatten und in den Flur gestürmt waren, und dass Ma Winters oben auf der Treppe gestanden und das Gewehr durchgeladen hatte und ohne zu schreien, ohne laut zu werden, fast im Plauderton gesagt hatte: »Den ersten weißen Bastard, der seinen Fuß auf die unterste Stufe setzt, knall ich ab.« Und geschossen hatte. Und gelacht. Und wieder angelegt und gesagt. »Na los, wer von euch Hundesöhnen möchte noch seinen weißen Fuß auf die Stufe stellen?« Und sie waren rückwärts zur Tür raus, rückwärts zur Tür raus und immer weiter rückwärts zur Tür raus und hatten einen Weißen, einen weißen Mann tot im Flur liegen lassen, auf dem Rücken, nur blutiger Matsch, wo sein Gesicht gewesen war.

Es klang wie eine Geschichte, einfach eine gute Geschichte, eine aufregende Geschichte, trotzdem war Link sicher, dass sie eine tiefere Bedeutung hatte, die er nicht zu fassen bekam. Die alte Frau, die mit einem Gewehr oben auf der Treppe stand und einen weißen Mann erschoss und drohte, noch mehr weiße Männer zu erschießen, schleppte ganz bestimmt nicht die Race auf den Schultern herum. Und die Race-Last wurde ein bisschen leichter auf seinen Schultern.

Am nächsten Tag sagte Abbie, wenn er wolle, könne er wieder in die Last Chance ziehen. Er hatte keine Ahnung, was das sollte, aber er zog freudig zurück nach gegenüber.

Kurz darauf stattete Bill der Schule einen Besuch ab. Und gleich danach fiel Link auf, dass Miss Pause Dwight plötzlich nett zu ihm war; komischerweise bezeichnete sie Bill als seinen Onkel Mr. Hod.

Weak Knees und Bill schulten ihn um in Sachen Race. Nach dem Abendessen setzte sich Weak Knees an den Küchentisch und las Zeitung, ein Klatschblatt. Er faltete es auseinander, legte es vor sich und ging mit dem Finger durch die Spalten. Wenn er etwas Interessantes fand, nahm er das Blatt hoch. Link sah nur die rosa Vor- und Rückseite, die fetten schwarzen Lettern und Weak Knees' dunkle Hände wie ein Muster auf dem rosa Papier. »Gottsnahm, Sonny, hör dir das an. Da is'n Bankschwengel, 'n ganz normaler kleiner weißer Schlaumeier, frei natürlich, is ja weiß, und der klaut sich fümmdreißighunnert Dollar. Haut sich selber inne Pfanne, jetzt kann er keine kleine Püppi mehr knuddeln und muss den Fraß essen, den sie ihm im Knast hinknallen, für'n Rest von sei'm Irdischen – wehng fümmdreißighunnert Dollar. Echt schlau, die Weißen. Tchi-hi-hi.« Sein hohes käckerndes Gelächter klang durch die ganze Küche. Link hatte noch nie jemanden einen Weißen auslachen hören, und anfangs war ihm unwohl dabei.

Weak Knees kaufte ein Vogelhäuschen und hängte es hinter der Last Chance in einen Baum, hängte einen Talgring dazu und streute Brotkrümel aus.

»Das is für meine schwarzen Jungs«, sagte er. »Achte

ma auf die schwarzen Jungs, Sonny. Die scheuchen jehn andern Vogel weg. Tchi-hi-hi. Sehn auch am besten aus von alle. Guckema, die Schwanzfedern und die Brussfedern, wie die inner Sonne glänzen. Guckema, wie der große den andern hackt. Guckema! Guckema! Tchi-hi-hi.«

Schwarz sieht am besten aus. Ein völlig neuer Gedanke. Er bebrütete ihn. Unmöglich. Schwarz ist doch böse. Satan ist schwarz. Wenn Abbie von Schwarzen redete, dann mit Verachtung in der Stimme. Schwarz war unerwünscht. Das schwarze Schaf – das nichtgute. Die schwarze Katze – bringt Unglück. Schwarz war hässlich, böse, schmutzig, zu meiden. Das trug man auf Beerdigungen. Hieß also auch Tod.

Weak Knees und Bill Hod bewiesen ihm, dass schwarz auch etwas anderes ein konnte. Ganz beiläufig. Das beste, härteste Holz ist Ebenholz, das war schwarz. Virginia Ham war der beste Schinken. Der war außen schwarz. Smokings und Fräcke waren schwarz, und die feinste, teuerste Männerkleidung. Man brauchte für fast jedes Fleisch und Gemüse Pfeffer, damit sie schmeckten. Und der Pfeffer mit dem besten Geschmack war schwarz. Der beste Kaviar war schwarz. Die seltensten Edelsteine waren schwarz: schwarze Opale, schwarze Perlen.

Nach einem Monat Leben mit Bill und Weak Knees fühlte er sich prima. Fühlte er sich sicher. Schämte er sich nicht mehr für die Farbe seiner Haut. Einmal nahm er morgens einen Stein mit zur Schule. Am Rasen blieb er stehen, zielte er auf die fetteste Taube und traf. Gekreisch. Flügelschlagen. Die anderen Tauben flatterten hoch und waren weg. Die fetteste lag auf der Seite. Wollte auch fliegen, schlug mit den Flügeln und lag still.

Da begriff er, was die Geschichte von Bill zu bedeuten hatte: Wenn man angegriffen wird, muss man zurückschlagen. Sonst stirbt man.

Die dicken langen Vorhänge bedeckten wieder die Leinwand in der Radio City Music Hall. Die Lichter gingen an.

Camilo drehte sich zu ihm. »Du hast überhaupt nicht hingeguckt. Mochtest du den Film nicht?«

Er zuckte die Schultern. »Ich gucke manchmal meine eigenen Filme.« Er half ihr, den langen braunen Pelz wieder um die Schultern zu drapieren, stand auf und wartete, bis sie auch die weißen Handschuhe angezogen hatte. »Wo möchtest du essen gehen?«, fragte er.

»Ich kenne ein Lokal nicht weit von hier. Das Essen ist wunderbar. Da könnten wir doch hingehen.«

Sie spazierten die Fifth Avenue hoch. Die Leute, dachte er im Vorbeigehen, stemmten sich hier anscheinend sogar zu dieser Tageszeit noch mit aller Kraft gegen die Stadt, gegen die betonierten Bürgersteige, gegen die Wolkenkratzer und die dampfige Hitze da drin; im Innern immer diese luftabschneidende trockene Hitze, draußen auf der Straße die gleiche knochenklirrende Kälte wie in Monmouth – klamm, durchdringend.

Wahrscheinlich waren die Leute, an denen sie vorbeikamen, auch alle auf dasselbe versessen, eilten demselben Traum nach, jagten ihm die Fifth Avenue rauf und runter hinterher. Er dachte an Wormsley, G. Granville Wormsley, seinen Kommilitonen im Dartmouth College. Einmal waren Wormsley und er die Fifth Avenue entlanggeschlendert und zwischendurch manchmal stehen geblieben, Schaufenster ansehen, genau wie Camilo jetzt. Nur dass Wormsley immer Jagd auf Bilder und Bücher gemacht hatte, Camilo dagegen machte Jagd auf Kleider und Schuhe und Schmuck, jedenfalls blieb sie bei denen am längsten stehen und musterte sie mit schräg gekipptem Kopf.

Link sagte: »Vor ungefähr fünf Jahren bin ich hier mit einem Freund langgegangen, Wormsley heißt er. Er hat ein paar Auslagen betrachtet, dann hat er gesagt: ›Deshalb ist Vater hierher gekommen, und deshalb bleibe ich hier. Ich gucke in diese Schaufenster, gehe in diese Läden und bin wieder fest überzeugt, dass ich diese Stadt erobern kann. Der Blick auf die Beute in solchen Fenstern ist das, was die Leute in New York hält.‹ Ungefähr ein Jahr danach kam er nach Monmouth, um sich von mir zu verabschieden. Es sei hoffnungslos, sagte er, gegen New York könne niemand gewinnen, und weil er darauf keine Lust hatte, ging er nach London. Sechs Monate später war er wieder da. Warum er weggegangen war, wusste er selber nicht, sagte er, aber er würde nie mehr weggehen, denn wenn er schon verlieren müsse – inzwischen war er über den Ausgang nicht mehr so sicher –, dann lieber in New York, mitten in Frost und Kälte, mitten im einzigen anderen Wetter, das die Stadt zu bieten hatte, Hitze Hitze Hitze, als irgendwo sonst auf der Welt zu überleben, von gewinnen ganz zu schweigen.«

Camilo war stehen geblieben und betrachtete ein rotes Abendkleid an einer der unglaublich dünnen, auf natürlich gemachten Puppen, die Kaufhäuser immer ins Schaufenster stellen. Die hier war eine Sitzfigur mit übereinandergeschlagenen langen dünnen Beinen und vorgebeugtem Rumpf. Auch Link betrachtete sie und dachte: Kann ja sein, dass Sambo immer noch in der Sonne sitzt, in der Radio-City-Sonne sitzt, und schläft, aber Mrs. Sambo sitzt heutzutage in Schaufenstern von Fachgeschäften für exklusive Kleidermode. Irgendein gelernter und gelehriger Könner lässt solche Schaufensterattrappen aussehen wie farbige Frauen, die Haare sind kraus, die Haut ist nicht mehr rosa oder weiß, sondern gilbweiß wie bei Mulatten. Oh wundersame Welt.

Camilo sagte: »Was wollte dein Freund Wormsley denn gewinnen?«

»Hab ich ihn auch gefragt. Er hat gesagt: ›Alles. Die ganze Stadt. Ich will sie kontrollieren.‹ Und dann: ›Ich will Königsmacher werden, nicht König, verstehst du, Königsmacher.‹ Königsmacher Wormsley.«

»Oh, ein Faschist im Herzen.«

»Nein«, sagte Link bedächtig, »dann könnte er die anderen Marotten nicht haben. Ein Faschist in seinem Wunsch nach Macht – ja, aber sind wir das nicht alle? Auch du und ich? Würdest du mich nicht auch irgendwann kontrollieren wollen? Und ich will dich natürlich jetzt schon kontrollieren.« Und du, Kleine, hast einen irren Drang nach Macht, einen Machttrieb, auch wenn du das offenbar nicht weißt. »Das macht uns noch nicht zu Faschisten.«

Sie fragte: »Und, ist er Königsmacher geworden?«

Sie bogen von der Fifth Avenue ab in Richtung Osten.

Link sagte: »Im Kleinformat schon. Wenn er lange genug lebt, wird er einer im Großformat.«

»Was macht er?«

»Er ist Psychiater, ein verdammt guter.«

Er musterte die Straße vor ihnen. Mal sehen, dachte er, wo findet die kleine Exquisite wahrscheinlich das Essen wunderbar? Bestimmt in dem Restaurant mit den gestreiften Markisen über dem ganzen Bürgersteig, zur Schonung der aus Limousinen und Taxis quellenden Seidenhüte und Schoßhündchen, wo Immergrünes in roten Töpfchen steckt, wo der Türsteher in pflaumenblauer Uniform bis in die Haltung hinein dasteht wie der Hüter der Himmelspforte und die Schafe schon von den Ziegen trennt, bevor sie nahe genug zum Anklopfen kommen. Je, nun, fürwahr, viele sind berufen, aber wenige sind auserwählt.

Er hatte recht. Sie sagte: »Da sind wir«, schob ihre Hand unter seinen Arm und lenkte ihn genau unter die gestreifte Markise.

Der Oberkellner, nein, Geschäftsführer, nein, Besitzer, was zum Teufel er war, stand in der Tür, klein, dunkelhäutig, im Abendanzug, und begrüßte die Gäste, die auch Abendkleidung trugen. Beim Anblick von Camilo machte er einen Diener bis fast auf den Boden. »Mademoiselle! Welch Freude! Wir haben Sie schon vermisst!« Er sprach mit französischem Akzent, wie Old Madame Tay-tay, jahrelang die einzige farbige Katholikin in den Narrows.

Link erinnerte sich, dass er sie oft beobachtet hatte, wenn sie auf ihrer Türtreppe saß und kaum hörbar murmelnd ihren Rosenkranz befingerte. Sie nickte oft zwischendurch, wobei ihre langen goldenen Ohrringe hin- und herschlenkerten und laut klimperten. Die Kinder behaupteten, sie sei in New Orleans geboren, und sie sei Kreolin und also weder farbig noch weiß. Später erzählten sie ihm außerdem, dass sie, kurz bevor sie starb, auf Französisch gebetet hatte. Er hatte noch lange danach gegrübelt, wie Gott, den er immer für einen Protestanten und Amerikaner gehalten hatte, sie verstehen konnte, sich aber nicht getraut, Abbie zu fragen, sie hätte die Frage vielleicht als blasphemisch abgetan.

Camilo sagte: »Ich war unterwegs, Georges. In Dallas.«

Nach einem kurzen süffisanten Blick auf Link verbeugte sich Georges noch einmal, diesmal allerdings nicht ganz so tief, und sagte: »Monsieur! Welch Freude! Hier entlang.«

Georges geleitete sie persönlich durch das Restaurant, vorbei an den Tischen, den Blumen auf den Tischen, den brennenden Kerzen auf den Tischen, vorbei an getönten Wandleuchten und durch gedämpfte Stimmen und gedämpftes Lachen. Es war warm im Restaurant. Link fing Duftwölkchen auf, Parfüms von Frauen in Abendgarderobe. Sie kamen vorbei an einer kleinen Bar, und dort roch es schwach nach alkoholischen Getränken, ein fremdartiger Geruch in diesem warmen parfümierten

Raum, der altvertraute Geruch aus der Last Chance, aus dem Moonbeam in diesem Restaurant für die sehr Reichen. Alle Katzen grau ...

Sie gingen ein paar Stufen hoch in einen kleinen Raum, wo ein Tisch für zwei gedeckt war.

Georges sagte: »Ich hoffe, alles ist in Perfektion, Mademoiselle, Monsieur. Ihr Ober ist sofort bei Ihnen. Ah, da ist er schon.«

Die Speisekarten waren riesig und aufwendig dekoriert. Die könnte man auf Pappe ziehen und rahmen lassen, dachte Link, die würden auch an den Wänden der Grand Central Station Furore machen. Und bei diesem dürren langen Mann im Frack, der uns bekellnert, verstehe ich, wie sich Weak Knees fühlt, wenn er: »Hau ab, Eddie. Gottverdammt, hau ab«, sagt. Wenn der mir weiter in den Nacken atmet, sage ich das auch.

Camilo bestellte: »Gebratene Ente, einen Salat und etwas Gemüse. Broccoli als Gemüse.«

Link gab dem Kellner die übergroße Karte zurück. »Steak und was immer ein Amerikaner nach Ansicht Ihres Küchenchefs zum Steak essen sollte.«

Der Kellner ging, und Link fragte: »Hast du hier reserviert?«

Sie lächelte ihn an. »Ja, habe ich. Ist das in Ordnung?«

Er nickte und dachte: In Ordnung ist das aus deiner Sicht und in deiner Welt. Und total falsch von meinem Platz aus gesehen.

Das Essen war gut, auch wenn der Chefkoch von M. Georges nicht in derselben Liga spielte wie Weak Knees, aber das war zu erwarten. Von Gemüse verstand er nicht so viel, vom Potenzial der bescheidenen Kartoffel überhaupt nichts. Aber er verstand eine Menge von Steaks.

Beim Essen erzählte Link Camilo von Weak Knees und seiner neuen Spaghettisoße und von Jubines Behauptung, wenn jeder Küchenchef mit gepökeltem Schweinebauch arbeiten würde, wäre der demnächst knapp, ohne groß nachzudenken, was er erzählte, er plauderte einfach und musterte ihr Gesicht. Im flackernden Kerzenschein bekamen ihre blauen Augen eine dunkle, unidentifizierbare Farbe und die blassgelben Haare einen zusätzlichen Glanz, sie schillerten förmlich in dem tanzenden flackernden Licht.

»Jubine?«, sagte sie. »Der Fotograf? Den kenne ich auch.«

Freude in der hellen musikalischen Stimme, Freude in ihrem Gesicht, Jubine war ein Bindeglied, ein gemeinsamer Bekannter, ihre Welten kamen sich näher, weil sie beide Jubine kannten. Er dachte: Motorrad, GI-Stiefel, Zigarre im Mund, immer neugierige Augen – woher kannte sie Jubine?

Sie sagte: »Er macht manchmal Modeaufnahmen für mich. Sie sind absolut wundervoll. Aber Models und Kleider fotografiert er nicht besonders gern.«

Als sie zu Ende gegessen hatten, sagte Link: »Ich bitte mal um die Rechnung, damit wir hier in der nächsten Stunde noch rauskommen.«

Sie sagte: »Ah, eine Rechnung gibt's nicht. Das läuft fast andersherum. Wenn er dürfte, würde Georges mich dafür bezahlen, dass ich hier esse.«

»Pass mal auf!«, sagte er. »Wenn Georges gern bezahlen möchte, dass du hier isst, schön, dann gilt das für dich. Für mich gilt das nicht. Ich werde meinen Teil bezahlen.«

»Oh, nein, das darfst du nicht.«

Er klingelte nach dem Ober und zog das Portemonnaie aus der Tasche.

»Link«, sagte sie, »mach keine Szene.«

»Szene?«, sagte er. »Keine Szene? Was meinst du damit? Was für eine Art Szene würde ich denn deiner Meinung hier machen?« Sambo saß noch immer in der Radio City Music Hall in der Sonne, und womöglich saß er auch in Camilos Kopf noch immer in der Sonne und schliff sein Rasiermesser.

»Eine, bei der du unbedingt etwas bezahlen willst, das nicht bezahlt werden soll, dafür müsstest du nämlich unangenehm werden. Georges wird kein Geld von dir nehmen. Du müsstest ihn schon zwingen, es … und …«

Er steckte das Portemonnaie wieder ein. Georges wird kein Geld von dir nehmen. Warum würde Georges kein Geld von ihm nehmen?

Der lange dürre Ober erschien. »Ja, Sir«, verbeugte sich und hing ihm wieder über der Schulter.

Camilo sagte schnell: »Wir hätten gern heißen Kaffee.«

Sie hatte ihren Willen bekommen und lächelte Link an. »Lass uns das wieder machen. Nächsten Sonntag.«

»Ins Kino gehen und hinterher hier essen?«

Sie nickte. »Also hat es dir gefallen!«

»Und wenn wir nächsten Sonntag wiederkommen, hast du vermutlich auch schon bestellt, was ich essen soll.«

»Natürlich nicht? Wieso das denn?« Sie starrte ihn an, und aus ihrem Gesicht war plötzlich das Lachen, die Fröhlichkeit verschwunden. »Du findest, ich bin …«

»Der einzige Grund, warum ich das alles hier hinnehme«, er zeigte auf den Tisch, die Blumen, die Kerzen, die bedeckten Silberplatten, die Weingläser, »ist, also, ich glaube, ich bin in dich verliebt. Und entweder wir spielen das auf meine Art und kreuzen hier mit einem Heuwagen oder Trecker und sonstwas für einem Fuhrwerk auf, das ich besorge, oder – wir hören auf.«

»Dann hören wir, glaube ich, lieber auf«, sagte sie monoton.

Beim Hinausgehen fragte Georges: »War alles in Ordnung, Monsieur?«

Link antwortete: »Oh, gewiss. Alles war in Perfektion«, unbewusst den Akzent von Madame Tay-tays nachahmend. Zwei Gangplätze, besorgt von der Dame. Hinterher Dinner. Im Separee, besorgt von der Dame. Menü offensichtlich bezahlt von der Dame. Plantagenbulle. Ist wie viele Generationen alt? Ach, vielleicht vier. Vier Generationen übersprungen, und er taucht als Gigolo wieder auf. Objektiv beim Thema Race? Nein, zum Teufel! War nie jemand. Nicht in den USA.

Georges sah ihn scharf an. »Monsieur hat ein exzellentes Gedächtnis.«

Camilo sagte: »Es war alles perfekt, Georges. Vielen Dank und gute Nacht.«

»Gute Nacht, Mademoiselle. Gute Nacht, Monsieur.«

Sie schwiegen beide den ganzen Weg zurück nach Monmouth. Er hielt auf der Franklin Avenue, stieg aus und schlug die Tür zu. Er hatte, seit sie aus New York abgefahren waren, gegrübelt, was er sagen sollte. Am Ende sagte er nur so schlicht wie unpassend: »Auf Wiedersehen«, und war sicher, sie nie wieder zu sehen.

Vier Abende später. Mitternacht. Er kam aus der Last Chance, schlug den Mantelkragen hoch, lauschte missmutig dem Wind, der durch das Geäst des Henkers heulte, und dachte: Es ist verdammt zu kalt heute Nacht, um wieder durch die Straßen zu streunen. Der Wetterdienst hatte den plötzlichen Temperatursturz vorhergesagt, er gehörte zu einer aus Kanada hereinströmenden Kaltluftmasse. Besagte Masse hatte ihre Ankunft vor drei Tagen angekündigt, seitdem sank und sank das Quecksilber in den Thermometern, drehte und drehte der Wind; jetzt war sie offensichtlich angekommen, mitsamt der buckligen Verwandtschaft einschließlich Uropa und Vettern x-ten Grades.

Er sah die Dumble Street hinunter. Sie war düster und menschenleer wie eben eine Kleinstadtstraße nach Eintritt der Sperrstunde. Alles war zu, verschlossen, alle Lichter aus. Die anderen Straßen in den Narrows waren mit Sicherheit genauso dunkel und still. Er wusste es, er war sie die letzten drei Nächte entlanggelaufen, nirgendwohin, einfach nur gelaufen, in der Hoffnung, wenn er ins Bett ging, hundemüde zu sein und sofort einzuschlafen und nicht von ihr zu träumen.

Er war gelaufen und gelaufen, dem Klang seiner eigenen Schritte, ihrem Echo hinter ihm auf dem Bürgersteig nachlauschend, als ob er gegen die imaginäre Ausgangssperre verstoßen wollte, die längst jedermann nach Hause gescheucht hatte. Aber egal, wie weit er lief, wie müde er wurde, nie erreichte er sein Ziel, den traumlosen Schlaf.

Der Traum war immer derselbe. Er kam gegen Morgen. Er war so real, er hätte schwören können, dass sie neben ihm lag, dass sie die Arme um ihn geschlungen hatte, er glaubte, die Wärme ihres Körpers zu spüren, und drehte sich auf die Seite, drehte sich zu ihr. Ein hinreißender, wunderschöner Traum. Der unschöne Teil kam, wenn er wach wurde. Der Traum war noch ganz lebendig, Traum und Begehren und Wirklichkeit unauflöslich verflochten, und er lag da im frühen Morgengrauen, noch nicht taghell und nicht mehr dunkel, und streckte die Hand aus, in der Erwartung, sie neben sich zu haben, greifbar nahe.

Jeden Morgen, wenn er aufwachte und merkte, dass sie nicht da war, bekam er ein Verlustgefühl, so real, dass es wehtat. Er versuchte, den Schmerz zu lindern, zu bannen, indem er sie vor seinem inneren Auge wiedererschuf, die Umrisse ihres Gesichts, die seidigen Haare, die geschwungenen Brauen, die tiefblauen Augen, die absolute Vollkommenheit ihres Mundes und ihrer Nase, das Lächeln, mit dem sich ihr Gesicht aufhellte, den hinreißenden Duft ihres Parfüms. Und wurde dann mürrisch, wollte sie vergessen. Aber statt sie zu vergessen, sie aus dem Kopf zu verbannen, erinnerte er sich weiter an sie, ihren Gang, die helle melodiöse Stimme.

Er wusste, er würde sie nie vergessen. Er würde weiter nachts von ihr träumen und tagsüber an sie denken, für immer und ewig. Oder auf einer kalten windigen Straße stehen, regungslos, gedankenversunken wie jetzt gerade, weil ihn plötzlich die Erinnerung an sie überfiel.

Er hörte die Äste des Henkers knacken und dachte: Es ist verdammt zu kalt, hier herumzustehen wie das Mondkalb, hier ist kein Mondgarten, du bist kein kleiner Junge mehr, bloß wie Hans Kraut, Hans Kraut, genauso dumm, wie er schaut. Er ging schnell auf die andere Straßenseite zu Abbies Haus, im Ohr den Klang seiner Schritte und das Knack-knack des Henkers, so laut, dass er hochsah, dicht über seinem Kopf die Äste des Henkers sich biegen und wiegen sah, dachte: Schwer, schwer hängt es über den Köpfen, was tust du, um es auszulösen, auszulösen, du kannst es nie mehr auslösen, hast es verloren, nicht verloren, weggeworfen, aus freien Stücken, hat niemand verlangt, du halsstarriger …

Er ging die Stufen zu Abbies Haus hoch und legte die Hand auf das gusseiserne alte Geländer, es war kalt unter der Hand, dann drehte er sich um, warf einen Blick zurück auf den Fluss und sah ihr Auto unter der Laterne an der Ecke. Er ging zur Dock Street.

Die junge Frau stieg aus, und er blieb stehen, sah zu, als sie auf ihn zukam. Der Wind wehte ihr die Haare ins Gesicht. Er spürte, wie es ihm die Kehle zuschnürte, er konnte nicht schlucken, hätte, selbst wenn sein Leben davon abhinge, in diesem Moment nichts sagen können. Als sie näher kam, hatte er das Gefühl, dass der Kloß in seinem Hals immer höher stieg und anschwoll.

»Hallo«, sagte sie. Leuchtendes lebhaftes strahlendes Gesicht. »Ich bin wieder da.«

»Du hast mir gefehlt.« Er legte ihr die Hände auf die Arme. Er hatte sie noch nie angefasst, und sie sah zu ihm auf, die Augen jetzt noch dunkler als in seiner Erinnerung, vielleicht nur, weil es ein so dunkler Winterabend war.

Sie sagte:»Link …«, und es klang wie eine Frage.

Er zog sie an sich, sah ihr ins Gesicht, dachte: Gewinnen oder verlieren, alles oder nichts, friss oder stirb. Dann beugte er sich hinunter und küsste sie und fühlte, dass ihre Lippen antworteten, fühlte, wie sich ihr weicher warmer Mund langsam öffnete.

Schließlich sagte sie: »Sollen wir noch mal dahin, wo wir angefangen haben, ins Moonbeam?«

»In Ordnung.« Hoffentlich klang das sachlich, aber er bezweifelte es. Gewinnen oder verlieren. Und er hatte gewonnen. Er hatte einen langen Anlauf genommen, war gesprungen und auf die Füße gefallen. Er hatte MamiePowtherChinaCamiloWilliams gewonnen, endgültig. Das wusste er und bekam noch immer kaum Luft.

In der Tür vom Moonbeam bleiben beide stehen, sagten nichts, sahen sich nur um. Er sah, dass sich Old One-One durch den rauchverhangenen Raum auf zwei junge Männer zupflügte, zwei dunkle junge Männer, vielleicht umarmten sie sich gerade leidenschaftlich, schwankten von der Kraft des Gefühls, mit dem sie sich fest und eng und heftig in den Armen hielten.

Ob das ein plötzlich Anfall von Liebe war? Nein. Es war Hass. Einer der beiden hatte ein Messer und –

»Wir gehen da nicht rein«, sagte er, drehte Camilo um, geleitete sie aus der Tür, schob sie sanft aus der Tür, widerstand dem Impuls, sein Gesicht in ihren Haaren zu vergraben, dachte: Der Sprung ist für jeden zu weit, vom Séparée eines französischen Restaurants in der Mid Eastside von New York zu Old One-One und dem Moonbeam Café auf der Franklin Avenue von Monmouth.

»Wo gehen wir denn sonst hin?«, fragte sie. Sie sah ihm direkt ins Gesicht, musterte es, genauso wie er kurz vor dem Kuss ihres gemustert hatte.

Er schwieg und beobachtete sie, denn sie traf gerade eine Entscheidung. »Und?«, sagte er.

Sie griff seinen Arm und legte ihre Hand in seine. Sie schlenderten denselben Weg zurück, die Franklin Avenue entlang und in die Dumble Street. Er roch das Parfüm, das sie aufgelegt hatte, schwach, süß. Er dachte: Übernachtung anderthalb Dollar, schäbige Hotels, schmuddelige Fremdenheime, Zimmervermietung auf der Franklin Avenue, One-Night-Stand, es riecht nach Petroleum, nach Hund, nach Mensch.

Er sagte: »Hier lang.«

Sie gingen zur Dumble Street Nr. 6, stiegen die Stufen hoch. Er schloss auf. Nicht das geringste Geräusch, nicht mal, als sich die Verriegelung im Schloss drehte. Dann standen sie im Flur, das einzige Licht kam von dem, was Abbie die Nachtlampe nannte, eine auf Strom umgerüstete altmodische Öllaterne mit Marmorfuß. Im Schummerlicht waren die lange Treppe zu erkennen, der Teppich darauf und die Kurve, auch der gebohnerte Parkettboden. Er machte eine kleine Drehung und erkannte den Gehstock des Majors mit dem glänzenden Goldgriff an seinem gewohnten Platz im Hutständer, den glänzenden Seidenhut des Majors, den Abbie jeden Morgen bürstete, die glänzenden Walnussrückenlehnen der beiden viktorianischen Stühle und ihre Umrisse vor der gestreiften Tapete. F. K. Jackson fiel ihm wieder ein, wie sie anscheinend zur Tapete gesagt hatte: »Der Major ist tot.«

Er dachte, etwas hätte sich bewegt, dachte, sein Blick hätte die Ausläufer einer Bewegung aufgefangen, etwas sich Bewegendes, eine Geste, irgendetwas im tiefen Schatten des Treppenabsatzes, und sah sofort hin. Da war nichts. Auch nicht das geringste Geräusch, nirgends im ganzen Haus. Vielleicht lag es an der Stille, die über dem Haus lag, vielleicht an der Vorsicht, mit der er die Tür aufgeschlossen hatte, jedenfalls hatte die junge Frau kein Wort gesagt, sagte auch nichts, als er die Tür zu seinem Zimmer öffnete und das Licht anschaltete.

Dann sagte sie: »Ich liebe dich, ich liebe dich, liebe dich.«

Heiligabend waren sie in Harlem. Es schneite. Sie kauften eine Zeitung an einem Kiosk, und er drehte sich zu ihr und betrachtete sie und den Schnee, der auf den weichen braunen Pelzmantel fiel, auf ihre Nasenspitze, auf die blassgelben Haare, auf das schwarze Samtfetzchen, das als Hut diente. Und gab ihr, einfach so auf der 125th Street Ecke Seventh Avenue, einen Kuss auf die Nasenspitze – er konnte nicht anders. Der rotgesichtige Zeitungshändler, der sie beobachtet hatte, lehnte sich aus dem Kiosk: »Mister, was immer ein Mann sich nur wünschen kann für fröhliche Weihnachten, steht neben Ihnen.«

Camilo lächelte ihn an: »Ihnen auch fröhliche Weihnachten!«

Link dachte: Wir sind beide in dem Stadium, in dem man alle Welt liebt, Zeitungshändler und Liftboys und Busfahrer und Putzfrauen und Bettler – alle und jeden, die gerade nicht so trunken vor Wonne sind wie wir. Am liebsten würden wir sie versprühen.

Er griff in die Tasche, als wäre er Millionär und pflückte jeden Morgen vor dem Frühstück Dollarscheine vom Henker, reichte dem Zeitungsmann einen Fünfer und sagte: »Gehen Sie einen trinken. Beziehungsweise, hier ist noch einer, Mack. Gehen Sie zwei trinken.«

Zu Camilo sagte er: »Weihnachtsgeschenk«, und küsste sie noch einmal.

Sie sagte: »Fröhliche Weihnachten, Liebling!«, und hielt ihm eine viereckige, in grünes Papier gewickelte kleine Schachtel hin. Sie war verschnürt mit einem silbernen Band, und in der Mitte prangte ein Weihnachtsstern.

Er nahm die Schachtel entgegen, vorsichtig, und balancierte sie auf den Fingerspitzen.

»Camilo, willst du mich heiraten?« Mit weicher Stimme, liebkosender Stimme.

Hinterher überlegte er, warum er das gefragt hatte. Lag es an dem eindeutig neidischen Blick des Kioskmannes, als er sich hinausgelehnt und ihnen zugesehen hatte, die Ellbogen auf einem Stapel Zeitungen, der massige Körper als Silhouette vor den grellbunten Titelseiten der Schundhefte, mit denen der Kiosk vollhing? Oder lag es am Schnee? Überall war Schnee, auch auf dem Bürgersteig, er fiel schnell, deckte jeden Fußabdruck zu, kaum dass ihn jemand hinterlassen hatte, Schnee machte das leuchtende Rot-Grün der Ampeln weicher, Schnee dämpfte Geräusche, verwandelte Harlem in einen Ort der Verzauberung, wie in Grimms Märchen, nein, wie bei Andersen, Schnee und Eis gehörten zu Andersen. Kaum Leute auf der Straße. Kein Verkehr. Alle sind zu Hause und haben Licht an; die Häuser und Wohnungen sind jetzt alle erfüllt von etwas Sonderbarem wie Hoffnung, wie Freude, wie Liebe, und Kinder sind da ... und Weihnachtsbäume ... und Geschenke zuhauf.

»Camilo, willst du mich heiraten?«, sagte er noch einmal.

Sie strich ihm mit den Fingerspitzen über die Wangen, dann schlang sie ihm die Arme um den Hals und flüsterte ihm ins Ohr: »Eines Tages. Wenn der Frühling kommt. Die Zeit des Vogelgesangs. Ja.«

»Warum nicht jetzt?«

»Die Leute wären sicher, dass ich dich nur geheiratet hätte, um es warm zu haben.« Sie kicherte. »Um warme Füße zu haben. Und sie hätten recht.«

Lachend standen sie an der Ecke 125th Street und Seventh Avenue, mit dem nassen Schnee im Gesicht, mit dem kalten Schnee im Gesicht.

Verliebt in die Liebe, dachte Link. Lag es daran? Nein. Verliebt in CamiloWilliamsChinaMamiePowther? Nein. Verliebt in Camilo Williams.

10

Samstag. Malcolm Powther hatte Feierabend, ziemlich früh sogar. Er stand in einem Nebeneingang von Treadway Hall und versuchte, den Schirm aufzuspannen. Immer wieder drehte sich der Wind, drückte den Schirm erst gegen ihn und fuhr dann darunter, sodass er um ein Haar den Griff losgelassen hätte.

Er stemmte sich gegen die Tür und stellte sich auf den nächsten Kampf mit dem Schirm ein. Der Wind war heftig. Fast ein Sturm. Die großen Efeublätter an der Hauswand wogten hin und her. Die elektrische Beleuchtung rechts und links der Tür verpasste dem Efeu einen komischen gelbgrünen Stich. Bei der Farbe und dem konstanten Hin-und-Her-Wogen saßen unter dem Efeu jetzt wahrscheinlich Millionen von Faltern auf der Wand fest und schlugen verzweifelt mit den Flügeln, um wieder freizukommen, ein schmerzhafter Anblick, weil es ein stiller Kampf war.

Irgendwie gespenstisch, der Efeu heute Abend, dachte er. Erst fallen mir Falter ein, aber wenn ich den Efeu noch lange betrachte und so im Wind beben sehe, komme ich noch auf die Idee, dass sich gar nicht der Efeu bewegt, sondern die dicken steinernen Hausmauern.

Er nahm den Kampf mit dem Schirm wieder auf, ließ aber gleich ab, weil er Al die Einfahrt herauf- und direkt auf den Nebeneingang zukommen sah. Die Chauffeursmütze saß ganz hinten auf Als Kopf, das hieß, dass Madam noch nicht fertig war zum Ausgehen.

»Gehst grad?«, fragte Al.

Powther nickte.

»Komm, ich fahr dich zur Haltestelle, Mal. Ich würd dich glatt ganz nach Hause fahren, aber die Witwe haut sich heut Abend den Wanst in Bridgeport voll, und ich muss genau in der Minute, wenn der ihr Nerz Außenluft abkriegt, mit der Karre hier vor der Hütte stehen.«

Sie gingen die Einfahrt zusammen hinunter. Die Limousine stand vor dem Haupteingang. Powther zögerte vor dem Einsteigen. »Meinst du wirklich ...«, sagte er.

Al fiel ihm ins Wort. »Ich lass dich doch nich zu Fuß zur Straßenbahn latschen, nich bei so'm Sauwetter. Na los, steig ein. Hab Zeit genug. Die Witwe kriegt noch mindestens zehn Minuten lang ihr Diadem auf den Kopf drapiert.«

Im Wagen war es warm. Powther sank in das weiche Polster und genoss das sachte Summen des Motors, das Wschsch-Klick, Wschsch-Klick der Scheibenwischer. Er war froh, dass Al darauf bestanden hatte, ihn zu fahren. Ein kalter, verregneter Abend. Und windig. Vermutlich hätte er seinen Schirm nicht halten können.

Al fuhr die meilenlange Auffahrt schnell hinunter. Das große Tor stand offen, er musste nicht extra hupen, er fuhr nur etwas langsamer und danach direkt auf den Highway. Gerade hielt die Straßenbahn. Sie sahen den Schaffner aussteigen und den Stromabnehmer umhängen.

Powther dachte: Ach, wie schön. Drummond ist heut Abend Schaffner. Dann haben wir Gelegenheit zum Plaudern.

»Den Job möcht ich ehrlich nich haben«, sagte Al. »Schon gar nich an so'm Abend.«

»Ich auch nicht.« Powther wollte aussteigen.

Al beugte sich hinüber. »Wart mal eben, Mal. Ich hab was, das wollt ich dich schon lange mal fragen.«

Etwas an seinem Ton war ungewöhnlich, irgendwie genießerisch, schadenfreudig, weshalb Powther sich umdrehte und ihn ansah. »Ja?«

Al sprach leiser. »Kriegst du mit, dass in der Hütte in letzter Zeit was Komisches vorgeht?«

»Was Komisches?«, wiederholte Powther und runzelte die Stirn. Vom Besteck fehlte nichts, das zählte er immer persönlich durch. Die Hausmädchen? Taten alle ihre Arbeit und zwar sehr gut. In anderen Umständen war auch keine. »Was meinst du?«, fragte er schroff.

»Na ja«, fing Al an, und nach einer Pause: »Na ja, wenn du nichts mitgekriegt hast, ich hab jetzt nich die Zeit, alles haarklein zu erzählen.« Er schob sich die Chauffeursmütze nach vorn. »Muss los, Mal. Ich erzähls dir bei der ersten Gelegenheit. Muss jetzt die Nerzfuhre aufsammeln.«

Powther stand im Regen und sah den roten Rücklichtern der Limousine nach, die kleiner und immer kleiner wurden und schließlich ganz weg waren, als hätte der dunkle, verregnete Abend sie verschluckt. Was hatte Al gemeint?

Er ignorierte den Regen, den Wind und machte im Kopf Inventur. Die Gainsboroughs im Esszimmer, ja, alle da; die Cellini-Pfauen und Da-Vinci-Tabletts, das Bateman-Teeservice und der Paul Revere im Esszimmer, ja, alles da; die Gebetsteppiche in der Bibliothek, ja; der Aubusson-Wandteppich im Musikzimmer, ja. Er erwog Teppichflecke, irreparable Schäden im Edelholz, Motten in Polstern oder Teppichen, Risse in Vorhängen. Vielleicht hatte jemand die Fototapeten in der Eingangshalle beschädigt. Nein, die waren vollkommen intakt.

Ich hätte mit Al zurückfahren, das ganze Erdgeschoss noch mal durchgehen und nachsehen sollen, ob alles da ist, wo es hingehört. Der Weinkeller? Er war nachmittags unten gewesen, gleich nach dem Mittagessen, und hatte nach dem Château d'Yquem gesehen, dem einzigen Wein, den Madam wirklich mochte. Aber Mrs. Cameron, die Hauswirtschafterin, hätte garantiert bemerkt, wenn etwas nicht stimmte oder fehlte. Sie hatte – wann war das noch? – gestern gesagt, so schön wie diesen Winter sei das Haus noch nie gewesen.

Drummond, der Schaffner, steckte den Kopf aus der Bahn. »Mr. Powther, sind Sie das?«

Powther sagte: »Ja«, stieg ein und warf einen Nickel in den Münzkasten.

»Ganz schön grob, der Abend, was?«, sagte Drummond und sah Powther fragend an.

»Ja. Ist das nicht komisch? Es ist pechduster, und wir reden alle von Abend, dabei ist es erst fünf.« Der wundert sich bestimmt, warum ich da draußen im Regen gestanden und meine Bügelfalten ruiniert habe. »Im Januar ist Regen immer schlimmer als Schnee. Es ist so teuflisch kalt. Aber warm in der Straßenbahn.«

Er half Drummond, die Sitze zu drehen. Er konnte besser denken, wenn er etwas tat, und er mochte Drummond, der Bursche war redefreudig und steckte voller drolliger Informationshäppchen über die Leute, die in seiner Straßenbahn fuhren.

»Wie geht's Ihnen, Drummond? Hab Sie ja seit Wochen nicht mehr gesehen.«

Er hörte nur einen Teil der Antwort. »Hast du was Komisches mitgekriegt?«, hatte Al gefragt. Komisches. Komisches. Zerkratzte Böden oder angedetschte Porzellanvasen würde Al doch gar nicht mitkriegen. Al interessierte sich ausschließlich für Autos. Seine Domäne war die Garage mit der Werkstatt. Bestimmt fehlte etwas in der Werkstatt oder war irgendwie verdächtig. Aber das war Als Angelegenheit. Al war für die Werkstatt zuständig.

Ist ja komisch, dachte er, man regt sich auf über etwas, das einen angeht, aber kaum findet man raus, dass es das Missgeschick von jemand anderem ist, regt man sich ab und betrachtet es aus weiter Ferne und denkt: Na, das ist aber schade. Er hatte eben das Wort »komisch« gedacht. Verdächtig. Seltsam. Ungewöhnlich.

Drummond sagte: »Mit über fünfzig machen einem die Beine irgendwie Kummer.«

»Gut, dass Sie einen Job im Sitzen haben, in der Straßenbahn«, sagte Powther.

Über fünfzig, dachte er. Er war über fünfzig, aber seine Beine machten ihm keinen Kummer. Er konnte leicht die Meile von Treadway Hall zur Straßenbahn zu Fuß gehen. Er genoss es auch. Selbst im Regen. Die Auffahrt war nachts immer beleuchtet, es war wie ein Spaziergang allein auf einem breiten, baumgesäumten Boulevard. Er bot einem Schönheit, frische Luft, etwas Sport und Zeit zum Nachdenken, alles auf einmal. Im Winter hing der Schnee in den Thujen und Hemlocktannen, dann war es ein Waldspaziergang durch einen verschneiten Wald; und im Frühling, wenn der Rhododendron und der französische Flieder blühten, war es ein Spaziergang durch den Traum eines Floristen vom Himmel. Al könnte nie begreifen, warum er den langen Weg so gern zu Fuß ging. Er bestand immer darauf, ihn zu fahren, unterbrach seine eigene Arbeit, lud ihn in eins der Autos und fuhr ihn oft bis ganz nach Haus in die Dumble Street.

Drummond sagte verdrießlich: »Straßenbahnen sind in Ordnung.« Er fuhr los und musste fast anbrüllen gegen das Kläng-kläng, auch deshalb hörte er sich ärgerlich an: »Aber nach 'ner Zeit hauen die einem die Nieren verdammt kaputt.«

»Nehme ich wohl an«, sagte Powther. »Aber ich könnte mir vorstellen, dass Busse noch schlimmer wären. Hoffentlich dauert's noch lange, bis die auf der Strecke hier Busse einsetzen.«

»Seh ich auch so. In 'ner Straßenbahn hat man Platz. Die Luft ist auch besser. Manchmal frag ich mich, was ich machen soll, wenn die mal so weit sind mit Bussen. Sie haben Glück, Mr. Powther. Sie wissen gar nicht, was für'n Glück. Ich komm hier jeden Tag der anderen Seite ein Stück näher und könnte jederzeit ohne Job dastehen. Sie sind versorgt bis ans Lebensende.«

Powther hoffte, dass bald noch jemand einstieg. Er hörte nicht gern jemandem zu, der sich selbst leid tat. Wahrscheinlich war es das Wetter, dieser feine kalte Regen und der viele Wind. Durchs Fenster ist gar nichts zu sehen. Pechduster draußen. Die Bahn schaukelt und schwankt. Ein mieser Abend. Glück gehabt, dachte er. Ich habe kein Glück gehabt. Ich habe gearbeitet und gelernt und gearbeitet und gelernt, um da hinzukommen, wo ich jetzt bin. Wo ich jetzt bin. Wo bin ich denn? Er runzelte die Stirn. Er war kurz davor, es Drummond nachzumachen und sich selbst leidzutun.

Drummond hielt die Straßenbahn an. Ein dicker Mann stieg schwerfällig ein. Er hatte eine Blechdose in der Hand. Powther dachte: Sieht man kaum noch, Arbeiter mit Brotdosen. Und wenn man mal einen sah, fragte man sich, warum der wohl jeden Cent zweimal umdrehen musste, fragte sich, welches Pech ihn gezwungen hatte, sich die kleine wöchentliche Extrasumme für ein richtiges Mittagessen zu versagen. Der dicke Mann setzte sich nach vorne, gleich hinter Drummond, und bald unterhielten sie sich.

Drummond fragte: »Wie geht's ihr denn?«

Der dicke Mann sagte: »Ach, keine Ahnung. Geht ihr nicht schlimmer, aber besser auch nicht. Ich weiß nicht, was ich denken soll, Drummond. Ich werd selber jeden Tag älter, und meine ganzen Altersersparnisse gehen für Ärzte und Krankheiten drauf.«

»Aber wenn Sie die nicht hätten«, sagte Drummond halbherzig.

»Wenn ich die nicht hätte, wär ihre Behandlung kostenlos«, sagte der dicke Mann.

Powther hörte nicht mehr hin. Es war dieses fiese Wetter, das sie so herunterzog. Dieser miese Abend. Jetzt, wo Drummond jemanden zum Reden hatte, konnte er weiter nachdenken über Al und die Werkstatt. Vielleicht war etwas mit dem alten Rolls-Royce. Der musste doch fünfundzwanzig, dreißig Jahre alt sein, mindestens, und Al werkelte ständig daran herum, frisierte den Motor, polierte alles. Er tauschte sogar alle zwei Jahre die Seitengardinen aus.

Manchmal ließ er den alten Rolls-Royce an, stieg wieder aus, klappte die Motorhaube hoch, stellte sich daneben und horchte, den Kopf zur Seite gekippt, die Augen halb zu, als ob er einem Konzert lauschte.

Powther hatte es selbst gesehen. Al sagte dann immer: »Hör sie dir an, Mal. Hörma, wie die singt. So was wird heut gar nich mehr gebaut. Kein Mensch intressiert sich noch 'n Scheiß dafür, was unter der Haube ist, Hauptsache, die sitzen in so Glitzerkarren, die sind lang wie'n Leichenwagen. Das Baby hier wird alle Caddys überleben, wo die reichen Drecksäcke so verrückt nach sind.«

Und Powther nickte. Er fand den Rolls-Royce zwar altmodisch hoch, aber für sein Alter taugte die Form bestimmt noch gut. Sicher, wenn man ihn auf einem Highway sah, würde man sich nicht umdrehen und hinterherstarren. Er selbst verstand absolut nichts von Motoren, er hätte die Qualität von dem, was unter der Haube war, nicht beurteilen können.

»Weißt du«, Al stemmte die Hände auf die Hüften, betrachtete immer noch den Wagen und lauschte dem Motor, »falls ich hier mal nicht mehr arbeite, wegen einer Sache würd ich wiederkommen.«

»Und das wäre?«, fragte Powther. Er wusste, warum er selbst wieder nach Treadway Hall kommen würde, nämlich um die Cellini-Pfauen abzureiben, aus schierer Freude, sie noch einmal anfassen zu dürfen. Aber Al, der weder Teppiche noch Besteck noch Blumen auseinanderhalten konnte – wofür würde der wieder herkommen?

»Ich würd wiederkommen, Mal, einfach um zu sehen, wie die Witwe mit dieser Karre durch den Park fährt, beim Picknick zum 4. Juli. Die sitzt da drin am Steuer und hört die ganze Zeit dem Motor zu. Weiß ich, hab die dabei beobachtet. Die ist fast so motorverrückt wie ich. Hab so 'ne Frau noch nicht gesehen.«

Ja, dachte Powther jetzt, fast beruhigt, irgendwas war wohl mit dem alten Rolls-Royce los. Aber Al war ein guter Mechaniker. Er hatte ihn bestimmt bald wieder auf Trab. Er mochte Al, aber Als Art zu reden hatte etwas Grobes, Vulgäres, das er unangenehm fand. Al machte die Madam ständig verächtlich, mit Kleinigkeiten, ohne je direkt zu sagen, woher seine Verachtung kam. Powther fand, wenn man die Leute nicht mochte, bei denen man arbeitete, dann dürfte man deren Geld nicht gern nehmen, dann sollte man sich eine andere Stelle suchen. Bei Al hieß die Madam immer die Witwe; Treadway Hall, das große steinerne Herrenhaus mit dem Park und den französischen Gärten und der prachtvollen Inneneinrichtung, nannte er nur die Hütte; die Autos der Madam, die Limousinen und Stadtwagen, die Kombis und Cabrios, waren allesamt Karren, und die Freunde der Madam, die Gentlemen wie die Ladys, waren immer reiche Drecksäcke.

Obwohl er Als Redeweise nicht mochte, waren die beiden befreundet. Al hatte ihm einen Spitznamen gegeben, den ersten, den er je hatte, und der gefiel ihm. Hätte ihm jemand erzählt, er und Al würden mal Freunde sein, er hätte es nicht geglaubt, denn als Powther die Stelle angetreten hatte, war Al offen feindselig. Er starrte ihn ständig an. Er hatte hervorquellende blassblaue Augen, und wenn diese blassen Augen auf Powther ruhten, lag darin unverkennbar Unmut über das, was sie sahen. Seine Haare waren blond und fast bis auf den Schädel geschoren, weshalb sein runder Schädel frei lag, die Rundung seines Schädels extra betonte. Ein voluminöser Kerl mit einem voluminösen harten Gesicht.

Gewalttätigkeiten gegen Menschen hatte sich Al nie zuschulden kommen lassen, aber für Powther war er insgeheim der Nazi. Der Nazi sprach nicht mit ihm. Wenn Powther ihm etwas von der Madam ausrichten sollte, starrte ihn der Nazi mit diesen blassen, kalten Augen an, gab keine Antwort, drehte einfach den runden harten Kopf weg.

Eines Morgens sollte der Nazi die Madam in die Rüstungsfabrik fahren, war aber nicht da. Sie wartete in der Eingangshalle und tappte mit dem Fuß, während Powther in der Garage anrief, es klingeln und klingeln ließ, und niemand abnahm.

»Wo könnte Albert sein?«, fragte Madam. »Was um Himmels willen ist denn mit ihm los?«

»Ich gehe nachsehen, wo das Problem liegt, Madam«, sagte Powther.

Als Logis lag über der Werkstatt mit Garage. Powther lief hin, stieg die Treppe hoch, klopfte an der Tür zu Als Schlafzimmer, bekam keine Antwort und ging hinein. Al lag im Bett, die Lider halb zu über den hervorquellenden blassblauen Augen. Er wirkte benebelt. Er murmelte fast unhörbar vor sich hin.

Vorsichtig befühlte Powther seine Stirn. Sie war heiß. Al hatte offensichtlich Temperatur. Er sah irgendwie verletzlich aus, wie er da lag, die Schlafanzugjacke aufgeknöpft, dichte blonde Haare auf der Brust, ein großer Kerl mit breiten, so mächtig wirkenden Schultern, der angezogen und im Stehen Respekt einflößte – jetzt sah er aus wie geschrumpft, schwach.

Er sagte: »Al, Al. Wer fährt sonst noch?« Er musste es noch mal sagen: »Al, wer kann für dich fahren?«

»Jenkins«, presste Al hervor.

Ein paar Minuten später stand die Limousine vor der Tür, und Jenkins saß mit Als Mütze auf dem Kopf am Steuer. Die Madam sagte: »Das haben Sie aber schnell geschafft, Powther. Vielen Dank.«

Er schaffte noch mehr. Er pflegte Al vier Tage lang gesund und erledigte gleichzeitig seine eigene Arbeit, zwischendurch lief er immer wieder zu Al, wusch ihn mit dem Schwamm ab und gab ihm die Säfte und Pillen, die der Doktor verschrieben hatte. Al war dankbar, er war mehr als dankbar, er beharrte darauf, dass Powther ihm das Leben gerettet hatte.

Er sagte: »Mal, ich muss dir was erklären. Ich hab noch nie mit 'm farbigen Typ gearbeitet. Und du warst der Butler, das hieß, du warst über mir. Hat mir gar nich gefallen. Dabei bist du einfach so wie'n Weißer, Mal. Nee, klingt nicht richtig.« Er rieb sich die Stirn. »Ich meine, du bist in Ordnung, Mal. Hast bestimmt gemerkt, dass ich dich nicht leiden kann, und trotzdem kommste hierher und kümmerst dich, als wärste meine Mutter. Wenn dir je einer was will, sag Bescheid. Wenn du irgendwas brauchst, sag Bescheid, Mal. Mein ich ernst.«

Seit dem Tag hatte Al ihn zur Haltestelle oder gleich ganz nach Hause gefahren.

Die Straßenbahn hielt jetzt bei den kleinen Fabriken. Arbeiter stiegen zu, und ab und an auch eine hübsche junge Frau. Er beobachtete sie gern, die kleinen Stenografinnen und Tippsen und Buchhalterinnen. Wenn irgendwo ein Arbeiter im Overall mit dicker Jacke und Mütze saß, gingen die jungen Frauen weiter, bis sie eine leere Bank sahen oder eine, auf der ein einigermaßen gut gekleideter Mann oder eine andere Frau saß. Er fand es amüsant, dass sie sich sogar in der Straßenbahn an Klassenschranken hielten, hier die Klassenschranke anhand der Erscheinung, denn die Arbeiter verdienten zweifellos doppelt so viel wie die Stenografinnen. Aber Arbeiter sah man ohnehin selten in der Straßenbahn. Die meisten fuhren im eigenen Auto zur Arbeit und nach Hause. Al riet ihm immer, sich auch ein Auto zu kaufen.

»Du besorgst dir eins, Mal, und ich halt's dir eins-a in Schuss. Musst gar kein neues nehmen. Ich helf dir, 'n gutes gebrauchtes zu kriegen. Ein Mann braucht ein Auto, wenn er so weit weg von der Arbeit wohnt wie du.«

»Danke, Al«, sagte er, »aber ich kann mir keins leisten.« Etwa einen Monat lang kam Al nicht mehr darauf zu sprechen.

Dass er sich kein Auto leisten konnte, stimmte nicht. Er konnte. Aber wenn er eins hätte, würde Mamie damit fahren, und er würde nie wissen, wo sie war, niemals. Kelly und Shapiro und J. C. waren tatsächlich oft allein zu Hause, wenn er abends kam, und auf die Frage: »Wo ist eure Mutter?«, kam immer dieselbe Antwort: »Mamie ist aus.«

Sie ging gern ins Kino und erst recht gern ging sie einkaufen, aber – er seufzte, dann runzelte er die Stirn. Ob Mamie noch immer auf Diät war? Hoffentlich nicht.

Wieder einmal, wie immer wenn er ein bisschen niedergeschlagen war, rief er sich in Erinnerung, dass er zu Hause zwar ständig Niederlagen einstecken musste, in Treadway Hall aber ein Bezwinger war, ein Sieger. Sein Vorgänger dort war Engländer gewesen, und obwohl er diesem Engländer ebenbürtig, wenn nicht überlegen war, das wusste er, würde er erst einen Krieg gegen das übrige Dienstpersonal führen und gewinnen müssen, bevor sie ihn akzeptierten, auch das wusste er. Mrs. Treadway hatte noch nie farbige Hausangestellte gehabt, das machte die Sache anfangs etwas schwierig.

Aber er hatte ja bei Old Copper gearbeitet, so ungefähr dem reichsten Mann im Land. Insofern konnte er das Treadway'sche Besteck, das Treadway'sche Porzellan, die Treadway'schen Aubussons und Gebetsteppiche und Perser, das Treadway'sche Mahagoni zurecht mit einer gewissen Herablassung betrachten, er hatte schon Besseres gesehen und Besseres in Händen gehabt, und das wiederum wussten die anderen Dienstboten.

Kriege wie den, in den er hier verwickelt war, musste man schnell gewinnen, und die Munition bestand vor allem aus Blicken von oben herab und einem guten Vorrat an Geschichten über die wahnsinnig reichen, märchenhaft reichen Familien, bei denen man schon gearbeitet hatte.

Er gewann ihn mit links. Es war auch kein richtiger Krieg. Nur ein, zwei Scharmützel. Außer, was Al betraf, natürlich. Die Hauswirtschafterin Mrs. Cameron war Schottin und gab zu verstehen, dass sie ihn mochte und bewunderte. Sie fragte ihn gern: »Ach, Mr. Powther, der jüngste Copper, was ist denn aus dem geworden, und aus der Bergmannstochter, die er geheiratet hat, war die nicht Polin?«

Daraufhin erzählte Powther, seines Publikums sicher, gern noch einmal das Lieblingsmärchen der Welt, also wie Aschenputtel (jetzt im zwanzigsten Jahrhundert die Tochter eines Kohlekumpels) und der Prinz (jüngster Sohn des reichsten Mannes der Vereinigten Staaten) geheiratet hatten. Die Hauswirtschafterin und die Hausmädchen, das gesamte weibliche Personal saß gebannt da und lauschte und lauschte.

Zum Glück war Old Copper nicht nur reich, sondern auch exzentrisch, Powther also nie verlegen um eine gute Geschichte über seine Rennpferde, seine Flugzeuge, seine Jachten, seine Ehebrecherei, den privaten Eisenbahnwaggon, die Stadthäuser und die Landhäuser. Verglichen damit wirkte Treadway Hall irgendwie mager und blutarm, die Familie bestand nur aus der Madam und der jungen Lady, Miss Camilo. Miss Camilo hatte bald geheiratet, blieb also nur noch die Madam.

Old Copper hatte fünf Söhne. Alle fünf Söhne heirateten dralle Frauen mit großen Busen. Es war die Ära, in der sich die meisten Frauen als extrem aufopferungsvoll empfanden, wenn sie ein Kind bekamen, von zweien gar nicht zu reden, und die mit den Old-Copper-Jungs verheirateten Frauen bekamen fünf, sechs Kinder pro Kopf. Das Stadthaus in Baltimore war mit Leben erfüllt, mit fortpflanzungsfreudigem, tosendem Leben.

Die Straßenbahn hielt an der Ecke Dumble Street. Powther stieg aus. Drummond sagte: »Guten Nacht, Mr. Powther.« Powther sagte: »Gute Nacht, Mr. Drummond«, und eilte die Straße hoch. Er eilte die Dumble Street immer hoch, nur schnell nach Hause zu Mamie. Angetrieben von der Ungewissheit. Von der Furcht, irgendwann, irgendeines Abends die Tür zu der Wohnung oben in Mrs. Crunchs Haus aufzumachen, und Mamie wäre weg, ohne etwas zu hinterlassen, keine Erklärung, nichts, nur Dunkelheit, Stille, Leere. Er sah sich schon durch die Zimmer stolpern, auf der Suche nach einer Notiz, die er doch nie finden würde, denn Mamie war keine, die Notizen schrieb. Schreiben fiel ihr nicht leicht, aber selbst wenn, wäre ihr der direkte Kontakt durch Reden immer lieber gewesen als der unpersönliche Akt, bei dem man einen Stift nahm und eine Erklärung oder Entschuldigung oder entschuldigende Erklärung auf einen Zettel schrieb, damit verpasste man ja den ganzen Spaß und die Aufregung über eine heftige, explosive Szene.

Und so eilte er durch den frühen Winterabend nach Hause, es war schon dunkel und kalt auf der Straße, einer dieser Abende, an denen J. C. seinen Atem »sehen« könnte, der Wind kam direkt vom Fluss, blies ihm den feinen Regen ins Gesicht, den kalten sticheligen Regen, bei dem er den Kopf einzog, erst kurz vor dem Haus blieb er stehen und sah hoch, ob Licht in den Fenstern brannte.

Als er durch die kahlen Äste des Henkers das zartrosa Licht sah, das warm leuchtende Licht in den Fenstern des Zimmers, das er mit Mamie teilte, verspürte er einen Hauch von Freude, von Vorfreude. Er hatte das Gefühl, er könnte hineinsehen, sähe Mamie in dem Zimmer, lachend, den Kopf in den Nacken geworfen, sähe das auf ihn wartende weiche braune Fleisch, sähe sich selbst, mit dem Kopf zwischen ihren weichen, weichen, weichen Brüsten, und könnte das starke süße Parfüm riechen, das sie immer nahm.

Der starke süße Duft kam vom einem Stift, einem grauweißen Stift, der in Alufolie gewickelt in einem runden Glasfläschchen steckte. Er sah so gern zu, wenn sie den Korken von dem Fläschchen zog, behutsam die Folie aufwickelte und sich mit dem Parfümstift über Handgelenke, Ellbogen, Ohrläppchen und Nacken fuhr. Alles duftete danach, ihre Kleider, ihr Körper, ihre Haare, die Laken und die Kissenbezüge. Für ihn waren Mamie und dieser Parfümduft unzertrennlich, unentwirrbar miteinander verbunden; und alles, was er wirklich vom Leben wollte, war – nein, nicht seinen Job zu behalten, nicht ein langes Leben und Gesundheit für sich und seine Familie, auch nicht genug zu essen und jede Menge zum Anziehen. Er wollte nur eins: Dass er, solange sie beide lebten, an den Abenden, an denen er nicht in Treadway Hall war, mit Mamie schlafen durfte, dass sie ihn mit sich schlafen ließ und er fallen durfte, tiefer und tiefer in den Schlaf hinein, um sich herum das starke, zusüße Parfüm, die greifbare Gewissheit, dass Mamie da war.

Als er das zartrosa Licht in den Schlafzimmerfenstern gesehen hatte, ging er noch schneller, er rannte die Treppe hinten am Haus beinahe hoch. In der Tür blieb er einen Augenblick stehen. Er roch Schweinekoteletts und glaubte, er könnte das Fett beim Brutzeln in der Pfanne spritzen hören und den vor sich hin köchelnden Grünkohl riechen.

Er öffnete die Küchentür, trat ein und kniff einen Moment lang die Augen zu, geblendet von den grellen 100-Watt-Birnen, die Mamie Powther beim Kochen anhatte; und heiß war es auch, es dampfte aus dem offenen Topf, in dem der Kohl köchelte, blubber-blubber-blubber, Kohldampf. Mamie beugte sich vor, bückte sich, zog die Backofentür auf, Süßkartoffeln im Backofen, Maismuffins im Backofen, Duftwolken aus dem Backofen; und über allem Mamies Parfüm, stark, schwer, zusüß, die Essensgerüche übertönend, und er sah die vorgebeugte Mamie und hörte Old Coppers röhrende Stimme: »Such dir eine mit einem dicken Arsch, Powther, nimm ein dickes Rasseweib mit einem dicken Arsch, bei Gott, dann bist du dein Leben lang glücklich«, hörte, wie Copper sich aufs Knie patschte, hörte ihn lachen, und da war Mamie, vorgebeugt, und er sah weg, weil sich Begehren in ihm aufbäumte, ganz plötzlich, und er das Gefühl hatte, gleich zu ersticken, er konnte nicht mehr geradeaus denken, er sah nichts mehr, wollte nur noch auf ihr sein, also hämmerte er sich ein, dass ein frisch gebackener Kuchen auf dem Tisch stand, und hörte J. C. quengeln: »Ich will Kuchen. Ich will Kuchen. Ich will Kuchen.«

Mamie klappte die Backofentür zu und scheuchte J. C. mit einem Klaps vom Kuchen weg.

Shapiro kreischte: »Brat ihm eins über, Mamie. Aber diesmal volle Pulle.«

»Ach, halt die Klappe, Shapiro«, kreischte Kelly zurück, »du Großmaul, du –«

»Wer is'n Großmaul? Wer is'n Großmaul?«

»Du ... du ... Du ...«

Sie kollerten über den Boden, noch mal und noch mal, hielten sich umklammert, brüllten mit wutverzerrten Gesichtern.

Mamie summte leise vor sich hin, wendete mit einer langstieligen Gabel die Koteletts in der Pfanne, bekam anscheinend nichts mit von dem Krach, dem grellen Licht, dem Kochgebrutzel, den Kochdüften. Sie ist immun dagegen, dachte Powther. Nein, etwas in ihr bekam es durchaus mit, genoss es sogar, mochte es, die Hitze, das Licht, das Durcheinander, den Krach, die rangelnden Jungs auf dem Boden, J. C.s Wutgekreisch.

Plötzlich war Ruhe und alle sahen zu ihm, J. C., Shapiro, Kelly, Mamie. Vermutlich hatte er die kalte feuchte Luft von der Straße mitgebracht, die Dunkelheit der Straße, die Stille der Straße hineingetragen in die heiße, grell ausgeleuchtete, essensduftgeschwängerte, lärmige Küche; und ihre Blicke waren eine Frage, stellten sein Recht infrage, den Ort zu betreten, wo das Herz des Hauses schlug, wo das Herz im Rhythmus von Hitze, Geräuschen, Leben pochte.

Mamie sagte: »Powther, hast du mich erschreckt. Komm rein. Komm rein und mach die Tür zu. Essen ist in 'ner Minute fertig.«

Er ging durch die Küche den Flur entlang zum Schlafzimmer. Er hatte es immer eilig anzukommen, ins Haus zu kommen, nach Hause, und hatte doch immer das Gefühl, ein Alien zu sein, ein Fremder, verspürte Fremdheit, ein Gefühl von Fremdsein, in der Küche und hier im Schlafzimmer. Es war immer dasselbe Zimmer, egal an welcher Adresse, das Zimmer, in dem eine rosabeschirmte Lampe warmes rosa Licht über das Bett, über den Tisch neben dem Bett, über die nicht allzu saubere rosa Taftüberdecke warf. Am Bett Amoretten.

Er legte den Hut auf ein Regal und hängte den Mantel auf einen Bügel in dem einen einzigen Wandschrank – er war rappelvoll mit Kleidern, die Bill Hod bezahlt hatte. Sein Mantel würde nach Mamies Parfüm riechen, so wie all diese Kleider. Er nahm eine Kleiderbürste aus der Kommodenschublade, der einen für ihn reservierten, bürstete seinen Hut und seinen Mantel und hängte beides zurück in den Schrank, dann schob er, in einem dummen kleinlichen Zornanfall, woher der kam, wusste er nicht, das am neuesten aussehende Kleid vom Bügel und schaute zu, wie es als Haufen auf den Schrankboden landete.

Wenn er morgen früh Zeit hätte, bevor er zur Arbeit fuhr, würde er den Wandschrank aufräumen. Mamie hatte es gern, dass er ihre Sachen in Ordnung hielt. Er bügelte ihre Kleider, nähte Knöpfe wieder an, besserte aufgeplatzte Achselnähte aus. Er konnte das Kleid nicht auf dem Schrankboden liegen lassen. Er langte nach unten, hob es auf, schüttelte es aus, untersuchte es auf eventuell geplatzte Nähte, die Macht der Gewohnheit. Mamie hatte in letzter Zeit etliche Pfunde zugenommen. War sie immer noch auf Diät? Hoffentlich nicht. Sicher, sie nahm dabei ab, aber auf Diät hatte sie immer dermaßen schlechte Laune, war gereizt, ohrfeigte die Kinder, beschimpfte ihn, dass niemand es mit ihr zu Hause aushielt. Vor zwei Wochen war er an seinem freien Tag ins Kino gegangen und hatte Stunden dort verdöst, die kostbaren Stunden seines freien Tages, und versucht, auf irgendetwas zu kommen, das so lecker, so verlockend war, dass sie es probieren und aufessen würde und Schluss mit der Diät wäre. Er hatte zwei Vorführungen abgesessen, dann war er nach Hause gegangen, behutsam ums Haus herum und die Treppe hoch geschlichen und hatte geschnuppert und gewusst, wenn sie so früh kochte, schon nachmittags, dann war sie noch auf Diät und aß nichts.

Wenn sie ihre Hungerkuren machte, schien sie sich zwanghaft selbst zu foltern, indem sie sich mit Essen beschäftigte, Essen kochte, das geradezu himmlisch duftete. Sie setzte sich mit zu Tisch, vor sich eine Tasse schwarzen Kaffee und eine Schachtel Zigaretten, saß aber nur da und nippte am Kaffee und rauchte eine Zigarette nach der anderen und sah ihnen beim Essen zu, sah zu, wie sie sich den grandiosen runden Krustenrinderbraten und die braun gebratenen Kartoffeln und das wunderbare frische Gemüse und das buttersatte Dessert in die Münder schaufelten; ihr Blick ging mit ihren Gabeln und Löffeln vom Teller zum Mund, vom Mund zum Teller, ihre Augen äßen mit, die Unterlippe war vorgeschoben, der Mund halb offen.

Er stellte sich immer vor, dass sie Speichel in den Mundwinkeln haben müsste, und starrte hin, fasziniert, wohl wissend, dass er sich das nur einbildete, aber ebenso wohl wissend, dass er da sein müsste, dass die Speicheldrüsen Überstunden machten. Dann erwischte ihn Mamie beim Starren und richtete ihre kriegslüsternen, unheilvollen hungrigen Augen auf ihn, und er sah weg, aß immer hastiger, aß mehr, als sein Magen fassen konnte, traute sich nicht, mit dem Essen aufzuhören.

Es war schrecklich, nach Hause zu kommen und festzustellen, dass Mamie noch immer ihre Hungerkur machte, und die konnte von zwei Tagen bis zu einem Monat dauern. Einmal hatte sie einen Monat durchgehalten, einen ganzen Monat lang hatte sie zugesehen, während sie Windbeutel, Liebesknochen, Erdbeertörtchen unter Bergen von Schlagsahne aßen, all das süße fettmachende Zeug, das sie selbst am allerliebsten mochte, und nur schwarzen Kaffee getrunken und irgendwelche trockenen faden Cracker runtergewürgt.

Einen ganzen Monat lang waren alle auf Zehenspitzen um sie herum geschlichen, fast flüsternd, und sie hatte von morgens, wenn sie aufgestanden war, bis abends, wenn sie zu Bett ging, Essen gekocht, mit pfundweise Butter und literweise Sahne und Gott weiß wie viel Zucker und Mehl und Vanille. Kelly und Shapiro sahen bald aus wie schlachtfertig fettgemästete Ferkelchen. J. C. stopfte sich Abend für Abend voll bis zum Erbrechen.

Jeden Abend war Powther zum Drugstore an der Ecke geschlichen, hatte eine Riesenportion Natron und Pfefferminzöl gekauft und Angst gehabt, es zu Hause zusammenzurühren, selbst im vergleichsweise privaten Bad, weil Mamie am Pfefferminzgeruch erkannt hätte, dass er zu viel gegessen hatte, und wütend geworden wäre, einen raschen dummen Hungerwutanfall bekommen hätte.

Sie konnte nicht schlafen, wenn sie Hunger hatte. Er erinnerte sich an die Anspannung, wenn sie regungslos neben ihm auf dem Rücken lag, als ob sie nicht die Kraft zum Umdrehen hätte, ohne jede Regung, angespannt, steif, hungrig. Und er lag daneben und hatte Angst, sie anzufassen.

Er hatte sich gefreut auf diesen unverhofft freien Samstagabend. Es war ein kalter, verregneter Abend. Die Art Abend, an dem ein Mann die Arme einer Frau um sich brauchte. Und jetzt …

Heiß in der Wohnung, dachte er. Heiß im Schlafzimmer. Er schwitzte. Stirn schweißnass. Sauberes Taschentuch holen, Stirn abtupfen. Eins von den alten Taschentüchern. Sie lagen zuunterst in der obersten Kommodenschublade.

Jemand war an der Schublade gewesen, hatte die Taschentücher durchwühlt und kreuz und quer zurückgelegt. J. C. war langsam außer Rand und Band, er würde Mamie sagen, dass sie besser auf ihn aufpassen musste. Er verlangte wirklich nicht viel, aber dass jemand in seinen Sachen herumgrabbelte, das konnte und wollte er nicht ertragen. Er musste sie wieder sortieren. Er nahm den ganzen Stapel heraus, drehte ihn um und legte ein Taschentuch nach dem anderen wieder in die Schublade. Er stieß mit der Hand an etwas Kaltes, Metallisches. Er stellte sich auf die Fußspitzen und sah hinein. Ein Zigarettenetui. Es hatte unter den Taschentüchern gelegen.

Vielleicht ein Geschenk, eine Überraschung von Mamie? Er nahm es heraus und überlegte, warum sie ihm das schenken sollte, er rauchte doch nicht. Er drehte es um. Da standen Initialen. L. W. aus kleinen Brillanten. Wer war L. W.? Was hatte das Zigarettenetui in dieser Schublade zu suchen?

Er nahm es mit ans Licht. Er drehte es um und hin und her, die Initialensteinchen blitzten und schienen ihm zuzuzwinkern. Innen stand Tiffany & Co. Ein goldenes Zigarettenetui. Die Initialen waren aus absolut vollkommenen kleinen Diamanten zusammengesetzt. Das waren Diamanten, kein Zweifel. Er hatte oft genug Old Coppers Kollektion gesehen. Abend für Abend hatte der alte Mann mit ein paar Steinen in der Hand in der Bibliothek gesessen und sie durch die Finger rieseln lassen. Old Copper hatte über sie erzählt, ihm auch erklärt, dass man irgendwann so weit sei, auch ohne Lupe die vollkommenen Steine zu erkennen, aber trotzdem immer eine Lupe dabeihaben solle, nur für den Fall, nur um zu bestätigen, was einem das bloße Auge sagte. Er ging zum Wandschrank, holte eine Juwelierlupe aus der Manteltasche und betrachtete die Steine. Oh ja, absolut vollkommene, makellose Steinchen. Ein goldenes Zigarettenetui mit diamantenen Initialen. L. W.

L. W.? Link Williams. Link Williams. Mrs. Crunchs Neffe oder was der sonst war, der lange arrogante junge Mann, der nicht aussah wie Bill Hod, aber Ähnlichkeiten mit ihm hatte, die Art, den Kopf zu halten, die Art zu reden, sogar die Augen.

Bill Hod war keine Bedrohung. Jedenfalls sagte er sich das andauernd; wenn er an freien Tagen nach Hause eilte, hämmerte er sich immer wieder ein, dass sich Bill Hod niemals dauerhaft mit einem weiblichen Anhängsel belasten würde, nicht mal mit Mamie Powther. Aber je näher er dem Hause kam, desto sicherer wurde er, dass Mamie jetzt endgültig mit Hod durchgebrannt war. War sie aber nicht. Danach wusste er wieder, dass sie das nie täte, das Wissen hielt eine Woche oder zehn Tage an, und dann fing er wieder an zu grübeln und zu zweifeln und nach Hause zu eilen, um sich zu vergewissern. Aber Link Williams, Mamie ...

Er schauderte. Vielleicht sagte sie es ihm auf eine seltsame, subtile, nicht wirklich zu verstehende Weise mit dem Zigarettenetui, hatte sie es extra dahin gelegt, wo er es finden musste und wodurch er erfahren würde, dass sie und Link ...

Er legte das Etui zurück in die Schublade, stapelte die Taschentücher darüber, bedächtig und sorgfältig, eins auf dem anderen und, die Macht der Gewohnheit, exakt rechtwinklig, er brauchte eine Zeit, weil seine Hände zitterten. Mamie lachte immer, wenn sie sah, wie sorgfältig er Schubladen einräumte. »Goaatt, Powther«, sagte sie, »du wars wohl 's halbe Lehm bei'n Soldaten, verplemperst ja's halbe Lehm mit Stapeln.«

Er würde so tun, als gäbe es gar kein Zigarettenetui. Das wäre für alle am einfachsten. Dann müsste Mamie einen direkteren Weg finden, um ihm zu sagen, was immer sie ihm über sich und Link sagen wollte. Hätte er Link Williams gesehen, bevor sie einzogen, hätte Mrs. Crunch nur gesagt: »Ich habe einen gut aussehenden jungen Neffen, wenn Ihnen Ihre Frau und Ihr Leben lieb sind, wenn Sie eine empfängliche, liebende Frau haben, ziehen Sie unter keinen Umständen unter ein Dach mit meinem sehr gut aussehenden und sehr zügellosen jungen Neffen.«

Aber auch wenn sie ihm das gesagt hätte, er hätte es nicht geglaubt. Link Williams gehörte zu derselben Sorte wie Copper, so wie Hod. Man musste die nur ansehen, ihnen zuhören, und wusste, dass denen nicht zu trauen war, dass in deren Nähe keine Frau sicher war, nicht wirklich. Mamie. Mamie in Coppers Nähe zu lassen, zum Beispiel, wäre nicht sicher gewesen. Was zum Henker begrübelte er hier überhaupt, lauter Wust im Kopf.

Hätte Mrs. Crunch das nur gesagt, an dem Tag, als er sich so gründlich die Füße auf ihrer Matte abgetreten hatte, und nicht: »Woher wissen Sie denn von der Wohnung?« Sie hätte ihm sagen sollen: »Ich habe einen sehr gut aussehenden, sehr ungezügelten jungen Neffen.«

Aber auch wenn sie das gesagt hätte, er hätte ihr nicht geglaubt. Wenn er sie so ansah, würde er sagen, dass ihr Neffe – war Link Williams überhaupt ihr Neffe? Unmöglich, nicht mit diesem hübschen verschlossenen arroganten grausamen Zockergesicht, mit solchen ausdruckslosen Zockeraugen konnte er nicht ihr Neffe sein, konnte keinen Tropfen vom selben Blut in den Adern haben wie die kleine füllige Mrs. Abigail Crunch mit der Hakennase, dem freundlichen Gesicht, dem freundlichen, aber stolzen Gesicht und den ausdrucksvollen Augen. Ihr Gesicht war ständig in Bewegung, ein plapperndes Gesicht, es plapperte alles aus, was sie dachte, genau wie ihre beweglichen, bewegten, immer gestikulierenden plumpen Hände. Dazu die aufgetürmten weißen Haare, die sehr schwarzen Augenbrauen – also, das Gesicht und den Kopf vergaß man nicht so schnell. Alles an ihr war Neuenglandadel, erkennbar am geraden Rücken, an den schnellen, aber nicht eiligen kleinen Schritten, mit denen sie weite Strecken zurücklegte, ohne sich je große Sprünge zuschulden kommen zu lassen, am Yankee-Näseln in der Stimme. Auch ihre Kleidung war so, wie er es mochte, schlicht, schnörkellos und doch absolut feminin, sonntags weiße Handschuhe, schwarze Lederhandtäschchen, sorgfältig gewienerte Schuhe, hübsche Hütchen, eine Feder am besten Filzhut als einzige Ausschweifung, und stets gerade Strumpfnähte.

Er traf sie manchmal und ging mit ihr die Dumble Street entlang, wenn sie morgens Einkäufe machte, mit beigebraunen Baumwollhandschuhen, bei denen die Finger gestopft waren, aber so säuberlich, so geschickt und die Stopfstellen so schön, dass nur ein Experte überhaupt bemerken würde, dass sie gestopfte Handschuhe trug; am Arm einen Einkaufskorb, im Korb ihre Handtasche; er wusste, ohne hineinzusehen, was darin war: ein sauberes Leinentaschentuch mit einem zartsüßen Duft (Veilchen oder Flieder oder Lavendel), der Haustürschlüssel, ein Portemonnaie sowie ein Blöckchen mit einem Stift; auf dem Blöckchen stand eine Liste, die Einkaufsliste für alles, was sie an dem Tag kaufen wollte, sodass sie mit einem einzigen Gang am frühen Morgen allen Bedarf decken konnte.

Bei Mrs. Crunchs Zuhause gäbe es, sagen wir um fünf Uhr, kein überstürztes Gerenne nach tausendundeinem vergessenem Zeug, wie bei ihm zu Hause immer. Mamie wusste bis zur letzten Minute nicht, was sie abends kochen wollte. Dann lief sie los, hatte das Portemonnaie vergessen, musste noch mal zurück und lachte über sich selbst, wenn sie es holen kam. Er hatte schon erlebt, dass sie beim Blick auf ein besonders schönes Stück Fleisch beim Schlachter den ganzen Menüplan verwarf; sie lief damit nach Hause, zehn Minuten später schickte sie Shapiro los, Kartoffeln kaufen, und bevor Shapiro wieder da war, hatte Kelly Butter und Brot besorgen müssen. J. C. wurde nur aus einem Grund nicht eingesetzt bei diesem Marathon zwischen Küche und Laden: Man konnte ihm keine Botendienste anvertrauen, weder mit noch ohne

Geld; J. C. kam einfach meistens gar nicht erst zurück, sondern hing am Kai und starrte in den Fluss, mit der ganzen heillosen Gebanntheit sehr junger Jungs.

Beim Frühstück dasselbe; mindestens zwei Familienmitglieder mussten zum Eckladen und zurück, bevor Familie Powther morgens das erste Essen zu sich nehmen konnte. Er hätte eine Frau wie Mrs. Crunch heiraten sollen, die müsste nie eine Diät machen, die hätte nie, unter keinen Umständen einem Mann, mit dem sie nicht verheiratet war, Vertraulichkeiten gestattet, was der auch mit jedem Wort, jedem Blick, jeder Geste verriet.

Plötzlich stand Mamie in der Schlafzimmertür, hochgewachsen, ganz weiches Fleisch und Kurven, ganz weiches warmes Fleisch, und sagte:»Pow-ther! Pow-ther! Ich hab schon zweimal gerufen.«

»Ich wollte gerade ...«, ein Taschentuch holen, wollte er sagen, sagte aber:» ... in die Küche kommen.«

Er sah ihr nach, als sie den Flur zurückging, sah den rhythmischen Bewegungen ihrer Beine, ihrer Arme nach und dachte: Ja, wenn ich Mrs. Crunch oder eine wie sie geheiratet hätte, hätte ich nie das Problem, nach Hause zu kommen und festzustellen, dass sie mit einem anderen Mann durchgebrannt ist; allerdings hätte ich dann auch nie Mamies absolute Ekstase und Lust erlebt, im Dunkeln, im Bett, ihr nachgiebiges, nachgiebiges weiches Fleisch, das Gefühl ihrer Kurven, den Druck ihrer Arme um mich.

Er würde Mamie niemals aufgeben, niemals, niemals. Er würde sich verhalten, als ob Link Williams nicht existierte, als ob das Zigarettenetui mit dem funkelnden Monogramm nicht existierte, als ob – warum hatte sie es unter seine Taschentücher gelegt? Link Williams. Wie kam der an so ein Zigarettenetui? Warum nicht. Hatte ihm vermutlich Bill Hod geschenkt. Oder eine Frau. Irgendein reiches weißes Lotterweib. Link Williams war genau der Typ, in

den die sich verliebten, so wie der gebaut war, hochgewachsen, mit breiten Schultern und so einem Gesicht, er
sah aus wie ein Wüstling, und Frauen, weiße wie farbige,
liebten Männer mit solchen Gesichtern. Achso ja, dachte
er, es ist Mitte Januar. Wahrscheinlich hat ihm das so ein
reiches weißes Lotterweib zu Weihnachten geschenkt.

Mamie rief aus der Küche: »Komm endlich, Powther.
Essen ist fertig.«

In der Küche kniff er wieder die Augen zusammen, so
grell war das Licht. Und heiß war es. Es dampfte von den
Tellern auf dem Tisch. Mamie packte sie immer voll. Auf
J. C.s Teller war genauso viel wie auf Shapiros und Kellys
und seinem eigenen. Und Mamie war noch auf Diät, an
ihrem Platz stand nur eine Tasse schwarzer Kaffee.

Shapiro und Kelly aßen schweigend. J. C. versuchte, mit
vollgestopftem Mund zu reden, was aber niemand verstand, also wurde es ein Monolog, ein mümmelnder Mund-
voll-Monolog bei gleichzeitiger Bekundung seiner Zufriedenheit, denn er wiegte sich noch hin und her beim
Mümmeln und Murmeln.

Mamie saß dabei und sah wütend zu, wie Schweinekо-
teletts und Süßkartoffeln, Grünkohl und Maisbrot von ihren Tellern verschwanden. Hin und wieder nippte sie an
ihrem heißen bitteren schwarzen Kaffee.

Powther warf verstohlene, taxierende Blicke auf die
Kaffeetasse, Lippenstift rund um den Rand, auf einer Seite
braune Flecken von übergeschwapptem und verklecker-
tem Kaffee, auf der Untertasse eine ganze Serie dunkel-
brauner Klecksringe. Sie trank den ganzen Tag aus derselben Tasse, hob sie hoch, nippte daran, schenkte, sobald
der Kaffee kalt war, heißen nach.

J. C. sagte: »Missus Crunch ...«, der Rest ging unter, weil
er sich den Mund mit Maisbrot vollgestopft hatte und einfach weiter quatschte und kaute, quatschte und kaute.

Powther überlegte, wie er das Gespräch auf Link Williams bringen könnte, einfach den Namen fallen lassen, um zu sehen, wie Mamie darauf reagierte.

J. C. schubste seinen Stuhl vom Tisch, durchquerte die Küche rückwärts, weiter kauend und Mamie beäugend, schob sich in Richtung Flurtür, dann durch, und weg war er.

Powther sagte: »Ich finde, du solltest ihn nicht so oft nach unten zu Mrs. Crunch lassen.« Er hörte J. C.s Schritte auf der Innentreppe, stapf, stapf. Er hatte nicht vorgehabt, das zu sagen, er hatte eigentlich gar nichts Bestimmtes vorgehabt, er tastete sich nur irgendwie vorwärts, ob er ein Gespräch über Mrs. Crunch anzetteln und dann vielleicht Link erwähnen könnte, einfach so, ganz natürlich.

Mamie funkelte ihn an: »Wieso nicht?«

»Er wird Mrs. Crunch lästig werden.«

Keine Antwort. Vielleicht hatte sie es nicht gehört. »Er wird Mrs. Crunch lästig werden«, sagte er noch einmal. »Ich finde, du solltest ihn nicht so oft nach unten lassen. Es ist spät. Er muss ins Bett.«

»Oh, um Gotteswillen, Powther, kannst du mal die Klappe halten?« Sie schob die Kaffeetasse mit einem jähen heftigen Ruck von sich und stand auf.

Er sah ihr nach, als sie aus der Küche ging. Sie knallte die Schlafzimmertür zu, er horchte, fand aber nicht heraus, ob sie sie abschloss.

Kelly sagte: »Mamie is schon 'n ganzen Tag so, Pop. Ich un Shapiro warn 'n ganzen Nachmittag draußen im Regen.«

»Bloß ansprechen is schon gefährlich«, sagte Shapiro. Er stopfte sich den Mund mit Kuchen voll und schnitt noch einen Riesenkeil aus der Torte.

»J. C. is weg, der weiß genau, wenn er hier bleibt, kricht er Krach«, sagte Kelly. »Mamie is furchtbar gemein zu ihm.« Er sah zu, wie Shapiro den Kuchen verschlang.

»Und er hat'n Bandwurm, sagt Mamie.« Er zeigte auf Shapiro.

»Hab ich gar nich«, sagte Shapiro.

»Haste wohl. Mamie sagt, keiner haut sich so den Wanst voll, außer er hat'n Bandwurm.«

Shapiro nahm eine Gabel, eindeutig in der Absicht, auf Kelly einzustechen. Powther sagte: »Schluss jetzt damit.«

Er stand auf, zog einen Schlüssel aus der Tasche und schloss einen Schrank hoch über der Spüle auf. »Hier«, er gab jedem ein neues Comicheft. Er hielt nichts von Comics, aber er musste irgendwie bis zur Schlafenszeit mit den Jungs klarkommen und wusste nicht, was sie sonst davon abhielt, sich gegenseitig umzubringen, während er das Geschirr spülte.

Er fand eine Schürze, band sie um und machte sich ans Werk, Tisch abräumen, Geschirr spülen, Töpfe scheuern, die Spüle scheuern, Geschirrtücher auskochen. Er fegte die Küche aus und wischte sie, vorsichtig um Shapiro und Kelly herum, die total in ihre Comics versunken auf dem Bauch lagen, und dachte, wenn er Old Copper wäre, würde er sie mit dem Schrubberstiel aus dem Weg schubsen und stupsen.

J. C. steckte den Kopf durch die Tür und sah sich in der Küche um. »Wo's Mamie?« Fordernd.

»Ins Bett gegangen«, sagte Powther. »Na komm, ich erzähle dir eine Geschichte.«

J. C. liebte Märchen, und Powther spürte plötzlich Mitleid mit ihm, spürte, dass J. C. eine Mutter brauchte und keine hatte und er ihm deshalb Geschichten erzählend Mutter und Vater sein musste, und sagte: »Komm, setz dich auf meinen Schoß, ich will dir eine neue Geschichte erzählen.«

Powther räusperte sich, fing langsam an: »Es war einmal«, und Shapiro und Kelly sahen von ihren Comics auf.

Er dachte: Die muss extragut werden, dann bleiben sie aufmerksam.

»Es war einmal«, fing er noch einmal an, »eine Prinzessin mit goldenem Haar, die saß angekettet tief unten in einem dunklen, kalten Verlies. Der Wächter am Eingang zum Verlies war ein gemeiner Riese und hatte ein blindes Auge. Die Prinzessin weinte die ganze Zeit, weil sie Hunger hatte und der Riese sie schlug und ihr nur hartes trockenes Brot und Wasser zu essen gab. Aber er brachte ihr kostbare Juwelen zum Spielen, prächtige Diamanten und Smaragde und Rubine und Saphire und Perlen, und wunderschöne Kleider zum Anziehen. Wenn der Riese unterwegs zu seinen Schandtaten war und unschuldige Leute ausraubte, die durch den Wald gingen, ließ er seinen Hund zur Bewachung der Prinzessin da. Das war eine bösartige weiße Bulldogge, auch auf einem Auge blind, und wenn sich jemand dem Schloss näherte, knurrte der Hund, und sein Knurren war so furchterregend, dass alle schnell weitergingen.

Eines Tages ging Gaylord, der Kammerdiener des Königsschlosses, durch den Wald. Er war klein von Gestalt, aber flink von Bewegung und bekannt für seine Freundlichkeit und seinen flinken Kopf. Als er dem Schloss näher kam, meinte er, Schluchzen zu hören. Er wollte hineingehen, aber es gelang ihm nicht, weil dieser bösartige Hund den Eingang bewachte. Er machte kehrt und ging verwirrt weg, aber er beschloss, wiederzukommen und das Schloss zu erkunden, wenn er die goldene Nadel bei sich hatte. Gaylord war ein beharrlicher Mann, keine wirkliche oder drohende Gefahr konnte ihn entmutigen, er war nämlich in Wirklichkeit ein verkleideter Prinz. Er war auf Befehl eines neidischen Onkels aus seinem Königreich entführt und verschleppt worden. Sie hatten ihn furchtbar verprügelt und scheinbar tot liegen gelassen, aber eine alte Bäuerin, die am Waldrand lebte, fand ihn und pflegte ihn gesund. Als er wieder bei Kräften war, kümmerte er sich um die alte Frau und pflegte sie so gut, dass sie ihm auf dem Sterbebett einen kleinen silbernen Behälter schenkte, fast rund wie eine Röhre, aber mit dicken, seltsamen Gravuren.

›Mach sie auf‹, sagte sie, ›ganz vorsichtig.‹ Zu seiner Überraschung lag eine ganz feine goldene Nadel darin.

›Sie näht von selbst‹, erklärte sie, ›du sagst: Stich, Nadel, stich in dieses Leder, und sie näht es für dich. Sie kann in alles stechen, Wasser, Wein, Seife, Holz, Stein, Feuer. Hüte sie gut. Sie ist seit fünfhundert Jahren im Besitz meiner Familie. Ich habe keine Kinder, denen ich sie vererben kann, also gebe ich sie an dich weiter. Du warst wie ein Sohn zu mir. Wer immer diese Nadel hat, wird bekommen, was immer er sich wünscht.‹

Eine Woche später ging Gaylord wieder zum Schloss. Diesmal hatte er die Nadel bei sich. Der Hund knurrte und wollte ihn nicht hereinlassen. Gaylord sagte: ›Stich, Nadel‹, und plötzlich sah die Nadel aus wie ein kleiner Sonnenuntergangsblitz, der dem Hund über den Augen herumflitzte und in beide Augen stach, nur für den Fall, dass das blinde Auge doch nicht blind war, was im Leben ja oft vorkommt, da ist ein blindes Auge oft nur Schwindel und beruht auf einem alten Gerücht, von dem niemand weiß, ob es wahr ist oder nicht, und vielleicht ist es gar nicht wahr, weil die meisten Gerüchte nämlich von Leuten stammen, die sich etwas davon versprechen, und wer für blind auf einem Auge gehalten wird und das gar nicht ist, der ist im Vorteil gegenüber anderen.

Der Hund gab spitze Schmerzensschreie von sich und rannte und rannte, drückte den Kopf auf den Boden und rieb sich daran die Augen, und die Nadel nähte derweil sein dickes Lederhalsband an die Steinmauer.

Gaylord sagte: ›Gut gemacht, Nadel‹, hielt das silberne Röhrchen hoch, und die Nadel sauste wieder wie ein Blitz durch die Luft und ließ sich darin nieder.

Danach betrat er unbehelligt das Schloss und ging dem Schluchzen nach und kam hinunter in das Verlies und fand die wunderschöne goldhaarige Prinzessin, angekettet und mit einem prächtigen goldenen Kelch halb voll Wasser neben sich. Sie sagte: ›Rettet mich, rettet mich, gütiger Herr!‹

In diesem Augenblick betrat der Riese das Verlies und wollte auf Gaylord losgehen. Gaylord sagte: ›Stich, Nadel! Stich in beide Augen, Nadel!‹ Er hielt das silberne Röhrchen hoch, und die Nadel sauste wie der Blitz durch die Luft und stach dem Riesen in beide Augen. Der Riese brüllte vor Wut und Schmerz und taumelte mit ausgestreckten Händen durch das Verlies. Gaylord sagte: ›Stich, Nadel! Näh Hand an Stein!‹ Die Nadel sauste wie der Blitz durch die Luft, und als der Riese dicht an einer Wand herumtaumelte, nähte die Nadel seine Hand an den Stein.

Gaylord sagte: ›Gut gemacht, Nadel!‹, und die Nadel kam wie der Blitz durch die Luft gesaust und ließ sich in dem silbernen Röhrchen in Gaylords Hand nieder.

Dann nahm Gaylord die Schlüssel vom Gürtel des Riesen und öffnete das Schloss und befreite die wunderschöne Prinzessin mit dem langen goldenen Haar.

Eng umschlungen gingen sie gemeinsam aus dem Schloss. Sie kehrten zurück in Gaylords rechtmäßiges Königreich, heirateten und lebten glücklich bis ans Ende ihrer Tage.«

J. C. sagte: »Erzähl nochma! Erzähl nochma!«

Shapiro und Kelly hatten längst die Comics auf dem Boden vergessen. Jetzt schmiegten sie sich an Powther und sagten gleichzeitig: »Huh! Erzähl das noch mal, Pop. Erzähl das noch mal.«

»Heute Abend nicht. Ist zu spät«, sagte Powther. Er verspürte einen Schimmer Stolz und Erfüllung, es war eine gute Geschichte gewesen. Aber noch einmal erzählte er sie nicht.

Er wusch alle drei, half allen dreien in die Schlafanzüge, deckte sie gut zu, machte das Fenster auf und das Licht aus. Als er die Tür schloss, sagte J. C.: »Lauter Gold. Die war lauter Gold. Durche Vordertür rein – Stich Stein an Leder.« Aber weil er gern überall das »s« wegließ, sagte er genau genommen: »Tich Tein an Leder.«

11

Powther zog im Wohnzimmer die Schuhe aus. Auf Socken tappte er leise über den Flur und drehte langsam, ganz vorsichtig am Knauf der Schlafzimmertür. Sie war abgeschlossen.

Er hatte kein Bettzeug, nichts, um sich zuzudecken. Wenn er angezogen auf dem Sofa schlafen müsste, wäre die Hose morgens hinüber. Er zog sich aus bis auf die Unterwäsche, ging wieder ins Kinderzimmer und legte sich zu J. C. ins Bett.

Es war, als ob man neben einem Dynamo schlafen wollte. Er hatte J. C.s Füße und Knie im Bauch, in der Brust, im Rücken. Anscheinend bestand J. C. nur aus Knochen, aus knorrigen Knien und spitzen Ellbogen und einem harten runden Kopf, nirgendwo Fleisch dran, dabei war er ein Moppelkind und sein Körper die reine Strapaze für alle Nähte an seinen Sachen.

Powther drehte und wälzte sich, versuchte entspannt zu liegen, und dachte an Old Copper. »Nimm dir eine mit 'm dicken Arsch, Powther, das bringt Glück.« Glück? Der Junge, Old Coppers jüngster Sohn Peter, schlug seine Frau, die rothaarige Bergmannstochter, mit der Pferdepeitsche. Glück? Mamie Powther sperrte Malcolm Powther aus dem Schlafzimmer aus.

Er wusste noch, dass die Zeitungen irgendwie Wind von der Sache mit Peter und seiner Frau bekommen hatten, und dass Old Copper in seinem großen Ledersessel in der Bibliothek saß, als die Reporter kamen, und sie auslachte; dann ließ er Whiskey Soda für sie kommen, Whiskey Soda,

Whiskey Soda. Powther hatte an dem Nachmittag die Drinks gemixt, er hatte noch nie einem derart durstigen Haufen Männer Drinks serviert.

Old Copper bellte einfach weiter. »Ob das stimmt? Woher zum Teufel soll ich denn wissen, ob das stimmt? Hoff ich doch, Gentlemen. Aber sicher hoff ich das. Ha, ha, ha. Nie so was Komisches gehört. Ha, ha, ha.«

Die Reporter zogen lachend und schwatzend und in köstlich rosiger Stimmung davon. Wann sie wohl merkten, dass sie gar keine Story bekommen hatten? Old Copper hatte die Geschichte weder geleugnet noch bestätigt; vermutlich führten sie lange wirre Debatten darüber, ob sie seinen Satz drucken sollten: »Woher zum Teufel soll ich das denn wissen?«

Einer, ein kleiner Kerl mit scharfem Blick, der den Whiskey höflich abgelehnt hatte, fing Powther in der Eingangshalle ab. »Raus damit, Alter, worum geht's hier eigentlich?«

Powther lenkte ihn mit der Frage ab: »Ich hoffe, der Whiskey war zu Ihrer Zufriedenheit, Sir«, und ging schnell durch die große Halle mit den Riesenölbildern von einem holländischen Maler, lauter monströs übergroße Frauen mit monströs rosigem Fleisch. Old Copper stand in der Tür zur Bibliothek und betrachtete grinsend eins der Gemälde. In dem Moment kam Powther der Gedanke, dass diese Bilder auf eine seltsam intime Art zu Old Copper gehörten. Er stierte sie ständig lüstern an, und die dicken nackten Frauen schienen lüstern zurückzustieren.

Er schob J. C.s Knie wieder von seinem Bauch und dachte: Bringt Glück, und verzog den Mund. Die Copper-Jungs hatten ständig Krach mit ihren dicken Frauen und erfüllten das ganze Haus in Baltimore mit ihren lauten, wütenden Streitereien. Und doch, wegen dieser Gemälde, wegen der unverhohlenen Lüsternheit des Alten, aber vor allem wegen der Gemälde hatte er, Powther, sich in eine Frau verliebt, die von diesem Holländer gemalt sein könnte.

Einmal kam ein Sohn, der älteste, auf Besuch, mitsamt seiner Frau und dem vier Monate alten Sohn, der persönlichen Zofe seiner Frau und einer ausgebildeten Säuglingsschwester, einer hageren Frau in gestärkter weißer Schwesterntracht einschließlich Haube, die aussah wie ungefähr vierzig und auch so redete und auftrat. Old Copper kam zur Begrüßung in die Halle. Die Säuglingsschwester trug das Baby. Der alte Mann röhrte los wie ein wild gewordener Stier: »Wer ist das?«

Und alle standen nur da, in der Eingangshalle, der älteste Sohn und seine Frau und die Säuglingsschwester und die Zofe und Powther, alle regungslos, alle versteinert, verschreckt von Old Coppers Gebrüll. Das Baby bekam offenbar die Bestürzung der Erwachsenen mit und fing an zu heulen.

Die junge Mrs. Copper, die Kindsmutter, war fassungslos. »Aber das ist doch das Baby, Jonathan Copper IV.«

»Mir verdammt bekannt«, röhrte Copper weiter. »Wer ist die Hexe mit den Storchenbeinen, die ihn auf dem Arm hat?«

»Die Kinderfrau. Seine Kinderfrau. Eine ausgebildete Säuglingsschwester.«

Old Copper bellte sie an: »Geben Sie mir das Baby.« Es gab ein kurzes Geschaukel, weil die Schwester das Baby festzuhalten versuchte und Old Copper an ihm zerrte, und jetzt bellte das Baby auch los.

»Powther«, rief Old Copper, »wo ist Powther?« Er hielt das Baby in den Armen, warf böse Blicke und fluchte. »Gottverdammt, hat denn keiner von diesen Leuten Hirn im Kopf? Powther, besorg eine Kinderfrau für das Baby. Und zwar eine dicke fette farbige Frau.« Er drehte sich zu der Säuglingsschwester. »Und Sie, Sie sind gefeuert. Raus hier.«

Die Schwester sagte: »Mr. Copper, das können Sie nicht, das dürfen Sie nicht. Geben Sie mir das Baby. Sie haben die Hände nicht gewaschen.« Sie war ziemlich aufgeregt, sagte: »Keime, Keime, Keime«, als ob sie mit einem Trottel redete und das eine Wort immer wieder sagen müsste, und noch mal und noch mal, in der Hoffnung, dass etwas davon ins Hirn des Trottels durchsickerte. Und noch mal: »Keime.«

Die junge Mrs. Copper sagte: »Oh, nein. Das geht nicht. Das geht nicht. Das darfst du nicht machen. Sie ist so wundervoll.«

»Halt die Klappe!«, brüllte Old Copper. »Powther, steh da nicht rum mit offenem Mund. Besorg eine dicke fette farbige Frau für das Balg hier, eine dicke fette farbige Frau, die singen kann. Steh da nicht rum …«

Er war ohne Hut aus dem Haus gegangen, im Kopf nur: Eine dicke fette farbige Frau. Als ob er sich die aus den Fingern saugen könnte. Wo in Baltimore sollte er eine fette farbige Frau finden, die passte? Sie musste doch passen.

Schließlich ging er, logischerweise, zu einer Stellenvermittlung. Er erklärte der schmalgesichtigen weißen Leiterin, was für einen Typ Kinderfrau Mr. Jonathan Copper II wünschte. Sie ging ihre Kartei durch und fand eine Mamie Smith, die vielversprechend klang.

Die schmalgesichtige Frau rief eine Nummer auf der Karteikarte an und verlangte nach Mamie Smith. Es gab eine ziemlich lange Pause, mindestens eine Viertelstunde, in der die Frau von der Stellenvermittlung ungeduldig wurde, aufzulegen drohte, sich auf die Lippe biss, mit den Füßen tappte, leise vor sich hin grummelte, diese Farbigen, die seien immer so langsam, dann endlich war anscheinend Mamie Smith am Telefon; anscheinend hatte sie auch passende Ausreden, sie selbst habe einen Job, aber es gebe eine ausgesprochen passende andere Lady, die wohne in derselben Pension, und besagte Lady, eine Mrs. Drewey, werde in einer halben Stunde zurückerwartet und stehe in der Kartei bei den Kinderfrauenstellen. Die schmalgesichtige Frau gab die Information an Powther weiter. Er sagte, dass er gleich selbst hinfahren und direkt mit ihr sprechen werde.

Er klingelte an einem großen Holzbohlenhaus, das dringend Farbe und Reparaturen brauchte beziehungsweise, wie er beim genauerem Hinsehen feststellte, eigentlich abgerissen und neu gebaut gehörte. Eigentlich brauchte es auch ein neues Fundament.

Eine schlanke hellhäutige Frau öffnete die Tür vorsichtig einen Spalt breit. Er wusste sofort, dass sie die Vermieterin war. Sie hatte ihn mit nur einem schnellen scharfen Blick auf seine Potenziale und Möglichkeiten hin erfasst. Er fragte nach Mrs. Drewey. Mrs. Drewey war nicht da, und die Tür wurde zugeschoben. Er fragte nach Mamie Smith und erklärte hastig und nicht ganz wahrheitsgemäß, er komme wegen eines Jobs für Mamie Smith, jetzt ging die Tür ganz auf, und die Vermieterin sagte: »Kommen Sie herein, ich rufe sie.«

Er stand in einem Flur ohne Teppichboden und wartete. Er hörte Schritte irgendwo oben, dann kam eine Frau die Treppe herunter. Er stand regungslos da und sah hoch. Sie kam die Stufen herunter, langsam, dringend farbebedürftige Stufen, auch ohne Teppichbelag, in einer Zimmerpension im unerfreulichsten Viertel von Baltimore, und ihm klopfte das Herz schneller und schneller, hätte er doch bloß seinen Hut dabei, er brauchte unbedingt etwas in den Händen. Wenn er den Hut dabeihätte, könnte er ihn hin und her drehen, wie um die Krempe zu formen und nochmal zu formen, um ihn abzuklopfen, weil seine Hände Beschäftigung brauchten, dringend Beschäftigung brauchten, weil direkt vor ihm eine Frau die Treppe herunterkam, leibhaftig, und genauso aussah wie die Frauen auf den großen Ölgemälden mit den geschnitzten Zierrahmen, die in der langen Eingangshalle von Old Coppers Stadthaus hingen.

Natürlich war diese Frau bekleidet. Sie trug ein kurzes ärmelloses Kleid. Sie hatte Schuhe an, wackelige Sandaletten mit schief getretenen Absätzen, aber keine Strümpfe. Das Kleid war braun, ein ziemlich scheußlicher Ton. Auch ihre Haut war braun, aber dunkel rötlichbraun, so glatt und makellos wie die von Jonathan Copper IV und genauso taufrisch, und es war, als stiege eine der dicken Frauen auf den Gemälden eine Treppe hinab, dieselben geschwungenen Beine, dieselbe schwerbusige, dickbusige Anmutung.

»Ja?«, sagte sie. »Sie wollten mich sprechen?«

Ihre Stimme war wie Musik, und das war noch verwirrender, noch erregender, er musste zweimal schlucken und räusperte sich, bevor er antworten konnte. »Ich bin Malcolm Powther, ich bin der Butler im Hause Copper. Wir brauchen eine Kinderfrau, und die Stellenvermittlung, bei der ich nachgefragt habe, hat vorhin deswegen hier angerufen. Ich bin gleich selbst hergekommen, weil eine Miss Smith eine Mrs. Drewey empfohlen hatte.«

»Ich bin Mamie«, sagte sie. »Ich hab Drewey empfohlen. Sie 's gut. Sie's ungefähr die beste in ganz Maryland. Kommen Sie rein, setzen Sie sich. Sie's bestimmt bald hier.«

Er kam nicht von ihrer Stimme los, er stellte immer neue Fragen, nur um sie zu hören. Es war mehr wie einem Gesang als einem Gespräch zuzuhören. Eigentlich dürfte er sie nicht anstarren, er sollte lieber weggucken, das war ihm klar, also versuchte er, den Blick irgendwie ins Zimmer zu richten. Aber wer fixiert denn einen schäbigen billigen Schaukelstuhl, schmuddelige, schlecht sitzende Überzüge auf schrecklich überstopften Sesseln, schlabbrige Gardinen, die gewaschen gehören, einen grässlich neu aussehenden, maschinell geknüpften Teppich, alles in schreienden Farben, und verstaubte perlenbehängte Lampenschirme, wenn Mamie Smith mit übereinandergeschlagenen Beinen auf einem Sofa sitzt und den Kopf in den Nacken wirft. Ich muss sie haben, dachte er. Und wenn mich das den Rest meines Lebens kostet, wenn mich das meinen Job kostet, wenn mich das mein ganzes Erspartes für den Lebensabend kostet, ich muss sie haben.

Er stellte Fragen, nur damit sie weiterredete, nur damit er weiter diese Stimme hören konnte, die wie Musik war. Sie wohnte in einem der Zimmer oben, gegenüber von Mrs. Drewey. Sie war verheiratet gewesen und geschieden. Sie mochte Baltimore nicht, für im Norden geborene Leute wie sie war die Stadt zu sehr Südstaaten. Sie wollte lieber wieder in den Norden, und sobald sie weg konnte, genug Geld gespart hatte, um über die Runden zu kommen, bis sie anderswo eine neue Stelle fand, wollte sie in eine Kleinstadt im Norden ziehen, irgendeine Kleinstadt im Norden.

Genug Geld, dachte er. Ich komme wieder. Ich kann Geld ausgeben, ich habe mein Leben lang gespart, aber jetzt werde ich es ausgeben, ausgeben und ausgeben und ausgeben, bis ich Mamie Smith kaufen kann.

»Miss Smith, würden Sie …«, fing er an.

»Och«, sie winkte ab, wischte seine Worte weg, »nicht so förmlich. Ich bin einfach Mamie für alle.«

»Mamie, würdest du, könntest du kommenden Donnerstag mit mir zu Abend essen. Mit mir ausgehen zum Essen?«

»Klar«, sagte sie locker, »wann immer du meinst. Donnerstag ist prima.«

Er wollte gerade die Uhrzeit vorschlagen, als die Haustür aufging und Mamie sagte: »Das ist Drewey. Komm rein, Süße. Ich hab'n Job für dich. Powther erklärt dir alles.«

Drewey setzte sich in einen der abgesessenen, einge-
sackten Sessel. Passend, dachte er. Höchst passend. Und
mehr als das. Sie war genau das, was Old Copper wollte.
Sie wirkte sauber, aber nicht steifleinen. Sie war dick, der
Schoß wie gemacht zum Draufsitzen, der Daunenkissen-
busen wie gemacht zum Kopfanlehnen und die Arme so
kräftig, dass sie den ganzjungen Jonathan Copper die
nächsten fünf, sechs Jahre darin einschließen und knuddeln konnten.

»Können Sie singen, Mrs. Drewey?«, fragte Powther.

»Singen?«, Drewey sah ihn skeptisch an. »'türlich nich.
Is das 'n Singe-Job? Ich hab mich da nich für kein Singe-
Job angemeldet bei der Vermittlung.«

Powther erklärte, worum es bei dem Job ging und warum er fand, dass sie genau die Richtige dafür war. Er
vermied sorgsam die Formulierung des Alten, »dicke fette
farbige Frau«, schließlich ... Dann sagte er: »Ich meine,
können Sie, äh, gut genug singen, um, also, ein Baby in der
Wiege zu schaukeln und in den Schlaf zu singen?«

»Gott, ja. Das ist doch nich singen. Das is bloß 'n bisschen Gesummsel.«

»Würde es Ihnen etwas ausmachen, sich da drüben in
den Schaukelstuhl zu setzen, und nur damit ich mir das
vorstellen kann, verstehen Sie, ein bisschen Gesummsel
machen?«

Mrs. Drewey sah aus, als ob sie das ablehnen wollte,
aber Mamie sagte, und wieder klang es wie in Singen:
»Ach, komm, Drewey, besummsel Powther mal eben. 'N
Job bei die stinkreichen Coppers wär ziemlich klasse für
dich.«

Mrs. Drewey setzte sich in den schäbigen billigen
Schaukelstuhl, legte die Arme steif auf die Lehnen und
funkelte beide wütend an. Dann fing sie an zu schaukeln,
vor und zurück, vor und zurück, und jedes Mal knarzte

der Stuhl leise. Das Funkeln ließ nach, dann schloss sie die Augen ganz, ließ die Hände entspannt in den Schoß gleiten und fing an zu summen, und aus dem Summen wurde irgendwann, wann genau, hätte Powther nicht sagen können, leises Singen. Falls das eine Melodie war, hatte er sie nie zuvor gehört, falls das wirklich Worte waren, ergaben sie nicht den geringsten Sinn, aber für ihn war es der tröstlichste, entspannendste, schönste Klang, den er je gehört hatte.

Seine Augenlider glitten zu, und zum ersten Mal im Leben schlief er tatsächlich auf einem Stuhl ein, denn als er die Augen wieder aufschlug, saß Mrs. Drewey nicht mehr im Schaukelstuhl, sondern mit Mamie auf dem Sofa, und beide sahen ihn an und lachten. Offensichtlich war er von ihrem Lachen wach geworden. Er kam sich vor wie ein Trottel, einfach so im Sitzen einzuschlafen, womöglich hatte sein Mund offen gestanden, überlegte er und wünschte, er hätte Zähne wie Mamie Smith, große starke ebenmäßige Zähne, sehr weiß in einem kupferbraunen Gesicht.

Er setzte sich aufrecht. »Sie können das ganz bestimmt, Mrs. Drewey. Könnten Sie gleich mitkommen zum Vorstellungsgespräch?«

Als Old Copper Mrs. Drewey sah, orderte er sofort röhrend einen Schaukelstuhl und verfügte ebenso röhrend, Jonathan Copper IV auf Mrs. Dreweys Schoß zu setzen. Jung-Jonathan heulte sich immer noch die Seele aus dem Leib, aber sobald Mrs. Drewey sein Köpfchen in ihren fleischigweichen Arme drückte, eine Decke über seine Füßchen legte und anfing, sich zu wiegen und zu summeln, hörte er auf zu heulen, seufzte auf und schlief auf der Stelle ein.

Mrs. Jonathan Copper III glotzte verwundert. »Wie, er schläft ja. Er hat seit sechs Stunden nicht mehr geschlafen.

Er hat immer nur geweint. So was habe ich noch nicht erlebt.«

»Wollte eben 'ne dicke fette farbige Frau haben«, sagte Old Copper. »Ein männlicher Copper wird nie und nimmer von knochigen weißen Frauen großgezogen.«

Als Powther Mamie am folgenden Donnerstagabend zum Essen ausführte, berichtet er ihr von Drewey und dem Baby. Und während er erzählte, musterte er sie, versuchte herauszufinden, wo sie ihre Schwächen hatte. Er kam zu dem Schluss, dass sie es nie schaffen würde, das Geld zu sparen, mit dem sie bis zu einem neuen Job in einer Kleinstadt im Norden über die Runden käme, weil es immer irgendetwas gäbe, das sie kaufen wollte. Zumal die Stadt im Norden ungreifbar war, bombastischer Modeschmuck oder wackelige Schuhe dagegen etwas Greifbares, etwas zum Anfassen und Anschauen in jedem Schaufenster.

Er musste sie auch nur ansehen, um zu wissen, dass er, wenn sie ihn heiratete, zu Hause immer auf Herrenbesuch stoßen würde. Mit einem Bill Hod, einer solchen Gestalt und Größe und Grausamkeit rechnen konnte er nicht, er hatte sein Leben in den Häusern der Sehrreichen verbracht und keine Ahnung, dass es solche Bill Hods überhaupt gab, aber mit Eifersucht und Unsicherheit rechnete er sehr wohl. Und trotzdem, er hatte fest vor, Mamie Smith zu heiraten, und dafür fuhr er all seine Ressourcen auf.

Bei jedem Rendezvous redete er über die Nachteile von möblierten Zimmern und den angenehmen Luxus eines kleinen eigenen Heims.

Er kaufte ihr Geschenke. Kurz vor Weihnachten ließ er extra aus New York drei Nachthemden kommen, drei Nachthemden, von deren Existenz sie ganz bestimmt nicht mal geträumt hatte. Ein graues, weil er wusste, die Farbe wäre eine Überraschung; ein flammendrotes, weil sie eine Passion für Rot hatte; und ein eigenartig gelbliches, das die Kupfertöne ihrer Haut zur Geltung bringen würde. Alle drei waren eher wie teure Abendkleider als etwas, worin man schlafen ging.

Aber sie waren das ganze Geld wert, denn als sie das Geschenk an Heiligabend aufmachte, bekam sie große Augen und sagte: »Was um Himmels willen …«

Sie nahm die Nachthemden aus der wunderschönen großen Schachtel und den Seidenpapierlagen und setzte sich hin, legte sie in den Schoß, hielt sie hoch, herzte sie, faltete sie auseinander, sodass die langen plissierten Unterteile über den Boden schäumten und den billigen knallbunten Maschinenteppich fast zudeckten.

Er dachte: Wenn ich die Wahl hätte, würde ich sie bitten, das Gelbliche anzuziehen.

Und Mamie sagte: »Powther, soll ich für dich mal eins anprobieren?«

Eine jähe Ergriffenheit, eine Art Scheu übermannte ihn, er nickte, ohne den Kopf zu heben, weil er sie nicht ansehen konnte.

»Welches?«

Er zeigte auf das Gelbliche, das beinah Senfgelbe, nicht ganz Senf, da war etwas mehr Grün drin, eine eigenartige Farbe. Sie schwang alle drei Nachthemden über den Arm, er hörte sie nur noch mit schnellen Schritten die lange Treppe ohne Teppich hochsteigen.

Ein paar Minuten später rief sie von irgendwo oben: »Powther!«

Er stolperte die Stufen hoch, schlug sich das Knie an, es tat unerträglich weh, er musste auf halbem Weg stehen bleiben. Sie rief noch einmal: »Powther!«, er eilte mit dem steifen, schmerzenden Knie weiter hoch, und da stand sie, im Türrahmen, und der Stoff des Nachthemds war so zart, dass er durchsehen konnte, alles von ihr sehen konnte, und doch war es, als läge ein Schleier über dem Fleisch, und das Fleisch war so wunderschön, dass ihm Tränen in die Augen traten; dieser Augenblick schien wie ein Sinnbild seiner ganzen künftigen Beziehung mit Mamie, Verzückung, aber auch Schmerz.

Ab da machte er sich daran, unentbehrlich für sie zu werden. Wenn er sie besuchte, brachte er feinste Cracker und alten Käse und edles Obst mit, falls sie spät abends noch etwas essen wollte. Er steckte der Vermieterin zehn Dollar zu, damit Mamie im Zimmer kochen durfte, was eigentlich gegen die Regeln war. Er kaufte einen kleinen elektrischen Kühlschrank und einen extrem leistungsfähigen kleinen Elektroherd, damit sie nach Lust und Laune backen und braten konnte. Er setzte seine ganze Tüchtigkeit, all sein Wissen über Luxuriöses und den größten Teil seines Kontos ein, um Mamie Smith den Hof zu machen. Er verwandelte das trostlose, abgewohnte Zimmer in ein hochkomfortables Ein-Zimmer-Apartment.

Schließlich fuhr er nach New York und meldete sich mit der optimistischen Begründung, er werde heiraten und seine Braut wolle lieber in Connecticut leben, bei einer erstklassigen Stellenvermittlung an. Man bot ihm die Stelle in Treadway Hall an, und er fuhr nach Monmouth, um sich vorzustellen. Er erklärte Mrs. Treadway, dass seine Frau lieber nicht mit auf dem Anwesen wohnen wollte. Mamie würde mit Sicherheit Herrenbesuch empfangen, und er wollte auf keinen Fall, dass dazu auch der Chauffeur, der Koch und der Gärtner des Hauses Treadway gehörten. Das würde zu einer unmöglichen Lage führen, denn alle waren weiß. Bevor er nach Baltimore zurückfuhr, mietete er eine Wohnung für Mamie im Farbigenviertel von Monmouth. Es war nicht das, was er wollte, aber es würde reichen, bis er etwas Besseres aufgetan hatte.

Als er Old Copper mitteilte, dass er gehen werde, stieß der Alte wieder das röhrende Gebrüll aus, bei dem alle Leute vor Angst und Schrecken einen Satz machten.

»Was los?«, bellte er. »Ich zahl dir mehr. Geht's darum? Du willst mehr Geld? Du willst mehr Geld?«

»Nein, Sir, nein, gar nicht. Ich werde nur heiraten.«

»Wie bitte? Großer Gott!« Old Copper sah Powther fragend an. »Hat sie einen dicken ...«

Hastig sagte Powther: »Meine Braut mag Baltimore nicht, Sir. Ich kriege sie nur dazu, mich zu heiraten, wenn ich ihr ein Leben in Connecticut bieten kann.«

Old Copper schnaubte: »Connecticut! Von allen gottverlassenen Sumpfnestern ausgerechnet das.« Er schüttelte sich. »Da ist doch das gottverdammteste Klima, das gottverdammteste Wetter in den ganzen Vereinigten Staaten. Die haben da Dürren im August, Überschwemmungen im März-April, Wirbelstürme im Herbst, und den ganzen Winter lang heult da der Wind durch die Schornsteine. Das gottverdammteste – ich weiß, wovon ich rede, Powther. Ich bin da geboren.« Er stöhnte auf und sank tiefer in den Ledersessel. »Wann soll's losgehn?«

»In drei Wochen.«

»Du kriegst ein Hochzeitsgeschenk von mir, Powther. Bring sie mal vorbei, bevor du gehst, dann kriegst du ein Hochzeitsgeschenk. Und wenn die gottverdammten Bauern, bei denen du in Connecticut arbeiten musst, dich nicht anständig behandeln, dann kommst du hier wieder her, ich zahl dir doppelt so viel wie die.«

Powther nickte und dachte: Womöglich ziehe ich auch gar nicht nach Monmouth. Womöglich ist das mit Mamie Smith ein Irrtum. Er hielt sich bis zum Tag vor seinem Abschied von ihr fern, hielt sich drei Wochen lang fern, in der Hoffnung, sie würde sich Gedanken machen, ihn vermissen, merken, in welchem Durcheinander sie ohne ihn lebte.

Als er sie schließlich wieder besuchte, hatte er zwei Kartons voll Essen dabei. Er ging die schäbige, ausgetretene Straße, in der sie wohnte, entlang und dachte: Zu viele Menschen, zu viele Hunde, zu viele Gerüche. Erst Frühjahr, aber schon heiß. Hitzedampfende Bürgersteige, fast nackte Kinder, die auf der Straße herumhampelten und die hohen Haustürstufen hoch und runter krabbelten.

Er wollte ihr vom Frühling in Connecticut erzählen, von Hornstrauch und Lorbeer, vom Geruch des Flusses, der Biegung des Flusses, der Sonne auf dem Fluss, dem Wye, von den Wiesen und den Vögeln, den Tauben, die auf jedem erreichbaren Rasenfleckchen herumstolzierten, von der Freundlichkeit der Menschen, davon, wie sauber Monmouth war, dass die Häuser, jedenfalls viele, weiß gestrichen waren und grüne Fensterläden hatten und dass Monmouth zwar auch eine Stadt war, aber im Vergleich zu Baltimore und den schmuddeligen Straßen und grauen Altbauten da aussah wie eine Spielzeugstadt.

Was Mamie wohl die letzten drei Wochen, in denen er seine sorgfältig geplante Aktion durchzog, so getrieben hatte? Hatte er sich wirklich unentbehrlich gemacht?

In gewissem Sinne ja, stellte er schnell fest, in einem anderen allerdings nicht, und das war womöglich der bedeutendere. In dem ehemals trostlosen möblierten Zimmer, aus dem er ein farbenfrohes und ziemlich luxuriöses Ein-Zimmer-Apartment gemacht hatte, herrschte fürchterliches Durcheinander. Er zog den Mantel aus, krempelte die Ärmel hoch und ging ans Werk, Geschirrspülen, Bett machen, alles putzen.

Sie war offenbar viel im Kino gewesen, denn auf dem Boden und auf der Kommode lagen unzählige Kartenabrisse vom Farbigenkino. Sie hatte sich nicht die Mühe gemacht, etwas Ordentliches zu kochen, denn im Kühlschrank war kein Fitzelchen Essbares. Sie hatte Besuch gehabt, wohl nicht nur einen, denn auf dem Boden lagen sechs leere Bierdosen, und sie trank kein Bier; außerdem zwei leere Whiskeyflaschen, mehrere verklebte Gläser und unzählige leere Ginger-Ale-Flaschen. Unter dem Bett fand er Männersocken, groß, grell grünrot gestreift, mittelteuer. Unentbehrlich? Für manches ja. Für Gesellschaft allerdings nicht. Er hielt die Socken hoch, überlegte, mutmaßte, dann fegte er sie mit dem übrigen Müll aufs Kehrblech.

Der Tisch, auch ein Geschenk von ihm, ein sehr teurer Spieltisch zum Zusammenklappen, schwer und stabil, war gedeckt und das Steak fast fertig zum Auftragen, als Mamie aus dem Restaurant, in dem sie arbeitete, nach Hause kam.

Sie hatte ein Päckchen unterm Arm, eingewickelt in braunes Papier, fast dasselbe Braun wie ihr Kleid. Keine Strümpfe. Kein Hut. Schweißperlen auf der Stirn. Sie sah erhitzt und müde aus und so wunderschön, so groß und wunderschön, dass er zweimal schluckte, um den Kloß aus dem Hals zu kriegen. Er sagte kein Wort, es ging irgendwie nicht.

»Powther!« Sie klang freudig. »Mein Gott! Is das heiß, was!«

Sie sah sich im Zimmer um und besonders lange auf den Tisch mit den zwei Gedecken, dem weißen Tischtuch, den sorgfältig gefalteten Servietten, ohne Kommentar. Dann ging sie durchs Zimmer, setzte sich in den Stuhl am Fenster und streifte die Schuhe ab, und er ging wieder an den Herd, legte das französische Brot in den Ofen, trug die Teller auf und schenkte Wein in die Gläser.

Sie schwieg beim Essen, sie aß mit so viel Genuss, dass er fast bereute, sich so lange ferngehalten zu haben. Bestimmt hatte sie Hunger. Er betrachtete sie mit sehnsüchtiger Zärtlichkeit und dachte erstaunt: So ein Gefühl haben Mütter für ihre Kinder. Sie aß vier von den süßen

Pasteten, die er mitgebracht hatte, trank Kaffee und knabberte ein paar grüne Weintrauben.

»Powther«, sagte sie, »so'n Menü hab ich nicht mehr gegessen, seit du letztes Mal hier warst. Wo bist'n du gewesen?«

Er beugte sich vor und griff nach der Tischkante. »Ich habe mir einen neuen Job besorgt. In Monmouth. Das ist ein Städtchen in Connecticut. Ich habe da eine Wohnung. Und du musst nur ein Wort sagen, ein einziges Wort, dann kannst du mit. Ich fahre morgen.« Er klappte die Brieftasche auf und nahm zwei Zugfahrkarten heraus. »Eine für dich und eine für mich.«

»Das geht ja nicht«, sagte sie. »Is furchtbar lieb von dir, die Fahrkarte für mich, aber ich hab kein Job in Monmouth. Ich hab ja wunder wie versucht, Geld zu sparen, um über die Runden zu kommen, aber auf mei'm Konto sind keine zehn Dollar, und das is die reine Wahrheit.«

»Darum geht's ja«, sagte er eifrig. »Du brauchst keinen Job. Ich dachte, also, willst du mich heiraten? Ich verdiene genug, um für uns beide bestens zu sorgen.«

Sie warf den Kopf in den Nacken und lachte auf. »Du bist ein komischer kleiner Kerl«, sagte sie. »Ich denk die ganze Zeit, ich hab dir mit irgendwas wehgetan, dabei wars' du bloß Pläne machen.« Sie schwieg einen Augenblick. »Was'n, wenn ich nein sage?«

»Ich –«, fing er an und hörte gleich wieder auf. Was würde er dann tun? Sterben. Das würde er. Er konnte ohne sie nicht leben. »Ich … ich würde die Fahrkarte eben morgen Nachmittag im Bahnhof zurückgeben.«

»Heißt das, du fährst auf jeden Fall? Ohne mich?«

»Ich muss«, sagte er. »Ich habe eine Stelle da. Ich muss da hin.«

Sie sah sich wieder im Zimmer um. Im Nachhinein fand er, sie hätte lieber ihn ansehen sollen, ihn bewerten, studieren sollen, aber das tat sie nicht. Sie betrachtete das Zimmer, den Herd, den Tisch, die von ihm gekauften Stühle, das komfortable Bett. Wahrscheinlich verglich sie gerade den Komfort und den Luxus, das gute Essen, die Sauberkeit mit dem Durcheinander der letzten drei Wochen ohne Komfort. Er wusste, wie schnell sich Menschen an Luxus gewöhnen und schließlich meinen, ein Recht darauf zu haben, und dass sie selbst endlose Strapazen und Kämpfe und extreme Armut, egal, was sie erlebt haben, schnell vergessen und bald meinen, ohne Komfort, ohne Luxus nicht heil durchs Leben zu kommen. Das klopft sie weich. Er wusste das. Er hatte genau das genutzt, um Mamie zu gewinnen, aber er hätte es entschieden lieber, wenn er als Mensch der entscheidende Faktor bei ihrer Entscheidung wäre.

Sie nahm eine der Fahrkarten und summte leise vor sich hin. »Ich setz den neuen marineblauen Hut auf«, sagte sie, »und zieh das neue marineblaue Kostüm an, is ja sicher kühl da oben, und ich hab ein Paar neue marineblaue Wildlederschuhe und eine große rote Handtasche, die passt gut dazu. Sag mal, wann fährt der Zug überhaupt?« Sie musterte skeptisch die Fahrkarte.

So einfach ging das, und so schnell. Er konnte es kaum glauben, selbst als er ihre Sachen packte und organisierte, dass die Möbel von einem Umzugswagen abgeholt wurden.

Auf dem Weg zum Bahnhof am nächsten Tag fuhren sie bei Old Copper vorbei. Er stierte Mamie lange an, und zu Powthers größtem Unbehagen erwiderte Mamie den Blick.

»Hast du prima gemacht, Powther«, sagte Old Copper. »Wenn ich jünger wär, würd ich glatt gegen dich in den Ring steigen.« Dann hievte er sich aus dem großen Ledersessel in der Bibliothek, setzte sich an seinen Schreibtisch, schrieb einen Zettel, füllte einen Scheck aus, steckte Zettel und Scheck in einen Umschlag und gab ihn Powther. Er gab Powther den Umschlag, aber er ließ den Blick nicht von Mamie, stierte Mamie die ganze Zeit an, und Mamie erwiderte den Blick. Powther fühlte sich immer unbehaglicher, verlegener.

Old Copper sagte: »Tja, dann! Viel Glück!«, schüttelte Powther die Hand, klopfte ihm auf die Schulter und sagte noch einmal: »Und wenn die gottverdammten Bauern, bei denen du da arbeitest, dich nicht anständig behandeln, dann kommst du hier sofort wieder her.«

Er begleitete sie zur Tür, und als Powther sich draußen noch einmal umdrehte, stierte Old Copper immer noch Mamie an, sah zu, wie sie die Stufen hinunterging, und Powther bekam einen Anfall roher Männlichkeit, so etwas hatte er noch nie empfunden, einen plötzlichen Hass auf den Alten wegen seines Reichtums und seiner weißen Haut, er wollte zurückgehen und ihm einen Kinnhaken verpassen. Old Copper sah Powthers Blick und schloss ebenso plötzlich die Tür.

Im Zug, als Mamie auf der Toilette war, öffnete Powther den Umschlag. Auf dem Scheck von Old Copper standen tausend Dollar, und die Notiz mit der kühnen kräftigen Schrift klang, als ob der alte Mann ihn direkt angesprochen hätte:

Pass auf, was ich dir sage. Eines Tages wird sie dich wegen eines anderen Mannes verlassen. Wenn du je pleite bist, je einen Job brauchst, je irgendwas brauchst, sag mir Bescheid, weil es verdammt noch mal niemanden gibt, Powther, der sich so gut um mich kümmert, wie du das hast.

Er war kurz versucht, Mamie – sie waren ja jetzt verheiratet – zu sagen, dass er zurück zu Old Copper musste, dass er jetzt, wo er gegangen war, wusste, er könnte einen neuen

Ort, neue Leute nicht ertragen. Und dann war da noch die Warnung des Alten: »Sie wird dich wegen eines anderen Mannes verlassen.« Dass es so kommen würde, war an einem neuen Ort sehr viel wahrscheinlicher als in Baltimore.

Es war alles ein fürchterlicher Fehler. Er hatte Geld verpulvert wie ein Millionär, sein Konto war praktisch erloschen. Aber er hatte den Scheck von Old Copper. Er war ein guter Pflock, ein Puffer gegen Katastrophen. Er faltete ihn zusammen und steckte ihn in die Brieftasche, dann riss er Coppers Notiz in winzige Schnipsel und warf sie unter den Sitz.

Mamie kam den Gang entlanggeschaukelt, was zum Teil an der Zugbewegung lag, aber Schaukeln war auch ihre Art zu gehen. Und er dachte: Nein, zu Old Copper zurück kann ich nicht, nicht mit Mamie. Sie hatten sich angesehen, sich angestiert, als ob sie sich gegenseitig testeten, als ob sie sofort irgendein gemeinsames Format erkannt hätten und sich auf der Stelle herausgefordert fühlten, auf der Stelle um die beste Position bei irgendeinem finalen Kräftemessen rangelten.

Dass er Rivalen haben würde, dass er in seinem Zuhause Herrenbesuch vorfinden würde, wusste er ja, aber er wollte und durfte nicht zulassen, dass zu denen auch Old Copper gehörte.

Jetzt, während er neben J. C. im Bett lag und sich vergeblich hin und her wälzte, alle Mühe umsonst, den Knien, Ellbogen und dem Kopf des Kindes auszuweichen, fragte er sich, ob er die Entscheidung damals im Zug bereute. Hätte er zu Old Copper zurückgehen sollen? Noch wichtiger, war das Ganze ein Fehler gewesen? Wäre er nicht besser dran, wenn er Mamie nicht geheiratet hätte? Nein. Er hatte nie etwas so Beglückendes erlebt wie mit Mamie.

J. C. bewegte sich zum millionsten Mal, drehte sich um, richtete sich auf. Er legte einen Arm um ihn, um seine

Bewegungen zu bändigen, aber J. C.s Kopf rammte ihm hart von unten ans Kinn, mit solcher Wucht, dass Powther zuerst glaubte, dass sein Kiefer gebrochen, dann, dass seine Brücke kaputtgegangen sei, er hatte sich aber nur heftig und schmerzhaft auf die Zunge gebissen. Sie fühlte sich geschwollen an, die eine Hälfte tat weh, und er lag da, bewegte sie vorsichtig forschend hin und her und rechnete jeden Augenblick mit einem Blutschwall. J. C. brummelte fast unhörbar vor sich hin. Kelly und Shapiro brummelten Echos zurück. Sie redeten im Schlaf, wiederholten Wörter, Sätze. Dann drehten sie sich um, ächzten und stöhnten, traten die Bettdecken weg. Er hörte, wie sie die Decken wegstießen, sich von den Decken befreiten.

Hier schlafe ich nie ein, dachte er. Und ich muss morgen früh in Treadway Hall sein. Er hörte das Kläng-kläng der letzten Straßenbahn auf der Franklin Avenue. Es schien ewig her, dass in der Last Chance die Lichter ausgegangen waren. Das Zimmer lag nach vorn heraus, es war plötzlich dunkler geworden, das orangerosa Neonschild war plötzlich erloschen, und ganz kurz bevor es erlosch, hatte es ein bisschen Wirbel gegeben, einen Redeschwall unten auf der Straße, eine Andeutung von Wind, ein Wirbel, vorbei, und die letzten Biertrinker und Nirwanasucher hatten die Last Chance verlassen und sich widerstrebend auf den Heimweg gemacht.

Die Last Chance. Die Letzte Chance. Letzte Chance für was? Einen trinken? In der Hölle schmoren? Bill Hod betrachten?

Er setzte sich auf und horchte. Er meinte, Schritte auf dem Flur zu hören, dann das Klicken eines Türschlosses. Er konnte es nicht erkennen, nicht hier im Zimmer mit den unruhigen Schläfern.

Er stand auf, deckte J. C. vorsichtig zu, schloss die Kinderzimmertür hinter sich und ging langsam, ganz leise den Flur entlang, barfuß, kalter Boden unter den Füßen. Er stand vor der Tür zum Schlafzimmer, horchte und meinte, Bill Hods Stimme zu hören. Aber sicher war er nicht. Sehen konnte er nur einen schmalen rosa Lichtstreifen unter der Tür.

Dann verschwand das rosa Licht unter der Tür, Stille trat ein, kein Laut, nichts, nur Dunkelheit und kalter Boden unter den Füßen. Er blieb stehen und wartete auf irgendein Geräusch. Aber es kam gar nichts, keine Stimmen, keine Bewegung. Stille.

Er ging den Flur zurück, öffnete die Kinderzimmertür und legte sich wieder zu J. C. ins Bett; er wollte auf keinen Fall an das denken, was er gehört zu haben meinte, und konzentrierte sich auf den Gedanken: Ich schlafe nicht auf dem verdammten Wohnzimmersofa, ich schlafe in einem Bett, in einem richtigen Bett, selbst wenn ich keine Ruhe finde. Ich bin kein Flüchtling. Ich habe ein Recht auf ein Bett. Ich arbeite den ganzen Tag und die halbe Nacht und komme nach Hause und da ist – Bill Hod? Link Williams? Ein diamantbesetztes Zigarettenetui.

Morgens um fünf ging er ins Wohnzimmer und zog sich an. Die Jungs schliefen noch mindestens zwei Stunden weiter. Als er die Schuhe anzog, meinte er, den Perkolator in der Küche blubb-blubbern zu hören, er war sicher, dass es nach Kaffee duftete. Aber weil er nicht wusste, wie er Mamie heute Morgen begrüßen sollte, zog er sich zu Ende an und ging den Flur entlang. Die Schlafzimmertür stand offen, das Zimmer war leer.

Mamie rief aus der Küche: »Biste schon auf, Powther? Deck uns den Tisch, ja? V'lleicht könn wir mal ohne ausgehungerte Armenier aufm Schoß essen.«

Er beschloss, dass er das Ganze gestern Abend geträumt haben musste, dass er einen Albtraum gehabt hatte, ein Nachtmahr, oder wie sein Vater zu sagen pflegte, eine

Nachtmähre. Sie war so heiter heute Morgen, ihre Augen strahlten, ihr Mund war zum Dauerlächeln geschwungen, und sie sang, während sie Speck wendete und Pfannkuchen machte.

»Suppe is in Arbeit«, sagte sie. Er fand sogar ihre Stimme heute Morgen berückender, sie war melodiöser denn je. Und sie war nicht mehr auf Diät. Sie aß alles, was in Sichtweite war.

Als sie zu Ende gegessen hatte, lehnte sie sich zurück, seufzte und zündete sich eine Zigarette an. »Wir lassen das Geschirr stehen«, sagte sie. »Und gehn wieder ins Bett. Viel zu früh zum Aufstehen für arme schwarze Sünder.«

Auf dem Weg ins Schlafzimmer fiel er fast über die eigenen Füße, und bald danach schlief er ein, glitt entspannt in Schlaf, ganz leicht, ganz schnell, so durchrieselt von Zufriedenheit, dass er im Schlaf lächelte, denn ganz kurz, bevor er in die totale Dunkelheit schlidderte, in den Blackout, in die köstliche Besinnungslosigkeit des Schlafs, hatte er noch gespürt, dass Mamie ihren weichen warmen nackten Körper eng an seinen geschmiegt hatte, und überall um ihn herum war ihr kräftiges süßes Parfüm wie eine Wolke.

Als er wieder wach wurde, sah er sich im Zimmer um und versuchte sich zu erinnern, wo er war und wie er hierhergekommen war, und lächelte, als es ihm einfiel. Er setzte sich auf und sah, dass Mamie aufgestanden und beim Anziehen war.

Sie zog immer zuerst die Schuhe an, Strümpfe trug sie im Haus nie, und gerade bückte sie sich, mit dem Rücken zu ihm, und zog ein Paar hochhackige grüne Sandaletten an. Er spöttelte gern über ihre Schuhe-zuerst-Marotte, sie sei bestimmt im Süden geboren, behauptete er, sei bestimmt ein barfüßiges kleines Negerbaby gewesen und erst spät endlich an ein Paar Schuhe gekommen, das

Wohlstandssymbol, das Rangabzeichen, das sie abhob vom Rest des Stamms der Schwarzbarfüße, ein so kostbarer Besitz, dass sie ihn beim Schlafen unterm Kopfkissen hatte und eine Hand darauf legte, wie die Goldschürfer in alten Zeiten, die ihr Beutelchen Goldstaub immer in Reichweite hatten. Beim Aufwachen tastete sie unterm Kissen nach den Schuhen, dann stand sie auf und zog sie an, genau wie jetzt gerade.

Er variierte die Spottgeschichte jedes Mal ein bisschen, änderte mal die Emphase, mal die Details, und schmückte sie aus, manchmal waren die Schuhe scharlachrot, manchmal golden, manchmal hatte sie sie vertrödelt und fand sie nicht wieder, aber wenn sie sie morgens in die Hand nahm, sang sie immer vor sich hin: »All God's chillun got shoes.«

Mamie richtete sich auf, und die neue Geschichte über das erste Paar Schuhe geriet ihm aus dem Sinn. Mamies Figur hatte die Konturen einer Geige, eines Geigenbodens, mit schönen großen Kurven, und als sie sich zum Bett drehte, dachte er: Wenn sie da in einem Rahmen stände, so nackt, und mit einem so erwartungsfreudigen Gesicht, alle Museen der Welt würden ihre Da Vincis und Manets und Rubens verkaufen, nur um diese eine Frau zu besitzen.

Er sagte: »Mamie.«

»Powther!« sagte sie. »Bist wach? Hab doch extra getippelt …« Sie kam zum Bett, setzte sich auf die Kante, umarmte ihn, zog ihn an sich und küsste ihn auf die Wange.

Er dachte: Ich, ich, ich, so gehörnt ich bin, so bekümmert ich oft bin, nach einer Nacht mit dir, dir, dir, du weiches warmes Fleisch, du Parfümduft, zusüß, zusüß, zustark, du Gefühl von kuschelweichen Kissen, du Gefühl von Armen, Beinen, Schenkeln, ich umschlossen von deinen Schenkeln, pure Freude, pure Lust, kein Bedenken, nur Vergessen, völlig vergessen, nein, nicht vergessen, nicht dran denken, wer das sonst noch mit dir macht, Bill Hod die Stirn bieten, Bill Hod und dich und die Welt bezwingen, selbst ich, ein alter Mann, manchmal voller Sorge, immer voller Angst, der lebenslangen Angst, dass du mich verlässt, verlass mich niemals, selbst ich kann, könnte meilenweit laufen, könnte singen, könnte schreien, könnte glauben, dass ich immer und ewig lebe, dass ich niemals sterbe, ich bin zu lebendig, zu erfüllt von Freude zum Sterben.

Er musste aufstehen, sich wieder anziehen und zur Arbeit fahren. Als er ging, saß Mamie auf der Bettkante und sang:

> *Tell me what color an' I'll tell you*
> *what road she took,*
> *Tell me what color an' I'll tell you*
> *what road she took.*
> *Why'n'cha tell me what color an' I'll*
> *tell you what road she took.*

12

Sonntag. Viertel nach zwölf. Powther zog den Mantel an und setzte den Hut auf.

»Ich muss kurz mit Albert reden«, sagte er zum zweiten Mann, seinem Assistenten.

Es war noch mindestens eine halbe Stunde Zeit, bis er mit dem Tischdecken im Esszimmer anfangen musste, mit dem ganzen Erdgeschoss war er gerade durch. Alles war in Ordnung, alles fleckenlos, alles glänzte und blinkte. Und überall Blumen.

Al war nicht in der Werkstatt. Powther hörte Wasser irgendwo hinter der Werkstatt plätsch-plätschern und ging nach draußen zum Platz, wo Al immer die Autos wusch. Gerade spritzte er einen der Kombis mit dem Schlauch ab, er hatte einen roten Kopf, und die Art, wie er mit dem Schlauch hantierte, hatte etwas Gewalttätiges, als ob er damit den Wagen prügeln wollte. Powther fragte sich, warum er ihn überhaupt wusch.

Er sagte: »Schöner sonniger Morgen, Al.« Sonnig, aber kalt. Sehr kalt. Zu kalt zum Wagenwaschen im Freien.

Al sah hoch. »Hallo, Mal«, sagte er und drehte den Schlauch zu. Er trat mit finsterem Blick gegen einen Reifen. »Rogers fährt offenbar den ganzen Tag Pferdescheiße damit spazieren. Die Karre stinkt innen, da kriegste das Würgen. Meine ganze Werkstatt is verstunken wie ein Stall. Also steh ich mitten im Januar draußen und spritze ihn ab.«

Rogers war der Chefgärtner, und Powther interessiert sich nicht die Bohne dafür, was der in dem Kombi spazieren fuhr.

Er sagte: »Ich habe nicht viel Zeit, Al. Ich muss zurück und im Esszimmer decken. Was hast du gestern Abend gemeint mit der Frage, ob ich irgendwas gemerkt habe?«

»Nichts Schlimmes, Mal. Was Komisches. Hahakomisch und puhuhkomisch.« Al senkte die Stimme. »Du weißt ja, wo mein Zimmer ist? An der Werkstatt vorne. Oben, gleich über der Garagentür, ja?«

Powther nickte. Es ging also nicht um den Rolls-Royce, unmöglich, obwohl Leute, die einem was erzählen wollen, zuerst oft mit etwas Belanglosem, Offensichtlichem kommen, aber er fand keine Verbindung zwischen der Lage von Als Zimmer und dem Rolls-Royce.

Al legte den Schlauch ab. »Na, ich hab ja von mei'm Vorderfenster aus die ganze Einfahrt im Blick, klar und deutlich. Und neuerdings seh ich Camilos Wagen die gerade Strecke hochkommen, Abend für Abend. Seit Wochen ist die jetzt die halbe Nacht lang unterwegs.« Er zögerte kurz. Dann sagte er: »Die hat bestimmt achtzig Sachen drauf, wenn die hier hochfährt. Der muss mal jemand sagen, sie soll nicht so rasen, die fährt das Ding sonst garantiert zu Klump.«

»Woher weißt du, dass es nicht der Captain ist, der spät nach Hause kommt?« Skandal, dachte Powther. Al interessiert nicht die Geschwindigkeit, sondern der Skandal.

»Woher weißt du, dass es nicht der Captain ist?«, fragte er noch mal. »Bist du sicher, dass es Miss Camilo ist?«

»Ob ich sicher bin? Hör mal zu, Mal, sie fährt den Wagen selber in die Garage. Die fährt den immer selber rein. Nicht so wie 'n paar von den reichen Drecksäcken, bei denen ich gearbeitet habe, die können genauso gut fahren wie ich, aber die lassen ihre Karre immer vor ihrer Hütte stehen, damit ich die dann reinstelle, aus lauter Schiss, dass ich nicht genug schaffe für ihr Geld, wenn ich die nicht in die Garage fahre.

Zwei Nächte lang hab ich gedacht, da schießen bloß Blitze durch die Jalousie oben. Bin wach davon geworden. Zwei Nächte hinter'nander. In der dritten dacht ich, nee, is kein Blitz, was mir ins Gesicht haut, nich im Dezember, drei Nächte hinter'nander, ich steh also auf und kuck aus'm Fenster. Und unten im Wagen sitzt Camilo. Die muss ja warten, bis die Tür aufgeht. So Automatiktüren sind ja so gebaut, dass die nich in Nullkommanix aufgehen.

Und seitdem seh ich sie, drei, vier Nächte jede Woche. Sonnabends kommt sie noch später. Hab gesehn, wie die selbst bei schlechtem Wetter am Steuer sitzt, Verdeck auf, Kopf hoch, und zukuckt, wie die Tür aufgeht. Sieht ja kein Mensch sonst aus wie die oder hat so Haare. Ist eindeutig Camilo. Sonnabends kommt die um vier, fünf Uhr morgens und fährt wie 'ne gesengte Sau.« Er sah einen Moment lang finster drein.

Dann fuhr er fort: »Die – also, wenn ich der Captain wär, ich würd die, also, sieht aus wie'n Engel, wenn die da sitzt und zukuckt, wie die Tür hochgeht.«

Powther dachte: Kein Wunder, dass der Captain so missmutig wirkte. Der Captain speiste sonntags, selbst wenn Miss Camilo weg war, immer mit der Madam zu Abend. Und in letzter Zeit hatte er eine Miene, dass Powther sich fragte, was mit ihm los war. Jetzt verstand er, was dahintersteckte.

Er wusste ja selbst, wie das ist, wach zu liegen und zu grübeln, wo die eigene Frau ist, was sie gerade tut, wusste, wie das ist, so zu tun, als ob man schläft, wenn sie zu unchristlicher Stunde endlich nach Hause kommt, nach Hause von Gott weiß woher und Gott weiß was, und sich auszieht und ins Bett steigt und beinah sofort entspannt einschläft, wusste, wie das ist, wenn man sich auf den Ellbogen stützt, ganz vorsichtig, um die Schlafende nicht zu stören, und ihr Gesicht ausforscht, ihr Gesicht studiert, versucht, in einem nur schwach vom Straßenlicht erhellten Zimmer aus diesem friedlichen, entspannten, schönen Gesicht herauszulesen, wo sie gewesen war, was sie getan hatte, denn zu fragen würde er nie wagen.

Al sagte: »Wo fährt die dann hin?«

»Keine Ahnung«, sagte Powther schroff. »Das wüsste ich auch gern. Wahrscheinlich werd ich's nie erfahren.« Dann fiel ihm wieder ein, dass Al Miss Camilo gemeint hatte. »Entschuldigung«, sagte er, »ich hatte gerade an etwas anderes gedacht. Ich habe keine Ahnung, wo sie hinfährt.«

»Nach zehn rollen die hier die Bürgersteige hoch. Da gibt's nichts mehr, wo irgendwer hingehen kann. Was macht Camilo bis zum Morgengrauen in'ner verriegelten Stadt? Bei Wind und Wetter. Die kennt doch keinen in Monmouth.«

»Wahrscheinlich fährt sie nach New York«, sagte Powther. Er verspürte den Drang, Al abzulenken von der ganzen Sache, sie ging ihn nichts an. »Ihre Freunde wohnen alle in New York. Oder Boston. Junge Leute fahren gern ein paar Hundert Meilen oder mehr zu einer Party oder zum Tanzen.«

»Nein, macht sie nicht«, sagte Al.

»Woher weißt du das?«

»Ich mess immer den Benzinverbrauch. Übers Wochenende ist die in New York, kein Zweifel. Aber die andern Tage nicht. Die verbraucht keine zwei Liter von hier bis da, wo sie hinfährt. Das muss irgendwo hier in Monmouth sein. Und in Monmouth kennt die keinen.«

Powther seufzte. »Hör mal, Al, vielleicht spielt sie Canasta oder geht ins Kino …«

»Nachts um drei hat kein Kino offen.« Al blieb stur. »Die Treadways hatten nie nix am Hut mit der Stadt. Ich bin jetzt zwanzig Jahre bei denen, die Witwe kauft nicht mal

ihre Klamotten hier. Camilo kennt nicht mal Straßenna-
men. Da gibt's nichts für sie. Was treibt die da, Mal?«

»Wahrscheinlich hat sie doch Freunde in Monmouth«,
sagte Powther fest. »Wie auch immer, ich muss das Esszimmer herrichten. Bis später.«

»Komm ruhig raus, wenn du fertig bist, ich fahr dich
zur Straßenbahn, Mal.«

»Danke, Al.« Auf der Fahrt zur Haltestelle würde er Al
irgendwie klarmachen müssen, dass es ihn nichts anging,
was Miss Camilo tat oder nicht tat. Er überlegte, warum
Al das bis jetzt für sich behalten hatte, wenn er es schon
»seit Wochen« wusste.

Er mochte Miss Camilo. Sie war in vielem wie die Witwe,
jünger natürlich, aber ebenso nett und freundlich. Gute
Arbeitgeber. Aufmerksam.

Er vergaß Al und Camilo, während er sich im Esszimmer zu schaffen machte. Er deckte den Tisch immer selbst,
es machte ihm Spaß. Und er war stolz auf das Ergebnis.
Für das intime Familiendinner heute stellte er einen kleinen runden Tisch in den großen Erker. Die Fenster gingen
nach Westen, und pünktlich zum Abendessen legte sich die
Wintersonne wie ein Scheinwerfer über den Tisch. Sein
erster Ausbilder war ein Armenier gewesen, ein merkwür-
diger Mann, total unzuverlässig und unberechenbar, aber
im Herzen ein Künstler. Er sagte immer: »Das Essen, also
das ist wichtig, ja. Aber das Esszimmer noch viel mehr. Du
musst es inszenieren wie eine Bühne, Powther, wie eine
Bühne. Du musst immer die Kulissen variieren, je nach
Essen und Uhrzeit, das muss alles zusammenpassen.«

Deshalb nahm er sonntags, wenn das Dinner ganz un-
schick schon um drei Uhr nachmittags serviert wurde, immer das Crown-Derby-Service, die alten silbernen Kelche
und das Versailles-Besteck. Herzstück war eine Imari-
Schale voll Chrysanthemen, weil die roten und lohgelben

Blüten die Farben des Crown-Derby-Porzellans wiederholten. Wenn er zum Essen läutete, würde die Sonne auf dem Tisch liegen und sich im Zimmer verbreiten und die Gainsboroughs und die Mahagonitäfelung und das Messing am Kamin bescheinen, und der Raum selbst würde die Farben auf dem Tisch in sich aufnehmen und wie ein Echo weitergeben.

Um Viertel vor drei zündete er das Feuer im Esszimmerkamin an und blieb davor stehen, bis er sicher war, dass es gleichmäßig brannte. Wieder fiel ihm Miss Camilo ein, und er sagte kopfschüttelnd und fast unhörbar: Liebe Güte. Er hätte doch wissen müssen, dass das irgendwann passieren würde.

Eines Morgens im letzten Sommer war er auf dem Weg ins Haus an der Garage vorbeigekommen, als sie gerade den langen roten Cadillac heraussetzte. Sie fuhr rückwärts und hielt den Kopf gedreht, um die Spur zu halten, und er sah eine ungeduldige Schärfe in ihrem Gesicht, kein Lächeln.

Sie winkte ihm zu. »Oh, oh, oh. Wo warst du denn, Powther?«

»Zu Hause bei meiner Frau«, antwortete er. »Das wird ein schöner Tag, Miss Camilo.«

Sie hatte in den Himmel gesehen. »Möchte ich annehmen. Ja, wird es wohl. Obwohl mir die manchmal einer wie der andere vorkommen.«

Du liebe Güte, hatte er gedacht und ihr hinterhergesehen, in Ihrem Alter und mit Ihrem Aussehen, den seidig glänzenden Haaren und dem hübschen Lächeln müssten Sie eigentlich sagen: Ja, wie schön, am Leben zu sein an so einem Morgen, das müsste doch in Ihrem Gesicht stehen, so ein Morgen, so eine Freude, am Leben zu sein. Aber Sie sehen aus, als ob Sie weder tot noch am Leben wären, oder beides irgendwie halb.

An einem solchen Morgen würde er am liebsten singen und schreien, weil ihn Mamie die halbe Nacht lang in den Armen gehalten hatte, jetzt sah er den Wagen die Einfahrt entlangrasen, schneller, immer schneller, ein hinter der Kurve verschwindender roter Blitz, Verdeck offen, im Wind flatternde gelbe Seidenhaare, nicht gefärbt, die Leute hielten sie immer für gefärbt, aber das waren sie nicht, und dachte: Du liebe Güte, wenn doch die Frau vom jüngsten Copper tot wäre, dann könnte Miss Camilo den Mann finden, nach dem sie sucht.

Noch eine Minute bis drei. Er öffnete die Türen zum Esszimmer, warf einen kurzen Blick zurück, Sonnenlicht im Raum, ruhig brennendes Feuer im Kamin, die roten Damastvorhänge mit ebenmäßigen Falten an den Fenstern, die Gainsboroughs allesamt gerade an den Wänden, Perserteppich fusselfrei. Er hatte gut gearbeitet. Selbst in diesem riesigen Raum, selbst aus dieser Entfernung ging der Blick sofort zum Esstisch. Die Sonne war ganz darauf konzentriert, und in ihrem Licht glänzte sogar das Holz an den Adam-Sesseln.

Um Punkt drei trat er in den Salon und rief zum Abendessen. Er hatte den Eindruck, dass die Madam, Miss Camilo und der Captain froh darüber waren und dass sie alle drei schweigend dort gesessen hatten.

Während er ruhig durchs Esszimmer ging und servierte, dachte er über den Captain nach, überlegte, warum er den Captain innerlich abgemeldet hatte, als er Miss Camilo einmal im letzten Sommer die Einfahrt hinunterfahren sah. Abgemeldet, als ob er gar nicht existierte. Aber das taten eigentlich alle, das gesamte Personal und sogar die Madam.

Der Captain sah gut aus, ein großer junger Mann, Kopf und Gesicht wohlgeformt. Zweifellos ein Gentleman. Nur – laut Al war er ein zahmer Kater. Und diesmal passte Als

Beschreibung wirklich auf jemanden. Der Captain war zu nett, zu sanft, zu wohlerzogen, dachte Powther. Nun ja, er stammte aus einer alten New Yorker Familie, vielleicht war der Stammbaum verdorrt, das Familienblut zu verdünnt. Vielleicht hätten paar Vorfahren in sinnenfreudige Bauernfamilien einheiraten sollen.

Miss Camilo dagegen ... Er beobachtete sie am Tisch, wie sie da saß und redete und lachte. Eine hinreißende Schönheit ist sie geworden. Hat etwas Strahlendes, einen Glanz, der mit dem Raum konkurriert, nein, ihn überstrahlt. Er ist tief in ihr, ihren Haaren, ihren Augen. Ich weiß, was das ist, dachte er, bei Mamie war das genauso.

Er verfolgte nur selten, worüber bei Tisch gesprochen wurde, außer es ging um etwas sehr Unübliches, meistens war er damit beschäftigt, dass alles glatt lief. Aber heute hörte er zu.

Der Captain (tippte mit dem Zeigefinger auf die nächste Blüte in der Tischmitte, sah aber nicht die Blumen, sondern Miss Camilo an): Die Chrysanthemen sind wunderhübsch, Mrs. Treadway.

Wieder fand es Powther komisch, dass der Captain seine Schwiegermutter Mrs. Treadway nannte, nicht Elinor, nicht Mutter, immer Mrs. Treadway.

Die Madam: Rogers sagt, das liegt an der vielen Sonne diesen Winter. Im Gewächshaus blüht alles.

Der Captain (immer noch mit Blick auf Miss Camilo): Lass uns nach dem Essen einen Ausflug machen, Cammie.

Miss Camilo: Einen Ausflug?

Der Captain: Ja, wir fahren bis ganz weit hinter Boston, irgendwohin, von wo aus wir trotzdem morgen früh zu einer anständigen Zeit wieder in Monmouth sind.

Miss Camilo: Du meinst, übernachten?

Der Captain: Natürlich. Im ersten brauchbar aussehenden Gasthof auf dem Weg. Wir spielen Gasthofjagd, bis wir den absolut perfekten finden, mit Windsor-Sesseln und Kaminen und allem (sein Ton veränderte sich, wurde weicher), so wie früher immer.

Die Madam: Wahrscheinlich liegt überall Schnee, und im Schnee ist es wunderschön auf dem Land.

Miss Camilo: Komm doch mit, Mutter. Du hast noch nie einen Ausflug mit uns gemacht.

Powther beobachtete den Captain und fand, dass er seine Gesichtsmuskeln kontrollierte, die Miene blieb exakt dieselbe, aber die Erwartungsfreude, sein erwartungsvolles jugendliches Aussehen waren entglitten, das Glänzen verschwand aus den Augen.

Der Captain: Gute Idee. Sie kommen mit, Mrs. Treadway.

Die Madam: Es geht wirklich nicht. Ich habe um neun einen Termin in der Fabrik. Vielen Dank für die Einladung.

Miss Camilo sah den Captain an, und Powther runzelte die Stirn, was er gar nicht wollte, aber auch nicht verhindern konnte, weil er, als Miss Camilo dem Captain einen sehr langen und liebevollen Blick schenkte, nur dachte: Sie hat einen Liebhaber und kippt vor lauter Glücklichsein ein bisschen vom Glück mit ihm über den Captain, und der glaubt, er sei der Grund für ihr Glück, aber eines Tages, eines Tages …

Er wartete im Anrichtezimmer, bis sie mit dem zweiten Gang fertig waren. Und dachte über sich und Mamie nach.

Ein Jahr, nachdem Mamie und er geheiratet hatten, wusste er, dass etwas nicht stimmte, aber er wusste nicht, was. Ein Indiz war, dass ihre Mundwinkel abwärts zeigten und sie nur noch selten lachte; eigentlich war Lachen so natürlich wie Atmen für sie, jetzt hatte sie etwas Träges und Gleichgültiges an sich, das ihn beunruhigte. Vielleicht wenn wir Kinder hätten, hatte er gedacht, und sie hatte zugestimmt. Nach der Geburt von Kelly und Shapiro war sie wieder wie immer, aber als die beiden ungefähr zwei waren, fand sie sie langweilig, wurde schnell böse und ungeduldig mit ihnen, und dann, ungefähr ein Jahr später, war sie wieder das Rubens'sche Weib mit dem fleischlichen Strahlen, und ihr Lachen plätscherte ständig durchs ganze Haus. Sie sang auch ständig, und ihre Stimme war noch tiefer und voller geworden, ein wunderschönes Timbre, was er sich damit erklärte, dass Kinderkriegen Frauen wohl auf wundersame Weise verändert.

Er hätte das so hingenommen, wären da nicht die neuen Kleider gewesen. Er kannte den Inhalt von Mamies Kleiderschrank weitaus besser als die meisten Ehemänner, er bürstete ihre Sachen ab, wusch und bügelte sie, erledigte kleine Ausbesserungen. Und ständig fand er neue Kleider, neue Mäntel, neue Kostüme. In ihren Kommodenschubladen lag auch immer neue Unterwäsche, und Strümpfe, Dutzende Strümpfe.

Tief in seinem Inneren wusste er, dass sie einen Liebhaber hatte, dass irgendein Mann in ihr Leben getreten war, und als er einmal unverhofft schon nachmittags nach Hause kam, saß tatsächlich ein Mann in der Küche. In Hemdsärmeln. Gestärktes weißes Hemd. Kein Schlips. Kragen offen. Ärmel aufgekrempelt. Er trank ein Glas Milch. Als Powther hereinkam, sprang der Mann auf und stand da, alles in einem Satz.

Mamie sagte locker und unbefangen: »Powther, das ist mein Cousin, Mr. Bill Hod. Bill, das ist Powther.«

Vor ihm stand ein Mann wie eine Statue, nirgends ein Gramm Fett, breite Schultern, schmale Hüften, ein hochgewachsener Mann mit einem anmutigen wendigen Körper und einem Gesicht wie einer dieser alten Päpste auf dem düsteren kleinen Ölbild in Old Coppers Bibliothek, einem grausamen Gesicht und Augen, die alles sahen und nichts verrieten, und einem grausamen Mund mit schmalen Lippen, wie ein Hai.

Er taxierte Powther mit einem raschen Blick von Kopf bis Fuß, nickte, setzte sich wieder und trank die Milch aus. Gleich danach ging er.

Powther stellte vorsichtig Fragen über Bill Hod, erfuhr aber kaum mehr, als jeder scharfsichtige Mensch allein an diesem Gesicht abgelesen hätte. Beim Friseur hieß es, er sei der Besitzer der Last Chance, ein Zocker, er betreibe Läden mit üblem Ruf und beherrsche das Lottowettgeschäft und, was vermutlich näher an der Wahrheit lag, niemand wisse genau, was für illegale Geschäfte er betrieb oder kontrollierte, aber er war zweifellos ein Gangster. Angeblich war er auf einem Auge blind, aber niemand wusste, auf welchem, sie hatten beide den gleichen leeren Ausdruck, es wusste auch niemand, wie er das eine Augenlicht verloren hatte, falls er überhaupt auf einem Auge nichts sah. Kein Mensch wusste, wie alt er war, von seinem Gesicht, rein von seinem Gesicht her ging er glatt als bösartiger achtzigjähriger Alter durch, aber seine Haare waren dicht und glänzend schwarz wie bei einem gut zwanzigjährigen jungen Mann.

Powther hatte keinen Beweis, dass Mamie einen Liebhaber hatte und wenn ja, dass es Bill Hod war. Nach allem, was er wusste, konnte Hod wirklich und wahrhaftig ihr Cousin sein. Er musste es herausfinden. Und so eröffnete er das gefährlichste, riskanteste aller Spiele, die Ehepaare miteinander spielen. Er musste es herausfinden, bestätigt haben, musste es wissen, konnte nicht leben, ohne es zu wissen, und so erledigte er seine Arbeit in Treadway Hall so schnell er konnte, kam er zu unverhofften Zeiten nach Hause, leise und unangekündigt.

Manchmal war Mamie allein zu Hause, manchmal war sie gar nicht da. Einmal saß Bill Hod am Küchentisch mit aufgekrempelten weißen Hemdsärmeln und offenem Kragen und trank Milch, und Mamie saß ihm gegenüber, trank Kaffee und aß Krapfen.

Mamie sagte: »Nimm auch einen, Powther. Hat Weak Knees gebacken. Das ist der Koch in Bills Laden.«

Powther aß einen Krapfen, trank eine Tasse Kaffee, wanderte nervös vor der Spüle hin und her und dachte: Der hat irgendwas an sich, was ist das, das liegt nicht bloß am Gesicht, das ist mehr als bloß das Gesicht, ich weiß nicht, was das ist, aber ich habe Angst vor ihm. Seine Hände fingen an zu zittern, und er stellte die halb volle Kaffeetasse in der Spüle ab, aus Angst, sie fallen zu lassen, und knabberte am Krapfen, ohne ihn wirklich zu schmecken, und merkte gleichzeitig, dass dieser Krapfen unglaublich gut schmeckte, besser als alle, die er je gegessen hatte, und dass dieser Weak Knees, wer immer das war, kraft solcher Krapfen Koch im Weißen Haus sein könnte. Obwohl die besten Köche über das Weiße Haus als Arbeitgeber nur höhnisch lachten, ein Prestigeposten, klar, aber bei Pfennigfuchsern, da konnte man sich nicht wirklich entfalten wie, sagen wir, in der Küche von irgendeinem Millionär im Land.

Er sah kurz ins Esszimmer, wie weit sie mit dem Essen waren. Dann ging er hinein und fing an, die Teller abzuräumen. Die Madam und der Captain wollten gerade den nächsten Streit über Politik vom Zaun brechen.

Die Madam: Ach, Bunny, das ist doch Unsinn. Auch wenn der ganze Reichtum in diesem Land aufgeteilt würde, wären nicht mal ein Jahr später dieselben Leute reich und dieselben Leute arm.

Der Captain: Das bezweifle ich. Weil …

Miss Camilo (sie schenkte ihm wieder einen langen liebevollen Blick, und wieder war Powther sicher, dass er nicht dem Captain galt, sondern durch jemand anderen beflügelt war und also auch dem anderen galt, obwohl der nicht da war): Dann lass uns achtzig Meilen nach Norden fahren und dann zwanzig Meilen nach Westen und schauen, was wir finden.

Miss Camilo hatte das Thema so abrupt und schnell gewechselt, dass Powther keine Chance für die Madam und den Captain sah, den Streit wieder aufzunehmen. Nach dem, was die Madam vorher gesagt hatte, waren sie wieder mal auf ein unschönes Wortgefecht über Roosevelt zugesteuert. Egal, womit sie anfingen, immer endete es in einem Streit über Roosevelt, und immer schaffte es die Madam, den Captain als Trottel zu bezeichnen.

Powther trug das Dessert auf und brachte das Kaffeeservice herein. Das Gespräch ging wieder um den geplanten Ausflug.

Die Madam: Habt ihr je etwas Schönes dabei entdeckt?

Miss Camilo: Du würdest staunen, was man alles findet, wenn man einfach losfährt und nicht genau weiß, wohin. Sogar hier in Monmouth.

Der Captain: Das stimmt. Monmouth steckt voller Überraschungen. Vor allem, wenn man am Fluss entlangfährt.

Die Madam: Was denn für Überraschungen?

Der Captain: Der Blick auf den Fluss. Vielleicht liegt es an der Fototapete in der Eingangshalle, vielleicht habe ich ihretwegen den Fluss erst richtig sehen gelernt. Aber schon von ein paar Nebenstraßen aus hat man kurz ganz herrliche Aussichten, und wenn man dem Flusslauf dann direkt folgt, fühlt man sich, als wäre man selbst ein Entdecker und hätte ein Geheimnis gefunden, auf das noch kein Mensch vorher gestoßen ist.

Miss Camilo: Mir geht es auch so. Das ist, wie wenn man endlich etwas findet, dem man sein Leben lang hinterhergejagt ist, ohne zu wissen, dass man danach gesucht hat.

Und plötzlich sieht man es, da ist es, das so lange Gesuchte ist da, in dem Fluss.

Powther reichte die Kaffeetassen weiter, die die Madam einschenkte. Er war etwas überrascht, als Miss Camilo sie noch einmal drängte mitzufahren.

Miss Camilo: Ach, komm doch mit, Mutter. Es macht solchen Spaß, einfach loszufahren und nicht zu wissen, wohin es geht und was man dann da findet.

Der Captain (schnell): Wir gehen alle auf Entdeckungsfahrt. Bitte, Mrs. Treadway, spielen Sie Gasthofjagd mit uns. Wir sind einfach mal alle Christoph Kolumbus. Nein. Sie dürfen Cortés sein, der war besser als die anderen Männer. Cammie ist Ponce de León. Und ich, ach, ich fahre einfach mit und führe das Logbuch.

Die Madam warf Captain Sheffield einen belustigten scharfen Blick zu. Auch Powther sah ihn an, fand aber nicht heraus, ob der Captain einen Witz gemacht und die Madam und Miss Camilo mit etwas aufgezogen hatte, das er nicht verstand, oder ob der Captain zornig war, zornig aus lauter Angst, die Madam könnte nicht begreifen, dass drei einer zu viel sind, und mitfahren, und es sarkastisch gemeint hatte.

Die Madam: Danke für die Einladung, aber ich kann wirklich nicht mitkommen. Und selbst wenn ich könnte, die Vorstellung, auf die Jagd nach einem Ort zum Übernachten zu gehen, gefällt mir nicht. Ich nehme ehrlich gesagt lieber mein eigenes Bett in meinem eigenen Zimmer oder ein ebenso bequemes Bett in einem Hotelzimmer, das vorab für mich reserviert wurde.

Miss Camilo: Tja, wir haben's versucht, was, Bunny?

Der Captain: Aber irgendwann kommen Sie mal mit, ja?

Die Madam: Nicht, wenn ihr Gasthöfe suchen wollt. Aber wenn ihr mal vorher wisst, wo es hingeht, und mir das auch vorher sagt, komm ich liebend gern mit.

Miss Camilo: Gut, Bunny, wir können los, ich muss nur noch die Zahnbürste einpacken.

Al fuhr den Rolls-Royce aus der Garage. »Camilo scheint mit ihrn Cadillac weg zu sein. Hab ich gar nicht mitgekriegt.«

Powther sagte: »Sie fährt mit dem Captain ins Wochenende.«

»Camilo mit Bunny?« Al klang überrascht.

»Genau.«

»Du meinst, die sind zusammen irgendwo hin?«

»Genau.«

Al war seltsam still. Powther sah ihn immer wieder an. Al schien nachzudenken, sich über etwas den Kopf zu zerbrechen. Kurz vor der Haltestelle ging Al vom Gas, dann sagte er: »Ah, is doch wurscht. Ich fahr dich ganz nach Hause, Mal. Hab ja sonst nichts zu tun.«

Kurz darauf saß Al hinter einer Straßenbahn fest und musste langsam hinter ihr her kriechen, Straße nach Straße, Block nach Block, Überholen ging nicht, es war dichter Sonntagsverkehr. Die Sache mit Miss Camilo und dem Captain hatte Powther daran erinnert, wie er einen ganzen Tag lang Straßenbahn gefahren war, von frühmorgens bis spätabends. Heiß war es auch gewesen, der Tag hatte schon ganz früh heiß angefangen, und die Madam hatte plötzlich beschlossen, über ein verlängertes Wochenende nach Newport zu fahren und Freunde zu besuchen.

Er hatte rasch alles in Treadway Hall organisiert und mit Mrs. Cameron besprochen, wer wann freinehmen durfte, und war nach Hause geeilt. Er musste sich immer wieder die Stirn mit einem Taschentuch abtupfen, hätte die Straßenbahn am liebsten vorwärts gescheucht, und dieses innere Dalli, Dalli, Dalli war so anstrengend, dass er nur noch mehr schwitzte. Er fuhr weiter zu unverhofften Zeiten nach Hause, er wollte immer noch unbedingt herausfinden, ob Bill Hod Mamies Liebhaber war oder bloß ihr Cousin, wie sie behauptete.

Er ging leise ins Haus und schlich die Treppen auf Zehenspitzen hoch, eigentlich gab es keinen Grund, sich schon im Treppenhaus leise zu bewegen, aber er fühlte sich, sobald er durch die Haustür kam, wie ein Spion, ein Verschwörer, deshalb ging auf Zehenspitzen die Treppen des alten Mietshauses hoch, in dem sie gewohnt hatten, bevor sie in Mrs. Crunchs wunderbar gepflegtes, schönes, altes Backsteinhaus auf der Dumble Street gezogen waren.

Hunderte Male war er in jenem Mietshaus ein- und ausgegangen, aber aus irgendeinem Grund, vielleicht weil er an dem Tag besonders empfindlich auf alles reagierte und es entsetzlich heiß war und er schwitzte, jedenfalls fand er das Treppenhaus diesmal beeindruckend hässlich. Im ersten Stock brauchte er eine Pause, blieb einfach am Geländer stehen und dachte: Wer immer dieses Treppenhaus gestrichen hat, hätte der nicht zwei Drittel Grün und ein Drittel Hellbraun nehmen können, oder drei Viertel Grün und ein Viertel Hellbraun? Er sah ein paarmal an der Trennlinie zwischen beiden Farben entlang, auf der Suche nach irgendeinem Bruch der Ebenmäßigkeit. Sie war so verdammt monoton, und er verspürte einen seltsamen, unerklärlichen Zwang, die Metallprägung auf der Wand zu berühren, mit den Fingern zu erkunden. Es war immer und immer dasselbe Muster, exakt im selben Abstand, das Metall kühl unter seinen Händen, seine Hände heiß, zu heiß. Er versuchte es zu erkennen. War das ein Blatt? Die Bourbonenlilie? Nein, irgendein konventionelles Ornament, ohne Bedeutung, unerkennbar. Aber immer dasselbe und noch mal und noch mal.

Normalerweise ging er dicht an der Wand hoch, weit weg vom Treppengeländer, aus Furcht, dranzustoßen, es war immer schmierig. Er war noch nie stehen geblieben und hatte die Wand genau betrachtet. Sein Herz ging schneller und schneller, und er dachte: Da oben stimmt etwas nicht. Vielleicht ist Mamie gar nicht da. Vielleicht hat sie mich verlassen.

Er fasste immer wieder an die Wand, seine Finger fanden es anscheinend irgendwie befriedigend, den Abstand zwischen den metallenen Mustern zu überprüfen. Er zog die Hand weg, aber sie schnellte wieder vor, anscheinend aus eigenem Antrieb, als ob etwas in seiner Hand diese blödsinnigen Prägungen unbedingt an der richtigen Stelle finden müsste, genau da, wo sie hingehörten.

Er dachte an Mrs. Adams, ihr gehörte das Gebäude. Sie war für das hässliche Treppenhaus verantwortlich. Sie war bestimmt siebzig und hatte kaum graue Haare, aber die dichten schwarzen Wollhaare über ihrem dunkelbraunen Teint und den tiefen Falten an beiden Mundwinkeln erzeugten eine völlig falsche Wirkung. Ein Auge stand schief, deshalb war er nie sicher, ob sie ihn ansah oder etwas über seinem Kopf oder rechts neben ihm.

Mrs. Adams hatte eine alberne Angewohnheit. Wenn sie nicht flüsterte, sprach sie in einem dünnen Wimmerton. Eine fiese alberne Angewohnheit. Er war sicher, dass sie Ohrringe mit echten Perlen trug, und dachte, sie würde es bestätigen, wenn er sie lobte. Tat sie aber nicht. Sie beherrschte sich, bog den langen Hals und sagte nur: »Sie haben meiner Großmutter Williams gehört.« Das war's.

Wenn er an sie dachte, fiel ihm die Handtasche ein, die sie immer bei sich hatte. Sie gab sie nie aus der Hand beziehungsweise aus dem Arm, denn sie hielt nicht nur die Hand drauf, sondern trug sie auch stets unterm Arm. Egal was sie tat, sie stellte sie niemals ab. Die Miete kassierte sie persönlich, zählte erst sorgfältig nach, klappte dann die Tasche gerade so weit auf, dass sie die Scheine und Münzen hineinschieben konnte, und klappte sie wieder zu, es sah linkisch aus, wie ihre knochigen Hände den kräftigen Verschluss begrapschten und befummelten, weil sie die Tasche auch beim Auf- und Zuklappen immer unterm Arm hielt.

Alles an ihr war dürr, die Arme, die Schultern, die Beine, die Füße, die schmalen langen Füße. Aber sie hatte einen unglaublichen Hängebauch, tief nach unten gesackt und schlackernd, vielleicht ein Hinweis auf einen großen Tumor im Innern. Sie ging langsam, steifbeinig, als wären die Beine morsch und sie müsste jeden Schritt vorausplanen, damit nicht eins wegbröckelte.

Kurz nachdem Mamie und er eingezogen waren, hatte er Mrs. Adams im Treppenhaus getroffen, sie kam gerade herein, die Tasche unter den Arm geklemmt, die Hand auf dem Verschluss. Er hätte gern, erklärte er, dass sie die Wohnung streichen ließ.

»Alles so hoch, Mr. Powther«, sagte sie und rückte näher. Sie tat furchtbar vertraulich. Fing an zu flüstern. »Was mich das kostet, das Haus warm zu kriegen, der neue Heizkessel letztes Jahr, und gerade musste ich neue Mülltonnen kaufen. Vorschrift vom Gesundheitsamt, dabei waren die alten noch eins a, bloß die Deckel waren ab. Diese kleinen Nigger, die andauernd auf der Straße rumrennen, die klauen alle Mülltonnendeckel. Die großen Nigger klauen die Griffe und nehmen die als Totschläger, die kleinen Nigger klauen die Deckel, ich weiß nicht, wofür. Was die mich gekostet haben, die neuen Tonnen, das Geld hätte ich auf die hohe Kante legen können, das hätte noch einige Zeit gereicht. Jetzt habe ich Ketten gekauft und die Deckel angekettet. Dem Mann vom Gesundheitsamt habe ich gesagt: ›Hören Sie mal, ich bin eine arme schwarze

Frau und Witwe, ich kann nicht so mit Geld rumschmeißen.‹« Sie hielt inne, seufzte und rückte noch etwas näher. »Tja, hat auch nichts genützt.«

Ihr wanderndes Auge schien etwas Interessantes hinter ihm gefunden zu haben, auf halber Treppe, jedenfalls fokussierte es sich darauf, während das andere Auge seinen Schädel zu studieren schien. Du lieber Gott, dachte er, warum habe ich die um Farbe gebeten? Warum habe ich die überhaupt um etwas gebeten?

Mrs. Adams kam noch ein Stück näher, ihr enormer weicher Riesenbauch schlackerte gegen ihn. Sie roch alt und modrig und, am unangenehmsten, nach einer Art Parfüm. Er rückte weg, aber ihr Bauch kam hinterher, drückte sich an ihn.

»Zu Ihrer Farbe. Also, Mr. Powther, ich vermiete die Wohnungen so, wie sie sind. Für Farbe habe ich keinen Cent übrig. Nicht einen. Bei dem, was ich an dem Haus hier verdiene, könnte man meinen, ich bin bloß der Hausmeister.«

Also hatte er selbst die Maler bestellt und bezahlt, und gleich danach hatte er im Bad einiges neu installieren lassen, obwohl er genau wusste, wenn Mamie und er mal auszogen, würde Mrs. Adams die Miete verdoppeln, weil er alles mit seinem Geld verschönert hatte.

Er wusste nicht, wieso er über Mrs. Adams nachdachte, wusste nicht, warum er da regungslos am Geländer auf dem Absatz im ersten Stock in Mrs. Adams' heruntergekommenen Haus gestanden hatte. Er hatte alles für Mamie getan, ihr alles gegeben, sie tun lassen, was immer sie wollte. Er musste nicht in diesem Farbigenslum wohnen. Wenn es Mamie nicht gäbe, würde er in Treadway Hall wohnen, in seinem eigenen Bereich, eingerichtet vom Allerfeinsten. Aber in so ein Leben hätte Mamie nicht gepasst. Es war schlimm genug, nach Hause zu kommen und auf Bill Hod zu stoßen – Rogers den Gärtner oder Al den Chauffeur oder den französischen Koch, irgendeinen der Männer, mit denen er jeden Tag zusammenarbeitete, in einer intimen Situation mit Mamie zu erwischen, das wäre nicht auszuhalten.

Außerdem sagte Mamie selbst immer: »Powther, weiße Leute haben so was, das werd ich nie begreifen. Und die gottsehrliche Wahrheit ist, ich will's nicht mal versuchen. Ich fühl mich verdammt wohler, ich hab mehr gottsehrlich Spaß, wenn ich die alle als Bastarde anseh und strikt in Ruhe lasse. Leben und leben lassen, ist meine Devise. Ich behellige die nicht, die behelligen mich nicht, so kommen wir miteinander aus. Wenn die das mit mir genauso halten, ist das total in Ordnung. So geht: Wir sind quitt, Pit.«

Danach fing sie an zu singen, und wenn sie sang, konnte man nicht reden, sich nicht mit ihr streiten, man musste zuhören. Vielleicht sang sie deshalb, es bedeutete ja, dass er mit ihr über nichts diskutieren konnte, worüber sie nicht diskutieren wollte. Sie fing einfach mit dem Lied an, das er nicht mochte. Er hielt es für ein Spiritual, aber so wie sie es sang, klang es wie die Art Musik, die nicht im Radio gespielt, nicht auf Platten gepresst wurde:

> *Same train carry my mother;*
> *Same train be back tomorrer;*
> *Same train, same train.*
> *Same train blowin' at the station,*
> *Same train be back tomorrer;*
> *Same train, same train.*

Wenn es Mamie nicht gäbe, sein Leben wäre so beschaulich und befriedigend wie überhaupt möglich. Er hatte eine Arbeit, die er liebte. Er erledigte sie vorzüglich und wusste es, er wurde gut bezahlt, das gesamte Personal mochte ihn und achtete ihn. Die Madam ebenfalls. Sie vertraute ihm sogar. Nicht einmal ihre Zofe genoss so viel Vertrauen bei der Madam wie er. Ganz zu Anfang war er sicher gewesen, dass sie Bedenken hatte und immer überlegte, ob es nicht ein Fehler gewesen war, ihn einzustellen, sie hatte ja vorher nie farbiges Personal in Treadway Hall gehabt, also war das wohl verständlich. Er erkannte es daran, wie sie ihn beobachtete, mit einer gewissen Skepsis im Blick. Aber gegen Ende des ersten Jahres hatte er sich als derart hervorragend erwiesen, dass sie seine Hautfarbe völlig vergaß. Irgendwann erzählte sie ihm sogar, sie habe gar nicht gewusst, wie schön das Haus war, bevor er es übernommen hatte.

Ja, ohne Mamie liefe alles reibungslos. Aber ohne Mamie konnte er nicht leben. Er würde sterben. Er würde verdorren und sterben, wenn sie ihn verließe. Plötzlich fühlte er sich alt, entsetzlich alt, und tat sich selbst so leid, dass er einen Moment lang fürchtete, gleich zu weinen. Das liegt an diesem gottverdammten Treppenhaus, dachte er. Das ist wie Mrs. Adams, das treibt selbst Heilige in Depressionen. Er ging wieder weiter, noch immer auf Zehenspitzen, aber schnell.

In der Wohnung fand er den Beweis für das, was er tief im Innern gewusst hatte, er sah ihn im Schlafzimmer, dem von ihm und Mamie, Mamie, Mamie.

Er hatte es schlicht und schnörkellos eingerichtet, mit soliden Möbeln aus gutem Holz, ordentlich gearbeitet. Mamie hatte nach und nach alles durch überladene Stilmöbelimitationen ersetzt, grässliches billiges Zeugs, nicht preislich gesehen, gekostet hatte es reichlich, aber eben genau die von Leuten verachtete Art Möbel, die wirklich schöne Dinge kannten, die Art Zeugs, das in Armeleutevierteln verkauft wurde, an Italiener und Farbige und Puerto Ricaner. Das Bett war die Kopie einer Kopie von einem Ludwig dem Soundsovielten, das Holz, Gott weiß was für Holz, war gebeizt und lackiert und am Kopf- und Fußteil mit Amoretten und Tauben und Blumen verziert, alles maschinell produziert und aufgeklebt.

Darin lagen sie, Mamie und Bill Hod, Seite an Seite in diesem gefälschten Ludwig-Soundsoviel-Bett. Mamie schlief. Bill Hod lag auf der Seite, mit dem Rücken zur Tür, aber etwas an seiner Haltung sagte, dass er nicht schlief. Beide nackt. Hods Körper hatte absolut keine Beziehung zu seinem Gesicht, sein Körper war jung und schön und kannte nichts Böses.

Powther beschimpfte sich selbst als Feigling, als Trottel. Er suchte noch ätzendere Selbstbeschreibungen, fand aber keine, sondern ging ganz leise die Treppe hinunter, um ja nicht gehört zu werden, voller Angst vor Bill Hod, vor Mamie, vor sich selbst, halb blind vor Furcht und Wut und etwas anderem, etwas, das ihm die Tränen in die Augen trieb. Er sah nicht, wo er hintrat, er hatte so viel Schleim im Hals, dass er nicht schlucken konnte, einen Kloß im Hals.

Er stieg in die Straßenbahn, mehr unterbewusst, als dass er sie kommen sehen und bewusst genommen hatte. Wie auch immer, plötzlich stand er vorn im Wagen, stopfte Münzen in den Kasten und wusste nicht mehr, wie er hierhergekommen war. Er fuhr bis zur Endstation, zahlte noch einmal und fuhr zurück ins Zentrum und stieg um in eine andere Straßenbahn, nahm eine andere Strecke.

Er fuhr den ganzen Tag und den halben Abend lang Straßenbahn, und das Kläng-kläng, das Ruckeln der Wagen übertönten das Schluchzen, das ihm immer wieder im Hals hochstieg, und das Stöhnen, das sich immer wieder im Hals aufbaute, das Schaukeln der Wagen übertönte, verbarg, wenigstens ansatzweise, die pumpenden Stöße in seiner Brust.

Abends um zehn fuhr er nach Hause. Ihn interessierte nur noch eins, nämlich ob Mamie da war, denn inzwischen hatte er das Stadium stiller Verzweiflung erreicht, in dem es keine Rolle mehr spielte, mit wem Mamie schlief, solange sie ihn bei sich schlafen ließ, solange sie ihn nicht verließ. Das war alles, worum er bat, alles, was er wollte.

Kein Stolz. Stolz – weg. Selbst das letzte schwindende traditionelle männliche Besitzrecht – weg. Selbst die paar Überreste davon, die die letzte Begegnung mit Old Copper in ihm wachgehalten hatte – weg, auf Nimmerwiedersehen. Er hatte begriffen, dass Mamie alles war, was er im Leben wollte, und es akzeptiert. Wenn Bill Hod das war, was sie wollte, dann würde er eben auch Hod akzeptieren und Tag für Tag so tun, als sei Hod ihr Cousin.

Mamie erwartete ihn. Sie hatte das Abendessen fertig. Sie wirkte so glücklich, summte leise vor sich hin und lachte und redete, sie war so schiere Musik, dass er überwältigt war.

Das Abendessen war wunderbar, Krabbensalat und Hot Biscuits, und die Suppe schmeckte so lecker, dass er zwei Teller aß. Er hatte den ganzen Tag nichts gegessen. Morgens hatte er sich nicht mit Frühstücken aufgehalten, sondern sich beeilt und alles so kurz wie möglich erledigt, wie immer seit Wochen, hatte eilig die Arbeit in Treadway Hall erledigt, damit er unverhofft wieder zu Hause sein und es herausfinden konnte, das herausfinden, was er schließlich schmerzhaft herausgefunden hatte, und danach wusste er, dass er besser dran war, wenn er nichts wusste, wenn er nur einen Verdacht hatte.

Jetzt sagte er: »Das schmeckt gut. Das ist wunderbar. Das schmeckt wie der Salat, den der Franzose in Treadway Hall macht.«

Mamie sagte: »Hat Weak Knees abgeschmeckt. Der Koch in Bill Hods Laden, weißt du.«

Er aß weiter, kaute mit Bedacht, schob sich den perfekt gewürzten Krabbensalat mit Avocado und Knoblauch in abgemessenen Portionen in den Mund, kaute, bewusst gleichmäßig, ohne Pausen, ohne Ende, mit einem Gefühl von Übelkeit, der Hals rebellierte gegen das Schlucken-sollen.

Er legte die Gabel ab und sah Mamie an, die rotbraune Haut, die großen weichen Brüste, das hauchdünne, spit-zenverzierte rosa Nachthemd, das nicht er gekauft hatte, das Bill Hod gekauft hatte, natürlich nicht in dem Sinn, dass er in ein Geschäft gegangen wäre und gesagt hätte: Das da nehm ich, und in Gedanken ergänzt hätte: Für die Frau eines anderen Mannes, in dessen Bett ich mich stehle, stehle, nein, für die Frau eines anderen Mannes, in dessen Bett ich kühn und furchtlos steige, und mir ist egal, ob er das weiß oder nicht.

Dann rutschte ihm heraus: »Dass Bill Hod so oft hier ist, gefällt mir nicht.«

In Mamies Gesicht regte sich nichts. Sie saß da wie vor-her, mit den Ellbogen auf dem Tisch. Sie sagte, ganz sach-lich: »Ich hab ihn recht gern. Wenn du ihn nicht hier ha-ben willst, Powther, kann ich gern woanders hinziehen.«

Er sagte hastig, mit Panik in der Stimme: »So habe ich das nicht gemeint. Ist schon gut. Solange du ihn gern hier hast, in Ordnung. Ich dachte, du wolltest ihn vielleicht gar nicht so oft hier haben. Ist in Ordnung.«

Sie hatte bestimmt gemerkt, dass er sinnloses Zeug re-dete, aber sie machte sich nicht mal die Mühe, es zu zei-gen. Sie saß einfach da, mit den Ellbogen auf dem Tisch, und summte vor sich hin: »Same train carry my mother, same train be back tomorrer ...«

Er dachte mürrisch: Sie redet davon, irgendwo anders hinzuziehen, als ob es darum ginge, ein Paar neue Schuhe zu kaufen. Und was ist mit Shapiro und Kelly? Und mit mir? Wahrscheinlich würde sie nie wieder auch nur an uns denken, uns nie mehr erwähnen, nicht mal zufällig im Gespräch, genauso hatte sie ihn damals geheiratet und war aus Baltimore weggezogen, ohne je zurückzuschauen, ohne sich je zu fragen, ob das, was sie plante, ratsam war, sie tat es einfach, sie heiratete ihn, stieg in den Zug, denn es kam ihr gelegen, es passte zu ihren Plänen, stimmte überein mit ihrem Wunsch, in einer Kleinstadt im Norden zu leben. Wenn er nicht ihre Sachen gepackt hätte, hätte sie sie dagelassen, in diesem Wohnheim in Baltimore, hätte einfach alles zurückgelassen und das Weggehen nie bereut. Baltimore hatte sie auch nie mehr erwähnt, seit sie in Monmouth lebten.

Al hielt an der Ecke Dumble Street und Franklin Avenue.

»Du, Mal«, sagte er fast widerstrebend, »sag mal, du wohnst da runter, was?« Er zeigte auf die Dumble Street.

»Ja«, sagte Powther. Hoffentlich erwartete Al keine Einladung, den ganzen Nachmittag da zu verbringen. Er mochte Al, doch, aber er glaubte nicht, dass er wandernde Blicke aus dessen blassblauen Augen über Mamies Kurven ertragen würde. Während er auf seinen nächsten Satz wartete, suchte er nach einer plausiblen Ausrede, um ihn nicht zu sich einladen zu müssen. Jemand krank. Mamie. Er würde sagen, seine Frau sei krank, wusste ja jeder, dass ein Mann keine Freunde mit nach Hause bringt, wenn seine Frau krank ist.

»Wo geht's da hin?« Al zeigte noch mal auf die Dumble Street.

»Nirgends. Die Straße ist am Kai zu Ende. Da ist der Fluss. Du kannst ihn sehen. Sonst nichts.«

»Ich hätt's dir sagen sollen, Mal. Letzte Woche bin ich mal einen Abend hinter Camilo hergefahren. Ich hatte ja Abende lang so bei mir gedacht, ich würd 'ne Stange Geld hinlegen, wenn ich wüsste, wo die die ganze Zeit hinfährt. Hab mich also 'n ganzes Stück weg vors Tor gestellt, und als sie auf die Straße gerast kam wie 'ne gesengte Sau, bin ich ihr nach.«

Al sah hinunter zum Fluss. »Die ist direkt hier in die Straße rein. Da hab ich sie verloren, genau hier in der Straße. Hätt ich nicht machen dürfen, hinter ihr herfahren, geht mich ja nichts an, wo die hinfährt, aber ich war so neugierig.«

»Hier rein?« Powther schüttelte den Kopf. »Du hast zu viel Bier getrunken, Al, und den falschen Wagen verfolgt. Ich wohne in der Straße, meine Familie wohnt hier, aber das ist, also, Miss Camilo könnte in Monmouth sonst wohin fahren, aber bestimmt nicht in die Dumble Street. Das ist das härteste, lauteste Pflaster, was man sich vorstellen kann. Ich gehe hier nach zehn selbst nicht mehr lang. Ist unsicher. Auf der Dumble Street kann alles passieren, sogar tagsüber. Wenn ich mal merke, dass ich in Treadway Hall erst spät fertig werde, übernachte ich da.«

»Wieso wohn'n du und deine Frau eigentlich nicht da?«

»Mrs. Powther möchte nicht«, sagte er steif. »Sie mag lieber ihre eigenen vier Wände.«

»Recht hat sie«, sagte Al. »Wenn der Mann in Diensten steht und verheiratet ist und die leben beide bei der Herrschaft, dann ist die Madam immer scharf drauf, dass die Frau auch was arbeitet. Bei der letzten Stelle, wo ich war, bevor ich zur Witwe kam, da hat die alte Jungfer immer gesagt: ›Albert, deine Frau könnte gut die obere Etage machen. Wir brauchen für oben noch 'n Mädchen.‹

Deshalb sind ich und meine Alte ausn'ander. Sie macht nicht das Zimmermädchen für irgendwem, hat sie gesagt, egal wie reich. Den ganzen Tag lang die dreckige Bettwäsche von andern Leuten bearbeiten, ist so gar nicht ihre Vorstellung, hat sie gesagt, selbst wenn die so fein ist, dass sie wie Seide durch die Finger gleitet, ist trotzdem dreckige Bettwäsche. Hat mir Vorwürfe gemacht, aber Teufel auch, Mal, ich dachte genauso wie die alte Jungfer, die sitzt den ganzen Tag auf ihrm Arsch, die könnte ruhig selbst was tun für ihr Taschengeld.

Na ja, jedenfalls, falsch gedacht. Nach zwei Wochen Schlafzimmerputzen hat sie mich kalt abserviert, ist einfach aus'm Haus marschiert. Einen Morgen steht sie auf und macht mir Frühstück. Das beste, was ich je gegessen hab. Hab ich ihr auch gesagt, und sie: ›Tja, Al, ich gehe weg, sofort, ich halt's hier nicht mehr aus.‹ Hatte sich schon 'n Taxi bestellt, das hat draußen gewartet, und sie ist rein mitsamt 'n paar Koffer, und weg war sie. Hab bis heute nie wieder was gehört oder gesehen von ihr.«

»Das tut mir leid, Al«, sagte Powther.

»Weiß nicht, was mich getrieben hat, die Klappe so aufzureißen, aber manchmal, wenn ich frei hab«, er schüttelte den Kopf, »na, also, wir sehen uns in der Kirche, spätestens.«

Powther bedankte sich mit einem Winken und ging die Dumble Street hinunter. Wenn ich den Captain besser kennen würde, dachte er, wenn es etwas annähernd Freundschaftliches zwischen uns gäbe, aber das gibt es nicht und wird es nie geben, dann würde ich ihm raten, er soll Miss Camilo eine Weile in Ruhe lassen, die Liebesaffäre wird sich auslaufen. Auslaufen? Bill Hod und Mamie, deren Liebesaffäre hatte sich nie ausgelaufen. Sie war wie ein Ozean, grenzenlos, unerforscht.

Trotzdem würde er, wenn er könnte, dem Captain raten, Miss Camilo eine Weile in Ruhe zu lassen. Würde ziemlich schwer werden, die Warterei, die Angst, die Beklemmung, die Nächte. Tagsüber war es nicht so schlimm. Aber abends und nachts, wenn das Hirn Überstunden macht, Bilder malt, Dialoge zwischen einem selbst und Bill Hod entwirft, zwischen Bill Hod und Mamie, die Nächte, Captain, sind unbeschreiblich, zu lang, zu dunkel, zu voll von Geräuschen.

Was ist mit mir los, dachte er. Der Captain muss sich doch keine Gespräche mit Bill Hod ausdenken. Ich muss das. Warum kümmert es mich, was mit denen passiert, warum soll ich mir Sorgen um die machen, den Captain und Miss Camilo und irgendeinen Mann, der in Monmouth wohnt. Sie sind alle drei reich, denen liegt die Welt von Geburt an zu Füßen.

Er schüttelte den Kopf. »Das reicht nicht«, murmelte er.

Er sah sich rasch um, ob jemand ihn gehört hatte, erschrocken, dass er womöglich die Straße entlanglief und Selbstgespräche führte. Er hätte gern jemanden zum Reden gehabt, jemanden, dem er erklären konnte, dass er sich über den Captain und Miss Camilo wirklich Sorgen machte. Die Tatsache, dass der Captain weiß und reich war, nahm ja kein bisschen weg von den grimmigen Gefühlen, wenn er herausfand, was er bestimmt längst vermutete. Hoffentlich versuchte er gar nicht erst herauszufinden, ob sie einen Liebhaber hatte und wer das war, hoffentlich wollte er keine Gewissheit, es war besser, weiter nur den Verdacht zu haben, viel viel besser.

Netter kleiner Mann, dachte Al, als er Powther die Dumble Street hinuntereilen sah. Flitzt rum wie ein Karnickel, die ganze Zeit. Genau wie ein Kaninchen, den ganzen Tag lang. Ich würd 'ne Stange Geld hinlegen, wenn ich verdammt nochmal wüsste, wie dem seine Frau is, muss ja 'n Grund haben, wieso er mich nie mit reinbittet, wahrscheinlich is die wie er, flitzt dauernd neben ihm rum, Mama Karnickel und Papa Karnickel. Hab nie 'n Farbigen wie ihn gesehen, wusste gar nicht, dass es so was auch gibt. Wieso hab ich dem das mit meiner Ex erzählt? Da war was in seinem Gesicht. Und er is'n guter Zuhörer. Wär schön, wenn ich 'ne kleine Hure finde, 'ne nette kleine Hure, ab in die Heia mit 'ner netten kleinen – Ohje! Ohje!

Er hupte eine kurvenreiche farbige Frau an, die eben um die Ecke kurvte, in die Dumble Street schaukelte. Sie drehte sich um und lächelte ihm ins Gesicht, alle ebenmäßigen weißen Zähne auf einmal entblößend.

»Heh«, rief Al und hupte noch mal, dam-di-da-da-da, »komm, steig ein zu Papi.«

Sie schüttelte den Kopf, lächelte aber weiter. »Mein Gott!«, dachte er, während er sie musterte. »Hätte 'ne Stange Geld hingelegt für'n Stück davon.«

Er hätte ihr nachfahren und mit ihr verhandeln können, hätte versuchen können sie zu überreden, aber das hier war ein Farbigenviertel, in so Vierteln war schon mancher Weiße auf'm Dach gelandet mit'm gespaltenen Schädel und ohne Hose und Schuhe. Er seufzte und fuhr davon, die ganze Franklin Avenue hinunter, bis er eine Stelle fand, wo er die Karre wenden konnte, in Gedanken bei dem Riesenweib, das gerade die Dumble Street entlanggegangen war, nicht ganz sicher, ob's das nicht doch wert gewesen wäre, den Schädel gespalten zu kriegen, bloß für'n Stück davon.

Auf ihrem Weg zur Dumble Street Nr. 6 dachte Mrs. Mamie Powther bei sich: Wo der Riesenkerl wohl herkam? Und das Lächeln um ihre Mundwinkel, in ihren Augen wurde immer breiter.

13

Abbie Crunch setzte sich betont sorgfältig ihren besten Winterhut auf und rückte ihn vor dem Wohnzimmerspiegel so lange zurecht, bis er im ihrer Meinung nach vorteilhaftesten Winkel saß; in Wahrheit bewunderte sie die schwarzen Hahnenschwanzfedern, die den Hut schmückten, blauschwarze Federn, die sich erstaunlich gut zu ihren weißen Haaren machten. Ein Umhang aus Seehundfell, ein Muff aus Seehundfell, ein schlichter schwarzer Wollmantel, weiße Handschuhe. Zusammen ergab das ein ausgesprochen elegantes Winterensemble, wenn sie das mal so sagen durfte. Hätte sie nicht in den Spiegel geschaut, hätte sie J. C. nicht ins Zimmer kommen sehen. Er ging seitwärts durch die Tür, auf Zehenspitzen, was gar nicht nötig war, weil er Turnschuhe anhatte und sie ihn nicht gehört hätte.

Er stand hinter ihr, befühlte den Seehundumhang, erst testweise zart, dann liebkosend.

»Issas Pellss, Missus Crunch?«, fragte er.

»Ja, das ist Pelz.«

»Pellss«, wiederholte er. »Ihr hat auch ein.«

»J. C., nimm den Daumen aus dem Mund. Wo willst du denn einen neuen herkriegen, wenn der alte weggelutscht ist?« Zu ihrer Überraschung zog er tatsächlich den Daumen aus dem Mund.

Ob das Pelz ist! dachte sie. Das ist Alaska-Robbe. Der umgearbeitete alte Pelzmantel der Frau vom Governor. Die Frau vom Governor hatte ihn ihr im Herbst des Jahres geschenkt, in dem der Major gestorben war. »Mrs. Crunch, ich habe Ihnen den mitgebracht, ich dachte, Sie kriegen vielleicht noch Kragen und Manschetten daraus.«

Abbie hatte ihn zu Quagliamatti gebracht, dem Schneider damals auf der Franklin Avenue, und ihm erklärt, sie hätte gern einen Umhang und einen Muff aus dem Mantel, und er hatte ihn hochgehalten, ein paarmal hin und her gewendet und gemurmelt: »Riss an Arsch. Riss an Arsch. Muss ich drumrumschneiden.« Er war ein Könner und so preiswert, dass sie sich einen Tadel wegen des unnötig ordinären Ausdrucks verkniff, aus Furcht, er könnte den Auftrag sonst ablehnen. Er hatte diesen bauschigen Umhang und den dicken runden Muff daraus gemacht. Pfleglich behandelt, gut gelagert und jedes Jahr überarbeitet konnten beide so alt werden wie sie selbst. Sie machte eine kleine Drehung, um zu sehen, wie schön er am Rücken ausgestellt war, und dachte wie jedes Mal, dieser Umhang hätte einem Kürschner von der Fifth Avenue zur Ehre gereicht.

J. C. fragte: »Gehsse aus?«

»Richtig.« Sie ging zur Beerdigung vom Gemeindeältesten Lord.

»Kannich mit?«

»Nein.«

»Und was soll'ch sonss machen?«

»Du gehst schön wieder hoch in eure eigene Wohnung und unterhältst dich mit deiner Mutter oder spielst mit deinen Brüdern.«

»Mammie 's aus. Kelly 'n Shapiro sin im Kino, die Drecksäck, die wollten mich nich beiham. Was sollich'n machn? Die ham gesacht, ich soll nach unten gehn.«

»Grundgütiger!«, sagte sie. Er stand dicht neben ihr, starrte sie an, mit dem Daumen im Mund, den runden harten Kopf zur Seite gekippt, etwas Spekulierendes in den schwarzen Augen. Ich wusste, es war ein Fehler, diese

Frau in meinem Haus wohnen zu lassen. Ich habe mich verändert. Das wusste ich vorher. So eine Frau bedeutet immer Veränderung, allein ihre Anwesenheit ist, wie wenn Wasser auf Stein einwirkt, erst schürft es langsam daran, am Ende ist da eine Rinne, der Stein mürbe. Ich mache schon keine Einwände mehr gegen die Sprache dieses Jungen. Er sagt »Drecksack«, und ich schweige, weil er das Wort sonst nur noch mal sagt und noch mal und noch mal. Er beobachtet mich, erwartet, dass ich etwas mit ihm anstelle. Er weiß genau, dass ich ihn nicht allein im Haus lasse.

Sie kannte Frances jetzt seit fünfundzwanzig Jahren. Oder waren es dreißig? Jedenfalls, in der ganzen Zeit hatte Frances nicht ein Mal gesagt: Kannst du mir einen Gefallen tun, Abbie? Kein einziges Mal. Bis gestern morgen. Das Telefon hatte geklingelt, und Frances, die eigentlich immer deutlich sagte, was sie wollte, klang aufgeregt und redete ohne Sinn und Verstand:

»Howard ist ein Idiot …«

Howard? hatte Abbie überlegt. War ihm etwas zugestoßen? Howard war Frances' Mitarbeiter, ein langer, sanfter Typ Mann, weder jung noch alt, mit rötlichen Haaren und einer Haut fast in derselben Farbe.

»Begräbnis morgen Nachmittag. Das vom Gemeindeältesten Lord.« Frances redete immer schneller.

Was will sie denn von mir? Was habe ich damit zu tun, hatte Abbie gegrübelt, stirnrunzelnd.

»Nach South Carolina fahren. Leichnam der Mutter von den Smith-Jungs holen.« Es klang, als ob Frances in den Hörer bellte.

Sie wusste noch, sie hatte gesagt: »Moment mal, Frances. Moment mal.« Sie war völlig durcheinander gewesen. Wollte Frances sie nach South Carolina schicken? Pretty Boy hatte im Schaukelsessel geschlafen, die weißen Pfoten unterm Bauch, zusammengerollt zu einem Hügel, sodass er aussah wie ein großes grauweißes Kissen.

Während sie mit dem Hörer in der Hand grübelnd im Wohnzimmer stand, war plötzlich J. C. aufgetaucht, wie immer hereingemogelt, erst nicht da, dann plötzlich doch. Hatte den Kater aus dem Sessel geschleift und versuchte, ihn auf den Hinterpfoten gehen zu lassen. Pretty Boy schlug mit den Krallen, und J. C. ließ ihn los. Dann wollte er sich auf Pretty Boys Rücken setzen. »Diss'n Ferd. Diss'n Ferd.«

»J. C., lass den Kater in Ruhe«, hatte sie gebrüllt, direkt in den Telefonhörer. »Lass ihn in Ruhe! Geh sofort wieder hoch. Hast du mich verstanden, J. C.? Ich telefoniere gerade. Geh sofort rauf! Geh rauf!«

J. C. war rückwärts aus dem Zimmer gegangen. Er verzog sich immer so, vielleicht war er auf plötzliche Angriffe von hinten konditioniert. Sie hatte ihn beobachtet. Wollte Frances, dass sie nach South Carolina fuhr? Pretty Boy war auf den Schaukelsessel gesprungen und hatte sich wieder zusammengerollt. Gerade blühten die Alpenveilchen. Die weißen Geranien ruhten noch. Winterruhe. Beinahe zu leuchtend, die Alpenveilchen, zu lebhaft, fast rot. Als Mr. Powther die Januarmiete bezahlen gekommen war, hatte er sie angesehen und gesagt: »Was für schöne Pflanzen, Mrs. Crunch!« Er bemerkte alles Schöne, schätzte alles Schöne. Sie konnte sich nicht vorstellen, wie er dazu gekommen war, diese achtlose junge Frau zu heiraten. Die Alpenveilchen schenkte Frances ihr immer zu Weihnachten, jedes Jahr zu Weihnachten, Pflanzen. Wie lange wäre dann sie wohl weg? Wer würde die Blumen gießen?

»Ja«, hatte sie entschlossen ins Telefon gesagt. Frances hatte nie um einen Gefallen gebeten.

»Sie wollen nicht, dass sie da beerdigt wird. Sie wollen nicht mal ihre Toten im Süden lassen, sagen sie, nichts wollen sie da lassen. Sie haben sie nie dazu gekriegt, auch nach Norden zu ziehen, und sie hassen den Süden so sehr, dass sie sie da nicht begraben haben wollen.«

South Carolina, hatte sie gedacht. Nicht da begraben. Die Mutter von jemandem. Was macht das schon aus? Süden oder Norden, wenn man tot ist, ist man tot. Wo man begraben wird, spielt keine Rolle. Sie war seit Jahren nicht mehr allein so weit weggefahren. Was sollte ihr denn passieren? Nein, sie konnte nicht wegfahren. Was sollte sie mit Pretty Boy machen? Und dann J. C., der immer herumgeisterte und alles durchwühlte und angrabbelte. Er hatte diese grässliche Neugier, typisch für Kinder. Link war in dem Alter nicht so gewesen, da war sie sicher. J. C. guckte Pretty Boy unter den Schwanz und fragte: »Wo kommt'n dem sein Groß her?«, oder er stand da und glotzte sie an: »Wo machsu Pipi?« Und Link – Link nächtelang nicht zu Hause …

»Könntest du morgen Nachmittag herkommen? Begräbnis um zwei. Einfach nur aufpassen, dass alles gut geht. Howard ist ein Idiot«, sagte Frances.

»Du meinst, zu dir?«

»Natürlich.«

»Ach. Ich dachte schon, du willst mich nach South Carolina schicken.«

Schweigen. Dann: »Nach South Carolina? Und du würdest fahren?«

»Ja, sicher.«

»Abbie«, jetzt Zärtlichkeit in der Stimme, die Stimme jetzt tiefer, »also, Abbie …« Lachen. Dann: »Abbie, du bist wunderbar: Ich würde dich im Traum nicht nach South Carolina schicken. Ich würde ja selber nicht hinfahren, aber sie zahlen so viel Geld, dass ich nicht wirklich gut nein sagen kann.«

So viel Geld, dachte sie. »Wer sind die denn?«

»Die Smith-Jungs. Betreiben Wettbüros. Die können sich leisten auszugeben, was sie wollen, für ein Begräbnis oder sonst was.«

Frances hatte noch gesagt: »Ich würde dich nicht bitten, aber Howard ist so ein Idiot. Ich bin morgen Nachmittag wieder da. Zu spät für die Trauerfeier, aber gleich danach. Dann können wir hier auch Tee trinken.«

Deshalb stand sie jetzt hier in ihren besten Kleidern auf dem Weg zur Beerdigung eines baptistischen Gemeindeältesten, den sie nur flüchtig vom Sehen kannte, weil ein paar Buchmacher, die sie nicht mal je gesehen hatte, ihre Mutter nicht in South Carolina begraben lassen wollten. Das war an sich schon kompliziert, aber zusätzlich stand da jetzt noch dieses Kind von Mamie Powther vor ihr und lutschte am Daumen. So unansehnlich wie irgend möglich, dachte sie – die Latzhose war am Knie zerrissen, er stand auf einem Bein, und einer der ausgebleichten blauen Turnschuhe hatte vorn ein Loch. Sie waren ihm zu klein. Das Loch hatte sein großer Zeh gebohrt. Im Socken war auch eins. Ja sicher, in dem Alter suchten Zehen sich immer ihre Freiheit, und der große Zeh war wie ein aggressives Extraglied, etwas zum Fuß Dazugefügtes, das sich zwanghaft seinen Weg ans Licht bahnte, durch Stoff und Leder hindurch.

Sie sagte verärgert: »Tja, du müsstest mal was anderes anziehen.«

Er überhörte das Verärgerte, nahm den Daumen aus dem Mund, sah sie mit funkelnden Augen an und verzog den Mund zu einem Lächeln. Er hat so ein goldiges Lächeln, dachte sie und klopfte ihm auf die Schulter.

»Ich krich die ganz alleine an, Missus Crunch. Bin aba gleich wieda unten.« Eifer in der Stimme, Eifer im Blick.

Sie wartete im Flur und strich die Handschuhe über den Fingern glatt, nervös, ungeduldig, sie war sicher, dass sie ihn noch würde anziehen müssen. Dann kam er die Treppe heruntergestampft, mit neuen braunen Schuhen, einer anderen Latzhose, dunkelgrau, auch deutlich neu, und einer leuchtendroten Jacke, die ihm viel zu groß war, die Ärmel hingen über die Hände.

»Ist das denn warm genug?« Sie befühlte die Jacke. Sie schien aus Wolle zu sein, aber die Farbe war grauenhaft für einen kleinen Jungen.

»Is warm genug«, sagte er. Und schnupperte. »Riechse das?« Kopf seitwärts gekippt.

»Was soll ich riechen?«

»Is die Prinnsessin«, sagte er. »Is ihr Geruch.«

»Komm«, sagte sie. »Wir müssen uns beeilen, sonst kommen wir zu spät.« Du in der roten Jacke und ich im Seehundumhang, du siehst aus wie Däumling und ich wie Mother Goose. Warum, überlegte sie, erzählt ein so vernünftiger, nüchterner, tüchtiger Mann wie der kleine Mr. Powther seinen Kindern Märchen? J. C. brabbelte ständig von Räubern und Riesen und einer Prinzessin ganz aus Gold.

Sie hatte Dumble Street halb hinter sich, J. C. trottete an ihrer Hand neben ihr, als sie plötzlich stehen blieb. »J. C., warst du vorher noch mal auf Toilette?«

»Ja, Missus Crunch«, sagte er kleinlaut. Schweigen. Und dann ängstlich: »Ham die da kein Pipipott?« Er zupfte an ihrer Hand. »Missus Crunch, wo gehn wir'n hin?«

»Wir gehen zur Washington Street. Einen Block weiter. Zu – äh …«, sie hielt inne. Was sollte sie während der Trauerfeier mit ihm anstellen? »Wir gehen zu Miss Jackson.«

»Ham die da kein Pipipott?«

»Doch«, sagte sie zerstreut.

Sie sah die Straße zurück. Jetzt, ohne Blätter, war der Henker dunkler grau als der Himmel. Das untere Ende der Dumble Street sah überhaupt aus wie ein Stahlstich, der Fluss und der Bürgersteig und die Häuser, alles dunkelgrau. Alle Häuser sahen grau aus heute Nachmittag. Nur Nummer 6 nicht, das war dunkelrot. Zum orangeroten Neonschild an der Last Chance sah sie nicht, aber sie konnte es spüren. Sie schauderte, fröstelte plötzlich, Bill Hods unergründliche schwarze Augen fielen ihr ein, ohne jeden Grund, sie dachte: Fünf Faden tief dein Vater liegt …

War dem Kind nicht zu kalt? Genauso war sie hier mit Link an der Hand entlanggegangen. Kinder hatten immer so heiße Hände.

Sie bogen in die Franklin Avenue. Petroleumgeruch. Vom Zeitungskiosk an der Ecke. Die Frau im Kiosk total eingemummelt, eingepackt, dunkelblaue Strickmütze bis in die Stirn, bis an die Augen eingepackt wie eine Mongolin, mehrere Kleiderschichten, und das Petroleumöfchen direkt neben sich.

Die Franklin Avenue voller Menschen. Komischerweise waren nirgends Kinder zu sehen. Nur eine einzige Frau mit einem kleinen Kind an der Hand. Aber unzählige junge Frauen in roten Mänteln und Stöckelschuhen und langen goldenen Ohrringen, die ihnen gegen die braunen Wangen schlenkerten. Stimmen. Gelächter. Die meisten älteren Frauen wuselten in Daviolis Laden herum, auch plaudernd und lachend. Plötzlich Wärme auf der Straße, wegen der warmen Luft aus dem Ramschladen, Drehtür, immer rum und rum, Leute gehen rein, kommen raus, ein Gemisch aus Bockwurst, Kaffee, Senf, Parfüm.

Kein Wunder, dass so wenige Kinder auf der Straße waren, sie standen alle Schlange vor dem Franklin Theatre, eine ständig vorrückende krakelige Linie, eine Linie wie eine zentimeterweise dahinkriechende Raupe. Streiterei – entschiedene junge Stimmen.

»Is mein Platz.«

»Isser nicht.«

J. C. blieb stehen und studierte die Schlange.

»Is mein Platz.«

»Isser nicht.«

»Du haust ab.«

Die raupenartige Linie machte Schwenks, eine heftige Bewegung in der Mitte, brach entzwei, wurde zwei getrennte Teile und krümmte sich in sich zusammen. Kleine Jungs und Mädchen, alle gucken zu. Manche in zu langen Mänteln, manche in zu kurzen Mänteln, manche ohne Mantel, bibbernd, vorgereckt, Hände in den Taschen. Alle gucken zu, wie zwei kleine Jungen sich gegenseitig schubsen.

»Hau ab hier.«

»Hau selba ab.«

J. C. sagte freudig: »Das sind se, die Drecksäcke Kelly und Shapiro.« Zwei kleine Jungen rollten auf dem Bürgersteig umeinander und brüllten sich gegenseitig an, in dumpfen Tönen.

»Tritt'n im Arsch. Tritt'n im Arsch«, kreischte J. C. und hüpfte auf und ab.

»J. C.!«, sagte Abbie streng und zog ihn fort. »Wie oft habe ich dir gesagt, du sollst nicht so reden, wenn du mit mir zusammen bist. Ich dulde diese Sprache einfach nicht.«

»Ja, Ma'm«, antwortete er.

Sie zog ihn bis über die Straße, auf die andere Seite der Franklin Avenue, obwohl sie dann an der Ecke zur Washington Street wieder auf diese Seite mussten. Aber sie hatte Cat Jimmie auf seinem kleinen Holzkarren heranrollen sehen. Sie hätte nicht ertragen, dieser Kreatur auf dem Karren nahe zu kommen, nicht nur wegen des Geruchs, es war das ganze entsetzliche degenerierte Aussehen, seine Augen und das verstümmelte Fleisch an seinen

Arm- und Beinstümpfen, sie lagen sogar an diesem kalten windigen Nachmittag frei. Vorübergehen, auf der anderen Seite, dachte sie. »Wenn du glaubst, dass der Herr einen Sperling gern hat und über ihn wacht, dann musst du auch glauben, dass Er Bill Hod gern hat und über ihn wacht«, hatte der Major gesagt. Und vermutlich hätte er dasselbe bei Cat Jimmie empfunden. Der Major hatte eine Gabe, alle Menschen in seine Sympathien, sein Verständnis einzuschließen, über die sie sich manchmal geärgert, manchmal gewundert hatte. Nur, Cat Jimmie – »... es traf sich aber, dass ein Priester dieselbe Straße hinabzog; und als er ihn sah, ging er vorüber. Desgleichen auch ein Levit: Als er zu der Stelle kam und ihn sah, ging er vorüber. Ein Samariter aber ... als er ihn sah, jammerte es ihn.«

Der Fall eines Sperlings, dachte sie. Bill Hod? Der mich jammern? Hod? Und diese unmenschliche Kreatur auf dem Karren? Der Mund offen, Augen wie bei einem Tier in der Falle, wild, rasend. Sie drehte sich um und sah hinter sich. Er lag auf seinem Karren und gaffte einer Frau unter den Rock, und die Frau sprang beiseite und rannte die Franklin Avenue hoch. Oh, nein, dachte sie, das ist kein Mensch mehr, das ist ein Tier, und es heißt: »Es war ein Mensch, der ging von Jerusalem hinab nach Jericho und fiel unter die Räuber« ... Fall eines Sperlings ... Bill Hod ... Mich jammern ... Cat Jimmie.

Einmal war sie stehen geblieben und hatte geredet mit dieser Kreatur auf dem Karren, etwas hatte sie gejammert, ein Erbarmen, irgendetwas in ihr hatte sie veranlasst stehen zu bleiben. Sie hatte seine Augen gesehen, grauenhaft, das Weiße darin rot, und sich abgewandt, war die Stufen ihres Hauses hochgeeilt, und alles Erbarmen, aller Jammer verschwanden, machten Platz für Ekel, denn er hatte sich bis dicht an die unterste Stufe herangerollt und sah hoch, versuchte, ihr unter den Rock zu gaffen, schnaufend, mit heftig arbeitenden Lippen und wilden, rachlüsternen Blicken. Einen Moment lang war ihr so übel, dass sie sich nicht rühren konnte, dann sprang sie die beiden letzten Stufen hoch, rannte ins Haus und knallte die Tür zu.

Sie gingen bis zur Washington Street und dann zurück auf die andere Seite der Franklin Avenue.

J. C. fragte:»Warum gehn wir'n über die Franklin, Missus Crunch?«

Sie zögerte, überlegte: Ausrede? Glatte Lüge? Die Wahrheit? Die Wahrheit.»Ich wollte dem Mann auf dem kleinen Karren nicht nahe kommen«, sagte sie.

J. C. sah die Franklin Avenue zurück.»Ach, der!« Er klang geringschätzig.»Mamie sagt, der tut kei'm was. Sie sagt, der kriegt das bloß mit Kucken. Und sie sagt, kucken is das Einzige, wo der sich ne Freude mit machen kann, is am besten, wenn man den einfach kucken lässt.«

Ich weiß, was ich mit dir anstelle, junger Mann, dachte sie. Du bleibst so lange bei Miss Doris. Miss Doris war Frances' Dienstmädchen, Haushälterin, Köchin und alles mögliche, und Miss Doris' Mann, sie nannte ihn Sugar, mähte den Rasen, kümmerte sich um den Garten und reparierte alles. Miss Doris trug gern einen weißen Lappen um den Kopf gewickelt und eine sehr verschlissene und sehr verblichene, aber sehr saubere Hose und rupfte vielleicht gerade auf den Knien Unkraut aus einem Blumenbeet, aber wenn sie einen von oben bis unten ansah, bekam man das Gefühl, man wäre nicht gekämmt und hätte Laufmaschen in den Strümpfen.

Als sie beim F. K. Jackson Funeral Home ankamen, zog J. C. Abbie wieder an der Hand.»Gehn wir zu 'ne Begrabigung, Missus Crunch?«

»Ich ja«, sagte Abbie und sah ihn an. Er hatte den Kopf hochgedreht, und seine Augen funkelten vor Aufregung und Freude. »Du nicht. Du bleibst bei Mrs. King, bis ich wieder da bin.«

Hand in Hand stiegen sie die Treppe hoch. Abbie klingelte. Die Tür ging fast augenblicklich auf.

»Guten Tag, Mrs. Crunch«, sagte Miss Doris. Sie hatte einen weißen Lappen fest um den Kopf und einen kurzen Wischmopp in der Hand.

Auf Abbie wirkte sie mehr denn je wie eine Statue, klein, breit, nicht fett, aber klobig. Ihr Fleisch hatte etwas metallisch Hartes, auch ihre Stimme war hart, kalt und klang metallisch.

»Man hat mir nicht gesagt, dass Sie so früh kommen«, sagte Miss Doris, Tadel in der metallharten Stimme. »Sonst hätte ich längst alles vorbereitet.«

Abbie sagte entschuldigend: »Ich bin zu früh dran, Miss Doris. Aber ich wollte Sie um einen Gefallen bitte. Könnten Sie bis nach der Beerdigung auf den kleinen Jungen hier aufpassen?«

Miss Doris und J. C. beäugten einander argwöhnisch. Miss Doris sagte: »Na gut, Junge. Komm rein.« Sie runzelte die Stirn. »Aha, du hast dir deinen Lutscher mitgebacht.«

Abbie sah J. C. an. Er lutschte wieder am Daumen, einen Lutscher hatte er nicht dabei.

J. C. zog den Daumen aus dem Mund. »Hab gaa kein Lutscher«, erklärte er entrüstet. Dann steckte er den Daumen wieder in den Mund.

»Und was ist das da in deinem Mund?« fragte Miss Doris harsch.

Keine Antwort. Verachtung im Blick. Er kippte den runden harten Kopf zur Seite und musterte sie.

»Komm schon, Junge. Ich kann hier nicht den ganzen Tag herumstehen.« Miss Doris stupste J. C. mit dem Mopp an und schob ihn ins Haus.

Abbie drehte sich schnell um. Sie hörte J. C. noch sagen: »Nimm den Mopp von meine Klamotten«, dann fiel die Tür ins Schloss.

Die Trauerhalle erstreckte sich über das ganze Souterrain des F. K. Jackson Funeral Homes. Das Haus, in dem Frances auch wohnte, erinnerte Abbie an die Brownstones in New York. In ziemlich genau so einem hatten sie und der Major die Flitterwochen verbracht, die gleiche lange Treppe ins Hochparterre, die gleiche Art Souterrain mit eigenem Eingang von der Straße.

Frances' Mitarbeiter Howard stand in der Tür zum Büro.

Abbie sagte: »Miss Jackson bat mich dafür zu sorgen – dass – bat mich herüberzukommen«, und stockte, weil ihr Frances' brüskes: »Howard ist ein Idiot« wieder einfiel.

Als sie ihn jetzt auf der Türschwelle herumschwirren sah, fand sie, dass er wie ein Eunuch aussah, oder so wie ein Eunuch ihrer Meinung nach gebaut wäre, nämlich sehr groß, sehr fett, weich-fett und zu breit um die Hüften, er hatte auch eine Art Watschelgang. Er kam auf sie zu gewatschelt, reichte ihr die Hand und machte eine Verbeugung über ihrer Hand, dann richtete er sich wieder auf und sah ihr in die Augen. »Ah, ja, Mrs. Crunch«, sagte er weihevoll, »wie furchtbar nett von Ihnen. Eine eindrucksvollere Stellvertreterin hätte Miss Jackson nicht finden können.«

Er hatte eine Gesichtshaut wie ein Baby, fast rosig frisch. Eine erstaunliche Haut. Mit einer eigenartigen Farbe. Fast exakt wie die strubbeligen rotbraunen Haare, von denen allerdings nicht viel übrig war, er bekam eine Glatze, hatte schon Geheimratsecken, weshalb seine Stirn aus der Nähe betrachtet und ohne Hut – ohne Hut hatte sie ihn noch nie gesehen – ihr vorkam wie eine Kuppel, sie war einfach nirgends zu Ende. Und er hatte einen Schnauzbart, einen federfeinen Schnauzbart, der aussah, als hätte er sich nur mal kurz zur Ruhe gelegt über dem, was bei einer Frau ein unglaublich hübscher Mund gewesen wäre. Babyhaut. Frauenmund.

Er sagte: »Es gibt immer so viele Einzelheiten. Fast hätte ich die Handschuhe für Sie vergessen. Wir werden sie in Miss Jacksons Büro anziehen.« Vertraulicher Ton, der Blick etwas offener.

Abbie lächelte ihn an und bekam ein Gefühl, als ob er ihr gerade ein freudiges Geheimnis verraten hätte. Sie lehnte sich ganz sachte zu ihm. Dann bemerkte sie ihre gebeugte Haltung, wurde steif, richtete sich auf und dachte, jetzt nicht mehr lächelnd, sondern mit einem leichten Stirnrunzeln: Oh je, der Mann kann hypnotisieren.

Das Glitzern in seinen Augen sagte ihr, dass er ihr Näherrücken erwartet hatte, dass er wusste, ihr Körper würde so reagieren, dass er Routine hatte im subtilen Übermitteln der Botschaft: Hier sind starke Männerschultern und von oben bis unten glatte Haut, damit Witwen und Waisen über sechzehn sich anlehnen und beim Anlehnen Trost finden können.

Im Büro half er ihr, ein Paar schwarze Handschuhe anzuziehen. Er roch ganz schwach nach Schnaps, und sie dachte an den Major – an den Tag, an dem er starb. Frances hatte lange, knochige Hände, ihre waren kurz und plump. Aber zu zweit bekamen sie die schwarzen Handschuhe darüber, dann geleitete er sie zu einem Sitz in der Mitte der Kapelle.

Sie saß da und betrachtete die hohlen schwarzen Handschuhspitzen, ruckelte einmal daran, fand, dass sie aussahen wie die armlosen Ärmel von Vogelscheuchen, Kinder würden bei solchen leeren Handschuhfingern einen Schreck kriegen, und überlegte, was J. C. und Miss Doris wohl machten.

Aber sie war hier, um dafür zu sorgen, dass alles seine Ordnung hatte, alles gut lief. Die Kapelle füllte sich mit Menschen, im Erker mit den Fenstern und dem Sarg davor waren viele Blumen, und die zugezogenen Vorhänge und getönten Lampen verbreiteten ein schwermütiges rosa-lavendelfarbenes Licht. Ein Raum ohne Luft. Zu heiß. Und zu voll von schwerem, zu süßem Rosenduft.

Die Familie kam herein. Die Witwe tief verschleiert, bei ihr eine uniformierte Krankenschwester in Bereitschaft und Sargträger mit grauen Handschuhen. Alles schien seine Ordnung zu haben. Alles bis auf den Druck, das ungeheure Druckgefühl in ihrem Kopf.

Der Gottesdienst fing pünktlich an. Dann sprach der baptistische Pfarrer, Reverend Ananias Hill, er war doch recht alt geworden in den letzten Jahren, noch hagerer, langsamer, sogar die Stimme hatte sich verändert, das Donnernde war weg, machte Platz für etwas Trauriges, Sorgenvolles, er sprach über den verstorbenen Gemeindeältesten Lord, betete für seine unsterbliche Seele und las aus der Bibel: »Du sollst den Herrn, deinen Gott, lieben von ganzem Herzen ...«

Ein zittriger alter Mann mit einer Altmännerstimme. Der Vater von Mamaluke Hill. Komisch, an was man sich erinnerte. Jahrelang hatten die Bewohner der Narrows Mutmaßungen über die Frau von Reverend Hill angestellt, hätten zu gern gewusst, ob sie weiß war oder ob sie farbig war. Niemand hatte es je erfahren. Es hieß, dass Reverend Hill selbst nicht wusste, ob sie weiß war. Dem Kindsnamen nach, Mamaluke, war sie wohl farbig. Sie starb später in einem Wohnheim auf der Dumble Street. Dass sie Reverend Hill verlassen hatte und nicht mehr mit ihm zusammenlebte, war ein kleiner Skandal.

Abbie hörte Reverend Hill erzählen, der verstorbene Gemeindeälteste habe Gott geliebt und habe seinen Nächsten geliebt wie sich selbst, dann hörte sie weg. Sie grübelte über die Dumble Street. Über Link. Über den Abend, an dem der Major starb.

Der Major hatte gesagt: »Abbie, das Haus, das Haus.« Und sie roch wieder den Morgen, den Fluss, sah die nebelverhangene Straße, spürte die Nässe und die Kälte, die in Wellen von Fluss hereinkamen, im Gesicht, Nebelschwaden verschleierten den Bürgersteig, und noch einmal bückte sie sich, blinzelte, rieb sich die Augen, um zu lesen, was vor ihrer Haustür auf dem Bürgersteig stand: »Zwischen ihren Füßen verbeugte er sich, fiel nieder …«

Wieder sagte Reverend Hill: »Du sollst den Herrn, deinen Gott, lieben von ganzem Herzen.« Und der Druck, dieses Druckgefühl nahm zu. Wir alle, dachte sie, jung und alt, wir alle hier in der Trauerkapelle sind mit der King-James-Bibel aufgewachsen, können sie alle zitieren, sie gehört zu unserem Denken, gehört zu unserem Leben, aber wir bewegen uns immer weiter weg von ihr, vergessen sie. Obwohl wir zur Kirche gehen. Aber kaum sind wir bei einer Trauerfeier, ist etwas in uns fasziniert, auch ängstlich, und wir kehren zurück in die Vergangenheit, immer wieder, versuchen uns zu finden, oder was wir für uns halten, ein Stück von uns, das irgendwo in der Vergangenheit verloren gegangen ist.

Jemand schrie auf. Einen Augenblick lang dachte sie, sie selbst wäre es gewesen. Dann sah sie die Verwandten, die Familie des Gemeindeältesten Lord hinter seinem Sarg Aufstellung nehmen. Der Aufschrei war von der Witwe gekommen, kein richtiger Aufschrei – ein Wehklagen. Die massige Frau war schwarz gekleidet und der schwarze Schleier sehr lang und sehr dicht, er wirkte wie eine Gardine, ein Vorhang vor ihrem Gesicht. Abbie dachte an den Major und seinen Lieblingsspruch: »Wenn ich traure, traurich ganz und gar.«

»Ich lasse ihn nicht gehen«, wehklagte Mrs. Lord. »Ich lasse ihn nicht gehen. Ich lasse ihn nicht gehen. Ehmaa, komm wieder, komm wieder.« Das »komm wieder« klang wie Singsang auf einer einzelnen hohen Note, gedehnt, wiederholt.

Trauern ganz und gar, dachte sie. Das macht man so, jeder auf seine Weise.

Dann waren alle ganz schnell draußen auf dem Bürgersteig, und Howard und zwei andere Männer dirigierten sie in die richtigen Autos, hin und her flitzend wie aufgeregte Hütehunde, die eine Horde sehr dummer, trödeliger Schafe über einen Zaun stupsen.

Howard drehte sich zu Abbie. »Ah, ja, Mrs. Crunch«, er nahm ihren Arm, »Miss Jackson fährt immer vorn bei mir mit. Also, wenn Sie hier einsteigen wollen. Aber erst …«, er zog die hintere Wagentür auf, » … Mrs. Lord, dies ist Mrs. Crunch. Sie ist Miss Jacksons persönliche Vertreterin. Sie fährt vorn bei mir mit.«

Mrs. Lord sagte: »Sehr erfreut«, streckte eine schwarzbehandschuhte Hand aus und schüttelte Abbies schwarzbehandschuhte Hand. Ihr Händedruck war erstaunlich fest.

»Und dies ist Mr. Angus Lord«, erklärte Howard, »der Bruder des Gemeindeältesten Lord.«

»Mir eine Ehre.« Mr. Angus Lord beugte sich vor und machte einen Diener. Dann lehnte er sich wieder zurück und zog Luft durch die Zähne.

Abbie saß auf dem Beifahrersitz neben der Wagentür. Sie wartete darauf, dass Mrs. Lord gleich wieder mit ihrem komischen Wehklagen anfangen würde, sie hatte vor lauter Warten einen kalten Nacken, und ihre Hände in den zu langfingrigen schwarzen Handschuhen waren zu Fäusten geballt, auch sie angespannt vom Warten. Howard ließ den Wagen an, fuhr los und blieb dicht hinter dem Leichenwagen. Schweigen im Fond.

Dann sagte Mrs. Lord gereizt: »Angus, ich weiß nicht mehr, ob ich meine Tür hinten abgeschlossen habe.«

Mr. Angus Lord sagte: »Ich habe sie abgeschlossen. Ist aber sowieso wurscht. Der große Hund da hält jeden weg, außerst einer ist blind und taub obendrein. Und 'n Taubblinder räumt kei'm das Haus nich aus.« Pause. »Menge Leute bei der Trauerfeier.«

»Ich habe seine Cousine nicht gesehen. War sie da?«

»Weiß nicht. Seh die seit Jahren nich mehr.« Pause. »Übrigens, ich hätt gern seine goldene Uhr. Als Andenken.«

»Die hüte ich selbst als Andenken.« Tadel in der Stimme. »Ich möchte meinen, bis ans Ende meiner Tage. Ehmaa hat mir sein Lebtag nie etwas geschenkt, da kann er jetzt, wo er tot ist, mal damit anfangen. Ich gedenke, seine goldene Uhr und seine Krawattennadel mit dem Diamant als Andenken zu hüten.«

»Er's noch nich mal unter der Erde«, erwiderte Mr. Angus Lord verächtlich, »kannst dir wirklich Zeit lassen, bevor du über ihn herziehst.«

Abbie überlegte, ob sich seine Verachtung aus der Enttäuschung speiste oder aus der Angst, einen Toten zu verunglimpfen, einer uralten Angst, deren Ursprung niemand kannte. Mrs. Lord hatte den Gemeindeältesten kritisiert, »Ehmaa hat mir sein Lebtag nie etwas geschenkt …« Man soll über Tote nicht schlecht reden.

Sie drehte sich nach hinten zu Mrs. Lord. Ihr Gesicht war noch immer verhüllt vom dichten schwarzen Schleier, aber sie hatte die schwarzen Handschuhe ausgezogen, zu einem Klumpen gerollt und knetete ihn mit einer Hand durch, als wäre er nicht aus Handschuhen, sondern aus schwarzem Teig. Mr. Angus Lord sah aus dem Fenster und beobachtete den Verkehr.

Als der Wagen vor der Friedhofseinfahrt langsamer wurde und durch das Tor glitt, war Abbie wieder in

Gedanken beim Major und bei seiner Geschichte von Aunt Hal, die rittlings auf dem Leichenwagen zur Beerdigung gekommen und wie der Rest der Crunchs gejohlt hatte: »Peitsch'ie Pferde! Mangel drüber! Mangel drüber über Hal!«

Dann hob Reverend Ananias Hill an: »Asche zu Asche«, die Stimme sorgenvoll, die Stimme traurig, die Stimme alt, und Mrs. Lord fing wieder an zu wehklagen: »Ehmaa, komm wieder, komm wieder zu mir«, aber Reverend Hill psalmodierte einfach weiter: »Staub zu Staub …«

Etwa fünf Minuten später half Howard Mrs. Lord wieder in die lange schwarze Limousine, die Bereitschaftsschwester immer dicht daneben. Howard sagte: »Hier, trinken Sie das – nein – ganz austrinken – damit geht's Ihnen gleich besser – das ist Cognac.« Dann fuhren sie davon, langsam aus dem Friedhof und danach schneller und schneller.

Mr. Angus Lord sagte: »Ich nehm gern auch 'n Schluck von dem Spritt, junger Mann.« Er sog wieder Luft durch die Zähne und wartete.

Howard hielt an, langte ins Handschuhfach, holte ein Fläschchen und eine Packung Papierbecher heraus, reichte sie nach hinten und fuhr wieder los, diesmal noch schneller.

Mr. Lord sagte: »Ahhh!«

Abbie drehte sich nach hinten und sah, dass er aus der Flasche trank, offenbar, bis sie leer war; er setzte sie nur einmal kurz ab und sagte: »Ahhh!«

»Was war das eigentlich, junger Mann?«, fragte er.

Howard warf ihm einen Blick durch den Rückspiegel zu. »Hennessy, Fünf-Sterne-Cognac.«

»Fünf Sterne. Sterne. Dacht ich mir doch«, sagte er. »Schmeckt man.« Er schmatzte genießerisch. »War das ein Farbigenfriedhof, junger Mann?«, fragte er jovial.

»Nein«, sagte Howard. »Aber noch zehn Jahre oder so, dann haben wir so was auch. Wir haben zwei praktisch farbige Schulen und wir haben eine abgetrennte Gegend, in der Farbige leben, und abgetrennte Gegenden, wo sie zur Kirche gehen können, und bald haben wir uns zu einem abgetrennten Ort vorgearbeitet, wo Farbige nach dem Tod liegen können. Dauert nicht mehr lange, Bruder. Dann werden Sie sich hier in Monmouth richtig zu Hause fühlen. Ist dann wie Georgia, bis aufs Wetter.«

Howard muss sich über irgendetwas geärgert haben, dachte Abbie. So redet man doch nicht mit Kundschaft. Kundschaft? Der Kunde war tot. Den hatten sie dagelassen, unter den Hemlocktannen. Aber so redete man auch nicht mit der Familie des Kunden. Mrs. Lord nahm Howards tadelnden, sarkastischen Ton mit Sicherheit übel. Howard. Und wie weiter? Wie viele Leute kenne ich eigentlich, die ich nur mit dem Vornamen anrede? Wie heißt er mit Nachnamen? Ich muss Frances fragen. Vielleicht hat er gar keinen. Vielleicht ist er so auf die Welt gekommen, breithüftig, komplett erwachsen und erblüht, mitsamt Cut und Streifenhose, mitsamt Cognacfläschchen und Melone und grauen Handschuhen und dem Federschnauzbart über dem feingeschwungenen, feuchtglänzenden, durstverkündenden Mund. Was hatte ihn verärgert? Ach, ja, der Cognac. Der Bruder des verstorbenen Gemeindeältesten Lord hatte Howards Fünf Sterne bis zum letzten Tropfen leer getrunken. Aber das Ganze hat meine Fantasie angeregt, dachte sie, denn sie reimte wieder, sagte immer wieder: Sterne in der Krone, und sein Ruf ist nicht ohne, Sterne in der Krone, und sein Ruf ist nicht ohne.

Der Bruder des verstorbenen Gemeindeältesten Lord war vom Cognac offenbar milde geworden, warm geworden, leicht berauscht, denn gerade als Abbie sich umdrehte und ihn ansehen wollte, legte er eine Hand auf Mrs. Lords voluminöses fleischiges Knie und sagte: »Nehme an, du kuckst dich nach einem anderen Mann um ...«

Mrs. Lord schnaubte: »Einem anderen Mann? Ich und ein anderer Mann? Ich könnte dir Sachen über Ehmaa erzählen, da zieht's dir die Haare glatt wie die von Weißen.« Pause. »Ich wär dir dankbar, wenn du deine schwarze Hand von meinem Bein nimmst.«

Howard fragte höflich: »Was dagegen, wenn ich das Radio anmache?« Dann war nur noch Musik im Wagen zu hören, Jazzmusik, laut und stark betont.

Als sie vor ihrem Haus am Rand von Monmouth ankamen, einem Flachbau mit Schindeln und einer verglasten Veranda über die ganze Fassade, hatte sich Mrs. Lord des schwarzen Schleiers und des schwarzen Handschuhklumpens entledigt. Sie stieg selbstständig aus und reichte Howard eine schwarzumrandete weiße Schachtel.

Darin hat sie Schleier und Handschuhe verstaut, dachte Abbie.

Mrs. Lord sagte: »Auf Wiedersehen, Mrs. Crunch, und vielen Dank. Sagen Sie Miss Jackson, dass alles schön war.« Dann ging sie schwerfällig auf die Treppe zu, im Schlepptau den Bruder des verstorbenen Mr. Lord.

Howard sah Abbie an. »Soll ich Sie in Nummer 6 absetzen?«

»Danke, nein. Ich fahre mit Ihnen zurück. Ich möchte Miss Jackson noch sehen. Sie sagte, sie ist nach der Beerdigung zurück.«

Was J. C. und Miss Doris wohl machten? Miss Doris hatte etwas Störrisches. Auch in der Aussprache – immer etwas blechern. Sie war klein, aber nicht korpulent, eher wuchtig, von statuarischer Wucht. Gesicht und Körper sahen aus wie aus Schmiedeeisen, sowohl was die Farbe als auch die beinah metallische Härte ihrer Haut betraf. Die Gesichtshaut, die Haut an den Unterarmen – wie Eisen. Dünne Beine. Spreizfüße. Sie pflanzte die Füße beim Gehen platt auf den Boden. Selbst die Stimme hart und kalt.

J. C. und Miss Doris? Er würde schon klarkommen. Wenn er Mamie Powther und Shapiro und Kelly zu überleben schaffte, dann überlebte er auch Miss Doris.

»Sagen Sie«, fragte sie Howard, extra laut wegen des Radios, »wieso nennt Mrs. Lord den Gemeindeältesten Lord immer ›Ehmaa‹? Ich denke, er hieß Richard.«

»Ehemann kann sie nicht aussprechen. Weiter als Ehmaa ist sie nie gekommen mit ihrem Wabbelgaumen und ihren Wulstlippen.« Er schaltete das Radio aus.

Er ist immer noch wütend wegen seiner Fünf Sterne, dachte sie. »War sie wirklich so erschüttert? Sie wirkte erst so ruhig, und plötzlich kreischt sie los wie ein Silvesterheuler.«

Howard sagte: »Ja und nein. Die will den nicht wiederhaben. Wenn sie bloß den Finger heben müsste, und er wär wieder da, dann würde die sich die Hände so fest zusammenbinden, dass sich kein Finger rühren könnte, nicht mal reflexhaft. Er war ein alter Teufel, und sie war vierzig Jahre mit ihm verheiratet, verheiratet mit einem kleinen schwarzen Mann, der gemein und knickerig und bösartig war. Das war Ehmaa nämlich. Gemein.

Als ihre alte Mutter vor ein paar Jahren starb, wollte er nicht für das Begräbnis aufkommen. Das hat die Stadt übernommen. Er kannte ein paar Lokalpolitiker und hat auf arm gemacht, und Mrs. Lords Mutter ist dann auf irgendeine Brache gekippt worden. Dabei war die alte Dame versichert. Alle alten Leute sind gut genug für eine schöne richtige Beerdigung versichert. Die sparen jeden Pfennig und zahlen Woche für Woche die Prämie ein. Na, jedenfalls, Mrs. Lords alte Mutter kam in eine Kiste aus

Kiefernholz, keine Ausstattung, einfach eine Kiste. Die hat die Stadt bezahlt, und wir haben für das Drumrum gesorgt. Deshalb weiß ich das. Die alte Dame hat eine schnöde Kiefernkiste gekriegt und kam auf den Armeleuteacker. Die fünfhundert Dollar von der Versicherung hat Ehmaa eingesteckt, dafür hat er sich einen Diamanten gekauft und von einem hiesigen Juwelier in eine goldene Krawattennadel setzen lassen.

Für Gold hatte der ein Händchen, der Ehmaa. Freimaurer war er auch, dreiunddreißigster Grad, und er hat dafür gesorgt, dass die farbigen Freimaurer durcheinander und desorganisiert waren und nie einen eigenen Sitz kaufen konnten. Die haben immer irgendein Ladenlokal gemietet, einen Abend in der Woche, an den andern Abenden haben da die Mitglieder der Ich-werde-auferstehen-und-dir-folgen-gelobt-sei-der-Herr-der-mich-farbig-gemacht-hat-und-nicht-weiß-Kirche ihr Hallelujah gesungen.

Nein, die will den nicht wiederhaben. Aber der war ja gerade noch am Leben mit seinen blitzenden Goldzähnen und seinen funkelnden Zockermanschettenknöpfen, jeder ein Zehn-Dollar-Goldstück, und seinem Diamantkrawattennadelgeglitzer und seinen leuchtend gelben Schlipsen, und eine Minute später ist er tot. Also hütet jetzt Mrs. Lord die goldenen Manschettenknöpfe und die ungebührlich unfromme Diamantkrawattennadel und die goldene Uhr an ihrem schwarzen Busen – als Andenken.«

Er zündete sich eine Zigarette an, und Abbie dachte, er sei fertig. Aber er redete ungerührt weiter:»Vielleicht hat sie geschrien, weil sie Angst hatte, sie träumt nur und wacht gleich auf und stellt fest, dass Ehmaa doch noch lebt. Vielleicht hat sie auch ihr eigenes Ende gesehen, wenn sie ganz tot, ganz kalt in einem Sarg liegt, natürlich mit Satin ausgeschlagen.«

Er warf ihr einen verschmitzten Seitenblick zu, und sie dachte: Das ist ein aufgesetztes dickes Fell, das übergehe ich. Ich soll den Eindruck haben, dass ihm der Tod zur Gewohnheit geworden ist und er über Särge und Satinfutter plaudern und weiter rauchen und beim Fahren sonst wohin gucken kann, als ob nichts davon wirklich zählt, als ob es nichts mit ihm zu tun hat. Sie fuhren die Franklin Avenue entlang. Sie war immer noch voller Leute, vor allem Frauen, die Bündel oder Pakete schleppten. Sie kamen vom samstäglichen Einkauf, hatten den Wochenlohn in Kleidung, Esssachen, Schnaps umgesetzt.

Als der Wagen vor dem F. K. Jackson Funeral Home hielt, übersah Abbie absichtlich Howards Hand und stieg schnell aus, bevor er ihr helfen konnte.

»Ach, übrigens«, sagte sie schroff, »wie heißen Sie mit Nachnamen?«

»Thomas. Guter alter angelsächsischer Nachname. Wir schwarzen Inkognito-Angelsachsen heißen alle Stevens, Jackson, Williams, Smith, King.«

»Ich werde Miss Jackson sagen, wie gut Sie alles abgewickelt haben, Mrs. Thomas.« Himmel, was für ein Lapsus war das denn? Sie wollte rasch sagen: Wo hatte ich bloß meinen Kopf, ich meinte Mr. Thomas, aber er schien es gar nicht gehört zu haben. Er trat gerade gegen ein Vorderrad, um die Matschklümpchen auf dem Weißwandreifen zu entfernen.

»Dreck«, murmelte er, »Friedhofsdreck.«

Dann zog er die Tür auf, langte tief ins Handschuhfach, nahm ein Päckchen heraus, riss die grüne Verpackung ab, kratzte hastig das dünne weiße Papier darunter weg, holte einen Korkenzieher aus der Tasche, zog den Korken aus der Flasche.

»Bei der Arbeit darf ich nicht«, sagte er, »aber wenn Sie mich entschuldigen.« Er schüttelte sich kurz, dann kippte er die halbe Flasche in einem Zug, ohne zu schlucken, die Kehle hinunter. Sie ging, um nicht mitansehen zu müssen, wie der zweite Riesenzug hinunterging, der Zug, nach dem die Flasche zweifellos leer sein würde.

14

Frances Jackson beugte sich hinunter und küsste Abbie. Dann sagte sie: »Komm rein, Abbie! Komm rein! Geht's dir gut?«

»Ja, natürlich. Und dir? Geht's dir auch gut?«

»Besser denn je. Komm ins Wohnzimmer. Gib mir deinen Mantel und den Umhang. Und den Hut. Setz den Hut ab, Abbie. Komm, gib ihn mir.« Sie hielt Mantel, Umhang und Muff unter einen Arm geklemmt, nahm den Hut in die Hand und drehte ihn. »Weißt du, damit siehst du aus wie eine Herzogin.«

»Die hässliche Herzogin?« Abbie lachte.

»Nein, die Herzogin von Kent. Aber älter und reifer. Setz dich nicht dahin, Abbie, nimmt den Sessel am Kamin. Der ist viel bequemer.«

Abbie beobachtete ihre flinken, nervösen Bewegungen und dachte: Sie ist wie eine aufgezogene Feder wegen des Getümmels und der Herumkommandiererei in South Carolina. Sie ist sogar passend angezogen für Kommandostimmung. Gerader schwarzer Rock. Weiße Bluse. Der Blusenschnitt fast wie beim Herrenhemd. Französische Manschetten. Mit Manschettenknöpfen. Die grauen Haare streng nach hinten gekämmt, aus der Stirn, der Kneifer formvollendet auf der Nase. Ganz Firmendirektorin. Das Gesicht asketisch. Knochig, distinguiert. Die Augen hinter den Gläsern wirken klein, geschäftstüchtig, sehr klug. Der Körper hochgewachsen, knochig. Der Körper unentspannt. Sie läuft auf und ab, weil sie immer noch auf Reisen ist, immer noch die Familie organisiert, Ratschläge

gibt, alle Einzelheiten im Kopf hat, Versicherungsunter-
lagen, Testament.

Frances legte Mantel, Umhang, Muff und Hut auf dem
Rosshaarsofa ab. »Ich komme mir vor wie ein Welten-
bummler«, sagte sie. »Runter bin ich geflogen, zurück hab
ich den Zug genommen. Weißt du was? Ich hab's genossen.
Es war wie vierundzwanzig Stunden Urlaub, Ferien in
einem anderen Teil der Welt. Alles anders da. Die Sitten.
Die Leute. Die Sprache. Auf der Rückfahrt im Zug habe ich
mich gefragt, ob es eine gute Idee ist, so viel zu lesen, so
viele Theaterstücke zu sehen wie ich. Ich glaube, von
Charleston selbst habe ich gar nichts richtig gesehen, obwohl ich da war. Ich habe immer Crown und Porgy und
Bess und Sportin' Life und die Catfish Alley gesehen. Ist
das nicht komisch?«

Wenn sie doch mal mit dem Gerenne aufhören würde,
dachte Abbie, sie kommt ja nie zur Ruhe, wenn sie sich
nicht hinsetzt.

»Falls ich es je nach London schaffe, sehe ich Engländer bestimmt auch nicht, wie sie in Wirklichkeit sind. Ich
sehe Oliver Twist und Fagin und David Copperfield und
Little Nell.« Frances lief noch immer hin und her.

»Und Monmouth? Was siehst du in Monmouth,
Frances?« Für die Antwort muss sie sich doch mal hinsetzen. Ich sehe immer Link als kleinen Jungen, höre immer den Major reden, benutze seine Ausdrücke. Patronenköpfig. Schafbraun. »Wenn ich traure, traurich ganz
und gar.«

»Monmouth?«, fragte Frances und setzte sich in den
Ohrensessel auf der anderen Seite des Kamins. Er hatte
einen Samtbezug, der Abbie an den dunkelgrünen Plüsch
in Eisenbahnen erinnerte.

»Monmouth?«, fragte Frances noch einmal und ließ
sich in den Sessel sinken. Das Kaminfeuer spiegelte sich

in ihren Brillengläsern. »Ich sehe meinen Vater. Ich sehe mich die Franklin Avenue entlanggehen, an seiner Hand, und er sagt: ›Frank, du hast ja wirklich Männerverstand.‹ Egal wo ich bin in Monmouth, ich sehe immer mich – zu lang, zu dünn, zu knochig. Schon mit zwölf. Und zu helle, Abbie, und weder fähig noch willens zu verhehlen, dass ich Grips habe. Nach der Highschool bin ich aufs College gegangen, Wellesley, da war ich so was wie das achte Weltwunder, weil ich farbig war. Ich war noch nicht lange da, da hat mich die Dekanin kommen lassen und gefragt, ob ich da glücklich bin. Ich habe ihr fest in die Augen geguckt und gesagt: ›Mein Vater hat mich nicht zum Glücklichsein hierhergeschickt, er hat mich zum Lernen hierhergeschickt.‹ Ich werde nie vergessen, wie verblüfft sie geguckt hat. Dann hat sie gesagt: ›Ich würde deinen Vater gern kennenlernen.‹«

Wir werden beide alt, dachte Abbie. Wir erzählen immer dieselben Geschichten, immer wieder. Und wir haben uns gegenseitig geprägt beim Erzählen. Gemeinsame Erfahrungen, vermutlich. Erzählen und noch mal erzählen. Und irgendwann danach handeln. Glück ist nicht wichtig. Sondern Lernen, Bildung. Der Zauberstab. Der goldene Schlüssel. Ich hatte immer gedacht, das gilt auch für Link. Aber er arbeitet in einer Kneipe. Und ist die ganze Nacht unterwegs. Pokern. Und was macht er sonst? Wo geht er hin?

»Mit zweiundzwanzig war ich wieder in Monmouth. Mit Collegeabschluss. Behängt mit Prädikaten und Auszeichnungen und Preisen. Ich wusste genau, ich werde nie heiraten und nie Kinder haben. Nein, ich würde Ärztin.« Sie lachte, und der Kneifer auf ihrer Nase kam ins Zittern und glitzerte und zitterte weiter. »Aber inzwischen war meine Mutter seit drei Jahren tot. Mein Vater war allein, und ich hätte nicht ertragen, ihn zu verlassen, und es gab ja auch das Geschäft, das er so nach und nach und so mühsam aufgebaut hatte. Also bin ich auch Bestatterin geworden. Was ich in Monmouth sehe, Abbie? Mich selbst sehe ich, einsam und leicht verbittert, bis ich dich kennengelernt habe«, fast unmerkliche Pause, »und den Major. Ich sehe mich, wie ich mit fünfundzwanzig in die Sargfabrik gehe, um den Sarg für meinen Vater auszusuchen, und höre, wie der Ire, dem der Laden gehört, zu seinem pickligen Angestellten sagt: ›Diese Niggerbestatterin aus der Washington Street ist wieder da, kuck mal, was die will.‹ Damals fand ich das unerträglich. Heute bin ich dem Mann dankbar, weil mir seitdem der Klang des Worts Nigger nichts mehr ausmacht, deine Begeisterung für Iren kann ich allerdings bis heute nicht teilen.«

Auch die Geschichte kannte Abbie. Auf was für seltsamen, zufälligen Fundamenten ruhen die eigenen Einstellungen gegenüber Anderen, dachte sie. Sie liebte die Iren. Manches von ihrem eigenen Glauben, ihrer Religiosität stammte von den alten irischen Frauen, die sie in den Anfangsjahren auf der Dumble Street kennengelernt hatte. Von deren unerschütterlichem Glauben, fest und unbeirrt trotz betrunkener Ehemänner, betrunkener Söhne, liederlicher Töchter, trotz bekloppter, in Schaukelstühlen fläzender zusammengekauerter Kinder, und sie selbst immer in der Küche, nie weit weg von dem großen schwarzen Eisenherd, unablässig schwatzend, auch wenn sie einen ausgewachsenen Menschen zu füttern und zu windeln und anzuschmachten hatten. Sie hatte die Angewohnheit der Irinnen übernommen, immer wenn sie im Stadtzentrum war, in die Kathedrale zu gehen, im halbdunklen kühlen Innern demütig ihre protestantischen Gebete zu sprechen und noch eine Weile sitzen zu bleiben, erfrischt und bestärkt im Glauben. Danach ging sie langsam durch den Mittelgang hinaus, im sicheren Wissen, dass der Tod nur ein Anfang ist.

Frances hört »irisch« und denkt an ihren Vater und hört »Nigger«. Ich höre »irisch« und denke an eine Kathedrale und die Ruhe dort, die flackernden Votivkerzen, den prächtigen Altar, und sehe glaubensstarke irische Frauen, die die ganze Familie zusammenhalten. Zufall? Fügung? Es hängt alles ab von Geschehnissen in der Vergangenheit. Wir tragen es mit uns herum. Wir werden es nie los.

Die Dumble Street, dachte sie, ein Sonntagmorgen vor Jahren fiel ihr wieder ein. Sie war Mrs. Abe Cohen begegnet, und die hatte ihr weinend und wehklagend erzählt, dass ihr kleiner Sohn aus der christlichen Sonntagsschule nach Hause gekommen war und deklamiert hatte: Will der Itzig richtig schmatzen, braucht er viele Schnäppchen-Mazzen. Und weiter, wehklagend, Verzweiflung in der Stimme: »Mrs. Crunch, was sind das für Menschen, die ihm so was beibringen, die ihm sagen, wenn er nach Hause kommt, soll er das seiner eigenen Mutter vorsingen, was für Menschen – was für Sachen bringen sie meinem Abie in der Sonntagsschule bei?«

Was für Menschen – sie hatte versucht, Mrs. Cohen zu überzeugen, dass ganz bestimmt niemand Abie so etwas beigebracht hätte, jedenfalls nicht in der Sonntagsschule. Vergeblich.

Frances sagte: »Du, ich schwatze hier wie ein Wasserfall, Abbie, und habe nicht mal daran gedacht, dich nach der Beerdigung vom Gemeindeältesten Lord zu fragen. War alles in Ordnung?«

»Ja, das war's. Ich soll dir von Mrs. Lord ausrichten, dass alles schön war.«

Sollte sie das Geschrei und Gekreisch erwähnen? Erzählen, dass ihr der kalte Schweiß auf der Stirn ausgebrochen war? Wie laut die Erde auf den Sarg geprasselt war? Erzählen, dass die Erde unter Kunstrasen verborgen worden war, verborgen und vertuscht, aber sie lässt sich nicht vertuschen, die Erde, in der sich ganz allmählich zersetzt, was vom Gemeindeältesten übrig ist?

Nein. Frances würde sich aufrichten, in diesem Ohrensessel, der aussah wie Eisenbahninventar, sie würde die Beine ausstrecken und mit den knochigen Händen rudernd einen Vortrag über Unsterblichkeit halten, über Hysterie, über Selbstmitleid und Überidentifikation, über Katharsis. Wenn es um den Tod und all seine Bedeutungen ging, konnte Frances eine sinnlose Wortgewalt entfalten. Und die wäre noch beunruhigender als Howard Thomas' Satz: Vielleicht hat sie auch ihr eigenes Ende gesehen, wenn sie ganz tot, ganz kalt in einem Sarg liegt, natürlich mit Satin ausgeschlagen.

Abbie sagte: »Dein Mitarbeiter Howard Thomas wirkt recht selbstbewusst. Sehr tüchtig.«

»Howard ist ein Idiot. Einer mit Halbbildung. Und es gibt in der zivilisierten Welt keine größere Idioten als halbgebildete farbige Männer. Er wollte Anwalt werden und ist als Leichenbestatter geendet. Ein ziemlicher Sprung, vom Gericht in die Leichenhalle. Und er trinkt Cognac, um nicht zu viel zu grübeln, wie und warum er gesprungen ist. Ich habe immer Angst, dass er mal so abgefüllt bei einer Beerdigung aufkreuzt und irgendwas Ungeheuerliches anstellt.«

»Ist er verheiratet?«

»Verheiratet!« Frances schnaubte. »Grundgütiger Himmel, nein! Er mag Frauen nicht. Aber Frauen reagieren augenblicklich auf ihn. Würden sich gern an ihm schubbern. Als wären sie Katzen und er Katzenminze.«

Ich auch, dachte Abbie und erinnerte sich an ihren Anlehnungsversuch. Nie wieder. Ich hätte den auch nicht so beschrieben.

»Als Mitarbeiter ist er brauchbar.« Frances stand aus dem Sessel auf. »Mach's dir bequem, ich will mal für Tee sorgen.« Sie ging aus dem Zimmer, drehte sich aber noch einmal um. »Manchmal denke ich, wenn er bloß nicht dauernd mit dem Hintern wackeln würde.«

Abbie fragte sich, wieso der Sprung vom Anwalt zum Bestatter größer sein sollte als der von der Ärztin zur Bestatterin. Wir machen alle solche Sprünge. Ich bin von der Lehrerin zur Kutschersfrau geworden, von der Ehefrau zur Witwe, von der Witwe zur Näherin-Vermieterin. Zufall? Fügung? Nein. Es hängt alles davon ab, was mit einem in der Vergangenheit geschehen war. Wenn man älter wird, schleifen sich die scharfen Kanten ab, werden runder, verwaschen, sodass auch große Geschehnisse schließlich zusammenschnurren auf Geschichten, die man erzählt, und die Geschichten werden immer weniger. Aber selbst bei gewöhnlichen Allerweltsgeschichten kommt noch genug von den erlebten Gefühlen durch und macht sie zu guten Geschichten. Frances redet über ihren Vater. Ich rede nicht über den Major, weil ich mir das beigebracht habe. Selbstdisziplin. Aber ich denke an ihn. Ich rede über Link. Link redet über Bill Hod.

Das Feuer im Kamin knisterte. Zum Glück mochte Miss Doris Kaminfeuer. Das Messinggitter mochte sie offenbar auch, denn sie hielt Sugar an, es regelmäßig zu polieren, es glänzte wie Gold. Miss Doris schätzte offenbar auch Frances' Wohnzimmer, sie hatte nichts verändert, dieselben schweren Vorhänge vor den Fenstern, dieselben massiven Möbel, derselbe türkische Teppich, alles dunkelrot, das Rosshaarsofa immer noch an der Wand gegenüber. Hohe Decke. Dunkles Holz. Dunkler Boden. Miss Doris' Ehemann Sugar pflegte Türen, Böden und Fußleisten mit Wachs. Ein langer dünner Mann. Gesicht wie Ostküstenadel. Ein Hauch von hauteur. Er sprach genau wie Miss Doris. Miss Doris. Wo war denn J. C.?

Frances kam mit einem Tablett herein.

Abbie fragte: »Wo ist J. C.?«

»Ich habe mich schon gefragt, wann du dich an ihn er-
innerst. Er ist in der Küche mit Miss Doris. Sie haben
Kekse gebacken.«

»Wirklich?« Dann hatten sie wohl irgendwie Waffen-
stillstand geschlossen. »Schenk du ein, das muss ich mir
ansehen.«

Sie ging durchs Esszimmer. Eine Vase mit Kunstblumen
mitten auf dem Esstisch, weil Miss Doris es ablehnte, »sich
mit frischen Blumen herumzuschlagen«, Strohläufer auf
dem Boden, weil Miss Doris befand, dass Farbige keine
Tischmanieren hatten und andauernd Essen fallen ließen,
das silberne Teeservice von Frances' Mutter auf der An-
richte sah aus wie direkt aus dem Schaufenster eines Ju-
weliers, es hatte eine Lackschicht bekommen, weil Miss
Doris befand, sie könne ihre kostbare Zeit nicht mit Sil-
berputzen verplempern, weil – Abbie drückte die Küchentür auf und sah hinein.

Miss Doris sagte gerade mit ihrer harten kalten Stimme:
»Und war ich überrascht? Där ist sich durch den ganzen
Verkehr gehangelt und ich hab hinterher zu Sugar gesagt,
Sugar, där war so dicht dran am Affen wie kein, wo ich je
in Menschenform gesehen hab.«

Miss Doris saß am Küchentisch mit den Händen im
Schoß und redete mit J. C. Der saß daneben auf einem
Hochstuhl, die Füße zwischen den Sprossen verkeilt. Im
Haus war auch sonst alles geblieben, wie es war, nur die
Küche hatte Miss Doris in dem einen Jahr, seit sie bei
Frances arbeitete, radikal verändert. Sie sah jetzt aus wie
eine Musterküche aus der Werbung, bis hin zu den Pflan-
zen auf der langen Fensterbank unter der Fensterreihe
über der Spüle und den langen Arbeitsflächen auf beiden
Seiten.

J. C. sagte: »Sin die Kekse schon färtich?«

»Also, ich greif mir den Schirm, den mit dem langen Griff, und hau ihm eins, und damit war där bedient.«

J. C. sagte: »Miss Doris, müssn die Kekse nich langsam raus?«

Wäre schade, sie zu stören, dachte Abbie. Ich bleibe nur noch so lange, bis ich weiß, ob Miss Doris die Keksfrage je beantwortet.

Miss Doris sagte mit ihrer kalten harten Stimme: »Ein andermal sag ich zu Sugar, Morgenrock? Mr. Orwell hat nie kein Morgenrock nich gehabt, was für 'ne Farbe dänn? Und Sugar sagt: So hellbeigebraun und sitzt ganz eng, kneift irgendwie an Schultern und Armen. Und ich sag: Sugar, du gehst da jetz rauf, is der neue Frühlingsmantel von der Frau, was der sich angezogen hat, den hat er sich angezogen, un du gehst da rauf und ziehs ihm den aus, Mr. Orwell hat nie kein Morgenrock nich gehabt. Und Sugar is hoch und kommt wieder runter und sagt: Liebes, hast rächt gehabt, där liegt hackevoll im Bett in dem neuen Frühjahrsmantel von der Frau, där von Carnegie, wo zweihundert Dollar gekostet hat, genau das hat er gemacht. Gibt nichts Schlimmeres, Jackson, wie'n Mülltimillionär, der viel zu viel gesoffen hat.«

»Miss Doris ...«, fing J. C. noch einmal an.

Miss Doris sagte: »Mr. Orwell war'n oller Teufel, Jackson. Einmal kommt er in meine Küche und isst mir die ganzen Zitronenbaisers wäg, die ich für zum Nachtisch färtig hab und ich sag, Mr. Orwell, wänn ich meine Mennüs für den Tag färtig hab dann kann ich nich um sieben abends wieder von vorn anfangen fürs Ässen um Viertel nach sieben und kein neuen Nachtisch machen. Das war im Sommer um die Uhrzeit war das noch wie nachmittags der hatte die Sonne voll im Gesicht und in dem Sonnenlicht sah der fürchterlich aus, rote Augen vom Trinken und geplatzte Adern überall auf der Haut also purpurrote

Birne. Und Mrs. Orwell saß nebenan auf der Sonnenvär-randa und er geht raus und ich hör wie er sagt: Was ist dänn mit der alten Doris los, die ist in der Küche und so böse, wie sie schwarz ist.

Und ich, Jackson, sauer wie ich sowieso war, schnapp mir eins von die langen Fleischmässer und geh raus auf die Sonnenvärranda und sage: Entschuldigung, Mrs. Orwell, dass ich Ihrn Frieden störe aber ich muss Mr. Orwell mal was sagen und auf der Värranda ist grelle Sonne und ich sage: Mr. Orwell, ich arbeite mein Lebtag lang bei Mülltimillionäre und bis eben gerade hat mich noch nie wär so beleidigt, und ich zücke das lange Fleischmässer mit der dünnen Klinge wo ich hinterm Rücken hatte und halt's ihm direkt unter die Nase und fuchtele damit rum und das blitzt wie 'n Springmesser bei der grellen Sonne und ich sage: Sie komm in meine Küche mit Ihrn Suffkopp und ässen meine ganzen Törtchen wäg und dann stehn Sie hier draußen und beleidigen mich aber ich steh hier jetzt auch und nehm das Mässer und schneid Sie die Nase glatt aus'm Gesicht, das mein ich ärnst, Mr. Orwell.

Mrs. Orwell die lässt 'n kleinen Schrei los und sagt: Miss Doris, nicht, leg das wäg, tu Mr. Orwell nichts an. Und Mr. Orwell der sagt: Miss Doris, was hab ich getan, was hab ich denn gesagt, ich hab das doch nicht gemeint, egal was, und ich tu's auch nie wieder, ich äss nie wieder deine ganzen Zitronenbaisers auf, Miss Doris, ich verspräch's, ich komme nie wieder in deine Küche, Miss Doris, das mein ich ernst, aber nimm das blitzende Schlachtermäs-ser von meiner Nase weg, Miss Doris. Und er hat Wort gehalten, Jackson. Is immer in der Küchentür stehen ge-blieben mit seim Purpursuffkopf und hat gesagt was er sagen will, aber der hat nie wieder ein besoffenen Fuß in meine Küche gesätzt.«

J. C. sagte energisch: »Miss Doris, die Kekse wärn fertig.«

Ach, dachte Abbie, er ist keine zwei Stunden bei ihr und spricht ein blechernes Ä wie sie.

»Nein, wären sie nicht, Jackson. Ich habe schon dreißig, vierzig Jahre, bevor du geboren wurdest, gebacken, ich weiß, wann Kekse färtig sind.«

»Und wo bin ich, bevor ich geboren wärde.«

Miss Doris taxierte ihn mit einem ihrer scharfen Blicke. »Du sätzt unterm Rosenbusch rum und wartest.«

»Auf was wart ich'n, Miss Doris? Ich hab noch nie unter keim Rosenbusch gesätzt. Ich sätz unterm Hänker.«

»In dem Fall, Jackson, sätzt du unterm Hänker und wartest darauf, geboren zu wärden.«

Schweigen in der Küche. Beide schienen zu meditieren. Abbie fiel ein, dass der Tee in den Tassen langsam kalt wurde, aber –

J. C. sagte: »Miss Doris, sin alle Prinnsessins weiß?«

»Wie war das?«

»Sin Prinnsessins immer weiß?«

»Ich habe länger keine gesehen. Die lätzte war schwarz.«

»Powther sagt, die sin weiß.«

»Und wär ist das?«

»Mein Däddy.«

»Tja«, sagte Miss Doris, »vielleicht hat dein Papi nur weiße gesehen. Jeder sieht nur, was er sehen will. Ich seh schwarze. Er sieht weiße. Wenn's ein Gesätz gibt, wer rächt hat, dann wär das in irgendeinem Buch geschrieben.«

»Sin die Kekse jetz färtich, Miss Doris?«

»Noch nicht. Also, Mr. Orwell hat dann noch mal –«

»Wieder mit Messer und Blitzeklinge?«

»Nein. Diesmal hat Mr. Orwell einen Büffel im Zug gesehen, im Pullman nach New York. Ich hab mich geschämt dazuzugehören, das war wie ein Zoo auf Reisen, Mr. Orwell hat keinen anständigen Anzug gehabt also hat er seinen Schmoking angezogen, die andern waren alle mottenzerfrässen oder mit Soße vollgekläckert, und Mrs. Orwell hatte ihm sein Biberzylinder auf und die haben beide nach Mottenkugeln und Schnaps gerochen, so wollten die zur Beärdigung von Mr. Orwells Bruder, Mrs. Orwell mit Brijantkätte am Hals und praktisch gebadet in Guerlain, und ich sag zu Sugar von wegen dem Hut von Mrs. Orwell: Na, Sugar, hoffentlich lassen die uns überhaupt in den Zug. Na ja, jedenfalls, gleich hinter New Haven steht Mr. Orwell auf und geht auf die Herrentoilette und kommt sofort wieder raus mit Purpurbirne und lässt einen lauten Schrei los, der kommt richtig schnell raus und schreit weiter rum und sagt: Miss Doris, schnell, Miss Doris, da ist ein Büffel drin. Und ich sag zu Sugar: Sugar, jätz hat er'n Verstand verloren, ich hab's immer gewusst eines Tages ist das so weit und jätz ist es das ausgerächnet hier im Pullmanzug. Und ich sag richtig fäst aber nicht laut: Mr. Orwell, kommen Sie, sätzen Sie sich. Und er sagt: Miss Doris, wo bist du, komm schnell, Miss Doris, hol den gottverdammichten Büffel aus dem Klo. Und lässt noch so'n Schrei los und sagt: Bitte schnäll, Miss Doris, bevor ich den Verstand verliere.

Alle Damen und Härren im Zug kucken ihn an wie er da steht in seinem Schmoking am hällichten Tag und murmeln irgendwas untereinander und weit und breit kein Schaffner, die sind ja wie Polizisten wänn man mal ein braucht is keiner greifbar, also steh ich auf und sag zu Sugar: Sugar, du sorgst dafür dass Mr. Orwell sich hinsetzt, ich geh mal nachkucken. Und Mr. Orwell sagt: So ist rächt Miss Doris du gehst da rein und jagst dem Büffel eine Scheißangst ein, und ich sag: Mr. Orwell, lassen Sie die schlimme Sprache Sie sind hier nicht zu Hause. Sätzen Sie sich hin und seien Sie still. Und er wird noch röter und sätzt sich wirklich hin als Sugar ihm das sagt.

Und ich geh in die Härrentoilette und da ist ein Murmeltier drin. Ärst dacht ich ich bin zu lange bei Mr. und Mrs. Orwell, ich hab ja immer zu Sugar gesagt, Sugar wir dürfen hier nicht zu lange bleiben sonst verlieren wir auch noch'n Verstand genau wie diese bekloppten Reichen, bloß dass wir arm sind uns würden sie einspärren, aber wenn man reich und bekloppt is darf man frei rumlaufen.

Dieser Murmelmann ist allerdings so groß und fett und der glotzt mich so frech an und grunzt irgendwie so laut rum dass ich weiß, der is ächt und ich bin 'wieso fuchtig, im Pullman nach New York zu hocken mit diese Orwells die aussehen als wärn sie gerade aus 'm Zoo oder Zirkus entlaufen, also pack ich den Murmelmann am Schwanz und am Hals und halt'n fest und geh damit aus der Härrentoilette, und irgendwär hatte den Schaffner gerufen und das war einer von diese drahtigen kleinen alten Schwarzen, wo ewig lange Schaffner sind, der glaubt das wär sein Pullman und der kommt auf mich zu gelatscht und sagt: Was hast du da drin zu suchen Frau, und ich sag: Ich bin Mrs. King für Sie und jedermann wo mich je gekannt hat und Sie dürfen mich auch so nännen. Hier, sag ich, das is Ihr Pullman also is das wohl auch Ihr Büffel und will ihm das kratzende und grunzende freche fette Murmeltier übergeben, und der schreit genauso laut los wie Mr. Orwell und macht einen Satz nach hinten und Mr. Orwell schreit richtig laut mit. So ist rächt Miss Doris, dem hast du auch eine Scheißangst eingejagt, und ich sag zu Sugar: Sugar, halt Mr. Orwell den Mund zu, und ich geh zur Zugtür und mach die auf und lass das Murmeltier frei.«

Schweigen.

J. C. runzelte die Stirn. »Wie is'n der Büffel ...«, hielt inne, schien nachzudenken, »ich meine, wie kommt där da ins Klo?«

Das habe ich mich auch gerade gefragt, dachte Abbie. Inzwischen ist der Tee bestimmt kalt, steinkalt, und Frances grübelt, wo ich abgeblieben bin, aber Miss Doris hat ja nicht gesagt, dass der Büffel, das heißt das Murmeltier, im Klo dringesteckt hat ... Sie hielt die Schwingtür ein Stückchen weiter auf.

»Mr. Orwell der war so betrunken und so panisch, dass der ein Murmeltier mit ei'm Büffel verwechselt hat. Das Murmeltier hatten 'n paar freche Yale-Bengels in die Härrentoilette geschafft, in New Haven wächseln die immer die Loks, da hat er zehn Minuten gehalten.«

Sie ließ die Tür sachte wieder zuschwingen und ging zurück ins Wohnzimmer.

Frances fragte: »Kommen sie klar?«

»Kann man so sagen. Miss Doris hat von den Orwells erzählt, und J. C. hat von seinen Prinzessinnen erzählt und gefragt, wann die Kekse fertig sind, aber keiner hat dem anderen wirklich zugehört. So laufen ja alle Gespräche ab, die wirklich befriedigenden.«

Sie tranken Tee und unterhielten sich über Link. Sie unterhielten sich immer über Link. Abbie dachte an die vielen Gespräche, Debatten, die endlosen Diskussionen, die sie über ihn geführt hatten. Sie mussten ihm ja irgendwie erklären, was es für ihn hieß, ein Negro zu sein, und dann noch diese schrecklichen Dinge wie Sex und Religion und das Problem, auf welches College sie ihn schicken sollten, und das noch größere Problem, wie sie seine Ausbildung finanzieren sollten, und diesen Job bei den Valkills. Er schien immer zu viel Trara zu machen, und er spielte Football und schwamm im Fluss herum. Beides gleichermaßen gefährlich. So vieles, was es zu erklären und vermeiden und umschiffen galt. Und er hatte ja überlebt. Hatte alles überlebt, Bill Hod und eine Lungenentzündung, das Rotlichtviertel und die Marine. Hochaufgeschossen inzwischen. Breite Schultern inzwischen. Ein Timbre wie die tiefen Töne einer Orgel. Wenn er nur …

»Mir wär's lieb, wenn er heiratet«, sagte Abbie, »und Fuß fasst.«

»Hat er das denn noch nicht?«

»Er wird erst wirklich Fuß fassen, wenn er verheiratet ist. Vorher tut das kein junger Mann. In letzter Zeit ist er die halbe Nacht unterwegs, und ich trau mich nicht, ihn zu fragen, wo er hingeht und was er treibt. Und das macht mir Sorgen. Er ist dauernd in New York und bleibt zwei, drei Tage da. Ich nehme an, er hat ein Mädchen. Ich würde mir die gern mal ansehen, kennenlernen. Ich weiß nicht, wie ich ihn nach ihr fragen soll, wie ich ihm sagen kann, er soll sie mal zum Tee mitbringen. Ich habe Angst, dass er denkt, ich will mich einmischen.«

Sie hatte ein Haus für ihn gefunden, eins aus Backstein auf der anderen Seite der Stadt. Sie hatte nur das Schild »Zu verkaufen« gesehen, und schon war Link in ihrer Fantasie tatsächlich mit einer netten jungen Frau verheiratet, und sie zogen ein. Flieder im Vorgarten, dichte alte Fliedersträucher, und büschelweise orangerote Lilien, alles in voller Blüte, im letzten August. Und davor war ein Zaun, einer von den Eisenzäunen, die man kaum noch sah. Sie wusste nicht, wer Links Freundin war. Sie war sicher, dass er eine hatte. Alle jungen Männer hatten eine Freundin. Aber sie hatte ihn nie mit einer gesehen und er nie eine erwähnt. Anscheinend hatte er die übliche mädchenverrückte Teenagerphase übersprungen. Mit siebzehn, wenn er den Sommer über aus Dartmouth nach Hause kam, traf er sich sonntags nach der Kirche mit Mädchen, und manchmal unterhielt er sich kurz mit ihnen, lachte kurz mit ihnen und wandte sich rasch ab. Das hätte sie ihm doch nicht vorwerfen können. Sie waren alle so zappelig, als hätte ihnen eine Art Automat das Hirn abgeschaltet, und eine wie die andere, alle mit Pomade verkleistert, alle zu parfümiert, offenbar mit der gleichen Parfümmarke, denn sie rochen auch alle gleich; die meisten hatten Pickel unter dem Puder und dem Rouge. Sie schwitzten schnell, die Kleider bekamen dunkle Flecken unter den Achseln, und auf die breiten, sattellosen Nasen traten Schweißperlen, wenn sie in Stöckelschuhen auf Link zustaksten, ihre dünnen geraden Beine sahen zerbrechlich aus in den Schuhen, aber so staksten sie nach dem Kirchgang auf den siebzehnjährigen Link zu und kamen ins Schwitzen, wenn sie mit ihm redeten.

Das waren die guten Mädchen, die, die zur Kirche gingen, die Mann und Heim und Kinder wollten. Die waren absolut falsch für Link. Die, die nicht zur Kirche gingen, hatten wohlgeformte Beine und glatte braune Haut, die keine dicken Puderdeckschichten brauchte, die hatten raffinierte Lockenhaare, die wollten weder Mann noch Kinder noch ein gepflegtes Heim. Die wollten Freunde, reihenweise, endlos viele, und endloses Vergnügen. Und die waren auch absolut falsch für Link.

»Eines Tages wird er schon heiraten«, sagte Frances gelassen. »Das meiste, worüber wir uns Sorgen gemacht hatten, ist nie eingetreten. Und jetzt ist er erwachsen, und wir dürfen nicht vergessen, dass er erwachsen ist. Er wird schon klarkommen.«

Eines Nachmittags hatte Link gesagt, Frances habe zu neunundneunzig Komma neun Prozent recht. Vielleicht aber auch mal nicht, das sei das null Komma eine Prozent. Sie war danach zu Frances geeilt und hatte ihr erklärt, sie wolle Mamie Powther nicht mehr im Haus haben, und Frances hatte sie ausgelacht. Sie hatte ihr nicht begreiflich machen können, wie schockiert und entsetzt sie war, als sie von Mamie Powther erfuhr, dass Bill Hod ihr Cousin war, hatte ihr nicht begreiflich machen können, dass sie in schiere Panik geraten war, als Bill Hod die hintere Treppe herunterkam, Schritte waren nicht zu hören, aber eine Melodie, gepfiffen, die Melodie, die Mrs. Powther immer beim Wäscheaufhängen hinten im Hof sang, jetzt kam sie die Treppe heruntergepfiffen, hoch, süß, immer tiefer die Treppe herunter, kein Schritt nach unten zu hören, nur das Pfeifen, es schien sich wie von selbst nach unten zu bewegen, und dann ging Bill Hod durch die Hintertür und ums Haus herum und pfiff weiter, derselbe Bill Hod, der dem Major die Straße hoch geholfen hatte, der sie sechzig Sekunden oder vermutlich nicht mal so lange angefunkelt und angeschrien hatte wie nie jemand zuvor: »Du Idiotin – du gottverdammte Idiotin – hol einen Arzt!« Sein Gesicht so wutverzerrt, die Stimme so wutentbrannt, dass sie den Schürhaken gepackt hatte, fest entschlossen, auf ihn einzuschlagen, wenn er näher käme, und dann hatte sich sein Gesichtsausdruck verändert, er hatte die Schultern gezuckt und war gegangen. Ein grausames kaltes Gesicht. Henkergesicht. Frances konnte oder wollte nicht begreifen, warum es sie so verstörte, dass Bill Hod Mamie Powthers Cousin war.

Frances hatte zugehört, an jenem Nachmittag, und gereizt gesagt: »Früher oder später musst du dir angewöhnen, kleine Makel bei deinen Untermietern zu akzeptieren, Abbie, sonst darfst du keine mehr aufnehmen. Den perfekten Mieter wirst du nie finden. So was gibt es nicht. Aber wenn du nicht mehr untervermietest, bringst du dich um ziemlich große Einnahmen. Dass Mr. Hod Mrs. Powthers Cousin sein soll, ist zwar bedauerlich und schlecht für deinen inneren Frieden, aber du kannst das nun mal nicht ändern.«

Mamie Powther. Man brauchte sie gar nicht zu sehen, nur zu hören, musste nur ihrer Stimme zuhören und wusste, was für ein Typ Frau sie war – alles, der große weiche unbändige Busen, die glatte rotbraune Haut, das zu süße Parfüm, lag auch in ihrer Stimme. Sie verströmte Wärme, animalische Wärme, mit ihrer Stimme.

Abbie seufzte. »Ich kann dir gar nicht sagen, wie sehr ich mir wünsche, dass Link sich verliebt und heiratet.«

Neuerdings wünschte sie sich seine Heirat innerlich noch dringlicher herbei. Wegen Mamie Powther. Sie hatte Angst vor Mamie Powther. Angst vor Bill Hod. Vor Bill Hod hatte sie immer Angst gehabt, aber wenigstens hatte die Straße zwischen ihnen gelegen; jetzt war es fast, als ob er in ihr Haus gezogen wäre. »Heh, Mamie, wie siehts aus?« Bedeutete ihre Angst vor Mamie Powther nicht auch Zweifel an Link? Warum ging sie davon aus, dass er dem Schlampenzauber einer verheirateten Frau erlag, einer Mutter von drei Kindern, einer dicken jungen Frau, einer achtlosen jungen Frau, die durch die Gegend scharwenzelte, ohne den geringsten Gedanken daran, wer sich um ihre Kinder kümmerte?

»Es wird spät«, sagte sie. »Ich hole jetzt J. C.«

In der modernen lichtdurchfluteten Küche wickelte Miss Doris gerade ein Päckchen ein. J. C. stand dabei und sah zu. Er hatte einen Keks in jeder Hand. Die Küche war erfüllt vom zarten, delikaten buttrigen Duft frisch gebackener Kekse.

Miss Doris sagte in ihrem kalten harten Ton: »So, dann hier, Jackson. Dies ist dein Mitternachtshappen. Wenn du mal wieder mitten in so'm Nachtmährchen aufwachen tust wo du von erzählt hast, dann isst du ein' von die Kekse. Und trag das Päckchen vorsichtig.«

»Ja, Ma'm, Miss Doris«, sagte J. C.

Abbie sagte: »Ich hatte ganz vergessen, Ihnen zu sagen, dass er J. C. heißt, Miss Doris.«

Miss Doris sah Abbie kurz und scharf an. »Ja, Mrs. Crunch. Ich weiß das. Hat er mir gesagt. Aber ich wärd keine Kinder mit ohne christliche Namen um mich haben. Also hab ich ihm ein gegeben. Hier bei mir ist er Jackson.«

Sie wurde plötzlich wach. Pechdunkel im Zimmer. Sie fror. Keine Decke über Brust und Armen. Und ein Flanellnachthemd war selbst mit langen Ärmeln kein Ersatz für eine Decke. Der Wind wehte auch.

Bestimmt war es das Metallgitter, das immer wieder gegen das Fenster schlug, was sie geweckt hatte. Sie zog die Bettdecke wieder hoch, bis ganz unters Kinn, und dachte daran, dass der Major, ein stattlicher Mann, ein Teddybär von Mann, immer auf der Seite geschlafen hatte, seine Schulter hatte die Bettdecke hochgezogen wie ein Zelt, und sie hatte die ganze Nacht lang Zug um Schultern und Nacken.

Sie müsste aufstehen und das Fenster zuziehen. Aber in einem rundum verschlossenen Raum konnte sie nicht schlafen, andererseits, bei diesem andauernd ans Fenster schlagenden und klappernden Lüftungsgitter schlafen konnte sie auch nicht. Ob es wohl noch neblig war, ob J. C. wohl wach war und seinen Mitternachtshappen aß? Sie dachte an das Begräbnis des Gemeindeältesten Lord, daran, dass gerade als sie und J. C. bei Frances losgingen, der Nebel langsam vom Fluss hochtrieb. Dachte an Frances' Silvesterparty. Sie veranstaltete jedes Jahr so ein Massenspektakel, um all ihren gesellschaftlichen Verpflichtungen nachzukommen, mitsamt einem Riesenbuffet in dem tristen dunklen Esszimmer, und Miss Doris' Mann Sugar tranchierte und servierte Braten, während Miss Doris Tabletts herumtrug und es einfach durch ihren Gang fertigbrachte, ihr Missfallen an dem ganzen Verfahren kundzutun, mit laut über den Boden patschenden Füßen, patsch, patsch, patsch. »Kaffee?« Patsch, patsch, patsch.

Dachte an Mamie Powther, die vor zwei Wochen plötzlich mit einer Obsttorte in der Hintertür gestanden hatte. »Missus Crunch, Sie warn so nett zu J. C. Ich dachte, is Silvester und so, und falls Sie Freunde zu Besuch kriegen wär gut, so was im Haus zu haben«, lächelnd, leutselig, lockerer Ton. Mamie Powther hatte schon wieder einen neuen Mantel an, purpurrot, tailliert, vorn zwei Reihen Messingknöpfe, die über den großen Busen liefen wie eine Berg- und Talbahn. Sie hatte so viele Mäntel. Sah ja auch nicht schlecht aus. Aber so viel Busen, und immer so ungebändigt, man erahnte ihn selbst unterm Mantel. Größer als der kleine Mr. Powther. Wie war er je dazu gekommen, sie zu heiraten? Vergangenheit. Die Antwort liegt in der Vergangenheit. Miss Doris und die Orwells. Frances und ihr Vater. Howard Thomas' Weg von Anwalt zu Bestatter, wegen seiner Vergangenheit. Abbie Crunchs Weg von Lehrerin zu Kutschersfrau zu Witwe zu Vermieterin-Näherin, inzwischen imstande, auf Beerdigungen zu gehen, Schnaps zu riechen, ohne sich zu schütteln, und zu Nachsicht gegenüber den gelegentlichen, unverhofft einsickernden Obszönitäten in Frances' Rede: »… würden sich gern an ihm schubbern. Als wären sie Katzen und er Katzenminze«, oder »wenn er bloß nicht dauernd mit dem Hintern wackeln würde …«

Sie hatte das komische unangenehme Gefühl, dass aus dem Dunkel eine Hand oder mehrere auf sie zukamen. Nebelhafte, richtungslos grapschende Hände zogen an der Bettdecke, am Laken, an der Steppdecke mit der Wollefüllung. Sie versuchte auszuweichen, dachte: Ich wusste immer, dass so etwas einmal passiert, das ganze Leben lang habe ich Angst davor gehabt, darauf gewartet, immer gewusst, dass etwas aus dem Dunkeln auf mich zukommt, nach mir tastet, grapscht. Das ist meine Einbildung. Ich male mir immer Unheil aus.

Der König von England. Der König von England. Hat das im Radio gesagt, Weihnachten vor ein paar Jahren. Wie ging das noch? Ich habe es extra aufgehoben. Kann es mir nie richtig merken. Sicherer als ein vertrauter Weg. Besser als ein Licht. Anonymus. Leg deine Hand in Gottes Hand. Streck deine Hand aus. Hinaus in die Dunkelheit.

Sie zog die Hand aus der Decke, streckte sie aus, hinaus in die Dunkelheit. Etwas stieß dagegen. Sie riss die Hand zurück, weg von was immer das war, wollte schreien und konnte nicht. Sie sagte: »Oh«, und es klang wie ein Seufzer.

J. C. Powther sagte: »Missus Crunch …«

Einen Moment lang konnte sie nicht antworten, dachte immer noch: Ich wusste es – im Hinterkopf war immer die Angst, ohne Form, ohne Gestalt –, dass einmal etwas Furchtbares auf mich zukommt, aus dem Dunkeln. Ich war sicher, diese kleine Hand, J. C.s Hand, die –

»Ja?«, sagte sie.

»Die's hier, Missus Crunch.«

»Warum bist du nicht im Bett?«

»Nich müde.«

»Natürlich nicht. Du stehst ja auch erst mittags auf. Was ist denn das für eine Art, ein Kind zu erziehen? Die ganze Nacht wach. Den ganzen Tag im Bett. Schlimm genug, wenn Erwachsene das machen.«

J. C. ging darüber hinweg. »Die's hier«, sagte er noch mal.

»Würdest du bitte wieder hoch und ins Bett gehen und schlafen. Was läufst du hier nachts durchs Haus? Warum erlaubt deine Mutter das? Du gehst hier ein und aus, und die meiste Zeit weiß ich gar nicht, dass du im Zimmer bist.«

»Mamie is aus«, sagte er.

»Das ist keine Entschuldigung. Sind Kelly und Shapiro nicht im Bett?«

»Doch.« Seine Stimme klang sehr ungeduldig. »Missus Crunch, die Prinnsessin ist bei Link im Zimmer.«

»Ich hatte dich gebeten, nicht zu lügen. Das gehört sich nicht. Das ist böse. Ich weiß nicht, warum du dir Sachen ausdenkst.«

»Sie's ganz aus Gold.« Jetzt mit verträumter Stimme. »Un sie un Link komm immer auf Gummisohln durche Tür rein. Auf Gummisohln durche Tür.«

»Musst du mal auf Toilette?«

Er antwortete nicht.

»J. C., musst du auf Toilette?« Diese Frau da oben war doch strohdumm, oder sie war zu faul, aufzustehen und ihn zur Toilette zu bringen. Dabei war das die einzige Möglichkeit, dass Kinder nicht ins Bett machten, wenn sie so klein waren, wahrscheinlich geisterte er deshalb nachts durchs Haus. Er fühlte sich unwohl.

»War gerade. Ich muss nich.«

»Sehr schön. Dann geh jetzt hoch und schlaf.«

»Is dunkel hier«, sagte J. C. »Soll ich Licht machen?«

»Nein, sollst du nicht. Lass die Finger von der Lampe! Geh jetzt, J. C., geh wieder hoch.« Schweigen. Aber er war noch da, neben ihrem Bett. Sie hörte ihn atmen.

»Missus Crunch«, sagte er.

Sie antwortete nicht. Er würde schon gehen, wenn sie schwieg.

»Missus Crunch«, sagte er leise, »ich muss ma auf Tollette.«

»Musst du nicht. Du hast gesagt, du warst gerade.« Liebe Güte, dachte sie. Er muss bestimmt nicht, er sagt das nur, damit ich aufstehe, aber wenn er nun doch muss.

»Ich muss auf Tollette, Missus Crunch«, wimmerte er.

Sie schaltete die Lampe am Bett an. Er hampelte herum, trat von einem Fuß auf den anderen. Und offenbar hatte er sich selbst im Dunkeln angezogen. Die Latzhose saß verkehrt herum, mit den Taschen hinten, die abgetretenen braunen Schuhe saßen am jeweils falschen Fuß. Sie langte nach ihrem schweren grauen Bademantel, schlüpfte in die Schlappen und sah auf die Uhr. Vier Uhr.

Im Bad sagte J. C. triumphierend: »Ich musste doch. Hörste's?«

Sie sah weg und in den Flur. Manche Dinge soll man lieber übersehen. Das Nachtlämpchen war noch an. Link war noch nicht zu Hause. Wo war er? Vier Uhr morgens. Liebe Güte, irgendwas ist immer. Sie würde das Nachtlämpchen ausmachen. Bald wäre hellichter Tag, und Strom zu verschwenden war unvernünftig.

»Ich mache gleich das Flurlicht aus, J. C. Aber vorher gehst du wieder hoch, damit du sehen kannst, wo du gehst.«

J. C. folgte gehorsam. Dann blieb er stehen und schnupperte. »Das is ihr Duft«, sagte er. »Is der Prinnsessin ihr Duft.«

Parfümduft im Flur, schwach, süß, nachklingend.

»Lauf los, bevor ich das Licht ausmache.«

»Mamie sagt, ich soll's nich sagen«, sagte J. C. »Mamie klaut. Ihr hat das Dingeldings genomm. Das war ganz aus Gold, und ihr hat's genommen und nich wiedergegeben. Das sag ich die jetz. Die is da drin.« Er zeigte auf Links Zimmertür.

Abbie wurde zornig. »Da drin ist niemand. Link ist noch nicht wieder zu Hause.« Wo geht er immer hin? Was treibt er? »Da ist niemand drin. Ich weiß nicht, was aus dir werden soll, wenn du nicht aufhörst, dir Sachen ausdenken.« J. C. war manchmal absolut nicht zu verstehen, sie bezweifelte, dass seine Mutter wusste, was er redete. Kalt im Flur. Sie würde diesen kleinen Patronenkopf nie loswerden.

»Guck«, sagte sie und stieß die Tür zu Links Zimmer auf.

Und erstarrte. Licht an. Link im Bett. In diesem Bett, das nicht aussah wie ein Bett, das der Dekorateur beim Umbau des Zimmers aufgestellt hatte, dafür hatte er das alte Walnussbettgestell rausgeschmissen, das hier war bloß eine Art Gummimatratze auf Beinen, ohne Kopfteil, ohne Fußteil, und als sie gesagt hatte: »Wie vollkommen scheußlich«, hatte Link gesagt: »Aber probier mal, Tante Abbie. Es ist so bequem. Das bequemste Bett, in dem ich je schlafen habe«, und selbst heute, so viele Jahre später, empfand sie noch Groll, dass ihre vollkommen guten Möbel einfach so rausgeschmissen worden waren, als wären sie …

Ein Mädchen im Bett mit Link. Beide nackt. Der Kopf des Mädchens, gelbe Haare, ihr Kopf auf seiner Brust, gelbe Haare auf seiner Brust, seiner Schulter. Ein weißes Mädchen. Wie kann der das wagen? In ihrem Haus, ihrem Haus, »Abbie – das Haus – das Haus –«, Sprache stockend, Augenlicht erloschen, als wäre der Major blind, und sie hatte innerlich schon angefangen zu weinen, ein dünnes Lächeln um seinen Mund, die verzweifelten Versuche sich hochzusetzen, und Frances half ihr, ihn mit Kissen zu stützen, und dann dieses schreckliche, furchtbar anzusehende Ringen um Worte. »Das Haus, Abbie, das Haus –«

Einen Moment lang konnte sie nicht sprechen, sich nicht rühren.

Im nächsten hatte sie das Mädchen gepackt, schüttelte sie, schüttelte sie durch und durch, wollte etwas sagen, keine Kontrolle über die Zunge, die Kehle, der Drang zu sprechen, dem Mädchen klarzumachen, Link klarzumachen, wie ihr zumute war. Etwas in ihrem Kopf schien zu explodieren. Tanzende Punkte vor den Augen. Hitze und Hitze. Druck, unerträglicher Druck den Nacken rauf und runter, im Kopf, Druck hinter den Augen, den Ohren, dem Gesicht. Klingeln im Ohr. Röhren, Pochen im Kopf.

»In meinem Haus«, sagte sie, »du Luder, treibst dein Gewerbe in meinem Haus, hau ab, raus aus meinem Haus.«

Sie suchte nach etwas, irgendwas, griff eine Zeitung, ohne zu wissen, was sie gegriffen hatte, fuchtelte damit über dem Kopf des Mädchens herum. »Hau ab, bevor ich dich umbringe.«

Hände, die die Zeitung wahrnehmen. Hirn, das sich erinnert an die Zeitungen unter dem Sessel, in dem der Major gesessen hatte. Der Monmouth Chronicle.

»Abbie«, protestierte Link. Schlaf, dachte sie. Er hatte geschlafen. Er setzte sich hoch, griff nach dem Laken und zog es sich über.

»Nicht«, sagte Link.

Sie zerrte und schubste das Mädchen aus dem Bett, schubste sie in den Flur. Ging zurück ins Zimmer, raffte die Kleider des Mädchens hoch, raffte einen Mantel hoch, einen Pelzmantel. Weich, seidig. Ihre Hände, ihn wahrnehmend, und ihr Hirn, ihn ignorierend. Sie schleuderte den Mantel nach dem Mädchen. Riss die Haustür auf. Draußen Nebel. Sie warf die Sachen des Mädchens auf den Bürgersteig, Kleid, Slip, Strümpfe. Der ganze Flur voll Nebel.

Das Mädchen bückte sich, wollte den Mantel aufheben, zitternd vor Wut oder Angst oder Scham. Abbie gab ihr einen Schubs, dass sie stolperte und halb die Stufen hinunterfiel.

Nebel draußen. Nebel, den Bürgersteig verdunkelnd. Nebel, vom Fluss hochwabernd. Bücken, lesen, was da auf dem Bürgersteig steht. Cesar the Writing Man. Augenblick der Verwirrung, in dem sie im Hauseingang verharrt, verloren, nicht hier, nirgendwo. Lass ihn nicht sterben. Nebel kalt im Gesicht.

Nebel vom Fluss hochwabernd. Wo bin ich? Sie hörte Gelächter. Jemand lachte, stand draußen auf der Straße, lachend.

J. C. sagte: »War die eine böse Prinnsessin?«

Abbie dreht sich zu ihm und fuchtelte mit der Zeitung über seinem Kopf herum. »Geh hoch. Geh ins Bett. Geh weg.« Das Mädchen war größer, jünger, stärker als sie, aber sie hätte sie erwürgen können, umbringen.

»Geh, bevor ich dich umbringe«, sagte sie zu J. C.

Er hoppelte die Treppe hoch.

Jemand lachte, draußen, auf der Straße. Dumble Street. Sie schlug die Tür zu, knallte sie fest zu. Wo bin ich?

Sie ging zurück in ihr Zimmer, schloss die Tür hinter sich und wollte immer noch auf das Mädchen einschreien, dabei war sie längst weg: Wie kannst du es wagen, wie kannst du es wagen, in meinem Haus, du Flittchen, in meinem Haus, gelbe Haare auf meinen Kopfkissen, den Brautbezügen, mit eigenen Händen habe die ich genäht, meine Aussteuer, mit Spitzenrändern, Filetspitze, die habe ich gehäkelt, lächelnd, von meinem Hochzeitstag träumend. Als Lehrerin an der Penn School, Gullah-Kinder, bildschön, zum ersten Mal erfahren, dass schwarze Menschen bildschön sein können, die Väter und Mütter und die Kinder, ich als Lehrerin, von meiner Hochzeit träumend, vor fünfzig Jahren, von dem weißen Brokatsatin träumend, drei Dollar pro Meter, den ich dann doch nicht verarbeitet habe, weil ich fand, wir brauchen keine große Hochzeit, der Major und ich, wäre zu teuer, und der Stoff liegt noch immer hinten in meiner mittleren Schreibtischschublade, in schwarzes Papier gewickelt, zwischen den Falten dünnes schwarzes Papier, schwarzes Seidenpapier, knistert beim Anfassen, alles gut verpackt, und ich dachte, wenn ich eine Tochter hätte, könnte sie ihn nehmen, wir würden zusammen etwas daraus schneidern, für ihre Hochzeit, und dann später, das Mädchen, das Link einmal heiratet, könnte daraus etwas arbeiten lassen.

Das Mädchen, das Link einmal heiratet. Hure. In meinem Haus. Den Bezug hatte ich aus Versehen auf seine Kopfkissen gezogen. Samstagmorgen. Bettwäsche wechseln. Habe ich immer gemacht. Ich hatte die Bezüge für mein Bett und für sein Bett parat und mit seinem Zimmer angefangen, und die Brautkissen waren mit den anderen zusammen, weil ich sie gerade gewaschen und gebügelt hatte, mache ich alle drei Monate, Linnen, wenn man das nur aufbewahrt, aber nicht benutzt, vergilbt und kriegt Flecken, die gehen schwer wieder raus, manchmal gar nicht, und ich wollte die Brautkissen eigentlich zurück ins Wäschefach legen.

Und J. C. war unten, wie immer, und ich habe nicht richtig aufgepasst, was ich mache, weil er überall herumgestreunt ist, als ob er etwas sucht, und mich beobachtet hat, und das hat mich nervös gemacht, er schnürt mir kreuz und quer zwischen den Füßen herum wie ein kleines Tier im Käfig oder er kommt an und lehnt sich an mich, mit seinem ganzen Gewicht, als ob ich ein Baum bin und er braucht Schutz und Hilfe und muss sich anlehnen, also habe ich mich beeilt, ich wollte schnell fertig werden, und er ist angekommen und hat sich angelehnt, hat mich fast umgerempelt, dann ist er wieder herumgestreunt und hat mich beobachtet mit diesen unergründlichen schwarzen Augen, das hat mich nervös gemacht, und dann hat er gesagt: »Is ihr Duft.«

Seit Tagen kam er damit, und ich habe gefragt: »Wessen Duft?«

Er hat nicht geantwortet, nur gefragt: »Riechst du auch?«

»Nein.«

»Is die Prinnsessin. Die ihr Duft.«

Das hat mich noch mehr zur Eile getrieben, ich habe nicht richtig aufgepasst, was ich mache, ich habe wohl die

Brautbezüge auf Links Kopfkissen gezogen, ohne es zu merken, ich habe sie dann gesucht, fast den ganzen Morgen, Samstagmorgen, gestern Morgen, habe ich sie gesucht, habe alles durchsucht, immer mit J. C. hinter mir, und am Ende habe ich ihn beschuldigt, sie weggenommen zu haben.

»Hab ich gaa nich«, sagte er, »du hast die selba.«

»Du musst die weggenommen haben.«

»Jaaa«, hat er schließlich gesagt und losgelacht, ich habe noch nie so eine Bosheit im Blick und im Lachen bei einem kleinen Kind gesehen. Echte Bosheit. »Hab die aufgegessen«, kam dann, »mit Ketchup und Butter, alle aufgegessen. Njam-njam«, und das Gesumme, das er beim Essen immer macht, und dieses Hin-und-Her-Wiegen, als würde er essen. »Hab alle Kissen aufgegessen.«

Woher weiß ich, dass er in sie verliebt ist, ich wusste es in dem Augenblick, als ich in das Zimmer kam und sie nackt da liegen sah, ich sah das Unmoralische, Freizügige, Schamlose, aber genauso schnell sah ich ihre Körper und merkte mir das Vollkommene daran, er auf dem Rücken, einen Arm ausgestreckt, sodass er um ihre Schulter lag, und sie zu ihm gedreht, an ihn geschmiegt, und die runden jungen Brüste und die weite Kurve ihrer Hüfte und die Linie, lang, sich verjüngend bis zum Knie, dann wieder kurvig von der Wade zum Knöchel, kleine Füße, hoher Spann, die Nägel lackiert, ich glaube, es war nicht so sehr ihre weiße Nacktheit, nicht einfach der Schock, sie beide da so zu sehen, es waren die Haare, blassgelbe Haare, nicht strubbelig oder zerzaust, sondern in Locken auf der bloßen Schulter, blassgelbe Haare unter seinem Kinn, es war der Anblick ihrer Haare, dieser blassgelben Haare, gelben Haare und Link – Link –

Gelbe Haare. Gelbe Kreide. Schrift auf dem Bürgersteig am frühen Morgen. Rosa, gelb. Dekorative Schrift mit kunstvollen Schwüngen, Ornament und Verzierung auf dem Bürgersteig. Hereinziehender Nebel.

Bis zum Tode des Majors nie überfordert, von nichts. Tief drinnen das, was der Major immer lachend die gutartige Unverwüstlichkeit der Juden nannte, er lachte dazu und meinte es ernst, trotz des Lachens. Sie wusste, das war nicht von ihm, es kam vom Governor, der vermutlich auch lachte, wenn er es sagte, und es auch ernst meinte, genau wie der Major. Der Tod des Majors war überfordernd, hatte sie besiegt, geschlagen. Sie ihn dann überwunden.

Leere. Noch Jahre danach. Manchmal das Gefühl, er ist ganz nahe. Ganz dicht. Wenn ich die Hand ausstrecke, komme ich an seine starke warme große Hand. Nie wieder, bei niemandem, nirgendwo diese totale Anerkennung, die Verehrung.

Dumble Street. Was für Leute, die weinende Mrs. Cohen, Mazzen Mazzen, für den Itzig zum Schmatzen. Dumble Street. Christliche Sonntagsschule. Diese Niggerbestatterin aus der Washington Street. Kuck mal, was die will. Ich sätz unterm Hänker. Du Idiotin. Du gottverdammte Idiotin. Hol einen Arzt.

Aufziehender Nebel, vom Fluss hereinwehend, Bürgersteig verdunkelt, Licht aus dem Flur, auf den Stufen, verschluckt vom Nebel, und irgendwo lacht jemand, irgendwo draußen auf der Straße, Gelächter. Jemand steht da, beobachtend und lachend, plätscherndes Gelächter, ein vage vertrauter Klang, nicht das Lachen, das Timbre, die Tonhöhe, Gelächter, Gelächter, Gelächter. Vom Bürgersteig aufwallender Nebel, in Wellen. Sie hatte die Haustür geschlossen, zugeknallt. Dumpfer Klang. Deckel auf einem Sarg. Der letzte Klang. Das Begräbnis des Gemeindeältesten Lord. Ein Mann der Gott liebte. Gemein ... das war Ehmaa ... ein Händchen für Gold.

Link? Sie würden ihn bitten auszuziehen, woanders zu wohnen. Ein weißes Mädchen. In meinem Haus. Im Bett mit Link. Ein Flittchen von weißem Mädchen. Blassgelbe Haare auf dem Brautkissenbezug. Süßer Duft im Flur. In Links Zimmer. Dass der mir ein Flittchen ins Haus bringt. Ich bin eine Idiotin. Frances und »Howard ist ein Idiot.« Du Idiotin. Du gottverdammte Idiotin. Hol einen Arzt.

15

Er war so verdammt müde, so verdammt müde. Er schlief nicht mehr genug. Und jetzt versuchte auch noch jemand, ihn zu wecken. Im Raum war wirre Bewegung, lauter sinnlose Bewegung. Zuerst dachte er, er sei im Hotel in Harlem mit Camilo, The Hotel, wo jenseits der Tür die ganze Nacht lang der Fahrstuhl ratterrumpelte, wo die ganze Nacht lang New Yorker Straßenmusik lief, diese Kakofonie aus Pneumatikbremsen, Getrieben, Sirenen acht Stockwerke weiter unten auf der 125th Street.

Dann beschloss er, dass sie nicht in der Hotelsuite im achten Stock waren, sie waren in der Lobby, und er trug sich gerade ein als Mr. und Mrs. Lincoln Williams aus Syracuse, New York, und die ganze Bewegerei, die wirre, heftige Bewegerei, lag am An- und Abreisen der Warmalwers und Wärgernwers, der Stammgäste des Hotels. Er trug sich ein ins Gästebuch von The Hotel, und keiner der Angestellten, der Lift- und Gepäckboys glaubte, was er da hinschrieb. Keiner. Mann und Frau, sicher. Nur nicht Mr. und Mrs. Sowieso. Auch nicht aus Syracuse. New Yorker Autokennzeichen, also irgendwo aus dem Staat New York. Aber nicht Syracuse. Eher Rabbit Hollow oder Sycamore Creek. En route nach Shangri-La. Himmelwärts.

Aber in New York waren sie auch nicht. Konnten sie nicht sein. Er hatte ihr gesagt, er sei zu verdammt müde, in diesem Nebel hin- und wieder zurückzufahren, und sie hatte gesagt: »Ich fahre. Ich bin gerade hergefahren. Hat ungefähr anderthalb Stunden gedauert. Trotz Nebel.«

»Nicht mit mir, Süße. Du fährst mich nicht nach New York. Du fährst zu schnell.«

»Tu ich nicht.« Prompt, ungeduldig, die blauen Augen wutverdunkelt. Hochspannung ganz kurz vorm Ausbruch. Dann: »Guck mich nicht so an.« Herrisch.

»So – wie?«

»Als ob du mir den Kopf abbeißen willst.«

»Der Kopf ist so hübsch. Den würde ich nie abbeißen. Allerdings ab und zu gern mal abschalten.« So wie gerade eben. Wenn du dich anhörst wie eine Gutsherrin, die einen Wilddieb vom Hof scheucht. »Jedes Mal, wenn du mit der Karre losgerast bist, hätte ich am liebsten deinen Kopf gepackt oder irgendeinen vielleicht passenderen Teil, so fünf Minuten lang.«

»Wozu?«

»Damit du lernst, nicht bei Rot über Kreuzungen zu fahren, Süße. Damit du lernst, dich zu beherrschen. Wäre nämlich ziemlich blöd, wenn wir beide gleichzeitig die Beherrschung verlieren, nicht wiederfinden und einfach sausen lassen würden. Das würde einem von uns sehr wehtun, und bestimmt nicht mir.«

»Du –«, sagte sie, »du –«

Er hatte sie geküsst, ihr jedes weitere Wort abgeschnitten, seine Lippen fest auf ihre gedrückt, gespürt, wie sich ihr Mund weiter bewegen, weiter Wörter formen wollte, protestieren wollte, er hatte sie einfach geküsst, gehalten und geküsst, bis sie die Redeversuche aufgegeben hatte und an ihn gesunken war, sich an ihn geschmiegt und ihm die Arme um den Hals geschlungen hatte.

Später, in seinem Zimmer, ihr Mund auf seiner Brust, ihr Mund in Bewegung auf seiner Brust, und sie sagte: »Verlass mich niemals«, die schimmernden Haare, parfümduftende Haare, unter seinem Kinn, »ich kann ohne dich nicht leben, ich liebe dich, liebe dich, liebe dich, oh, Link!«

Sie mussten in The Hotel sein, seit irgendwann im Dezember waren sie doch fast jedes Wochenende in The Hotel in New York gewesen. Außer an dem einen Sonntag, als er ewig am Kai gewartet hatte und sie nicht aufgetaucht war, eine ganze Woche war sie weggeblieben, aber am Sonntag danach war sie wieder da und er inzwischen so weit, sie umzubringen, er schwor sich, er würde sie erwürgen, wenn er sie je wiedersähe, weil sie ihn versetzt hatte, nicht angerufen oder geschrieben hatte, aber dann sah er sie über die Straße kommen, sah die schönen langen Beine, den Ballerinagang, das schöne unschuldige Gesicht und fragte nicht einmal, warum sie weg gewesen war, und sie hielt sich nicht mit Erklärungen auf, sie waren beide nur scharf auf eins, auf dasselbe, und zwar schnell, sie konnten nicht warten, konnten nicht warten. Sie hatte gesagt: »Nimm mich in die Arme, Link, nimm mich in die Arme, sofort«, bebend. Ekstase.

Da war wirre brutale Bewegung im Raum, überall um ihn herum. Er bekam sich nicht wach genug, um gegen die ungehörige Störung zu protestieren, was immer das war. Mitten in der Wirrnis war Abbie, erzeugte sie. Sie stand am Bett, beugte sich herunter, schubste und zerrte am Bett, brutale Arme, kleiner stämmiger Körper, brutal, herunterbaumelnde lange weiße Zöpfe, auch brutal. Sie ist verrückt geworden, dachte er. Und ich auch. Ich bin acht Jahre alt und der Major ist tot und Abbie hat Aunt Mehalies Morgenrock an, ohne Knick, ohne Riss, hat den ganzen Tag Schlappen an, bürstet die Haare nicht mehr, lässt sie hängen in zwei langen Zöpfen. Die Zöpfe müssten doch grau sein. Aber sie sind weiß.

Also war das ein Traum. Sie beugte sich über das Bett, schreiend, schubsend und zerrend, funkelnde Blicke, Geschrei, nein, nicht wirklich Geschrei, die Stimme war heiser, dumpf, aber die Kraft, die sie hineinlegte, die Energie war dieselbe wie beim Schreien, die Art heisere Wutrede, irgendwas mit ihrem Haus, sie fuchtelte mit einer Zeitung herum, und ihre schwarzen Augen, die er insgeheim immer tapfer genannt hatte, waren jetzt Zankweibaugen, Furienaugen.

»Raus aus meinem Haus«, sagte sie.

Er setzte sich hoch: »Abbie – nicht.« Er dachte, sie wollte mit der Zeitungsrolle auf ihn losgehen, und zog schützend die Bettdecke hoch, er schlief ja noch halb und bewegte sich mit träumerischer Unlogik.

New York. Waren sie nach New York gefahren? Wo war Camilo? Ein Nachtmahr. Abbie ging aus dem Zimmer, dann war sie wieder da, redete weiter mit dieser heiseren dumpfen Stimme, die keinen Schrei zustande brachte, sie nahm etwas hoch, raffte es zusammen und ging in den Flur. Er erhaschte einen Blick auf Camilo. Abbie schubste sie.

Oh verdammt, dachte er, was ist denn mit Abbie los? Wo ist der Zensor hin, der ihr im Hirn sitzt, ihr Handeln kontrolliert, ihre Gedanken lenkt. Bei jeder anderen würde ich sagen, sie ist betrunken. Er fand ein T-Shirt und streifte es über, zog eine Hose an, schob die Füße in seine Schlappen. Das Nachtlicht im Flur war noch an. Von Abbie keine Spur.

Er ging zum Kai, nie mehr genug Schlaf, das Leben voller verrückter Frauen, eine da hinten im Haus, und er hier draußen auf der Jagd nach einer anderen, im Nebel, kalt hier draußen, warum hatte er nicht erst noch eine Jacke angezogen, keine Socken, kalte Füße in den Schlappen, Nebel auf der Dumble Street, Kälte auf der Dumble Street.

Camilo hatte die Scheinwerfer angeschaltet. Sie versuchte sich wieder anzuziehen, zornbebend, verängstigt.

Er reichte ihr die Strümpfe, reichte ihr die Schuhe, Slip und Kleid, sie bebte noch immer, lodernde Blicke, kein einziges Wort. Alle Katzen grau? Alle Katzen irre.

Dann saßen sie da, in diesem Wagen mit den weichen, aber kalten Polstern, er redete auf sie ein, bat um Verzeihung, dachte: Abbie erklären? Unmöglich. Queen Victoria war zum Drachen geworden, zum Zankweib geworden. War geworden. Hatte sich verwandelt. Warum diese Wut? Warum die Gewalt?

»Es war meine Schuld«, sagte er. Seine Schuld? Wessen Schuld? Warum überhaupt Schuld? Wieso seine Schuld? »Es tut mir furchtbar leid.«

Keine Antwort.

Kälte im Auto. Nebel draußen. Nebel im Auto. Er hatte keine Jacke an. Die Dumble Street war still, lag im Schlaf, über Nacht geschlossen. Nebel auf der Straße. Nebel in ihm. Er lag im Schlaf, über Nacht geschlossen.

»Es tut mir furchtbar leid«, sagte er noch einmal. Er musste ihr Abbie erklären. Aber er konnte nicht. Er hatte sie sich selbst noch nie erklären können, wie sollte er sie jemand anderem erklären.

Er sagte gereizt: »Sag doch was.«

Sie starrte weiter geradeaus, die Hände ums Lenkrad geklammert, weigerte sich ihn anzusehen. Er dachte: Du hast es versaut, Kumpel. Du steckst in der Scheiße. Und wenn du einfach drin bleibst? Einfach für immer da drin? Er legte ihr die Hand auf die Schulter, zwang sie, sich umzudrehen und ihm ins Gesicht zu sehen.

»Camilo, hör mir zu«, sagte er.

»Du Bastard«, sagte sie, »du hast gewusst – du – hast – lass mich in Ruhe.« Sie wand und drehte sich unter seinem Griff. »Diese Frau, ausgelacht hat die mich, ausgelacht.« Wand sich, drehte sich, stieß ihn weg. »Raus aus meinem Auto.« Herrische Stimme.

Alle wedeln sie mit Ausweisungsbescheiden, einsatzbereit ausgedruckt. Abbie: Raus aus meinem Haus. Mr. B. Hod: Geh mir verdammt aus den Augen. Camilo: Raus aus meinem Auto.

»Wir müssen das ausräumen, ein und für allemal«, sagte er grob. Kalt im Auto. Verliebt in die Liebe? Verliebt in Camilo Williams? Auf dich gewartet am Kai, Sonntagabend, vor zwei Wochen, du kommst nicht, dann tauchst du auf, aber kein Wort, keine Erklärung, keine Entschuldigung, du Schlampe, du, du zwingst mich auf eine Wippe, mal runter, mal rauf.

Camilo sagte: »Lass mich los.«

Er packte ihre Schulter fester.

»Du schwarzer Bastard«, mit wütender Stimme, »lass mich los.«

Etwas in seinem Kopf explodierte. Ich habe ihn nie verstanden, dachte er, ich habe Mr. B. Hod nie ganz verstehen können. Jetzt schon. Ich bin nie dahintergekommen, was mit ihm los ist, was in ihm vorgeht, das ihn zum Scharfrichter werden lässt. Jetzt schon. Es ist genau das. Eine Explosion im Kopf. Willst du mich heiraten? Ja, wenn der Frühling kommt und die Zeit des Vogelgesangs, du schwarzer Bastard.

Er nahm ihre Hände, die weichen Hände, sonst immer warm, jetzt kalt, er hielt die kalten Hände mit der linken Hand fest und schlug ihr mit der rechten ins Gesicht.

Wenn wir nicht hier im Auto auf der Dock Street wären, würde ich dich umbringen. Einfach so, dich ohrfeigen, dir ins Gesicht schlagen. Liebe. Hass. Kein Mensch in den USA frei davon, ein Krieg, der ewige Krieg zwischen Mann und Frau. Schwarzer Bastard. Weiße Schlampe.

Sie versuchte, ihm in die Hand zu beißen, er schlug weiter, schlug weiter zu, im Kopf ein Gespräch aus der Vergangenheit:

Dr. Easter: Geht's dir gut, ja?

L. Williams: Ja, Sir.

Dr. Easter: Wollen mal sehen. (Untersuchungspause, dann plötzlich die Frage) Wer war das?

L. Williams: (nicht auf die Frage vorbereitet, Dr. Williams behandelte ihn seit drei Wochen, ohne Fragen zu stellen) War was?

Dr. Easter: Der dich mit einer Lederpeitsche um ein Haar totgeschlagen hat.

L. Williams: Weiß ich nicht.

Dr. Easter: Aha. Ich nehme an, es war abends und dunkel und vier, fünf total fremde Leute haben dir aufgelauert, aber du kannst keinen identifizieren, weil du ja die Gesichter nicht sehen konntest. Oder hatten sie Masken auf? Wo war das? Hier in den Narrows?

L. Williams: Ich kann mich an gar nichts erinnern.

Dr. Easter: »Weiß nicht«, »kann mich nicht erinnern«, du hast offenbar Gangsterprozesse genau studiert. Soll heißen, du singst nicht.

L. Williams: Ich weiß nicht, was Sie meinen.

Dr. Easter: Ein Mann, der imstande ist, einem Sechzehnjährigen so etwas anzutun, gehört ins Gefängnis. An Mrs. Crunchs Stelle würde ich dafür sorgen, dass er eingesperrt wird. Das ist ein tollwütiger Hund. Der gehört weggesperrt.

Weak Knees (schnell dazwischen): Sonny geht's schon wieder ziemlich gut, was, Doc?

Dr. Easter: Reden wir lieber von etwas anderem, was?

Dich umbringen, dachte er, nur mit Schlägen ins Gesicht. In das Gesicht, von dem er geträumt hatte, das er in Händen gehalten und geküsst hatte, an dem er seine Wangen gerieben, in dem er den Schwung der Augenbrauen mit den Fingern nachgezeichnet hatte. Ein ausdrucksvolles Gesicht. Fröhliches lachendes Gesicht. Argloses Gesicht. Verwüsten.

Er ließ ihre Hände los. Stieg aus, knallte die Tür zu.

Er stand auf dem Kai und dachte an Bill Hod: Ich mach dich lebenslang zum Krüppel. Das steckte irgendwo in jedem. Es steckte in Abbie, was ihn schockierte. Es steckte in Link Williams, was ihn überhaupt nicht schockierte, weil er immer gewusst hatte, dass es in ihm steckt. Es steckte in Camilo Williams. Du schwarzer Bastard. Wieder stieg Wut in ihm hoch, er dachte: Ich müsste zurück zum Auto, in dem du schaudernd sitzt, und dir ins Gesicht schlagen und so lange weitermachen, bis ich dich totgeschlagen habe. Ich kann ohne dich nicht leben. Du schwarzer Bastard.

Weit oben in der Dock Street hörte er das Knatt-knatt von Jubines Motorrad, wie eine Serie näher kommender kleiner Explosionen. Nebel über dem Fluss, Nebel über der Dumble Street, der an die Spundwand klatschende Fluss und alles überlagert vom Geräusch von Jubines Motorrad. Der rote Wagen stand noch da, eingehüllt in Nebel, aber die Scheinwerfer waren zu erkennen. Knatt-knatt vom Motorrad, näher und näher. In einer Stunde oder so wäre helllichter Tag oder was in diesem Nebel als helllichter Tag durchgehen konnte.

Er hörte, wie sie den Wagen anließ, dann das Knirschen des Getriebes, jetzt war der Gang drin, der Wagen röhrte die Straße im ersten hinunter, sie hatte vergessen hochzuschalten, jetzt der zweite, jetzt höher, sie fuhr bestimmt achtzig. »Ich mach dich lebenslang zum Krüppel.« Er hatte gedacht, die Wut in ihm sei erloschen. War sie nicht. Er grübelte weiter: Du wirst das erklären müssen, du wirst nur mit Mühe erklären können, wieso dein Gesicht so aussieht, wem auch immer du irgendwas erklären musst, mit wem auch immer du an dem Sonntagabend zusammen warst, als du nicht aufgetaucht bist. Hätte ich doch weitergemacht. Wenn der Frühling kommt und die

Zeit des Vogelgesangs. Du schwarzer Bastard. Wer war das? Weiß ich nicht.

Das Motorrad-Knatt-knatt verstummte. Scheinwerfer aus. Schritte auf dem Kai. Jubine. An jedem anderen Abend, zu jeder anderen Zeit, aber nicht jetzt. Schnüfflergesicht. Rühr dich nicht, sag nichts, dann verschwinden die hervorquellenden Augen und die Zigarre wieder. Und Hörtalles, Siehtalles, Riechtalles haut wieder ab.

Ein langer Lichtstrahl durchschnitt den Nebel und strich den Kai entlang, der Strahl einer Taschenlampe, beweglich. Du gottverdammter Kerl, dachte er, der Lichtstrahl traf ihn voll in die Augen. Dann ging er aus.

»Sonny!«, sagte Jubine. »Jessas, was machst 'n du hier um diese Zeit?«

Einen Augenblick lang sagte er nichts, konnte nicht. Dann, wütend: »Weiß ich nicht.« Wer war das? Weiß ich nicht. Wo ist das passiert? Hier in den Narrows? Ich kann mich an gar nichts erinnern.

Jubine stierte in seine Richtung, versuchte, sein Gesicht zu sehen.

»Hab dich vermisst, Sonny. Wo warst du denn? Keine Pokerrunde. Kein Mensch zum Reden. Keiner, der meine Sprache spricht. Mr. Hod und Mr. Weak Knees und ich waren tieftraurig. Tausend Sonnabendabende lang. Warum hast du uns verstoßen?«

Link schwieg.

Jubine sagte: »Warum sitzt du nicht mehr bis zum Zapfenstreich in der Last Chance? Macht uns alle verrückt. Mr. Hod versucht jeden Abend, seine Gäste umzubringen, nicht bloß wie üblich alle drei Monate mal. Mr. Weak Knees scheucht und schubst andauernd Eddie weg. Und ich, Sonny, ich halte nach dir Ausschau, warte auf dich.« Er riss ein Streichholz an, hielt es vor die Zigarre, zu weit entfernt von der Zigarre, hielt es hoch, starrte Link an und sagte: »Ist der Kanarienvogel aus dem Käfig entwischt?«

Geräusch vom Fluss, der an die Spundwand klatscht. Nebel. Ein Mädchen rennt, rennt, rennt den Kai entlang. Hier hat es angefangen. Hier hat es geendet. Die Wut in ihm jetzt fast erloschen. Ich will sie wieder, ich will sie wieder in den Armen halten, ich will sie, ich will sie. Duft des Strauchs. Gang wie eine Ballerina. Langer Nacken wie eine Ballerina. Blaue Augen, arglos, freimütig. Warmer, süßer Mund. Wieso habe ich –

Jubine fragte: »War's dein Kanarienvogel, Sonny?«, in seinem sanften mitfühlenden Ton.

Ich mag ihn, dachte Link, ich mag sein Schnüfflergesicht und seine Spöttelei, aber wenn er jetzt nicht abhaut – ich Scharfrichter. Der Fluss. Nichts passender, als Jubine und seine Zigarre und seinen bohrenden Blick und sein Schnüfflergesicht endgültig und unwiderruflich in seinem Fluss versenken. Abbie: Raus aus meinem Haus. Camilo: Schwarzer Bastard. Bill Hod: Ich mach dich lebenslang zum Krüppel. Und Mamie Powther? Klar. Sie hat den kleinen Mr. Powther vor langer Zeit im Sauerapfelbaum aufgehängt, und da hält sie ihn, weigert sich nicht nur, ihn runterzuschneiden, hängt ihn immer wieder auf, drei, vier Mal in der Woche, auf dass er baumele in Ewigkeit. China? Klar. In der Tür stehen und einen Vorhang beiseiteziehen, zugucken und sich die Lippen lecken, während Mr. B. Hod dabei ist, mir das Rückgrat zu brechen. Lauter Scharfrichter.

Jubine machte die Taschenlampe wieder an. Link war geblendet vom plötzlichen Licht, dachte: Der muss wissen, muss sehen, wie ich aussehe, muss etwas rauskriegen. War's dein Kanarienvogel? Und wie sieht einer aus, was sieht man in seinem Gesicht, was hätte man davon, wenn man ein Bild von ihm genau in dem Moment macht, in dem er seinen Kanarienvogel verloren hat? Eine Kameraaufnahme von einem Engel? Ein Henker mit Kamera.

Er ging direkt auf den blendenden langen Lichtstrahl zu. »Du Scheißkerl«, sagte er, »ich schmeiß dich in den Fluss.«

Die Taschenlampe ging aus. Jubine drehte sich um und rannte los. Stampf-stampf seiner Füße in GI-Stiefeln. Dann Knatt-knatt seines Motorrads.

Link zog nicht wieder in Abbies Haus. Er blieb in der Last Chance. Er versuchte, nicht an Camilo zu denken. Er saß in der Küche, trank Kaffee, hörte Weak Knees zu, aber er sah weder den Herd noch die Kupferhaube noch das nackte weißliche Holz des Tischs noch die Wanddekoration aus Töpfen und Pfannen, er sah Camilo, wie sie neben ihm lag, und Licht von der Straße, selbst bis hier oben, im achten Stock des Hotels, so stark, dass das Zimmer nie ganz dunkel wurde, sah sie neben sich liegen, in einem hauchdünnen Nachthemd, blassrosa Stoff wie ein Gespinst, wie Spinnweben, blassrosa Bändchen an Taille, Hals, Handgelenken, langärmelige Spinnweben, die Ärmel eine kunstvolle Untermalung der Nacktheit, wie die Olympia mit den Schuhen und dem Bändchen um den Hals, nackter mit als ohne, Camilo wie Olympia in diesem rosa Nachthemdgespinst, er konnte direkt durchsehen; sah auch die vollkommenen Füße, die Nägel blassrosa lackiert, die Haare mit einem schwarzen Bändchen nach hinten gebunden, eine Art Pferdeschwanz, ein blassgelber Pferdeschwanz.

Abend für Abend saß er in der Küche der Last Chance und hörte Weak Knees zu und sah Camilo vor seinem inneren Auge.

Ende Februar, noch immer dasselbe.

Schließlich eines Freitagabends, sagte Weak Knees, so vorsichtig wie neugierig: »Sonny, hast du dich mit jemand gefetzt oder so was? Is nich mein Bier nich, aber ich krieg doch mit, dass du abends nie mehr nirgends hingehst.«

Link legte die Füße auf den Küchentisch und kippte den Stuhl gegen die Wand, womit er bewusst Mr. Bill Hods Lieblingsposition einnahm. »Oder so was kann man's wohl nennen.« Eine Prügelei war es bei Gott nicht. »Ich weiß auch nicht genau, was das war.«

»Kommste morgen Abend zum Pokern?«

»Ja.« Ich habe mich von Mr. Hod ködern lassen, vier Samstagabende hintereinander, beim Pokern, ich habe mich von Jubine mit Blicken fotografieren lassen, habe zugesehen, wenn er mit seinem inneren Auge aufnimmt, wie einer aussieht, der seinen Kanarienvogel verloren hat, beim Pokern; anscheinend gehen beide Herren davon aus, dass ich irgendwas verloren habe, allerdings ist nur einer von beiden sicher, dass das ein Kanarienvogel ist. Morgen werde ich den fünften Samstagabend in Folge Hod erlauben, rote Tücher vor meiner Nase rumzuschwenken, und sie ignorieren. Am sechzehnten oder siebzehnten Samstagabend werde ich mich nicht mehr fühlen, als hätte ich einen Arm oder ein Bein verloren, die Übelkeit wird auch weg sein. Übelkeit, Zorn, Reue, Wut, allesamt mit Ebbe und Flut.

Weak Knees schenkte Kaffee in einen mannshohen weißen Becher. »Hier, Sonny«, sagte er, blieb aber am Herd stehen, »gieß dir den mal hinter die Kiemen.«

»Verlang nicht, dass ich aufstehe, Weak. Ich sitze hier so schön bequem. Bring ihn mir an den Tisch.«

»Gottsnahm, Sonny, ich hab 'ne Soße hier am Köcheln. Ich kann nich weg vom Herd. Jetz hol dir den Kaffee. Wass'n bloß los mit dir?«

Ein Tritt gegen die Schwingtür kündigte Bills Ankunft in der Küche an. »Gibt's hier Ärger?«

»Nein, Mr. Boss.«

»Was ist dann los?«

Diesmal gab Link keine Antwort. Er sah zu Weak Knees, der sich von seiner Soße abwandte, vom Herd abwandte und beide anstarrte. Er hat immer Angst vor Ärger, Angst, dass er Ärger zwischen mir und Mr. Hod mitansehen muss. Aber Mr. Hod und ich haben gerade eine Friedensphase. Ich sehe es an seiner Miene, seinen Augen. Kein Krieg heute Abend.

»Bist du pleite?«, fragte Bill.

»Danke, Sir, bin ich nicht. Habe auskömmliche Mittel für meinen bescheidenen Bedarf. Im Moment. Ich füge diese Einschränkung eilends hinzu, man weiß ja nie, wann sie komplett aufgezehrt sind. So Mittel haben ja meistens an sich –«

»Red keinen Quatsch. Wenn du nicht pleite bist und nicht irgendwelchen Ärger hast, wieso gehst du abends nicht mehr aus?«

»Ich weiß nicht wohin, mein Freund. Hab 'n Laufpass gekriegt.« So, und jetzt Schluss mit der Audienz, wir schalten um zu dir. »Hast du auch schon mal einen gekriegt, Kumpel?«

Bill sagte: »Ja«, und ging aus der Küche.

»Is wie Räumungsklage, kommste nich gegen an.« Weak Knees klang erleichtert. »Da will einer sein Eigentum und sagt, er hat da 'n Recht drauf. Kann kein Mensch nichts gegen machen, bloß ihm geben.«

»Ja«, sagte er und dachte: Abends in The Hotel, in diesem seltsamen Licht, das bis ins Zimmer hochkam, sah sie aus wie eine Schaufensterfigur, erträumt von einem Künstler, der lieber das Malen aufgegeben und sich als Schaufensterdekorateur verdingt hat, um nicht zu verhungern und im Central Park Gras zu fressen, im Central Park zu grasen wie ein Pferd, und der begabte hungrige Malsklave verwandelte eine Schaufensterpuppe, hauchte ihr Leben ein, erschuf eine Frau, die Männer bis in ihre Träume verfolgt. Bis in seine Träume? Bis ans Ende seines Lebens, wach oder schlafend, bis in seine Blutbahnen wie eine Krankheit.

»Mädchen?«, hatte er gefragt. »Andere Mädchen?« Immer wollten sie wissen, wer die waren, ob man in die verliebt war ...

»Nur du. Du allein«, hatte er gesagt.

»Wirklich und wahrhaftig? Link, ich glaube dir nicht.«

»Lass es auch lieber. Ich hatte Hunderte. Ich hatte Tausende. Ich hatte Millionen und Abermillionen, Süße, runde, viereckige, dreieckige bis hin zu achteckigen, die auch ...«

Sie hatte ihm den Ellbogen in die Seite gerammt.

»Autsch! Das hat wehgetan.«

Neckerei unter Männchen und Weibchen.

»Sollte es auch.« Sie hatte dem Umriss seines Oberkörpers mit den Fingerspitzen nachgespürt, und er dachte, er könnte das Blut seine Flanke hinunter pulsieren fühlen, als Nachhall ihrer Fingerspitzen. »Heh, das kitzelt. Hör auf damit!«

»Du hast die allerschönste Farbe«, sagte sie und strich ihm weiter mit den Fingern die Flanke auf und ab. »Ich weiß noch, wie ich das erste Mal eine farbige Frau gesehen habe. Als kleines Mädchen. Ich habe überlegt, ob man die Farbe abwaschen kann, und außerdem, ob sie die am ganzen Körper hat. Oder nur im Gesicht und an den Händen.«

»Jaja«, sagte er. »Dieselbe Geschichte erzählen die Missionare, die aus Afrika oder Indien zurückkommen, nur umgekehrt. Ich habe die sonntags in der farbigen Kongregationalistenkirche gehört, und wir dunkles Volk, dessen schwarze Seelen hier ja von Geburt an gerettet waren, wir haben gekichert, wenn die von diesen ignoranten schwarzen Afrikanern und ignoranten braunen Indern erzählt haben, die partout rauskriegen wollten, ob die Missionare am ganzen Körper weiß waren oder bloß im Gesicht und an den Händen, wir haben uns geschüttelt und gekichert, als wir dann hörten, dass dieses dunkle Heidenvolk die weißen Missionare heimlich beim Baden beäugt hat.«

Schweigen. »Selbst Missionare, diese Seelenfischer, sind sich ihrer weißen Haut bewusst und stolz drauf.«

»Ich nicht.«

»Du bist auch kein Missionar. Oder?« Er wusste noch, er hatte sich auf die Seite gedreht, erinnerte sich, dass das vielzuweiche Bett in The Hotel durch ein Kingsize-Bett ersetzt worden war, dass sich die Suite überhaupt von Woche zu Woche dezent verändert hatte, von komfortabel bis regelrecht luxuriös. Er hatte sich auf die Seite gedreht, um sie anschauen zu können. »Oder hat dich irgendein mildtätiger Missionsverein in den Dschungel geschickt, mich vor dem Verderben zu bewahren?«

Sie antwortete nicht.

»Was geht dir durch den Kopf?«, fragte er.

»Ich wäre auch gern farbig.«

»Wieso?«

»Ich kriege langsam Angst …«

»Angst wovor?«

»Ich habe Angst, dass du dich irgendwann in ein farbiges Mädchen verliebst.«

Das Quiekgrunzen des Fahrstuhls draußen im Flur war Ouvertüre, Vorspiel und Finale in Dauerschleife.

Du schwarzer Bastard.

Er erinnerte sich, dass er gedacht hatte: Sie schläft wie Bill Hod, wie eine Katze, total entspannt, ausgestreckt, erinnerte sich, wie Bill Hod barfuß durch ein sonnendurchflutetes, kühlluftiges Zimmer gegangen war, wie Hod sich geräuschlos, getragen von der Luft bewegt hatte, ein Wesen von einem anderen Planeten, Mars vielleicht, er hatte sie angeschaut und an Bill Hod gedacht.

Weak Knees redete nicht mehr über Räumungsklagen. Er redete über Menschen … Religion … und rührte weiter seine Soße: »Wer jung is, geht nich inne Kirche. Aber dann kriegen se falsche Zähne und untenrum is Tropfsteinhöhle, und dann kriegen se Schiss, dann denken se, muss ja jeder mal sterben irgendwann, also v'leicht sie auch. Komisch, Sonny, aber wer jung is, glaubt nich, dasser mal alt werden oder sterben kann. Und dann stehn se einen Morgen auf und kucken in' Spiegel und ham graue Haare und kahle Stellen und ziehn Bilanz, und da sind ne Menge Minus- und Pluspunkte und zwei Brillen und der Rücken inner Mitte komisch verrenkt, und dann dämmert die allmählich, wär v'leicht doch besser, inne Kirche zu gehen. Ich hab in Charleston oft aufm Bürgersteig gestanden, wo die langkamen. Sonntagmorgens. Die ganzen weißen Christenglatzen.«

In der ersten Nacht in jenem Hotel hatte er aus dem Fenster geschaut und gedacht: Ja, gut, die Bettwäsche ist sauber, diese Zimmer könnten glatt als Royal Suite durchgehen, man hat auch einen Blick nach draußen, einen Blick in die Nacht, vor allem auf Neonschilder, knallrot, noch knalliger blau, man hört die New Yorker Nachtmusik, Busse und Autos, heulende Sirenen von Rettungs- und Feuerwehr- und Polizeiwagen, aber ein Ort, an dem ich gern viel Zeit verbringen würde, ist das kaum. Das Bett ist zu weich, die Schonbezüge auf den Sesseln und dem Sofa in der Sitzecke haben speckige Stellen von den Köpfen aller möglicher Jacksons und Johnsons, die Sorte Zimmer, wo man einen Vierteldollar ins Radio schiebt, das spielt exakt eine halbe Stunde und versackt dann ohne Vorwarnung, der Ton zieht sich, wird schlaff, klingt grauenhaft wie Todesröcheln.

Eine Suite im achten Stock eines abgetakelten Hotels, der Warmwasserhahn in der Badewanne tropft und tropft, und wenn man ihn aufdreht, kommt ein lauwarmer Schwall, der ganze Laden geführt nach dem Prinzip, dass Krach gegen Schäbigkeit abschirmt, die teuren Preise abfedert. Aber die Aussicht von hier, zugegeben – na ja, eben

New York, eine Durchgangsstraße, ewig lang, Licht in den Gebäuden, und die Straße zieht sich endlos hin, manchmal auch aufwärts, eine leichte Bodenhebung, ein kleiner Hügel, sodass die Lichter nicht einfach aufgereiht sind, sondern scheinbar ansteigen, sich erheben – wenn man nicht wüsste, wie das alles bei Tageslicht aussieht, sondern nur das hier, die immer höher strebenden Lichter sähe, könnte man sagen: Wunderschön. New York bei Nacht.

Mr. und Mrs. Williams aus Syracuse, New York. Morgens um sechs kam das Zimmermädchen, schloss die Fenster, drehte die Heizung auf und ging wieder. Er stand auf, zog sich an, fand ein Frühstück für eine Person in der Sitzecke und wunderte sich, wie in einem fünfzehntrangigen Hotel …, dann fiel ihm wieder ein, dass Camilo dem Zimmerservice am Abend vorher einen säuberlich gefalteten Schein zugesteckt hatte, dem Zimmerservice mit dem Ludengesicht, dem Hurengesicht, der Typ Kann-man-Kaufen, Ist-bezahlbar, Komplett-zum-Verkauf, der würde nichts sehen, aber jederzeit alles erzählen, und Camilo wusste, wie man an Service kam, sogar in einem fünfzehntrangigen Hotel, das nur Fassade war und nichts dahinter, nur eine Lobby und verwohnte Zimmer. Am Abend vorher kein warmes Wasser, aber am Morgen danach, als er duschte, fast kochend heiß.

Weak Knees war fertig mit dem, was er am Herd zu schaffen gehabt hatte, setzte sich mit einer Tasse Kaffee an den Tisch und rührte schwungvoll darin herum. »Weißte, Sonny«, sagte er, »mir's übel von dem ganzen Weißvolk, was als allererstes, mirnixdirnix wissen will, was ich von Paul Robeson halte. Der Fleischmann kommt hier rein, heute morgen, wenn ich je 'n verkrachten weißen Lump gesehen hab, dann den, mit Säbelbeine vom Karkasseschleppen, der kommt an mit meiner Bestellung und hat das Fleisch noch nich richtig aufn Tisch gelegt, da will der schon wissen, was ich von Paul Robeson halte. Na, den hab ich erstma beglückt, hab gesagt, ich finde, der soll bloß wieder nach Russland verduften, wo er herkommt, damit war Säbelbein weichgeklopft, ich hab ne Weile gewartet und ihm ne Tasse Kaffee spendiert, und dann hab ich gesagt: Ich sag, der hätte mal in Russland bleiben solln, Mister, weil nämlich, wenn er da rumläuft und erzählt, was er gern verändert haben will, dann fängt er sich 'n paar Löcher ein, aber kein Mensch da drüben pisst sich ins Hemd, weil er schwarz is und die falsche Politik vertritt.

Und wenn dem sein Sohn drüben in Russland 'n weißes Täubchen heiratet, dann verplempert kein Weißmensch seine Zeit und rennt zu allen Farbigen, die grad zu sehn sind, und will wissen, was die darüber denken. Ich sag, da drüben juckt das keinen, Mister, und mich juckt das hier drüben auch nicht. Jedes Land, wo Leute, die heiß auf'nander sind, nich heiraten dürfen …«

Wenn man samstagabends in der Küche saß, dachte Link, konnte man, schwach und von fern wegen der schweren Tür, Gemurmel aus der Kneipe hören. Und nur dann. An den anderen Abenden war nichts zu hören. Die Tür schnitt alle Geräusche ab. Freitagabends – kein Laut, ein guter Abend, um nachzudenken, sich zu erinnern, Reue auszukosten, Abstand zu halten und sich selbst zu betrachten …

Die Tür flog jäh auf. Mr. B. Hod war der einzige Mann auf der Welt, der so was mit einer Schwingtür machen kann, dachte Link, die aufbrechen kann, nicht aufmachen, aufbrechen. Gleich davor blieb Bill Hod stehen. Was zum Teufel ist denn mit dem los? Das ganze Gesicht schreit Mord, das sieht doch jeder, normalerweise steht das nur in den Augen, kurz bevor er jemanden fertigmacht, diesmal im ganzen Gesicht, was war denn los in der Bar, dass der so guckt?

Er stand auf. Es geht um mich, dachte er, und ich wusste immer, dass du mich eines Tages wieder so ansehen würdest, und dann würde ich endlich beschließen, dass ich dich auseinandernehmen kann, Stück für Stück, und rauskriegen kann, ob du durch und durch ein Dreckstück bist oder nur in Teilen.

»Du wirst vorne gesucht, Kumpel.«

»Gesucht?« Er stierte Bill an, rührte sich nicht, dachte: Hengste? Böcke. Und Jahre später findet man die Geweihe im Unterholz, ineinander verkeilt.

Weak Knees sagte: »Zorngiebel hat wieder seine Tour. Fang bloß keine Keilerei an, Sonny«, er klang flehentlich. »Lass den mal, Sonny. Der lechzt nach'm Kampf. Lass den mal, Sonny …«

Der Laden war angenehm voll, die üblichen Freitagabendleute, hefiger Biergeruch, würziger Roggengeruch, Bourbon, blaue Rauchschwaden, aber merkwürdig still, keine singenden, Geschichten erzählenden, lachenden Männer mit lauten Stimmen. Er sah sich im Raum um, suchte nach Old Man John the Barber, dem Barometer, der Wetterfahne. Barber stand mit dem Rücken zur Straße. Abends sah der Alte normalerweise hinaus und beobachtete die Straße (ein Mann in seinem Privatclub, der der Welt beim Vorbeiziehen zuschaut), stand nahe am Fenster, wo er Straßengeräusche aufschnappen und die Autoscheinwerfer und die Bewegungen der Leute beobachten konnte, Frauenbeine, alle orangerot unter dem Neonschild, beim Vorbeigehen beglotzen und gelten lassen oder ablehnen konnte, den Königkaisermaharadschasultanschah geben konnte, der in der Last Chance stand und orangerote Frauenbeine beglotzte, Hintern bewertete, nicht gut, Kopf ab, gerade mal leidlich, Urteil unter

Vorbehalt, die lassen wir noch 'n bisschen am Leben, aber die da, die nehm ich definitiv heut Abend, man sah immer genau, wenn der Alte sich eine ausguckte, dann leuchteten seine bösen dunklen Augen auf, er beugte sich vor, schob das Kinn demonstrativ vor, ja, die nehm ich, ein alter Mann mit struppigen Augenbrauen bei seinem Spielchen.

Jetzt stand Old Man John the Barber mit dem Rücken zur Straße.

Gesucht, dachte Link. Wegen was denn? Was geht hier vor? Warum hat Old Man John the Barber sein Lieblingsspiel abgebrochen?

Dann sah er sie, sie stand am Ende der Theke mit dem Rücken zu ihm und dem Gesicht zur Straße. Er ging eilig zu ihr, dachte: In Moskau, wieso Moskau, ach, weil Weak Knees in der Küche irgendwas darüber erzählt hatte, selbst in Moskau, auf irgendeiner Straße, einer Straße voller Kulaken und Kommissare und Robesons und wer sonst noch auf den Straßen von Mr. Stalins Traumstadt rumläuft, wenn ich die langginge und du ständest da mit dem Rücken zu mir, ich würde dich erkennen, und zwar nicht wegen des Mantels, du könntest Lumpen anhaben und die blassgelben Haare versteckt unter einer Tüte, ich würde dich erkennen, an deinem Rücken.

Er sagte: »Hallo.« Leise.

Sie drehte sich um. »Link – ich –«

»Camilo«, er streckte die Hände aus, beide Hände, »ich …«

Als sie hinausgingen, spürte er unruhige Bewegung, etwas Erregtes entlang der Theke, und sah sich noch einmal um. Bill Hods Miene hatte sich verändert. Er stand hinter der Theke, ganz am Rand, nahe der Tür und sah beide an, das Gesicht jetzt ausdruckslos, aber der Blick verhangen wie in Schlangenaugen.

16

Weak Knees saß an einem der Tische in der Last Chance und las die Wochenendausgabe eines New Yorker Klatschblatts. Sie lag flach ausgebreitet vor ihm. Beim Lesen fuhr er mit einem Finger über die Spalte. Auch seine Lippen waren in Bewegung, formten Wörter.

»Gottsnahm, Sonny«, sagte er plötzlich sopranhoch. Er drehte sich zur Theke, hob das Klatschblatt und hielt es auseinandergebreitet mit beiden gestreckten Armen hoch, als ob er es jemandem geben wollte, der größer war als er, jemandem, der eine Armlänge entfernt stand.

»Hör dir das an«, sagte Weak Knees. Die Umrisse seiner dunklen Hände mit den geschmeidigen Fingern zeichneten sich auf den rosa Vorder- und Rückseiten der Beilage ab. Link dachte: Das wäre ein Traumschuss für Jubine, Weak Knees mit der hohen Kochmütze auf dem Kopf, nur die weiße Spitze ist zu sehen und die dunklen Hände, die die Zeitung auf Abstand halten.

»Hier, schon wieder so'n weißer Bengel wo 'ne Bank ausgeraubt hat, tchii-hii-hii.« Beim Lachen bewegten sich Hände und Arme mit, und die Zeitung raschelte trocken vor sich hin.

Link beugte sich über die Theke, starrte auf die Zeitung und runzelte die Stirn. Auf der Titelseite der Beilage war das Bild einer jungen Frau.

»Du«, sagte er.

»Was'n?«

»Gib mir mal kurz die Zeitung.« Sie fühlte sich mürbe an, ausgetrocknet.

Die Sonntagsbeilage. Eine Story über amerikanische Erbinnen, Teil einer Serie über junge Frauen, die große amerikanische Vermögen besaßen, kontrollierten, geerbt hatten – riesige, kaum je auszugebende Vermögen. Ein Foto von Camilo Williams, lachend. Nur stand da nicht der Name. Da hieß sie Camilla Treadway Sheffield. Die international bekannte Erbin. Das Treadway-Vermögen sei ähnlich groß wie das von Krupp oder Vickers, hieß es. Die junge Frau von Captain Bunny Sheffield. Großaufnahme von Camilo auf der Titelseite. Kleines Foto von Camilo und ihrem Mann auf der ersten Innenseite. Bunny und Camilo in Palm Beach, in Badekleidung im Sand liegend. »Die Treadway Munitions Company hat ihren Sitz in Monmouth, Conn.« Und wie, dachte er, die Fabriksirene gellt mittags durch die ganze Stadt, die um sieben Uhr morgens ist auch überall in Monmouth zu hören, jeden Morgen, und alle Leute sagen: »Sie ist auf, also steh du auch auf«, Mrs. John Edward Treadway, führte nämlich die Firma, und der Chronicle brachte dauernd Storys über sie, wie sie nach dem Tod ihres Mannes den Laden übernommen und auf Vordermann gebracht hatte und dass sie die Produktion beschleunigt und sogar die Arbeitszeit geändert hatte, früher hatte sie um acht Uhr begonnen, sie hatte sie vorverlegt auf sieben. »Sie ist auf, also steh du auch auf.«

Wieso hatte er keine Ahnung, dass sie die junge Treadway war? Aber woher denn? Er wusste nicht mal, dass es eine junge Treadway gab. Sie lebten in verschiedenen Welten, das zeigte sogar so eine Schere-und-Klebstoff-Story, eine zusammengestückelte Story ohne Nachrichtenwert, eine Story, in der stand, dass Camilla in einem Internat in Virginia gewesen war, einem privaten, Foto dazu, hätte auch das Herrenhaus von irgendwem sein können, achtzehntes Jahrhundert, zugewachsen mit virginiatypischen

Kletterpflanzen; laut der Story arbeitete sie tatsächlich, hatte einen Job bei einem Modemagazin; laut der Story hatte sie ein Apartment in Treadway Hall (Foto auch dazu, komplett aus Stein, auch efeubewachsen), wohnte aber selten da, sondern lebte in New York und London und Paris; laut der Story war ihr Mann ein New Yorker Börsenmakler, Captain Bunny Sheffield.

Laut der Story waren die Treadways konservative patriotische Millionäre, keine Skandale, keine Scheidungen; beschrieben wurden außerdem die Bibliothek, das Museum und der Konzertsaal, den der verstorbene John Edward Treadway der Stadt Monmouth geschenkt hatte.

Warum hat sie mir nicht gesagt, wer sie ist – wahrscheinlich hat ihr die Konstruktion Spaß gemacht, reiches weißes Mädchen in wilder Ehe mit Bimbo in Harlem, den Narrows. Klar, warum nicht? Wenn man reich ist, kann man auf zwei Hochzeiten gleichzeitig tanzen, wenn man reich ist, kann man sich alle Türen offenhalten. Ich war bloß einer von einer ganzen Reihe Muskelknaben. Sieht man ja an der Story. Sie ist aufgewachsen in einem Parcours aus Kindermädchen, Gouvernante, Privatschule, Palm Beach, Hot Springs, Paris, London, und der Parcours wird normalerweise nicht auf der Dumble Street geritten – in der Last Chance, im Moonbeam, im F. K. Jackson Funeral Home, in der Kirche vom Ich bin dein Master und Gratis-Kool-Aid-Spender –, außer man ist gerade hinter einem neuen Muskelknaben her.

Das stimmt alles nicht, dachte er. Aber es stimmte. Es war dieselbe junge Frau. Dasselbe lachende, arglose Gesicht. Die blassgelben Haare, seidige Haare mit einem Glanz. Noch im verrauchten höhlenartigen Moonbeam sichtbar. Der schöne Körper. Die leuchtende Haut. (Willst du mich heiraten? Wenn der Frühling kommt. Du schwarzer Bastard.) Captain Sheffields junge Frau.

Wieder trockenes Rascheln beim Umblättern. Mürbe. Wieso mürbe? Kommt von Hitze, die trocknet Papier aus. Er sah auf das Datum, mechanisch, sah noch mal hin, konnte es nicht glauben, die Zeitung war aus dem letzten Jahr, Januar 1951. Irgendwo ist hier ein Fehler. Nein. Die Jungs haben das für mich inszeniert. Nicht Weak Knees. Bill Hod hat Weak Knees benutzt, um die Botschaft zu überbringen. Bill hat das inszeniert. Bill vergisst nie ein Gesicht. Woher weiß ich, dass er nie ein Gesicht vergisst? Mir hat er das nie gesagt. Hat irgendwas mit einer Lizenz zu tun, für eine Waffe.

Bills Schlafzimmer, nach vorn raus, sonnendurchflutet, weiße Wände, Fenster immer offen, keine Gardinen, Blick auf Äste im Winter, Blick ins grünblättrige Herz der Bäume im Sommer, Stimmen von der Straße (in meinen Gedanken bleibt er verquickt mit Sonne und Wind und Bäumen), dieses Zimmer nach vorn raus, ein Stapel alte Klatschblätter auf dem Tisch neben dem Bett, ein Telefon auf dem Tisch und eine Pistole und ein Stapel alte Klatschblätter von vor drei, vier Jahren, in der Küche auch, oben auf der Heizung, die Heizung so stark, die reicht für die ganze Grand Central Station, und erst das Feuer im Kohlenherd des Küchenchefs, dazu der dampfende Riesenheizkörper, konnte im Winter draußen höllisch kalt sein, die Küche war der reinste Kesselraum, B. Hod nur in Shorts, Oberkörper total nackt, ich sehe ihn jetzt vor mir, er greift nach ein paar alten Zeitungen auf der Heizung, dann sitzt er am Küchentisch, liest sie, Zeitungen von vor drei, vier Jahren, nein, liest nicht, guckt sich die Bilder an. »Der vergisst nie kein Gesicht.« Gründliche Suche in alten Zeitungen, bis er das eine gefunden hat, denn Mr. Hod wusste, dass er das Gesicht schon mal gesehen hatte. Woher weiß ich, dass er nie ein Gesicht vergisst? Das hat Weak Knees gesagt.

Es ging um eine Lizenz. Ich war ein Klugscheißer, in den Sommerferien zurück aus Dartmouth, hatte gerade das zweite Jahr hinter mir, also wusste ich alles, Biologie, Soziologie, Geschichte, Psychologie, Mathe, alles, und ich schlug auch alles im Sprinten, Springen, Skilaufen, Schießen, Schwimmen, was zwei Beine hatte und in meinem und so ziemlich jedem andern Alter war. Ich war im Leichtathletikteam. Ich war rechter Tackle im Footballteam. Und ich habe Bill andauernd provoziert, für ein frontales Tackling hatte ich noch zu viel Schiss, aber provoziert habe ich ihn andauernd, immer auf der Jagd nach einem Durchbruch. Einmal am Ende des Sommers habe ich es frontal versucht, aber er hat mich ausgelacht, gleich danach hat er mich die lange Treppe zur Küche runtergeschmissen.

Ich habe jedenfalls ständig nach einer Achillesferse gesucht, ich wusste, besiegen kann ich ihn nicht, aber ich habe immer wieder Anlauf genommen. Also habe ich Weak Knees gefragt: »Wieso läuft King Hod mit einer Knarre unter der Achsel durch die Narrows? Er hat zwar eine Lizenz für den Laden hier, aber dafür, mit einer Knarre durch sein Reich zu spazieren, hat er keine.«

»Wetten, Sonny?«

»Klar.«

»Wie viel?«

»'n Fünfer.«

»Okay. Kannst 'n gleich hier auf'n Küchentisch legen. Is schon meiner.« Weak Knees ging aus der Küche, kam zurück und wedelte mit einem Papier vor meiner Nase herum. »Und was is das?«

»In Ordnung. Das ist ein Waffenschein. Wie ist er da drangekommen?«

»Er hat 'n Freund ganz oben bei der Polizei, der hat'n ihm besorgt. Das ist der, wo die ganzen College-Weicheier in die Truppe holt. Die müssen ja jetzt irgendwelche Prüfungen in Latein bestehen, bevor sie in Monmouth auf Streife dürfen.«

»Schön. Aber wie kommt er dazu, mit einem hohen Bullen befreundet zu sein? Du hast doch gesagt, der riecht Bullen schon auf eine Meile Entfernung, ob in Uniform oder nicht, und wenn er nur einen Hauch Bullengeruch schnuppert, muss er schnell weg, weil er den sonst umbringen will.«

»Das stimmt. Aber er hat sich früher mal in New York rumgetrieben. Und einmal sieht er auf 'ner Straße, wie 'n paar Bullen 'n Bengel in der Mangel haben. War so'ne Seitenstraße, wo sich jeder nur um sein Kram kümmert, keine Menschenseele in Sicht, weil die alle immer verduften, wenn da 'n Bulle langläuft. War kein Mensch da außer Bill und ei'm Priester. Er wär auch verduftet, aber da war noch dieser Priester. Der Junge blutet im ganzen Gesicht und sieht den Priester und sagt: ›Hilf mir, Father!‹

Bill hat sich schon immer für die Religion von Leuten interessiert, also bleibt er stehn und kuckt, was der Priester macht. Und der kuckt den Jungen an, so irgendwie verträumt, und sagt: ›Bete, mein Sohn, bete!‹ Und geht seiner Wege, und der massigste Bulle haut dem Bengel mit sei'm Stock so hart auf den Kopf, dass man's fast 'n ganzen verdammten Block weit krachen hört. Der Priester dreht nich mal den Kopf, der schlurft einfach weiter die Straße lang, sogar die Kutte schwingt irgendwie fromm. Tja, damals hätte Bill kei'm Bullen 'n Stück Brot nich gegeben. Also kippt er dem Massigen irngwas in' Nacken und der fängt an zu schreien und springt rum, und Bill kippt dem andern 'n bisschen von dem Irngwas ins Gesicht, und der schreit auch los und springt rum.

Dann liegen die alle miteinander im Clinch und vergessen den Bengel. Der war höchstens siebzehn, 'n ganz junger Bengel, der kann gerade mal gehen, sonst nichts. Bill bringt ihn in seine Bude und flickt ihn zusammen. Der Junge hatte seit Gott weiß wann nichts gegessen, der hatte sich was zu essen geklaut, und diese großen fetten Bullen haben ihn erwischt, Bill sagt, genau das hat ihn so sauer gemacht, diese Bullen nehmen so'n Bengel in die Mangel wegen 'm lausigen Brot, aber selber lassen die sich schmieren von jeder ausgebrannten Hure im Kiez, und von den Luden auch und den Typen, die im Hinterzimmer vom Billardsalon pokern oder 'n Wettbüro betreiben. Als mal 'n paar Jungs Izzies Pfandleihe ausgeräumt haben, da sind dieselben fetten Bullen schön weit weg geblieben, am Ende vom Block, wo se nichts sehen und nichts hören können, weil se nämlich was von der Beute abgekriegt ham. So war das damals, Sonny. Bullen wo Bücher lesen gab's da nich.

Na, jedenfalls, dieser weiße Bengel is dankbar. Is'n guter Junge, bloß inne Pechsträhne gerannt. Bleibt so drei Wochen bei Bill, bis er wieder auf'n Beinen is. Schreibt sich Bills Name richtig sorgfältig in so'n kleines Notizbuch, und als er geht, sagt er noch, eines Tages kann er bestimmt was für Bill tun. Na, Bill vergisst das alles. Und einen Morgen, da is er schon hier in Monmouth, kuckt er die Zeitungen durch, und da is'n Bild von genau dem Bengel, der is jetzt größer und älter und hat reichlich zugenommen, aber das Gesicht is dasselbe. Bill vergisst nie kein Gesicht, Sonny.

Inzwischen ist der Bengel bei der Polizei ziemlich weit oben. Bill geht hin, und der erinnert sich an Bill und fragt, ob er irgendwas braucht, Lizenz oder so was. So is Bill da drangekommen.«

Link wusste noch, dass er die Geschichte nicht ganz zufriedenstellend gefunden hatte. Vermutlich war sie wahr, aber bei Weak Knees hatte er immer das Gefühl, dass er bei seinen Geschichten etwas ausließ, etwas Wichtiges. Er erinnerte sich auch, dass er ihn gefragt hatte, was Bill auf die fetten Bullen gespritzt hatte, und dass der nur beiläufig gesagt hatte: »Och, 'n kleines Irngwas, was er immer dabei hatte.«

Jetzt gab er Weak Knees das rosa Klatschblatt zurück, ging wieder hinter die Theke und goss sich einen Schluck ein, behielt die Flasche aber in der Hand.

Bill Hod kam aus seinem Büro und stellte sich auch hinter die Theke. Link dachte: Hättest nicht nachsehen kommen müssen, Father Hod, hat funktioniert, ich bin direkt reingelatscht.

»Wieso trinkst du?«, fragte Bill.

»Das Wetter.«

»Das Wetter?«

Bill sah aus dem Fenster, Link auch. Strahlender kräftiger Sonnenschein auf dem Schnee. Die Art Sonne, die man im März mal hat, an einem guten Tag. Vor ein paar Wochen hatten die Thermometer draußen an den Türen nach Norden null Grad angezeigt, heute zeigten sie elf, die Sonne war warm und die Straße voller Kinderwagen schiebender Frauen; aus den Dachrinnen tropfte Wasser und lief die Gossen entlang und gurgelte in kleinen Rinnsalen in Gullys und sammelte sich in Pfützen an den Kreuzungen, auf denen kleine Jungs Hölzchen und Papierfetzen schwimmen ließen.

Sonne auf der Dumble Street. Sonnenglanz auf dem Messingklopfer von Nummer 6, Sonne verwandelte das Ziegelrot von Nummer 6 in Rosa, Sonne machte die dunkelgraue Rinde des Henkers heller grau, Sonne über dem Fluss.

Bill wandte sich vom Fenster ab. Link nahm an, dass er seinen eigenen Eindruck vom Wetter bestätigt gefunden und nicht die geringste Änderung gesehen hatte.

»Bist du pleite?«, fragte er.

»Pleite?«, fragte Link. »Himmel, nein! Ich besitze maßangefertigte Cadillacs und Jachten. Rosarote und blaue und gelbe und purpurrote. Purpurrote Cadillacs für morgens. Gelbe Yachten für abends. Falls du mal einen gut gepolsterten Höllenritt und zurück machen möchtest, ich leihe sie dir gern aus.«

Und was jetzt, Onkel George?, dachte er. Wo habe ich das denn wieder her? Von einem der Jungs nebenan, vor Jahren, als die Finnen da noch wohnten, bevor das farbige Volk, das dunkle Volk in die Dumble Street geflutet kam, damals, als die randalierenden betrunkenen Finnen jeden Abend aus den Fenstern sprangen, schöne Art zu leben, von morgens besinnungslos bis nachts besinnungslos. Geld auf dem Tisch. Keine Komplikationen. Einer der Jungs, die zu Finnen gehörten, torkelt in der schmalen Einfahrt neben Abbies Haus herum, will neue Welten erobern, verlangt nach erwachsener Führung, erwachsener Inspiration, auf welche Art Welt er sich als nächstes werfen soll, und sagt: »Und was jetzt, Onkel George?« Ja, genau, was denn jetzt, Onkel Link? Was jetzt? Wie tritt man elegant und taktvoll den Rückzug an, weil die Position nicht mehr zu halten ist, sondern unhaltbar und ruinös.

Verlass mich niemals. Wenn der Frühling kommt und der Vogelgesang, du schwarzer Bastard, warte hier im Flur.

Warum hatte sie ihm nicht gesagt, dass sie einen Ehemann hatte. Zum Teufel mit dem Ehemann. Das Geld war es. Zum Teufel mit dem Geld. Das war nur noch eine Variation zum Thema. Warte hier im Flur. Variation zum Thema. Bill Hod und China.

Ich bin oft an Chinas Etablissement vorbeigekommen, bevor ich mich reingetraut habe, erinnerte er sich, und manchmal sprang gerade die Tür auf, und mir war, als ob

Licht und Lachen und Musik aus der Tür kommen und sich auf die Straße ergießen, ja, und der Geruch von Weihrauch. Weihrauch. China hatte Weihrauch im Flur, er kokelte in einer Schale unter einer Buddha-Kopie aus Alabastergips, fratzenhaft böse, nicht friedvoll kontemplativ, sondern böse, als ob das Wesen von Chinas Gewerbe da im Flur versinnbildlicht wäre, versinnbildlicht in der Buddhafigur. Sie war das Erste, was man beim Hereinkommen sah, sie war das Letzte, was man beim Hinausgehen sah. Der Weihrauchgeruch war überall im Flur. Vor der Tür, die vom Flur in den vermutlichen Salon führte, hing ein schwerer Vorhang, ein Stoff mit Samtschicht, er kam aus Versehen dran, während er da stand und wartete, und streifte ihn wohl mit einem Hosenbein, denn er hatte noch beim Hinausgehen Weihrauch in der Nase, er schien in seinen Haaren und Kleidern zu sitzen, und der Buddha wurde in seinem Kopf zum Symbol des Bösen, des Verrats, unauslöschlich eingebrannt in seine Erinnerung, zusammen mit dem Weihrauchgeruch. »Warte hier im Flur.«

Er war sechzehn, als China das zu ihm sagte. Sechzehn, Schulferien, eine herrliche lange Zeit sonniger heißer Tage und heißer Nächte lag vor ihm, und der Fluss glitzerte in der Sonne, und die Bäume hatten grünes Laub, der Henker hatte so viele Blätter, dass er aussah wie ein grünes Dach über dem Bürgersteig, und wo er hinsah, Mädchen in dünnen Sommerkleidchen.

Er wusste nicht mehr, wann er zum ersten Mal bemerkt hatte, dass Bill ihn an die Kandare legte. Jedenfalls kam er nie dazu, auf der Straße herumzulungern, hatte nie Zeit, sich am Kai herumzutreiben und den Mädchen zuzusehen und zuzuhören, die Arm in Arm zu zweit oder zu dritt vorbeischlenderten. Bill hatte immer Aufgaben für ihn, er schickte ihn auf Botengänge in andere Stadtteile oder entdeckte plötzlich irgendeine elende Knochenarbeit in der Kneipe, die dringend getan werden musste. Ewig sagte er, mach dies oder lass das, Schluss mit Keilereien auf der Straße, steh nicht an der Ecke rum, los, dalli, dalli.

Nie hatte er Zeit für irgendetwas anderes als Arbeit, Arbeit, Arbeit. Abends – es war um acht noch hell – ging er ins Moonbeam, die Bierschwemme auf der Franklin Avenue; anfangs blieb er nur kurz zum Reden mit ein paar Jungs, die er kannte, und zum gemeinsamen Witzereißen über Mädchen, die ohne Begleitung hereinkamen. Aber nach zwei Abenden hintereinander mit einigen Bieren fühlte er sich erwachsen wie nie, ihm war allerdings auch schlecht wie nie, wenn er ein halbes Bier in einem Schluck wegkippte und danach viel zu laut lachte, zusammen mit den anderen Jungs, weil einer von denen einen obszönen Witz über ein fettes Mädchen gerissen hatte, das im kurzen dünnen Kleidchen mit übergeschlagenen Beinen an einem Tisch saß.

Zwei Abende hintereinander trank er Bier im Moonbeam und schlich sich danach in Abbies Haus, mit dem bitteren, brechreizigen Geschmack im Mund; schlich sich nach Hause und rief Abbie durch den Flur zu, er sei müde und gehe früh ins Bett, und fühlte sich gar nicht müde, nur schläfrig, entspannt, ging aber, wie er gesagt hatte, früh ins Bett und lag einfach da und dachte im Halbschlummer über Mädchen nach und überlegte, wie sie wohl wirklich waren und ob er je auch ein Mädchen hätte.

Nach dem zweiten Abend mit Biertrinken im Moonbeam Rumhängen im Moonbeam, Lachen im Moonbeam, polierte er morgens um halb acht das Messinggeländer an der Last-Chance-Theke, das war ja sein Job.

Weak Knees sagte: »Der Boss will dich sehen.«

»Mich sehen?«

»Ganz recht.«

»Wozu will der mich denn sehen? Lieber Gott, schickt der mich wieder ans andere Ende der Stadt, ein Stück Seife oder Kaugummi oder sonstwas kaufen? Was ist überhaupt neuerdings los mit dem?«

»Weißnich, Sonny. Der is irgendwie sauer.«

»Wo ist er denn?«

»In sei'm Büro.«

Link steckte den Kopf durch die Bürotür, sie nannten es Büro, obwohl es lediglich einen Schreibtisch und einen Stuhl und ein Telefon gab. »Weak Knees sagt, du willst mich sehen.«

»Ja.« Bill riss die Schreibtischschublade auf und schob einen Stapel Papier hinein, Link sah zu und dachte: Er macht die Schublade immer auf, als hätte gerade jemand »Feuer!« gebrüllt, und reißt den Notausgang auf, und genauso knallt er sie wieder zu, und Türen donnert er auch so auf und zu.

Bill sagte: »Du bleibst raus aus der Bierschwemme. Gehst du da noch ein Mal rein, komme ich da hin und prügel dich durch den ganzen Laden, als wärst du ne Dreigroschenhure.«

Beim Wort Hure machte Links Hirn einen Satz. Hatte sein Gesicht etwa verraten, was ihm durch den Kopf ging? Seit Wochen grübelte er, wie die wohl waren und wie viel es kostete und – »Ach, um Gottes willen, Bill, alle Jungs sind …«

»Du nicht, Sonny. Du bleibst raus aus dem Loch, es sei denn, du willst zum Gespött werden.«

Er blieb danach aus dem Moonbeam raus, ging aber oft absichtlich vorbei, ganz langsam, sodass er durch die offene Tür hineingucken konnte; kurze Blicke im Vorbeigehen konnte Bill schließlich nicht verhindern. Hinein ging er nicht, er wollte Bill keine Chance geben, ihn vor einem Haufen Jungs zu vermöbeln. Und immer waren da die lachenden und schwatzenden Mädchen in den dünnen

Sommerkleidchen. Er musterte sie, wenn er auf der Straße an ihnen vorbeiging, und eine Art Sehnen überkam ihn.

Er hatte das Gefühl, dass diese Phase, diese Etappe seines Lebens unmöglich war, hoffnungslos, und dass sie nie vorbeiging. Andauernd bekam er gesagt, er sei zu jung für dies oder das und zu alt für gewisse sogenannte kindische Vergnügungen. Und nicht nur von Bill. Von allen, Bill und Weak Knees und Abbie und F. K. Jackson. Sie hielten ihn auf dem geraden schmalen Pfad, wie Abbie es nannte; Bill nannte es Sich-um-seinen-Kram-Kümmern; Weak Knees nannte es Ärger-aus-dem-Weg-Gehen; und Miss Jackson, die über keine praktische und handliche Definition für Richtig und Falsch verfügte, hantierte mit Begriffen wie infantile Reaktion und zog dazu die Brille, die mit einem Goldkettchen einer Art Knopfkonstruktion auf ihrer flachen Brust befestigt war, auf und ab.

Er dagegen sehnte sich die ganze Zeit schmerzlich nach dem, was Abbie den breiten Pfad in den Untergang nannte, den Rosenpfad des Müßiggangs Richtung Hölle. Rosen. Wieso Rosen?

Auch das hätte er gern gewusst, aber dann grübelte er wieder über Mädchen, Mädchen in dünnen Kleidchen, Huren, Huren, die im Moonbeam herumsaßen. Wieso waren die anders? Wie konnte man etwas über sie erfahren?

Und so ging er schließlich in Chinas Etablissement, über das die Jungs immer redeten, das Haus, das ganz wohlanständig aussah, das aussah wie alle anderen Häuser auf der Franklin Avenue, nur dass in seinen Fenstern noch spät Licht brannte, und manchmal war das Licht plötzlich aus, und wenn die Tür aufging, drangen Lachen und Musik und Weihrauchgeruch auf die Straße, aber nichts verriet einem wirklich, was da drin vorging.

Eines Abends ging er in Chinas Etablissement, ziemlich früh, gegen acht. China, gewaltig, fett, gelbhäutig, öffnete die Tür, musterte ihn, lächelte ihn an und sagte: »Na, komm rein.«

Aber drinnen betrachtete sie ihn von Kopf bis Fuß und sah ihn lange an, bis er sich so unwohl fühlte, dass er wortlos wieder gehen wollte.

»Du bist zu jung, Baby«, sagte sie schließlich. »Ich bin eine alte Frau.« Sie leckte sich die Lippen, befeuchtete die Lippen zierlich mit der Zungenspitze, ließ die Zungenspitze rein- und rausschlüpfen. »Ich bin eine alte Frau«, sagte sie noch einmal. »Aber warte hier im Flur. Ich bin gleich wieder da.«

Und er glaubte es ihr. Er stand im Flur, unfähig zu denken, und Aufregung stieg in ihm hoch, Aufregung und Angstschauder, er zwang sich, den Flur zu betrachten, er stand gleich neben dem dunkelgrünen samtigaussehenden Vorhang, durch den China verschwunden war, sie hatte ihn beiseitegeschoben, der dicke Stoff war langsam in tiefen Falten wieder zurückgefallen, Weihrauchgeruch, ein Buddha auf dem Tisch, Dämmerlicht im Flur, und der Buddha direkt an dem Durchgang mit dem Vorhang, absolute Stille, und er wartete, in treuem Glauben, an nichts denkend, einfach wartend.

Jemand trat plötzlich die Haustür mit voller Wucht auf.

Bill sagte: »Raus hier.«

Er rührte sich nicht. Bill kam auf ihn zu, packte seinen Arm, drehte ihn um, drehte immer weiter, sodass Link sich entweder vor ihm verbeugen oder Widerstand leisten musste, und Widerstand hieß, sein Handgelenk würde brechen, er hätte schwören können, dass er schon spürte, wie der Knochen nachgab, also beugte er sich, und der Schmerz schoss ihm den Arm hoch und raubte ihm den Atem.

Er sagte: »Nicht.«

Bill sagte: »Raus hier.«

Und drehte ihm den Arm noch einmal um, und der Schmerz raste über die Schulter hoch in den Nacken und in die Wirbelsäule, und er dachte, gleich bricht der mir das Rückgrat, bricht mir die Wirbelsäule, und dann bewegte sich der dunkelgrüne Vorhang, und die fette gelbe Frau stand da und sah zu. Er sagte: »Um Gottes willen, Bill.«

»Worauf wartest du? Hau ab jetzt.«

In der Küche der Last Chance setzte er sich an den Tisch und betastete sein Handgelenk, vorsichtig mit den Fingerspitzen.

Bill kam herein, setzte sich auf eine Tischkante, schlenkerte mit einem Fuß und sah ihn so lange an, dass Link dachte: Wenn hier irgendwas greifbar wäre, ich würde es ihm ins Gesicht knallen.

Irgendwann sagte Bill, weiter mit dem Fuß schlenkernd: »Wenn ich dich noch ein Mal in dem Hurenhaus erwische, bring ich dich um.«

Link wandte den Kopf ab, betastete wieder sein Handgelenk, vorsichtig mit den Fingerspitzen, und wand sich vor Schmerzen.

»Hast du gehört, was ich gesagt habe?«

»Ja.«

»Halt das Handgelenk mal lieber in heißes Wasser«, sagte Bill sachte und stand auf.

So war der Krieg zwischen ihnen losgegangen, und richtig zu Ende ging er nie. Hin und wieder startete Link einen neuen Anlauf. Bill auch.

Diesmal kam er von Bill. Er sagte: »Geht dir was im Kopf rum?«

»Nur die Gattung Mensch, mein Freund. Muss da 'n paar Komplikationen klarkriegen. In New York. Heute Nachmittag.«

»Wenn du davon die Nase voll hast, Kumpel, brauchst du bloß Bescheid zu sagen. Du tändelst jetzt schon Monate damit rum. Samstagabends muss das Dumble-Street-Pack genug Sprit tanken, um den Rest der Woche die Sorgen vergessen zu können. Wir würden es begrüßen, wenn auch du hier samstagabends wieder aufkreuzen und ein bisschen ehrliche Arbeit leisten könntest.«

Komplikationen, dachte Link. Der Schauermann und die Lady. Der Preisboxer und die Lady. Beide jeweils weiß. Reiche weiße Ladys heirateten manchmal muskelbepackte weiße Jungs, mittellose weiße Jungs mit schönen Körpern. Die Ehen funktionierten nicht, konnten nicht funktionieren, weil die Tussis zu viel Geld hatten und die mittellosen Muskelmänner sie nicht unter Kontrolle bekamen, sie nicht bei der Stange halten konnten, weil sie nichts hatten, um sie bei der Stange zu halten außer einem guten Knochenbau und einer geschmeidigen Muskulatur, einem Kämpferherzen und dem Hafenpackerwortschatz, und nach einer Weile hatte sich das Neue an der Sache abgenutzt, die reiche weiße Lady zog die Reißleine, bis ihr jemand noch Muskelbepackteres mit noch breiterem Rücken über den Weg lief.

Aber wenn man ein schwarzer Barmann war, ein schwarzer Barmann, und das Mädchen war weiß und auch noch Mülltimillionärin, so nannte Weak Knees sehrreiche, schweinereiche, obszönreiche Leute, Millionen zu haben war offenbar so falsch, dass Geld klipp und klar als schmutzig definiert werden musste, also wenn man ein schwarzer Barmann war: Hengst.

»Und übrigens, Kumpel, stell dir mal vor«, sagte Link, »ich bin heute Abend zur Nachtschicht wieder hier. Die Leiche zu entsorgen wird wohl länger dauern, als den Mord zu begehen.«

In seinem Hirn plapperte es papageienartig: Biete zweihundert; guckedie Zähne, dreihundert; der Gentleman sagt fünfhundert; guckedie Muskeln, guckeder Rücken;

die Lady sagt eintausend Dollar. Verkauft an die Lady für eintausend Dollar. Plantagenbulle. Hengst.

Er war in sie verliebt gewesen, hatte sie umworben, sie erobert, hatte gedacht, das zwischen ihnen, das sei die Einmal-im-Leben-Liebe. Er dachte daran, wie ihr der Schnee ins Gesicht, auf die Haare, die Nasenspitze gefallen und wie voller Zärtlichkeit, sehnsüchtiger Zärtlichkeit er gewesen war, dass er wieder gewusst hatte, wie sich totale äußerste Hingabe anfühlt, dass er sich verantwortlich für sie gefühlt, sich als ihr Beschützer gefühlt hatte, da an der kalten zugigen Ecke in Harlem, überall Weihnachtsbeleuchtung, in Schaufenstern, Wohnungen, über die Straßen gespannt, gelbe, rote, blaue Lichter, und dass er sie heiraten wollte, sie sich als Mutter seiner Kinder vorgestellt hatte, sich ein Zuhause und andauernde, immerwährende Liebe vorgestellt hatte, nicht alles auf einmal und deutlich – nein, nicht deutlich, sondern verworren, unlogisch, aber all das war in ihm gewesen, als er sie auf die Nasenspitze geküsst und gebeten hatte, ihn zu heiraten.

Gekauft und verkauft, dachte er. Gekauft bei einer Auktion, weiterverkauft beim Tod des Besitzers, Teil des Vermögens, das beim Tod des Besitzers veräußert wird, samt seinen Pferden und Kühen. Geschenke. Sie machte ihm ständig Geschenke. Florgarnsocken, englischer Import, und Kaschmirpullover, auch englischer Import, handbemalte Krawatten, Erstausgaben, in tadellosem Zustand. Das diamantengespickte Zigarettenetui. Er wusste nicht mal, wo das geblieben war. Gigolo. Die Armbanduhr. Chronometer. Gigolo. Hengst.

Er nahm die Uhr ab und legte sie auf die Theke.

Weak Knees stand vom Tisch auf. »Was'n los? Geht nich mehr?« Er beugte sich darüber und musterte sie. »Du, Sonny, was kost'n so'ne Uhr?«

»Ein Stück deines Lebens.« Er schob sie Weak Knees hin. »Hier, willst du sie haben?«

»Machste Witze, Sonny?«

»Nein. Nimm die. Ich schenke sie dir. Ich habe noch fünf von der Sorte.«

Weak Knees zögerte. »Und du willst die Uhr bestimmt nich?«

»Nein. Sie ist kontaminiert.«

»Heißt'n das?« Weak Knees tippte mit dem Zeigefinger dran.

»Das heißt, da drauf steht ›Ich koste zu viel.‹«

»Ich seh da nichts.«

»So was liegt im Auge des Betrachters, alter Mann. Wenn du da nichts siehst, dann, sage ich mal, steht auch nichts drauf. Also gehört sie dir.«

»Ich kann die nicht nehmen, Sonny.«

»Wenn du sie nicht willst, lass sie auf der Theke liegen, einer von den Säufern greift sie sich schon. Dann landet sie in Onkel Abrahams Tauschladen. Wo sie hingehört.«

Er parkte den Wagen vor dem Eingang von The Hotel, ließ den langen roten Cadillac, die Maßanfertigung, rote Lederpolster, tausenderlei Schnickschnack, den hochglanzpolierten gleißenden Wagen, den Mülltimillionärswagen direkt vor The Hotel stehen.

Seine Aversion gegen alles, das Mädchen, das Auto, das Hotel, alles, sich selbst eingeschlossen, war so heftig, dass er den Portier ansah und dachte: Der gehört in den Zoo samt diesen dunkelroten Mantelschößen, die ihm um die Beine schlackern, und diesem Affengesicht mit dem eingerasteten käuflichen Grinsen, das Grinsen veränderte nur die Mundform, kam aber nie in den Augen an, die Augen taxierten unaufhörlich den eventuellen Inhalt von Hosentaschen, automatisch und akkurat.

Der Portier hüpfte auf den Wagen zu wie ein Känguru.

»Mr. und Mrs. Williams«, sagte er lächelnd, machte einen Diener und riss schwungvoll die Tür auf. »Geben Sie mir den Schlüssel, Mr. Williams, ich hol Ihr Gepäck aus dem Kofferraum. Gehn Sie ruhig schon rein …«

Camilo sagte: »Danke, Ralph.«

Der Fahrstuhlmann sagte, sobald er sie sah: »Guten Tag«, und drückte den Knopf zum achten Stock, er brauchte keine Ansage. Stammgäste. Man weiß immer, wo sie aussteigen, sie fühlen sich geschmeichelt, wenn man ganz von selbst und ohne Ansage in die Etage fährt, in der sie ihre Schäferstündchen abhalten, das bringt mehr und dickeres, saftigeres Trinkgeld.

»Wie geht's, John?«, fragte Camilo.

»Prima, Ma'am. Ganz prima. Schön, Sie wieder hier zu haben.«

Der Fahrstuhl quiekte und grunzte und stöhnte auch wie immer.

Der Fahrstuhlmann war die lächelnde Laune selbst. Ebenso der Page, der schon mit dem Gepäck, Reisetaschen und Koffern, alle aus Schweinsleder, von ihr gekauft und bezahlt, vor der Tür der Suite stand, auch der Page die lächelnde Laune selbst, auch gekauft und bezahlt.

Der Page sagte: »Schönes Wetter für einen Stadtbesuch. Dauert nicht mehr lange, dann ist Frühling. Bei Ihnen alles in Ordnung?«

»Uns geht's prima«, sagte sie. »Und dir, Roland?«

»Mir geht's prima, Ma'am. Ganz prima. Meiner Mutter geht's auch wieder besser. Der Arzt, den Sie mir empfohlen haben, hat sie gut wieder hingekriegt. Seit sie bei ihm war, macht ihr Rücken keinen Kummer mehr.« Er hielt immer noch die Taschen und sah Camilo mit einer Mischung aus Ehrfurcht und Dankbarkeit an, bei der Link die Wut packte, Roland hatte Augen wie ein Setter, sanft, wässrig, genügsam, demütig.

»Wir können Ihnen gar nicht genug danken, Ma'am. Können wir nicht auch irgendwas für Sie tun?«

Camilo bekam große Augen. Die unglaublich blauen, offenen, arglosen Augen wurden weit vor Verwunderung. »Wie, äh –«

»Wir überlegen hin und her, Ma'am, aber –«

Link sagte: »Schon gut, Kumpel. Stell die Sachen ab und zieh Leine.«

Roland sah sich nach den Taschen um, stellte fest, dass er sie immer noch hielt, sah verwirrt drein und stellte sie hastig ab. »Oh«, sagte er und verschwand sofort.

Camilo warf Link einen langen bedeutungsvollen Blick zu, und er dachte: Den Blick kenne ich, so böse gucken Ehefrauen gern ihre Gatten an, und man weiß genau, sowie die Tür zu ist, kriegt der Gentleman schwer aufs Dach, und wenn der Gentleman alles aufs Dach gekriegt hat, womit die Lady schmeißen kann, aus einem momentanen Impuls heraus, dann nimmt ihn die Lady richtig in die Mangel, und wenn sie damit fertig ist, wünscht sich der Gentleman, das Weib wäre nie erdacht worden, egal von welcher Machiavelli'schen Intelligenz das Weib zwecks Verbreitung der Gattung auch immer erschaffen worden war.

Er nahm die Taschen, alle auf einmal, all die hübschen cremefarbenen Schweinsledertaschen, und ließ sie im Schlafzimmer absichtlich auf den Boden knallen, hörte Glas klirren und dachte: Tja, so geht das, Miss Mülltimillionär.

»Wetten, du hast meine ganzen Fläschchen kaputtgemacht«, sagte sie.

»Du kannst ja neue kaufen.«

»Die gibt's in The Hotel nicht, du bist überhaupt entsetzlich grob. Was ist denn los?«

Sie sagte immer The Hotel, wie alle in Harlem, locker, beiläufig, ging einfach davon aus, dass man wusste, sie meinte dieses bestimmte Hotel, musste nicht irgendeinen Namen nennen. Sie nimmt alles in Besitz, dachte er. Gehört zu dieser lockeren Anpassungsfähigkeit, die er mal gemocht und bewundert, um die er sie sogar beneidet hatte und die ihn jetzt nervte.

Ihr gehörte alles: Leute, Autos, Häuser, und sie nahm alles schnell in Besitz. Sie kaufte Pagen, Rezeptionisten, Fahrstuhlführer, Portiers. Kaufte alle sofort auf. Hatte ihn auch gekauft.

»Was ist denn los?«, fragte sie noch einmal.

Er hätte gern gesagt: Ich habe mich schon für alles Mögliche gehalten, habe mich als alles Mögliche bezeichnet, aber als Spielzeug, als Spielball einer reichen weißen Frau habe ich mich nie gesehen. Und selbst wenn die Sache zwischen uns vorbei wäre, aus, erledigt, lange tot und begraben, und auf dem Grab inzwischen gewachsen wäre, selbst wenn ich danach rausgekriegt hätte, wer du bist, würde ich mich noch fühlen wie reingelegt, benutzt, ein Spielzeug.

»Link! Du bist wütend. Was habe ich denn getan? Sag's mir.«

»Du hast gar nichts getan.« Er zog das Sakko aus, legte die handbemalte Bronzinikrawatte, das Hemd von Sulka ab. »Na los, komm ins Bett.«

»Warum führst du dich so auf?«, fragte sie leise.

Sie legte die Hand auf seinen Arm, und der süße Duft ihres Parfüms schien direkt aus ihrer Haut, ihren Haaren zu strömen, der Duft des nachts im Mondlicht blühenden Strauchs, ein Duft, der Bilder von Frauen mit runden Hüften und Kugelbrüsten und leuchtender Haut heraufbeschwor. »Sag mir, was nicht stimmt«, sagte sie.

»Ich habe gesagt, du sollst ins Bett kommen.«

»Was ist denn los? Lass uns nicht versauen, was wir hatten. Es war doch so schön und so wunderbar ...«

»Ist alles den Bach runter«, sagte er harsch, dann zwang er sie aufs Bett, innerlich rasend, jetzt wirklich wütend und seine Wut genießend, im Kopf den Gedanken: Überall, alles, sogar das Bett hier, die erste Nacht, die wir hier verbracht haben, das Bett, extra zur Verfügung gestellt von The Hotel für Leute, die zu weiche Matratzen für bequem halten, für den letzten Schrei des Luxus, und The Hotel weiß genau, dass diese Zimmer für Schäferstündchen genutzt werden, für den Vollzug verbotener Beziehungen zwischen Männern, zwischen Frauen, zwischen Männern und Frauen, für Vergewaltigung, für Verführung, wo Geschlechter sortiert und neusortiert werden, durcheinander geraten, nicht zusammenpassen, deshalb kassiert es Waldorf-Astoria-Preise für drittklassigen, viertklassigen Komfort, und nur eine Nacht später, oh Wunder des Reichtums, Wunder des Rüstungsgelds, Wunder des Erbinseins, nur eine Nacht später war das Bett, wie er flüchtig mitbekommen hatte, er war ja im siebten Himmel, im Zustand andauernder, wunderbarer Ekstase, plötzlich breiter und länger, ein Bett ohne Buckel und Kuhlen, nicht zu weich, ein Bett von einem Designer, der weiß, wie ein Bett sein soll. Ein Kingsize-Bett. Bettwäsche nach Wunsch. Decken nach Wunsch.

Ein Millionärsbett.

Und jetzt, dachte er, jetzt zahle ich es dir heim – dass du reich bist, dass du weiß bist, dass du Pagen besitzt, einen bestimmten Pagen namens Roland besitzt, den Ritter des Gepäcks, dass du seinen Namen kennst und dir merkst, dass du weißt, der Gepäckritter hat eine Mutter, dass du seiner Mutter hilfst mit deinem riesigen unausgebbaren unsagbaren Vermögen.

Vergewaltigen? Konnte er sie nicht.

Er zog hastig das Hemd wieder an, zerrte den Knoten in die Bronzinikrawatte, warf das Sakko über, das Sakko hatte sie ausgesucht und kaufen lassen (»Dann gehen wir beide in grauem Flanell.«), in einem schicken Laden auf der Fünfzigsten Straße, wo sie beide vom Personal beäugt wurden, mit spekulierenden Blicken, und anscheinend hatte es sich herumgesprochen, denn jedes Mal, wenn er hochsah, stand ein anderes Schafsgesicht mit Glotzaugen neben ihm, spekulierend, verwundert, fassungslos, bis er irgendwann das anscheinend ranghöchste Schafsgesicht angebrüllt hatte: »Hören Sie mal, Mister, ich bin kein öffentliches Schauobjekt. Jedenfalls noch nicht. Schicken Sie diese Schranzen woanders hin, ja?«

»Wo gehst du hin?«, fragte sie.

»Weißt du nicht, hat dir etwa nie jemand beigebracht, dass man einen Gentleman, der weggeht, der sich aus dem Staub macht, nicht fragt, wo er hingeht?« Er schob die Hände in die Taschen und lehnte im Türrahmen. »Also, damit du keine Zeit verplemperst und nach mir suchst oder dir Sorgen machst – weiß gar, ob du dir Sorgen machen würdest –, ich kippe jetzt ungefähr fünf Whiskeys, und dann steige ich in einen Zug nach Monmouth.«

Er fuhr nach unten in die Bar, trank Whiskey Soda, wider Willen, das Zeug schmeckte saumäßig, trank trotzdem weiter und fühlte sich, als wäre er längst betrunken, und zwar schon tagelang. Aber etwas hatte er geschafft, er verstand endlich, wie diese Bar funktionierte. Um die zu verstehen, dachte er, muss man am Rand vom Komasaufen sein. Die Leute kommen zum Trinken hierher, kommen hierher mit der Last der Erinnerung auf den Schultern, die Erinnerung hackt ihnen an den lebenswichtigen Organen herum, und wenn sie genug getrunken haben, genug von diesem bernsteingelben Zeug in sich reingeschüttet haben, dann kriegen sie eine Kapuze über das Viech und eine Kette dran, als wären Erinnerungen Falken.

Kapuze und Kette? Die zufette Frau da drüben, fünf Plätze von mir, selbe Farbe wie China, selbe Sorte Haut, gelblich, aber ungefähr fünfzig Pfund leichter, die kommt hierher, um eine Kapuze über den Erinnerungsfalken zu kriegen, sieht man an den Augen – das Weiße blutunterlaufen, der Blick bedenklich aus der Achse gesprungen, die klare korrekte Kieferkontur von weichen Fettröllchen verkleistert.

Die Frau sagte: »Mike«, und schob dem Barkeeper ihr leeres Glas hin. Der Barkeeper langte nach einer Flasche Cognac und schenkte das Glas voll. »Sie fangen ja früh an, Mrs. Cumin.«

»Muss sein.«

Ihre Stimme war barsch, flach, drängend, unangenehm im Ohr. Sie trank das Glas leer und schob es dem Barkeeper wieder hin, und Link dachte: Mrs. Cumin, wissen Sie nicht, was Sie da tun? Cognac am Nachmittag, Sie haben doch jetzt schon die meisten Säufersymptome, demnächst ruft jemand den Krankenwagen, und als erste verschwinden darin Ihr verkleckertes Kleid und Ihre kurzfingrigen wurstfingrigen Schmuddelhändchen und Ihre sehr hübschen Füßchen. Die Füße zuallererst. Er betrachtete ihre Haare, eigenartig rotbraun gefärbt, und dachte an Camilo, kein Gramm zu viel, aber auch nicht knochig, die Haare sauber, duftig, seidenweich, und ihr argloser klarer Blick.

Er dachte: Vielleicht irre ich mich. Nein. Konnte nicht sein. Er wusste noch genau, wie das gelaufen war. Sie wollten zum Abendessen bei Wormsley und seiner Frau, und vorher hatte folgendes Gespräch stattgefunden:

Camilo: Fast hätte ich deine Krawatte vergessen.

L. Williams: Krawatte? Ich habe doch eine um.

Camilo: Nicht die. Die hier. Die habe ich dir machen lassen. Passend zu meinem Kleid.

L. Williams: Mein Gott! Die kann ich nicht tragen. Ich habe im Leben noch keine grüne Krawatte getragen.

Camilo: Aber sie passt zu meinem Kleid. Und ich habe sie extra für dich machen lassen.

Die totale Identifikation, hatte er gedacht. Mit fünfzehn trug ich weiße Hemden, weil Bill weiße Hemden trug. Und jetzt soll ich eine grüne Krawatte tragen, weil sie ein grünes Kleid trägt – wie konnte sie –

L. Williams (Blick in den Spiegel mit umgebundener Krawatte, gebunden von ihr): Ich muss dich wirklich wahnsinnig lieben, Süße, dass du so was mit mir machen darfst. Ich sehe aus wie ne verdammte Schwuchtel.

Camilo: Tust du nicht.

L. Williams: Tja, so fühle ich mich aber. Ist dasselbe.

Er dachte: Eine Krawatte tragen, eine grüne Krawatte aus demselben Stoff wie ein weitschwingendes Dinnerkleid, oder weiße Hemden anziehen, weil der Gekrönte weiße Hemden anhat, oder einen Schwarzen in den Familienstammbaum schreiben wie Lena Wormsley, einen Schwarzen erfinden und in den Stammbaum schmuggeln, weil Mr. Wormsley schwarz ist. Die totale Identifikation – so sah er das, damals schon und heute – heute – Gigolo – Spielball – Spielzeug ...

Camilo (nach der Dinnerparty im Hotel): Ich wäre so gern auch farbig.

L. Williams (nicht mehr verdutzt, er kannte den Spruch): Kannst dir ja auch einen schwarzen Großvater erfinden wie Lena Wormsley.

Camilo (aufrecht im Bett sitzend): Diese Frau! Ich hätte die umbringen können. Die konnte die Finger nicht von dir lassen (finsterer Blick). Woher weißt du, dass sie einen schwarzen Großvater erfunden hat?

L. Williams: Hat Wormsley mir erzählt.

Camilo: Wann?

L. Williams: Was soll denn das Kreuzverhör? Achso, du denkst, ich hätte irgendwann mit Lena die Köpfe zusammengesteckt. Nein. Als wir zwei Gentlemen im Esszimmer saßen, nach englischer Art, und ihr zwei Ladies in des guten Doktors Salon wart, auch nach englischer Art, da –

Camilo: Warum hat sie das gemacht?

L. Williams: Wormsley sieht zwar aus wie irgendein fetter schwarzer Mann, aber im Herzen ist er Engländer, ein englischer Gentleman, ein viktorianischer englischer Gentleman, ganz genau gesagt. Deshalb ziehen sich die Ladies nach dem Essen in den Salon zurück, und die Gentlemen …

Camilo: Das meine ich nicht. Ich möchte wissen, wieso diese Frau behauptet, sie hätte einen schwarzen Großvater, wo sie unverkennbar weiß ist, unverkennbar Französin.

L. Williams: Lena Wormsley? Ein schwarzer Großvater? (im Predigerton) »Dein Volk ist mein Volk, und dein Gott ist mein Gott. Wo du stirbst, da sterbe auch ich, da will auch ich begraben werden. Der HERR tue mir dies und das, nur der Tod wird mich und dich scheiden.«

Schweigen.

Dann hatte er das Quiekgrunzen des Fahrstuhls draußen im Flur gehört.

Camilo: Ach, Link! (Gesicht an seine Brust gedrückt, sitzend) Wenn sie Wormsley liebt, warum fand sie dich dann so unwiderstehlich?

L. Williams: Nehmen Frauen sich nicht immer, was sie wollen, und hängen gleichzeitig an dem, was sie haben? Vielleicht ist das Sammlerinstinkt. Ich weiß nicht, was sonst. Sag du's mir.

Er hatte an Mamie Powther und Bill Hod gedacht. Mamie in der Last Chance, um fünf, im Winter, also schon dunkel, kalt draußen. »Mach mir 'n ordentlich steifen Drink, Bill«, die Wärme eines tropischen Landes in der Stimme. Same train. Same train be back tomorrer. Same train waitin' at the station. Dämmerung, noch nicht ganz dunkel, das Tageslicht schwindend, schwindend. L. Williams, der gerade aus der Last Chance gehen wollte, blieb stehen und sah Powther, eine eilende kleine Gestalt in scharfgebügelter Hose und hochglanzpolierten Schuhen, durch die Dumble Street huschen, sah ihm nach, war sicher, dass er die Taschenuhr aus der Weste zog und murmelte: »Du lieber Himmel! Du lieber Himmel! Ich komme zu spät!«, und gleich danach hinab in den Kaninchenbau entschwand.

Mach mir 'n ordentlich steifen, Bill.

Same train.

Frauen waren nicht kompliziert, kompliziert waren die Männer. Frauen waren simpel, elementar, geradeaus, urwüchsig.

L. Williams: Süße, hast du nie mit deinem hübschen linken Händchen die Leine gehalten, die du einem Mann angelegt hattest, und mit der hübschen rechten Händchen einem anderen Mann eine Leine angelegt?

Sie war rot geworden. Ein tiefes Rosarot hatte ihr Gesicht und ihren Nacken überzogen. Er hätte schwören können, dass ihr ganzer Körper die Farbe wechselte und blassrosa wurde.

Camilo: Ich lieb dich, lieb dich, lieb dich (seidige parfümierte Haare auf seiner Brust, unter seinem Kinn).

Und jetzt sagte Camilo: »Was trinkst du?« Sie legte ihm die Hand auf den Arm, und er fühlte sich überrumpelt, geschlagen von ihrer schönen klaren Gestalt, von ihrem Lächeln, von ihrem süßen Duft.

»Whiskey Soda. Auch einen?«

Die fette gelbe Frau im zuengen Purpurkleid warf ihm einen Blick zu, dann Camilo, dann wieder ihm, drehte ihnen demonstrativ den Rücken zu, und er entnahm ihrer

Handbewegung, Kopf im Nacken, dass sie das Glas in einem langen Zug trockengelegt hatte. Wieder sagte sie: »Mike«, und er dachte: Du fette Lady im Purpurkleid, bei dir hat's bestimmt auch Komplikationen gegeben, irgendwann in der Vergangenheit, einer nicht zufernen Vergangenheit. Mr. B. Hod und Mr. B. Franklin haben in vielem recht. Aber es gibt Schweregrade. Schweregrade.

»Nicht um diese Zeit, danke«, sagte Camilo. Dann leise und einschmeichelnd: »Ich möchte mit dir reden, Liebes.«

Ehefrauentadel. »Nicht um diese Zeit.« Die können nicht anders. Sanfter Ehefrauentadel.

Er schüttelte den Kopf. »Wenn wir reden, streiten wir. Aber das will ich nicht, komischerweise will ich nicht mit dir streiten, dabei wollte ich vor zehn Minuten nur eins, nämlich dir die Seele aus dem Leib prügeln. Und wenn wir wieder hochgehen, in diese Suite – ich fürchte, dann vergesse ich alle Gründe, es nicht zu tun. Weil du etwas sagen wirst, weshalb ich sie vergesse.«

»Na, komm«, sagte sie, nahm ihm das Whiskeyglas aus der Hand, stellte es auf die Theke, hakte ihn unter und führte ihn ohne Gegenwehr aus der Bar in die Lobby.

»Ach, Sie haben ihn gefunden, Mrs. Williams«, sagte der Fahrstuhlmann grinsend, triefend vor Freundlichkeit.

Schleimer, dachte Link, gekauft und bezahlt, bezahlt fürs Grinsen, der macht auch Kopfstand, wirft die Füße durch die Luft und gibt menschliche Geräusche von sich, für einen Vierteldollar, für einen Zehner, für einen Groschen.

»Ja, natürlich«, sagte Camilo und grinste zurück zu JohnRolandJoseph und die lange Reihe seiner gekauften und bezahlten Vorfahren, so freundlich und unbefangen, als wäre sie ihr Leben lang auf der Suche nach Männern, schwarzen Männern, großen schwarzen Männern – Plantagenböcken (Hengsten), guckedie Hüften, guckeder Rücken, guckeder Bimmel-Bammel –, als wäre sie ihr Leben lang auf der Suche nach farbigen Männern, mit denen sie nicht verheiratet war, die sie nie heiraten würde, denn sie war schon verheiratet mit einem netten jungen weißen Mann, als hätte sie Affen in Uniform, die Fahrstühle in abgeranzten farbigen Hotels in Harlem rauf und runter fuhren, ihr Leben lang erzählt, sie könne etwas nicht finden, habe es verloren, verlegt, und das war ein nichtweißer Gentleman namens Williams.

»Es heißt ja, wenn man sich anstrengt, findet man immer, was man will. Ich wusste, ich finde ihn, und da war er, in der Bar, und starrte in ein großes Glas Whiskey Soda.« Sie lachte. Leichtes, melodiöses, fröhliches Lachen. »Außerdem hast du gesagt, er sei in Richtung Bar gegangen.«

Alles ein netter, sauberer Spaß. Leichten Herzens. Fröhlich. Der Fahrstuhlmann JohnJosephRoland und seine lange Reihe gekaufter und bezahlter Vorfahren lachte noch immer und zeigte alle Zähne, einschließlich zwei goldenen im Unterkiefer, als er den Fahrstuhl im achten Stock anhielt, glatter Halt auf Anhieb.

Er schloss die Tür zum Wohnzimmer und blieb davor stehen. Schachpartie, dachte er, du bist am Zug. Aber eins ist mir an all dem ein Rätsel. Wie kannst du so arglos gucken? Wie können deine Augen noch immer diesen Ausdruck absoluter Aufrichtigkeit, Reinheit haben? Vielleicht bin ich gar nicht einer in einer langen Reihe, vielleicht ist deine Muskelknabenreihe noch im Aufbau, und ich bin erst der dritte oder vierte. Vielleicht liege ich völlig falsch. Vielleicht lebst du gar nicht mehr zusammen mit Captain Bunny Sheffield. Vielleicht hast du dich scheiden lassen. Das würde ich auch nicht erfahren. Von Schachpartien, die man in Nerzmantelkreisen so spielt, kriege ich ja eher nichts mit.

»Ich will jetzt sofort wissen, worum es hier geht«, sagte sie.

»Es geht um dich. Dich und dein Geld. Dich und wer du wirklich bist.«

»Mein Geld?«

»Ja. Die Treadway-Milliarden oder wie viel sonst das sind. Ich komme ins Trudeln oder bleibe stehen oder was immer Karussells machen, die man nicht mehr in Gang kriegt.«

»Ich kann doch nichts ändern an dem Geld, Link. Es ist nicht meine Schuld. Das ist nichts, was ich wegkriegen kann oder was ich geplant habe.«

»Natürlich nicht. Du bist bloß Modeexpertin und verdienst deinen Lebensunterhalt selbst, ja? Und du bist in mich verliebt, ja?«

»Ja, ich bin verliebt in dich«, sagte sie ruhig. »Und was das Geld angeht, nun ja, sobald die Leute rauskriegen, dass ich eine Treadway bin, sehen die nicht mehr mich. Die sehen nur Geld. Und entweder hassen sie das Geld oder sie lieben das Geld, aber nie mich. Das ist, wie wenn man mit einer festen Goldschicht überzogen ist, kein Mensch will wissen, was darunter ist, die können alle nichts mehr sehen als Gold vor ihrer Nase.«

Sie wartete auf eine Antwort, und fuhr fort, als er nichts sagte: »Bei dir ist es genauso. Allerdings reagieren die Leute normalerweise nicht mit Wut, wenn sie erfahren, wer ich bin. Sie hassen mich vielleicht, aber sie sind nicht wütend. Und das verstehe ich nicht. Warum bist du wütend? Ich bin derselbe Mensch. Ich bin wirklich und wahrhaftig verliebt in dich. Und werde es immer sein. Was ist jetzt anders? Ach, Link, lass uns nicht –«

Er fiel ihr ins Wort. »Und verheiratet bist du auch nicht, nein? Nur mal fürs Protokoll, Süße, warum lebst du noch mit ihm zusammen? Machst du vielleicht Notizen über uns für den Kinsey-Report?«

»Du bist furchtbar.«

Also war sie noch mit ihm verheiratet, lebte sie noch mit ihm zusammen.

»Ich bin noch nicht fertig –«

»Ich höre nicht mehr zu.«

»Doch, tust du«, sagte er.

Aber sie war zu schnell weg. Ging ins Bad und knallte die Tür zu, er hörte die Drehung im Schloss.

Er fuhr mit dem asthmatisch fiependen Fahrstuhl nach unten und dachte: Sogar im Bad konnte sie alles verbessern, verändern, kaufen. Das Wasser kam jetzt immer heiß aus der Leitung. Die fadenscheinigen dünnen Handtücher waren durch große dicke ersetzt worden. Kein Mensch käme auf die Idee, dass es dieselbe Suite war, komplett verändert, komplett hergerichtet.

Lass alles hinter dir, den Seidenpyjama und den Morgenmantel mit Brokatbesatz, das Porzellan und das Silber, die schweinsledernen Koffer und den Fernseher anstelle des alten Münzradios mit der exakt bemessenen Portion Dudelmusik, den grinsenden Portier und die Pagen und Fahrstuhlmänner, den einen, der mit Lottoscheinen hausieren ging, und den anderen mit den Goldzähnen, der immer einen Apfel und eine Birne auf einem kleinen Regal über seinem Kopf liegen hatte, diesen gottverdammten Obstesser.

Er ging durch die Lobby zum Empfangsschalter, er brauchte noch eine letzte kleine Information.

»Lass mich doch mal kurz ins Gästebuch sehen, Süße«, sagte er zu der jungen Frau hinterm Tresen, schräge Augen, getuschte Wimpern, braune Haut, die Bluse knusperfrisch weiß, sehr weiß, jungfräulich anmutend, sie selbst deutlich keine Jungfrau, wie auch.

Er stellte sich neben sie und wollte es sich selbst nehmen.

»Gäste dürfen das eigentlich nicht einsehen, Mr. Williams«, sagte sie, stand aber auf und langte nach dem Buch.

»Das ist schon in Ordnung, Süße. Hier«, er angelte einen Fünfdollarschein aus der Tasche. »Kauf dir ein Paar Nylonstrümpfe für deine hübschen Beine, wenn du mal wieder in Downtown bist.« Die junge Frau lächelte ihn an und suchte ihm den Eintrag für Williams im Gästebuch. Er lächelte zurück und dachte: Die sind alle käuflich, im Dutzend billiger.

Auf dem Bahnhof an der 125th Street musste er eine halbe Stunde auf einen Zug in Richtung New Haven warten. Er stand auf dem Bahnsteig oberhalb der Straße und lauschte dem fauligen, stinkigen Getöse von New York, röhrende Autohupen, donnernde Flugzeuge über dem Kopf, vorbeirumpelnde Züge, und dachte: Ein Wunder, dass die Leute, die hier wohnen, keinen Dauervibrator im Kopf haben. Doch, haben sie, sie wissen es nur nicht. Camilo lebt hier, in New York. Also hat sie auch einen Dauervibrator im Kopf. Das ist mit ihr los. Nein, mit ihr ist gar nichts los. Es liegt an mir.

Ich bin vor langer Zeit mit ein paar von Abbies altmodischen Moralvorstellungen bekleckert worden, und die kriege ich nie wieder weggewischt. Quatsch. Es liegt an dem Ehemann, an der schon länger und weiter andauernden Beziehung mit Captain Bunny Sheffield und gleichzeitig mit mir, das verpasst mir ein Etikett – SPIELZEUG-AUTOMAT. Wirf einen Vierteldollar in den Schlitz, und schon tanzt er eine halbe Stunde für dich.

Sie hat die Suite in The Hotel monatlich bezahlt. Jeden Monat bezahlt sie die, seit wir im Dezember das erste Mal hier waren. Ich dachte, ich hätte meinen Preis jeweils pro Tag bezahlt. Mache Kopfstand, werfe die Füße durch die Luft. Für einen Vierteldollar.

In den Nächten, in denen sie nicht bei mir war, habe ich von ihr geträumt, geträumt, dass sie neben mir liegt, das weiche warme nackte Fleisch, die Kurven, die süßen süßen Kurven zum Greifen nah. Gebe menschliche Geräusche von mir, für einen Zehner.

Vermutlich hat Captain Bunny Sheffield dasselbe geträumt, in den Nächten, in denen sie nicht bei ihm war.

In New Haven musste er noch mal eine halbe Stunde auf einen Zug nach Monmouth warten, ging in eine Bar und trank noch drei Whiskey, schnell hintereinander.

Mit jedem Schluck komme ich etwas mehr dahinter, dachte er. Stimmt, ich bin bekleckert mit ein paar von Abbies Moralvorstellungen, aber was ich davon noch an mir habe, ist nicht ganz die Originalsubstanz. Sie hat sich ein bisschen verändert, als sie mich traf. Falls ich je so weit komme, das alles wirklich zu verstehen, bin ich zu betrunken, um es zu erkennen. Mr. B. Hod wird sich wortgewaltig vulgär darüber auslassen, dass einer von seinen Angestellten besoffen bis zum Anschlag bei ihm aufkreuzt.

Er ließ die Taxis am Bahnhof in Monmouth links liegen. Taxis waren etwas für die Reichen, die Schweinereichen, die Reichen mit blassgelben Haaren und Nerzmänteln, die beim Kartenspielen schummeln. Er stieg in die Straßenbahn zur Franklin Avenue, genau die Straßenbahn, mit der er zur Arbeit bei den Valkills gefahren war, den anderen reichen weißen feinen Leuten, die er in sehr jungen Jahren kennengelernt hatte. In der Straßenbahn war er wieder da, wo er hingehörte, bei den Armen, den Knechten, den armen schwarzen Knechten.

17

»Ich will das Dingeldings«, sagte J. C. »Gib mir das Dingeldings. Mamie, du solls mir das Dingeldings gehm.«

»Was fällt'n dir ein, J. C.? Einfach so reinkomm und mich wecken.« Mamie Powther reckte sich, gähnte, setzte sich auf und dachte: Dingeldings, der meint Links Zigarettenetui. Sie sah sich im Schlafzimmer um, suchte nach etwas, das ihn daran erinnert hatte. Manchmal bekam sie heraus, warum er sich an etwas erinnerte, manchmal nicht. Er hatte in der Sonne auf dem Fußboden gesessen und mit dem Etui gespielt, als sie es ihm weggenommen hatte.

»Gib mir –«, fing er wieder an.

Sie lehnte sich an die Kissen, sank tief in die Kissen. »Ich geb dir gleich sonstwas, wenn du nich abhaust und mich ausschlafen lässt.«

»Ich will das Dingeldings«, winselte er.

»Tja, und das geb ich dir nich. Kapiert? Also geh jetzt, denn wenn ich aufstehen muss, damit du aufhörst, an der Bettdecke rumzuzerren, dann mach ich dich richtig müde. Du gehst jetzt runter und kuckst, ob die Crunch was zum Frühstück für dich hat. Hast du gehört? Und jetzt ab.«

Er warf ihr einen finsteren Blick zu, und sie fing an zu lachen, er sah genau aus wie Bill, wenn Bill einen auf echt Nigger machte.

»Du gehst jetzt, J. C.«, sagte sie, immer noch lachend.

«Hast du Kool-Aid, Mamie?» Er rührte sich nicht vom Fleck, starrte noch immer finster und kippte den runden harten Kopf zur Seite.

»Hol ich dir dein Brausepulver heut Nachmittag. Jetzt geh runter und hol dir dein Frühstück.«

Sie hörte ihn, stapf, stapf, stapf, die Treppe in den Flur hinuntergehen. Er stapfte immer ganz fest auf, als ob er Samenkörner ausgestreut hätte und sie mit den Füßen tief in den Boden trampelte. Kinder hatten keine Kontrolle über ihre Füße. Sie stampften durch die Gegend, als hätten sie Klumpfüße. J. C. konnte allerdings auch gehen wie Bill, wenn er wollte, wie eine Katze, die sich an ein Rotkehlchen anschleicht, und das Rotkehlchen merkt das erst, wenn die Katze es in den Pfoten hat. Sie schob die Kissen weg und blieb auf dem Rücken liegen, weder wach noch schlafend, mit geschlossenen Augen und dem Bewusstsein, dass die Sonne ins Zimmer schien, denn über ihren Lidern lag etwas Rotes.

Sie hatte heute nicht die Absicht, einen Finger zu rühren, wollte einfach faulenzen, sich gar nicht erst anziehen, sich nicht mal selbst etwas zu essen machen. Gleich würde sie sich Kaffee holen. Gegen fünf oder so würde sie rüber in Bills Laden gehen, sich einen Sandwich organisieren und mit Bill einen trinken. Powther würde zu Hause sein, heute Abend und morgen Abend auch.

Aber ich muss ja Brausepulver besorgen, dachte sie. Hab's J. C. versprochen. Wenn man Kindern was verspricht, machen die einen so lange madig, bis sie es kriegen. Kinder dagegen versprechen sonstwas und haben es genauso schnell wieder vergessen. Das läuft nie zweiseitig. Kool-Aid. Crunch regte sich immer auf, wenn sich J. C. etwas aus der Hand leckte. Einmal hatte Crunch gesehen, wie er Pulver aus einer Tüte schüttete, in seine Hand schüttete und dann ableckte, und war hocherhobenen Hauptes in den Garten hinten gekommen. »Mrs. Powther«, hatte sie gesagt, »was nimmt J. C. da gerade?«

Ich war am Wäscheaufhängen, ich hatte keine Ahnung, was sie meint, hab nur gesagt: »Nimmt?« Ich dachte, er hätte was von ihr geklaut, er klaut ja nicht wirklich, er schnappt sich bloß irgendwas schön Glänzendes, irgendwas, was aussieht wie Gold oder Silber, wegen all so blöder Märchen, die Powther ihm dauernd erzählt.

Crunch fragte: »Nimmt er Rauschmittel?«

Ich dachte erst, jetzt hat die 'n Verstand verloren, aber dann hab ich losgelacht, er stand genau hinter ihr im Garten und hat sich Brausepulver aus der Hand geleckt, und sie hat wohl gedacht, er schnupft Koks, mit dreieinhalb, also erklär'ch ihr das, aber sie kuckt bloß wütend und sagt: »Nun ja, davon hat er dann wohl diese merkwürdig grellrote Zungenspitze. Ich dachte schon, es wäre eine seltene Krankheit. Jedenfalls glaube ich nicht, dass das gut für ihn ist, was eine solche Farbe hat, kann gar nicht gut für seinen Magen sein.«

Da bin ich auch wütend geworden, hätt ich nicht sollen, ich hab gesagt: »Nun ja, Mrs. Crunch, ich hab drei Kinder, und die haben das Brausepulver alle geleckt und die sind alle gesund und waren nie krank, also würd ich mal denken, das zeigt, dass es ihrem Magen nichts tut. Außerdem, würd's hier im Land nicht überall verkauft. Und außerdem nehm ich mal an, ich verstehe mehr von Kindern als irgendwer, wo nie keins gekriegt hat.«

Ihr Kopf ist irgendwie nach unten gesackt, nur ganz kurz, dann hat sie ihn hochgerissen und mich angekuckt, wie sie das immer macht, so wie wenn irgendwas schlecht riecht, und ist wieder ins Haus gegangen. Und auf dem Weg ist sie wohl auch wütend geworden, jedenfalls hat sie die Tür zugeknallt.

Crunch ist anders als alle Leute, die mir je übern Weg gelaufen sind. Aber sie ist furchtbar gut zu J. C. Hoffentlich kriegt die nie raus, dass Bill so oft rüberkommt.

Sie schlug die Augen auf und lachte leise, fast unhörbar. Ein verrückter Kerl, Bill, ehrlich. Vorgestern Abend kommt er hier reingestürmt, als wär der Deubel hinter ihm her, aber als er wieder geht, sieht er aus wie 'n Engel, na ja, 'n ausgelutschter Halbziegenbock-Engel. Er war besser gebaut als jeder Mann, den sie je gesehen hatte, abgesehen von Link vielleicht, aber bloß, weil Link jünger war.

Link Williams. Sie hatte das Zigarettenetui noch. Sie hatte es völlig vergessen. An einem sonnigen Morgen genau wie diesem hatte sie im Bett gelegen, im Halbschlaf, genau wie jetzt, und das wandernde, wechselnde Sonnenlicht war ihr fast wie ein Blitz über die Lider gezuckt. Sie hatte sich hochgesetzt, auf den Ellbogen gestützt und umgesehen, und J. C. hatte unterm Fenster auf dem Fußboden gesessen, im Licht der frühmorgendlichen Sonne. So ein Schnuckelchen, hatte sie gedacht. Er sah mordssauber aus. Bestimmt hatte Powther ihn gebadet. Powther hatte Kinder am liebsten, solange sie klein waren und viel Pflege brauchten. Vielleicht war es auch Crunch gewesen. Crunch wusch ihn andauernd.

J. C. hatte gebrabbelt: »Alle Gold, da kam die Räubers und peng! peng! Du bis tot, du Bassatt.«

Er war beschäftigt, und das würde ihn ihr eine Zeit lang vom Hals und aus dem Weg halten, also konnte sie im Bett liegen bleiben, ohne sich zu rühren, halb träumend. Wieder ein Lichtblitz. Er spielte mit etwas, das in der Sonne glitzerte, in der Sonne aufblitzte. Was in aller Welt hat der sich geschnappt? Sie wusste noch, dass sie sich ganz aufgesetzt und die Augen aufgerissen hatte. Er brabbelte immer noch mit sich selbst, drehte irgendetwas um und um, legte es sich in die Hand, drehte es wieder, und wieder glitzerte und blitzte es.

»Die war alle Gold, alle Gold«, sagte er.

Hätte sie gefragt, was er da hat, er hätte es hinterm Rücken versteckt und wäre aus dem Zimmer geflitzt. Also stand sie auf und ging zu ihm, ohne dass er sie hörte, denn wenn Kinder so beschäftigt sind, sind sie wie blind und taub auf einmal. Gerade hatte J. C. das glitzernde Ding flach in der Hand liegen, und sie kam so leise dazu und schnappte es ihm so schnell aus der Hand, dass er vor Überraschung nur reglos dasaß und seine leere Hand anstarrte.

Dann hob er den Kopf, sah sie, sah das glitzernde Ding in ihrer Hand und fing an zu brüllen, ging auf sie los, grapschte nach ihren Knien, klammerte sich an ihre Beine und war so zornig, dass er nur noch schreien konnte. Dann keuchte er immer wieder nur eins: »Gib mir das, das' meins. Gib mir das, das' meins.«

Sie stieß ihn weg: »Hör auf«, sagte sie. »Du hörst jetzt auf mit dem Krach, J. C.«

Sie ignorierte den Krach und untersuchte, was sie da in der Hand hatte. Es war ein Zigarettenetui. Mit einem Monogramm aus Brillanten, die das Licht auffingen, und dabei blinkten die Steinchen in der Sonne und blitzten rot, grün, blau, gelb.

»L. W.«, murmelte sie. »Hat Link bestimmt von irgend'ne Frau gekriegt.«

Warum wusste sie auf Anhieb, wem es gehörte? Weil sie über ihn nachgedacht hatte, weil sie ihn gern mal, nur ein Mal, ein Mal würde reichen, ausprobieren wollte. Sie drehte das Etui immer wieder, schließlich legte sie es flach in die Handfläche, genau wie J. C. vorher. Dann klappte sie es auf und las die winzige Prägung: achtzehn Karat Gold, Tiffany & Co. Und nicht Brillanten. Diamanten.

»Morgenstund' hat Gold im Mund!«, hatte sie gesagt, »Diamanten!« Welche Frau ... J. C. war auf ihre Beine losgegangen, hatte sie fast aus dem Gleichgewicht gebracht, und sie hatte nach unten gelangt und ihm die Sitzfläche versohlt. »Du, J. C., du lässt das jetzt. Sei bloß froh, dass ich gute Laune hab, du, J. C. steh auf jetzt.« Und noch ein Klaps.

»Ich will dir mal was sagen. Du bleibst raus aus'm Zimmer von Link. Da hast du das Zigarettenetui doch her.«

J. C. hatte geheult, sie hatte sich gebückt, um ihm noch einen Klaps zu geben, aber danebengehauen und das Etui fallen lassen, sie musste hinterherrasen, bevor J. C. wieder drankam – solche Strapazen am frühen Morgen konnte sie gar nicht leiden –, dann hatte sie das Zigarettenetui aufs Bett gelegt, J. C. geschnappt und festgehalten und ihm eine geklebt.

»So«, keuchend vor Anstrengung, »und jetzt is Schluss.«

Sie wusste noch, wie er auf dem Boden gesessen hatte, im Schneidersitz, schweigend, den Daumen im Mund, dass er sie beobachtet und abgewartet hatte, wo sie das Zigarettenetui hinlegen würde, und mit den Augen ihren Blicken gefolgt war, als sie sich nach einem Versteck im Zimmer umgesehen hatte.

»Hast du gefrühstückt, J. C.?«

Er schüttelte den Kopf.

»Geh runter zu Crunch. Die muss langsam die zweite Tasse Kaffee intus haben, obwohl ich ja staune, dass die so'n Laster wie Kaffeetrinken hat, aber jetzt is die richtig gut drauf und gibt dir 'n paar Reste. Lauf los jetzt.«

Wahrscheinlich hätte sie ihn nicht so verhauen sollen, aber manchmal guckte er sie genauso an wie Bill, und der brachte sie auch oft in Rage, aber den Mumm, es ihm zu zeigen, hatte sie nie, wahrscheinlich bekam es J. C. dann ab. Sie war bis zur Tür mitgegangen und hatte ihn widerwillig den Flur entlangtrotten sehen, bis zur Vordertreppe, dann hatte sie die Schlafzimmertür abgeschlossen. Er konnte sich so leise bewegen, dass er manchmal im Zimmer war und hinter einem stand und man das erst merkte, wenn er etwas sagte. Sie wollte auf keinen Fall, dass er die Treppe wieder hochschlich und sie genau dann erwischte, wenn sie das Zigarettenetui versteckte. Eigentlich hätte sie es sofort zurückbringen und Crunch geben müssen, aber sie hatte so früh am Morgen keine Lust auf deren Heiligtuerei.

Sie wollte lieber irgendeines anderen Morgens mal aufwachen und so gut oder schlecht drauf sein, dass ihr egal wäre, was Crunch zum Thema Stehlen zu sagen hatte. Sie hatte also gedacht: Mal sehen, wo ich das am besten so lange aufbewahre, bis ich's wieder nach unten kriege, wo's hingehört. Wer könnte Link das geschenkt haben? Eine Frau, ja. Aber was für eine? Wie komme ich eigentlich auf die Idee, dass der irgendwo auf seinem Arsch sitzt und abwartet, dass ich mich an ihn ranmache? Und will ich mich überhaupt an den ranmachen? Klar. Link war bereit, willig und fähig, und wenn er sie sah, war immer eine Art Funkeln in seinen Augen, obwohl er ihr nur zunickte, komisch, dieses förmliche Nicken, es passte nicht zum Gesicht, passte nicht zu dem heillos verwirrten Blick, wenn er sagte: »Guten Abend, Mrs. Powther.«

Sie hatte das Zigarettenetui unter einen Stapel von Powthers Taschentüchern in der obersten Schublade der hohen Kommode geschoben, noch eine Weile dagestanden und die Finger über die Vorder- und Rückseiten der Amoretten auf den Griffen gleiten lassen und sich lächelnd an deren Rundungen erfreut. Powther mochte die Möbel nicht, die sie gekauft hatte. Konnte er gar nicht. Er mochte alles schlicht, unauffällig, sie dagegen mochte alles schrill, aufgetakelt. Sie hatte, immer noch lächelnd, einen Blick in die Schublade geworfen, auf die akkurat zusammengerollten Socken, Baumwollsocken in Grau, Baumwollsocken in Schwarz, die er selber wusch und, wenn sie trocken waren, zu diesen Bällchen rollte. Er hatte nur zwei Schubladen in der Kommode. In der anderen waren seine Hemden, vom Chinesen gemacht, zum Chinesen gebracht, jeden Montagmorgen, pünktlich wie ein Uhrwerk, und jeden Freitag wieder abgeholt. Powther hatte immer Pakete unterm Arm. Musste alles in Reih und Glied haben, alles zusammengefaltet, sogar seine altmodische Strickunterwäsche, diese, wie hießen die noch, Union Suits, sogar die wurden zusammengefaltet.

Sie hatte versucht, ihn zu kurzen Unterhosen und Unterhemden zu überreden, wie normale Menschen sie trugen, aber nein, dafür konnte er sich nicht erwärmen, es mussten diese komischen langen Strampelanzüge sein. Bill war der einzige Mann in ihrem Leben, der in Unterhosen gut aussah, er trug immer kurze, und er sah gut darin aus. Link Williams sähe bestimmt gut aus, nur in Unterwäsche.

Powther sah immer aus, als ob er in einen Schaukasten mit Etikett gehörte, wenn er Hemd und Hose ausgezogen hatte und im Strampelanzug dastand. Sie hätte am liebsten losgelacht, sie musste es sich immer verkneifen, weil sie seine Gefühle um keinen Preis verletzen wollte, er war ein so komischer, ernster kleiner Mann, und sagte schnell: »Los, los, Liebes, beeil dich und komm ins Bett«, denn sie wusste, wenn sie ihn weiter ansähe, würde sie wirklich loslachen und nicht mehr aufhören, und Männer konnten nicht ausstehen, ausgelacht zu werden.

Sie hatte beschlossen, dass die oberste Schublade ein sicheres Versteck war. Da kam J. C. nicht dran, außerdem war darin nichts für ihn Interessantes. Und sie würde Crunch das Zigarettenetui demnächst zurückbringen.

Jetzt fuhr sie über die Umrisse einer Weinrebe am Kopfende des Bettes, dicke runde Trauben, dann sah sie ihre Hand an und dachte: Ich muss mir die Nägel machen.

Gleich steh ich auf und mach mir die Nägel und koch mir Kaffee, und mit dem geh ich wieder ins Bett. Ob Powther wohl Kaffee gekocht hat, bevor er los ist? Macht er ja manchmal, manchmal auch nicht. Ich frag nie danach. Er weiß, dass ich morgens liebendgern im Bett rumtrödele, mit Kaffee, und dass ich es hasse, aufzustehen und mir Kaffee zu kochen, und ich hab das Gefühl, wenn er irgendwie sauer auf mich ist, dann kocht er einfach keinen.

Sie stand erst am späten Nachmittag auf. Sie zog sich in Ruhe an, mit Sorgfalt, ließ sich viel Zeit mit dem Make-up, musterte ihr Werk im Spiegel, drehte den Kopf hin und her und dachte: Hab schon schönere Gesichter gesehen, aber das ist nun mal meins und so schlecht ist es auch nicht. Dann holte sie das Zigarettenetui aus der obersten Schublade der hohen Kommode und steckte es in die Tasche ihres purpurroten Mantels. Der Mantel war ihr der liebste von allen, die sie besessen hatte. Er brachte ihre Figur wirklich zur Geltung, die Messingknöpfe überspielten sie leicht und deuteten gleichzeitig an, dass unter dem purpurroten Stoff ein Paar tolle Brüste waren.

Wenn Crunch außer Haus wäre, würde sie das Etui einfach irgendwo in Links Zimmer legen und nichts davon erzählen. Die Idee, Crunch das Etui wirklich demnächst zu übergeben und ihr zu erklären, dass J. C. es weggenommen hatte, war reiner Selbstbetrug, denn Crunch würde sie ansehen, als ob sie schlecht rieche, ihre Augen würden Funken sprühen und ihr Rücken so gerade, als hätte sie einen Bettpfosten verschluckt. Link Williams würde sie es auch nicht geben, Männer werden immer sauer, wenn jemand in ihren Sachen herumkramt, und Link sah aus, als ob es ihm schnell in den Fingern juckt, so wie Bill, er sah überhaupt aus wie Bill, nur jünger, brauner, aber die Augen und der Gang und dieser Haltdichtdaraus- Ausdruck – genau wie bei Bill.

Sie war angezogen und ausgehfertig, dann fiel ihr ein: Powther mag auch nicht, wenn jemand in seinen Sachen rumkramt. Also stapelte sie erst noch zehn Minuten lang Powthers Taschentücher zu akkuraten Reihen, alle Kanten ausgerichtet, und lächelte und summte bei der Arbeit. »Kuck an«, sagte sie am Ende, »wetten, ich könnte die Army noch was lernen über Sachenstapeln. Powther hätt's nich besser hingekriegt. Richtig hübsch.«

Sie ging über die Straße in die Last Chance, mitsamt dem Zigarettenetui in der Purpurmanteltasche, weil sie Crunch in der Küche herumlaufen und mit Töpfen und Pfannen klappern hörte. Sie dachte: Gut, dann hol ich mir jetzt was zu trinken und ein Sandwich, und hinterher geh ich in die Stadt und kauf mir 'n Paar grüne Wildlederschuhe, mit Stöckel, Zehen und Hacken offen, also Sandaletten, und 'n rot-weiß gestreiftes Kleid, eins aus Seide, weil der Frühling ist ja im Anmarsch, ich spür's in der Luft, noch ist es kalt, aber die Luft riecht frisch, und ich brauch sowieso was Neues zum Anziehen. Wenn ich dann zurückkomme, ist Crunch bestimmt weg.

Auf den ersten Blick war außer Bill niemand da. Er stand hinter der Theke und guckte böse wie Satan persönlich. Dann sah sie auch Old Man John the Barber, er hing an einem der Tische über dem Bierglas und guckte, als ob er sich selbst hasste. Er hatte eine mürrische Dauerfalte zwischen den buschigen Brauen, und sein Bart stand irgendwie ab, als ob er immer den Kiefer vorreckte, wodurch auch der Bart abstand. Sie nickte ihm zu und sagte: »Hallo, Babe«, zu Bill.

»Willst du was trinken?«, fragte Bill.

»Ja. Was Langes und Kaltes.«

Weak Knees steckte den Kopf aus der Küchentür. »Soll ich 'ne Platte auflegen, Mamie? Hab 'ne neue, die haut dich um.«

»Klar.«

Weak Knees legte die Platte auf und ging wieder in die Küche.

Sie achtete nicht auf die Tür zur Straße, denn der Drink tat gut, er war kalt im Mund und sickerte langsam warm durch die Adern, und die Platte in der Jukebox war besser als alles, was sie je gehört hatte, nicht zu schnell, nicht zu langsam, und der Vogel, der da sang, hatte eine irgendwie süße Stimme, mit einem Trällern, und sie überlegte, wer da sang, denn die meisten Männer konnten nicht singen, die versauten jeden Song, der hier dagegen konnte richtig singen, es war wie im Bett liegen, ausgestreckt, wartend, weil gleich etwas Gutes passieren würde, etwas sehr Gutes und sehr Wunderbares. Wie Bill Hod.

Sie sah sich Bills Kundschaft sowieso nie an. Es war eine raue hungrige Truppe, nicht schön anzusehen, nicht schön anzuhören, Dockarbeiter und Schiffsköche von den Öltankern, Polacken und Schweden und manchmal ein auswärtiger Nigger von irgendeinem Flusskahn, uralt, so überladen, dass er wirklich nicht mehr sicher war, zu viel Tiefgang, und die Kerle sahen aus und klangen, als ob sie von so einem Dampfer direkt hergekommen waren, nicht allzu sauber, und bloß ganz schnell was trinken, ganz schnell volltanken, ganz schnell eine Frau wollten. Jetzt drehte sie sich zur Tür, weil sich Bills Miene verändert hatte, nein, nicht die Miene, die Augen, sie wurden immer enger, waren nur noch Schlitze, und ihr lief ein komisches Kribbeln durch den ganzen Körper, eine Art Schauer, sie hatte immer Angst vor ihm, hatte Angst und war noch mehr fastverliebt in ihn als sonst, wenn er so guckte, wenn er diesen Ich-hab-dich-erwischt-im-Sack-und-schlag-dich-tot-Blick bekam. Denn den konnte er nicht verhehlen. Sein Gesicht konnte vollkommen nichtsagend bleiben, sein Blick nicht.

Sie drehte sich um, weil sie sehen wollte, wer durch die große Tür kam und Bills Miene so veränderte, und sah eine junge Frau, eine junge weiße Frau im Nerzmantel. Sie suchte jemanden, nicht Bill, ihn sah sie nur kurz an und gleich wieder weg, sah die ganze Theke entlang, sah kurz zu den Tischen, zu Old Man John the Barber, dann nach hinten. Weak Knees war aus der Küche gekommen und stand neben der Jukebox. Er fing wieder an mit seinen unheimlichen Handbewegungen, sie konnte nicht hören, was er sagte, aber sie las es an seinen Lippenbewegungen ab: »Hau ab, hau ab, Eddie. Gottverdammich, hau ab.« Dann schlich er wieder in die Küche.

Das war doch Links Mädchen, die Frau mit den gelben Haaren, die Frau im Nerzmantel, die, die Crunch die Treppe runtergeschubst hatte, und sie spürte, wie das Lachen in ihr hochstieg, wieder wie damals, und ermahnte sich: Fang bloß nicht wieder an zu lachen, sonst hörst du nicht mehr auf, du bist so blöd, du kannst nie mehr aufhören. Und wieso sollte ein weißes Mädchen überhaupt Link Williams kriegen? Bei den ganzen weißen Männern, mit denen die ins Bett steigen konnte, das war einfach nicht fair, dass die einem farbigen Mädchen die Chance klauen durfte, mit ihm zu gehen.

Die junge Frau benahm sich, als ob sie auf der Stelle umkehren wollte, sah sich aber um, als könnte sie sich nicht entscheiden. Dann ging sie zur Theke und sagte: »Scotch und Soda.«

Sie trank das Glas schnell aus. Immer wieder drehte sie den Kopf zum Fenster. Mamie fragte sich, warum. Da draußen gab es nichts zu sehen, bloß die Dumble Street, die Vorderseite von Crunchs Haus, den Türklopfer, na gut, man wusste, dass der da war, wirklich sehen konnte man ihn nicht im Halbdunkel, obwohl Crunch ihn ständig polierte, als wäre er aus Gold, die Haustürstufen und das

Eisengeländer. Bei den Stufen musste sie immer an Baltimore denken, da waren sie weiß gestrichen und wurden jeden Morgen von den Dienstmädchen geschrubbt. Hatte sie selbst gemacht, mit achtzehn, jeden Morgen Stufen geschrubbt, und immer wenn sie auf Händen und Knien hockte, kam ein weißer Typ vorbei, sie wusste, dass er weiß war, denn immer wenn er kurz vor dem Haus war, wo sie arbeitete, fing er an, den »Yankee Doodle« zu pfeifen, er pfiff und lachte, und sie lachte auch, weil sie sich vorstellte, sie sähe aus wie ein Elefant, so mit dem Hinterteil zur Straße, Stufen schrubbend, die vor Sonnenuntergang schon wieder dreckig wären, und schließlich kamen sie miteinander ins Gespräch, und sie hatte bald keine Lust mehr, jeden Morgen dieselben Stufen zu putzen, und zog zu ihm und blieb drei Jahre.

Sie wusste nicht, wieso er ihr jetzt einfiel, es war lange her, er war Schaffner bei irgendeiner Eisenbahn, sie wusste nicht mal mehr, wieso sie sich getrennt hatten.

Die junge Frau sah weiter aus dem Fenster. Nichts zu sehen außer Crunchs Türstufen und dem Eisengeländer an beiden Seiten, von hier aus betrachtet mit zugekniffenen Augen sah es aus wie eine Serie von Pimmeln, aber auf die Idee käme wahrscheinlich niemand außer ihr.

»Noch einen, bitte«, sagte die Frau.

Mamie sah sie scharf an und dachte: Die hat doch halb einen in der Krone. Hör ich an der Stimme – klingt, als hätte sie reichlich getankt. Und hängt jetzt hier rum, weil sie Link sucht. Dann sind die wohl aus'nander. Sie langte in die Manteltasche nach ihren Zigaretten, und stieß mit den Fingern an etwas Kaltes, Hartes, aber keine Zigaretten. Was hab ich mir denn eingesteckt, soll das heißen, ich geh mit ohne Zigaretten ausm Haus, wo Bill nichts mehr hasst, als wenn ich ihn um eine anhaue, mit Kippen macht er immer einen auf echt Nigger. Nein, hab sie dabei, ne volle Schachtel. Was is' n da noch? Das Zigarettenetui. Das hatte sie völlig vergessen. Sie hatte es ja in Links Zimmer bringen wollen, aber Crunch war zu Hause gewesen, und jetzt war es noch in ihrer Manteltasche, und das fühlte sich irgendwie komisch an, denn das musste ihm doch die Frau da geschenkt haben ... und die Frau sah direkt zu ihr ...

Weak Knees steckte wieder den Kopf durch die Schwingtür. Die Platte war zu Ende, und er sagte, etwas lauter als üblich, aber wahrscheinlich dachte er, dass die Platte noch liefe und er sich Gehör verschaffen müsste: »Sag mal, Mamie, willstn Schinkensandwich, wie ich dir und Link immer mache, was meinste, Mamie, willstn Schinkensandwich?«

Das Gesicht der jungen Frau sah plötzlich verknittert aus. Oh je, die is aber verliebt in Link, dachte Mamie, richtig verliebt, und ich dachte, die macht bloß mit ihm rum, ich muss was sagen, ich muss ihr erklären, wie Weak das eben gemeint hat. Der redet manchmal so'n Stuss. Das klingt ja, wie wenn ich und Link hier immer sitzen und Schinkensandwich essen, das stimmt doch gar nicht. Ich war bloß einen Nachmittag mal hier, um was zu trinken, und Link war auch da, hat die Bar gemacht, und Weak hat mir 'n Sandwich gebracht, und Link hat gesagt, das sieht aber gut aus, er will auch eins, und Weak ist wieder in die Küche, aber soweit ich weiß, hat Link das dann da gegessen.

»Willstn Schinkensandwich, wie ich dir und Link immer mache?« wiederholte Weak Knees.

»Klar«, sagte sie und wusste, dass es komisch klang und sie auch einen komischen Gesichtsausdruck hatte. Aber die junge Frau sah sie immer noch an, als könnte sie in die Tasche des Purpurmantels sehen, das goldene Zigarettenetui sehen, und Weak Knees redete so einfältig daher.

»Was bin ich schuldig?«, fragte die Frau.

Bill sagte: »Dreifünfzig.«

»Dreifünfzig?« Ihre Stimme klang schrecklich, waberig und fusselig. »Wie ...«, was immer sie sagen wollte, blieb offen. Sie legte einen Fünfdollarschein auf die Theke, einen nagelneuen Fünfdollarschein. Bill legte den Rest hin, fast geistesabwesend, und Mamie überlegte, ob er absichtlich den verdreckten verknitterten Dollarschein aus der Kasse gezogen hatte, jedenfalls legte er ihn betont achtlos hin, neben die fünfzig Cent.

Die Frau nahm den Schein und steckte ihn mit spitzen Fingern ins Portemonnaie, als ob sie ihn eigentlich nicht anfassen wollte, und ließ die Münze auf der Theke liegen.

Mamie wollte sagen: Um Himmels willen, Süße, steck die ein, du kannst da kein Trinkgeld lassen, kuck ihn dir an, du siehst doch, dass das kein Typ für Trinkgeld ist, springt ei'm doch direkt ins Auge, dass es dem in' Fingern juckt, steck das ein, Süße.«

Bill steckte die fünfzig Cent ein, in die Hosentasche.

Sie sah wieder zu der jungen Frau. Sie sieht krank aus. Sie sieht aus wie halb von Sinnen. Und hübsch ist die, hübsch ist die wie ein Filmstar. So hab ich mich noch nie gefühlt, nicht mal wegen Bill. Könnt ich glaub ich gar nicht. Ist ja 'n guter Typ und so, aber die haben alle dasselbe Ding zwischen den Beinen und die sind alle scharf drauf, es auf die eine oder andere Art rumzureichen, und ich kenne keinen einzigen, um den ich mich reißen würde, nicht mal Bill.

Sie sah der jungen Frau nach, die sehr langsam zur Tür ging. Es muss doch was geben, was ich sagen könnte. Warum sag ich das nicht einfach. Ich könnte sie zurückrufen und ihr erklären, es ist nicht so, wie's geklungen hat, aber kann sich dieses Mädchen überhaupt an mich erinnern, an mich erinnern? Nebel. Nebel so dicht, dass die Straßenlaternen nicht durchdringen. Die Dumble Street still bis auf das Nebelhorn. Crunchs Haustür offen, Licht aus dem Flur ein Stückchen in den Nebel hinein, und Crunch schubst genau dieses Mädchen die Treppe runter. Drau-ßen Nebel. Nebel. Crunch, schubst das Mädchen die Stu-fen runter, eine junge weiße Frau im Nerzmantel mit nichts drunter, und ich muss lachen, ich kann nicht an-ders, ich lache darüber, was Crunch für'n Gesicht macht.

Crunch im Flur, in Nachthemd und grauen Filzlatschen und einem alten grauen Bademantel, Gretchenzöpfe, weiße Gretchenzöpfe, die nach vorne fallen, als sie sich bückt und dem Mädchen den endgültigen Schubs ver-passt: »Aus meinem Haus, raus aus meinem Haus.« Und ich steh da und lache, lache, lache, weil Crunch aussieht wie Leute, die mitten in der Nacht aufwachen, weil un-term Bett 'n Tiger liegt, dann schmeißt Crunch noch ein paar Klamotten aus der Tür und steht da und glotzt raus, kuckt den ganzen Bürgersteig lang. Dann knallt die Tür zu, das Mächen zieht ihre Schuhe an und ich hab nicht mehr gelacht weil's so kalt ist da kriegt man ja Lungenentzün-dung und das Mädchen bibbert und zittert und ich weiß noch genau was die für'n Gesicht gemacht hat, da bei Crunch im Flur, in dem Licht, war gut zu sehen, dass die noch nie irgendwo rausgeflogen ist, niemals, nirgendwo.

Sie räusperte sich. »Ähm, Miss –«, fing sie an, die Stimme zu heiser, die Stimme zu dunkel für Reichweite, die Stimme zu leise, um der jungen Frau ans Ohr zu drin-gen, das wusste sie, schon während sie es sagte, und sprach trotzdem nicht höher, nicht lauter.

Weshalb die junge Frau weiter geradewegs zur Tür ging, durch die Tür verschwand. Ich könnte sie einholen, draußen auf dem Bürgersteig, ihr sagen, dass Weak bloß was schief erzählt hat. Jetzt geht sie die Dumble Street lang, Kopf hoch, gerader Rücken wie bei Crunch.

Die war zugedröhnt wie 'ne Koksnase, hab ich doch an den Augen gesehen, an den großen Pupillen, und wie der Mund gebebt hat, wirkt dann ja alles größer, lauter, Geräusche, Gerüche, wie sich was anfühlt, alles übergroß. Licht tut in den Augen weh. Wahrscheinlich hat sie was in meiner Stimme gehört, was gar nicht da war, und ist sicher, dass ich heiß auf Link bin und er auf mich. Woher weiß ich das? Sieht man am Gesicht, sieht man daran, wie es verknittert ist, als Weak von mir und Link und Schinkensandwichessen geredet hat. Sie glaubt, Link und ich – ich muss die einholen und ihr erzählen. Ahh, sie ist weiß. Geht mir Arsch vorbei.

»Gib mir noch einen, Bill. Und wo bleibt das Schinkensandwich?«

Die kriegen das schon klar, Link und das Mädchen. Ein reiches weißes Mädchen. Sie braucht keine Hilfe nich. Link muss es ihr angetan haben, ein für alle Mal. Hab immer gehört, wenn sich 'n weißes Mädchen 'n farbigen Burschen geangelt hat, gibt sie den nich mehr her, dann ist die bis in alle Ewigkeit heiß auf den und hinter ihm her.

»Wo is eigentlich Link?«, fragte sie.

»Kanada. Zwei Wochen.«

»Bei dem Wetter?« Frühlingsduft lag in der Luft, aber vielleicht dachte sie das nur, weil sie neue Klamotten haben wollte, denn draußen war es kalt, und es lag noch eine Menge Schnee.

Bill zuckte die Schultern. »Vielleicht kühlt er da mal runter. In 'ner Schneewehe.«

Kanada, überlegte sie. Der ist also auch ziemlich heiß gewesen.

Bill sagte: »Irgendwer muss der kleinen weißen Schlampe mal sagen, sie soll hier wegbleiben. Die sitzt jetzt den fünften Abend hier.«

»Hab's ihm gleich gesagt.« Weak Knees kam mit dem

Sandwich und stellte es auf die Theke. »Hab ihm gesagt, wenn 'n Mann unbedingt ne weiße Schnecke bumsen muss, dann muss er in' andres Land ziehn, irgend'n Land, wo den' so was total egal is. Hau ab, Eddie, hau ab.« Er stieß den Ellbogen durch die Luft.

Old Man John the Barber gab ein Grunzen zur Einleitung von sich, hob den Kopf, warf einen Blick zur Tür und erklärte: »Sag der mal, die soll in ihrm eigenen Revier auf Jagd gehn, Bill. Sag der, die soll den Laden hier nich mehr mit ihrm Parfüm vermiefen. Sag der, die soll nicht mehr hier vorm Fenster ihre geilen langen Beine ausm Auto und wieder rein schwenken. Für wen hält die sich?«

Mamie hörte zu und dachte: Wegen ihr plappern die mit sich selbst wie 'n Haufen alte Weiber. Keiner hört dem andern zu. Ich will hier bloß in Ruhe ein trinken, is der schönste Teil vom Tag, und prompt renn ich in die Ausläufer von andrer Leute Wirbelsturm, und wenn ich eins nicht ausstehen kann, dann 'n Haufen Mist über wer schläft mit wen, als ob das irgendwen irgendwas ausmacht.

»Was will'n Link in Kanada?«, fragte sie. Irgendwie gruselig hier drin, wie wenn man mal abends zu Hause ist, wo's regnet und man muss zu Hause bleiben, allein, aus irgendeinem Grund, und das Radio geht auch nicht und man sitzt bloß rum und hört den Regen gegen die Fenster klatschen. Gruselig.

»Versucht sich das Genick zu brechen, auf irgendner verdammten Skischanze.« Bill sah weiter aus dem Fenster.

»Wozu das denn?«, fragte sie, einfach um weiter über etwas anderes zu reden als dieses weiße Mädchen mit dem weggerutschten Gesicht, und auch noch hübsch. Und jung.

Barber hob wieder den Kopf. »Is auch bloß einer von diese Jungspunde, wo keine Gelegenheit auslassen, sich's

Genick zu brechen, die wolln immer wieder rauskriegen, ob das wirklich bricht. Weiß man, wenn man die zuhört und ankuckt. Weiß man von dem sein hochtrabendes Gequatsche. Der quatscht so, dass man ja nicht versteht, was er meint, weil er immer noch rauskriegen will, wann's ihm das Genick bricht. Wenn der mir weiter so Quatsch erzählt, dann bring ich ihm mal bei, was er wissen will, ich zeig ihm, wie sein Genick ...«

Mamie dachte: Ich muss hier sofort raus, bevor die noch anfangen sich zu prügeln. Sie sagte: »Und, hast du mal versucht, dir deins zu brechen, Barber?«

»Nicht seit ich sechzehn bin. Sich's Genick zu brechen versucht man nur, wenn man jung is und ein' der Hafer prickt.«

»Du bist nicht alt, Barber«, sagte Weak Knees.

»Neun Jahr älter wie Gott«, brummelte der Alte und griff nach dem Bierglas.

Weak Knees musste wieder mit dem weißen Mädchen anfangen. »Jede abgeranzte Hure macht's einem besser. Keine Komplikationen. Hab ich ihm gesagt, ich sag, Gottsnahm, Sonny ...«

Mamie ging, war schon draußen, bevor sie die Messingknöpfe des Purpurmantels zugeknöpft hatte, und musste sie da zuknöpfen, auf dem Bürgersteig, wo ihr der Wind vom Fluss ins Genick pfiff, und dachte wieder: Wegen ihr plappern die mit sich selbst wie 'n Haufen alte Weiber, hätte ich bloß nicht, nun ja.

Crunch war immer noch zu Hause. Sie hörte sie unten herumlaufen, hörte sie mit jemandem reden, hörte J. C.s Stimme, er antwortete auf etwas. Ich lass das Etui in der Manteltasche und bring's in Links Zimmer, demnächst, wenn sie weg ist.

Für wen hält die sich? hatte Old Man John the Barber gesagt. Damit war er dichter am richtigen Punkt als die beiden anderen. Ich werd Powther heut Abend was Besonderes kochen, wo sind überhaupt diese kleinen Teufel Shapiro und Kelly. Wetten, die sitzen im Filmhaus. Na ja, müssen die Zeit ja mit irgendwas rumkriegen.

Sie machte den Herd an und legte los, mit dem Geschick und dem Tempo, die nur von langer Praxis kommen. Es war zwar schon spät, aber wenn Powther und die Jungs nach Hause kamen, würde das Essen fertig und der Tisch gedeckt sein, ganz als wäre sie die Art Hausfrau, die lange im Voraus plant, was sie kocht, und den ganzen Tag zu Hause in der Küche steht.

»Himmel, nein«, sagte sie plötzlich. »Hab doch glatt J. C.s Brausepulver vergessen.« Sie zog den Purpurmantel wieder an und lief die hintere Treppe hinunter, in sich hinein lachend und so schnell, dass ihr der lange weite Mantel um die Beine wirbelte.

18

Er steckte seinen Schlüssel in die Haustür der Dumble
Street Nr. 6 und stellte seine Taschen im Flur ab. Es war
gut, wieder zurück zu sein. Zwei Wochen auf einer langen
Skipiste in den Bergen waren genug. Nach zwei Wochen
im wie Gneis in der Sonne glitzernden Schnee, mit blau-
purpurnen Schatten von Bäumen im Schnee und Wind im
Gesicht, kaltheiß wie eine neunschwänzige Katze, war es
gut, in einem Haus zu sein, in dem es warm war und nach
Bohnerwachs und Zitronenöl roch; es war gut, da zu sein,
wo das Glitzern eines Stocks mit Goldgriff und der Glanz
eines Seidenhuts auf einem Hutständer gleich neben der
Tür den Ton vorgaben, einen einstimmten auf den ge-
spucktundgeputzten Flur, die breit geschwungene Treppe
und die genauso, nur im Kleinformat geschwungenen
Beine und Rückenlehnen zweier viktorianischer Sessel.

Abbie sagte: »Wer ist da?« Mit leicht zitternder Stimme.
»Wer ist da? Ist da jemand?«

Er dachte betreten: Ich bin hier reingeflattert wie eine
Brieftaube. Hatte völlig vergessen, dass ich gar nicht mehr
hier wohne ... seit dem Abend ...

»Ich bin's, Miss Abbie«, sagte er. Er ging zum Wohnzimmer, dachte: In ihrer Stimme steckt alles, die Angst, dass
unterm Bett Räuber lauern, die Angst, dass vorm Fenster
plötzlich mongolische Horden (ich habe nie rausgekriegt,
warum Mongolen und warum die immer in Horden angreifen) auftauchen, die Erwartung einer Katastrophe, deretwegen sie immer die silberne Butterdose und die silberne Kuchenschale versteckt, die mit den Weintrauben

drauf, wenn sie länger als eine Stunde oder so aus dem Haus geht. Deshalb prüft sie mindestens drei Mal, ob alle Türen und Fenster wirklich fest verschlossen sind.

Einmal hatte sie den Hausschlüssel verloren, und ich musste zur Franklin Avenue sausen und den Tischler Penfield holen, weil der hoffentlich irgendein Schloss aufhebeln konnte und wir wieder ins Haus kamen. Penfield ging ums Haus herum, klopfte ständig mit dem Schraubenzieher an den Overall, probierte es an Türen und Fenstern und murmelte: »Ist dicht wie ne Festung.« Dann drehte er sich zu mir: »Sag mal, bist du sicher, dass sie verheiratet ist? Die hat das Haus genauso verrammelt, wie alte Jungfern ihrs verrammeln.« Er probierte es am nächsten Fenster, hinten. »Himmel«, sagte er, »man möchte meinen, die hat Goldbarren im Keller. Alte Jungfern verrammeln das Haus aus lauter Angst, vergewaltigt zu werden, selbst mit neunzig noch, sitzt denen im Kopf. Aber du sagst, sie ist verheiratet. Die muss doch Goldbarren horten.«

Sie saß auf dem schmalen viktorianischen Sofa im Wohnzimmer. J. C. Powther saß neben ihr. Vor ihnen stand ein Kartentisch, darauf Bücher und Papier, ein Tintenfläschchen und ein Füllhalter. Sie ist doch ein stoisches altes Mädchen, sitzt da rausgeputzt wie eine Herzogin, in diesem grauen Kleid mit den noch dunkler grauen aufgedruckten Blättern, die weißen Haare auf dem Kopf getürmt, den Kopf nach oben gereckt, die goldene Kette um den Hals, neben sich diesen kleinen Straßenstrolch, und sie wahnsinnig vor Angst, aber das erkennt man nur an ihrer Stimme, in den Augen keine Spur davon.

»Link!« rief sie. »Du weißt ja nicht, wie sehr du mir gefehlt hast.« Die Stimme noch immer leicht bebend. »Ich dachte, ich hätte jemanden kommen gehört, aber ich war nicht sicher. Seit dem Abend …«, die Stimme langsamer, stockend, »… dem Abend, an dem du weggegangen bist«, die Stimme jetzt wieder fest, »höre ich einen Schlüssel, der sich im Schloss dreht.

Ich wache auf und denke, ich hätte deinen Schlüssel gehört, denke, ich hätte dich den Flur entlanggehen gehört. Dann stehe ich auf und sehe nach. Aber nie war jemand im Flur. Ich hatte es mir einfach eingebildet. Ich wollte dich einfach unbedingt wieder hier haben. Ich hatte ja keine Ahnung, wie leer ein Haus sein kann, bevor du weg warst.«

Sie ist mehr als stoisch, dachte er, sie ist eine der letzten aus der Gattung Lady. Sie wird nicht mal je durchblicken lassen, dass ich sie total brüskiert habe, ihren Moralkodex verletzt, sie unverzeihlich gekränkt.

»Es tut mir wahnsinnig leid«, sagte er vorsichtig. »Das alles tut mir leid. Ich muss dich um Entschuldigung bitten. Ich habe irgendwie übersehen, dass du auch einen Standpunkt hattest und dass –«

»Ich will deine Entschuldigung nicht«, sagte sie schnell. »Ich war mehr im Unrecht als du oder …«, wieder stockte ihre Stimme, »… oder sonst jemand.«

Sie kann die Frau immer noch nicht erwähnen. Gut, das ist auch vorbei, also spielt es keine Rolle. Er bückte sich, küsste sie auf die Stirn und dachte an Camilo, an das Parfüm, das sie immer an sich hatte, das Seidig-Weiche ihrer Haare, die Farbe, und wusste nicht, was ihn jetzt an sie erinnert hatte. Nicht Abbies Haare, seidenweich wie die von Camilo, nicht der saubere frische Duft von Abbies Eau de Cologne. Es ist ihre Art zu sitzen, mit diesem geraden Rücken, Kopf hoch. Camilo sitzt genauso.

Als er sich wieder aufrichtete, sah er, dass J. C. ihn anstarrte. Er sagte: »Wie geht's, Kumpel?«

J. C. zwinkerte kurz und starrte weiter. Er schien Links Hals und Nacken genau zu betrachten.

»Ich bringe J. C. gerade das Alphabet bei«, sagte Abbie und klopfte auf eine von J. C.s Schmuddelhänden.

»Ja?«, sagte Link unverbindlich, dachte aber: Sein Kopf sieht derart rund und hart aus, ich glaube, nicht mal du kannst ihm irgendetwas beibringen. Vermutlich kann eher er uns beiden Sachen beibringen, von denen wir keine Ahnung haben und nie gehört haben, nicht mal im Traum. Was zum Teufel sieht der an meinem Hals, was ihn da so hinstarren lässt?

»Mamie sacht, du probierst was Neues aus für das Genick zu brechen. Isses gebrochen?«, fragte J. C.

»Bis jetzt nicht, Alter.« Also das war es. »Woher weiß Mamie denn, dass ich mir das Genick brechen will?«

»Hat sie von Bill. Mamie sacht, das weiße Mädchen sucht immer nach dir, drüben bei Bill, sie sacht, wenn das weiße Mädchen bei Verstand is, geht sie da nich mehr hin. Bill mag nich, wenn die da reinkommt und –«

»J. C.!«, sagte Abbie streng. »Schluss jetzt. Du sollst nicht nachplappern, was du gehört hast. Das habe ich dir schon so oft gesagt.«

»War meine Schuld, Miss Abbie. Er hat sich nur Mühe gegeben, eine Frage zu beantworten.« Camilo sucht nach mir? Warum? Vielleicht hat sie den Muskelknaben Nr. vier noch nicht gefunden. Gott steh ihm bei. Und Gott strafe ihn.

»Bin noch nich fertich«, sagte J. C. »Dann hat Mamie gefragt wo du bist und Bill hat gesagt du probierst alles Mögliche für dein Genick zu brechen. Und Old Man John the Barber hat gesagt du probierst alles Mögliche bloß zum Rauskriegen ob das wirklich bricht oder nich weil du bis noch jung. Er sacht, wenn er noch mal den komischen Quatsch hörn muss den du die ganze Zeit redest dann bricht er's dir. Er sacht tags hält er das aus aber wenn du abends auch in Bill seim Laden bist dann hält er's nich aus.«

Abbie sah J. C. an, dann Link, weil Link lachte. »Manchmal verstehe ich nicht ein Wort, was er sagt. Es ist gerade, als ob er in einer anderen Sprache spricht. Was hat er denn so Komisches gesagt?«

»Er hat ein Gespräch in der Last Chance nacherzählt, bei dem Bill Hod zu Mamie Powther gesagt hat, dass ich in Quebec bin und eine Skischanze ausprobiere.« Halt mal, Augenblick, ermahnte er sich, wir wollen hier lieber schnell das Thema wechseln, Abbie wird sich das früher oder später im Kopf zurechtlegen und sich wieder aufs hohe Ross setzen, bloß weil Mamie Stammgast in Mr. Hods Lasterhöhle ist.

»Kannst du schon ein ›A‹, Alter?«, fragte er J. C.

»Bin gar kein Alter«, kam kiebig zurück. »Kann schon alle Buchstahm. Aber ich bin noch nich fertich. Hab noch nich erzählt, was Weak sacht.«

»Lass es, Alter, lass es«, sagte Link schnell. »Dann bis später, Miss Abbie. Ich geh mal über die Straße und seh zu, dass ich einen Platz am Pokertisch kriege.«

»In Ordnung, Liebes«, sagte sie. »Komm nicht zu spät wieder.«

Das ist die Revolution, dachte Link. Wir haben unseren Text verpatzt, oder das Drehbuch ist umgeschrieben worden. Sie müsste sagen: Diese Pokerrunden, dieser Mann da, du kommst immer so spät wieder, allein im Haus, höre Geräusche, da geht jemand durch den Garten hinten, stolpert über den Mülleimer, zieh lieber einen Mantel an, die Dumble Street ist nicht sicher, Leute erstochen, überfallen. Damit ich dann sagen kann: Kenne hier jeden ein paar Blocks im Umkreis, ist sicher auf der Dumble Street, so sicher wie in der Kirche, mein Kiez.

Er änderte seine Abgangszeile. Er sagte: »Keine Bange, Liebes, und tätschelte ihr die straffe reine braune Wange. »Ich muss heute Abend noch ein paar Kleinigkeiten erledigen. Wenige und winzige. Und die sind leicht zu erledigen.«

Er hörte Lachen von der Straße, Mädchenlachen, fröhlich, melodiös, so hoch, dass es bis ins Wohnzimmer drang. Auch Abbie hörte es, denn sie sah ihm ins Gesicht, als wollte sie etwas fragen.

Sie möchte wissen, was aus der Frau geworden ist, aber danach würde sie nie fragen. Ich könnte auch sowieso nicht antworten. Ich habe keine Ahnung, es wäre mir auch am liebsten egal. Ist es aber nicht.

Er ging aus dem Haus, blieb auf Abbies Stufen stehen und betrachtete die Dumble Street. Ein paar Mädchen schlenderten Arm in Arm, er hörte ein Lied von einer Männerstimme, fing einen Hauch Parfüm auf, Rasierwasser. In allen Häusern brannte Licht. Er sah Schattenrisse von Frauen, die sich hinter den erleuchteten Küchenfenstern im Nachbarhaus hin- und herbewegten. Donnerstagabend. Das Tempo der Straße war nicht so schnell wie samstags, die abendliche Musik der Straße leiser, langsamer, denn heute hatten die Dienstmädchen frei, die Köche frei, die Haushaltshilfen frei, das heißt, es war ein Balzabend. Fast acht, bald wäre die ganze Dumble Street unterwegs ins Kino. Zu zweit. Und hinterher nach Hause. Auch zu zweit. Oder zu eint, wie L. Williams.

Aus der Last Chance kam nur verhaltenes Donnerstagabendgeräusch. An der Theke trank eine Reihe Jungs, nicht heftig, gesellig. Sie wirkten extrasauber, extrageschrubbt.

Wertham, der Abendbarkeeper, ein großer dunkler junger Mann, hob die Hand zum Gruß, als er Link sah, und sagte: »Hallo, Jackson.«

»Hallo, Johnson«, antwortete Link. Früher hatten sie sich gegenseitig mit »Hallo, Hengst« begrüßt. Jetzt nicht mehr. Nicht seit dem Abend, an dem Camilo Williams aufgekreuzt war und nach L. Williams gefragt hatte.

»Wo ist denn der Boss?«

»Im Büro, Jackson.« Wertham grinste. »Das Friedenswunder nach Father Divine.«

»Allmächtiger! Was hat er denn gegessen?«

»Weiß nich. Vielleicht tröpfelt ihm Weak Salpeter aufs Essen. Jedenfalls hat er volle sechs Tage lang keinem mehr 'n Kopf abgerissen. Vielleicht hebt er sich für dich auf«, sagte Wertham hoffnungsvoll.

»Na, hoffentlich nicht, Johnson. Meiner reißt nicht mehr so leicht wie früher.« Er wandte sich ab und sah zu Old Man John the Barber. Der Alte war bei seinem Lieblingsspiel, aus dem Fenster starren und vorbeigehende Mädchen begaffen. Er sagte: »Wie geht's, John?«

Barber sah ihn an, finster, kurz und gleich wieder weg.

»Nicht so eilig, Barber«, sagte Link. »Guck.« Er reckte den Hals zur Besichtigung, beugte sich vor und blies dem Alten halb singend, halb sprechend ins Ohr: »Oh de muscle bone connected to de shoulder bone; and de shoulder bone connected to de neck bone; and de neck bone still connected to de head bone; cry-in', didn't it rain, chil-lun, mah Lord, didn't it rain?« So schnell, dass es klang wie Kauderwelsch.

»Ähh!« Der Alte schnaubte verächtlich.

Von wegen Friedenswunder, dachte er, als er bei Bill durch die Tür schaute. Wetten, wenn ich im Jahr 2000 hier reinkäme, säße der auch noch so da, Füße auf dem Tisch, weißes Hemd, Ärmel hochgekrempelt, Kragen offen, und die Haare wären immer noch schwarz, und er hätte ein Paar braune Spiegelglanzschuhe an und die Schreibtischlampe wäre nicht auf ihn gerichtet, sondern so geschwenkt, dass sie jeden blendet, der durch die Tür kommt.

»Wie geht's, Boss Man?«, sagte er und trat aus dem Licht.

»Himmel«, sagte Bill, »ich hab schon gedacht, wir brauchen Bluthunde und einen Suchtrupp.«

»Donnerstag, weißt du nicht mehr? Ich habe gesagt, ich bin zwei Wochen weg. Zwei Wochen sind rum, Kumpel. Haargenau.«

»Ja. Aber woher soll ich wissen, dass du dir nicht das Genick gebrochen hast?«

»Du und J. C. Powther und der Bastard Barber«, sagte Link gereizt. »Macht doch 'ne Wette auf damit.«

»Ich wette nicht auf bekloppte Hurensöhne«, konterte Bill. »Sonst wär ich in vierundzwanzig Stunden raus aus dem Geschäft.« Er legte die Beine übereinander, sodass ein brauner Hochglanzschuh höher ragte als der andere und praktisch sein Gesicht verdeckte.

Gläserklirren von der Bar. Stimmen. Musikfetzen. Donnerstagabendruhe. Wunderfrieden zerdeppert und in kleinen Splittern über den Büroboden verstreut.

»Hunger?«, fragte Bill jovial.

»Joh. Könnte 'n ganzes Pferd essen. Geschmort, gebraten oder frisch vom Baum gepflückt.« Doch wieder Frieden.

»Weak hockt im Kino. Aber er hat genug Filet Mignons im Kühlschrank, um sogar dich satt zu kriegen. Komm mit in die Küche, ich mach dir was.«

Nach dem Essen sagte Link: »Boss, du spielst zwar nicht in einer Liga mit Weak, aber du kochst verdammt gut. Hab zwei volle Wochen nicht mehr so ein Essen gekriegt.«

»Hab mir gedacht, dass du knurrst wie'n Menschenfressertiger, weil du 'n leeren Magen hast.«

»Und das war ungefähr achtzig Prozent richtig.«

»Sonny …«, fing Bill an, hörte aber gleich wieder auf.

Jetzt geht's los, dachte Link. Gleich erklärt Pappa dem Junior mal die Tatsachen des Lebens, was weiße Frauen und farbige Gentlemen betrifft.

Er irrte sich. Bill langte in die Tasche, zog seine Brieftasche heraus, zählte einen ziemlichen Stapel bildhübsche neue Scheine ab und packte ihn auf den Küchentisch. Link beobachtete ihn und dachte: Ich hatte ganz vergessen, dass bei ihm jeder seine Toten begraben darf, außer die geraten aus Versehen mit ein paar von seinen Toten durcheinander. Aber er wirft immer gern was in den Hut für die Begräbniskosten.

»Zwei Wochen Lohn. Ich dachte, du bist vielleicht pleite.«

»Danke«, sagte er. Lauter Gentlemen. »Ist nicht nötig, aber danke trotzdem. Ich geb dir eine Chance, es zurückzukriegen. Wie wär's mit einer Partie heute Abend?« Jeder hat seine Heilmittel. Abbies ist eine Tasse heißer Tee. Weaks ist eine Tasse heißer Káffe. Mr. B. Hods ist harte kalte Kohle. Meins ist Schnee oben auf einem Berg. Auch kalt. Vielleicht sind Mr. Hod und ich Blutsbrüder. Manche mögen's heiß. Manche mögen's kalt. Manche mögen's mit Reis. Patentrezepte sind alle gleich. Sie funktionieren nicht.

»Klar«, sagte Bill. »Kommst du an Jubie ran?«

»Ich versuche, ihn um Mitternacht zu schnappen. Am Kai.«

»Okay. Dann sag ich schnell Wertham Bescheid, dass er heute unbedingt bis zum Kehraus arbeiten will und nicht ab Mitternacht diese Mulattin mit dem Afro flachlegen.«

Er sagte: »Warte mal eben, Bill. Mach das nicht.« Freier Abend für Dienstmädchen. Balzabend. Die Mulattin wartete bestimmt auf Wertham. »Schick ihn nach Hause, er soll aber um Mitternacht wiederkommen. Ich übernehme die Bar, bis er wiederkommt.«

»Hast du wirklich Lust?«

»Klar. Ich gehe schnell unter die Dusche und ziehe mich um, bin in fünf bis zehn Minuten wieder hier.«

Um Mitternacht stand er noch hinter der Theke und unterhielt sich mit Weak Knees.

Die Tür ging auf, Wertham kam herein. »Hallo, Jackson und danke.«

»Kein Ursache, Johnson, war mir ein Vergnügen«, antwortete er, »obwohl, genau genommen war's vor allem dir eins.«

»Das war es wirklich, Jackson«, sagte Wertham weihevoll.

Weak Knees sagte: »Sonny, da ...«, dann erreichte seine Stimme das hohe C und erstarb, fast wie eine Sirene, wie eine wabernd ausklingende Sirene, denn die Tür war wieder aufgegangen.

Link drehte sich um und sah Camilo, sie kam direkt auf ihn zu, lächelnd. Er dachte: Ich kriege sie nie mehr aus dem Blut. Ich habe nur geschafft zu vergessen, wie schön sie ist, mehr nicht. Sie hat immer noch diesen Gang, als ob ihr die Welt gehört, und genau genommen gehört sie ihr. Deshalb geht sie ja so.

»Link!«, sagte sie. »Wo warst du denn?« Lächelnd, mit ausgestreckten Händen, über Bill Hods Theke hinweg, die lange Mahagonitheke aus einem alten New Yorker Hotel, ihre blassgelben Haare sahen aus wie Seide, derselbe Glanz, derselbe Schimmer, Rücken gerade, Kopf hoch, das Schweigen und die Blicke gar nicht bemerkend oder sie ignorierend. Ja, natürlich, dachte er und rührte sich nicht, als ob er ihre Hände nicht sähe, wenn man weiß ist und Mülltimillionärin, ist einem scheißegal, was die schwarzen Bauern denken.

Wertham stupste ihn an. »Hier ist deine Jacke«, sagte er, »gib mir das Affenfräckchen.«

»Okay, Hengst«, sagte Link. Als Wertham ihn finster ansah, fing er an zu lachen. »Danke, Kumpel. Das kriegst du alles wieder, wart's ab.«

Er zog die Jacke an, sagte: »Komm, Süße«, zu Camilo und hielt die Tür der Last Chance ganz weit auf. »Gehen wir den Mond anbellen.«

Sie gingen zum Kai. Beide schweigend.

Sie sagte: »Liebling, wo bist du gewesen? Ich habe nach dir gesucht.«

Liebling, dachte er. Ich war dein Schätzchen und dein schwarzer Bastard, aber – Liebling. »Quebec. Hab mir den Goldstaub aus den Haaren gewaschen. Und von der Haut.« Wieder wütend. Wieder traurig. Wieder verliebt.

Sie rückte an ihn heran, und er roch Alkohol vermischt mit dem altvertrauten Duft ihres Parfüms. Du hast getrunken, dachte er. Du bist gerade noch diesseits vom Vollrausch, leeseits vom Vollrausch. Und das mit dem Goldstaub hätte ich nicht sagen sollen, aber ich reagiere noch immer auf dich und ich mag es nicht, wenn Whiskeygeruch, Last-Chance-Geruch, Moonbeam-Geruch, Dreigroschenhuren-Geruch vermischt und verpanscht wird mit dem Geruch deines Parfüms.

»Ich bin verliebt in dich«, sagte sie leise. »Ich bin so verliebt in dich, dass mir alles andere egal ist. Du kannst mich gar nicht beleidigen.«

»Camilla –«

»Sag das nicht so.«

»Ist das nicht dein Name? Camilla Treadway Sheffield? Was soll ich denn sonst sagen? Sag's mir. Vielleicht sollte ich gar nichts sagen. Eigentlich müsste ich dich Mrs. Sheffield nennen. Ich müsste sagen: Mrs. Sheffield, Sie haben sich den Falschen ausgesucht. Oder hat mich dein Mann, der Captain, ausgesucht, damit du schön glücklich bleibst? Hab gehört, dass so was vorkommt – aber nur bei ganz reichen Leuten.«

»Lass das«, sie versuchte, eine Zigarette anzuzünden, aber der Wind blies das Streichholz aus. Zweiter Versuch, und das Streichholz leuchtete ihr Gesicht aus. Sie hatte Tränen in den Augen. Den blauen Augen. Die Arglosigkeit war immer noch da, unversehrt, der wunderschöne Mund, bebend. Als das Streichholz ausging, wurde es noch dunkler auf dem Kai. Das Platschen das Flusses gegen die Spundwand wurde lauter, eindringlicher in der plötzlichen Dunkelheit.

»Du kannst nicht nicht in mich verliebt sein«, sagte sie mit bebender Stimme, verschliert, als wäre auch ihre Kehle voller Tränen, »genauso wenig, wie ich nicht nicht in dich verliebt sein kann. Ich habe es versucht, es geht nicht.«

Ihr zitterte die Hand, wahrscheinlich beide, aber die mit der Zigarette zitterte sichtbar, weil das glimmende Ende auf und ab hüpfte wie eine Boje im Fluss, ein auf und ab hüpfendes Warnsignal.

»Hör zu, Süße«, sagte er vorsichtig, »du vergisst immer, dass die Sache zwei Seiten hat. Aus deiner Sicht war alles bloß ein netter reiner Spaß und ist es noch immer. Du hast dich in Harlem oder hier in den Narrows mit einem Bimbo zusammengelegt. Du bist reich, du konntest dir alle Türen offenhalten, du konntest den Kuchen gleichzeitig essen und behalten. Aus meiner Sicht –«

Sie fiel ihm ins Wort, alle Unschärfe war aus der Stimme verschwunden, jetzt war da Schärfe und so etwas wie Zorn. »Du weißt, dass es nicht so war«, sagte sie, »warum reitest du immer auf meinem Geld rum? Was hat das damit zu tun? Alles war schön, bis du rausgekriegt hast –«

»Ja. Bis ich rausgekriegt habe, dass ich bloß ein Sammlerstück bin. Im achtzehnten Jahrhundert wär ich dein Silver Collar Boy gewesen. Hast du davon mal gehört? Hochwohlgeborene Hofdamen haben Äffchen und Pfauen und kleine Mohren gesammelt, als Schmusetiere. Schmale dunkelbraune Knaben, in Seidenkleidern, mit Turban um den Kopf und einem silbernen Ring um den Hals, und auf jedem Silberhalsring war der Name der Lady eingraviert, der sie gehörten. Sie wurden als Haustiere gehalten, wie die Pfauen und die Äffchen, aber auf alten Ölbildern nestelt an der Seidenschulter des Knaben mit dem Silberhalsring immer die zarte weiße Hand der Lady. Also war klar, er war zu mehr brauchbar, zu anderen Diensten ...«

»So war das nicht«, sagte sie zornig.

»War es nicht? Ist es nicht?«

»Nein. Und wenn mit dir alles in Ordnung wäre, wüsstest du das. Wir hatten etwas Wunderschönes.«

»Jaja. Du hattest ein Halsband aus Platin und eine Leine aus Diamanten, ich hatte einen Hals. Aber deine Sorte Halsband passt kein bisschen besser um meinen Hals als die Kunstlederdinger, die mir manche Leute hin und wieder anlegen wollten.«

»Du suchst nur nach Ausreden.«

»Nein, tu ich nicht. Ich will dir zeigen, wie die Sache von meiner Warte aus aussieht. Du denkst, mit mir ist etwas nicht in Ordnung, weil du mir ein Etikett angehängt hast, für deine Muskelknabenkollektion, aber ich hab mich auf die Hinterbeine gestellt und das Etikett abgeschüttelt.«

»Meine Kollektion?«, fragte sie. »Muskelknabenkollektion? Was meinst du denn?«

»Schauerleute. Preisboxer. Chauffeure mit Muskelpaketen. Kerlige Jungs, mit denen kleine Millionärsmädchen gern eine Nacht lang oder übers Wochenende ins Bett hüpfen, wenn sie anfangen, sich mit ihrem Ehemann zu langweilen, aber noch nicht scheiden lassen wollen.«

»Das meinst du nicht ernst«, sagte sie langsam.

»Oh doch. Du bist nicht verliebt in mich. Das denkst du nur, weil ich dir davongelaufen bin. Das hätte ja andersrum sein müssen. Und das macht dich irgendwie kribbelig. Mehr nicht. Ich hatte offenbar die richtige Statur für die Muskelknabenrolle, aber mein geistiges Rüstzeug ist total falsch, und kurioserweise habe ich auch das falsche moralische Rüstzeug. Übrigens, sogar weiße Muskelknaben laufen kleinen reichen Mädchen irgendwann weg. Auch denen bleibt das Gold am Ende schmerzhaft im Hals stecken.«

»Warst du denn gar nicht in mich verliebt?«

»Doch.« Und ich bin es noch.

»Na ja ...«

»Schau«, sagte er, »egal wie sehr ich dich geliebt habe und vielleicht immer noch liebe, ich bin einfach nicht geschaffen, irgendein Gigolo zu sein. Weder deiner noch von sonst wem. Und das, Süße, war ich, egal, wie du's drehst.«

Sie legte die Hände auf seine Arme, die Hände zitterten wie der ganze Körper. Zorn, dachte er. Nein. Enttäuschung? Möglich. Liebe? Nein. Zu viel Whiskey.

»Können wir irgendwo hingehen und reden?«, fragte sie.

»Es gibt nichts zu reden.«

Er schob sie sanft, aber bestimmt von sich und dachte: So ungefähr hat es hier angefangen, damit, dass ich dich weggeschoben habe. Andere Zeit und andere Heftigkeit, natürlich. Wir haben miteinander geschlafen, wir haben zusammengelebt, ich nehme an, das nennt man Zusammenleben, da in der Suite in The Hotel, aus der du ein Abbild von Treadway Hall gemacht hast, im Kleinformat natürlich, aber ein Abbild, wo du die Rechnungen bezahlt und ein Seidenboudoir für deinen Silver Collar Boy geschaffen hast. Und ich lag neben dir und dachte, du bist wie so eine rosa-weiße Schaufensterpuppe von der Fifth Avenue, sah dich an und dachte, dass du sogar im Schlaf total hingegeben bist, ganz und gar entspannt, als gäbe es nichts als dich und den Schlaf, du hast dich dem Schlaf ergeben. Die totale Hingabe.

Es wäre sowieso zu Ende gegangen, irgendwann, nicht so bald und nicht so, aber es wäre auch ohne die Firma Treadway Gun und den Mann, den armen Bastard von Ehemann, zu Ende gegangen, weil Liebe für dich nicht anders ist als Schlafen oder Tanzen oder Autofahren, egal was du machst, du überdrehst. Du tanzt, als gäbe es nichts auf der Welt als dich und mich, wir sind die einzigen Tänzer, die Musik spielt nur für uns, du schaffst die Atmosphäre dieses Tanzes, nur wir beide, daher die fließenden Bewegungen, der gemeinsamen Rhythmus, scheinbar spontan, nicht eingeübt und einstudiert und ausgeschwitzt, die rhythmische Perfektion eines Profitanzpaares, bei der niemand sagen kann, wer führt und wer geführt wird. Mit dir Liebe machen war fast genauso.

Missmutig erinnerte er sich an die parfümduftende warme Haut, die glattweichen runden Arme, die ihn umfassten, festhielten, den sich an ihm aufbäumenden schlanken Leib, die absolute, totale Hingabe, das sich der Hingabe Ergeben. Jetzt gerade liegt es an Treadway Gun und dem Ehemann, aber irgendwann wäre es eine Überlebensfrage geworden, hätte er sich geweigert, erstickt zu werden, besessen, verschluckt. Er nahm an, dass sie diesen Wesenszug von ihrem Vater geerbt hatte, John Edward Treadway, einem sanftmütigen kleinen Mechaniker mit leiser Sprache und verträumtem Blick, der in einer alten Scheune am Rand von Monmouth eine Werkstatt aufgemacht und so lange an Gewehren gefriemelt und gewerkelt, gewerkelt und gefriemelt hatte, bis eins davon perfekt war und patentiert werden konnte, die Treadway Gun, kurz vor dem Ersten Weltkrieg. Die Schüler der Monmouth Highschool bekamen die Geschichte der Treadway Gun eingetrichtert, als Musterbeispiel für die Vom-Tellerwäscher-zum-Millionär-Story. Die amerikanische Erfolgsstory. Das eine einzige Ziel. Die totale Hingabe daran.

Camilo hatte genau diesen Wesenszug. Niemals aufgeben. Trotz Hohn und Kränkung und …

Sie sagte: »Es liegt nicht wirklich am Geld, oder, Link?«

»Was?« Leere Stimme, leere Miene.

»Es liegt nicht nur am Geld.«

»Wahrscheinlich hast du recht«, sagte er langsam. »Es liegt nicht nur am Geld.«

»Dachte ich mir. Das Geld ist nur eine Ausrede, nicht? Es liegt an der Frau da.«

»Der Frau?« Abbie? Dachte sie etwa, er hätte sich je von Abbie beeinflussen lassen? Er sah sie im Geist auf dem schmalen kleinen Sofa sitzen, in einem gemusterten Kleid, filigrane hellgraue Blätter auf dunklerem Grau, die weißen Haare auf dem Kopf getürmt. Abbie hatte etwas Unverwüstliches und Wunderbares an sich, unmöglich, damit zu leben, unmöglich, es ihr recht zu machen, stocksteif und stolz war sie, aber voller Furcht, hatte Angst vor Blitz und Donner, vor nächtlichen Geräuschen, vor dem Wind. Tiefgläubig und doch abergläubisch wie irische Bauern. In der Woche, bevor der Major starb, hatte weit oben in den Zweigen des Henkers ein Käuzchen gesessen und drei Nächte lang immer wieder sein Uuuuh-uhuhuhuu gerufen, ein Klagegesang in Falsett. Jahre später erzählte sie ihm, dass sie einmal im Bett gelegen und dem Käuzchen gelauscht hatte, zwei Nächte lang, und in der dritten war sie aufgestanden und hatte ihren rechten Hausschuh umgedreht, mit der Sohle nach oben, und dass sie sich dafür geschämt und ein Gebet gesprochen hatte, aber noch bevor sie fertig war mit Beten, hatte sie nach unten gegriffen und den linken Hausschuh auch umgedreht, jetzt zeigten beide Sohlen oben, um die Mächte der Dunkelheit zu beschwichtigen. Handeln wie Heiden und beten wie Christen, umgedrehte Hausschuhe als Fallstrick, als Falle für die vom Käuzchen heraufbeschworenen bösen Geister.

»Die Frau?«, fragte er noch einmal. »Welche Frau?«
»Mamie.«

»Mamie?« Er warf den Kopf in den Nacken und fing an
zu lachen.

»Das lass ich nicht zu«, sagte Camilo. »Du bist in mich
verliebt, immer noch. Das weiß ich. Ich werde nie dulden,
dass sie dich kriegt ...«

Er ging weg, entfernte sich von ihr, langsam, kontinuierlich, hörte ihre Schritte hinter sich, hörte den Fluss an
die Spundwand, an den Kai plätschern, gemächlich, leise,
monoton. Die Sterne hingen tief am Nachthimmel. Plötzlich wurde ihm bewusst, dass sie einsam war und er selbst
auch, und noch etwas, ein Gefühl der Niederlage, seiner,
nicht ihrer. Er wollte sie noch immer, aber zu seinen Bedingungen – nicht ihren. Er blieb unter der Straßenlaterne stehen, um ihr Gesicht sehen zu können, und sah
Verzweiflung darin, in den Augen, in den herabhängenden
Mundwinkeln.

»Komm mir nicht hinterher, Kleines«, sagte er sanft.
»Du steigst jetzt in die hübsche rote Karre da und fährst
ganz schnell nach Hause und kommst nie wieder. Es ist
vorbei. Zu Ende. Erledigt. Wenn ich glauben könnte, dass
es geht, würde ich sagen, komm, wir fangen noch mal von
vorne an, als wären wir neu geboren, zwei unbeschrie-
bene Blätter. Aber es würde nicht gehen. Du weißt es, und
ich weiß es.« Ich Scharfrichter. Aber warum so? Ich
könnte auch sagen, bin gerade erst zurück, lange Zug-
fahrt, muss schlafen, muss zur Arbeit. Wir sehen uns morgen oder nächste Woche oder nächstes Jahr oder einfach
bis später. Warum so? Ich Scharfrichter.

»Das kriegst du wieder«, sagte sie. »Ich werde dir genauso wehtun, wie du mir wehgetan hast.«

»Schaffst du nicht. Haben andere vor langer Zeit erledigt. Profis. Du bist bloß Amateurin.« Er beugte sich hin-

unter und küsste sie zart auf die Stirn. »Süße«, sagte er und verspürte etwas wie Reue, »du bist betrunken. Finger weg von dem Zeug. Das hat noch nie irgendein Problem gelöst. Schleift noch nicht mal die Ecken rund. Ich weiß das, ich hab's auch mal probiert.« Lauf los jetzt, Link, lauf los, geh spielen.

Vielleicht war es die Endgültigkeit, mit der er das gesagt hatte, er wusste es nicht, würde nie erfahren, woran es lag, an den Worten oder daran, wie er sie gesagt hatte, aber es drang zu ihr durch. Sie begriff, ob durch seinen Gesichtsausdruck oder seinen Tonfall, dass es aus war, vorbei.

Sie schlug ihm mit voller Wucht ins Gesicht, der Angriff kam so plötzlich und unerwartet, dass er sich nicht rührte, sondern dastand und sie ansah, zu überrascht für irgendeine Bewegung, und sie wollte noch einmal zuschlagen, zielte auf die Augen, aber er packte ihre Hände und drückte sie nach unten zur Seite, sagte: »Nicht mal von dir, Kleines«, schüttelte sie, dann stieß er sie von sich und dachte nur: Niederlage? Erleben die eigentlich je wirklich Niederlagen? Zünden die nicht alle, wenn es zu Ende geht, erst noch die Welt an? Wenn ich gehe, gehst du mit, wenn ich untergehe, nehme ich alles mit. War nur der Schock schuld, dass Abbie ihn verstoßen hatte, war es womöglich zum Teil ein unterbewusster Trieb, alles zu vernichten, der Major war weg, sie wollte mit weg, und sie würde auch den achtjährigen Link vernichten.

Plötzlich schrie sie los. Er sah sie an, verwundert, ungläubig, dass dieser voluminöse Klang aus schierem Entsetzen aus ihrem Kehlkopf kam, nicht einstudiert, sondern immer dagewesen war, auf den Weckruf wartend, Entsetzen, Empörung, Wut – alles schon da im Kehlkopf und notfalls sprungbereit. Er fuhr zusammen, hörte ihr zu, dachte: Jetzt verstehe ich sie alle, sie haben alle diesen

Dumble-Street-Sound in der Kehle, als Potenzial, und wenn der Notfall eintritt, stoßen sie diesen hohen grauenhaften Schrei aus. Sind alle Kerzen aus, sind alle Katzen grau.

Ich weiß jetzt so viel über sie, dachte er, ich glaube, ich könnte Wormsley überzeugen, dass ich recht hatte. Über Frauen hatten sie in Dartmouth oft gestritten, gleich vom ersten Jahr an, und als sie ins dritte kamen, hielten sie sich für Experten, weil sie so viel über Biologie wussten, deshalb sagten sie auch immer dasselbe:

Wormsley: Aves. Das Menschenweibchen hat den Nistinstinkt von Vögeln.

L. Williams: Felis. Das Menschenweibchen hat alle Kennzeichen von Katzen. Die Krallentechnik ist angeboren, die ist schon bei der Geburt da, vollendet, einsatzbereit. Das Menschenweibchen ist ein Raubtier wie Katzen, weil auch der Jagdinstinkt angeboren ist. Und hinterhältig. Wie Panther, Leoparden. Es greift immer hinterrücks an, ohne Vorwarnung, aus purem Vergnügen.

Wormsley: Aves. Der stärkste Instinkt beim Menschenweibchen ist der Nistinstinkt. Sie bauen ständig Nester, als Erstes, als Letztes, ewig. Alles andere – Krallen, Jagd, Unmoral – ist nicht wichtig. Frauen sind immer unmoralisch. Die Natur hat sie so gemacht, um die Erhaltung der Gattung zu sichern. Der Mann ist das moralische Tier. Daher rührt der ewige Krach zwischen Männlein und Weiblein. Aber zuallerst baut das Menschenweibchen Nester.

L. Williams: Felis. Sobald die Jungen, die Kätzchen, entwöhnt sind, verstößt sie das Katzenleopardenpanthertigermenschenweibchen und versucht sie zu vernichten. Felis.

Wormsley: Aves. Sie bauen Nester. Das transzendiert die Katze in ihnen. Sie bauen Nester in Höhlen, Sklavenvierteln, Planwagen, auf Schleppern, in Bretterbuden. Sie sind und bleiben Nestbauer.

Camilo schrie und schrie. Er hörte das Trappeln von Füßen auf dem Bürgersteig, Füße, die von der Dumble Street her auf sie zuliefen. Er stand nur da und sah reglos zu, wie sie den teuren Nerzmantel aufknöpfte, sah zu, wie sie vorn am Kleid herumriss, aufgab, darunterlangte, am Slip herumzerrte, wie ihre schönen und scheinbar so zarten, aber von Tennis, Golf und Badminton gestählten Hände versuchten, den Stoff zu zerreißen, und der Stoff nicht riss, Stoff für Mülltimilliardärinnen reißt nicht so leicht, reißt überhaupt nicht. Die Hände gaben auf, die Hände zerwühlten jetzt die blassgelben Haare. Haare unordentlich, zerzaust, aber die Kleidung intakt.

Felis, dachte er. Und betrunken.

»Heh, was geht hier vor?« Rudolph, der Bulle, der farbige Bulle, und Mickey, der Bulle, der weiße Bulle. Zu unsicher auf der Dumble Street nach Mitternacht für einen Bullen allein, nur auf sich gestellt. Streifendienst zu zweit. Einer fett und weiß, der andere dünn und farbig. Rudolph und Mickey. Keystone Kops, nur dass die hier nicht von Mack Sennett waren, sondern von Mr. B. Hod, mit Leib und Seele. Wie wohl die Seele eines Bullen, der Mr. B. Hod gehört, auf einem Foto aussähe? Matschig wie Rührei, ohne erkennbare Form, einfach Matsch.

»Wass'ierlos?« Mickey, der fette weiße.

Camilo keuchte. Könnte als Angst durchgehen, vermutete Link, nicht als Häufchen verzogene reiche Göre, die ihre Aufziehpuppe verloren und festgestellt hat, dass Mr. Fusel kein Ersatz ist.

»Er – er –«, japste sie und zeigte auf L. Williams, » – der wollte –«

Rudolph sah Link an. Mickey sah Link an. »Der?«, sagten sie gleichzeitig, starrten auf Camilo, starrten auf Link, sahen Link ins Gesicht, Bestätigung oder Leugnung, irgendeine Orientierung heischend. Zwiddeldum und

Zwiddeldei. Nie da, wenn man sie mal braucht. Immer da, wenn man sie nicht brauchen kann, nicht haben will.

»Nehmen Sie ihn fest«, sagte Camilo. »Ich will – dass der – eingesperrt –«

Link sagte noch immer nichts. Rudolph und Mickey wirkten verwirrt, verlegen. Unmögliche Lage. Unwahrscheinliche, unglaubliche Lage. Mr. B. Hods Jungen mitnehmen? Mr. B. Hods rechte Hand mitnehmen? Mr. Hod junior in die Zelle stecken?

Ah, zum Teufel, dachte er, das ziehen wir jetzt durch. Ich Scharfrichter. Ihr Scharfrichter.

»Jungs«, sagte er, »Wenn's der weißen Lady Spaß macht, und so sieht's ja aus, dann wollen wir uns in den Franklin-Avenue-Knast zurückziehen.«

Er rief Bill Hod um drei Uhr nachts an und hörte sich sein Gefluche an, hielt aber den Hörer des Gefängnistelefons weit vom Ohr weg, ganz weit weg, und sagte schließlich in Richtung Sprechmuschel: »Okay, Boss. Bin ich alles, aber außerdem bin ich im Knast. Komm her und hol mich hier raus. Was?« Er lachte. »Eine weiße Lady sagt, ich hätte versucht, sie zu vergewaltigen«, und lachte noch mal. »Na klar, haben die Anzeige dann schließlich aufgenommen, reichlich widerwillig, als versuchten Überfall.« Er knallte den Hörer auf die Gabel und lachte weiter.

Um vier Uhr morgens waren er und Bill wieder in der Last Chance. Die ganze lange Treppe von der Küche ins obere Stockwerk hoch klebte Bill ihm an den Fersen.

»Was war los?«

»Wie ich gesagt hab, Kumpel. Eine weiße Lady hat gesagt, ich hätte versucht, sie zu vergewaltigen.« Er ging hoch.

»Du bescheuerter Hurensohn«, sagte Bill, »nächstes Mal, wenn du unbedingt auf dem Kai rumvögeln musst und geschnappt wirst, rufst du nicht morgens um drei an, dass ich dich rausholen soll.«

»Okay, Pappa«, sagte Link nach hinten.

Auf halber Treppe schrie Bill ihn an: »Geh unter die Dusche. Du verpestest hier alles, du stinkst nach weißer Frau – und du stinkst nach Knast.«

Er sah nach unten auf Bill, auf das weiße Hemd unter dem lockeren Tweedjackett, auf die schwarzen Haare, auf das jung-alte Gesicht. Er dachte: Ich kann auch jetzt gleich jetzt probieren, ob ich dir wirklich die Zähne einschlagen kann, bis hinter deine gottverdammte Gurgel.

»Weiße Frauen stinken?«, sagte er leise und ging ein paar Stufen abwärts zurück. »Riecht Mrs. Powther etwa lieblicher, mein Freund?«

Bill sah ihn an, mit Mordlust in den Augen, im Gesicht, auf den dünnen Lippen, dann drehte er sich weg und ging durch die Küche zurück zur Bar.

Link stand unten an der Treppe und wartete, erwartete, dass Bill mit der passenden Waffe zurückkam, einem Fleischerbeil oder einer Flasche mit abgebrochenem Hals, hörte aber erst die Kneipentür zugehen und dann nur noch Stille. Mr. Hod war weggegangen. Offensichtlich hatte er nicht die Absicht, mit Messer oder Pistole bewaffnet zurückzukommen. Außerdem, eine Pistole hätte er nicht erst holen müssen, die hatte er an sich. Vielleicht lag Wertham richtig. Weak hatte Mr. B. Hod was ins Essen gemischt.

Oben in dem großen, kahlen Zimmer setzte er sich auf sein Bett, zog die Schuhe aus, hielt einen hoch und hatte plötzlich den italienischen Schuster im Kopf, der immer wenn er seine zur Reparatur brachte, »Negre« auf die Sohlen schrieb. »Negre«, mit weißer Kreide auf das alte, runtergetretene Leder. Zehn Jahre war er damals. Er hatte die Schuhe auch wieder abgeholt, widerstrebend, und nie jemandem von dem Kreidewort erzählt, hatte es nur weggerubbelt, sowie er aus dem Schusterladen raus war, und Abbie dafür gehasst, dass sie Schuhe mit abgelaufenen Sohlen unbedingt neu besohlen lassen musste.

Einmal brachte er dem Italiener ein nagelneues Paar Schuhe, sie sollten Gummiabsätze bekommen, weil Gummiabsätze laut Abbie länger hielten, und als er die Schuhe wieder abholte, stand wieder »Negre« da, diesmal mit Kreide auf gelbbraunen neuen Sohlen. Er erinnerte sich an den Wachs- und Schuhcremegeruch, erinnerte sich an die eingestaubte große alte Maschine, an der der Schuster arbeitete, erinnerte sich an seinen gebeugten Rücken, die Krümmung des Rückens, das runzlige Gesicht, die schwieligen braunen Hände, den schweren Akzent, erinnerte sich, dass er überlegt hatte, mit welchem Recht dieser gebeugte Mann seine Schuhe so etikettierte, erinnerte sich, dass er gedacht hatte: Sogar meine Schuhe werden von den anderen abgesondert und deutlich markiert, als Schuhe von einem Schwarzen.

Bald darauf hatte seine Umschulung in Sachen Race durch Mr. B. Hod und Mr. W. Knees begonnen. Ein Beitrag zur Bildung von L. Williams.

Er zog sich zu Ende aus und legte sich ins Bett, lag auf dem Rücken, starrte an die Decke und dachte: Vielleicht stimmt mit mir wirklich was nicht. Was hatte sie gesagt? »Wenn mit dir alles in Ordnung wäre.« Wenn alles in Ordnung. Mit mir. Wieso wollte ich sie nicht zu ihren Bedingungen haben? Warum musste es alles oder nichts sein? Muskelknabe. Gigolo. Aufziehpuppe. Hengst. Prima. Sag das alles immer und immer wieder. Sag immer wieder: Egal, was sie macht, sie überzieht. Sag immer wieder: Totale Hingabe. Verschluckt. Erstickt. Erdrosselt. Sag immer wieder: Wäre sowieso zu Ende gegangen, irgendwann. Sag das alles immer und immer wieder. Prima.

Na klar, jedes Wort kann ich immer wieder sagen, und trotzdem werde ich sie nie vergessen können, sie nie aus dem Kopf kriegen. So wie ich China nie vergessen konnte, so werde ich auch Camilo nie vergessen. Sie wird meine Heimsuchung. Das nie ausgetriebene Gespenst. Wartet nicht auf Mitternacht. Nimmt jede Stunde. Spukt an keinem bestimmten Ort. Nimmt jeden Ort.

Ich höre das asthmatische Quietschen eines alten Fahrstuhls oder erhasche einen Blick auf eine junge Frau mit blassgelben Haaren oder gehe zu dicht an Abbies Rabatten entlang, eines Augustabends, wenn der nachtblühende Strauch die Luft parfümiert, oder rieche ein ähnliches Parfüm, und das Gespenst steht wieder auf.

Mein Problem ist – er musste grinsen, weil er sich an den Sommer erinnerte, in dem er Eis für Old Trimble ausgefahren hatte. Old Trimble hatte immer etwas auszufahren, Eis im Sommer, Trödel im Winter, und knurrte und murrte den ganzen Tag, sommers wie winters, und kaute den ganzen Tag auf einem Zahnstocher herum. In dem Sommer, als ich bei ihm gearbeitet habe, hat er immer gesagt: »Das Problem bei Jungs is wenn die ihr Vater nicht genug Stöcke auf die ihrn Hintern zerkloppt hat«, und ich dachte die ganze Zeit: Mein Problem ist ein Mann, der nicht mein Vater ist und mich umbringen wollte. Das war in dem Sommer, in dem ich sechzehn war, in dem Sommer, in dem ich F. K. Jacksons Knarre gestohlen habe, weil ich King Hod umbringen wollte, weil der mich wieder bei China erwischt hatte und – aus seiner Sicht zurecht und nach seiner Theorie über die Bildung eines jungen Mannes zurecht – mich verdammt fast totgeschlagen hat.

Auch das ein Beitrag zur Bildung eines gewissen L. Williams. Ein langwieriges Unterfangen. Kann jetzt Camilla Treadway Sheffield dazurechnen, als Teil des Bildungsprozesses, als abschließenden Feinschliff. Kann jetzt sagen, ich habe den Leistungskurs in einer höheren Bildungsanstalt absolviert.

Niemand in den USA frei von – frei von was? Ach, lassen wir das. Niemand in den USA frei (Pünktchen Pünktchen).

Weak und Mr. Hod? Kaum. Hod kaum. Mr. B. Hod in loco parentis. Eltern: Leerstelle. Trag bei in loco parentis Mr. B. Hod ein. Bei Vorbereitungskurs in Sachen Race: Miss Abbie. Da bin ich durchgefallen, habe bei Mr. Hod und Mr. W. Knees aber eine Eins gekriegt.

Leistungskurse: Hatte diverse Leistungskurse. Einer der besten war der bei Bob White, Robert Watson White, Geschichtslehrer in der Monmouth Highschool. Der hatte eine absolute Leidenschaft für Geschichte. Leidenschaftliche Ausstrahlung wie ein Sender, immer irgendeine Resonanz. Auf Bob White haben selbst die Schwachköpfe reagiert.

Auf Mrs. Bunny Sheffield würde selbst ein Schwachkopf reagieren.

Bob White hatte eine tiefe Stimme und verstand sie einzusetzen, er gab einem das Gefühl dabei zu sein, als über Fort Sumter die kanonenzerfetzten Stars and Stripes gehisst wurden, er las einfach einen Augenzeugenbericht vor: »Und dann stießen wir einen irren Schrei aus, etwas zwischen Jubeln und Kreischen; niemand hat damit angefangen, niemand hat ihn gelenkt; ich habe nie zuvor oder danach etwas Derartiges gehört, aber ich kann es jetzt noch hören.«

Ich fühlte mich, als ob ich gerannt und außer Atem wäre, als Bob White uns das eines Nachmittags in Geschichte vorlas, der letzten Stunde an dem Tag.

»Aber ich kann es jetzt noch hören.« Kann die Stimme der Kanonenerbin jetzt noch hören, die helle Stimme, die liebliche Stimme, die melodiöse Stimme. »Verlass mich niemals – verlass mich niemals.« Zeit vergeht. Ein Jahr

vergeht. Und dieselbe Stimme sagt: »Ich will, dass der eingesperrt wird …«

Verbuch es als Beitrag zur Bildung von L. Williams.

L. Williams hat den Graduiertenkurs zum Thema Race
bei Bob White belegt, unbedacht, ungewollt.

Da war ich fünfzehn, erstes Jahr Highschool, Monmouth High School, und Bob White hat mich eines Nachmittags, als ich aus dem Klassenzimmer gehen wollte,
aufgehalten und gesagt: »Ich möchte mit dir reden, Williams«, und dann: »Hol dir einen Stuhl«, und dann: »Mir
ist aufgefallen, dass du jedes Mal zusammenzuckst und
zappelig und unruhig wirst, wenn ich das Thema Sklaverei anspreche.« Er hat das so unvermittelt gesagt, frei
raus, ohne Vorwarnung.

Dann gab er mir drei dicke Bücher und ein kleines und
ein Notizheft. »Erst wenn ein Mensch weiß, wer er ist,
wenn er etwas über seine eigene Geschichte weiß, kann
er sich freimachen von Selbstzweifel und herabsetzenden
Vergleichen. Dies ist ein besonderer Auftrag. Du hast drei
Monate Zeit dafür. Wenn sie vorbei sind, erwarte ich von
dir einen Aufsatz zum Thema Sklaverei in den Vereinigten
Staaten.«

Ich nahm die Bücher, sie waren höllisch schwer, ich ging
aus dem Klassenzimmer, und seine Stimme klang hinter
mir her. »Der Auftrag müsste dich davor bewahren, bei
diesem Thema noch einmal in Verlegenheit zu geraten.«

Ich habe die verdammten Bücher den ganzen Weg ge-
schleppt und geschworen, sie niemals aufzuschlagen und
nie zurückzugeben. Ich bin nicht direkt zu Abbie nach
Hause gegangen, sondern erst mal in die Last Chance.
Weak saß mit einer Tasse Kaffee am Küchentisch. Bill las
Zeitung, und Weak sagte: »Gottsnahm, Sonny, was sin
das'n für dicke Büchers? Biste die durch hast, haste doch
alle Highschools und Colleges abgeschossn.«

Die hab ich in drei Monaten durch, habe ich geantwortet, und Bill hat mich angeglotzt: »In drei Monaten?«

In diesem Augenblick hing die Bildung eines gewissen L. Williams am Zufall, am Schicksal und daran, ob das Rad sich dreht. Und es drehte sich, denn ich sagte: »Klar«, auftrumpfend, ich wollte Bill mit meinem Können, meinem überlegenen Wissen beeindrucken.

Bill war unbeeindruckt. »Wollen wir wetten?«

Also Zigaretten gegen Schreibtisch. Der Tag der Abrechnung wurde auf dem Kalender an der Wand neben dem Herd angestrichen, so einem großen, die kamen jedes Jahr neu von irgendeiner Chicagoer Verpackungsfirma, mit einem leuchtend bunten Bild von zwei Schwergewichten beim gegenseitigen Zerfleischen im Ring, das Bild war jedes Jahr dasselbe. Auf dem Kalender wurde der fünfzehnte Januar angestrichen, fixiert als Tag der Abrechnung.

Von Oktober bis Januar des Jahres, in dem ich fünfzehn war, las ich ständig und ging zur Schule und machte auch alles andere weiter, Football und später, als der Herbst in den Winter überging, Baseball. Weiß noch, das Mittagessen habe ich immer lesend runtergeschlungen, das Buch vor mir ans Wasserglas gelehnt, und Abbie starrte mich erst nur stirnrunzelnd an und fragte schließlich, was ich da lese und wieso ich bei Tisch lese.

Als ich ihr erklärte, dass ich an einer kurzen, aber ganz besonderen Arbeit über Sklaverei und Bürgerkrieg sitze, guckte sie noch missbilligender. Aber ihr missbilligendes Stirnrunzeln spornte mich erst recht an. Es war ein Wettlauf gegen die Zeit, aber ich redete mir fest ein, den gewinne ich. Die Zeit ist buchstäblich zu knapp, reicht nicht für den Sieg, aber ich gewinne trotzdem.

Habe ich auch. Am fünfzehnten Januar morgens habe ich Bob White meinen fertigen Aufsatz gegeben. Und gesagt: »Könnten Sie das irgendwann heute noch lesen,

Mr. White? Und mir einen Brief oder eine Notiz schreiben, damit ich einem Freund beweisen kann, dass ich die drei Bücher in drei Monaten gelesen habe. Wir haben nämlich eine Art Wette.«

Das Schreiben hatte er noch irgendwo, ein paar Sätze wusste er auswendig, weil ihn zum ersten Mal jemand anders als Weak gelobt hatte, aus vollem Herzen, ohne Vorbehalt, ohne Wenn und Aber: »brennt für Geschichte«, »grenzt an Genie«, »sehr eloquent und trotzdem schlicht und klar geschrieben«, »herzlichsten Glückwunsch« und auch noch: »der beste Aufsatz, den einer meiner Schüler in den zehn Jahren, die ich an dieser Highschool Geschichte unterrichte, je geschrieben hat.«

Lauter Beiträge zur Bildung von L. Williams.

Als er Bob White die Bücher zurückbrachte, hatte er sich befangen gefühlt, unbehaglich.

Bob White fragte: »Hast du die Wette gewonnen?«

»Ja, Sir.«

»Ich bin neugierig. Was hast du denn gewonnen beziehungsweise, worum ging es?«

»Eine Stange Zigaretten oder einen Schreibtisch.« Bob White bekam große Augen, und Link fuhr fort: »Wenn ich verloren hätte, hätte ich meinem Freund eine Stange Zigaretten gekauft. Er raucht Camel.« Ein unnötiges Informationshäppchen, es klang, als wäre Bill Kettenraucher, was nicht stimmte, und er wollte eigentlich auch etwas anderes sagen, wusste aber nicht genau, wie er es ausdrücken sollte, und platzte heraus: »Erst wollte ich die Bücher überhaupt nicht lesen, Mr. White. Aber mein Freund war so – na ja, er hat gesagt, ich schaffe das nicht, nicht in der Zeit. Habe ich aber. Und dann haben Sie das geschrieben, und jetzt habe ich einen Schreibtisch – einen richtigen Schreibtisch.«

Er hatte ihn immer noch. Denselben Schreibtisch. So gut war der. Er hatte bei dem Gespräch mit Bob White darüber nachgedacht. Die Schubladen glitten wie geschmiert, die Platte hatte einen dunkelrotem Lederbezug, handgearbeitet an den Kanten, und er roch wunderbar, nach schierem neuen Leder, so wie neue Schuhe, wenn er an den Tisch kam, fuhr erst mal mit dem Finger über die Platte, aus purer Lust am Gefühl, so glattweich.

»Einen Schreibtisch«, sagte Bob White bedächtig, »ich dachte, du sagst Tennisschläger oder einen Satz Golfschläger. Aber für Golf bist du zu jung. Ein Schreibtisch. Ah ja. Willst du aufs College?«

»Möchte ich gern.«

»Ich war in Dartmouth. Das ist eins der besten. Nicht zu groß. Nicht zu klein. Ausgezeichnetes Kollegium.«

»Ist das teuer?«

»Das sind sie alle«, sagte Bob White. »Aber es gibt Stipendien. Hast du schon Pläne, was du nach dem College machen willst?«

»Ich weiß nicht, Sir. Ich bin ziemlich gut in Chemie.«

Bob White schob ihm drei andere dicke Bücher hin. »Die sind nicht eilig. Lass dir Zeit damit.«

Im selben Winter verlor er das Interesse an Chemie. Er hörte auf mit seinen Experimenten, bei denen Abbie immer die Nase rümpfte und sagte: »Das riecht ja widerlich. Ich glaube nicht, dass das sicher ist. Was so riecht, kann gar nicht sicher sein.«

Die Fortbildung von L. Williams, vervollständigt durch Miss Abbie. King Hod und Miss Abbie. Was für eine Kombination. Muss ergänzt werden durch Weak Knees und F. K. Jackson. Und Bob White. Und eine Erbin.

Zurück zu Miss Abbies abschließendem Beitrag zur Bildung von L. Williams.

Bald legte sich Staub auf die Reagenzgläser und die Bunsenbrenner und die Messbecher und die Säure- und Laugenfläschchen, auf die Päckchen mit Chemikalien und die Filterblättchen. Und Abbie beschwerte sich, dass er nicht mal mehr in die Nähe des kleinen Labors ging, das er im Keller eingerichtet hatte.

»Die ganze teure Ausstattung«, sagte sie. »Benutzt du die gar nicht mehr?«

»Ich bin in letzter Zeit nicht dazu gekommen.« Eine Ausrede. Er wollte ihr nicht sagen, dass er sich nicht mehr für Chemie interessierte, dass er jeden Penny in Geschichtsbücher investierte.

»Warum nicht?«

»Ich lese gerade Geschichtsbücher.«

»Die haben aber nichts mit Medizin zu tun.«

»Ich will Historiker werden.«

Sie war so verblüfft, dass sie kurz schwieg. Dann sagte sie: »Ich denke, du willst Arzt werden.«

»Ich hab's mir anders überlegt.«

»Ach, Link! Mal willst du Arzt werden und vermüllst das Haus mit Verbandszeug und Gipsschienen und leihst dir Bücher von Dr. Easter und gibst sie nicht zurück ...«

Das war mit vierzehn.

»Dann willst du Koch werden und verplemperst Mehl und Zucker und lässt allesmögliche anbrennen ...«

Das war mit elf. Klar hatte er Sachen anbrennen lassen, aber er kochte besser, als Abbie je könnte.

»Dann willst du Chemiker werden, und das ganze Haus stinkt wochenlang auf das Widerlichste, und du gibst ich weiß nicht wie viel Geld aus für die ganzen Röhrchen und Fläschchen und Päckchen, und jetzt ist Geschichte dran ...«

Sie fand Beweise für den Richtungswechsel seiner Gedanken, seiner Wünsche überall in seinem Zimmer; die Notizhefte und die immer längere Reihe von Büchern im Regal zeigten ihn deutlich. Geschichtsbücher. Er hatte sie neu gekauft, bis Bob White davon erfuhr und ihm die Adresse eines Ladens in New York gab, wo man gebrauchte bekam, für ein Drittel des Neupreises. Die Regale füllten sich immer schneller. Abbie mochte das Zimmer ohnehin nicht, würde es auch nie mögen. Es war eine einzige Beleidigung ihres Einrichtungsgeschmacks, und dahinter steckte Bill Hod, seinetwegen musste das Zimmer umgeräumt werden, damit der Schreibtisch hineinpasste. Sie betrachtete es immer mit einer gewissen Verächtlichkeit. Die Schlafzimmergarnitur aus schwarzem Walnussholz war zerlegt, der Boucléteppich vom Boden gerissen worden, und das Ergebnis war dieser kahle Raum aus lauter Bücherregalen und einem Schreibtisch und einem merkwürdig aussehenden Bett ohne Kopf- und Fußteil.

Er hörte nicht mehr zu, er hatte ihre Predigt schon öfter gehört. Ab und zu schnappte er eine altbekannte Floskel auf: »unfähig, bei irgendetwas zu bleiben«, »Negros sind nicht imstande, sich auf ein langfristiges Ziel zu konzentrieren«, »ständig wechselnde Jobs, wechselnde Launen.«

Plötzlich wurde ihre Stimme höher und lauter, erregte seine Aufmerksamkeit für eine Weile. Sie sagte: »Hat man je von einem farbigen Historiker gehört?« Kopf hoch. Augen zornblitzend.

Er war fassungslos und auf eine seltsame Art verletzt. Er sah sie an und dachte: Warum versuchst du, die selber farbig ist, immer mich zu vernichten, zu entmutigen, und warum macht mir der Geschichtslehrer, der weiß ist, immer Mut und sagt mir, dass ich das kann? Warum willst du mir wehtun? Wie kannst du erst so was sagen, und dann eine Kehrtwende machen und deinen Vater zitieren: »Ein Schwarzer kann alles, wenn er sich richtig reinkniet, wenn er bereit ist, daran zu arbeiten, Tag und Nacht, kann er alles, alles kann er.«

Na schön, dachte er, ich werde das Unmögliche schaffen. Ich werde das Unmögliche sein. Deinetwegen. Ich war nicht sicher, dass ich's kann, ich hatte Zweifel, aber jetzt nicht mehr. Das ist wie bei den Büchern, die mir Bob White gegeben hat und die ich erst überhaupt nicht lesen wollte, wenn Bill sich nicht so belustigt gegeben hätte – wusst ich ja immer, ein Zocker setzt aufs sichere Pferd, fünfzehnter Januar hahaha –, dann hätte ich die auch nie gelesen und den Aufsatz nie geschrieben.

Er war nach Dartmouth gegangen und hatte Geschichte im Hauptfach studiert. Er hatte sich zutiefst wohlgefühlt in der abgeschiedenen, väterlich-freundlichen Kunstwelt genau dieses Colleges. Sein Tutor fand seine Berufswahl gut, lobte seine Begabung und fand es selbstverständlich, dass er werden würde, was er werden wollte.

Nach vier Jahren Dartmouth hatte er den Phi-Beta-Kappa-Schlüssel, den Diamantanstecker und die goldene Uhr des Majors und einen nagelneuen Cadillac, eine Spezialanfertigung, von niemandem vorher besessen. »Alle Achtung, Sonny, hab nicht gedacht, dass du das schaffst.«

Keine zwei Monate nach dem Abschluss war er bei der Marine. Nach vier Jahren Marine dräute Abbie nicht mehr wie ein Schlachtschiff am Horizont. Dräute überhaupt nicht mehr. Nach der Entlassung ging er in die Last Chance.

Weak Knees sagte: »Boss, Boss, Boss, komm schnell. Sonny is wieder da. Sonny is wieder zu Hause.« Mit Tränen in den Augen.

»Lieber Himmel«, sagte Bill. »Womit haben die dich denn gefüttert? Du siehst ja aus wie Louis an dem Abend, als er Carbera plattgemacht hat«, klopfte ihm auf die Schulter und grinste ihn an.

Bald danach erklärte er Bill, er suche einen Job.

»So?«

»Hier. Tagsüber. Hinter der Theke.«

»Wieso hier?«

»Weil ich Geld verdienen muss wie alle andern, aber nicht den Kopf mit anderer Leute Kram verkleistert haben will, wenn ich Feierabend mache.«

Er sagte Abbie nicht, dass er an einer Geschichte der Sklaverei in den Vereinigten Staaten arbeitete und den Job bei Bill Hod dafür brauchbar fand, weil er gut bezahlt war und nur ein paar Stunden dauerte, und dass er nirgendwo sonst so viel Muße hatte, um für die Bücher zu recherchieren, die er schreiben wollte. Er sagte einfach nur, dass er jetzt tagsüber die Bar in der Last Chance machte.

Abbie ging ab wie eine Silvesterrakete. Er grinste sie nur an und genoss ihre empörte Miene und ihre überkippende Stimme.

»Als Barkeeper? Und wofür bist du aufs College gegangen? Das war reine Zeit- und Geldverschwendung. Barkeeper – in dem Laden?«

Seitdem ewiges Auf und Ab.

Alles lief gut bis zu jenem Abend, als ihm der Nebel eine junge Frau mit blassblonden Haare mitten ins Leben gekotzt hatte. Nicht mal jetzt bin ich sicher, ob ich recht hatte. Vielleicht war sie wirklich in mich verliebt. Vielleicht weiß ich zu viel über die verschiedenen Höllen, die sich die weißen Leute für die farbigen Leute einfallen lassen, seit dieser holländische man of Warre 1619 in Jamestown gelandet war und zwanzig »Negras« an die Einwohner verhökert hatte, als wären sie Kühe oder Pferde oder Ziegen, zu viel, als dass ich noch irgendeinen geschenkten Gaul ohne mikroskopische Gebissuntersuchung annehmen könnte, nicht mal eine Goldisabell.

Schieb alles auf China und ihren sagenhaften Hintern und die dicken Brüste, auf die Fettschichten unter der glatten gelben Haut am Hals und an den Armen und auf ihren Teint, nicht in derselben Farbe, sondern dunkel, grobporig, und auf die Haare, nicht grau, sondern braun wie vermutlich bis zu ihrem Tod. Sie hat eben nicht gesagt: Los, lauf, Kind, du kriegst sonst Ärger. Nicht mal beim zweiten Mal, als ich trotzdem wieder hinging. Ich habe sechs Monate gebraucht, um herauszukriegen, dass sie selbst Bill angerufen und ihm gesagt hatte, dass ich da bin, beide Male. Sie hat eben nicht gesagt: Kind, Bill besitzt eine ganzen Haufen Huren, und ich bin eine von denen, also lauf los. Nein. Sie hat gesagt: Warte hier. Und ist verschwunden, um Bill anzurufen, und dann hat sie im Eingang gestanden und den dunkelgrünen Vorhang beiseitegeschoben, als sie ihn kommen hörte, damit sie einen Platz in der ersten Reihe hat, mit einem guten Blick auf den Ärger, den ich gleich kriege.

Wenn der Frühling kommt und die Zeit des Vogelgesangs, dann sind die Treadway Gun und der schwarze Bartyp vereint zum heiligen Bund der Ehe. Auch das habe ich geglaubt.

Warte hier im Flur.

Du schwarzer Bastard.

Ich hätte ihr einen Kinnhaken verpassen sollen – einfach so.

19

Malcolm Powther breitete den Monmouth Chronicle auf
einer der langen, breiten Servierflächen unter den Hänge-
schränken in der Butlerkammer aus, ganz behutsam, als
wäre er eine antike Bilderhandschrift. Dann setzte er
seine Hornbrille auf, beugte sich darüber, stützte sich mit
einem Ellbogen auf der Platte ab und ging mit dem Zeigefinger eine Spalte hinunter und dann hoch zur nächsten,
ein eiliger Suchvorgang auf der Titelseite.

Seine Haltung, die Hornbrille, die Koordination der flinken Bewegungen von Finger und Augen gaben ihm die
Anmutung eines mittelalten Buchhalters, der eilig den Fi-
nanzbericht einer Bank überprüft. Auch seine Kleidung
hätte zu der Rolle gepasst: die Hose mit den scharfen Bügelfalten, das gestärkte weiße Hemd, die sorgfältig gekno-
tete schwarze Krawatte, die hochglanzpolierten schwarzen Schuhe, alles deutete auf konservativ und ordentlich.
Er trug, obwohl er allein in der Kammer war, ein Jackett.

Als er die Titelseite durch hatte, richtete er sich kurz
auf, die Nachrichten, dachte er, waren tagein, tagaus und
jahrein, jahraus nicht besonders unterschiedlich. Im Ko-
reakrieg herrschte eine Pattsituation. Die Demokraten
machten den Zustand, in dem sich das Land befand, unwirsch den Republikanern zum Vorwurf; die Republikaner
machten den Demokraten den gleichen unwirschen Vorwurf. Seiner Meinung nach nur ein weiteres Beispiel für
Glashaussitzen und Steinewerfen; aber politische Parteien
schmissen sich nun mal gern gegenseitig Wörter wie käuflich und dumm an den Kopf. Im Mittleren Westen war wie-

der ein Flugzeug abgestürzt, erwartungsgemäß in einer bergigen Gegend. Es war schließlich März, da machten Starkwinde und heftige Schneestürme das Fliegen zum Risiko. Und die knochige Fabrikbesitzerin, die Madam im letzten Herbst zum Dinner da hatte – Captain Sheffield hatte an jenem Abend eine Szene bei Tisch gemacht –, führte noch immer einen Privatkrieg gegen das Finanzministerium. Er bezweifelte, dass er je begreifen würde, worum es im Einzelnen ging, aber im Chronicle stand immer irgendwo ein Artikel über sie.

Er blätterte um, langsam, behutsam, denn es war das Exemplar der Madam, er war stolz auf seinen zartfühlenden Umgang damit und wollte eigentlich auch hier die Spalten nacheinander durchgehen, wie auf dem Titelblatt. Aber eine Geschichte ganz rechts auf Seite zwei schien ihn zu packen, ihn anzuspringen, denn er fing sofort an zu lesen, nein, nicht zu lesen – sie aufzusaugen, stirnrunzelnd, ungläubig.

Er las den Artikel noch einmal, mit offenem Mund, die Falte zwischen den Augenbrauen wurde tiefer. Ein Fehler, befand er. Ein blöder Fehler. Die Zeitung hatte Miss Camilos Namen und New Yorker Anschrift aus einer anderen Story übernommen, deshalb stand sie in dem kurzen Artikel hier, wo sie gar nicht hingehörte. Solche Fehler passierten so oft in Redaktionen, dass dahinter seiner Überzeugung nach nicht einfach Nachlässigkeit steckte, sondern Bosheit.

Als er das erste Buch durch hatte, faltete er die ganze Zeitung wieder zusammen. Das zweite Buch war der Mühe nicht wert. Dort standen ausschließlich Sportmeldungen, ellenlange Artikel über Wohltätigkeitsvereine irgendwelcher Ladies und Kirchenspeisungen und Berichte von Hochzeiten und Begräbnissen, die in irgendwelchen Kleinstädten in Connecticut stattgefunden hatten.

Er legte den Chronicle auf die New York Times und beide auf das Frühstückstablett für die Madam. Wenn die Madam die Zeitungen gelesen hatte, waren sie immer ordentlich gefaltet wie jetzt, alle Seiten in der richtigen Reihenfolge, wenn Madams Zofe Rita sie las, sahen sie hinterher aus wie von der städtischen Müllkippe herübergeweht, alle Seiten durcheinander und verknittert.

Womit könnte er Rita an diesem grauen windigen Morgen am wirkungsvollsten ärgern? Ihre Augen, ihr ganzes Gesicht bekamen etwas Missgünstiges, sobald sie das Frühstückstablett für die Madam sah. Er liebte es, jedes Mal anderes Porzellan und Besteck zu nehmen. Gestern war es warm gewesen, also hatte er das Lowestoft-Service genommen, es sah irgendwie kühl und frisch aus. So ein kalter Morgen dagegen brauchte etwas Warmes. Er befand, dass das English-Bone-Porzellan mit dem rosenfarbenen Dekor einen fröhlichen Kontrast zum Wetter bieten könnte. Im Kühlschrank waren gerade noch zwei weiße Rosen, die kamen in die kleine Silberkristallvase, dazu das zarte Belgisch-Leinen, cremefarben, nicht weiß, aber mit weißer Stickerei auf der Serviette und dem Platzdeckchen. Bei der Komposition würde Rita derart die Nase rümpfen, als hätte man ihr einen persönlichen Tort angetan.

Sehr bedauerlich, dass Miss Camilos Name so in der Zeitung stand, dachte er, als er den Kaffeeperkolator anschaltete. Sie hatte die letzten zwei Wochen in Treadway gewohnt und jeden Abend mit der Madam gegessen. Er glaubte, dass es ihr nicht sehr gut ging. Sie war viel zu still, fast bedrückt, und sie trank mehr, als junge Damen trinken sollten. Erst kürzlich hatte er bemerkt, dass sie, wenn sie mal keine Zigarette oder ein Schnapsglas hielt, die Hände zu Fäusten ballte, um die Daumen herum. Er hatte mit Bestürzung gesehen, wie fest sie die Daumen zwischen die Finger geklemmt hielt, denn bei Erwachsenen war das ein Zeichen einer tiefen Depression, die man als Todeswunsch interpretieren konnte. Als er die verräterisch verkrampften Daumen sah, kam ihm der Gedanke, dass ihr Liebhaber sie verlassen hatte, obwohl er sich nicht vorstellen konnte, wie oder warum das geschehen konnte.

Er nahm noch einmal den Chronicle, breitete ihn auf der Arbeitsplatte aus, schlug die zweite Seite auf und las den Artikel noch einmal. Der Captain war in New York, er würde ihn also nicht lesen. Und die Madam würde ihn nicht unbedingt sehen, aber falls doch, würde sie erkennen, was da passiert war – ein Fehler bei Namen und Anschrift.

Die Geschichte war seltsam. Link Williams, ein sechsundzwanzigjähriger Negro aus der Dumble Street Nr. 6 wurde von einer Mrs. William R. Sheffield, Park Avenue, New York City, eines versuchten Überfalls beschuldigt. Der Vorfall habe sich gegen Mitternacht an der Kreuzung Dock und Dumble Street ereignet. Dazu die Namen der festnehmenden Polizisten. Link Williams frei auf Kaution. Mrs. Crunchs junger Neffe, dieses Raubtier, musste betrunken oder momentan von Sinnen gewesen sein, wenn er eine Frau fast vor der eigenen Haustür überfiel.

Mamie und er versuchten manchmal, sich auszumalen, was wirklich hinter solchen kurzen Artikeln steckte, nur so zum Spaß. Das heißt, wenn das Leben normal verlief und sie nicht auf Diät war, wenn das Zuhause behaglich und warm war und sie sang und lachte und Witze erzählte. Dann aalte er sich nach dem Abendessen in Wärme und Fröhlichkeit und wurde dennoch das unbehagliche Gefühl nicht los, dass zwischen Mamies offensichtlich wohligem Befinden und Bill Hods Besuchen ein direkter Zusammenhang bestand, aber er hielt sich auch nicht lange damit auf, es war besser so. Mamie las nicht viel, aber sie mochte eine Illustrierte namens True Crime und hatte ziemlich schlaue Ideen, wie ein Verbrechen begangen worden sein konnte. Sie sagte immer, Ermittler klären ein Verbrechen, indem sie denken wie jemand anders, sich in jemand anders hineinversetzen. Damit kannte sie sich ziemlich gut aus, sie sah ja dauernd Filme, in denen es um Morde und Ermittler ging. Filme, in denen es um Liebe ging, konnte sie nicht ausstehen.

Er versuchte, die Geschichte zu entschlüsseln, indem er sich vorstellte, er sei ein Durchschnittsleser des Chronicle, ein Bankangestellter zum Beispiel, und fahre mit der Straßenbahn auf der Franklin Avenue zur Arbeit. Bankangestellte waren so ungefähr die Einzigen, die Straßenbahn fuhren. Was würde der daraus machen?

Ich an seiner Stelle würde sie noch mal lesen, denn ich wäre verblüfft und fasziniert. Wie kam diese Frau, die in New York auf der Park Avenue lebte, der reichsten Straße der Welt, der teuersten Adresse überhaupt, dazu, um Mitternacht auf der Dock Street herumzulaufen? Die Park Avenue stand für Reichtum, Penthauswohnungen, livriertes Personal, Eleganz. Die Dock Street Ecke Dumble Street stand für Armut, Farbige, Mietskasernen und hatte alle möglichen Namen – Finstereck, Little Harlem, Nadelöhr oder Ganzunten.

Vielleicht wollte sie nach New York, war durch Monmouth gefahren und hatte angehalten, um nach dem Weg zu fragen, und dieser junge Negro war sofort über sie hergefallen. Aber wie kann er über eine Frau herfallen, wenn die bei laufendem Motor im Auto sitzt und er steht auf dem Bürgersteig und sie lehnt sich hinaus, das Fenster ist unten. »Könnten Sie mir sagen …«

Kein Zweifel, die Frau war aus dem Auto ausgestiegen. Um Mitternacht ist die Dock Street einsam. Genau die Art

Straße, in die man im Traum gerät, eine Straße parallel zu einem Fluss, man kommt immer zu Fall, wenn man im Traum auf so eine Straße gerät, man weiß, in der Nähe ist ein Fluss, aber man kann ihn weder sehen noch hören, man fällt einfach und fällt und fällt auf den Fluss zu. Laternen sind selten und stehen so weit auseinander, dass sie nicht durch die Dunkelheit dringen, sie sind nur dazu da, die Straße noch länger, noch dunkler zu machen als das Innenleben eines Albtraums, und nie gibt es Verkehr, nie geht jemand vorbei.

Also ist diese Frau, diese Fremde von der Park Avenue, aus dem Auto gestiegen und hat den ersten, der vorbeikam, nach dem Weg gefragt, und zufällig war das der skrupellose junge Neffe von Mrs. Crunch, und der ist sofort über sie hergefallen.

Unsinn, dachte er. Außerdem habe ich die Sache mit der Park-Avenue-Adresse in dem Artikel für korrekt gehalten. Was ein Bankangestellter aber auch täte. Der wüsste ja nicht, dass Mrs. William R. Sheffields Name und Anschrift hier irrtümlich stehen, und auch nicht, dass Camilla Treadway Sheffield und Mrs. William R. Sheffield ein und dieselbe Person sind.

Er legte den Chronicle wieder auf das Tablett für die Madam, schaltete den Perkolator ab und machte sich ans Toaströsten und Orangenauspressen. Er durfte nicht noch mehr Zeit mit derlei Rätseleien verplempern. Heute war einer seiner geschäftigsten Tage. Nachmittags sollte es wieder einen High Tea geben, den Imbiss für dreihundert junge Frauen aus der Fabrik.

Es wäre nur zu verständlich, wenn die Madam gesagt hätte: Das sind kleine Arbeiterinnen, die können irgendetwas bekommen, allein dass sie zum Tee hier geladen sind, reicht völlig, Brimborium ist nicht nötig, ein paar kleine Sandwiches und Törtchen, und alles ist bestens.

Aber so war sie nicht. Gleich in seinem ersten Dienstjahr hatte sie ihm erklärt, dass dieser Imbiss jedes Jahr mit derselben Sorgfalt ausgerichtet zu werden habe, wie wenn der Präsident der Vereinigten Staaten zum Tee komme, na ja, also jeder Präsident vor Roosevelt.

Unter Powthers Regie war mehr als ein Tee-Imbiss daraus geworden, nämlich ein Nachmittag der offenen Tür, und der erforderte Besteck und Porzellangeschirr vom Besten und feinste Servietten, Eichenholzscheite im Kamin, zwei Kellner aus dem Monmouth Hotel, die zum reibungslosen Service beitrugen, und richtig gutes Essen: Sandwiches mit wunderbar würzigen Füllungen – Hühnchen, Anchovis, Käse, Salatblättchen, Paté; geröstete Muffins zu Scheibchen von Virginiaschinken; Törtchen im Häppchenformat sowie ganze Torten, Bonbons, Pfefferminz, Salznüsse. Alles angerichtet im Esszimmer.

Als Rita um halb acht in die Butlerkammer kam, schrubbte er gerade die Tabletts, die er nachmittags brauchte.

»Guten Morgen, Mr. Powther«, sagte sie, gähnte, fuhr sich durch die Haare und zerrte einmal heftig an ihrem Faltenschürzchen, als ob sie es am liebsten abgenommen hätte.

»Guten Morgen, Rita.«

Sie sah verschlafen aus, weshalb ihre Kleidung nicht ordentlich saß. Das weiße Kleid war zwar sauber und nicht verknittert, aber es hing schlaff herunter, weil sie selbst so schlafschlaff war. Neuerdings hatte sie eine Affäre mit Al, was Powther nicht guthieß. Sie war mit dem Kopf nicht mehr bei der Arbeit. Gerade hing sie über der Spüle und starrte aus dem breiten Fenster, in der Hoffnung, einen Blick auf Al zu erhaschen, wenn er zum Frühstücken herüberkam.

Powther war drauf und dran, ihr von der unseligen Namensverwechslung in der Zeitung zu erzählen, ließ es aber bleiben. Sie war viel zu klatschsüchtig, vor allem wenn es um die Familie ging. Sie wog etwa fünfundzwanzig Pfund mehr als die Madam, passte also nicht in deren Kleider, für eine Zofe ein Quell ständigen Unmuts. Folglich zog sie unentwegt über die Madam her. Al tat das auch, nur dass er flächendeckend und pauschal pöbelte, nicht nur über die Madam, sondern über das Haus, das übrige Personal, die Werkstatt, die Autos, über alles. Rita hielt es mit höchstpersönlicher, exklusiv auf die Madam gemünzter Stutenbissigkeit.

»Sie ist in ihrem Bad«, sagte sie und wandte sich vom Fenster ab. Sie riss die Augen ganz weit auf, wie immer, wenn sie etwas Unfreundliches zu sagen gedachte. Sie hatte große braune Augen, und wenn sie sie plötzlich aufriss, bekam alles, was sie sagte, zusätzlich Betonung, Zuspitzung.

»Die kommt schneller rein und raus aus der Badewanne, als ich je bei irgendwem gesehen habe. Ich halte die nicht für sauber. In einer Minute rein und in der nächsten raus ...«

»Dann aber los«, sagte er kühl, »sonst wird der Kaffee noch kalt.«

Sie nahm das Tablett, und er hielt ihr die Tür auf. Er stand dicht neben ihr, als sie auf das Tablett hinuntersah, es genau ansah, und beobachtete ihr Gesicht, in dem Missmut und Missgunst einzogen und es veränderten, als hätte jemand eine Maske darübergezogen.

»Rosen«, sagte sie hämisch. »Weiße Rosen! Wahrscheinlich will sie die an den Nerzmantel gesteckt haben, wenn sie in die Fabrik fährt.«

»Sie sähen bestimmt sehr gut daran aus«, konterte er und dachte: Wenn du heute Nachmittag das Erdgeschoss siehst, wirst du erst richtig gehässig gucken. Rita war zum Garderobendienst zwangsverpflichtet worden, unter

Mrs. Camerons Leitung, und die Missgunst, die sofort in Ritas Miene trat, wenn sie sich umsah, war immer sein Gradmesser dafür, wie perfekt er gearbeitet hatte.

Gegen elf Uhr befand er, dass das gesamte Erdgeschoss glänzte wie eben ein Haus kurz vor einem High Tea. Rita hatte ja keine Ahnung, dass eine Woche Arbeit hinter dem Glanz und dem Strahlen von Fenstern, Edelholzmöbeln und Böden steckte. Rogers hatte seine Männer mit Eichenholzscheiten für die Kamine hergeschickt und persönlich die Narzissen und Tulpen aus dem Gewächshaus vorbeigebracht, unter anderem ein paar Dichter-Narzissen, weil sie so wunderbar dufteten.

Er hatte Rogers' Männer dazu gebracht, Jenkins beim Umstellen von ein paar Sofas und zehn Sheratonsesseln zu helfen, sie mussten aus dem Morgenzimmer oben nach unten in die Eingangshalle, damit es mehr Sitzgelegenheiten gab. Der Salon an der Ostseite war zwar der größte Raum, den er je gesehen hatte, aber für dreihundert Menschen bot selbst er nicht genug Platz. Und etwa um fünf Uhr kam immer der Augenblick, in dem alle dreihundert jungen Frauen auf einmal Tee tranken, egal wann sie gekommen waren.

Als er mit den Blumenarrangements fertig war, ging er zu seiner zweiten Tasse Kaffee in die Küche. In Ruhe trinken konnte er ihn nicht, es gab noch jede Menge Details mit Jenkins zu klären, aber den Kaffee zur Morgenmitte, den der Franzose extra für ihn und Al kochte, wollte er auf keinen Fall verpassen.

Er sah immer wieder amüsiert zu, wie sich Als Gesicht veränderte, sobald Mrs. Cameron in die Küche kam. Al lehnte meistens lässig in der Tür, die Kaffeetasse in der Hand, die Chauffeursmütze am Hinterkopf, aber sowie er sie sah, riss er die Mütze ab und stand stramm. Sie konnte nämlich wie alle erstklassigen Haushälterinnen sehr scharf werden, wenn sie auf ihrer Ansicht nach respektloses Benehmen stieß, und Al mit geschickten Worten aussehen lassen wie einen zu groß gewordenen Schuljungen, der gerade vom Lehrer scharf gerügt wird, rot anläuft und den Kopf hängen lässt.

Er drückte die Schwingtür zwischen Butlerkammer und Küche auf, blieb aber sofort stehen und schwieg vor Schreck. Auf das, was Al erzählte, war er absolut nicht gefasst. Er war bei seinem Versuch, wie ein Durchschnittsleser des Chronicle zu denken, gar nicht auf die Idee gekommen, dass es noch andere Lesarten gab, dass jemand anders auf die Story mit Link Williams reagieren könnte.

Al sagte: »Du glaubst mir nicht, was? Na dann, was hat die da gemacht am Kai in Niggertown, nachts um drei? Grad als wenn sie drum bettelt, von 'nem Nigger vergewaltigt zu werden ...« Er sah Powther halb in der Küche, halb draußen stehen, und schwieg.

Powther nippte am brühheißen Kaffee und wünschte, er wäre kalt, damit er schnell austrinken und wieder aus der Küche gehen konnte. Er tat, als ob er nicht gehört hätte, was Al erzählte, tat, als ob er nicht sähe, wie rot Al im Gesicht war oder wie heftig er mit den blassblauen Augen zwinkerte. Ich vergesse immer, in Hautfarben zu denken, überlegte er. Ich vergesse, dass andere Leute sehr wohl so denken. Ich habe in Link Williams nicht das gesehen, was ein weißer Mann in ihm sieht. Ich habe ihn einfach als einen anderen Mann gesehen, sonst nichts. Dass so über ihn geredet wird, verletzt mich.

Er hatte nie einen Gedanken darauf verschwendet, wie der Chronicle Negroes erkennbar machte. Er hatte nie darauf reagiert, weder so noch so. Jetzt reagierte er mit reiner persönlicher Entrüstung, nein, nicht mal Entrüstung, sondern irgendwie schlecht gelaunt. Hätten sie in der Zeitung nur den Namen von Link Williams genannt und nicht dazugeschrieben, dass er farbig war, dann wäre er, Powther, jetzt nicht in dieser heiklen Lage, mit dem Franzosen, der gegenüber am Tisch saß und ihn nicht ansah, dann müsste er nicht so tun, als ob er nicht sähe, dass Als blassblaue Augen immer noch zwinkerten, dass sein breites Gesicht rot wie nie war, dass er seine Mütze so weit nach hinten geschoben hatte, dass die gestutzten blonden Haare zu sehen waren, und der Sitz der Mütze seinen Rundschädel noch runder machte.

Schweigen in der Küche. Er dachte: Wir sind alle verlegen. Der Franzose rührt in seiner Kaffeetasse herum, der Löffel klimpert dagegen, er rührt und rührt, obwohl er weder Zucker noch Sahne drin hat, und ich nippe und nippe an meinem, obwohl er so heiß ist, dass ich mir die Lippen verbrenne. Al schiebt die Mütze weiter und weiter nach hinten, bald wird sie mit einem leisen Plopp auf dem Steinboden landen. Der Küchenjunge schält und schält Kartoffeln in der Spüle. Der musste doch mit dem Gesicht fast im Ausguss hängen, so tief hielt er den Kopf gesenkt, und der zeigte seine Verlegenheit, indem er allen den Hosenboden seiner Jeans präsentierte.

Der Franzose sagte: »Kuck hin, du Holzkopf. Vorsicht mit der Schale. Vorsicht mit der Schale.«

»Ja, Sir. Tu ich, Sir«, sagte der Küchenjunge kleinlaut.

Powther dachte: Der ist mit dem Gesicht bestimmt inzwischen beim Stöpsel, so tief hängt der Kopf in der Spüle und so hoch ragt der Jeanshintern.

»Tust du nicht. Schaben. Ich hab gesagt: schaben. Nicht schälen.«

Der Franzose versuchte, die Küche wieder mit Gespräch zu beleben. Im Alleingang.

»Kaffee is klasse, Frenchie«, sagte Al.

Al wollte mithelfen.

Dann kam Mrs. Cameron in die Küche, und Al setzte sich aufrecht und zog die Mütze so schnell ab, als ob unverhofft ein Fünfsternegeneral im Anmarsch wäre.

Tja, sie hätte General werden sollen, dachte Powther und betrachtete sie, und wäre sie ein Mann, dann wäre sie das auch. Sie erinnerte ihn in vielem an Mrs. Crunch. Beide waren klein, hielten sich sehr gerade und hatten ähnliche Frisuren, auf dem Kopf getürmte Haare. Mrs. Camerons Figur war klein und schmuck, nicht dass Mrs. Crunchs Figur nicht schmuck wäre, aber sie war etwas fülliger als Mrs. Cameron, und Mrs. Cameron hatte rosige Wangen, Mrs. Crunchs Haut dagegen war braun, aber beide hatten gleichermaßen straffe, faltenlose Haut im Gesicht. Und beide hatten das gleiche unerbittliche Benehmen.

Sie sagte: »Guten Morgen. Haben alle die Zeitung gesehen?« Knapp, nicht auf den Busch geklopft, gleich mit der Sprache rausgerückt, kein Geraune, kein Gerede, klarstellen, geraderücken – das alles steckte in diesen paar Worten.

Sie ging weiter auf und ab, sah zuerst Al, dann den Franzosen, dann Powther an. Sie trug ein graues Kleid mit langen Ärmeln, Baumwolle und kräftig gestärkt, dachte er, denn der Rock raschelte beim Gehen. Sie guckte so streng, und ihre Lippen waren zu einem so schmalen Strich zusammengekniffen, mit einem Birkenstock in der einen und einem Buch in der anderen Hand hätte sie genau ausgesehen wie die Karikatur einer Lehrerin.

»Nun?« Fordernd.

Der Franzose sagte: »Ja.«

»Ich denke, wir sollten das sofort besprechen. Zu viert. Und eine Position dazu entwickeln, damit wir, wenn die anderen ...«

Der Franzose hob die Hand. »Moment«, sagte er. »Bring den Müll raus, Holzkopf.« Sobald der Küchenjunge weg war, sagte er: »So, jetzt.«

»Was gibt's denn zu besprechen, und eine Position wozu, Mrs. Cameron?«, fragte Powther. »Der Chronicle hat offensichtlich einen Fehler gemacht. Eine Namensverwechslung. Sie haben Miss Camilos Namen aus irgendeiner anderen Geschichte übernommen. So was kommt leicht vor in Zeitungsredaktionen. Die nehmen eine Zeile Letternsatz und setzen den …«

»Daran habe ich auch gedacht, Mr. Powther. Aber es steht nirgends in der Zeitung ein Artikel über die Familie oder über Miss Camilo, aus dem eine Zeile in diesen Artikel gerutscht sein könnte. Die Theorie passt einfach nicht. Ich wünschte, es wäre so«, sagte sie.

»Dann –«, er stockte. Das stimmt. Aber wie kann das sein? Was soll Miss Camilo denn so spät abends in den Narrows gewollt haben? Er konnte Link Williams nicht leiden und traute ihm nicht, aber dass er über eine Frau herfiel, eine Fremde, könnte er sich nicht recht vorstellen. Schon gar keine so schöne, so offensichtlich aristokratische Frau wie Miss Camilo. Er musste furchtbar betrunken gewesen sein.

Al sagte: »Die treibt sich schon seit Monaten mit dem rum. Seit Dezember –«

»Genug davon, Albert«, sagte Mrs. Cameron. Ihre Wangen waren nicht mehr rosig, sondern rot. »In diesem Haus werden keine losen Reden über Miss Camilo geführt. Höre ich davon, ergreife ich sofort Maßnahmen und mache dem ein Ende – ein für allemal. Ich dulde keinen bösartigen Klatsch über sie oder irgendein anderes Familienmitglied.«

Powther verließ die Küche als Erster, was verständlich war, der High Tea nachmittags, er hatte noch so viel zu erledigen und so wenig Zeit dafür. Er sah Mrs. Cameron kurz danach durch die Eingangshalle laufen, mit raschelndem Rock, hocherhobenem Kopf und noch immer

486

strenger Miene. Er ging in die Butlerkammer, hielt aber die Schwingtür einen Spaltbreit auf, weil er hören wollte, was Al und der Franzose redeten. Er hatte noch nie in einem Haus, in dem er arbeitete, an einer Tür gelauscht, aber er musste unbedingt wissen, was Al erzählen wollte, als Mrs. Cameron ihm das Wort abgeschnitten hatte. Wer war Miss Camilos Liebhaber seit Dezember?

Gerade redete der Franzose. Er war eigentlich immer aufgeregt, immer empört, brüllte und fluchte halb auf Englisch, halb auf Französisch, eine Primadonna von Koch. Jetzt klang er kein bisschen aufgeregt. Er klang kalt, sachlich und absolut entsetzlich.

Der Franzose: Sie ist eine Hure. Eine Hure muss in einem Hurenhaus arbeiten.

Al: Bunny muss die jeden Morgen in die Werkstatt schleppen und ausziehen und verprügeln.

Powther dachte: Warum sagen die solche Sachen? In der Zeitung steht nichts, was dazu Anlass gäbe. Dann fiel ihm wieder ein, wie Al im Stadtwagen am Steuer gesessen und die Dumble Street von oben bis unten gemustert hatte. »Müsste genau da gewesen sein ... was is'n da ... bin ihr gefolgt ... hab sie verloren, in der Straße hier ... die kommt aus der Auffahrt geschossen wie ne gesengte Sau ... Mal, der muss mal jemand sagen ... fährt die Karre zu Schrott ... wenn ich der Captain wär ... sieht aus wie'n Engel ...«

Dann hat Al dem Franzosen also erzählt, dass Miss Camilo bis spät nachts unterwegs ist, irgendwo in Monmouth, dachte er. Außerdem wissen beide, genau wie ich, dass sie manchmal ganze sechs Monate weg ist, ohne den Captain, schon seit dem ersten Jahr der Ehe. Sie sechs Monate oder ein Jahr in Paris oder London oder Quebec oder Chicago, und der Captain immer in New York. Natürlich denken die, so eine schöne junge Frau hat bestimmt längst einen Liebhaber, den sie besser findet als ihren Ehemann.

Al: Fragt sich doch jeder in Monmouth, was die treibt da am Kai in Niggertown, um drei Uhr morgens, die will doch, dass dieser Nigger die vergewaltigt.

Der Franzose: Sie ist eine Hure.

Powther ließ die Tür zuschwingen, fest zu. Seiner Vermutung nach würde man das nicht als versuchten Überfall bezeichnen, aber so lautete die Beschuldigung. Und immer gab es Andeutungen in Richtung Vergewaltigung. Es hieß drei Uhr morgens, dabei war es Mitternacht. Auf dem Kai, dabei war es die Dock Street Ecke Dumble Street. So stand es in der Zeitung. Aber die Leute in Monmouth erzählten die Geschichte so, als ob Miss Camilo festgehalten worden wäre, auf dem Kai, auf dem Rücken liegend, niedergehalten von einem Negro, sie würden allerdings »Nigger« sagen. Miss Camilo niedergehalten von einem Nigger.

Ihm wurde speiübel. Noch etwas, das er nicht bedacht hatte, als er die Zeitung wie irgendein imaginärer Bankangestellter las, um hinter die Geschichte zu kommen. Er hatte nicht bedacht, dass das Personal in Treadway Hall sofort wusste, diese Mrs. William R. Sheffield mit der und der New Yorker Adresse war Camilla Treadway Sheffield. Andere Leute wüssten das nicht. Die Zeitung wusste es auch nicht. Es gab keinen Grund dafür. Die Leute in Monmouth kannten weder den Captain noch Miss Camilo. Sie kannten die Madam, nicht Miss Camilo. Aber das würden sie bald. Irgendwann würde es ganz Monmouth erfahren. So etwas ließ sich nicht verschweigen. Die Geschichte würde sich langsam nach und nach verbreiten, so wie Tinte auf Löschpapier. Mrs. Sheffield ist die kleine Treadway. Ein Skandal. Die Geschichte würde immer größer, ausgeschmückt, bis hin zu den nächtlichen Ausflügen, bis Miss Camilo rüberkäme wie eine gewöhnliche Straßenhure, der Gewalt ausgeliefert, eine von den Schwachen, die als Beute taugen.

Mrs. Cameron konnte den Lauf der Skandalgeschichte nicht aufhalten. Die ganze Sache war lang und breit diskutiert worden, er erkannte es daran, dass die Bediensteten beim Mittagessen im Personalesszimmer jede Erwähnung vermieden. Zweifellos hatte Al jedem Einzelnen erzählt, dass Miss Camilo die Auffahrt immer wie eine gesengte Sau hochgeschossen kam, und dabei wieder und wieder das Wort Nigger deklamiert, als hätte er es persönlich erfunden. Mrs. Cameron saß am Kopfende und sah strenger drein denn je, und Rita an der Tischmitte zuckte pausenlos ein verschlagenes Lächeln um den Mund. Al erzählte demonstrativ langatmig von Autos und vom Wetter und dass er den ganzen Morgen lang den alten Rolls-Royce flottgemacht hatte.

Powther trug nichts zum Gespräch bei. Er zwang sich, an etwas anderes zu denken. Der Franzose war eine Primadonna von Koch, nicht bloß Koch, Küchenchef – nicht bloß Küchenchef, Künstler. Besser als Angelo, der Italiener bei Old Copper, denn er würzte subtiler und gleichzeitig überraschender. Wenn Old Copper die Chance gehabt hätte, das Essen des Franzosen zu probieren, er hätte ihn gekidnappt. Old Copper nahm sich immer, was er wollte.

Der Koch der Last Chance war allerdings noch besser als der Franzose, sein Können hatte offenbar eine größere Bandbreite, umfasste viel mehr verschiedene Speisen. Powther erinnerte sich an seine Krapfen, außen knusprig, innen zart, scharf gewürzt, nicht süß. Die wunderbare Komposition klebte ihm am Gaumen und im Hals wie Leim, als er Bill Hod ansah, nur ein Mal ansah und dann nie wieder, als er ihn trotzdem nicht aus dem Kopf bekam und Angst vor ihm hatte.

Den allerersten Anblick hatte er nie wieder vergessen, Hod am Küchentisch, gegenüber von Mamie, er lachte nicht noch sagte er etwas noch liebkoste er sie mit Händen oder Blicken, er saß einfach nur da, in Hemdsärmeln, und trank ein Glas Milch. Er wollte einen Kaffee mittrinken und musste die Tasse gleich wieder abstellen, so zitterten ihm die Hände wegen dieses Mannes im weißen Hemd mit aufgekrempelten Ärmeln und offenem Kragen, er sah ihn nicht mehr an und bekam trotzdem das Raubkatzenhafte nicht aus dem Kopf, dunkle Gassen und Katzenmusik und Prügeleien, krall dir den Weg nach oben frei, mit Tatzen und Zähnen, Messern und Knarren, all das stand ihm ins Gesicht geschrieben. Wie bei Old Copper. Auch Old Copper sah man nur ins Gesicht, sah die Augen, den Mund, die Furchen um den Mund und wusste, so böse oder so grausam, wie sie wirklich gewesen sein musste, um ihm so ins Gesicht geschrieben zu stehen, konnte man sich seine Vergangenheit gar nicht ausmalen.

Trotzdem hatte er Old Copper gemocht und hatte Old Copper ihn gemocht. Das heißt, bevor er Mamie geheiratet, bevor Old Copper Mamie beglotzt hatte. Danach hatte er ihn gehasst, hatte Angst vor ihm gehabt. Inzwischen war ihm klar, dass er den Alten nur mögen konnte, weil er bis dahin nichts besessen hatte, das Old Copper haben wollte, nichts, das Old Copper ihm wegnehmen konnte.

Vielleicht, wenn es Mamie nicht gäbe, dachte Powther, und die Idee erschreckte ihn, vielleicht hätten Hod und er Freunde werden können. Al und er waren ja auch Freunde, so unglaublich das schien. Unter anderen Umständen, nur mal angenommen, hätten Hod und er Freunde werden können – kann man mit so einem Mann befreundet sein?

Al sagte: »Zwei und zwei zusammen macht nun mal vier.«

»Was soll das denn heißen, Albert?«, fragte Mrs. Cameron.

»Heißt, ich muss mich an Miss Camilos Caddy machen. Der hat die letzten Monate reichlich Keile gekriegt.«

Al stand vom Tisch auf. »Zwei und zwei zusammen ...« Powther sah ihm zu. Die Stimme passte zu seiner Größe, seiner Erscheinung, seiner Persönlichkeit. Eine laute Stimme, leicht heiser, weil er den ganzen Tag lang Zigaretten rauchte; eine eindringliche Stimme, allein der Klang sagte einem, dass etwas, das er sich einmal in den Kopf gesetzt hatte, nicht wieder rauszukriegen war. »Ungefähr da war's ... ich mess immer den Benzinverbrauch ... was ist da?«

Da, wo Al hingezeigt hatte, war der Fluss Wye. War der Kai. War die Dumble Street Nr. 6. Oh, nein, dachte er. Unmöglich.

Warum unmöglich? Zwei und zwei zusammen. Als Al von den nächtlichen Ausflügen erzählt hatte, war Powther zu dem Schluss gekommen, dass Miss Camilo verliebt war, sie schien plötzlich zum Leben erwacht, sie lachte ständig, ihr Gesicht hatte Schwung und ihre Haut eine Art Glanz bekommen. Wenn das stimmte, was Al über ihre Ausflüge erzählt hatte, dann wohnte ihr Liebhaber in Monmouth. Al hatte ihren Cadillac in der Dumble Street gesehen. Irgendwann in den letzten zwei Wochen war die Liebesgeschichte zu Ende gegangen. Miss Camilo war deshalb unglücklich. Sie war viel zu leise und trank zu viel. Laut dem blödsinnigen Chronicle-Artikel hatte sie Link Williams wegen eines versuchten Überfalls angezeigt. »Die treibt sich schon monatelang mit dem rum.« Alles zusammen machte: »der« war Link Williams.

Ein Schauder lief ihm die Wirbelsäule hinunter.

Er hatte ganz vergessen, dass er immer noch am Tisch im Personalesszimmer saß. Mrs. Camerons ruhige Stimme schreckte ihn auf. »Mr. Powther«, sagte sie, »Sie frösteln ja. Haben Sie sich eine Erkältung zugezogen?«

»Das liegt an diesen plötzlichen Umschwüngen«, sagte er und schüttelte den Kopf. »Gestern war fast Frühling, und heute ist es wie Mitte Januar. Ich friere schon den ganzen Morgen.«

Versuchter Überfall, überlegte er. Mitternacht, Dock Ecke Dumble, kein Verkehr, keine Passanten. Sie hören den Fluss plätschern, und die Straße um sie herum ist dunkel, trotz der Laterne an der Ecke. Sie sind in Sichtweite des roten Neonschilds an der Last Chance, aber das rosa Licht im Schlafzimmer oben in Nr. 6 können sie nicht sehen, und der Henker ist einfach nur eine dunkle Masse vor dem Nachthimmel, nicht wirklich als Baum erkennbar.

Miss Camilo und Link Williams, eine schmerzhafte Vorstellung, dass die beiden irgendeine Verbindung haben, stehen also an der Ecke und streiten sich. Miss Camilo mit den jungen, vertrauensvollen Augen, dem arglosen Gesicht, den blassblonden Haaren, ich wüsste gern, ob sie diesen Ring mit dem autoscheinwerfergroßen Diamanten aufhat, so ein Ring besagt doch, dass sie da um die Dumble Street herum nichts zu suchen hat, und sie steht neben Link Williams, der wieder keinen Hut aufhat und wahrscheinlich auch keinen Mantel an. Bestimmt zieht ihm die Straßenlaterne einen Schatten übers Gesicht, einen Schatten wie eine Narbe, wie um hervorzuheben, dass sein Gesicht mit dem dünnlippigen grausamen Mund Ähnlichkeiten mit den Gesichtern von Piraten, von Outlaws hat.

Bestimmt läuft der Streit nicht ohne Verletzung ab. Und die Verletzte ist Miss Camilo. Also geht es um eine andere Frau. Wahrscheinlich hat sie ihm gedroht, ihn zu ruinieren, es ihm heimzuzahlen, und er lacht bloß, und sie steht da, unter der Laterne, die das tödliche Dunkel ringsherum nicht auflösen kann, und schreit los. Die Polizei kommt, sie zeigt ihn an, er wird festgenommen. Aber er war ja längst auf Kaution wieder draußen. Das stand in der Zeitung. Und selbst wenn sich ihre Beschuldigung beweisen ließe, was er für unmöglich hielt, von solchen Fällen hatten Mamie und er oft genug in der Zeitung gelesen, eine so wackelige Anklage – versuchter Überfall, keine Zeugen, spätabends – würde vor Gericht nicht bestehen, und bei Bill Hods Einfluss würde nicht mal eine Bewährungs- oder eine Geldstrafe für Link herauskommen. Gar nichts.

Ich glaube das nicht, dachte er. Selbst jetzt glaube ich das nicht. Es muss eine andere Erklärung geben, Link Williams kann nicht ihr Liebhaber gewesen sein.

Al hatte zum Franzosen gesagt: »Du glaubst mir nicht, was? Na dann, was hat die da gemacht am Kai in Niggertown ...«

Ihm brach der Schweiß aus.

Er zog ein Taschentuch aus der Hose, betupfte sich die Stirn und grübelte, warum er sich weigerte zu glauben, dass Link Williams Miss Camilos Liebhaber gewesen war, warum er sich so dringend wünschte, dass das nicht stimmte, und plötzlich kam ihm in den Sinn, wie weich sich die verschlissenen alten Taschentücher anfühlten, die Taschentücher, die er ganz unten in dem Stapel in der obersten Kommodenschublade aufbewahrte, in dem Schlafzimmer, das er mit Mamie teilte.

Er sah die große Kommode aus Mahagoni-Imitat vor sich, auf die Schubladen geklebt die Trauben und Ranken und Amoretten mit runden Pobacken, die nicht von ihm gekaufte, nicht von ihm bezahlte Kommode, sah sich wieder in die Schublade greifen. Seine Hand war an etwas Kaltes, Metallisches gestoßen, viereckig wie eine Schachtel.

L. W. Die Initialen aus makellosen kleinen Diamanten gesetzt. Die Steine hatten, auch als das Zigarettenetui in seiner flachen Hand lag, unruhig weitergezappelt, als wollten sich die eingeschlossenen blau-rot-gelben Funken befreien, deshalb konnten sie einfach nicht stillhalten. Auch das goldene Etui war wunderschön gearbeitet, unverkennbar maßgefertigt von einem Goldschmiedemeister.

»Zwei und zwei zusammen.«

Miss Camilo hat das Etui Link Williams geschenkt. Link Williams hat es Mamie weitergegeben. Mit Monogramm. Offenkundig seinem. Ob deren Ehemann es sieht, ist ihm egal, der Ehemann zählt nicht, spielt keine Rolle, hatte nie eine gespielt und würde das auch nie; denn er war ein Idiot und Feigling obendrein, und das sah ihm auch jeder sofort an, selbst Old Copper, der alte Lüstling, hatte genau gewusst, dieser Ehemann würde alles mitmachen, und dem frischgebackenen Ehemann ins Gesicht gesagt: »Wenn ich jünger wär, würde ich gegen dich in den Ring steigen.«

Link Williams weiß, der Ehemann würde sich mit allem abfinden. Also erklärt er Miss Camilo: Ich habe eine andere Frau, die ist besser. Auch Powther nahm an, dass Mamie besser war als Miss Camilo. Dann dachte er entsetzt: Das Ganze hat mich jetzt schon verändert. Ich wäre nie auf die Idee gekommen, die beiden zu vergleichen, Miss Camilo bewegt sich doch in einer anderen, getrennten Welt. Aber wegen Link Williams waren diese getrennten Welten ineinandergelaufen und aufeinandergeprallt.

Die Prinzessin aus dem Märchen war gar nicht ganz aus Gold, sie war überhaupt nicht aus Gold, sie war aus Fleisch und Blut, menschlich, allzu menschlich, allzu schwach, fähig zu Eifersucht, zu Rache, fähig zum eigenen Ruin wie jede andere Frau.

Plötzlich überfiel ihn eine drängende Ahnung. Wenn sich Miss Camilo in Link Williams verlieben konnte, dann konnte Mamie – Mamie würde mit ihm durchbrennen. Womöglich waren sie schon weg. Er musste es herausfinden. Jetzt. High Tea oder nicht. Für niemanden stand so viel auf dem Spiel bei dieser fürchterlichen Geschichte wie für ihn.

Er sprang so abrupt vom Stuhl auf, dass Mrs. Cameron ihn finster anblickte, und lief zu Al in die Werkstatt.

»Al«, sagte er, »kannst du mir einen Gefallen tun?«

»Klar, Mal. Sag einfach, was.«

»Ich muss ganz schnell nach Hause, nach Hause und wieder zurück, damit ich trotzdem alles für heute Nachmittag fertig kriege. Die Madam hat die Büromädchen zum High Tea hier.« Al wusste das, aber Powther war viel zu aufgeregt, um klar zu denken. »Ich muss ganz schnell wieder hier sein, aber erst mal muss ich nach Hause. Ich muss nach Hause.«

»Klar, Mal. Jederzeit, weißt du doch.«

»Ich sage Mrs. Cameron, dass ich eben mal –«

»Och«, Al wedelte Mrs. Cameron mit eine Handbewegung weg, »dem alten Drachen musst du gar nichts sagen. Spring einfach in eine von den Karren. Komm, los, ich nehme eins von den gottverdammten Cabrios. Die ersten fünfzigtausend Meilen rasen die wie Sau. Danach ist der gottverdammte Motor hin.«

»Doch«, sagte Powther schnell, »sie muss Jenkins im Auge behalten, solange ich weg bin. Das ist eine Riesenveranstaltung. Da kommen jede Menge Leute. Dauert keine Minute …«

Er rannte beinah die Dumble Street hinunter und die Hintertreppe hoch bis in die Küche. Auf der Schwelle blieb er verwundert stehen. Mamie bügelte ein blaues Hemdchen, entweder von Kelly oder von Shapiro, und summte vor sich hin. Wie jede andere Ehefrau, Hausfrau, Mutter. Sie hatte ein leuchtend rotes Tuch um den Kopf gewickelt, also hatte sie sich wohl die Haare gewaschen. So wunderschön, so jung, so anziehend war sie ihm noch nie vorgekommen. Sie trug ein grün-weiß kariertes Kleid mit einem weiten Rock, das eine ganz schmale Taille machte und die Brüste so wölbte, dass man sie nur ungläubig anstarren konnte. In seiner Kehle stieg ein Seufzer auf.

»Pow-ther!« Lächelnd, auch der Mund wölbte sich über den ebenmäßigen weißen Zähnen, und das Lächeln ließ ihre Haut noch taufrischer glänzen. »Wieso bist'n du schon zu Hause?«

»Ich habe meine Schlüssel vergessen.« Er verschluckte sich fast. »Ich bin ohne die Schlüssel losgegangen. Meine Weinkellerschlüssel.«

»Na, was'n Pech aber auch. Soll ihr dir suchen helfen?«

»Nein«, sagte er eilig. »Ich weiß, wo sie sind. Sie sind in der anderen Hose.« Er empfand Demut, als ob er sich entschuldigen müsste. Vielleicht müsste er es ihr sagen, ihr erklären, dass er sie in Gedanken zu Unrecht beschuldigt hatte, sie als Zerstörerin von anderer Leute Liebesaffären gesehen hatte, ihr erzählen, dass er damit gerechnet hatte, nach Hause zu kommen, und alles wäre kalt und leer, weil sie mit einem anderen Mann durchgebrannt war. Stattdessen stand sie hier und bügelte, in der warmen sauberen Küche, kein schmutziges Geschirr in der Spüle; sie hatte auch den Boden gewischt und gebohnert, denn die blauen und weißen Linoleumvierecke schimmerten, funkelten regelrecht; und Lebkuchen hatte sie gemacht, er duftete würzig im Backofen, und über dem Lebkuchenduft lag der kräftige Duft ihres zusüßen Parfüms.

Er blieb in der Küche stehen und sah ihr zu, liebte den Anblick ihres großen Busens, dachte: Ich bin immer davon ausgegangen, dass verheiratete Frauen, die Affären mit anderen Männern haben, verkommen, verlebt aussehen. Tun sie gar nicht. Sie werden jünger, sie strahlen Glück aus, und andere Leute fühlen und spüren das, und das macht sie noch schöner. Wie Mamie. Wie Miss Camilo, bevor Link Williams sie sitzenlassen hat.

Dann fiel ihm ein, dass Al im Lincoln auf der Franklin Avenue stand und wartete, der High Tea fiel ihm wieder ein und alles, was noch zu tun war, Feuer in den Kaminen, für genug Löffel sorgen, die Kerzen anzünden, und der Klavierspieler musste etwas zu essen haben, wenn er ankam, er kam ja aus New York.

Er lief ins Schlafzimmer und zog die oberste Kommodenschublade auf, um sich zu vergewissern, dass das schändliche, sündhaft teure Zigarettenetui noch da war. Seit dem Abend der Entdeckung hatte er sich verboten, darüber nachzudenken, Spekulationen anzustellen; hatte sich kein einziges Mal den Luxus erlaubt, nachzusehen, ob es noch da war.

Es war weg. Mamie, die sich nie die Mühe machte, irgendetwas ordentlich in Schubladen zu legen, hatte die Taschentücher sauber gestapelt, als sie das Zigarettenetui herausgeholt hatte. Niemand sonst konnte es gewesen sein.

Vielleicht war es nie da gewesen. Doch, natürlich war es da gewesen. Niemand fantasierte goldenen Schnickschnack herbei, der aussah wie ein Kronjuwel.

Er knallte die Schublade mit Wucht zu, damit so viele Amoretten wie möglich etwas abkriegten. Eine kindische Handlung. Aber sie schienen ihn nur anzüglich anzugrinsen, mit offenem Mund und eingesunkenen Augen, also knallte er ihnen noch eine. Wenn Möbel reden könnten, dann könnten ihm diese widerlichen fetten Figürchen erzählen, was Mamie mit dem Zigarettenetui gemacht hatte. Vielleicht hatte sie es dem Besitzer zurückgegeben. Vielleicht auch nicht. Vielleicht hatte sie es sich vorn ins Kleid gesteckt, um immer etwas von Link an sich zu haben.

Als er wieder in die Küche kam, sah sie ihm kurz ins Gesicht und stellte das Bügeleisen ab. »Och, Powther, bist nich fündig geworden, was? Ich geh auch mal suchen.«

Einen Wahnsinnsmoment lang dachte er, sie meinte das Zigarettenetui, und hatte das Gefühl, mit Gesicht und Nacken in einer Dampfwolke zu stecken. Alles an ihm wurde immer heißer.

Dann besann er sich. »Doch, bin ich«, sagte er und zog ein Schlüsselbund aus der Hosentasche. Ihre Stimme hatte genau wie Dreweys Stimme geklungen, wie die Stimme der großen fetten Frau in dem knarzenden Schaukelstuhl in diesem Wohnheim in Baltimore, die vor sich hin summselte, wie sie es nannte, eine Stimme wohltuend wie ein warmes Bad – jetzt, jetzt, jetzt ist alles gut.

»Ich bin in Eile«, sagte er. Er musste zurück nach Treadway Hall, die Servietten durchzählen, den richtigen Tee aussuchen – eine rauchige dunkle Sorte –, und wollte doch so gern hierbleiben, seinen Kopf in ihren Schoß legen und …

»Geht's dir gut, Powther?«

»Nur eine kleine Magenverstimmung. Liegt daran, dass ich so schnell hergekommen bin.« Und daran, dass ich, seit Bill Hod in unser Leben getreten ist, das Gefühl habe, im Dunkeln in einem fremden Haus herumzustolpern, in einem Haus nach einer Tür zu suchen und zu tasten, das mir nicht vertraut ist und das gar keine Türen hat. Neuerdings wünsche ich mir immer öfter, dass mich Old Coppers Lüsternheit nicht angesteckt hätte, das hat sie nämlich irgendwann, und zwar so sehr, dass ich mich nicht mehr bremsen konnte, nicht bremsen wollte, nicht auf die Warnsignale meiner Vernunft geachtet habe, sondern immer so weitergemacht und dich geheiratet habe. Wegen eines alten Mannes, der in seinem roten Ledersessel kauert und sich die Lippen leckt und seine Gemälde anglotzt,

Ölgemälde von Frauen mit großen Busen und weichem Fleisch. Und trotzdem – wenn ich dich nicht geheiratet hätte, hätte ich nie wirklich gelebt, denn ich hätte nie erfahren, was Ekstase heißt.

»Ich mach dir ein Glas mit Natron.«

»Nein, nein. Ich habe keine Zeit. Wirklich nicht. Ich muss zurück.«

»Na gut, Süßer.«

Er konnte doch nicht so gehen. Er müsste doch noch etwas sagen, aber er wusste nicht, was. Sie hatte das Bügeleisen wieder in der Hand und schob es auf dem nächsten Hemdchen hin und her. »Wo ist denn J. C.?«, fragte er.

»J. C.?« Sie lachte. »Den hat Crunch mit in die Bippjothek genommen. Ich glaub, die will ihn bilden, aber ich wette, das läuft genau andersrum. Wenn die sich weiter dem sein Geschnatter anhört, vor allem, wenn sie 'ne halbe Stunde mit dem auf der Straße rumspaziert, dann red' die bald genauso. Vorhin kommt er hochgerannt und erzählt mir, Crunch hat gesagt, ich soll ihm was andres anziehen, er geht mit ihr aus, und ich soll ihm seine neuen Schuhe anziehen, und Crunch hat gesagt, ich soll mich beeilen, sie kann nicht warten. Ich sag zu ihm, ich sag: Hör mal, J. C., diesmal zieh ich dich um, aber komm mir noch ein Mal mit Crunch hat gesagt, ich soll dies und das, und ich versohl dir so den Hintern, dass du 'ne Woche lang nicht sitzen kannst. Er sah richtig goldig aus, wie er wieder runter ist.«

Sie lachte wieder, warf den Kopf in den Nacken, der braune Kehlkopf pochte im Rhythmus mit, und sie lachte immer weiter, als ob das saftig-satte Blubbern im Hals ein Vergnügen wäre. Dabei sah sie ihn merkwürdig scharf an, sodass er sich fragte, ob das Lachen nur Tarnung war, für etwas, an das sie gerade dachte.

»Oh, mein Gott!«, sagte sie plötzlich, setzte das Bügeleisen ab und lief zum Herd. »Ich bin schon wieder mit dem Arsch beim Kochen.« Sie zog den Lebkuchen aus dem Backofen. Die Ränder fingen gerade an zu verkokeln. »Hab'n ja grad noch rechtzeitig hochgekriegt. Die zwei ausgehungerten Armenier wollen immer was zu essen, wenn sie aus der Schule kommen. Da hab ich den schnell noch zusammengerührt und prompt vergessen.«

Als er nach unten ging, jetzt wieder eilig, fast rennend, hörte er sie singen, nicht dieses Lied mit irgendeinem Zug, den ihre Mutter genommen hatte, der Text hier klang zwar ziemlich sinnlos, aber die Melodie war schön und ihre Stimme auch, getragen, klar, wahr, und dazu klackte rhythmisch das Bügeleisen.

Tell me what color an' I'll tell you what road she took.
Tell me what color an' I'll tell you what road she took.
Why'ncha tell me what color and I'll tell you
what road she took

Als er ins Auto stieg, sah auch Al ihn merkwürdig an.

»Irngwas los, Mal?«

Er sagte, ohne nachzudenken: »Meine Frau.«

»Isse krank?«

»Na ja«, er zögerte, »nicht richtig.«

»Was'n los mit ihr?«

Er schüttelte den Kopf, stirnrunzelnd. »Es ist – es ist das Herz.«

»Is wahrscheinlich zu sehr auf Touren, Mal. Genau wie du. Schafft wahrscheinlich zu viel. Man muss sich ja auch mal ne Pause gönnen. Steht nemmich kein reicher Drecksack anner Ecke und schenkt ei'm ne neue Pumpe, wenn die alte ein' im Stich lässt.«

Die ganze Rückfahrt lang redete Al über Autos, über Herzprobleme, über die Madam und wie gemein sie zu Rita war, über Mrs. Cameron und wie gemein die zu Rita war.

Powther ging auf Als Gerede nicht ein. Er versuchte, sich wieder auf die Atmosphäre von Treadway Hall einzustellen, versuchte, alles andere zu vergessen, Mamie und Link Williams und Miss Camilo und ein Zigarettenetui von Tiffany, mit dem Mamie Versteckspielchen trieb, er wollte an den High Tea denken, sich auf den High Tea konzentrieren. Sonst ließ er nachher womöglich ein Tablett fallen, trat jemandem auf den Fuß, beging einen der grässlichen, tollpatschigen Fehler, die Butler begehen, wenn sie mit dem Kopf nicht bei der Sache sind.

Es gelang ihm auch ziemlich gut. Um fünf Uhr war der Ostsaal voller junger Frauen, alle trugen gemusterte Kleidchen und blumenverzierte Hütchen, manche saßen, manche standen, alle schwatzten und lachten, tranken Tee, aßen, hatten Riesenspaß, und er konnte die ganze Szene stolz betrachten und alle privaten Sorgen fernhalten.

Mischoff, der Klavierspieler, war pünktlich erschienen und saß jetzt am Steinway-Flügel, sodass unter dem Schwatzen und Lachen noch Musik lag. Eine wunderbare Duftmischung lag im Raum: Tee, ein leichter Zedernhauch aus den Kaminen, wo er Zedernspäne ausgestreut hatte, die Parfüms der Büromädchen, die Dichter-Narzissen. Er sah sich um und dachte: Wenn man in der Tür zu diesem weißen und goldenen Saal steht und nur einen raschen Blick auf die Lampen über den Ölgemälden, auf das Flackern der Kerzen und Kaminfeuer wirft, wenn man das Klavierspiel hört und die ständige Bewegung der Mädchen sieht, dann will man hier hinein und an der Wärme, der Fröhlichkeit, der Gastlichkeit teilhaben.

Die Madam gehörte hier hinein. Sie sah aus wie eine Grande Dame, mit der Perlenkette am Hals, in dem sanft rauchblauen Nachmittagskleid. Die jungen Frauen bekamen leuchtende Gesichter und strahlten, wenn sie sich mit ihnen unterhielt, und das Strahlen blieb auch, wenn sie weitergegangen war, um mit jemand anderem zu sprechen. Sie hatte fast so schöne Haare wie Miss Camilo. Von Weitem sahen sie aus wie platinblond, aber wenn man näher kam, erkannte man, dass es an der Mischung aus blassblonden und grauen Haaren lag. Sie hielt sich auch so aufrecht und war so schlank wie Miss Camilo. Sie hatten die gleichen tiefblauen Augen, aber nicht den gleichen Ausdruck. Miss Camilos Augen waren sehr jung, sehr arglos. Die Madam hatte die Augen einer Frau von Ende Fünfzig, ein bisschen müde, die Augen einer Frau, die seit Jahren eine Männerrolle spielt. Sie leitete die Fabrik, und wenn man genau hinsah, konnte man an den Augen ablesen, dass sie manches erreicht hatte, was sie wollte, und manches nicht; aber man sah auch eine Entschlossenheit in den Augen, im ganzen Gesicht, und begriff, warum sie so erfolgreich war.

Als er durch den Raum ging und leere Teetassen einsammelte, kam sie zu ihm und legte ihm eine Hand auf den Arm. Sie sagte: »Perfekt. Es ist alles perfekt. Vielen Dank, Powther.«

Das freute ihn ungemein. Sie bezahlte ihn schließlich, damit er dafür sorgte, dass alles perfekt war, sie hätte Perfektion zurecht für selbstverständlich halten können. Aber das tat sie nie. Sie dankte jedes Mal dafür, dass er seine Arbeit machte, als wäre er ein alter Freund, der ihr einen Gefallen getan hatte.

Jetzt strahle ich auch innerlich, dachte er, genau wie die jungen Frauen. Sie hat mein Selbstvertrauen wiederhergestellt, ich glaube wieder an mich. Ich kann mich im Raum umsehen und schade finden, dass es draußen bald zu warm wird für brennende Kerzen und Kaminfeuer und dass wir bis nächstes Jahr keine großen Gesellschaften mehr haben.

Doch, das Sommerpicknick gab es noch. Aber dafür war ein externes Team zuständig. Er hatte nichts damit zu tun, und er war überhaupt dagegen. Die Madam lud jedes Jahr zum vierten Juli Arbeiter aus der Fabrik zu einer Art Massenveranstaltung für sie und ihre Familien ein. Es war eher eine Invasion als ein Fest. Die Männer kamen in T-Shirts, ihre fetten Frauen in Shorts, langen Hosen oder Badeanzügen. Männer, Frauen und ungezogene Kinder mit klebrigen Fingern aßen Hot Dogs und Cracker Jacks und Eis, tranken Coca-Cola und Bier und Limonade und zündeten Feuerwerk. Sogar die Kinder tranken Bier, deshalb waren sie für ihn alle verachtenswerte Biertrinker.

Für diese Veranstaltung heuerte die Madam Extra-Wachmänner an, aber die scherten sich kaum um die Interessen der Familie und waren insgesamt nicht sehr auf Zack. Er fürchtete immer, dass ein paar dieser unliebsamen Gäste womöglich ins Haus gehen, es auskundschaften, die Wandteppiche begrabbeln, die Polster verschmieren.

Letzten Sommer war tatsächlich ein unrasierter, nach Bier und Schweiß riechender junger Mann bis zur Haustür vorgedrungen. Als Powther öffnete, erklärte er laut und streitlustig: »Wollte bloß mal sehen, ob's in dem Palast auch so stinkt wie in der Fabrik.«

Zum Glück kam einer der angeheuerten Wachmänner dazu und brachte ihn weg. Seitdem verkörperte der bierausdünstende junge Mann für Powther die Sommerpicknicks, so wie die parfümduftenden, attraktiven jungen Frauen in den Frühlingskleidchen die Spätwintertees verkörperten.

Nun ja, dachte er, als er durch den Saal ging, um Jenkins zu sagen, er solle die Stapel der leeren Teetassen auf einem Kaminsims einsammeln, aus Kieselsteinen kann man nun mal keine Diamanten schleifen. Er blieb einen

Augenblick hinter einem Sofa vorm Kamin stehen und bestaunte zwei junge Frauen, die eng beieinandersaßen und das Feuer betrachteten. Das mandarinrote Seidensofa bot einen aparten Untergrund für ihre orange-gelb gemusterten Kleider.

Eine der beiden sagte halblaut: »Du weißt nicht, wer sie ist?«

»Nein«, sagte die andere, noch leiser. »Wer denn?«

Er wollte schon gehen, als die Hübschere der beiden sagte: »Die Tochter von Mrs. Treadway. Camilla Sheffield.«

Seine Aufmerksamkeit war geweckt.

»Ich wusste gar nicht, dass sie eine Tochter hat.«

«Doch. Mrs. William R. Sheffield ist Mrs. Treadways einziges Kind. Camilla Treadway Sheffield. Ist das nicht ein Ding?«

»Woher weißt du das denn?«

»Hat mein Boss gesagt. Ich hab gehört, wie er das irgendwem erzählt hat, heute Morgen am Telefon.«

»Die Tochter von Mrs. Treadway? Was macht die denn um die Zeit in den Narrows?«

»Das hat er auch gesagt. Mein Boss, mein ich. Er sagt: ›Was macht die da nachts am Kai mit einem Nigger?‹«

»Die war nicht wirklich auf dem Kai mit dem, oder? Ich meine, das stand nicht so in der Zeitung. Moment mal«, jetzt genießerisch, neugierig, »du meinst, die war ...«

»Psst!«

Die Madam kam auf sie zu, und beide drehten sich zu ihr, lächelten und strahlten sie an und standen auf, um mit ihr zu reden.

Powther konnte es kaum glauben: So schnell! Heute Abend würde ganz Monmouth dieselbe Frage stellen.

Jetzt sah er sich angewidert im Raum um. Diese jungen Frauen dufteten zwar nach Parfüm, hatten sich Locken gelegt und ihre neuen Frühlingskleidchen angezogen, aber sie waren auch nicht anders als die verschwitzten, bierseligen Arbeiter, die im Juli in den Park einfielen. Auch sie hatten einen Groll, einfach dagegen, dass die Madam zur Millionärsklasse gehörte.

Die Biertrinker übersetzten ihre Feindseligkeit in Vandalismus. Rogers hatte erzählt, dass ein ganzes Team von Männern nach jedem Picknick einen Monat brauchte, um den Park wieder in Schuss zu bringen, all die beschädigten Bäume und Sträucher und leeren Bierflaschen und Cracker-Jack-Schachteln und Coca-Cola-Flaschen und Feuerwerkshülsen, die im Teich gelandet waren, dabei hatte er im ganzen Gelände die größten Mülltonnen aufgestellt, die er finden konnte, in nicht mal drei Metern Abstand.

»Irgendwann bin ich auf den Trichter gekommen«, hatte Rogers gesagt. »Hat drei Jahre gedauert, bis ich draufgekommen bin. Ich hab die Schwäne woanders hingebracht, wo die die nicht finden. Hab denen 'n kleinen Extrateich angelegt. Drei Jahre lang hatt ich meine Schwäne gefunden, Hals umgedreht oder 'n Kropf so aufgebläht, dass die zwei, drei Tage später tot waren. Und jetzt zieh ich auch Elektrodraht um die ganzen Rosengärten rum. Den Draht früher hatten die immer weggerissen und 'n paar Büsche ausgebuddelt. Aber das hab ich jetzt gelöst, da kommen die nicht mehr dran.«

Die Biertrinker verwüsteten den Park, oder versuchten es jedenfalls. Aber die Teetrinkerinnen, wie er diese Büromädchen jetzt nannte, waren genauso feindselig. Sie fanden es toll, dass die Tochter der Madam in einen Skandal verwickelt war. Wenn dieser Teeempfang zu Ende war, würden sie Miss Camilo auf den Status einer Prostituierten runtergeschwätzt haben, bloß weil ihre Mutter Millionärin war. Den Reichtum konnten sie der Madam nicht nehmen, aber ihre Tochter konnten sie vernichten, einfach, indem sie über sie tuschelten, während sie rauchigen dunklen Tee aus Madams feinsten Tassen tranken, während sie mit Madams Versailles-Teelöffeln an den Untertassen herumklimperten.

20

Peter Bullock, Herausgeber, Besitzer und Verleger des Monmouth Chronicle, saß im Swiss Steak, einem kleinen Restaurant auf der Centre Street, und trank ein Glas Milch. Er sah zu, wie gegenüber am Tisch Rutledge, der Leiter der Polizeidirektion Monmouth, sich gemächlich, aber stetig durch ein Steak, Pommes frites und Parker-House-Milchbrötchen arbeitete, sah zu, wie er das Essen mit Bier, mit großen Schlucken Bier hinunterspülte.

Er versuchte, den Blick auf Rutledges Teller zu meiden, und konnte nicht, kein ausgehungerter Mensch kann den Blick auf Essen meiden. Er redete sich ein, das, was Rutledge sich da in den Mund stopfte, sei unappetitliches, ungesundes gebratenes Zeug und das Bier, mit dem er es die Kehle hinunterspülte, sei kaum besser als Gift; aber vom Steakgeruch, vom Biergeruch und von dem riesigen knurrenden Loch im Magen bekam er ein Gefühl, als ob sich sein Kopf immer ringsum drehte, um sich selbst kreiselte wie in einem eigenen Privatriesenrad.

»Die kleine Treadway hat sich selbst reingeritten«, sagte Rutledge, Steak kauend. »Hätt's nicht besser hingekriegt, wenn ihr jemand was dafür bezahlt hätte. Sie war betrunken, als sie Link Williams wegen versuchtem Überfall angezeigt hat. Und auch betrunken, als sie nachmittags das Kind überfahren hat.« Er winkte mit der Gabel nach dem Kellner. An den Zinken war ein Steakbrocken aufgespießt, und Bullock überlegte, was Rutledge machen würde, wenn er sich vorrecken, den Mund aufreißen und mit den Zähnen nach dem Fleisch schnappen würde.

»Vielleicht bewirbt sie sich gerade um den Titel«, sagte Rutledge.

»Den Titel? Was für'n Titel?«

»Den Titel Luxusluder.« Rutledge grinste. Er drehte sich zum Kellner und bestellte: »Zweimal Apfelkuchen. Nein, nicht für ihn. Nur für mich. Und hauen Sie schön dick Eis drauf. Und etwa einen halben Liter Vanillesoße.« Er schob sich den Steakbrocken in den Mund, grinste Bullock an und plapperte kauend und grinsend weiter: »Hab verdammt keine Ahnung, warum ich so viel esse. Vielleicht weil ich als junger Mensch immer Hunger hatte. Solchen Hunger, dass ich mal ein ganzes Brot gestohlen habe«, er machte sich an den Kuchen, »seitdem haue ich mir den Wanst voll, damit ich mich bloß nie wieder daran erinnere, wie der sich leer angefühlt hat.«

Bullock brummte.

»Sie kommt Sie besuchen.«

»Wer?«, fragte Bullock, dachte aber: Hungerhaben ist leichter, wenn man jung ist. Er war zu alt dafür. Neunundvierzig und Dauerhunger. Neunundvierzig und ein Loch im Magen, ein brennendes Loch im Magen, permanent.

»Mrs. Treadway. War gleich nach dem Unfall bei mir. Schon komisch. Hat mir irgendwie leidgetan. Ausgerechnet mir tut eine Milliardärin leid. Ich soll die Anzeige aus dem Wachbuch löschen. Aber da kann ich verdammt nichts dran ändern. Himmel, das Mädchen war voll wie 'ne Haubitze, die ist bei Rot über die Ampel, und auf der Straße hat's von Zeugen gewimmelt …«

»Und was haben Sie gesagt?«, fragte Bullock. Er kannte den Unfall in allen Einzelheiten, der Artikel war schon eingerichtet und im Stehsatz. Unfall auf der Dock Street, etwa Viertel nach fünf, Kind überfahren.

»Ich hab versucht, so neutral wie ein Richter zu klingen. ›Mrs. Treadway‹, hab ich gesagt, ›wir haben in Monmouth geschriebene Gesetze. Aber keine ungeschriebenen. Und Gesetze gelten für alle Einwohner gleichermaßen. Das ist ein schwerer Fall. Das Kind ist schwer verletzt. Und es besteht immer noch die Möglichkeit, dass das Kind stirbt. Ich kann da nichts, wirklich gar nichts, machen.‹« Rutledge kippte noch mehr Bier. »Sie kommt Sie besuchen«, sagte er noch einmal maliziös.

»Wozu?«

»Wenn reiche Leute die Polizei nicht klarmachen können, versuchen sie das Zweitbeste, nämlich Einzelheiten über die Schweinerei aus der Presse rauszuhalten. Und die Presse in dieser Stadt sind Sie, Bullock.«

Er zuckte die Schultern. »Was soll das bringen, es aus der Zeitung rauszuhalten?«

»Dann würde das Etikett reiche Rumtreiberin nicht für alle Zeiten schwarz auf weiß irgendwo stehen. Es könnte da hängen bleiben, wo es ist, in der Luft, als Gemisch aus Hörensagen und Gerüchten.« Rutledge zündete sich eine Zigarette an. »Was wollen Sie machen, wenn die alte Lady versucht, Sie einzuwickeln?«

War das nur mal beiläufig gefragt? Kaum. Rutledge fragte nie nur mal beiläufig. Er hatte die kalten Augen von Polizisten, bleigraue Augen, und das profimäßig ausdruckslose Gesicht von Polizisten, ein Gesicht wie eine Maske, nur dass Rutledges Maske nie verrutschte, man konnte also nie erkennen, wie er zu etwas stand, wie er etwas fand. Aber unnütze, beiläufige Fragen stellte er nicht.

»Weiß ich nicht.« Bullock schob seinen Stuhl vom Tisch.

Der Geruch von Steak, Pommes frites, Bier begleitete ihn den ganzen Weg die Centre Street hinunter und bis in sein Büro. Er hatte noch immer Hunger, und der leckere Essensduft zog mit bis ins Büro und peinigte ihn, machte ihn rasend und ließ ihm den Kopf schwirren.

Seine Sekretärin sagte: »Mrs. Treadway wartet auf Sie. Ich habe ihr gesagt, Sie wären gleich zurück.«

»Sie sind so gottverdammt tüchtig«, sagte er und nahm hin, dass sich seine hungerbedingte Benommenheit und Gereiztheit in Zorn verwandelte, nahm hin, dass sein Zorn der alten Jungfer von Sekretärin mitten ins Gesicht platzte, und sah zu, wie ihr Gesicht verknitterte und rot anlief. »Sie haben bestimmt auch schon Ihren Grabstein ausgesucht, was? Und das Sargmodell.« Er starrte sie wütend an, ging in sein Büro und schüttelte Mrs. Treadway die Hand, tat, als wäre er hocherfreut, sie zu sehen, und hielte das Ganze für einen informellen Besuch, den sie ihm abstattete.

Er staunte über sich selbst, weil sie auch ihm leidtat, so wie Rutledge. Sie war älter geworden, hatte mehr Grau in den Haaren und tiefe neue Falten um den Mund und die Augen. Er sah sie allerdings auch nicht sehr oft. Einmal im Jahr fuhren Lola und er zum Dinner nach Treadway Hall, das war in erster Linie ein Akt höflichen geschäftlichen Umgangs, obwohl Lola es immer als Beweis gesellschaftlicher Bedeutung darstellte, wenn sie ihren Freundinnen davon erzählte.

Mrs. Treadway sagte: »Ich bin hier, weil ich Sie bitten möchte, nichts über diesen bedauerlichen Unfall von Camilo zu bringen.«

»Das kann ich nicht«, sagte er ebenso rundheraus, ebenso schnell. »Die Polizei hat ihn aufgenommen. Das Kind liegt im Krankenhaus. Es gab Zeugen.«

»Camilo steht unter ungeheurer Anspannung«, sagte sie. »Deshalb bitte ich Sie, nichts darüber zu berichten.«

»Ich mache nur einen kleinen Artikel und versenke ihn im Innenteil. Aber bringen muss ich ihn.«

»Es darf überhaupt keinen Artikel geben. Weder innen drin noch draußen drauf«, beharrte sie.

Er konnte den Grund gut verstehen, jeder konnte ihn verstehen. Die andere Sache war noch nicht bearbeitet, es war kaum eine Woche her, dass Camilo Sheffield einen Negro bezichtigt hatte, sie überfallen zu haben. Der Negro war auf Kaution draußen, die Kaution war winzig, und noch war kein Gerichtstermin anberaumt. Der Unfall jetzt wäre alles andere als hilfreich für Camilos Ruf, er würde endgültig ruinieren, was davon noch übrig war.

»Es tut mir leid«, sagte er freundlich und meinte es auch so, »aber es muss ins Blatt.«

Sie stand auf, also stand er auch auf und überlegte, wie er sein Bedauern, seine Sympathie ausdrücken könnte.

»Mr. Bullock«, sagte sie, ihre Augen waren nicht mehr traurig, ihr Blick war entschlossen, kalt, die Gesichtszüge hart und die Stimme unerbittlich. »Wenn der Artikel reinkommt, kommen unsere Anzeigen raus. Wir sind nicht vertraglich an Ihr Blatt gebunden.«

Als sie gegangen war, schob er die Schreibunterlage auf dem Tisch hin und her und dachte: Ach, egal, diese verdammte Frau. Was hat die auch ihre Herumtreibertochter nicht unter Kontrolle? Die ganze Sache war mies. Die Frau war betrunken, war gefahren, als ob der Teufel im Damensitz auf dem Kotflügel hockt und sie den zu überholen und abzuhängen versucht. Sie war über eine rote Ampel gerast. In Niggertown. Auf der Dock Street. Warum auf der Dock Street? Was wollte sie da auf dieser engen, schmuddeligen Straße mit lauter Lagerhallen und stinkenden kleinen Fabriken und alten Holzbohlenhäusern, auf einer Straße parallel am Fluss entlang, die riecht und aussieht wie das, was sie ist – eine Straße im Hafenviertel.

So was war immer schlecht. Priester und Rabbiner, zwielichtige Niggerprediger, Gewerkschaftsbonzen und Lokalpolitiker, alle würden brüllen und keifen, die Presse sei gekauft, monatelang. Man konnte nicht verhindern, dass die Leute von einer Sache erfuhren, indem man sie aus der Zeitung raushielt. Es war kurz nach fünf Uhr passiert, die Straßen waren voller Hafen- und Fabrikarbeiter auf dem Heimweg gewesen. Er hatte es Mrs. Treadway klarzumachen versucht, aber nein, nichts, wenn der Artikel reinkommt, kommen die Anzeigen raus – auf Dauer. Er konnte sich den Verlust nicht leisten, und sie wusste das.

Also nahm er den Artikel persönlich aus dem Satz und wusste schon, als er es tat, dass das, was er getan hatte, keine fünf Minuten, nachdem er den Redaktionsraum verlassen hatte, im ganzen Haus rum sein würde.

Wieder im Büro versuchte er, die Schuld, die Verantwortung für sein Handeln von sich wegzuschieben. Rutledge hätte die Sache sehr wohl aus dem Wachbuch tilgen können. Wieso musste Rutledge so verdammt moralisch sein beziehungsweise, dachte er, warum darf sich der bleiäugige Polizeichef von Monmouth leisten, nach seinen Moralvorstellungen zu handeln, und der Chef des Chronicle nicht? Geht es dabei um Moral? Nein, es geht bloß darum: Was werden die Leute sagen – was werden die Leute denken – die öffentliche Meinung.

Der Urfehler stammte von diesem Hohlkopf, der sich die Story von Mrs. Sheffields Anzeige wegen des Überfallversuchs durch einen Negro geschnappt hatte. Das war einer von diesen Schlaumeiern von der Columbia School of Journalism, mit allem, was dazugehört – Bürstenschnitt, eine noch größere Klappe als John L. Lewis und totale Selbstüberschätzung der eigenen Urteilskraft.

»Ich wusste ja nicht, dass das die kleine Treadway ist«, hatte er gesagt, als Bullock ihn zur Rede gestellt hatte. »Aber eine Frau von der Park Avenue, die sich nachts in der Gegend um die Dumble Street rumtreibt, das ist eine Meldung. Rein wegen der Inkongruenz, sie und in der Gegend.«

»Sie haben zu wissen, wer jemand ist. Das gehört zu Ihrem Job. Dafür werden Sie bezahlt. Oder bringt Ihnen das keiner bei da auf der ...«

Der Bürstenhaarschnitt fiel ihm ins Wort. »Wer soll die denn erkennen bei dem Namen? Das ist an der Redaktion vorbeigerauscht. Das ist an Ihnen vorbeigerauscht. Haben Sie vielleicht gewusst, wer Mrs. William R. Sheffield ist? Aber ich muss das wissen, ja? Dafür bezahlen Sie mich, ja? Und selbst wenn ich das gewusst hätte, die Story hätt ich mir geschnappt. Irgendwer Fremdes hätte aus Versehen in die Gegend geraten können. Die kleine Treadway muss aber absichtlich da gewesen sein. Die pendelt jetzt seit Monaten zwischen Monmouth und New York. Die hätte sich ja wohl kaum verfahren. Wenn Sie mich fragen, die Nummer mit dem versuchten Überfall ist absoluter Quark. Das war ein Beziehungsstreit.«

»Was?« brüllte Bullock. »Wie kommen Sie –»

»Passen Sie mal auf«, sagte der Bürstenhaarschnitt ruhig, »ich hab mir den Mann angesehen. Meine Freundin arbeitet bei Treadway, sie hat mir erzählt, dass Mrs. Sheffield die Treadway-Tochter ist. Und da bin ich neugierig geworden und hab den mal recherchiert. Der war PhiBetaKappa-Student in Dartmouth, Hauptfach Geschichte, mit Auszeichnung von der Monmouth Highschool abgegangen, Footballstar, Basketballstar in der Highschool und in Dartmouth. War vier Jahre bei der Marine, Postüberwachung, Marinestützpunkt in Hawaii. Nichts an seinem Lebenslauf macht ihre Anzeige glaubhaft. Falls Sie wissen wollen, was ich denke, ich denke, die hatten eine Liebesgeschichte und –»

»Sie gottverdammter Idiot«, schrie Bullock, und seine Kehle schnürte sich zusammen, als ob er gleich erstickte. Als er wieder sprechen konnte, war seine Stimme nicht mehr nur oberflächlich gereizt wie typisch bei Magengeschwüren, sie war außer sich vor Wut, denn die Vorstellung, die Möglichkeit, dass die Treadway-Tochter einen Nigger-Lover haben könnte, dass ein vernunftbegabter weißer Mann einen solchen Gedanken überhaupt erwägen konnte, ohne – »Sie sind gefeuert«, schrie er, »ich gedenke nicht, einen verantwortungslosen Drecksack wie Sie weiter zu bezahlen …«

Der Schlaumeier mit dem Bürstenschnitt antwortete fröhlich: »Schon in Ordnung, Pops. Ging mir mit Ihnen genauso bei unserer ersten Begegnung.«

Er ging zur Tür, zögerte aber kurz davor und drehte sich um, und Bullock, der ihn beobachtet hatte, dachte: Gleich sagt er, ich brauch den Job, ich habe Frau und vier hungrige Kinder, und die Großmutter liegt im Sterben. Stattdessen gab er ihm einen Rat.

»Passen Sie schön auf Ihre Geschwüre auf, nicht dass die platzen«, sagte er, »sonst kommt da womöglich noch Dreck rein wegen diesem Treadway-Fall.«

Abends um acht hatte das Telefon auf seinem Schreibtisch geklingelt, und die junge Frau von der Vermittlung hatte gemeldet, dass Jubine ihn sehen wolle.

»Sagen Sie ihm, er soll sich ersäufen.«

»Er hat ein Bild, das –«

»Sagen Sie ihm, er soll's ins Klo schmeißen, die Spülung ziehen und –«

»Er sagt –«

Jubine rief dazwischen. »Bullock, gucken Sie sich das Bild lieber an. Das müssen Sie sehen.«

»Nein.«

»Das wird Ihnen noch leidtun, Sie Knecht, sehr sehr leid …«

»Machen Sie, dass Sie aus meinem Gebäude kommen, bevor ich die Polizei rufe.«

»Das wird Ihnen noch leid-leid-leidtun.«

Noch einmal singsang Jubine ihm den Satz mit leisem Tadel ins Ohr, und er knallte den Hörer auf, schnitt die Stimme einfach ab, dachte: Oh ja, acht Uhr abends, das kann ich gerade noch brauchen, dass der Drecksack kommt und mich mit seinem Senf belabert, die kalte Zigarre im Mundwinkel, gierige Blicke, die durchs ganze Zimmer streunen, er guckt und guckt und guckt, als ob er bei allem taxiert, was es gekostet hat, überall ein Preisschild dranhängt, der Schreibtisch soundsoviel, der dunkelrote Teppichboden soundsoviel, die mahagonigetäfelten Wände soundsoviel, das hast du alles bezahlt, hahaha, die haben dich geneppt, und guck mal, um welchen Preis. Ruhelose, inquisitorische Blicke, die über den Herausgeberverlegerbesitzer des Monmouth Chronicle und um ihn herum wandern, ihn begutachten, ihn katalogisieren, ihn zusammenfassen in dem Satz: »Sie sind 'ne Marke, Bullock. Ein Gemütszustand. Und davon erholen Sie sich nie wieder.«

Jubines Stimme ging ihm nicht aus dem Kopf: Das wird Ihnen noch leid leid leid tun, Singsang, unmelodiös, repetitiv, wie bei einem kleinen Gör, das ein anderes kleines Gör hänselt. Er blieb im Büro, bis die Druckerpressen angingen, und meinte, den Singsang noch unter dem Gerumpel und Geratter der Pressen zu hören. Hörte ihn noch den ganzen Abend, selbst als er wieder zu Hause war, als er ins Bett ging.

Um sechs Uhr morgens wachte er auf und fühlte sich unbehaglich, ausgebrannt, als hätte sein Unterbewusstsein die ganze Nacht lang versucht, mit einer Botschaft zu ihm durchzudringen, deshalb hatte er unruhig geschlafen, mit dem Bewusstsein, dass etwas nicht stimmte, aber zu stumpfsinnig, um das Signal zu erkennen, darauf zu reagieren. Bilder, dachte er, und was, wenn …

Er griff nach dem Telefon am Bett und wählte Rutledges Nummer.

»Hören Sie mal«, sagte er, als sich Rutledge mit schlafschwerer Zunge meldete, und stellte, obwohl er die Antwort darauf schon wusste, die Frage trotzdem: »Hat irgendjemand Fotos von dem Unfall mit der Treadway-Tochter gemacht? Wer? Ach – Himmel!«

Lola setzte sich auf, ohne zu gähnen, nicht schlaftrunken, hellwach, das Gesicht frisch wie der junge Morgen, Lockenkringel auf der Stirn. »Was ist denn?« Stirnrunzelnd sah sie ihm beim Anziehen zu. »Wo willst du denn um diese Zeit hin? Pete, antworte ...«

Er war weg, bevor sie noch einmal fragen konnte. Er setzte den Wagen aus der Garage, extra angebaut, Platz für drei Autos, für den Kombi, für Lolas Cabrio und für sein Sklavenschiff, wie Jubine ihn nannte. Warum brauchten sie zwei Autos und einen Kombi? Weil er ein Schmarotzer war, er war ein Knecht, er war ein armer Knecht, der sich gebärdete wie ein reicher Knecht, weil er verliebt war in eine teure, schöne rotschopfige Knechtin, und irgendwann im zwanzigsten Jahrhundert hatten sie beide den Gebrauch ihrer Beine, ihren Verstand und ihre Willenskraft eingebüßt. Also konnten sie nicht mehr zu Fuß gehen, konnten nicht mehr ...

Die Fabriketage auf der Commerce Street gegenüber der Polizeiwache, in der Jubine lebte, war leer. Die Tür stand offen. Er schrie: »Jubine, heh, Jubine!«

Keine Antwort. Er ging hinein. Es war einfach ein großer, kahler Raum, praktisch unmöbliert, nicht mal ein Raum, eine Fabriketage, zu groß, als dass die Wände ihn hätten umfassen, formen können. Überall Bilder, alles, was beim Fotografieren so abfällt. Aber nicht mal ein Bett. Schläft vermutlich auf dem Boden. Nein, da war ein Feldbett, aber kein Bettzeug, eine zusammengerollte Armeedecke am Fußende anstelle von Bettzeug, Bettdecke und Bezug, alles auf einmal; taugt auch als Kissen, wenn man den Kopf drauf legt.

Eine alte Männerstimme sagte: »Wollen Sie was, Mister?«

Er drehte sich in Richtung der Stimme und sah, dass es immerhin einen Sessel in der Fabriketage gab und dass darin ein dünner alter Mann saß. Runzliges Gesicht. Etwas Ironisches im Blick, aber vielleicht kam das auch von der zugroßen grauen Kappe auf seinem Kopf, deren Schirm einen Schatten über seine Augen warf. Er nuckelte an einer Maiskolbenpfeife. Sein Gesicht schien nur aus Kappenschirm, Pfeife und Runzeln zu bestehen.

«Wo ist Jubine?"

«New York.«

«In New York? Jubine?« Mittlerweile lag der Chronicle stapelweise an den Kiosken, lief die Verteilung über die Postämter aller Kleinstädte von Connecticut, flogen dicke Bündel von Lkw vor Drugstores und Bonbonläden, noch eine Stunde, und er lag in Hauseingängen und Zeitungsjungen verkauften ihn auf der Main Street. Daran dachte er normalerweise vergnügt und zufrieden, denn um diese Zeit wurde an Frühstückstischen, in Zügen und Bussen, seine Zeitung gelesen, seine persönliche Schöpfung, druckfrisch, jeden Morgen heiß erwartet. Aber heute …

»Ganz recht, Mister. War die ganze Nacht weg. Hat gesagt, Sie käm ihn suchn. Hat gesagt, Sie käm gestern abend. Is aber morgens jetzt, ne? Sie komm später als er sagt.« Er hielt kurz inne. »Hat 'ne Nachricht dagelassen.«

»Und?« Wieso kannte ihn dieser Alte mit der Hose, die nicht zum Jackett passte, und der zugroßen Kappe? Jubine hatte ihn sicher beschrieben. Kamelhaarmantel. Reicher-Knecht-Mantel. Natürlich. »Und?«, fragte er noch einmal.

Der Alte nahm die Pfeife aus dem Mund und leckte sich die Lippen. Er sprach gedehnt, mit Bedacht, als hätte er seine Rede stundenlang geübt und freute sich über die Chance, sie endlich einem Publikum vorzutragen, und blinzelte dazu nach Katzenart, in Anerkennung seines eigenen Vortrags.

»Er sagt, ich soll Sie sagen, tut ihm leid, dass Sie noch mehr rohe kleine Stellen im Bauch kriegen, weil die kriegen Sie.«

Verflucht sei er, dachte Bullock, verflucht seine sämtlichen Vorfahren, verflucht – rohe kleine Stellen im Magen. Du willst ein Mittelklasseknecht sein, weder reich noch arm, aber so etwas gibt es nicht. Deshalb fluchst du so oft, deshalb hast du diesen Reicher-Knecht-Mantel an, diesen gelben Kamelhaarmantel. Arme Knechte, die Mittelklasseknechte sein wollen, die danach gieren, Mittelklasseknechte zu sein, kriegen alle so rohe kleine Stellen. Klar inszenier ich die. Den armen Knechten sag ich, ihr stellt euch hier hin, ihr kriegt nichts zu essen, damit ihr verhungert ausseht, drei Tage lang kriegt ihr nichts zu essen. Den reichen Knechten sag ich, Jubine ist mit seiner Kamera da, also macht Kopfstand, kommt die Stufen zum Gericht im Sattel hoch, springt in Klamotten in euern Swimmingpool. Klar inszenier ich die, Bullock.

Er saß im Auto auf der Commerce Street, wartete darauf, dass der Kiosk an der Ecke aufmachte, und sah dem trägen Kioskbesitzer zu, der die dicken Bündel aufriss und die Zeitungen dann am Kiosk auslegte.

Als sie alle aufgereiht dalagen, ging er über die Straße, notfalls, überlegte er, würde er sämtliche New Yorker Zeitungen kaufen und durchsuchen müssen – nein, musste er nicht. Das Erste, was er sah, war Jubines gottverdammtes Foto.

Der muss das mit der Post geschickt haben, ach, wen zum Teufel interessiert das, wie der das da hin gekriegt hat. Liegt doch total auf der Hand, der hat den ganzen Ärger, die ganzen Mühen auf sich genommen und Zeit verschwendet, um es persönlich abzuliefern, der ist auf seinem Motorrad durch die Nacht gerast, gerast, gerast, bloß um es ihm heimzuzahlen, durch bis nach New York, und eine von diesen halbgaren Rüpelzeitungen, die kaum oder gar keine Werbung haben und garantiert nicht auf Anzeigen der Treadway Munitions Company angewiesen sind, eins von diesen New Yorker Revolverblättern hat es gedruckt.

War in der Nacht wohl Verbrechensflaute in New York, denn das Foto prangte groß aufgezogen auf der Titelseite. Die Unterzeile war klar, kurz und bündig, eingängig. Sie beinhaltete in wenigen wohlerwogenen, schnell lesbaren Worten, dass die Duchess of Moneyland, die junge Mrs. Moneybags aus dem Flintenimperium, berauscht vom ewigen Lotterleben, berauscht von schwarzem Belugakaviar und rosa Champagner, berauscht von Nerzmänteln und Koh-i-Moor-Diamanten, eskortiert von achtzehn Vorreitern im scharlachroten, goldbetressten Samt, in ihrer goldenen Kutsche gefahren war (Aschenputtel, dachte er, Kürbiskutsche, Kürbispapiere, Chambers, Hiss) und armer Leute Kind übergemangelt hatte, in den Straßen von Monmouth, einer Stadt, die mit Leib und Seele (seit wann haben Städte einen Leib und eine Seele, dachte er) der verwitweten Duchess of Moneyland gehörte. Als das Armeleutekind hilflos auf der Straße lag (es müsste ein weibliches Kind sein, überlegte er), hatten die Vorreiter sie mit Riemenpeitschen geschlagen.

Die junge Duchess of Moneyland, Mrs. Moneybags, hatte gelacht und sich mit lasziv gekräuselten Lippen den Zobelmantel über die schlanken Schultern gezogen und gerufen: »Macduff, komm ran. Und Fluch dem, der als Erster ruft ›Halt an!‹«

Das stand da natürlich nicht, aber das war der Inhalt. Nur hatte der Bildunterzeilenredakteur des Revolverblatts vergessen, Mrs. Sheffield für die Rolle auszustaffieren, die sie spielen sollte. Richtig, sie hatte einen Nerzmantel an und einen Ring auf, deutlich an einer Hand zu sehen und mit einem so feurigen Diamanten, dass es sogar auf dem kurzlebigen grauen Billigpapier des Revolverblatts aussah, als hätte sie einen Scheinwerfer am Finger. Aber ihr Gesicht war weiß, der Blick gehetzt, die Lippen schlaff, und sie hob eine Hand, als ob sie einen Schlag abwehren wollte. Sie lehnte an einem Kotflügel und sah hoch, keine Schönheit im Gesicht, nichts Menschliches im Gesicht, nur Leere und die am grauenhaft schlaffen Mund erkennbare Trunkenheit.

Das Armeleutekind passte zur Rolle, hätte glatt von einem fantasievollen Bühnenbildner extra dafür kostümiert sein können. Was es anhatte, war ab- und aufgetragen, die Mantelärmel zu kurz, darunter kamen dünne Handgelenke und noch dünnere Arme zum Vorschein, erschreckend nackte Handgelenke und Arme. Auch Mantel und Kleid waren so kurz, dass die Beine grotesk wirkten, viel zu lang, mit knubbeligen Knien und verdrehten Knochen; beide Beine schief durch Mangelernährung, aber eins in einem Winkel verdreht, dass der Anblick wehtat, selbst auf dem Foto, denn verdreht hatte es der Zusammenprall mit einem großen glänzenden Auto, von dem auch ein Teil zu sehen war.

Im Hintergrund um das Auto und die Frau herum standen Leute, eine ziemliche Menge Leute, mit zornigen feindseligen Gesichtern; Frauen mit in die Hüfte gestemmten Händen, Männer mit finsterem Blick und geballten Fäusten und knurrend verzogenem Mund; ein

Polizist, der etwas aufschrieb, zwei weitere Polizisten, die drohend in Richtung Menge fuchtelten; und das Armeleutekind, exakt im toten Punkt vor dem Auto, Augen zu, Gesicht wie tot.

Und damit auch ja kein achtloser Leser die Einzelheiten verpasste, stand genau über dem Foto: Bericht auf Seite 3.

»Heilige Mutter Gottes!«, murmelte er. Kein Wort von all dem stand im Chronicle, kein Wort, keine Zeile.

Er blätterte um und überflog den Artikel. Dieser gottverdammte Jubine, dachte er, der soll in der Hölle schmoren, er hat nicht nur Fotos gemacht, er hat auch noch Reporter gespielt, einen schleimigen Reporter, und geschafft, ein Schweinigel von Lokalredakteur zu überzeugen, dass sein Foto auf die Titelseite gehörte und dass es einen Artikel wert war, einen für Boulevardzeitungen ungewöhnlich langen Artikel.

Es war die übliche Art Reportage, schnell zu lesen und aufgemotzt mit Lokalkolorit über den Fotografen Jubine (genannt Engel der Aufnahme), über Monmouth (schöne, reiche, konservative typisch neu-englische Kleinstadt) in Connecticut (adretter kleiner reicher konservativer Bundesstaat wie keiner sonst in der Union), über Cesar the Writing Man, poetisch zum Gewissen der Stadt erklärt. Ein Detail zu Cesar: Er schreibe mit Kreide Bibelverse auf die Straßen von Monmouth. Beispiele: »Denn wo dein Schatz ist, da ist auch dein Herz«, vor den Banken. »Alles nun, was ihr wollt, dass euch die Leute tun sollen, das tut ihr ihnen auch! Das ist das Gesetz und die Propheten«, vorm Gericht. »Arzt, hilf dir selber«, vorm Gewerbeamt. »Wo das Aas ist, da sammeln sich die Geier«, vor Immobilienfirmen, Versicherungen, Kirchen. »Denn wer das Schwert nimmt, der wird durchs Schwert umkommen«, vor dem Zeughaus.

Prima. Er fluchte noch einmal und verspürte einen krampfenden Schmerz, der ihm den Magen umdrehte. »Dreißig Silberlinge.« Mit Kreide vor dem Gebäude, in dem der Chronicle gemacht wurde, die einzige große Zeitung von Monmouth. Das hatte Jubine erfunden. Das hatte nie jemand da hingeschrieben. Du Hurensohn, dachte er, du Stinktier, du Dreckstück.

Der Schmerz im Unterleib blieb kein Krampf, sondern wurde zum reinen Grauen, das sich drehend und wendend überall ausbreitete, bis hoch in die Kehle. Er musste sich hinsetzen, sonst würde er kotzen.

Er setzte sich ins Auto und wartete, dass der Schmerz nachließ und nur noch ein brennendes Gefühl war, widerlich, aber erträglich. Dann las er den Artikel weiter, geschrieben von Jubine, wie er jetzt wusste. Jubine behauptete, Cesar besitze prophetische Kräfte und er, Jubine, wisse, wenn so ein Bibelzitat an einer ungewöhnlichen Stelle auftauche, dann werde genau an der Stelle ein Verbrechen begangen. Das war tatsächlich oft passiert.

Jubine hatte nämlich früher an dem Nachmittag mit dem Unfall gesehen, was Cesar auf eine Kreuzung der Dock Street geschrieben hatte: »Und es ist ein Jagen wie das Jagen Jehus, des Sohnes Nimschis; denn er jagt, wie wenn er rasend wäre. 2. Buch der Könige 9,20.«

Jubine war in der Gegend geblieben und hatte gewartet. Er war da, als Camilo über die rote Ampel geröhrt kam und auf die Bremse stieg, zu spät. Die Straße war voller Fabrikarbeiter auf dem Heimweg – Polen, Italiener, Negros rotteten sich um den Wagen zusammen. Camilos schwummeriges Auftreten, ihr Gestammel, der Nerzmantel, die zierlichen Schuhe, die manikürten Hände, der dicke Diamant – für diese Leute war all das eine persönliche Beleidigung.

Camilo hatte gemurmelt: »… verloren … kann nicht finden … weg …«

Jubine hatte gesagt: »Camilo, ach, Camilo, was hast du getan?«

Sie hatte hochgesehen, mit entsetzt aufgerissenen Augen, und Jubine hatte sein Bild.

Sogar die Zitate standen in dem Boulevardblatt. Und dann noch die Geschichte mit Camilos Anzeige wegen versuchten Überfalls durch einen Negro namens Link Williams.

Ein Foto von Link Williams auf derselben Seite. Bullock sah sich das Gesicht genau an. Jubines Fotos war nicht zu trauen. Er wartete immer so lange, bis ein Gebäude, Kirche, Bank, Schule, oder ein Mensch, Mann, Frau, Kind, genau den flüchtigen, momenthaften Ausdruck hatte, den er haben wollte, dann drückte er ab. Das Ergebnis war keine Wahrheit, sondern deren Verzerrung durch Lichttricks, durch besondere Umstände, Überraschung oder Schreck.

Da stand also dieser Negro auf dem Kai, ein hochmütig wirkender Bastard, ans Geländer gelehnt, Kopf leicht abgewandt, Profil wie Barrymore, Sonnenlicht auf seiner linken Seite konzentriert, wodurch Kopf, Schulter und der ganze Mann eine skulpturale Solidität bekamen und das Foto verdammt fast so dreidimensional wirkte wie eine edle Skulptur. Die angelehnte Haltung hatte etwas Leichtes und Lässiges, beherrscht Lässiges, und das gestreifte T-Shirt, die Hose, die Mokassins an den Füßen passten genau dazu.

Jede Frau, die dieses Niggerfoto sähe, würde es ausschneiden, ausreißen und anschmachten. Jeder weiße Mann würde beim Anblick innerlich kochen.

Er zerknüllte das Rüpelschmierblatt und schmiss es aus dem Autofenster. Jubine hatte mit seinen gottverdammten Fotos die Anklage verfasst und gleich auch das

Urteil gesprochen. Er hatte die kleine Treadway aussehen lassen wie eine Hure und den Nigger wie Apollo.

Das war geplant, gewollt. Jubine hat drei Stunden gewartet, bevor er mit dem Foto ankam, hat extra abgewartet, damit ich es nicht mit dem Unfall in Verbindung bringe. Aber auch wenn ich es gehabt hätte, dachte er, ich hätte es nicht gebracht.

Kein Wort, keine Zeile im Chronicle.

Genau das bekam er später an diesem Morgen entgegengeschleudert, hingerotzt. Er saß am Schreibtisch, dachte an nichts, tat nichts, saß nur da, als die Tür aufflog.

»Was glauben Sie eigentlich, was für 'ne verdammte Zeitung Sie hier machen?«

Er antwortete nicht. Er starrte den Mann an, der in sein Büro eingefallen war, einen zornigen unrasierten Hünen, und dachte: Tja, nun denn, ich wollte immer schon mal wissen, wie die Öffentliche Meinung in Fleisch und Blut aussieht, und da steht sie: ohne Hut, betrunken, übel riechend, mit einem New Yorker Revolverblatt fuchtelnd, als wäre es eine Waffe.

»Frei von Angst und Einfluss, was? Dieser gottverdammten Frau gehört nicht die ganze Stadt, kapiert? Im Chronicle steht kein Wort davon, keine Zeile. Kommt kein Mensch drauf, dass irgendwas passiert ist. Die Dinge stehen aber sauschlecht, wenn man 'ne New Yorker Zeitung lesen muss, um mitzukriegen, was in seiner eigenen Heimatstadt los ist.«

Bullock zog die Schreibtischschublade auf.

Die Öffentliche Meinung brüllte weiter: »Nigger, die weiße Frauen vergewaltigen, kann ich nicht ab, aber besoffene weiße Frauen, die Armeleutekinder auf der Straße übermangeln, die kann ich auch nicht ab, kapiert?«

»Und ich kann besoffene Penner in meinem Büro nicht ab, kapiert?« Bullock nahm eine Automatikpistole aus der

Schublade, zielte in Brusthöhe auf das schmutzige weiße Hemd und sah zu, wie die Luft aus dem Vertreter der Öffentlichen Meinung entwich wie aus einem Ballon, mitsamt zischenden Atemgeräuschen, kurz bevor er aufjaulte und so hastig losrannte, dass er gegen die Tür knallte.

Gleich danach bestellte er den Lokalredakteur zu sich und besprach Einzelheiten für einen Artikel in der nächsten Ausgabe, ein Reporter sollte die Eltern des Kindes interviewen, ein anderer im Krankenhaus Informationen über den Zustand des Kindes besorgen. Der fertige Artikel war eine geschmeidige Bagatellisierung des Unfalls, enthielt aber neue Informationen: Das kleine Mädchen hatte ein gebrochenes Bein und eine leichte Gehirnerschütterung und kam in den Genuss von Extra-Pflegepersonal sowie Blumen und Spielsachen, allesamt besorgt von Mrs. Treadway. Die Kindseltern waren dankbar für die vielen Freundlichkeiten und die besondere Aufmerksamkeit, die ihrer Tochter im Treadway Memorial Hospital zuteil wurden.

Damit ist das erledigt, dachte er. War es aber nicht. Als er nächsten Morgen um acht Uhr beim Frühstück mit Lola im Esszimmer saß, klingelte das Telefon. Er ließ es eine Weile klingeln, gereizt, weil seine normale Morgenmuffligkeit von einem Telefon gestört wurde, er fühlte sich plötzlich seinem Vater seltsam verwandt, wahrscheinlich muss man fast fünfzig werden, dachte er, bevor man das väterliche Elternteil begreift. Sein Vater hatte sich am Frühstückstisch immer so aufgeführt, und seine Mutter war so schweigsam und unauffällig gewesen wie Lola und hatte kein Wort gesagt, bevor er die zweite Tasse Kaffee intus hatte.

Wieder das schrille Klingeln.

Lola sagte: »Pete ...«, leise.

Fast gehaucht, als ob sie mit einem empfindlichen alten Pflegefall redete. Er sah ihr ins Gesicht, zum ersten

Mal, seit er sich zu Tisch gesetzt hatte. Sie trug ein weißes Negligé, hauchdünn, seidig, lang. Sie roch schon morgens um acht gut und sah gut aus mit dem Kopf voller roter Locken. Verdammt knapp vor vierzig und ging glatt als achtzehn durch mit dieser handgriffschmalen Taille und den Brüsten, die sich unter dem weißen Plissee erhoben und so weich anfühlten, so zart dufteten, na ja, kein Wunder, dachte er, sie tat ja nichts anderes als an ihrem Aussehen zu arbeiten, genau wie eine Schauspielerin, deren Erscheinung ist ja auch eine Investition und muss abgesichert werden.

»Willst du nicht drangehen?«

Er seufzte und stand auf. Das Telefon war hinter einem Paravent, in der Ecke des Esszimmers. Esszimmer waren prinzipiell entweder nachgeahmtes achtzehntes Jahrhundert oder schwedische Moderne, ihres war schwedische Moderne, wahrscheinlich weil die einem Rotschopf besser stand, aber gekostet hatte es so viel wie ein ganzes Haus, dieses moderne Mobiliar, in dem er abends Magermilch trank und Kartoffelbrei aß und morgens zwei Tassen Kaffee trank, obwohl er keinen Kaffee trinken sollte, aber er brauchte ihn – so wie ein abgehalftertes Rennpferd irgendwas gespritzt kriegt, zum Weiterlaufen aufgemöbelt wird.

Er ging hinter den Paravent, den achtfächrigen Paravent aus hellem Holz mit aufgemaltem oder -gezeichnetem Weizen oder Roggen, die schmalen gebogenen Halme blassgrün, die Weizen- oder Roggenkörner dunkler als das Holz; dasselbe Dekor auf beiden Seiten, sich biegende und wiegende Weizen- oder Roggenhalmen als Suggestion von wehendem Wind, mit dem Geld für das gottverdammte Ding hätte man einen Picasso gekriegt, er musste nur zwei Minuten auf die im Wind schwankenden Halme starren, und sein Magen fing auch an zu schwanken, er wurde seekrank, so teuer wie Picasso, und wieder wurde ihm übel.

Er sagte: »Hallo«, starrte auf den Weizen, sagte: »Ja, in Ordnung«, steif, grob, aber das war ihm egal, denn er dachte: Was zum Teufel wollen Sie noch, muss ich mir meine Zeitung von Ihnen ruinieren lassen, oder geht's bloß um Kleinigkeiten, hätten Sie gern einen Chinesen ermordet oder eine simple Erpressung oder Brandstiftung?

»Ja, ich bin dann hier«, sagte er. »Sehr gut.« Und legte auf.

»Wer war das?«, fragte Lola. Sie hielt die zarte weiße Kaffeetasse in beiden Händen, ihre scharlachroten Fingernägel wirkten wie exotisches Dekor auf dem zarten Porzellan.

»Mrs. Treadway.« Er überlegte, was seine Mutter von Lola gehalten hätte, überlegte, was er selbst von ihr hielt. Unfruchtbar. Gut im Bett, klar, aber wer íst das nicht? Wäre es nicht billiger, sie in ein Apartment zu verfrachten und so weiterzumachen? »Sie kommt her. Heute Morgen.«

»Pete«, sagte Lola mit nachdenklicher Miene, nachdenklichem Blick. »Mach es nicht. Was immer sie von dir will, mach es nicht.«

»Warum nicht?«

»Es ist jetzt schon zu vertrackt. Sie versucht immer noch, Camilos Ruf zu retten. Und das schafft sie nicht. Der ist im Eimer. Sie kommt heute Morgen nur her, weil sie vorhat, dich zu benutzen. Pete, du hörst gar nicht zu.«

Er grummelte, er werde sich weigern, dabei mitzuspielen. Hielt sie ihn vielleicht für einen Volltrottel? Wobei, war er etwa keiner? Lola hatte Jubines Fotos in der Boulevardzeitung gesehen, sie wusste auch, dass der Unfall im Chronicle nicht erwähnt worden war. Sie hatte mit Sicherheit die Witze, die pikanten Storys gehört, die an jeder Straßenecke, den Supermärkten, in Bussen und Straßenbahnen über Camilo erzählt wurden. Und was in Kosmetiksalons und Kaufhäusern, dem Extrareich der Frauen, getratscht wurde, war bestimmt noch subtiler und bösartiger als der Klatsch in Kneipen und beim Barbier.

Von dem, was man bei Herrenfriseuren so von Camilo hielt, hatte er gestern Nachmittag beim Haareschneiden eine Kostprobe bekommen. Der Friseur hinter dem Stuhl nebenan hatte zu seinem Kunden gesagt:»Reiche Frauen haben ja einen komischen Geschmack. Hab gehört, dass es manche unbedingt mit Farbigen haben müssen, grad als ob sie meinten …«

»Ich glaube nicht …«, wollte der Kunde antworten.

Der Friseur klatschte ihm ein heißes Handtuch fest aufs Gesicht und sagte:»Na, was macht Camilo denn da in Niggertown um die Zeit am frühen Morgen, als der farbige Bursche sie angeblich vergewaltigt hat? Meine Frau sagt, ihr hat wer erzählt, dass Camilo tanzen war oder so was, und ist aus'm Auto gestiegen, frische Luft schnappen, bisschen abkühlen. Also, Luft haben wir überall in Monmouth, aber Camilo muss unbedingt den Mief am Dumble-Kai schnappen. Wenn ich mir das Foto von dem farbigen Burschen ankucke, ist mir klar, der hat die gleich da flachgelegt.«

Er hatte sich gefragt, ob Mrs. Treadway wusste, was über Camilo geredet wurde, und als er ihr jetzt die Tür aufmachte und sie sagte:»Guten Morgen, Mr. Bullock. Ich danke Ihnen, dass ich Sie um diese Zeit besuchen darf«, zeigten ihm ihre müde gepresste Stimme und die Anspannung im Gesicht und in den Augen, dass sie wahrscheinlich noch mehr über ihre Tochter kursierende Geschichten kannte als er. Sie hatte in nur achtundvierzig Stunden das Gesicht und die Stimme einer alten Frau bekommen.

Er geleitete sie in die Bibliothek, einen kieferngetäfelten Raum, in dem er selten saß und den er schon gar nicht nutzte. An den Wänden standen vom Boden bis zur Decke Regale voller Bücher, die seinem Vater, seinem Großvater, seinem Urgroßvater gehört hatten. Die rissigen Einbände ein armseliger Anachronismus in diesem kunstvoll lichten modernen Raum mit breiten Fenstern, weißen Leinenvorhängen und einem handgewebten cremeweißen Nylonteppich. Ein Zimmer für Frauen. Ein hübsches Zimmer. Bis auf die grimmeligen dunklen Lederrücken der alten Bücher.

In diesem Zimmer müsste sich Mrs. Treadway mitsamt ihrem Pelzumhang, dem dunkelgrauen Tweedkostüm und dem Pelzhütchen auf den einst hellblonden, jetzt grau durchwachsenen Haaren wie zu Hause fühlen. Eine hübsche Frau in einem hübschen Zimmer. Für Frauen.

»Nehmen Sie doch Platz.« Er deutete auf einen Sessel neben dem Schreibtisch, der Sesselbezug aus einem irgendwie schrullig-drolligen geranienroten Stoff.

Sie setzte sich, saß aber zu ihm geneigt und wirkte angespannt, drängend.

»Diese Geschichten über Camilo«, fing sie an. Plötzlich verlor die Stimme alles Müde und bekam wieder Leben. »Sie müssen mir helfen, sie zu unterbinden. Sie müssen mir helfen, Mr. Bullock. Sie zerbricht daran, emotional, psychisch.«

Ich könnte ihr die Sache mit dem Affen und der Katze und den Röstkastanien erzählen, dachte er. Ich könnte sagen: Mrs. Treadway, das sind nicht meine Kastanien, und ich werde nicht meine Hand ins Feuer legen und sie für Sie rausholen. Andererseits, wenn ich die dreißigtausend, die sie pro Jahr für Werbung in meiner Zeitung ausspuckt, zu behalten und sichern gedenke, dann werde ich wohl doch Kaninchen aus Zylindern ziehen, ich werde Männchen machen, sitzen, betteln, losstürmen, Fass!, und ihre heißen Kastanien aus dem Feuer holen – wie befohlen.

»Man sagt fürchterliche Sachen über sie. Ich wusste nicht, dass Menschen so grausam sein können. Niemand glaubt – man behauptet, dass …«, die Stimme wurde wieder müde, brach ab, sträubte sich dagegen, die Beschuldigungen gegen Camilo in Worte zu fassen. »Ich wusste nicht, dass Menschen so grausam sein können«, fing sie noch einmal an, »mein eigenes Personal glaubt diese grässlichen Geschichten. Ich war beim Richter, aber er will einfach keinen Prozess gegen diesen Mann eröffnen. Er ist mir ausgewichen, hatte lauter Ausreden. Er – er ließ sogar Zweifel an Camilos Unschuld durchblicken ...« Ihre Miene wechselte, das Gesicht blieb hager und alt, aber jetzt standen darin Zorn, Rücksichtslosigkeit, kalte Entschlossenheit.

Moloch, dachte er. Ich bin einem Moloch in die Quere gekommen. Nein, noch schlimmer. Genau den Gesichtsausdruck hatte seine Mutter einmal gehabt, fiel ihm ein. Er war zehn Jahre alt, und ihm hingen die Haare ständig in die Augen, weil er sie partout nicht schneiden lassen wollte, ihn zum Friseur zu schicken, wäre für seine Eltern einem Angriff mit Tötungsabsicht gleichgekommen; also hatten sie die erforderliche Gewalt aufgeschoben, bis er aussah wie Rip Van Winkle oder ein Büffel oder beides auf einmal. Mit diesem Zottelkopf saß er einmal beim Abendessen, auf dem Tisch standen Kerzen, und als er aufstand und sich vorbeugte, fielen auch die ungekämmten langen Haare nach vorn und in eine der Kerzen. Sie fingen Feuer. Seine Mutter langte zu und schlug die Flammen mit bloßen, ungeschützten Händen aus. Ihr Gesichtsausdruck, als sie sich vorbeugte, über den Tisch langte und die Flammen ausschlug, nur mit den Händen, hatte ihn so erschreckt, dass er panisch losgeschrien hatte. Viele Jahre später hatte er ein Gemälde von Furien gesehen, und sie hatten denselben Gesichtsausdruck wie seine Mutter, als sie mitten in seine lodernden Haare gepatscht hatte – Rücksichtslosigkeit und Zorn und kalte Entschlossenheit. Genau das stand Mrs. Treadway jetzt im Gesicht.

»Sie müssen mir helfen«, sagte sie. »Ich will ...«

Als sie gegangen war, grübelte er, wie er in eine Situation geraten konnte, in der er nicht Nein sagen konnte. Es lag an den steigenden Papier- und Druckkosten, es lag an den Lohnerhöhungen wegen gestiegener Lebenskosten, die er zahlte, weil das gefordert wurde, mit offenen Drohungen hinter der Forderung. Die meisten seiner Angestellten waren in der Newspaper Guild organisiert, er hatte alles getan, um das zu verhindern, aber selbstverständlich würde aus seiner Zeitung, der Zeitung, die seinem Vater und seinem Großvater gehört hatte, dem Monmouth Chronicle, einst gegründet als abolitionistische Zeitung, gegründet von einem sprunghaften, hochmoralischen und eindeutig verrückten Mann, seinem Urgroßvater, früher oder später ein Unternehmen werden, in dem nur Gewerkschaftsmitglieder arbeiteten.

Ja, es lag auch an den Raten für die moderne, entsetzlich-teure-aber-unbedingt-notwendige Rotationspresse; es lag an der Grundsteuer für das Gebäude; an den Hypothekenzinsen für das Gebäude und an diesem von vorne bis hinten modernen, unvertretbar teuren Bungalow, den Lola unbedingt haben musste. Jetzt hatte sie ihn und war keinen Deut glücklicher als vorher in dem altmodischen zweistöckigen Haus, das seinem Vater gehört hatte – oder vielleicht doch, denn hier draußen konnte sie mehr Geld ausgeben. Dann waren da noch die Unterhaltskosten und die Raten für die zwei Autos und den Kombi und die Einkommenssteuer und die Sozialversicherungsbeiträge. Das Hausmädchen und die Wäscherin mussten sozialversichert werden, auch die schwergewichtige Dreimal-die-Woche-Putzfrau musste sozialversichert werden, Lola nannte sie mokant Arbeitsbiene, er fand Arbeitspferd einen passenderen Namen.

Sozialversicherung für Dienstmädchen. Quatsch! Es wollte einfach kein Mensch mehr arbeiten. Er konnte sich noch erinnern, dass Dienstmädchen fürs Alter gespart hatten, gearbeitet und gespart wie andere Leute auch, aber das mussten sie jetzt nicht mehr, der Staat würde für sie sorgen, genau wie in Russland.

Und was war mit jemandem namens Bullock? Wer würde im hohen Alter für den sorgen? Der Staat nicht. Bloß Bullock.

Wenn Mrs. Treadway ihre Anzeigen mit der amerikanischen Fahne oben, die Dauerwerbung mit Leitartikeln über Demokratie und Lobeshymnen auf die Vereinigten Staaten, nicht mehr schaltete, könnte die Zeitung einklappen.

Lola müsste auf den grünen Buick verzichten und auf das Hausmädchen und die Wäscherin und die Putzfrau, auf neue Herbstgarderobe und neue Wintergarderobe, neue Frühjahrsgarderobe und neue Sommergarderobe und die alljährliche Kreuzfahrt auf die Bahamas. Sie müsste selbst waschen und bügeln. Was tat sie eigentlich überhaupt den ganzen Tag? Bei Einladungen zum Abend- oder Mittagessen oder zu Bridgerunden holte sie immer zusätzliche Hilfen.

Er erinnerte sich, dass seine Mutter ein einziges Mädchen gehabt hatte, eine Schwedin, Jenny mit Namen, die war bis zu ihrem Tod bei der Familie geblieben, und seine Mutter hatte nicht nur ein gemütliches, gepflegtes Haus gehabt, sondern obendrein fünf Kinder und … Aber Lola brauchte ja unbedingt jemanden zum Waschen und Bügeln, jemanden zum Kochen, und sie hatten nicht mal Kinder, trotzdem kamen immer überraschend die irrsten, mysteriösesten Rechnungen.

Das Haus zum Beispiel, dieses große hypothekenbelastete, von vorne bis hinten moderne Haus, das sie in Monmouths exklusivster Gegend gebaut hatten, am Stadtrand, nicht weit von Treadway Hall, und Lola behauptete immer noch, sie hätten Glück gehabt, das Grundstück zu bekommen, schließlich lebten hier nur Millionäre. Monmouther Geschäftsleute wussten das, also kostete das Leben hier draußen dreimal so viel wie in dem altmodischen Haus seines Vaters im Stadtzentrum.

Angenommen, ich hätte Nein gesagt. Würde Lola, könnte Lola selbst waschen und bügeln und kochen? Würde sie das? Könnte sie das? Nein. Gut, vermutlich könnte sie, es gab Frauen, die das taten. Aber Lola? Und warum es auf Lola schieben?

Mrs. Treadway hatte noch einmal gesagt: »Wir sind nicht vertraglich an Ihre Blatt gebunden, Mr. Bullock.«

Und so saß er an jenem Abend in der kieferngetäfelten Bibliothek in dem hypothekenbelasteten Bungalow und dachte an Mrs. Treadway und dann an seine unverheiratete Tante, die immer gesagt hatte: »Eine Lüge ist in ganz Providence rum, bevor die Wahrheit die Stiefel anhat.« Sie sprach mit Meersalz in der Stimme und auf der Zunge, sie klang wie in Lake gepökelt und sah auch so aus. Ihr Haus mit den drei Schornsteinen fiel ihm wieder ein, in jedem Zimmer ein Kamin, ein Kapitänshaus, Doppelhaus. Er hatte vier Jahre während seines Studiums an der Brown University bei ihr gewohnt, er dachte wieder an Providence, die Stadt lag im Flachland und war trotzdem hügelig, und an die Prüfungsvorbereitungen und die Abschlussfeier im baptistischen Gemeindehaus, ein langer Weg den Hügel hinunter, die langsam abwärts ziehenden Kappen und Talare hätten eine Prozession aus Priestern in schwarzen Kutten sein können, bis auf die Doktorhüte und natürlich bis auf das baptistische Gemeindehaus, dem Andenken an Roger Williams geweiht.

»Eine Lüge ist in ganz Providence rum«, sagte er zu sich, »oder in Berlin oder Rom oder MonmouthConnecticut oder sonst einem verdammten Ort, bevor die Wahrheit die Stiefel anhat.«

Aber bei dem, wozu er sich bereit erklärt hatte, und, ermahnte er sich, er hatte sich bereit erklärt, ging es einfach um ein, zwei Artikel über Verbrechen in den Narrows (warum nicht Niggertown? Weil mir das irgendwie widerstrebt. Dann ruf sie an und sag, du machst das nicht, sag, du hast deine Meinung geändert; und wieder der Gedanke an Sozialversicherung, Einkommenssteuer, Hypothekenzinsen und Tilgung derselben und Autosabzahlen und alle möglichen Versicherungsbeiträge), Hinweis auf der Titelseite des Chronicle, mehr innen, jeden Morgen. Es ging einfach nur darum, Berichte über Verbrechen, die von Negros begangen wurden, herauszustellen, grell auszuleuchten, zu unterstreichen. Ganz einfach. Unkompliziert. Weder wahr noch gelogen. Aber Wahrheitslüge. Lügenwahrheit.

Dann dachte er: Aber weil der menschliche Verstand nun mal so funktioniert, weiß ich und weiß auch Mrs. Treadway, indem der Chronicle die Narrows kontinuierlich als Brutstätte für Verbrechen und Verbrecher darstellt, überblendet er die Bilder, die Jubine diesem gottverdammten Boulevardblatt verkauft hat, mit neuen Bildern. Das Gesicht von diesem Nigger-Apollo (warum nicht Negro? Wegen seiner Arroganz) wird als Erstes anders. Es verwandelt sich fast augenblicklich in eine Verbrechervisage, und als die wird es in Erinnerung bleiben. Camilos runtergeklappte Kinnlade, das Ewige-Hure-Gesicht, wird so lange (langsamer natürlich) geändert und verwandelt, bis ein Opfergesicht daraus geworden ist, so man sie in Erinnerung behalten und über sie reden wird. Wahrheitslüge? Ja.

Kann das gehen? Natürlich. Das muss es auch, denn bisher weigert sich dieser Herr Richter Doan mit der hohen Moral, einen Prozesstermin anzusetzen. Bestimmt ist jemand bei dem Richter vorbeigegangen, hat den Richter bearbeitet. Plötzlich fiel ihm Rutledges scheinbar beiläufige Frage wieder ein: »Was wollen Sie machen, wenn die alte Dame versucht, Sie einzuwickeln?« Er dachte an Rutledges Gesicht, seine Redeweise, seine ausdruckslosen, bleigrauen Augen, und befand, dass er genauso korrupt aussah wie jemand, bei dem von Geburt an ein Dollarzeichen saß, wo die Seele sein sollte.

Dachte weiter: Wer bin ich, die Seele von jemand anderem zu beurteilen, zu bewerten?

Aber wenn Rutledge bei dem Richter vorbeigegangen war, wer war dann bei Rutledge vorbeigegangen? Wer hatte den Polizeichef von Monmouth dazu gebracht, aktiv zu werden, sich in den Fall einzumischen? Jemand Unbekanntes, oder mehrere. Mächtig genug, einen Richter und einen Polizeichef in die gewünschte Richtung zu schieben, als wären sie Bauern auf einem Schachbrett.

Jubine? Kaum. Das ist ein Einfaltspinsel mit Monomanie, ein monomanischer Einfaltspinsel und also machtlos. Nein, nicht ganz machtlos. Die Anklage hat er ja schon verfasst und das Urteil gleich dazugeschrieben. Mit seiner Kamera.

Unwichtig, wer den Richter und den Polizeichef in der Hand hat. Wirklich wichtig ist, dass Monmouth einen käuflichen Richter und einen käuflichen Polizeichef hat. Und was ist mit Bullock? Jemandem namens Bullock? Auch käuflich. Der Kaufpreis ist niedrig, für uns alle. Wir sind Schnäppchen. Runtergesetzt.

Neuerdings zählen die Leute immer demonstrativ gemein mit Fingern, sobald die Rede auf mich oder auf den Chronicle kommt. Behaupten, ich hätte mich an Treadway verkauft. Wahrheitslüge. Lügenwahrheit.

Um Mitternacht kam Lola in die Bibliothek, schlank, parfümduftend, rotschopfig, in einem irgendwie blassgrünen Brokatkleid. Und Smaragdohrringen. Die hatte er ihr zu Weihnachten geschenkt.

»Was machst du eigentlich?«, fragte sie. »Du sitzt hier seit Stunden.«

»Ich bezahle den Rattenfänger«, sagte er gedehnt. »Hab ihn neulich getroffen, er sagt, ich tanze schon ziemlich lange nach seiner Pfeife. Jetzt soll ich ihm mal was zahlen.«

»Was soll das denn heißen?«

»Das, was ich gesagt habe. Im Augenblick ist mein Geschäft unentwirrbar verquickt mit dem Rattenfängergeschäft.« Könnte sie doch bloß gehen und mich in Ruhe lassen. Sie sieht aus wie eine Waldnymphe.

»Hast du gepokert?«, fragte sie barsch.

»Nein. Auch nicht rumgehurt. Nicht getrunken. Keine miesen Schulden gemacht. Halt mal«, er klang nachdenklich, »Schulden vielleicht doch. Nein. Ist nicht wahr.« Lügenwahrheit. Wahrheitslüge. »Ich weiß verdammt selber nicht, wie ich dem Rattenfänger in die Quere gekommen bin.« Er dachte an Jubine: »Der Preis, den Sie bezahlt haben«, Jubine und: »Sie sind ein armer Knecht, und Sie gieren danach, ein reicher Knecht zu sein.«

Lola sagte: »Pete, hat das etwas mit Mrs. Treadway zu tun?«

»Klar hat das etwas mit Mrs. Treadway zu tun.« Er sah sie wütend an und dachte: Ehen sind alle gleich. Sie bestehen aus Verachtung und Gereiztheit, weil wir uns gegenseitig in- und auswendig kennen; wir haben alle das Diplom der Plapperakademie für Doppeljochkunde. Dann betrachtete er ihre rotgoldenen Haare, den lieblich geschwungenen Mund, und dachte: Wahrheitslüge, die Ehe ist mehr. Sie ist halb Hass, halb Liebe. Erinnerung an Höllenqual und Erinnerung an Wonnen.

»Klar«, sagte er noch einmal, beugte sich vor und fuhr leise fort: »Wusstest du etwa nicht, dass ich Camilo vergewaltigt habe? Aber ich war schwarz maskiert und habe Pfeil und Bogen genommen, nicht Popeyes Maiskolben.«

Er lehnte sich im Sessel zurück und beobachtete sie, wartete darauf, dass sie sagte:»Ich weiß nicht, warum ich weiter mit dir lebe«, denn das sagte sie immer, wenn sie wütend war. Diesmal sagte sie gar nichts, drehte sich nur um und ging aus dem Zimmer. Er saß einen Moment lang da, horchte dem raschelnden Brokatrock nach, dachte daran, wie sie sofort nach dem Aufwachen aussah, wie sich die Morgenfrische in ihrem Gesicht, ihren Augen zu spiegeln schien, und er sprang hoch, lief ihr nach in den Flur und zog sie in die Arme.

Zwei Wochen später saß er im Büro und sah finster drein. Er war die Chronicle-Ausgaben der letzten zwei Wochen durchgegangen, alle Nummern, er wollte herausfinden, warum dieser Kreuzzug (falls man das so nennen kann, dachte er) gegen die Kriminalität in den Narrows sein Denken so beeinflusst hatte, dass er schließlich etwas getan hatte, wofür er sich schämte. Seine Sekretärin hatte die Zeitungen auf seinen Schreibtisch gepackt, ordentlich gestapelt, er hatte eine nach der anderen zusammengeknüllt und auf den Boden geworfen.

Jetzt durchsuchte er die zerknüllten Zeitungen, bis er die Dienstagsausgabe fand, und las den Artikel über Miss Eleanora Dwight noch einmal. Miss Dwight, eine alte Jungfer, pensionierte Lehrerin, war Montagabend zu Fuß unterwegs zu dem Wohnheim, in dem sie lebte. Es war dämmerig und die Straße voller Schatten. Sie sah einen Mann, einen Negro, aus einem Souterrainaufgang kommen. Sie sagte, es war, als käme ein Stück Nacht auf sie zu, ein bewegliches Stück Dunkelheit. Der Mann schlug sie nieder. Passanten hätten sie gerettet, bevor er ihr richtig etwas antun konnte. Der Angreifer verschwand. Miss Dwight sagte:»Er schien sich aufzulösen, schien geradewegs zurückzukehren in die Schwärze der Nacht.«

Diese Geschichte hatte nichts mit dem Kai oder den Narrows zu tun und stand trotzdem auf der Titelseite. Auf Bullocks Anweisung. Es gab keinen triftigen Grund, sie so zu platzieren (nur einen Dreißigtausend-Dollar-Grund). Und keinen triftigen Grund, sie nicht so zu platzieren (nur einen Dreißigtausend-Dollar-Grund). Sie hätte auf den Innenseiten versenkt gehört, da hätte man sie amüsiert gelesen, als Wunschdenken einer alten Frau abgetan und vergessen. Stattdessen – er zuckte die Schultern. Diese eine Formulierung hatte etwas Poetisches, Verstörendes, Unvergessliches: »ein bewegliches Stück Dunkelheit.«

Die Zeitung von Mittwoch war unwichtig. Er suchte sie nicht einmal zusammen. Sie hatte die übliche Titelstory über ein in den Narrows begangenes Verbrechen. Einen Raubüberfall.

Aber die von Donnerstag war sehr wichtig. Die von Freitag auch. Er fand beide, strich sie glatt und legte sie auf den Schreibtisch. Mittwochabend war ein Häftling aus dem Staatsgefängnis entflohen. Donnerstagmorgen stand in der Zeitung, dass ganz Monmouth die Flucht mitbekommen hatte. Dank der heulenden Sirene auf den grauen Gefängnismauern, dank des Lichts aus den Suchscheinwerfern, dank plötzlicher hektischer Aktivitäten der Wachposten entlang der Mauer. Die Sirene ging etwa um sechs Uhr los. Es herrschte dichter Nebel, also ertönte gleichzeitig das Nebelhorn. Sirenengeheul und Nebelhorngeschrei mischten und kreuzten sich, aber die Sirene heulte lauter, kräftiger, furchterregender, ein Symbol für Unheil, für Tod.

Der Sträfling, ein großer kräftiger Negro, hatte einen Mann niedergeschlagen und ihm die Kleidung abgenommen, deshalb konnte er die Gefängniskluft auf der Straße liegen lassen. Er war auf dem Weg nach Monmouth, geradewegs nach Monmouth, er hielt den Kopf gesenkt. Hunde witterten, wo er lang lief, und bellten, aber er ging weiter, fast unbemerkt wegen des Nebels. Ein gefährlicher Mann, ein Wüstling, ein Mörder.

Er verschwand.

Bullock las den Artikel zweimal und dachte: Da steht nichts, wofür man sich schämen müsste. Ein bisschen überdramatisiert, aber alles wahr.

Er nahm die Freitagszeitung, widerstrebend. Denn für die schämte er sich. In der stand, wie der Sträfling geendet hatte, mitsamt Foto auf der Titelseite, groß aufgeblasen das Bild vom Schurkensträflinghelden-Negro.

Er dachte: Das habe ich selbst gemacht, das hat mir niemand befohlen. Es hatte nichts zu tun mit Mrs. Treadway oder ihrer gottverdammten Dauerwerbung. Die Titelzeile ist schon schlimm. So was passt auf Reklametafeln. Die nehmen so ähnliche Lettern. Das Bild ist unendlich viel schlimmer. Aber so was hat es früher auch gegeben. So was ist hässlich und dumm, aber nicht unverzeihlich. Der Artikel selbst dagegen sehr wohl. Die ungeheuerliche Lüge, die ich mit voller Absicht in die Zeitung genommen habe.

Aber nächste Woche würde der Sträfling vergessen sein. Alle würden wieder über etwas anderes reden. Abgesehen davon, solche Artikel schadeten niemandem. Unmöglich.

Er fing an, die Freitagsausgabe zu lesen. Der Sträfling, stand da, war verschwunden. Tags darauf trieb ihn der Hunger ins Freie. Er schlich um ein abgelegenes Farmhaus herum und kauerte wartend eine halbe Stunde lang im Gebüsch neben dem Haus. In der Scheune, die jetzt als Garage diente, stand kein Auto.

Er ging näher ans Haus, spähte durchs Küchenfenster, sah eine Frau allein beim Essenkochen und zog die Tür auf.

»Essen«, sagte er. »Ich will was zu essen.«

Die Frau schrie los, er drückte ihr die Hand auf den Mund, griff sich ein Geschirrtuch, drehte einen Knebel und stopfte ihn ihr in den Mund, schnappte sich etwas Essen, und weg war er. Die Frau lag am Boden, als ihr Mann sie fand, er zog den Knebel heraus, und sie fing wieder an zu schreien und hörte nicht auf.

Der Wüstling, der Mörder, der entflohene Sträfling, der Negro wurde am Stadtrand gefasst. Auf allen Straßen zur Stadt, zum Gefängnis waren in beiden Richtungen Polizeistreifen postiert.

Nur, wieso, dachte Bullock beim Wiederlesen des Artikels, den er selbst geschrieben hatte, wieso ein entflohener Sträfling bei Verstand auf genau die grauen Mauern zuläuft, denen er nach gottweißwasfür Kämpfen, gottweißwievielen Wochen oder gar Monaten der Planung entronnen war, das wusste kein Mensch. Aber die Leser des Artikels hielten sich nicht mit Fragen der Darstellung auf, sie schauderten lieber vor Entsetzen und Furcht, mit einem gewissen leisen Vergnügen als Beimischung, der Freude über den Tod des Sträflings.

Uniformierte und Kriminalpolizisten, Gefängniswärter und die Nationalgarde patrouillierten auf allen kleinen und großen Straßen der Stadt, man sah also, wo man ging und stand, bewaffnete Jäger herumstreifen und spähen.

Ach, zum Teufel, dachte er und warf die Zeitung wieder auf den Büroboden. Dafür war ja er nicht verantwortlich. Das war von allein passiert. Oder nicht? Woher wusste er denn, dass die Artikel im Chronicle nicht auch diesen Mann, den Sträfling, irgendwie beeinflusst hatten? Woher wusste er denn, was so durchgesickert war bis hinter die grauen Steinmauern des Gefängnisses, nah genug an der Stadt, dass man es sah, und doch weit genug weg, dass man es leicht vergaß, außer die Sirene ging los.

Egal, der Mann war tot. Erschossen, von Kugeln durchsiebt, stand in der Geschichte.

Aber die wäre auch verdammt fast nach hinten losgegangen. Denn die schmale überarbeitete Hausfrau mit den grauen Haaren weigerte sich auszusagen, dass der Sträfling versucht habe, sie zu überfallen.

Der Reporter des Chronicle hatte berichtet, sie habe stur wieder und wieder dasselbe gesagt: »Er hat mir nichts getan. Ich habe aufgeschrien weil ich wusste ja nicht dass er da in der Küche ist. Er hat was gesagt und ich hab von kei'm nicht gewusst der ist da außer ich bis er was gesagt hat und da hab ich Angst gekriegt und losgeschrien. Ich hab kein Sträfling nicht gesehen. Da war ein großer schwarzer Mann und der ist so plötzlich und unerwartet in meiner Küche da hab ich Angst gekriegt. Ich hätte genauso geschrien wenn da 'n weißer Mann plötzlich und unerwartet in meiner Küche gewesen wär. Der hat mir nichts getan außer das Geschirrtuch in 'n Mund gestopft und dann hat er sich Essen in' Mund gestopft und sich noch was geschnappt und ist raus aus der Tür. Er hat mir nichts getan.«

Ihr Mann sagte ständig: »Halt den Mund, du bist aufgeregt, du bist durcheinander, du weißt nicht, was du redest ...«

Seine Frau, die schmale überarbeitete Ehefrau jenseits der mittleren Jahre, hatte zum Reporter gesagt: »Junger Mann, schreiben Sie ja nicht der hat mich belästigt. Der hat mir gar nichts getan. Der hat nur ...«

Und Bullock hatte schlicht und wahrheitswidrig geschrieben, dass der schwarze Sträfling, der Wüstling, der entflohene Mörder die schwächliche Hausfrau, die allein in dem großen Farmhaus gewesen war, überfallen hatte. Und das Foto vom Sträfling auf die Titelseite gesetzt.

Das Bild stellte den Sträfling nicht als einen Menschen dar, sondern als ein schwarzes Tier, mit knurrend gefletschten Zähnen, irren Augen und einer langen Rasiermessernarbe, die aussah wie ein Mund, ein offener Mund von kurz unterm Auge bis zum Kinn, ein grauenvoller Extramund mit klaffenden Fleischrändern statt Lippen. Bullock wusste, wer dieses Bild je gesehen hatte, würde sich daran erinnern und mitten in der Nacht aufwachen, schweißgebadet, weil der Schrecken, der schwarze Schrecken eine Gestalt, ein Gesicht hatte; und alle würden sich an die Schlagzeile NEGRO-STRÄFLING ERSCHOSSEN erinnern, in Fettdruck, eine Schlagzeile über die halbe Seitenmitte, und denken: Ja, dieses wildgewordene schwarze Tier mit dem kaputten Gesicht ist tot, aber was ist mit den andern, andere sind noch am Leben, und die sind genauso gefährlich. Weiße Frauen sind nicht sicher. Nicht sicher in Monmouth.

Ach, zum Teufel, dachte er, wenn es nicht diese Geschichte gewesen wäre, dann eine andere. Egal, wie man es betrachtet, es sind eben aufgeregte Zeiten, es ist ein aufgeregtes Jahr, und dann noch die hohen Preise und all die Kleinkriege, aus denen große Kriege zu werden drohen; und erst die Leute, die ständig nach Sicherheit grapschen und greifen und beim Blick über die Schulter in Unsicherheit starren.

Selbst das Außenministerium benahm sich wie eine abgehetzte Hausfrau bei der Suche nach den Verstecken von Mäusen und Kakerlaken und Bettwanzen, nach Ungeziefer aller Art, das von Zeit zu Zeit in ein Haus einfällt, beim gründlichen Nachsehen unter Betten und in Kommodenschubladen, auf Regalen im Wandschrank, in Kellern und Dachböden, beim Ausspähen von Backöfen und Zuckerdosen, beim Fahnden nach Kommunisten und Sozialisten, nach Ketzern und Ungläubigen an jedem möglichen und unmöglichen Ort, und wirbelten dabei so viel Staub auf, so viele Schlusenflusen, wie Bullocks unverheiratete scharfzüngig-vulgäre Tante das nannte, so viel Mottenfraßdreck, so viele Spinnweben, dass es das ganze Land schauderte.

Also, was ist schon groß anders, dachte er, ob wir hier in Monmouth Jagd auf Negros machen oder ob wir Jagd auf Kommunisten machen. Wir? Du meinst dich und Mrs. Treadway. Und es ist etwas anderes, mir fällt nur gerade nicht ein, was.

Das Bild von dem Negro mit dem kaputten Gesicht, das war nicht – das hätte ich nicht tun sollen. Das ist das Einzige, was ich bereue. Der Rest ist unwichtig. Aber ich musste. Ich musste das andere Bild neutralisieren, Jubines Bild von diesem arroganten Nigger mit dem Barrymore-Profil. Ich musste. Ich musste diese Geste neutralisieren, kontern, überbieten, dieses miese Abzählen mit Daumen und Zeigefinger, das zum unausgesprochenen Schlagwort, zum Symbol für den Chronicle geworden war. Ich musste doch.

Aber Montag würde er Mrs. John Edward Treadway erklären, sie könne sich ihre gottverdammte Werbung sonst wohin stecken, denn er plante einen totalen Richtungswechsel. Er würde …

Aber Montag war es zu spät.

21

Malcolm Powther saß auf dem Rücksitz von Captain Sheffields Auto auf der Dumble Street und lauschte dem Motor, sanft surrend, sanft surrend, und dem Scheibenwischer mit seinem regelmäßigen: Versenk-versenk-versenk-versenk, immer wieder nur das eine Wort, es erzeugte ein Geräusch im Wagen, das war gut so, und dazu erklang das Nebelhorn: Werwars-werwars, immer zweimal, in Intervallen – das erzeugte ein Geräusch draußen, und das war auch gut so, denn sie saßen alle schweigend da, wartend.

Die Madam, das hatte ihn verwundert, saß mit im Wagen, vorn beim Captain. Die beiden jungen Männer, Freunde des Captains, saßen hinten. Wartend. Er verbot sich, über den Grund des Wartens zu grübeln. Auch wenn ihm immer wieder kleine Fetzen davon ins Bewusstsein schwirrten. Er war froh über den Regen. Die frühe Dunkelheit. Sonst wären mehr Leute auf der Straße gewesen, und sie hätten sich zu dem parkenden Auto umgedreht, da saßen ja Leute drin, ein Haufen Männer anscheinend, bei laufendem Motor.

Im letzten Winter hatte Al oft gesagt: »Warum lässt die sich nicht scheiden von Bunny?« Da war all das noch nicht passiert. Er hatte geantwortet: »Ist netter so. Wie sie's macht, ist wirklich netter. Wenn ein Mann sich ganz und gar auf eine Frau eingelassen hat, ist es ihm, glaub ich, ziemlich egal, ob sie Affären mit andern Männern hat. Hauptsache, sie verlässt ihn nicht. Nein, ganz egal nicht, gut findet er es nicht. Es tut ihm weh. Aber es würde noch

weher tun, wenn sie ihn verließe. Und Miss Camilo ist ein
sehr netter Mensch. Ein liebenswerter Mensch. Sie weiß,
der Captain wäre erledigt, wenn sie ihn verließe. Das ist
keine besonders schöne Lage, weder für sie noch für den
Captain. Aber Miss Camilo ist eine sehr feine Lady, vielleicht empfindet sie es als ihre Schuld, dass der Captain so
wahnsinnig in sie verliebt ist, und bleibt deshalb bei ihm.
Sie bringt es nicht übers Herz, ihm wehzutun, so weh, wie
wenn sie ihn verlassen würde.«

Das war vor all dem, was dann passiert war. Bestimmt
hatte der Captain gewusst, dass er Rivalen haben würde.
Ja, aber hätte er einen in der Größe und mit der Figur –
und der Hautfarbe – eines Link Williams vorhersehen können?

Versenk. Versenk. Versenk. Link Williams. Mamie hatte
das Foto von ihm aus der New Yorker Zeitung rausgeris-
sen. Es lag auf dem Küchentisch, als er eines Abends nach
Hause kam. Er sagte: »Was soll das denn hier?« Er wollte
die Frage nicht stellen, aber er musste es, er hatte Angst
vor der Antwort, aber er musste sie wissen, er war fest
überzeugt, dass sie sagen würde: »Weil ich heiß auf den
bin, Süßer.«

Sie nannte es nie Liebe, sie sagte immer, jemand sei
heiß auf jemand anderen, und er rechnete damit, dass sie
das sagte, als sie da in der Küche stand, in diesem neuen
rot-weiß gestreiften Kleid ohne Ärmel, aber mit einem so
tiefen Ausschnitt, dass man den Spalt zwischen ihren
Brüsten sehen konnte. Und die Küche war erfüllt vom zusüßen Duft ihres Parfüms, und J. C. stand barfuß daneben,
musterte alle beide und leckte Himbeerbrausepulver aus
der Hand, mit ausdrucksloser Miene, leckte einfach rinds-
blöd vor sich hin, und seine leuchtend giftrote Zunge und
der säuerliche Himbeergeruch lagen im Wettstreit mit
Mamies Parfüm.

Mamie lachte auf. Sagte: »Das is mal'n gutaussehender Nigger, Powther. Kuck mal, wie der da auf dem Kai steht, als ob der ihm gehört und er jeden in den Fluss schmeißt, der das bestreitet. Deshalb hab ich den ausgeschnitten. Weil der kuckt, als ob alles drumrum ihm gehört. Deshalb.«

Kein Wort über Miss Camilos Autounfall und das fürchterliche Foto von ihr auf der Titelseite von diesem New Yorker Revolverblatt und das Geschwätz, überall das Geschwätz, so viel und so ein Dreck, dass er irgendwann Al gebeten hatte, ihn abends nach Hause zu fahren, weil er das Geschwätz der Leute in der Straßenbahn zur Franklin Avenue nicht mehr aushielt. Es war schlimm genug, das Personal in Treadway Hall zu hören, aber noch schlimmer, unendlich viel schlimmer war, sich anhören zu müssen, dass wildfremde Menschen mit Miss Camilos Namen um sich warfen, als ob sie sie kannten und das Recht hätten, ihnen jemand das Recht eingeräumt hätte, über sie zu befinden. Er wollte dahinterkommen, warum Menschen so bösartig waren, warum sie so offensichtlich freudig grässliche Sachen über eine junge Frau sagten, die sie nie gesehen hatten. Seiner Vermutung nach steckte dahinter dasselbe, was Tausende Leute jahrelang in Boxstadien getrieben hatte, wenn Joe Louis um die Meisterschaft kämpfte. Klar, alle fanden ihn wunderbar, ein großartiger Boxer, das Herz eines Champions, aber sehen wollten sie, dass er k. o. geht. Die Leute gucken gern zu, wenn ein König entkrönt wird, gucken gern zu, wenn ein Vollblutpferd genau dann ein Rennen verliert, wenn es in Topform ist und alles in Sichtweite überrannt hat. Sie wollen mit eigenen Augen sehen dürfen, dass es so etwas wie Unbesiegbarkeit nicht gibt, wollen sehen, dass selbst ein König, ein Platzhirsch, ein Spitzenreiter Schwächen hat, schlagbar ist wie sie, verwundbar, besiegbar, der Würde, der

Krone zu berauben, k. o. zu schlagen ist wie sie, also auf ihr Niveau sinkt.

Ein Skandal in einer reichen, bedeutenden Familie wie den Treadways ließ die Treadways rasch auf das Niveau von Straßenbahnschaffnern und Schuhputzern sinken. Er zeigte, dass sie genauso verletzbar, verwundbar, ruinierbar waren wie andere Leute auch.

Er seufzte, ungeduldig wegen der Warterei, und wünschte sich, dass einer der anderen etwas sagte. Sobald er aus dem Auto herauskäme, würde er über die Straße laufen, vorn durch die Haustür und die Treppe mit Teppichbelag hochgehen, angespannt lauschend, um schon oben im dunklen Flur zu erkennen, ob Mamie zu Hause war, überhaupt noch da war, oder bedeuteten die Dunkelheit und die Stille etwa, dass er zu spät kam, dass sie weg war, sonst wohin. Seit diese ganzen Verbrechen in den Narrows passierten, nahm er nicht mehr die Außentreppe hinten, er traute sich nicht mehr, um Mrs. Crunchs Haus herum und hinein ins Dunkel hinter der Hausecke zu gehen. Er hatte es probiert, aber seine Schulterblätter schienen immer zu kribbeln, in Erwartung der Klinge, die er gleich in den ungeschützten Rücken gerammt bekommen würde. Er hatte Mrs. Crunch erklärt, warum er durch die Vordertür hereinkam, und sie hatte gesagt: »Aber gern, ja, Mr. Powther. Ich rechne immer damit, dass wir alle irgendwann im Bett ermordet werden. Ich schiebe jeden Abend eine Kommode vor die Schlafzimmertür, ich habe auch neue Fensterriegel, und trotzdem wache ich vor Angst auf. Was ist nur mit den Leuten los? Warum benehmen sie sich so?«

Jemand trat aus der Last Chance, er beugte sich vor. Nein. Der nicht. Wie lange mussten sie denn noch warten?

Sonntag, und leiser Regen, Aprilregen, auf die Straße fallend. Schirme, Überschuhe, Regenmäntel. Und das unaufhörliche Rätschen des Scheibenwischers, das geht mechanisch, aber der müsste doch langsam müde sein. Noch nicht Zeit für den Abendgottesdienst, Abendessen zumeist schon am frühen Nachmittag, es war eine Art Auspendeln des Tages, eines Sonntags. Auf der Straße sehr wenige Leute, hin und wieder ging jemand vorbei, in seine oder ihre eigenen Angelegenheiten vertieft. Keine Stimmen zu hören.

Er spürte seinen Herzschlag, unangenehm, wollte die Schläge zählen, merkte, dass sie nicht synchron mit dem Werwars-werwars des Nebelhorns, dem Versenk-versenk des Scheibenwischers liefen, sein Herzschlag war schneller als die beiden und der Scheibenwischer schneller als das Nebelhorn, nervig, drei verschiedenen Klängen mit verschiedenen Intervallen zuzuhören, auf sie zu warten. Ein Auto fuhr vorbei, dann noch eins, und alle schraken zusammen, fuhren hoch, aufgestört von plötzlich aufleuchtenden Scheinwerfern.

Ein Mann ging auf die Last Chance zu, ein Mann mit einem schlurfenden, schleifenden Gang, der formlose Filzhut hellorangerot unter dem Neonschild. Weak Knees. Vor der Tür blieb er stehen, sah die Straße rauf und runter. Powther dachte: Er weiß, hier stimmt was nicht, er spürt es, riecht es, so wie Tiere eine gegenwärtige Gefahr wittern, ohne sie genau zu kennen. »Hat Weak gebacken. Das ist der Koch in Bills Laden« – Krapfen, wunderbare Komposition, zart duftend, scharf gewürzt, im Hals klebend.

Weak Knees ging in die Last Chance. Noch ein Auto fuhr vorbei. Diesmal langsam, kein plötzliches grelles Aufblitzen, in einem Augenblick da, im nächsten weg, dieses fuhr im Schleichtempo, und Powther sah den Hinterkopf des Captains, sah jedes rötliche Haar, den gepflegten Nacken, dachte, er hat sich die Haare bestimmt noch in New York schneiden lassen, bevor er gestern hergefahren ist; sah den Hinterkopf der Madam, ihre geraden Schultern, steif gereckt unter dem hellbraunen Regenmantel, die Haare weiß schimmernd in dem langsamen, nicht gerichteten Strahl des Autolichts, selbst beunruhigt, denn sie hob eine Hand, eine wunderschön manikürte Hand, griff flüchtig, ziellos nach den weißen Locken und kam nie dran.

Er hatte sie bisher nie als Mensch mit Gefühlen, Empfindungen wahrgenommen, immer nur vage als eine feine, großzügige, freundliche große Dame, eine eigene Art Person ganz für sich, die zwar lebte und atmete, ja, aber nie Zorn oder Hass oder Angst erlebt hatte, als Mutter auch nicht. Sie und der Captain mochten sich nicht. Beziehungsweise, die Madam mochte den Captain nicht. Warum der Captain sie wohl Mrs. Treadway nannte? Er hatte nie eine Schwiegermutter gehabt, er würde nie hinter all die heiklen Umgangsformen und Feinheiten und halb ausgesprochenen vagen Ressentiments kommen, die so eine Beziehung wohl mit sich brachte. Die Frauen der Copper-Jungs sagten immer locker »Pop« zu Old Copper. Die Förmlichkeit zwischen dem Captain und der Madam war merkwürdig.

Er behielt die Last-Chance-Tür im Blick. Nichts. Noch ein Auto, wieder der plötzliche Lichtblitz, der den Hinterkopf des Captains und die weißen Locken der Madam erhellte. Wenn doch endlich jemand etwas sagte.

Zwei Menschen gingen vorbei. Im Gespräch. Er hörte zu, froh über den Klang von Stimmen.

Der Mann (unwirsch): Ich weiß nich wo der is. Was fragst'n mich das? Ich sag doch, ich hab den zwei Wochen nich gesehn.

Die Frau: Für wie blöd hältst du mich eigentlich? Wenn du nich weißt wo der is, wieso hast'n dann sein Portmannee?

Der Mann: Hat er mir gegehm. Hat er mir gegehm bevor er wech is.

Die Frau: 'vor er wech is wohin? Du hast nie nichts gesacht von wegen der geht wo hin.

Der Mann: Du lässt mir ja keine Schangse. Du sachst bloß immer bloß wo is der. Ich weiß nich wo der is. Er hat gesacht er geht wech und wech is er. Ich weiß nich wo der hin is.

Die Frau: Du bist un bleibst 'n Scheißkerl. Der hat dir nie sein Portmannee nich gegehm, weißt du ganz genau. Was hast du mit ihm gemacht? Antworte jetzt. Wo isser? Das ist dein Bruder, du weißt genau wo der is …

Leiser Aprilregen, gerade so dunstig, dass die Häuserkanten verschwimmen, die scharfen Umrisse des Henkers verwischt sind. Gerade werden die Knospen des Henkers prall. Kein Mensch in der Dumble Street würde wirklich merken, dass Frühling kommt, nur der Henker. Im Kopf jetzt Old Copper: »Da ist doch das gottverdammteste Klima in den ganzen Vereinigten Staaten.« Old Copper und seine Gemälde, Mamie, wie sie die Treppe hinunterkommt, langsame Schritte, der große Busen, das feste Fleisch, die braune Haut durchscheinend, wie wenn darunter Licht ist, rotbraun, auch ihr Lächeln, ihre Miene, genau wie bei den Frauen auf den Gemälden. Akte. Übergroß. Rosa Fleisch.

Entsetzlich, Miss Camilo zu beobachten, Miss Camilo zu sehen. Unerträglich. Er würde genauso zusammenklappen, wenn Mamie ihn verließe. Das Nebelhorn: Werwars? Werwars? Werwars? Warum zog sie nicht weg aus Monmouth? Raus aufs Land. Land. Kühe. Kühle. Frühling. Noch immer im Kopf dieses Grölen, dieses stöhnende Muhen einer Kuh, Nacht für Nacht, Tag für Tag, die Nervenenden blank auf der Hautoberfläche, das nervenzerfetzende Geräusch und irgendwann seine kreischende Großmutter: Hol ma wer 'n Bullen, hol ma wer … Nervenenden zerfranst, freiliegend, zuckend. Miss Camilo.

Wieder der Wunsch nach Stimmen. Versenk? Versenk? Versenk?

Dann ein Krachen auf der Straße. Er schoss hoch. Und spürte, dass die beiden Männer, die Freunde des Captains, die zwei großen jungen Männer, die ihn wie eine Decke auf beiden Seiten umgaben und Hitze, Wärme ausschwitzten, auch einen Satz machten.

Die Madam flüsterte: »Was war das?«, verzweifelt, nervös.

Dann eine riesenhaft verstärkte Stimme über ihnen: »Am Anfang schuf Gott Himmel und Erde.«

Dann ein Schnarren. Powther seufzte. Das war der neue Lautsprecher an Reverend Longworths Kirche – Masters University, Heilung für Körper und Geist. Ich bin der Weg und die Wahrheit und das Leben, dann der Name des Pfarrers, Dr. H. H. Franklin Longworth, F. M. B. Minister, Psychologe, Metaphysiker. Jedermann willkommen. So ungefähr stand es auf dem Schild.

Mamie hatte ihm erzählt, dass Reverend Longworth einen Lautsprecher anbringen lassen hatte, und auch, dass er diesen Sonntag ausprobiert werden sollte, mit einer Schallplatte. »Schöne Scheiße, dass man sich das Schwuchtelgebete und -gepredige anhören muss, wie wenn der hier im Haus is.«

Jetzt gingen die Lichter in der Kirche an beziehungsweise in dem Haus, in dem Reverend Longworths Anhänger saßen, gingen ganz plötzlich alle Lichter an, auch die Strahler für das Schild an der Fassade. Powther dachte: Genau wie Longworth immer sagt: Es werde Licht. Er sah ihn vor sich, das Gesicht, die Gestalt. Longworth war groß und dünn, und seine Haut hätte braun sein sollen, war aber kränklich gelb, fahlgelb, wie eine Pflanze, deren Blätter dunkelgrün sein sollten, aber blassgelb waren, weil sie keine Sonne bekommen hatten. Außerdem hatte er einen

Spitzbart, der war üppig, dicht und glänzte, passte aber nicht zu seinem Gesicht.

Also, ich habe die Madam ja nicht hier hergebracht, dachte er, das war ihre Idee, nicht meine; aber es gefällt mir gar nicht, dass sie sich den Auftritt von diesem Scharlatan anhören muss. Dann dachte er nichts mehr, denn Reverend Longworths donnernde Stimme verstopfte ihm nicht nur die Ohren, sie verstopfte ihm auch das Hirn.

Longworth (rhythmisch-hypnotisch und hoch): Und der Herr sprach zu Kain –

Dann kam Musik, ein Chor aus Männer- und Frauenstimmen fing an zu summen, wurde lauter, leiser, wieder lauter, schwoll an, dann Orgelbegleitung im Hintergrund.

Kurze Pause. Wieder Orgelmusik. So laut, dass es in den Ohren wehtat. Dann übernahm der Chor Longworths Stimmlage, unheimlich, lächerlich, es klang, als ob die Singstimmen ihm antworteten oder ihn ausfragten.

Chor: Oh my good Lord, Show me the way,
       Enter the chariot travel along –

Longworth (lauter, getragener): Und der Herr sprach zu Kain –

Chor: Noah sent out a mornin' dove
       Enter the chariot travel along –

Longworth: Wo ist dein Bruder Abel?

Chor: That dove came bearin' a branch of love
       Enter the chariot travel along –

Longworth (sonor, immer getragener): Er aber sprach:
Was hast du getan?

Chor: Oh my good Lord, Show me the way,
       Enter the chariot travel along –

Longworth (jetzt schneller, lauter, donnernd):
       Die Stimme des Blutes deines Bruders
       schreit zu mir von der Erde

Chor (schneller, lauter, immer kräftiger):
       Oh my good Lord, Show me the way,
       Enter the chariot travel along …

Lautes Schnarren von der Schallplatte. Danach erscholl
die Stimme von Reverend Longworth wieder durch die
ganze Dumble Street. Diesmal mit einer liebkosenden
Note. Er sagte: »Der Gottesdienst beginnt heute Abend um
sieben Uhr. Jedermann ist willkommen. Im Anfang war
das Wort.« Lange Pause. »Ich bin der Weg und die Wahrheit und das Leben.« Dann wieder Schnarren. Mehr sagte
er nicht, die scharwenzelnde, liebkosende Stimme verriet
allerdings, was er eigentlich sagen wollte: Kommt zu mir,
ich verstehe alles. Kommt. Lasst euch retten.
    Jetzt wieder Stille in der Straße. Nur der leise Aprilre-
gen. Kein Auto. Niemand, der vorbeiging. Der Motor im
Leerlauf. Versenk-versenk vom Scheibenwischer. Nebelhorn. Werwars-werwars-werwars. Orangerotes Neonschild an der Last Chance. Dann das Kläng-kläng einer
Straßenbahn auf der Franklin Avenue.
    Er spürte mit Unbehagen die zwei großen jungen Män-
ner zu beiden Seiten, spürte mit Unbehagen die Wärme
ihrer Körper. Zwei kräftige junge männliche Tiere.
    Die bullenlose Kuh, brüllend.

Wo ist dein Bruder? Irgendwo verloren zwischen dem Werwars-werwars des Nebelhorns und dem Versenk-versenk des Scheibenwischers. Das war nicht mein Bruder. Ich muss beweisen, dass das nicht mein Bruder war. Diesen Leuten in diesem Auto beweisen, dass nicht alle Negros kriminell sind, manche sind gut, manche haben Selbstachtung, manche sind erstklassige Butler und heißen Powther.

Er hatte sich das Bild auf der Titelseite des Chronicle angesehen, dieses Bild eines schwarzen Mannes mit einer grausig wüsten Narbe auf einer Gesichtshälfte, das Bild eines entflohenen Sträflings, der zwar tot war, aber in diesem Albtraumfoto wieder lebendig wurde. Hatte es sich angesehen und sich geschüttelt.

Dann hatte die Zeitung auf Madams Schreibtisch gelegen, mit genau dem Bild, und sie hatte gesagt: Kannst du andeuten, hinweisen, zeigen. Hatte wieder hingesehen, sich wieder geschüttelt, gedacht: Wieso darf das Bild von diesem Tier in meine Welt treten? Erwartet, dass die Madam sagte: Du arbeitest zur Zufriedenheit, leistest gute Dienste hier, aber vielleicht wirst du ja auch, du könntest doch auch, immerhin gehörst du zur selben Rasse, auch in dir steckt bestimmt das, was diesen Mann dazu gebracht hat – aber stattdessen sagte sie: Kannst du andeuten, hinweisen, zeigen.

Sonntagmorgen. Heute morgen. Es schien ganz lange her. Er war langsam die Treppe hochgegangen und hatte sich gefragt, warum er um zehn Uhr ins Damenzimmer bestellt wurde. Die Madam saß am Schreibtisch und blätterte in Zeitungen. Sie sagte: »Powther, ich brauche deine Hilfe.«

»Meine Hilfe, Madam? Aber sehr gern –«

»Halt«, sagte sie brüsk, »sag das erst, wenn du weißt, um was ich dich bitte. Kennst du jemanden namens Lincoln Williams?«

»Lincoln Williams?«, wiederholte er. »Sie meinen Link Williams? Ja, warum ...«, er war verlegen, er wollte mit der Madam nicht über Miss Camilo sprechen.

»Nun, ich – das heißt, wir, Captain Sheffield und ich, möchten mit ihm reden. Aber wir würden ihn ja nicht erkennen. Ich dachte, du könntest mit uns zusammen in die Gegend da fahren und uns auf ihn hinweisen.«

Link Williams, dachte er, Link Williams, auf ihn hinweisen, was meinte sie, wofür auf ihn hinweisen, mit dem Finger auf ihn zeigen, aber warum? Wofür? Dann dachte er: »die Gegend da«, das klang nach irgendeinem Gelände. Die Dumble Street. Sie weiß nicht, hat vergessen, dass ich da wohne.

»Du weißt zweifellos von den Problemen, die wir in letzter Zeit haben. Ich wäre äußerst dankbar, wenn du uns helfen könntest, Powther.«

Sie sah alt und müde aus in der frühen Morgensonne, sie hatte neue feine Falten um die Augen, die ihm noch nicht aufgefallen waren, und die Haare wirkten trocken, brüchig, diese hellblonden Haare mit etwas Grau drin, das man aber auf den ersten Blick nicht sah, dank der blonden Farbe, derselben Farbe, die Miss Camilo hatte; die meisten Leute dachten, dass Miss Camilo ihre Haare färbte, aber das stimmte nicht, sie waren von Natur aus blond. Und Madams Augen, komisch, er konnte es nicht recht glauben, aber sie schienen ihn um Hilfe anzuflehen. Er dachte: Oh je, sie ist wirklich ganz allein. Hat niemanden, der ihr hilft. Miss Camilo geht um wie in Trance, trinkt zu viel, nimmt Schlaftabletten, Rita hat erzählt, dass die Madam Miss Camilo wegen der Schlaftabletten zur Rede gestellt und sie gebeten hat, wieder nach New York zu ziehen, aber Miss Camilo will nicht aus Monmouth weg. Hat Rita erzählt.

Was wollte sie denn von ihm? Hindeuten. Hinweisen. Hinzeigen. Zeigen.

»Willst du das tun?«

»Gewiss, Madam. Das ist ja keine große Sache. Das tu ich gern.«

Und jetzt saßen sie hier im Auto des Captains und warteten, und der Scheibenwischer sagte weiter Versenk-versenk-versenk. Manchmal überlegte er, ob das eine Art von Frage war: Versenken? Versenken? Versenken?

Die Tür der Last Chance ging wieder auf. Powther beugte sich vor. »Das ist er«, sagte er und deutete auf einen Mann, der einen Augenblick lang unter dem orangeroten Schild stand, von Kopf bis Fuß in orangerotes Licht getaucht, ohne Hut und Mantel.

Alle beobachteten ihn, warteten ab, ob er über die Straße gehen, sich von der Tür wegbewegen würde. Er stand nur da und rührte sich nicht. Powther beschwor ihn innerlich sich zu bewegen, dachte: Mach der Qual ein Ende, der Eifersucht, dem Schmerz, der Verletzung, dem aufgebrachten Schluchzen, das einem nachts im Hals hochsteigt, den Nächten, den dunklen, gnadenlosen, endlosen Nächten, ich weiß, wie das ist, und der Captain weiß es auch. Link Williams und Bill Hod waren ihm im Geist durcheinandergeraten und im Geist ein und derselbe geworden.

Wenn es gut geht, denn sie haben ja nur vor, ihm Angst einzujagen, ihn aus Monmouth zu verjagen, dann helfe ich jetzt gerade mit, diesen Kerl loszuwerden, der schlimmer ist als ein Dieb, schlimmer als ein Mörder, diesen Ehefrauenstehler, und hier und jetzt in dieser Sache sind der Captain und ich gleich, beide aufgebracht, beide Opfer, wir haben also irgendwie etwas gemeinsam, und damit habe ich ein kleines bisschen meiner lange verlorenen eigenen Selbstachtung wiedererlangt.

Die beiden jungen Männer beugten sich vor und sahen auch hin, warteten auch, und Powther meinte, ihre innere

Anspannung zu spüren, dachte an ihre Marken, Blechmarken, aber im elektrischen Licht glänzten die bestimmt wie echte, dachte an das weiße Blatt, das sie dabeihatten, beim flüchtigen Blick wirkte es wie ein Haftbefehl, ein Blatt mit einem aufgeklebten Foto, glatt aufgeklebt, sah fast aus wie ein Abzug, und mit amtlich aussehenden Lettern, aus einer alten Zeitung ausgeschnitten und auch aufgeklebt, sodass auf den ersten Blick alles aussah wie bei einem echtem Haftbefehl, nur stand da:

Das Leben ist eine mysteriöse, spannende Angelegenheit,
alles kann berauschend werden, wenn man weiß,
wie man danach sucht und was man mit einer
Chance macht, wenn sie kommt.

Der Regen verschleierte die Windschutzscheibe, und der Scheibenwischer redete weiter mit sich selbst, aber jetzt war es eine Aussage: Versenkt-versenkt-versenkt.

Er dachte: Warum bin ich hier? Warum ich? Weil sie sonst niemandem trauen würden. Weil sie farbige Menschen nicht auseinanderhalten können. Für sie sehen Link Williams und ich gleich aus. Sie könnten ihn nicht ausmachen in einer Menge, schon gar nicht auf dieser Straße, dieser verregneten Straße fast am Abend, für sie sehen alle farbigen Menschen gleich aus.

Plötzlich sagte er: »Da.«

Denn Link Williams bewegte sich weg von der Last-Chance-Tür und ging in Richtung Kai, mit diesem lässigen unangestrengten Gang. Er sagte: »Das ist er«, noch einmal, lauter, verstärkt durch eine ausladende Handbewegung.

Die beiden großen jungen Männer stiegen aus. Powther sah, wie Link Williams zögerte, sah die Marken im Laternenlicht blitzen, sah das weiße Blatt, das sie ihm hinhielten, Haftbefehl, amtlich aussehende Vollmacht.

Dann glitt er aus dem Auto, stieg auf der Fahrbahnseite aus, ein kleiner Mann, nicht zu erkennen in der Dämmerung, nur eine kleine anonyme Gestalt, die sich schnell bewegte, schnell wegbewegte, wegeilte vom Scheibenwischergeräusch: Versenkt-versenkt-versenkt.

Kaum war er in der Küche, in der Hitze und dem Licht und dem Duft vom Essenkochen und dem Gekreisch der Jungen, dem Gesang von Mamie, fing er an zu zittern, sich zu schütteln, es war mehr als Schütteln, sein ganzer Körper zuckte.

Mamie sagte: »Süßer, was ist denn? Du siehst ja furchtbar aus«, und schlang die Arme um ihn, zog seinen Kopf an ihre großen weichen Brüste und bettete seinen Kopf darauf.

22

Sobald er auf dem Rücksitz saß, mit Handschellen, wusste Link Williams, diese Männer links und rechts von ihm waren keine Polizisten, auch keine Kriminalpolizisten, und dieser neue schwarze Packard war kein Polizeifahrzeug. Der Motor lief, und der Mann am Steuer gab schon Gas und legte den Gang ein, bevor die hinteren Türen zugeknallt waren.

Sie fuhren die Dock Street hinunter, schnell und immer schneller. Er überlegte: Entführung? Erpressung? Bin ich irgendwie in einen von Mr. B. Hods Privatkriegen geraten?

Er lehnte sich zurück, sank ins Rückenpolster, und die steifen, verspannten Trenchcoat-Herren zu beiden Seiten hüpften beinah hoch, er konnte spüren, wie sich ihre Körper strafften. Womit rechneten die denn, bei einem Mann in Handschellen, der zwischen zwei Männern ohne Handschellen sitzt?

Sie bogen von der Dock Street ab und fuhren einen Block weit nach Osten, bogen wieder ab und fuhren die Franklin Avenue hinunter, den Straßenbahnschienen nach. Eine Entführung konnte es nicht sein, der Fahrer blieb auf dieser Durchgangsstraße. Die Lady auf dem Beifahrersitz mag allerdings kein Licht. Er sah genau ihre Schulterumrisse, sah irgendwie weiße lockige Haare. Sie mag die Ampelpausen nicht, da wird sie steif und kriegt starre Schultern; die Herren auf dem Rücksitz mögen auch keine Ampeln, sie ziehen sich immer zurück, als ob sie sich in das stählerne Fahrgestell verkriechen wollten. Keine Entführung. Irgendeine andere Tat zur dunklen Mitternacht.

Es ging schneller und schneller und weiter den Schienen nach. Er war hier früher öfter langgefahren, mit der Straßenbahn. Wenn sie weiter auf der Franklin blieben, könnte er die Stelle erkennen, an der die Schienen endeten und einfach in der Schwärze der Walzschotterstraße verschwanden. Endstation. War Straßenbahn gefahren, zur Arbeit bei den Valkills, einem nicht ganz, aber fast mittelalten, kinderlosen Ehepaar, sie brauchten jemanden für einen Sommerjob, jemanden, der den Tisch deckt und etwas Geschirr spült und abtrocknet. Abbie hatte ihm den Job besorgt, als er zwölf war.

Morgens gegen halb neun stieg er in die Straßenbahn, um die Zeit war die Luft klar und frisch und rein und noch kühl. Er mochte das Kläng-kläng der Straßenbahn, er sah gern den Leuten beim Ein- und Aussteigen zu, die meisten kannten den Fahrer, und alles war freundlich, und alle Leute sahen frühmorgendlich frisch und munter aus. Er fuhr bis zur Endstation, stieg aus und lief eine Viertelmeile zu Fuß zum Haus der Valkills, aber je länger er lief, je näher er zum Haus kam, desto mehr schien die Sauberkeit des frühen Morgens zu verdampfen, weniger zu werden und nach und nach hinüberzugleiten in die heiße müde triste Tageszeit.

Das Haus der Valkills lag direkt am Fluss, es war klein, verwittert und grau und roch unbeschreiblich brackig, nach altem, stillgelegtem Fluss; der Geruch schien aus dem Holz zu kommen, aus Wänden und Böden. Irgendwann dachte er, er könnte das Haus schon riechen, bevor er es sah, dachte, er sähe die Valkills schon, bevor sie zu sehen waren.

Sie waren immer draußen, lagen meistens auf einem schmalen Uferstreifen aus Steinen und Kieseln, eine Art Strand, der aber einfach nur Fluss und Land voneinander trennte. Mrs. Valkill im schwarzen Badeanzug, Mr. Valkill in Khakishorts. Selbst morgens um neun und selbst in den drei Wochen Urlaub hatte Mr. Valkill immer geschlossene Augen, als wäre er zu müde für den Anblick von Mrs. Valkills fleischigen, flunderbauchweißen Schenkeln. Mr. Valkill selbst war sehr braungebrannt. Seine blauen Augen standen sehr weit offen – wenn er nicht gerade Mrs. Valkill vor sich hatte.

Abbie sagte, das seien feine reiche Leute. Er fand, dass sie feine Sklaventreiber waren. Er hasste sie.

Er rebellierte gegen den Job, den Abbie ihm besorgt hatte, rebellierte gegen die Hausarbeit, die nie aufhörte. Das Frühstücksgeschirr, zum Beispiel, und das Geschirr vom Vorabend, das mehr oder weniger gekonnt da und dort versteckt war, das er aber entdeckte, er wusste ja, so viel Geschirr konnten zwei Personen unmöglich bloß beim Frühstück verbrauchen. Auch beim Mittagessen sollte er irgendwie zur Hand gehen, und während sie im Esszimmer saßen und aßen, saß er auf dem Geländer der kleinen Küchenveranda, schaute in den Fluss und machte sich Gedanken über diese Leute, bei denen er arbeitete, die Valkills.

Nach dem Essen räumte er den Tisch ab, spülte das Mittagsgeschirr, fegte und wischte Staub und wischte Staub und fegte. Er war ungefähr zwei Wochen da, als Mrs. Valkill zur Teeparty lud und er eine Art japanischen Kimono anziehen musste, einen kreischbunten Kimono aus einem dünnen, fadenscheinigen Stoff, der roch wie das Haus, in dem Stoff hing ein alter müder Moderflussgeruch, von dem er Gänsehaut bekam.

Mr. Valkill schlenderte gegen Ende der Party herein, sah Link im Kimono jedes Mal mit lachenden Augen hinterher und folgte ihm bis in die Küche und beobachtete ihn beim Tassen- und Untertassenspülen und sagte: »Mrs. Valkill ist doch genial. Ich hätte nie gemerkt, hätte sonst nie erfahren, wie attraktiv so ein japanischer Kimono sein kann ...«

Mr. Valkill nannte ihn Cassius, und als Mrs. Valkill ihn nach dem Grund fragte, antwortete er: »Der Cassius dort hat einen hungrig hohlen Blick, die Leute sind gefährlich«, und Mrs. Valkill lachte und lachte, bis sie sich die Augen wischen musste. Sie redeten über ihn, vor seiner Nase, als wäre er gar nicht da.

Er hasste den Job und sagte es Abbie, aber Abbie wollte nichts davon hören. Sie kniff den Mund zu einer dünnen geraden Linie zusammen und sagte in ihrer Ichhöregar-nichthin-Stimme: »Jeder Junge sollte wissen, wie man ein Haus sauberhält. Es gibt keine leichten Jobs. Das kannst du ruhig schon lernen, solange du noch jung bist ...«

Nachdem Link den japanischen Kimono angehabt hatte, tauchte Mr. Valkill gewohnheitsmäßig plötzlich in der Küche auf, um ihn zu beobachten, stand auf der Türschwelle oder fläzte fast horizontal auf einem der Küchenstühle mit den geraden Rückenlehnen, weil er praktisch auf dem Steißbein hing, aber mit weit offenen strahlendblauen Augen, dauerlachenden strahlendblauen Augen.

Inzwischen grüßte Mr. Valkill ihn, sobald er sich dem Haus näherte, schon vom Strand. »Guten Morgen, Cassius, wie ist das Wetter so? Willst du wieder schlafen gehen? Hier ist Platz genug.« Strahlendblaue, weitaufgerissene Augen, eine Hand, die auf den Strand zeigt, den steinigen kleinen Strand, einladend ausgestreckt.

Mrs. Valkill sagte: »Lass das, Henry.«

Mr. Valkill beachtete sie nicht. »Die Steine sind gar nicht schlimm, wenn man mal die richtige Position gefunden hat.«

Kurz darauf fuhren sie ins Wochenende, ein verlängertes Wochenende. Er hatte den ganzen Montag frei und verbrachte ihn in der Küche der Last Chance, bis auf eine Runde Schwimmen mit Bill beim Kai. Er erzählte Bill von den Valkills, und Bill verzog keine Miene, keine einzige, bis

Link zu der Stelle mit dem japanischen Frauenkleid kam, das er für die Teeparty hatte anziehen müssen, da bekam Bill plötzlich ein anderes Gesicht. »Heiliger Scheiß!«, sagte er. »Hör mal, du fährst da morgen früh hin und kündigst. Verstanden? Einfach so. Und wenn das deiner Tante nicht gefällt, sag ihr, sie soll mal rüberkommen, dann verklicker ich ihr das, in zwei Worten.«

Dienstagmorgen fuhr er wieder zu den Valkills. Er zog gerade die Küchentür auf, als Mr. Valkill hereingeschlendert kam, in Khakishorts und mit behaarten langen Beinen, knubbeligen Knien und dichten blonden Haaren auf der Brust, alles kein schöner Anblick, alles zum Wegkucken.

»Tja, tja, tja«, sagte er. »Wenn das nicht Cassius ist, genau rechtzeitig für meinen Morgenkaffee.« Sein Blick kam Link unruhig wie nie vor.

Er kochte Kaffee, Mr. Valkill lungerte in der Küche herum, trank und plapperte, und als er ausgetrunken hatte, setzte er sich wieder aufs Steißbein und balancierte die Tasse zierlich mit den Fingerspitzen. Er sagte: »Madam Valkill kommt erst am späten Nachmittag nach Hause.«

Link hörte der sanft-affektierten Stimme nicht weiter zu, denn anscheinend führte Mr. Valkill Selbstgespräche. Er würde dann wohl warten müssen, bis Mrs. Valkill wieder da war, und ihr sagen, dass er kündigte, denn sie hatte ihn eingestellt, sie bezahlte ihn, und Abbie hatte ihm erklärt, dass man es immer dem Arbeitgeber direkt sagt, wenn man den Job kündigt oder eine Beschwerde hat. Man muss immer den geraden Weg nehmen, niemals einen Umweg, farbige Leute mieden nämlich immer alles Unangenehme, ausnahmslos, sie logen, sie lachten, und sie stellten sich nie einer Situation direkt und offen.

Er überlegte, was er tun sollte, wenn er mit dem Geschirrspülen fertig war. Das Geschirr war noch vom Frühstück am Freitagmorgen und so verpappt mit Essensresten, als wären sie aufgeklebt, Eier wie gelbe Ölfarbe auf Tellern, schwarze Krusten unten in beiden Kaffeetassen, zwei klebrige Gläser, in denen Orangensaft gewesen war, sie hatten Toast gegessen, und auf dem von Mr. Valkill war Marmelade gewesen, denn auf einem Überrest krabbelten winzige rote Ameisen. Mrs. Valkill nahm keine Marmelade auf den Toast, aus Angst vorm Fettwerden – ach nein, sie sagte immer: wegen der Hüften.

Etwas in Mr. Valkills Stimme veränderte sich. Sie wurde weicher, sanfter. Link dreht sich um und sah ihn an.

»Hat dir schon einmal jemand gesagt, dass du gut aussiehst?«, sagte er träge, ohne sich zu rühren, die Kaffeetasse balancierend.

»Was?«

»Du bist ein hübscher Junge, Cassius.«

Link sagte Ja, Ja, Ja, und Weak Knees fiel ihm ein: Manche Sachen sind natürlich und manche Sachen sind gegen die Natur. Gib dich nie mit kei'm Mann nich ab, der dir Süßholz ins Ohr raspelt. Hast du gehört, Sonny? Du gehst sofort weg. Wenn du nicht weißt, wo du hinsollst, dann schrei.

Er hängte die Geschirrtücher sorgfältig auf den Ständer, er ließ sich Zeit damit, langsame Bewegungen, schnelle Gedanken, dachte an Weak Knees, eines Sonntagmorgens in der Küche beim Brotkneten, an das Bumpf-bumpf des Teigs. »Immer wenn's irgendwo nach Ärger riecht und du bist da allein und keiner kann dich schreien hören, dann is Schwanzeinziehen und Weghier nie keine Schande nich. Sogar der Boss musste schon 'n paarmal flitzen. Schwanzeinziehen und Weghier is nie keine Schande nich.«

Der schwarze Packard fuhr schneller und schneller. Niemand sprach. Guter Rat. Wenn's nach Ärger riecht. Ich rieche Ärger. Wie geht Weghier aus einem Auto mit gefesselten Handgelenken, wie kommt man da weg?

Das andere Mal war er tatsächlich abgehauen. Mr. Valkill hatte ihm die Hand auf den Arm gelegt, Mr. Valkills Hand hatte ihn an Bill Hods Hand erinnert, eine feste, warme, gepflegte Hand, die Nägel gefeilt, aber der Unterarm dicht mit blonden Haaren bewachsen, ein Unterarm mit blondem Fell, der Unterarm von einem blonden Affen, und der Ekel hatte ihn gepackt. Er hatte dagestanden, halb fasziniert, halb beängstigt und auch neugierig, hatte überlegt, was und wie ...

Dann hatte er noch einmal: »Ja«, gesagt und sich losgerissen, so schnell, dass Mr. Valkills Hand greifend ausgestreckt in der Luft hing. Er war zur Küchentür gegangen, hinaus auf die Veranda, die Stufen hinunter, schnell, aber nicht laufend, trotzdem Land gewinnend, ohne Zeit zu verschwenden, und war aus dem Haus und auf der Straße, bevor Mr. Valkill ihn hätte einholen können.

Er hörte ihn rufen: »Heh, was ist los? Wo willst du hin?«

Dann rannte er los.

Er rannte die ganze Strecke bis zur Endstation, bis zu der Stelle, an der die Schienen, die Straßenbahnschienen plötzlich aus dem Schwarz der Schotterstraße kamen. Als er wieder in der Dumble Street war, ging er zuerst in die Last Chance, und als er sie verließ, hatte er einen Job für den Rest der Sommerferien, in der Küche. Er sagte es Abbie. Und Abbie sagte: »Das erlaube ich nicht. Du gehst sofort morgen früh zu Mrs. Valkill und sagst ihr, dass ich dich zurückgeschickt habe.«

»Tu ich nicht«, erklärte er kategorisch, stur.

Er hörte Abbie und F. K. Jackson darüber diskutieren.

F. K. Jackson: Abbie, er kann nicht wieder zu den Valkills.

Abbie: Ich habe ihn bereits zurückgeschickt. Er arbeitet mir nicht in der Küche von diesem Laden gegenüber.

F. K. Jackson: Es ist höchst bedauerlich. Aber Mr. Valkill ist abartig. Er mag kleine Jungs. Er –

Abbie: Ich wüsste nicht, was daran abartig sein soll, kleine Jungs zu mögen. Das tun die meisten Leute. Ich finde es wunderbar, dass ein Mann wie Mr. Valkill Interesse an einem schlichten Jungen zeigt.

F. K. Jackson (barsch): Jetzt pass mal auf, Abbie. Mr. Valkill ist pervers, sexuell pervers. Er wird Link versauen.

Abbie: Versauen – wie denn? Was redest du denn? Pervers – du meinst – ach – Link – ach …

F. K. Jackson: Deshalb kann er da nicht wieder hin. Deshalb wirst du dich an die Idee mit dem Job in der Last Chance gewöhnen müssen. Mr. Hod nutzt das als Damoklesschwert, als Drohung. Er hat mich kommen lassen, mich einbestellt, als wäre er hier der Kaiser, der konnte nicht anrufen oder einen Brief schreiben, nein, der hat seinen Lakai geschickt und mir ausrichten lassen, dass er mich zu sehen wünscht. Als ich hinkam, hat er gesagt: »Link bleibt den Rest des Sommers hier und hilft Weak Knees in der Küche. Wenn die Schule wieder losgeht, bleibt er nach der Schule und am Wochenende auch hier. Wenn du seiner Tante nicht klarmachen kannst, dass das eine gute Idee ist, ich tu's gern.« Er hat mich sogar angelächelt, Abbie, und er sah aus wie ein zähnefletschender Wolf. Er hat noch gesagt: »Wir haben ein Jugendamt in dieser Stadt.«

Abbie: Der hat Nerven. Mir egal, was er sagt. Link geht da nicht arbeiten. Das ist sowieso illegal. Er ist minderjährig. Und die Alkoholgesetze in diesem Staat besagen, dass Minderjährige in keiner Funktion an irgendeinem Ort beschäftigt werden dürfen, wo –

F. K. Jackson: Das gilt nicht für nicht-öffentliche Küchen. Er würde in der Küche arbeiten. Nicht in der Kneipe. Du wirst dich leider an die Idee gewöhnen müssen. Mr. Hod macht geltend, dass Mr. Valkill einen höchst unappetitlichen Ruf hat. Und wenn Hod Ärger machen will, dann kann er das wohl. Er hat reichlich politischen Einfluss, er ist womöglich imstande, sich selbst als eine Art Betreuer für Link einsetzen zu lassen, mit der Begründung, dass du nicht mehr geeignet bist, dass du Link in eine Lage gebracht hast, in der er ...

Abbie: Das schienen doch so feine Menschen zu sein, Mr. Valkill hatte ganz bezaubernde Manieren, und seine Frau war so lieb, und sie waren reich. Feine reiche Leute. Es war Links erster richtiger Job ...

F. K. Jackson (bedächtig): Ich bin ehrlich überzeugt, dass er da drüben sicherer ist. Die wissen über eine ganze Menge Dinge besser Bescheid als wir.

Abbie: Du liebe Güte!

Inzwischen fuhren sie durch Vororte, immer noch schnell. Früher waren hier nur Felder und leere Grundstücke und Wälder, jetzt lauter adrette Rasen und Vierzigtausend-Dollar-Häuser mit angebauten Garagen. Der Major hatte ihm oft Geschichten von damals erzählt, als es in diesem Teil von Monmouth noch Bauernhöfe gab und die Leute Ziegen und Kühe und Pferde hielten. Die Geschichte über Gleasons Ziegenbock, zum Beispiel, ein bösartiges Vieh mit Bart und allem und auch mit der, wie er inzwischen wusste, natürlichen ekelhaften Neigung männlicher Tiere im Zustand unstillbarer Dauerbrunst, der Bock ackerte und ackerte und ackerte nämlich so lange, bis er ein Loch in Gleasons Zaun gekriegt hatte und plötzlich hinter einem der Häuser im Garten stand.

Sofort ging von Haus zu Haus das Geschrei los: »Gleasons Bock ist raus, Gleasons Bock ist raus!« Und Frauen sausten mit Mopps und Besen und Schaufeln und Schürhaken bewaffnet aus den Hintertüren, pfeilschnell wie von Zwillen abgeschossen, entschlossen, Gleasons Ziegenbock zu vertrimmen, und mit einer Art wütender Lust darauf, denn der Bock konnte einen kostbaren Rosenstrauch in weniger als einer halben Minute vernichten, der Bock ging schnurstracks auf die Wäscheleinen los und am liebsten auf die weißen Hemden und die weißen Kleider, in denen ein ganzer Morgen rückenkrümmender Plackerei über dem Waschzuber steckte.

Der Major schilderte den Aufruhr und die Aufregung immer genüsslich und erzählte, wie der Ziegenbock zurückwich, vorpreschte, Anlauf nahm, sich zurückzog, stumm, schlau, bösartig, und die nicht mehr jungen Frauen wichen und preschten und bewegten sich auch vor und zurück, aber nicht stumm, sondern mit ganz unheiligem Gekreisch, während sie den Bock verdroschen, und dann zogen sie sich zurück.

Plötzlich musste er lachen, weil ihm der Gedanke kam, dass es gar nicht die gewaschenen Sachen oder die Rosensträucher waren, was die Frauen so rasend machte. Es war der Ziegenbock, die schiere Männlichkeit des Bocks, gegen die sie lospreschten, die sie attackierten und verdroschen, und zwar mit Tötungsabsicht. Es war der uralte Krieg zwischen Männchen und Weibchen. Er lachte noch einmal auf, fast stumm, spürte wieder, wie sich die Männer zu seinen beiden Seiten wieder strafften, und sah die Frau den Kopf drehen, ganz sachte.

Er roch ein Parfüm, das Parfüm der Frau. Vielleicht wegen der leichten Kopfdrehung. Die Frau auf dem Beifahrersitz. Warum? Eine Frau mit einem geraden Rücken und starrer Schulterhaltung. Etwas in seinem Kopf sagte: Selbst mit einer Tüte über dem Kopf, selbst auf einer Straße in Moskau, ich würde den erkennen ... wiedererkennen ... diesen Rücken.

Dann verlor er den Gedankenfaden, den Erinnerungsschub, sah aus dem offenen Fenster, rechts an der Trenchcoatgestalt neben sich vorbei, betrachtete die Landschaft, die Häuser waren kleiner geworden, briefmarkengroß, streichholzschachtelgroß, Häuser von Kriegsveteranen, der Mann zahlt gefälligst sein Leben lang für einen von solchen Hühnerställen, alle übereinandergestapelt, kein Lebensraum, keine Garagen, stell dein Auto eben auf die Straße, vor die Haustür, aber Fernsehantennen auf jedem kleinen Dach, Kabelgewirr vor dem dunklen Nachthimmel.

Das Auto fuhr schneller und schneller. Was zum Teufel ist das hier, grübelte er. Ruhig, Kumpel, erst mal abwarten. Sie fuhren also weiter und immer weiter, Henny Penny und Turkey Lurky und Ducky Lucky und Foxy Loxy. Wer von uns ist wohl Foxy Loxy? Logischerweise die Lady in dem beigebraunen Regenmantel, warum sollte sie sonst dabei sein, in diesem Auto fahren, mit einem Mann in Handschellen auf dem Rücksitz durch den feinen dunstigen Regen fahren?

Dann wurde das Auto langsamer, bog nach rechts in eine Einfahrt, nein, keine Einfahrt, eine lange breite Privatstraße hinter einem Flügeltor, beide Flügel beschlagen und verziert und vergoldet wie die Tore von Queen Victorias Sommerresidenz in Südfrankreich, ein Paar liegende steinerne Löwen als Torwächter, zur Betonung und Dramatisierung. Das Auto fuhr wieder schneller. Ein Kaninchen hoppelte über die Straße, ein weißes Waldkaninchen, im Affenzahn, plötzlich im Scheinwerferstrahl und genauso plötzlich weg. Das Auto scherte nach rechts aus, dann ebenso abrupt nach links, fuhr wieder geradeaus. Nerven im Eimer, dachte er, das sehe ich selbst vom Rücksitz aus, der war nicht mal in der Nähe von diesem verdammten Kaninchen und das war wahrscheinlich längst in tausend Kohlbeeten oder Dornenhecken, als der das Steuer so rumgerissen hat.

Die Frau auf dem Beifahrersitz sagte: »Bunny!«, vorwurfsvoll.

Und jetzt wurde alles klar. Er dachte: Niemand in den USA freivon – frei von Vorurteil, kreuzt irgendwo auf, kriegt am Ende all diese männlichen und weiblichen Personen in diesen schwarzen Packard. Am Ende. Warum erst jetzt? Oder hatte sie, als sie unter der Laterne auf der Dock Ecke Dumble Street gestanden und sich die Seele aus dem Leib geschrien hatte, schon im Hinterkopf, dass es so enden würde, sogar die Handschellen?

Er dachte an das Titelfoto auf der Boulevardzeitung, Jubines Foto, und daran, wie er Jubine beim Betrachten verflucht hatte, weil der Kanarienvogel, die verlorene Kleine, die Goldisabell aussah wie eine Trinkerin, eine Säuferin, hirnlos, fühllos, Gesicht runtergesackt, eine Hand untypisch unterwürfig gehoben. Er hatte die Zeitung auf der Theke ausgebreitet, Bill Hods Mahagonitheke mit dem glatten Holz, so lange poliert von darüberschlurfenden Ellbogen und Händen, von Wollärmeln und schliddernden nackten Unterarmen, bis das Holz auf die Wärme, die Reibung, das Fett aus der Haut reagiert und Patina angesetzt hatte, nichts oberflächlich Glitschiges, sondern einen Glanz von tief innen aus dem Holz. Die Theke war wie ein Rahmen, ein polierter Rahmen für Jubines Bild. Es erinnerte ihn an etwas. Die von der gehobenen Hand erzeugte unterwürfig absackende Schulterlinie, die Art, wie die Haare nach vorn hingen, die furchtbare Kinnpartie. Wenn er sich die Augen zuhielt und die Hand nach unten versetzte und nur die Schulterlinie übrig ließ, was sähe er? Er sähe eine Toulouse-Lautrec-Hure.

Er hatte geglaubt, sie nicht mehr zu lieben und nicht mehr zu hassen, und plötzlich einen inneren Schmerz gespürt, einen Verlust, eine Leere, hatte gedacht, so ist das, wenn man einen Arm oder ein Bein verliert, hatte gedacht, so schmerzt eine alte Wunde, wenn es regnet, dumpf, monoton, und noch einmal das Gesicht, die erschrockenen

Augen, die blassblonden Haare betrachtet. Er hatte über die Theke zur Telefonkabine in der Ecke beim Eingang gestarrt. Könnte eine Münze in den Schlitz werfen und eine Nummer wählen und die helle melodiöse Stimme würde abnehmen, und er würde sagen: Lass uns noch mal anfangen, meine Schuld, ich bin ein Idiot, lass uns noch mal anfangen. Gigolo. Hengst.

Hatte also nichts getan. Nur dagestanden. Dann angefangen, die Theke zu putzen, die Zapfhähne zu säubern.

Erinnerte sich wieder an die Schlagzeile in meterhohen Lettern: NEGRO-STRÄFLING ERSCHOSSEN, quer über die Titelseite des Monmouth Chronicle, erinnerte sich an das riesig vergrößerte Bild von dem entflohenen Sträfling, dessen eine Gesichtshälfte praktisch zerstört war, weil jemand sie ihm zerschnitten hatte, mit einer Rasierklinge, vor Jahren.

Beobachtete Old Man John the Barber, der auf sein Morgenbier kam und das Bild ansah. Barber nahm ein paar Schlucke, stellte das Glas ab und starrte wie hypnotisiert den Sträfling an, sagte: »Die Bastarde«, trank wieder ein paar Schlucke, stellte das Glas ab, sagte: »Die Bastarde«, als ob er ein Groschengrab wäre, ein Automat, in den jemand eine Münze gesteckt hat, in einen Schlitz irgendwo in seinem Innern, und prompt kamen zwei Wörter aus seiner Kehle, automatisch, leidenschaftslos, nur die zwei Wörter.

Also, die Hure von Jubine Lautrec und Der Sträfling von Anonymus haben mich in diesen schwarzen Packard gebracht. Das ist ein Viertel der Erklärung. Die anderen drei Viertel reichen zurück bis zu diesem man of Warre, dem Holländer, der 1619 in Jamestown angelegt hat.

Und sie fuhren weiter und fuhren weiter, und das Haus war ein Steinklotz, ein Klotz aus Stein, riesig, formlos, innen so wenig Licht, dass man unmöglich eine Architektur erkennen konnte, nichts gab dem Auge einen Anhalt für Umrisse, keine Anzeichen für Fenster, Türen. Das Auto hielt.

Einer der Trenchcoat-Herren sagte: »Los. Aussteigen.« Die Stimme verkrampft, erregt. Der Groton-Harvard-Akzent angstverschwommen.

Sie gingen durch einen Nebeneingang ins Haus. Er erkannte Efeu an den Mauern, nass, sah irgendwie glitschig aus, raschelte im Wind. Dann standen sie in einer Eingangshalle, unentschlossen, unsicher.

Die Frau sagte: »Hier entlang.«

Das Zimmer war klein, kein Teppich auf dem Boden. Anscheinend ein kleines Wohnzimmer mit einem gemauerten Kamin an einer Seite. Einen unbeholfenen, flüchtigen Moment lang sahen sie ihn an, dann weg, dann wieder an.

Er befand die drei Männer für unbedeutend, alle aus demselben Holz geschnitzt, Ulme vielleicht, weiches Holz, brennt nicht gut. Die Frau dagegen. Die Frau ist gefährlich. Das steht in ihrem Gesicht, den Augen, dem Mund – Entschlossenheit, Unnachgiebigkeit. Gefährliches Zittern. Ein Beben von oben bis unten, das sie nicht kontrollieren kann, läuft ihr durch den ganzen Körper. Nicht aus Angst, aus Hass.

Das weiß ich, weil ich selbst einmal so gezittert habe. Ich sehe diese Frau zittern und stehe wieder in dem dunklen kleinen Flur vor Bills Büro, habe seine Pistole in der Hand und zittere dermaßen, dass ich kaum geradestehen kann, ich muss mich an die Wand lehnen, weil ich mich erinnere, wie er mich bei China erwischt hatte. Wir sind zusammen zur Last Chance zurückgegangen, und er hat gesagt: Geh in mein Büro, und hat die Tür zugemacht und abgeschlossen und die Lederpeitsche genommen, die lag auf dem Schreibtisch, und ich habe gekeucht, als sie mich traf, und weiter gekeucht, weil er immer weiter zuschlug.

Als ich wieder einigermaßen laufen konnte, wollte ich ihn umbringen, wollte ihn mit seiner eigenen Pistole erschießen, und stand da, zitternd und bebend, nicht mal imstande zu zielen, geschweige denn, sie hochzuhalten, weil ich ständig seine Stimme hörte, sein Gesicht sah, als er sich über mich gebeugt hatte, die Lederpeitsche in der Hand.

»Steh auf, du Bastard, sonst tret ich dir die Gedärme raus.«

Ich ging die lange Treppe hinunter, die zur Küche führte, stand vor seiner Bürotür, zitternd und bebend, als ich ihn da sitzen sah, Füße auf dem Tisch, Rücken zum Fenster, die Sonne auf den schwarzen Haaren, auf dem weißen Hemd, dem gestärkten sauberen weißen Hemd, das er jeden Morgen anzog und von dem F. K. Jackson behauptete, es sei ein Fetisch.

L. Williams: Bill!

B. Hod (Blick hoch, Stimme trügerisch mild): Aha, geht dir besser. Was soll die Knarre?

Er hob den Arm, versuchte zu zielen, aber seine Hand zitterte so, dass die Pistole hin und her, hin und her wedelte, als ob er ins Kinderalter zurückgekippt wäre und zum Abschied winkte, seine Hand zitterte und bebte so heftig, dass die Pistole weite wackelige Kreise zog. Bill stand auf, ging zu ihm, schlug ihm auf den Arm, ein kurzer harter Schlag, und die Pistole fiel ihm aus der Hand, auf den Boden.

B. Hod: Ich nehme an, du bist sauer, weil du eine Tracht Prügel gekriegt hast. Auf was genau bist du sauer?

L. Williams: Du wolltest mich umbringen.

B. Hod: Ich hatte dir gesagt, du sollst nicht wieder in das Hurenhaus gehen. Bist du aber. Also hab ich dir ein bisschen die Haut vom Arsch gezogen.

L. Williams: Du wolltest mich umbringen.

B. Hod: Und kaum kommst du allein die Treppe wieder runter, da platzt du hier rein und hältst mir eine Knarre vor. Meine eigene auch noch. Geh mir verdammt noch mal aus den Augen.

L. Williams: Du Bastard. Du hast mich so verprügelt, dass ich nicht mehr stehen konnte, nichts mehr gesehen habe, nichts mehr gehört habe. Wie nennst du das denn?

B. Hod (Stimme hässlich, Stimme wütend): Erwisch ich dich noch ein Mal bei China, mach ich dich lebenslang zum Krüppel. Geh mir verdammt noch mal aus den Augen.

Die Trenchcoat-Herren, seine Begleiter, Hüter, Leibwächter, sagten unisono im Groton-Harvard-Ton – allerdings hatte weder Groton noch Harvard sie in Handschellentechnik ausgebildet, weshalb sie gleichzeitig feierlich und lächerlich klangen: »Wir warten draußen. Einfach rufen, wenn Sie uns brauchen.«

Einfach rufen, die Herren. Auf Abruf. Hausruf.

Der Mann mit den rötlich blonden Haaren und dem hübschen Gesicht, die arme Sau von Ehemann, schloss die Tür hinter ihnen, wartete kurz, zögerte und sagte dann: »Weißt du, wer ich bin?«

Er antwortete nicht, dachte nur: Ich hätte es vorhersagen können, genauso würdest du eröffnen, über die Bande. Du vollführst aus lauter Verlegenheit so einen Eiertanz um den heißen Brei herum. Weil man dich da reingeritten hat, und jetzt weißt du nicht, was du machen sollst. Deshalb kreiselst du rum, musst ja am Zug bleiben.

Schweigen.

Der Mann sagte: »Ich glaube, du weißt, wer ich bin.«

Die Frau sagte: »Wollen wir uns nicht hinsetzen?«

Recht so, Lady, sonst kippst du nämlich um. Ich weiß auch, wie sich das anfühlt, sich aufrecht zu halten, sich immer wieder zum Stehen zu zwingen, obwohl Knochen Muskeln Nerven nicht kooperieren wollen und ihren Unwillen durch Zittern, Zittern, Zittern signalisieren, und das Zittern sagt: Setz dich hin, leg dich hin, sonst kippst du um.

Die Frau setzte sich, der Mann blieb stehen. Der Mann sagte, ohne ihn anzusehen: »Wir wollen dir in keinster Weise etwas tun oder dich verletzen, wir wollen nur mit dir reden – und ...«, dann brach ihm die Stimme weg.

»Mal angenommen, wir lassen das Katz-und-Maus-Spiel«, sagte Link und setzte sich in einen Sessel direkt gegenüber der Frau. »Worüber möchten Sie denn reden, Captain Sheffield?«

Die Frau wollte aufstehen, schaffte es auch fast. Was habe ich denn gesagt, dass sie jetzt so anders guckt? Wenn sie eine Pistole hätte, würde sie mich erschießen, auf der Stelle, sofort. Aber warum? Die Stimme. Es liegt am Klang deiner Stimme, Bud. Du hast bisher nichts gesagt, und sie ist einfach davon ausgegangen, dass du dich anhörst wie AmosAndySambo, is keiner hier bloß wir Hühner. Und gerade eben ist ihr zum ersten Mal klar geworden, dass ihr, du und Camilo, das Biest mit zwei Rücken gemacht habt. Ein alter schwarzer Schafbock hat ihr weißes Schäfchen besprungen. Die lässt dich nie lebend wieder aus diesem Zimmer, aber wie stellt sie es an, dich vom Leben abzuhalten. Sie hat das Zittern. Und die Herren, auf deren Hilfe sie bei ihrem Blutopfer angewiesen ist, sind Betschwestern, Schlappsäcke.

Wieder Schweigen. Der Mann lehnte jetzt am Kaminsims und starrte ihn an. Link sah auf die Frau, sie atmete schneller, das Zittern war nicht stärker geworden, aber ihr Gesichtsausdruck, die Empörung in ihrem Blick hatte irgendwie die Stimmung im Zimmer verändert. Es war wie ein Tempowechsel in einem Lied, Beschleunigung, die Frau hatte es beschleunigt.

Sie sagte: »Ich will, dass du ein Geständnis unterschreibst.«

Er sah ihr weiter direkt ins Gesicht. »Ein Geständnis?«, fragte er gedehnt. »Mea culpa?« Und dachte: Ich bin unbewaffnet, ich kann dich nur mit meiner Stimme angreifen. Ich lasse dich erst mal warten und warten und warten und harren, was ich sagen werde, und irgendwann erzähle ich dir ... erzähle ich dir ...

»Wie weit zurück soll's denn gehen?«, fragte er. Die beiden starrten ihn an, Angst im Gesicht der Frau, Anspannung in dem des Mannes, Angst und Anspannung, anwachsend.

Er benutzte seine Stimme wie ein Instrument, spielte damit, wusste wieder, wie es geht, artikulierte bewusst, zog alle Register. »Mit fünf hab ich einen Lutscher gestohlen, hab den in einem Bonbonladen gestohlen, der Besitzer hieß Mintz. Mit acht bin ich abgehauen. Ganz weit weg von zu Hause, bis auf die andere Straßenseite.« Er hielt noch einmal inne und überlegte: Ach, bei Gelegenheit könnte ich auch die Komplikation benennen, die hochexplosive Komplikation, die der Choreograf zum guten alten Ehebruch- und Hahnrei-Menuett ausgelöst hat, weil die Race mit ihrem unmaskiertem Totenkopfgesicht hier hereingekommen ist, mit uns, mit mir. »Aber der Weg von da, wo ich wohnte, war viel weiter als der von den Küsten Afrikas, wohin Ihre raubgierigen christlichen Vorfahren gesegelt sind, um die Nigger aus Guinea zu kidnappen, meine Vorfahren nämlich.«

Wieder hielt er inne und registrierte das Unbehagen, die Angst, den Hass. »Mit sechzehn habe ich versucht, einen Mann umzubringen. Tja, ich habe zwischen damals und heute nicht immer meinen Nächsten geliebt wie mich selbst. Zuweilen sah ich den Wein an, wie er so rot war, zu lange und zu zärtlichen, schmachtenden Auges.« Er musste grinsen, weil ihm Old Man John the Barber einfiel: Wenn ich mir den komischen Quatsch anhörn muss, den der redet ... »Und zuweilen ließ ich mir zuschulden kommen, mit Häschen herumzuflitzen, mit Häschen herumzutollen und gleichzeitig mit den Hunden herumzuflitzen, und um Mitternacht den Mond anzubellen, mit den Hunden.« Wieder eine Pause.

»Und was ist mit Ihnen beiden?« Im Plauderton. »Wollen Sie nicht mit in den Beichtstuhl? Unser aller Culpa?«

Captain Sheffield rückte vom Kaminsims weg. »Du hast meine Frau vergewaltigt«, sagte er, »auf dem Kai da. Du –«

»Nein.«

Captain Sheffield sagte: »Du hast meine Frau vergewaltigt, du –«

Link beobachtete die Frau, redete aber mit dem Mann, sanft und mit Spott in der Stimme: »Was macht sie denn wohl um Mitternacht am Kai an der Dumble Street? Müssten Sie nicht zusehen, dass Ihre Gattin um Mitternacht zu Hause ist? Müssten Sie nicht zusehen, dass sie nachts bei Ihnen ist, Captain Sheffield?«

Er beobachtete weiter die Frau. Sie klappte den Mund auf, wollte etwas sagen, bekam aber das Lippenbeben nicht unter Kontrolle. Sie versuchte, aus dem Sessel zu kommen, zwang sich aufzustehen, schaffte es nicht, setzte sich wieder hin.

Dieselbe Erfahrung, dachte er. Habe ich auch gemacht. Weiß, wie sich das anfühlt. Nach Dr. Easters letztem Hausbesuch habe ich versucht, aus dem Sessel hochzukommen, bin zurückgesackt, habe es wieder versucht und geschafft. Ich bin durch den Flur gegangen, in Bills Zimmer, habe die Pistole unter dem Kopfkissen hervorgeholt und bin die Treppe hinuntergegangen, langsam, schnell gehen konnte ich nicht vor lauter Zittern und Beben. Ich habe mich an der Wand abgestützt, bin immer an der Wand lang die

Treppe hinuntergegangen, kein Geländer, nur steile Stufen abwärts, keine Kurve, die Wände Kiefernholz, heißt Knotenkiefer heutzutage, für mich mit sechzehn war das einfach Holz, dunkelbraunes Holz, und ich habe mich drangelehnt, bin drei Stufen gegangen und stehen geblieben, mit dem Rücken an der braunen Holzwand, habe gewartet, bis mir das Herz nicht mehr aus der Brust zu springen versucht, und die verdammte Pistole war so schwer, dass ich Angst hatte, sie fallen zu lassen.

Auch die Stimme der Frau bebte: »Bunny, es nützt nichts, mit ihm zu reden, das nützt nichts, pass auf, dass er nicht ...«

Wieder versuchte sie, aus dem Sessel hochzukommen. Er sah ihr zu. Diesmal schaffte sie es, zitterte aber vor lauter Anstrengung noch heftiger. Sie ging zum Sofa, beugte sich hinunter und suchte etwas unter den Kissen, mit zitternden Händen, grapschend, tastend. Eine Pistole in der zitternden Hand.

Es war eine Fünfundvierziger. Er starrte sie ungläubig an. Stammesrecht, dachte er. Wer ein Tabu bricht, muss sterben.

Auf die Plätze. Fertig. Los. »Es war keine Vergewaltigung, Captain Sheffield.«

Die Frau versuchte zu zielen, bekam die Pistole aber nicht hoch. Sie kippte immer wieder abwärts, also versuchte sie es mit beiden Händen, aber das Gewicht war zu groß, sie bekam sie einfach nicht hoch, die Mündung schlenkerte weiter in Richtung ihrer eigenen Füße. Eine Fünfundvierziger.

Du wirst dein Leben lang so zittern, dachte er, während er sie beobachtete. Als ob du Schüttellähmung hättest. Er wusste es. Er hatte die Zitteranfälle auch gehabt, damals, als Bill ihn zusammengeschlagen hatte. Und dann Eisblöcke für Old Trimble ausgetragen, überzeugt, er müsste nur seinen Körper richtig stählen, dann würde er nicht bei jedem Anblick eines Mannes in einem weißen Hemd das Zittern kriegen. Hatte F. K. Jacksons Pistole gestohlen, um Hod umzubringen, wenn er das schmachvolle Zittern endlich los wäre. Beim ersten Mal hatte er es nicht geschafft. Er würde es wieder versuchen. Weil er ihn hasste. Angst vor ihm hatte.

Als Abbie merkte, dass sie ihn nicht vom Eisschleppen abbringen konnte, wurde sie selbst zu Eis, verweigerte ihm das Gespräch, drehte ihm den Rücken zu und behandelte ihn, als hätte er sich den rechten Arm abgehackt und verhökerte ihn häppchenweise an der Ecke Franklin Avenue und Dumble Street.

Aber er ließ nicht locker. Schleppte weiter Eisblöcke, grimmig und verzweifelt, ging sturköpfig Tag für Tag wieder zur Arbeit, lebte zu Hause mit einer eiskalten Frau und hantierte bei der Arbeit mit Eis, schleppte es in schmutzige Küchen und durch dunkle stinkige Flure und endlose verdreckte Treppen hoch. Abends krachte er ins Bett und schlief wie tot, regungslos, traumlos. Manchmal wachte er mitten in der Nacht auf, schweißgebadet, kalter Schweiß von Kopf bis Fuß und wieder das Zittern, weil es draußen auf der Straße scharf gekracht hatte, und schrak zusammen, weil er dachte, dass Bill über ihm hing, mit dieser Lederpeitsche in der Hand, und ihn beschimpfte. Dann stand er auf und langte hoch in den Kamin, mit einer Hand auf den Sims gestützt, langte dahin, wo er F. K. Jacksons Pistole versteckt hatte, zog sie heraus, wiegte sie in der Hand und stellte fest, dass er sie immer noch nicht halten konnte, dass das Zittern irgendwie schlimmer wurde, wenn er die Pistole bloß fühlte.

»Ich will die Wahrheit wissen«, sagte der Mann. »Wir haben dich hergeholt, damit du erzählst, was da auf dem

Kai passiert ist, die ganze Geschichte. Und ich will die Wahrheit.«

Der hat nicht das Zeug für so was, hat nicht das Zeug für Gewalt. Die Frau aber durchaus. Leider, oder zum Glück, hat sie so mächtig das Zeug dafür, dass es sie praktisch paralysiert.

»Wenn du nicht reden willst, werden wir dich dazu bringen«, sagte die Frau.

»Ich dachte, Sie hätten gesagt, Sie wollen ein Geständnis«, sagte er höflich. »Das ist manchmal zweierlei. Die Wahrheit. Ein Geständnis. Nicht immer dasselbe.« Schlag zurück. Mit was denn? Leichte Beute. Fünfundvierziger. Kommst nie lebend aus dem Zimmer hier. Und wie stellt sie es an? Haben die Groton-Harvard-Jungs eine Ahnung, was eine Fünfundvierziger so kann?

Die Frau setzte sich wieder hin. Sie legte die Pistole auf einen Tisch. Zu schwer zum Halten. Sie saß da und starrte ihn an, zitternd.

Er hatte sein Zittern schließlich in den Griff gekriegt. Nach sechs Wochen Eisblöckeschleppen in stinkende, stickige oberste Stockwerke der Mietskasernen auf der Franklin Avenue, auf der Dumble Street, immer in die obersten Stockwerke, hatte er endlich nicht mehr gezittert. Und Abbie war noch kälter geworden, noch unerträglicher. Allmählich vergaß er, dass er Hod umbringen wollte – es noch einmal versuchen wollte.

Eines Morgens wäre er fast mit Weak Knees zusammengerasselt, genau auf der Ecke Franklin Avenue und Dumble Street. Er schämte sich, denn wenn er Weak früher gesehen hätte, wäre er auf die andere Straßenseite gegangen und hätte so getan, als ob er ihn nicht gesehen hätte. Weak sagte: »Sonny, Sonny, Sonny«, immer wieder, mit Tränen in den Augen, und klopfte ihm auf den Arm, dann ging er weiter die Straße hoch, watscheliger denn je, von einer Seite zur anderen schwankend, als wäre er hackevoll. Einmal blieb er stehen und scheuchte diese eingebildete Gestalt weg, und Link wusste, dass er dabei murmelte: »Hau ab, Eddie, hau ab!«

Weak hatte ihm nichts getan. Bill auch nicht. In Wirklichkeit. Sie waren das Gegengewicht zu jener anderen Welt, die Welt aus gestärkten Gardinen und Butterpreisen, die Welt aus Häkeldeckchen und Was-werden-die-Leute-denken, die Welt aus weißen Bettdecken und Zierkissen und dem Verhalten, das beherrscht war vom Was-gehört-sich-und-was-nicht-für-die-Race.

Er ging nach Hause, aß sein Mittagessen, und Abbie rümpfte die Nase. Als er aufgegessen hatte, ging er schnurstracks über die Straße und durch die offene Tür in die Last Chance.

Bill stand hinter der Theke und las ein Boulevardblatt, im weißen Hemd mit offenem Kragen, die saubere weiße Schürze um die schmalen Hüften gezurrt. Er sah hoch, aber sein Blick war so distanziert, als ob Link unterwegs gewesen wäre, durch die Stadt getrottet wegen der tausendundeins Botengänge, auf die er immer geschickt wurde. Distanziert und penetrant. Seines Wissens war er noch nie so durchdringend angesehen worden.

B. Hod: Na?

L. Williams: Ich bin rübergekommen, weil ich dir sagen wollte, du hattest recht und ich nicht, glaub ich. Ich dachte –

B. Hod: Was war los, haben sie dich drüben vergrault?

L. Williams: Nein.

B. Hod: Keinen Bock mehr auf Körbewerfen?

L. Williams: Nein. Es ist nur, ich bin nicht mehr wütend.

B. Hod: Aha? (liest wieder Zeitung)

Er wartete, wusste nicht, was er als Nächstes sagen oder was er machen sollte.

B. Hod: Nachdem wir den Versöhnungskuss getauscht haben, könntest du in die Küche gehen und Weak auch küssen. (ohne hochzusehen)

Er stand da und wäre lieber doch nicht gekommen. Es gab offenbar nichts, was er sagen konnte, damit Bill nicht mehr sauer war. Warum war Bill überhaupt sauer? Dann war Frankie von irgendwo hinten aufgetaucht, schon alt damals, aber er sprang an ihm hoch und schnüffelte an ihm herum und leckte ihm die Hände und sabberte ihn voll und hechelte und benahm sich wie ein Welpe, der vor lauter Wiedersehensfreude halb durchdreht. Er umarmte und tätschelte ihn und drehte sich grinsend zu Bill.

Bill sagte: »Jaja. Sogar Frankie hängt nur schlaff rum, seit du uns sitzenlassen hast. Und Weak sieht aus, als ob er gerade von der Beerdigung seiner Mutter kommt, falls er je eine Mutter hatte und die beerdigt worden ist.« Er hielt inne. »Ich hab ja selbst Trauerflor angelegt.«

Und so stellte er sich am nächsten Sonntag, als der Duft von kanadischem Speck, der Duft von frischen Hefebrötchen aus der Küche in sein Zimmer hochstieg, begleitet von Weaks Gesang: »Give me a girl with a curl, give me a girl I can furl«, unter die Dusche, zog sich an, ließ Frankie durch den Flur vorrennen, als Weak hochbrüllte: »Komm, hol's dir«, rannte hinterher, setzte sich auf die oberste Treppenstufe und kickte die Hacken gegen die Querleiste, trommel, trommel, trommel mit den Hacken, saß da und rührte sich nicht, wartete und lauschte und trommelte wieder weiter, bis ihm Bills Stimme ins Ohr dröhnte, tief, wütend, außer sich.

»Um Himmels willen lass den Scheißkrawall was zum Teufel soll das die ganze gottverdammte Nachbarschaft aufwecken«, in einem Atemzug, in ein und derselben Tonhöhe der totalen Wut.

Er kickte noch einmal gegen die Stufe, trommel, trommel, trommel, und Bill kam aus seinem Zimmer auf den Flur geschossen und brüllte: »Was zum Teufel ist mit dir los?«

Er lachte los und keuchte und lachte weiter und musste sich an die Wand lehnen, keuchend und lachend.

Bill bückte sich: »Sonny, alles klar mit dir?« Besorgte Stimme. Beugte sich über ihn, legte ihm die Hand auf die Schulter: »Was ist denn los mit dir?«

»Ich wollte bloß noch mal hören, wie du den wilden Mann machst. Der Klang hat mir sechs Wochen lang gefehlt.«

Bill sagte: »Du ... was für ein gottverdammter Krach ...«, hievte ihn auf die Füße, riss eine Hand hoch, als wollte er ihm eine scheuern, zog sie zurück und fing auch an zu lachen. »Los, ab. Mach dass du die Treppe runterkommst, bevor ich's mir anders überlege und dir eins aufs Maul haue.«

Jetzt stand die Frau wieder auf und reichte die Pistole dem Mann. Der Mann hielt sie mit spitzen Fingern, als wäre sie eine Wanderkrabbe, eine richtig große, und könnte auf ihn losgehen.

Keine Eier, der Bastard, dachte er. Die benutzt ihn gerade, als wäre er ein Auftragskiller. Mal sehen, was er damit macht. Zocker. Du zockst um dein eigenes Leben. Also mal sehen, was er damit macht.

»Wir waren ein Liebespaar«, sagte er beiläufig, im Plauderton.

Die Miene des Mannes blieb, wie sie war, genau so. Die Frau seufzte, zumindest war ein Ausatmen zu hören. Dann veränderte sich allmählich die Miene des Mannes, wurde starr, wie betäubt. Jetzt ist er in Schockstarre verfallen. Ich glaube, der weiß nicht mal mehr, dass er da steht. Er ist stehend k. o., richtet nicht die Pistole hoch, tut überhaupt nichts, steht bloß da mit einer Fünfundvierziger in der Hand.

»Also dann – los«, sagte er. »Der schwarze Bartyp und die Treadway Gun waren ein Liebespaar.«

Die Frau sagte: »Bunny!«

Link dachte: Das ist gerade so, als wäre sie Parcoursreiterin, hat aber irgendwas an den Händen und den Knien, und er ist das Pferd und soll springen. Sie versucht, ihn zum Springen zu kriegen, nur mit der Stimme.

»Bunny!«, sagte sie noch einmal.

Dann dachte er verwundert: Oh, der setzt ja an. Hat keine Ahnung, was er tut, ist stehend k. o., wirklich k. o., und setzt einfach mal zum Sprung an.

Er hörte die Explosion. Hatte sie in Ohren, Brustkorb, Kopf gleichzeitig. Einen Sekundenbruchteil lang dachte er: Vermächtnis, ich muss der ein Vermächtnis hinterlassen, dieser weißen Mültimillionärin, die das Zittern und Beben hat.

»Die Wahrheit ist«, sagte er und spürte, wie ihm eine riesige dichte Flutwelle vom Brustkorb hoch in die Kehle schwappte, und sprach durch sie durch, ihr zum Trotz, »wir waren ein Liebespaar.«

Er hörte die Frau noch sagen: »Bunny, was hast du getan?«

Er versuchte zu lachen und kippte vornüber zu Boden.

23

Als sie die Wohnzimmertür öffnete, kamen die beiden jungen Männer über den gebohnerten Boden angelaufen, mit unisono knallenden Hacken, als ob sie marschierten. Sie hatten die Regenmäntel noch an.

»Er ...«, sagte sie und hörte wieder die Pistole knallen, hielt sich die Ohren zu und hörte doch das Explosionsgeräusch, noch mal und noch mal. Dann Stille. »Er ...«, fing sie wieder an, »... der Negro hat gestanden ... und Bunny hat geschossen.«

»Ist er –«

»Ja.« Sie ging zurück ins Zimmer. Bunny hatte die Pistole immer noch in der Hand. Sie nahm sie ihm ab und legte sie auf den Tisch. Er sah sie an, aber sein Blick war starr, leer.

Einer der jungen Männer sagte: »Ich glaube, Sie sollten ihn woanders hinbringen, Mrs. Treadway. Er muss sich irgendwo hinsetzen, aber nicht hier.«

Sie dirigierte ihn ins Esszimmer, drückte auf einen Schalter, und im plötzlichen Licht schienen die Gainsboroughs an den Wänden, die scharlachroten Vorhänge an den Fenstern, der lange glänzend polierte Tisch und die Stühle kurz in Bewegung zu geraten, dann wurden sie wieder ruhig.

»Ist schon gut«, sagte sie, »alles wird gut.« Er hielt eine Hand schützend über die Augen, als täte ihm das Licht weh. »Setz dich hier hin. Gleich geht's dir wieder gut. Wir kümmern uns um alles. Bunny, hörst du? Alles ist gut.«

Sie ging zurück ins Wohnzimmer. »Wir müssen uns beeilen. Das Personal hat heute Abend frei. Hier ist sonst niemand. Aber wir müssen schnell handeln, denn Mrs. Cameron, die Haushälterin, kommt bald wieder. Und sie geht immer noch mal durchs Haus und sieht nach, ob alles –«, dann fiel ihr ein: »Das Blut. Da ist so viel Blut. Ich kann doch nicht …«

Einer der jungen Männer sagte: »Ich weiß, was Sie machen können, Mrs. Treadway. Sie besorgen uns ein paar Stricke. Mit ein paar Stricken könnten wir die Leiche mit ein paar alten Laken drum zusammenbinden, dann schaffen wir sie von hier ins Auto.«

»Ja«, sagte sie. »In der Garage. Ich glaube, da sind Seile. Wir hatten mal einen Auslauf für Camilos Hund. In der Werkstatt müssen noch ein paar sein.«

Draußen regnete es noch immer. Ein leiser, sanfter Regen. Sie ging zur Garage, tastete nach dem Schalter, machte Licht. Auf einer Bank hinten an der Wand lag eine Seilspule. Sie nahm sie mit ins Haus.

Einer der jungen Männer blieb in der Tür zum Wohnzimmer stehen und verstellte ihr den Blick. »Wenden Sie doch schon mal den Wagen, Mrs. Treadway, wir kommen gleich nach.«

»Captain Sheffield … Bunny … er ist natürlich furchtbar mitgenommen.« Sie konnte blutverschmierte Tücher auf dem Boden sehen. Die Pistole lag noch auf dem Tisch. »Aber ich denke, in ein paar Minuten geht es ihm wieder gut.« Sie holte tief Luft. »Das ist ja viel Blut«, sagte sie noch einmal und starrte ins Zimmer. »Ich wusste gar nicht …«

»Wenden Sie doch einfach schon mal den Wagen, Mrs. Treadway«, sagte der junge Mann noch einmal bestimmt. »Wir kommen gleich nach.« Er drückte die Tür zu.

Sie starrte auf die Tür. »Aber, diese neuen Autos«, sagte sie, »da ist die Gangschaltung am Lenkrad. So eins habe ich noch nie gefahren. Ich könnte – ich kann das gar nicht wenden. Und Bunny ist praktisch bewusstlos. Der kann nicht fahren.« Sie ging zum Nebeneingang hinaus und in die Garage.

Sie setzte den Rolls-Royce rückwärts heraus, fuhr ihn zum Nebeneingang und wartete, lauschte dem leise vor sich hin surrenden Motor und sah dem Regen zu, der vor den Scheinwerfern in Myriaden schräger Linien fiel.

Als sie die Männer gebeugt unter der Last des schweren Bündels aus dem Haus kommen sah, stieg sie aus, öffnete eine der hinteren Türen, bückte sich in den Fond und zog die Seiten- und Rückfenstergardinen zu. Dann kroch sie wieder heraus und hielt ihnen die Tür auf.

»Wir haben in einem Zimmer hinten einen dünnen alten Teppich gefunden«, sagte einer der jungen Männer, leicht keuchend von der Anstrengung, das Bündel in den Fond zu hieven. »Der ist besser dafür als Laken.« Dann sah er stirnrunzelnd den Wagen an. »Warum nehmen wir diese Arche Noah? Was ist denn mit dem Packard?«

»Ich kann den Packard nicht fahren. Ich bin die Gangschaltung nicht gewohnt.«

»Aber Sie fahren doch gar nicht – Sie müssen nicht …«

»Doch«, sagte sie. »Muss ich. Ich darf Sie da nicht hineinziehen. Nicht noch mehr. Ich schaffe das allein.«

»Nehmen Sie Bunny mit«, sagte der andere schnell, »frische Luft bringt ihn wieder zu sich. Er ist so k. o., er kann hier nicht bleiben. Wenn jemand kommt, die Haushälterin oder sonst wer, die werden doch neugierig …«

»In Ordnung.«

Sie holten Bunny aus dem Haus, er torkelte wie ein Betrunkener zwischen ihnen. Sie bugsierten ihn auf den Beifahrersitz.

Einer der jungen Männer setzte sich nach vorn zu ihm. »Wir haben beschlossen, dass Sie das nie und nimmer alleine schaffen. Rick räumt hier alles auf, solange wir weg sind.«

»Ach«, sagte sie«, »ich wusste gar nicht mehr – ich überlege schon die ganze Zeit, wie Sie heißen. Der andere ist also Rick. Aha. Und Sie sind?«

»Ich bin Skipper. Rick und ich waren mit Bunny im Fliegerkorps. Erinnern Sie sich wieder?«

»Ja. Ja, natürlich. Ich hatte nur seit – da war so viel Blut …«, die Stimme brach weg.

Sie schien dem surrend laufenden Motor zu lauschen.

Dann fing sie wieder an und redete immer schneller: »Der Richter hat einfach keinen Prozesstermin angesetzt – der hat den Negro einfach nicht vor Gericht gebracht – Camilo ging doch kaputt – wir dachten, wenn wir den so weit kriegen, dass er ein Geständnis unterschreibt, dann hören diese grauenhaften Geschichten über sie auf.« Sie seufzte und sprach wieder langsamer. »Wir hatten nie die Absicht, ihn zu verletzen … er sollte doch nur gestehen … mehr nicht … und dann, als er das getan hat … als er gestanden hat …«

»Schon gut.«

»Ich zittere gar nicht mehr«, fuhr sie fort. »Wissen Sie, ich habe so gezittert, ich dachte, das hört nie auf. Aber es ist weg. Sehen Sie?« Sie zeigte ihm beide Hände.

»Gut«, sagte er. »Jetzt wird alles wieder gut. Halten Sie einfach das Tempo. Nicht zu schnell und nicht zu langsam. Gleichmäßiges Tempo.«

Sie fuhr die lange Auffahrt entlang, nicht zu langsam, nicht zu schnell, hinaus durch das beschlagene, verzierte Tor, vorbei an den liegenden Steinlöwen, und der Regen fiel weiter in Myriaden langer schräger Linien vor den Scheinwerfern.

»Wo soll's denn hingehen?«, fragte er.

»Zum Fluss.«

24

Abbie Crunch wartete vor Daviolis Laden auf Frances Jackson. Sie war nicht mit hineingegangen, sie wollte den mitfühlenden Blick nicht sehen, den Davioli aufsetzen, wollte den Kummerton nicht hören, den seine Stimme bekommen würde, wenn er von Link spräche, was er natürlich täte.

Plötzlich wurde ihr das Herumstehen und Warten zu viel, sie ging die Franklin Avenue hinunter, ganz langsam, und bog in die Dumble Street. Um diese Zeit saßen die meisten Leute zu Hause beim Abendessen, aber auf dem Bürgersteig spielten noch sehr viele Kinder und riefen mit hohen schrillen Stimmen durcheinander. Der Henker saß dies Jahr schon früh voller Knospen. Er war blassgrün, nicht überall, nur gescheckt ganz oben und an den Seiten, wie ein erst vorgestrichenes altes Haus, hier und da etwas Farbe auf das alte wettergegerbte Holz gepinselt, das Werk noch nicht vollendet, aber schon sichtbar aufgefrischt.

Im schwindenden Nachmittagslicht, diesem vergehenden, entschwindenden, ersterbenden Licht, war ihr Haus, die Nummer 6, tief dunkelrot; und der Fluss war viel kleiner, schmaler. Er sah aus wie ein mattsilbernes Band am Ende der Straße, untief, dunkel schimmernd.

Dieser Fluss, dachte sie, dieser eine Fluss und diese Straße, die Dumble Street, und diese Stadt, Monmouth, sind jetzt berühmt. Oder berüchtigt. Nicht nur die Narrows. Die ganze Stadt. Berühmt oder berüchtigt dank Mrs. Treadway und Link und dem Mädchen mit den blassblonden

Haaren und diesem altmodischen Auto, einem Rolls-Royce, mit den zugezogenen Gardinen. Ich bin es so oft im Kopf durchgegangen, wieder und wieder, aber ich verstehe es noch immer nicht.

Ich sehe es vor mir, ganz bildlich. Ein altmodisches Auto mit zugezogenen Gardinen, Gardinen an den Seitenfenstern und eine am Rückfenster. Ein Streifenwagen setzt sich hinter den Rolls-Royce, der Rolls-Royce wird immer schneller, und der Streifenwagen alarmiert zwei Motorradpolizisten. Dann verfolgen die Männer auf dem Motorrad den Rolls-Royce und schießen schließlich auf die Reifen. Eine Frau sitzt am Steuer des achsogepflegten altmodischen Autos. Vorn neben ihr sitzen zwei Männer. Aber die Frau fährt. Auf dem Boden im Fond liegt eine Leiche, eine in einen dünnen zerschlissenen Teppich gewickelte und mit einem dicken Seil verschnürte Leiche.

Den Wortwechsel zwischen der Frau am Steuer und dem einen Polizisten ließ sie allerdings immer weg:

Motorradpolizist: Was ist in dem Bündel da, Lady?

Mrs. Treadway: Alte Kleider für die Heilsarmee.

Motorradpolizist (zu seinem Kollegen): Kuck lieber mal nach.

Im Chronicle hatte gestanden, dass dem Polizisten, der das Bündel aufgeschnürt hatte, lieber gewesen wäre, er hätte es gelassen.

Ich darf nicht wieder anfangen, darüber nachzudenken, dachte sie, es noch mal und noch mal im Kopf durchzugehen. Das nützt ja niemandem. Und dachte doch im selben Moment an das Bild auf der Titelseite des Chronicle, ein Foto von Captain Sheffield und Mrs. Treadway, die am Straßenrand beim Kai sitzen und warten, sie sind festgenommen, müssen aber warten, bis sie in ein Polizeifahrzeug verfrachtet werden können, und um sie herum und hinter ihnen sind lauter Leute und in den Gesichtern all dieser Leute im Hintergrund liegen Entsetzen und Fassungslosigkeit; dachte doch wieder an das Mädchen, die kleine Treadway, Mrs. Sheffield, an die blassblonden Locken, die zierlich gewölbten Füße, und sah sie wieder neben Link liegen, ihr Kopf auf seiner Schulter, beide nackt. Und wurde selbst jetzt noch wütend bei der Erinnerung an die beiden in ihrem Haus, und dachte wieder wie so oft seit dem Abend, als das Telefon geklingelt und Frances ihr frei heraus, fast grob mitgeteilt hatte, was mit Link passiert war, dass sie es fast verstehen konnte, fast verstehen konnte, wie Mrs. Treadway ans Steuer dieses Autos gekommen war.

Schock, ja, Schmerz und Verlustempfinden und unendliche Reue und das vertraute Gefühl, dass nichts von all dem hätte passieren müssen, wenn sie nicht versagt hätte, als Link ein kleiner Junge war. Sie hatte das alles schon einmal durchgemacht, als der Major gestorben war. Nichts an ihren Reaktionen war neu. Aber ihr Verhalten war diesmal anders. Sie hatte das Gefühl, dass etwas in ihr erstarrt war, gefroren, und dass es nie mehr auftauen würde, nicht solange sie lebte, solange sie sich erinnerte an diese Frage und die Antwort darauf: Was ist in dem Bündel, Lady? Alte Kleider für die Heilsarmee.

Sie drehte sich um und sah zurück zur Franklin Avenue. Frances war nicht zu sehen. Wo blieb sie denn so lange? Frances war so freundlich gewesen, immer so freundlich. Ich bleibe jetzt hier stehen und warte auf sie.

Frances hat nie eine eigene Familie gehabt, deshalb hat sie uns adoptiert, hat Link und mich adoptiert, hat sich um uns gekümmert, als wären wir ihre Familie. Wir waren eine Familie in Übergröße, oder zumindest hatten wir Probleme in Übergröße.

Wir alle adoptieren einander oder heiraten einander. Miss Doris hat offensichtlich Frances adoptiert. Am Tag nach Links Beerdigung hat Frances mir Miss Doris geschickt, zur Betreuung. Miss Doris sah aus wie ein steinernes Monument mit einem schwarzen Strohhut auf dem Kopf und grauen Handschuhen, aber eins, das sich bewegt und majestätisch die Stufen hinunter und über den Bürgersteig schreitet und ins Auto steigt.

Bestimmt waren sie alle schockiert, Frances und Miss Doris und Sugar, Miss Doris' Mann, und Howard Thomas, weil sie nicht weinend zusammengebrochen war. Aber sie konnte nicht. Sie spürte einfach nur Kälte und Wut und Unbeugsamkeit. Wie versiegelt gegen das Anstarren, das Gerede, die Fotografen war sie vor der Kirche aus dem Auto gestiegen, ohne Hilfe, und mit erhobenem Haupt und durchgedrücktem Rücken durch den Mittelgang geschritten, hatte die Kirche genauso wieder verlassen und am Grab dem Gottesdienst zugesehen, so als wäre sie hier fremd und hielte kurz inne, um Leuten zuzusehen, die zufällig gerade einem Beerdigungsgottesdienst zuhörten. Es interessierte sie nicht mehr, was die Leute dachten oder was sie sagten, sie, die ihr Leben lang beherrscht war von der Angst vor dem, was andere denken mochten, hatte sich einen Panzer aus Desinteresse zugelegt.

Auf der Rückfahrt vom Friedhof hatte sie über den Mord gesprochen, mitdiskutiert, versucht hinter die Gründe zu kommen. Sie saß hinten mit Miss Doris und Frances. »Das war diese Frau. Diese Mamie Powther«, hatte sie gesagt. »Ich hätte die nie unter meinem Dach wohnen lassen dürfen. So eine Frau löst böse Taten aus, durch ihre bloße Anwesenheit. Sie muss gar nicht selber mitmachen ... einfach, dass sie da ist ... sie ist eine ...« Sie hatte nicht weitergeredet, nur gedacht: Das ist nicht wahr. Das alles hat vor langer Zeit angefangen. Und zwar damit, dass die erste verheiratete Frau, wer immer das war, sich einen Liebhaber genommen und weiter mit ihrem Mann zusammengelebt hat, und der Mann hat entdeckt, dass es einen Liebhaber gibt, und ihn umgebracht. So ist es immer gelaufen. Warum kommen Frauen eigentlich immer davon, als hätten sie keine Schuld?

Howard Thomas murmelte: »Der Katalysator«, so laut, dass sie es hörte.

»Schuld wärn alle«, sagte Miss Doris in ihrem kalten bedrohlichen Tonfall.

»Schuld wär«, fing Frances an, hielt inne und korrigierte sich, »ich meine, Schuld war die Frau, die kleine Treadway. Sie hatte offenbar ganz vergessen, dass sie weiß war und Link farbig, und als sie diese alberne Beschuldigung gegen ihn –«

»Schuld wärn alle«, ging Miss Doris mit ihrer harten Metallstimme dazwischen. »Genau wie bei einem Schneeball, jeder gibt den 'n Schubs, und dies Dreigroschenblatt hat'n den letzten Riesenschubs gegeben. Als ich morgens das Bild gesehen hab, das von dem großen schwarzen Sträfling mit dem halben Gesicht, mit dem langen Schlitz von 'ner Rasierklinge, wo die andre Seite vom Gesicht hätte sein müssen, groß und breit auf der ganzen Titelseite, da hab ich zu Sugar gesagt, Sugar, das Bild ist klarer Mord und dies Dreigroschenblatt fürs weiße Volk gehört weg und verbrannt, stimmt's, Sugar?«

Sugar sagte mechanisch: »Ja, stimmt.«

Als Howard vor der Nummer 6 hielt, haute Doris ihm mit voller Wucht in den Rücken und hielt ihm, als er sich umdrehte, den Haustürschlüssel hin. »Schließ die Tür auf«, befahl sie.

Sugar blieb da und half beim Aussteigen. Dann gingen sie alle zusammen langsam die Stufen hoch. Im Flur blieben sie stehen. Howard stand ganz still da, und als sie ihn verblüfft ansahen, weil er sich nicht rührte, wich er zurück in Richtung Haustür.

Abbie schaute an ihm vorbei und entdeckte etwas Zusammengekauertes auf der Treppe. Zuerst hielt sie es für irgendein Tier, irgendetwas, mit dessen Erscheinen man in einem Albtraum rechnet. Das Wesen auf der Treppe schien einen Körper zu haben, klein und zum Teil bekleidet, es hatte aber kein Gesicht. Kein Gesicht. Es hatte auch keinen Kopf, da, wo sein Kopf hätte sein müssen, war nur eine glänzende schwarze Fläche, glatt, kreisrund und ziemlich seidig.

Howard wich immer weiter zurück. Ein Reißen war zu hören, und Howard sagte: »Oh«, seine Stimme ging hoch wie die einer Frau, »es legt ein Ei. Nein, da kommt ein Fötus aus der Gebärmutter. Da!« Er wich noch weiter zurück, als ein runder Kopf zum Vorschein kam, Stück für Stück, und tierartige Geräusche von sich gab. »Der kämpft sich aus dem Bauch raus und reißt das Fleisch kaputt.«

Sie wusste noch, dass sie beim Ausatmen einen langen Seufzer getan hatte. Denn zum Vorschein gekommen war der runde harte Kopf von J. C. Powther, und er hatte etwas Schwarzes um den Hals, fast wie einen Armreif, und etwas glänzendes Schwarzes ganz hinten am Kopf, und sie hatte gedacht: Haile Selassie auf Zwergformat geschrumpft, aber gekrönt, mit einer Krone schwarz wie die Nacht.

Miss Doris sagte: »Du, Jackson, du«, in ihrem flachen dauerdrohenden Ton.

»Der Hut des Majors.« Abbie hörte ihre eigene Stimme, hörte wieder, wie sie klang. Denn jetzt eben lag eine Trauer in ihrer Stimme, der Ton der Trauer und der Klang von Tränen, zum ersten Mal seit Links Tod. Alle starrten sie an, und sie erwiderte die Blicke, und ihr war egal, was irgendjemand dachte. »Das ist der Seidenhut des Majors.«

Der runde harte Kopf und das dunkelbraune Gesichtchen waren zurück unter die hohe Hutkrone geschlüpft, als ob sie Unheil witterten.

Miss Doris hatte eine ihrer kräftigen Hände gehoben, der Hutkrone einen derben Hieb verpasst und die Krone tief nach unten gerammt, ganz tief über den harten patronenförmigen Kopf, die kuppelförmige Stirn, die undurchdringlichen schwarzen Augen, die keine Kinderaugen waren, und bis über den protestierend aufgerissenen kleinen Mund.

»Du, Jackson«, hatte Miss Doris mit ihrer kalten Metallstimme gesagt, »da setz du jetzt. Is jetz dein Hut. Du setz da drunter. Sugar, du stellst dich daneben und passt auf, dass Jackson in seim Hut setzen bleibt.« Sie hatte gewartet, bis der große dunkle Mann gehorsam: »Ja, Liebes«, gesagt hatte, und dann weitergeredet: »Kommen Sie, Ladies, der Tee wär gleich so weit, gähn Sie schon ins Wohnzimmer.«

Jetzt schlingerte ihr: Der Tee wär gleich so weit, durch den Kopf, und dann: Was ist in dem Bündel, Lady? Alte Kleider für die Heilsarmee.

Sie blieb in der Mitte des Häuserblocks stehen, sah zurück in Richtung Franklin Avenue und überlegte, warum Frances so lange brauchte, drei Zitronen zu kaufen. Dann würde sie eben hier auf Frances warten. Sie sah hinunter zum Fluss, dann auf das orangerote Neonschild an der Last Chance.

Während sie da stand, kam ein Mann aus der Last Chance. Ihrem Eindruck nach kam er rückwärts heraus auf dem Bürgersteig. Von da eilte er in Richtung Kai und Fluss, dann drehte er sich so schnell um, dass er fast das Gleichgewicht verlor, und steuerte auf sie zu. Er rannte nicht, es sah nur so aus. Er tupfte sich ständig Nacken und Stirn mit einem Taschentuch ab, drehte auch immer wieder den Kopf und sah hastig hinter sich, als ob er erwartete, dass ihn jemand verfolgte, oder glaubte, verfolgt zu werden.

Als er näher kam, erkannte sie die Nadelstreifenhose und den Cut von Howard Thomas, Frances' Mitarbeiter. Sie hielt ihn für betrunken und hatte keine Lust, sich mäanderndes alkoholisiertes Gerede anzuhören, also blieb sie reglos stehen und vertraute darauf, dass er sie nicht erkennen und vorbeigehen würde.

Er brabbelte vor sich hin, als er an ihr vorbeikam: »Keine Chance. Nicht mal 'ne Chinesenchance«, drehte wieder den Kopf und sah hinter sich, dann lief er schnell weiter, rannte fast in Richtung Franklin Avenue. Entweder hatte er Frances nicht gesehen oder er hatte seine Bewegungen nicht mehr unter Kontrolle, jedenfalls lief er direkt in sie hinein und riss sie fast um.

Abbie hörte Frances' Stimme: »Also, wirklich …«

»Oh jeh«, sagte er, »Entschuldigung, Miss Jackson. Ich hab Sie nicht – hab nicht hingeguckt …«

Frances musterte ihn durch die dicken Brillengläser. »Sie sehen ja komisch aus. Was haben Sie denn gemacht?«

»Ich hab«, sagte er, »ich bin«, sagte er, »ich will nach … was rede ich eigentlich?«

»Das weiß ich bestimmt nicht. Haben Sie getrunken?«

»Nein, nein, nein, Miss Jackson. Ich war gerade in der Last Chance, aber getrunken hab ich nicht. Hahahah, tu ich aber gleich. Falls ich so lange lebe, was rede ich denn? Ich geh schnurstracks nach Hause und trinke drei Mittagessen und vier Abendessen, wirklich, hahahah, alle Mahlzeiten für eine Woche auf einmal, sofort.«

Seine Stimme bebte, und Abbie dachte: Die Stimme klingt, als ob sie sich auch dauernd umguckt und Stirn, Gesicht und Nacken abtupft. Und seine Angst, sein Entsetzen, was immer ihn so ins Schwitzen und Zittern brachte, übertrug sich auf sie, sie drehte sich auch um und sah nach hinten, halb sicher, dass jemand hinter ihr her war, sie bedrohte, sah hinter sich, aber da war nur das orangerote Schild und leuchtete in der Dämmerung. Sie dachte an Bill Hods Gesicht und schauderte und drehte sich wieder zu Howard und sah ihn weiterziehen, rasant, irrlichternd die Straße hoch, und schließlich an der Ecke Franklin Avenue in einem Drugstore verschwinden. Die Tür war kaum hinter ihm zugegangen, da stand er schon wieder auf der Straße, machte kehrt und kam die Dumble Street wieder herunter.

Abbie sagte: »Frances, was um Himmels willen ist mit ihm los? Warum geht er denn jetzt wieder in den Drugstore, da war er doch gerade hergekommen. Komm weg hier. Weiter rumstehen und ihm zusehen, das ertrage ich nicht.«

Frances rührte sich nicht, antwortete nicht. Sie starrte auf den Eingang der Last Chance, eindringlich und finster.

Abbie fragte: »Hast du die Zitronen?«, und stupste sie sanft am Arm.

»Natürlich. Das hat ewig gedauert. Mamie Powther war auch bei Davioli, einkaufen auf den letzten Drücker, und ich dachte, die wird nie fertig. Davioli war allein, also musste ich warten.« Sie räusperte sich, zögerte, dann sagte sie: »Hier, nimm die Zitronen. Ich komme gleich nach. Ich glaube, ich muss mal in den Drugstore und sehen, was mit Howard ist. Du kannst schon Tee aufsetzen. Ich bin nur kurz weg.«

»Ist gut«, sagte Abbie und nahm ihr die kleine Papiertüte mit den drei Zitronen ab. Die Tüte raschelte beim Gehen, und ihr fiel ein: Tüte, Bündel, was ist in dem Bündel, Lady. Wie müssen die ihn gehasst haben. Sie schüttelte den Kopf, dachte wieder an die Zeitungsfotos, das Foto von Mrs. Treadway, die mit unbewegter Miene beim Kai sitzt, die Fotos vom Kai, von dem Auto mit den zugezogenen Gardinen, von dem Bündel, das offen auf dem Kai liegt und seinen grauenhaften Inhalt freigelegt, bloßgestellt, und an die Fotos von der Menschenansammlung, lauter Pöbel, Gesindel, das Treib- und Strandgut aus den Narrows und dem Hafenviertel.

Sie schloss die Tür von Nummer 6 auf, und als sie sie aufdrückte, raschelte wieder die kleine Tüte in ihrer Hand. Sie schaltete Licht im Flur an, blieb einen Augenblick lang stehen und horchte, ob Mamie Powther schon wieder zu Hause war. Wenn die doch bloß ausziehen würden. Sie ertrug diese Leute in ihrem Haus nicht mehr. Eine Frau mit dermaßen ungepflegtem Äußeren und all diesem zuweichen Fleisch gehörte nicht in ein gepflegtes Haus. Wenn Mrs. Powther die Straße entlangging, drehten sich die Männer nach ihr um, drehten die Köpfe und sahen dem Kreiseln und Schwingen ihrer Hüften und Schenkel hinterher. Und sie schlenderte immer mit einem leichten Lächeln auf den Lippen, als ob sie sich an ihrem eigenem Hüftschwung ergötzte.

Sie stand im Flur und fühlte sich plötzlich alt, wie nach einer Niederlage, weil sie wieder an Link und den Major dachte, sich an den Nebel auf der Straße an jenem Abend erinnerte, als sie die blonde Frau in den Flur gezerrt und die Stufen hinuntergeschubst hatte, und sich erinnerte, wie Link laut lachend gesagt hatte: »Das Fruchtfliegenweibchen«, bevor er das Haus verließ, dieses I'm lonesome, I'm lonesome von Mamie Powther pfeifend.

Mamie Powther war schuld, dachte sie. Ich bin ganz sicher. Mamie Powther in diesem purpurroten Mantel mit der Doppelreihe Messingknöpfe vorn, genau dafür ausgesucht, ihren feisten Busen zu betonen, sie konnte und würde jedermanns Leben aus dem Gleis werfen. Nein, sie war nicht schuld. Nicht wirklich. Schuld waren diese junge Frau mit den blonden Haaren und ihre Mutter und ihr Mann. Wie es jetzt wohl zuging in diesem tollen steinernen Herrenhaus? Die Auffahrt meilenlang. Ein Teich mit Schwänen. Und ein Park. Und Picknick an jedem vierten Juli. Vielleicht auch der kleine Mr. Powther. Der Butler bei Treadways. Vielleicht hat sein Einzug in mein Haus das alles beschleunigt, vielleicht hat er den Stein ins Rollen gebracht, aus irgendeiner elenden Schwäche heraus. Dann dachte sie gereizt: Wir alle waren es, auf die eine oder andere Weise, wir hatten alle die Finger im Spiel, wir haben alle mit Gewalt auf diese zwei Menschen reagiert, auf Link und diese Frau, weil er farbig war und sie weiß.

Warum musste Link tot sein und dieses Mädchen, dieses Mädchen mit den blassblonden Haaren durfte am Leben bleiben? Das hätte nicht so enden müssen. Die war mit ihm hier in meinem Haus, sie lag neben ihm, nackt, eindeutig in ihn verliebt, und gerade mal gut zwei Monate später beschuldigt sie ihn, sie überfallen zu haben. Warum?

Sie legte Hut und Mantel ab, schaltete das Licht im Wohnzimmer an, dann in der Küche, und machte sich ans Abendessen. Sie füllte den großen vernickelten Teekessel und setzte ihn auf den Herd, sie wollte den Küchentisch decken, fand es aber schöner, im Wohnzimmer zu essen, und ging ein weißes Tischtuch auf den Pembroketisch legen. Während sie das Besteck verteilte, dachte sie über Howard nach, der so eilig die Straße entlanggeirrlichtert war und sich dauernd umgesehen und Stirn und Gesicht mit einem zerknautschten Taschentuch abgetupft hatte; dachte an die blonde Frau, die betrunken gerast war und ein Kind überfahren hatte; dachte schließlich an J. C. Powther, wie er auf der Treppe hockte und sein runder Kopf aus dem Wrack von des Majors Seidenhut zum Vorschein kam.

Der Teekessel fing an zu pfeifen, sie ging zurück in die Küche, stellte die Flamme unter dem Kessel klein, goss kochendes Wasser in die große braune Teekanne, setzte sich an den Küchentisch und wartete auf Frances, in Gedanken bei Link und dieser Frau. Wärme und Zuneigung, wenn sie an Link dachte. Kälte und Zorn, wenn ihr die Frau einfiel.

Wer würde je erfahren, was sich zwischen ihnen ereignet hatte oder warum es sich ereignet hatte. Dann dachte sie: Aber ich kann mir manches denken, kann mutmaßen, wegen dieser Nachbarn damals, in dem alten Holzbohlenhaus hatten früher die finnischen Leute gewohnt. Fünf, sechs Jahre lang waren sie die einzigen Weißen in der Dumble Street. Das Haus war damals eine Pension, genau wie jetzt, und die Männer, die da wohnten, waren fast immer betrunken. Sonntagmorgens torkelten sie nach Hause, und vor dem Haus war ein Eisenzaun, ein Zaun mit eisernen Zierpfählen, da lehnten sich die Männer immer dran und hielten sich fest, von oben aus Abbies Fenster sah es aus, als wären sie da aufgespießt.

Im Laufe der Jahre lernte sie die Finnin kennen, die gleichzeitig Vermieterin und Hausmeisterin der Pension war. Im Winter leerte die Frau morgens immer die Ascheimer, indem sie sie einfach in der Auffahrt auskippte, und der Wind blies ihr das feine graue Pulver zurück ins Gesicht, blies ihr die ungepflegten grauen Haarsträhnen ins Gesicht, und sie warf sie gereizt immer wieder zurück. Sie hatte selbst an den kältesten Tagen nackte, rotgefrorene Arme und keinen Hut auf.

Abbie kannte die meisten Mieter, einfach weil sie sie immer kommen und gehen sah. Sie wusste, wann sie aufstanden und wann sie zur Arbeit gingen. Das Schlafzimmer im ersten Stock nach vorn bewohnten ein dünner junger Mann und eine dünne junge Frau. Im Sommer, wenn die Fenster offen waren, hörte sie sie streiten, und wenn der Abend dämmerte, sah sie den jungen Mann nach Hause torkeln. Manchmal hörte sie ihn spätnachts mit gepresster Stimme sagen: »Heh, ich hab ein Recht drauf, was ist los mit dir?«, hörte die Frau weinen und dann wieder ihn: »Heh, Klappe, was'n mit dir los, ich hab 'n Recht drauf.«

Die junge Frau arbeitete in dem Ramschladen auf der Franklin Avenue. Einmal hatte Abbie dort etwas kaufen wollen, sie hinter einem Tresen stehen sehen, in einer weißen Bluse mit offenem Kragen, und der Anblick der Knochen und der hohlen Stellen unterm Hals war ihr so peinlich, dass sie aus dem Laden lief, weil sie so viel über diese junge Frau wusste, auch wenn sie sie noch nie von Nahem gesehen hatte, sie hatte doch die nächtlichen Streitereien gehört, sie weinen gehört.

Der dünne junge Mann arbeitete gar nicht. Er stand gegen Mittag auf. Abbie konnte ihn im Zimmer hin und her laufen sehen, so dicht lagen die Fenster an ihren Schlafzimmerfenstern, er betrachtete sich im Spiegel, band sich die Krawatte, zog das Sakko an, rückte mehrmals die Hutkrempe zurecht, zündete sich schließlich eine Zigarette an, drehte sich hin und her und studierte sein Profil, ruckelte noch einmal minutiös an der Krempe, und ein paar Minuten später war er draußen auf dem Bürgersteig, buchstäblich im Müßiggang.

Eines Tages fiel ihr auf, dass die junge Frau nicht mehr da wohnte. Sie sah sie nie wieder mit bleichem, erschöpftem Gesicht nach Hause kommen. Die Vermieterin fing bald Streit mit dem dünnen jungen Mann an. Sie schrie ihn ständig an und schwang drohend die Faust dazu, er tauge nichts, verdammt gar nichts, er gehe nicht arbeiten, habe nie gearbeitet, nein, von ihr kriege er kein Geld, er sitze ja bloß den ganzen Tag auf seinem Hintern rum, tagein, tagaus.

Seine Kleidung wurde schäbiger. Der hellgraue Hut mit der breiten Krempe bekam schmutzige Schlieren und verlor die Façon. Eines späten Nachmittags sah Abbie ihn nach Hause kommen. Es regnete, aber er hatte keinen Mantel an. Er kam nicht ins Haus, also stand er auf den Stufen und rüttelte an der Tür, dann trat er dagegen, dann ging er wieder auf den Bürgersteig und sah hoch zu den Fenstern, und schließlich ging er weg.

Irgendwann hatte sie die Finnin nach der jungen Frau gefragt. Die Finnin sagte, der junge Mann, der Bengel, wie sie ihn geringschätzig nannte, tauge nichts, lasse sich von der jungen Frau aushalten, und die junge Frau sei verrückt nach ihm, so verrückt nach ihm, dass einem vom bloßen Ansehen und Zuhören schlecht werde, und dieses Mädchen glaube auch noch an den, stehe hinterm Tresen, den ganzen Tag auf den Beinen, verdiene auf die harte Tour ein kleines bisschen Geld, und der Bengel versaufe und verzocke das ganze von ihr verdiente Geld.

Abbie fragte verblüfft: »Aber wenn sie so verrückt nach ihm war, wieso hat sie ihn dann verlassen?«

Die Frau starrte sie an, aus harten kalten blauen Augen, die aufgerissenen roten Hände in die Hüften gestemmt, den Mund zusammengepresst, und sagte: »Sie kriegt raus, er hat 'ne andere. Bleibt doch kein Mensch nach so was. Kein Mensch. Wenn ich krieg raus, mein Mann hat ne andere, bin ich auch weg. Aber ich hab Kraft, was? Erst hau ich noch alles kaputt. Alles. Das Mädchen hat keine Kraft. Die is einfach weg.«

Abbie dachte: Das ist es, das hat das Mädchen mit den gelben Haaren und den schönen Füßen und Händen gemacht. Die hatte Kraft, deshalb hat sie Link vernichtet. Weil er sich in eine andere verliebt hatte. Nein, hatte er nicht. Dann dachte sie: Woher weiß ich das? Wie kann das irgendjemand wissen?

Sie vergaß den Gedanken, weil Frances an der Haustür klopfte, dass es Frances war, wusste sie, sie hatte schnell und leicht dreimal nacheinander geklopft, kurze Pause, dann noch zweimal. Frances klopfte immer so, damit Abbie wusste, dass sie es war, das machte sie immer so seit dem Tod des Majors, seit der Zeit, als allein der Gedanke an jemand Fremdes an der Tür Abbie in sinnlose Panik versetzt hatte, in Angst die eigene Tür aufzumachen.

Jetzt zog sie sie schwungvoll auf. »Ich habe auch schon das Abendessen fertig«, sagte sie. »Du könntest hier gleichzeitig essen und Tee trinken.«

Frances sagte: »Liebend gern. Aber dann muss ich Miss Doris anrufen.«

Während Frances telefonierte, wärmte Abbie die Suppe auf, eine dicke Suppe mit viel Fleisch, im Grunde eine ganze Mahlzeit, machte Salat, goss Tee auf und füllte die Suppenteller.

Frances kam wieder in die Küche. »Kann ich etwas tun?«, fragte sie.

»Setz dich einfach an den Tisch.«

Sie aßen in aller Ruhe und blieben nach dem Essen am Tisch sitzen und unterhielten sich.

Abbie fragte: »War Miss Doris sauer?«

»Nein, nein. Es hat nur ewig gedauert, bis sie ans Telefon kam. Sie hat gerade Nachrichten gehört, sie hat auch nicht viel gesagt, mehr gegrummelt: ›Ich hab grad Radio an‹ – und aufgelegt.« Frances rührte energisch den Tee in der Tasse um, dann sagte sie: »Abbie, willst du nicht einfach zu mir ziehen? Du kannst doch das Haus hier vermieten. Ich habe so eine schöne große Wohnung, aber da ist kein Mensch drin, oder jedenfalls nicht so viele Menschen, dass es bewohnt wäre.«

Einen Augenblick lang spielte sie mit dem Gedanken, Miss Doris könnte sich um sie beide kümmern, sie hätte keine Haushaltspflichten mehr, käme nie mehr in ein dunkles Zuhause zurück, immer wären Leute da, ja, aber

Miss Doris mochte keine Katzen, vor allem keine Kater, in einem von Miss Doris geführten Haus gäbe es keine gemütlichen Ruhekissen für Pretty Boy, keine Zimmerpflanzen, die Geranien und die Alpenveilchen und die Usambaraveilchen würden also hierbleiben oder verschenkt; und Frances war genauso gebieterisch wie Miss Doris, und zwischen beiden würde jemand wie Abbie bald abbauen und zur tattrigen Alten werden.

Sie sagte: »Vielen Dank. Aber so alt bin ich noch nicht, oder so gebrechlich. Ich komme schon klar. Falls es je so weit sein sollte und ich das Gefühl habe, ich kann hier nicht mehr allein leben, sage ich dir Bescheid.«

»Das klingt wunderbar.«

Abbie dachte: Sie will nur den Grund rauskriegen, und wechselte das Thema. »Ach, übrigens, was ist eine Chinesenchance?«

»Eine Chinesenchance? Wie in aller Welt kommst du denn jetzt darauf?«

»Na ja, als Howard an mir vorbeiging, regelrecht die Straße runterrannte, da hat er etwas von keine Chance, nicht mal eine Chinesenchance gebrabbelt. Da fällt mir ein, hast du ihn gefunden? Und was war denn los mit ihm?«

»Ich glaube, das weiß er selber nicht. Und wenn doch, hat er's mir nicht erzählt. Er hat gesagt, er hat sein Portemonnaie verloren, und es gleich danach aus der Gesäßtasche gezogen, vor meinen Augen. Aber da ist es ja, habe ich gesagt, und er: Ach, da ist es ja, hahahah, Miss Jackson, ach, da ist es ja. Da habe ich ihn da sitzen lassen und bin gegangen.«

»Also, was für eine Chance hat ein Chinese«, beharrte Abbie. »Was immer mit ihm los war, er muss damit zu tun haben. Er hat immer wieder gesagt: ›nicht mal eine Chinesenchance‹, und dabei andauernd hinter sich geguckt.«

Frances saß auf einem der Hitchcock-Stühle, der immer knarzte, wenn sie sich zurücklehnte, und sie lehnte sich noch mal und noch weiter zurück, sagte: »Ha!«, lächelte, und ihre Brille funkelte, als sie unter das Licht kam. »Die Art Chance hat ein Chinese, wenn er in einem Boot über die Grenze geschmuggelt wird, und zwar mit Steinen in einen Jutesack gewickelt und verschnürt, die Steine sind nötig zum Beschweren. Ich habe läuten gehört, dass Bill Hod die früher so aus Kanada geholt hat. Vor Jahren. Für tausend Dollar pro Kopf. Und falls die Grenzpolizei ihn erwischt hätte, also dem großen Gott Hod in die Quere gekommen wäre, tja, dann hätte er den Chinesen über Bord gekippt. Das ist eine Chinesenchance.«

Frances wartet darauf, dass ich etwas sage, dachte Abbie, denn sie sah ihr direkt ins Gesicht. Abbie wich dem Blick aus. Sie sah hinüber zu dem blühenden Usambaraveilchen im Erkerfenster, dem Schaukelsessel und dem Tisch mit der Marmorplatte neben dem kleinen viktorianischen Sofa am Kamin und dem aufgeklappten Kartentisch mit den Büchern und Illustrierten davor, bereit für einen ruhigen Leseabend, und sah nichts davon wirklich, sah stattdessen das Gesicht von Bill Hod, die verhangenen Augen, den grausamen Mund mit den schmalen Lippen, so deutlich, als wäre er im Zimmer. Einen Augenblick lang hatte sie eine Vorahnung, Bill Hod, schwante ihr, würde nie zulassen, dass das Mädchen mit den blonden Haaren am Leben blieb, ungeschoren, in derselben Welt, in der er lebte. Und Howard Thomas ...

»Na?«, fragte Frances. »Weißt du jetzt Bescheid?«

»Nein«, sagte Abbie. Es war gelogen, absichtlich gelogen. »Und das will ich auch nicht.«

Vielleicht irre ich mich, dachte sie. Vielleicht täuscht das Gesicht, vielleicht habe ich Bill Hod immer falsch beurteilt. Unmöglich. Bei dem geht es immer Auge um Auge, Zahn um Zahn. Das steht ihm im ganzen Körper geschrieben. Es gibt keinen Grund anzunehmen, dass er sich geändert hat oder sich ändern würde oder ändern könnte. Miss Doris hatte gesagt: Es war, wie ein Schneeball ins Rollen kommt, da hat jeder mitgetreten. Also hat Bill Hod bestimmt schon organisiert, dass diese grauenhafte Sache den letzten Tritt kriegt. Und das weiß Howard Thomas. Ist irgendwie dahintergekommen.

Frances ging bald darauf nach Hause. Abbie brachte sie zur Tür, tätschelte ihren Arm und gab ihr ein Küsschen auf die Wange. Sie blieb in der Tür stehen und sah der hochgewachsenen knochigen Gestalt nach, bis sie außer Sicht war, und dann unabsichtlich, ungewollt über die Straße auf das strahlende Neonschild an der Last Chance.

Sie könnte zur Polizei gehen und denen erzählen – was denn erzählen? Erzählen, dass ein verängstigt wirkender Mann aus der Last Chance gekommen war, dass er in einen Drugstore gegangen war, dass er da ihrer Meinung nach die Polizei anrufen wollte, das eigentlich vorhatte, aber zu viel Angst hatte, zu viel Angst vor Bill Hod, und deshalb sei sie zu der Überzeugung gekommen … die würden sie auslachen, nicht auslachen, sie würden sich das höflich anhören, aber nicht glauben. Und sie hatte keinerlei Beweise.

Sie trat in den Flur zurück, schloss rasch die Haustür, sperrte den Anblick des grellen Neonschilds aus, und dachte: Selbst, wenn ich wüsste, wenn ich unwiderlegbar beweisen könnte, dass Bill Hod die Absicht hat, dieses blonde Mädchen zu vernichten, ich würde nichts unternehmen. Ich würde nicht versuchen, ihn aufzuhalten.

Sie hielt den Atem an, entsetzt darüber, wie sehr sie sich tief innerlich verändert hatte. In dieser letzten Woche hatte sie einen Teil von sich verloren, den Teil, der aus Ehre und Aufrichtigkeit bestand, unwiederbringlich verloren, die Fähigkeit, zwischen richtig und falsch zu unterscheiden, verloren. Nein, nicht verloren. Das alles war versickert, seit sie die beiden Sätze gelesen hatte: Was ist in dem Bündel, Lady? Alte Kleider für die Heilsarmee. Sie setzte sich auf das viktorianische Sofa im Wohnzimmer, nahm ihre Brille und fing an, den Chronicle zu lesen, legte ihn aber bald beiseite, denn egal, was sie las, sie sah immer wieder das Titelbild von Mrs. Treadway, am Straßenrand beim Kai sitzend, um sie herum Polizisten, neben ihr ihr Schwiegersohn, sah immer wieder, was Mrs. Treadway ausgesagt und unterschrieben hatte: »Wir haben zum Recht beigetragen. Camilo ging kaputt, wir mussten etwas tun. Wir wollten dem Negro keinen Schaden zufügen. Wir dachten, wenn er gesteht, wäre Schluss mit diesen schrecklichen Geschichten über Camilo. Der Negro hat auch gestanden, und dann hat Bunny wohl den Verstand verloren und ihn erschossen.«

Wir wollten dem Negro keinen Schaden zufügen, dachte Abbie. Der Negro hat gestanden. Der Negro.

Für sie, für die alle ist er der Negro. Und für mich …

Sie erinnerte sich noch gut an eine Zeit, als er der wichtigste Spieler im Footballteam der Monmouth Highschool gewesen war. Sie war stolz auf sein Talent gewesen und hatte sich gefreut, dass er so viel Beifall bekam, aber sie war nie zu einem Spiel gegangen. Hatte immer zu viel zu tun. Irgendwann überredete er sie, einmal mitzukommen.

Bevor er an dem Morgen zur Schule ging, nahm er einen Stift und ein Blatt Papier und zeichnete eine grobe Skizze. »Guck«, sagte er, »das sind die Teams, hier in der Mitte vom Feld, elf Mann auf jeder Seite …«

Mann, das Wort hallte in ihrem Kopf wider. Mann. Link war fünfzehn. Sicher, er hatte breite Schultern und war größer als sie, aber er war doch noch ein Junge. Seine Knochen waren noch nicht wirklich gefestigt. Als er ihr alles erklärt hatte, fragte sie: »Und das ist alles? Man rennt mit einem Ball herum?«

Er schien geknickt zu sein. »Ist es wohl. Aber es ist nicht ganz so simpel. Wirst du sehen.« Bevor er aus dem Haus ging, sagte er noch: »Ich bin die Nummer einundzwanzig. Daran kannst du mich erkennen.«

Sie hatte gelächelt und gedacht, sie würde ihn doch überall erkennen, mit oder ohne Nummer. Aber als die Jungs nachmittags auf dem Spielfeld einliefen, konnte sie sie nicht auseinanderhalten. Sie sahen alle gleich aus mit den wattierten Hosen und den Helmen. Ohne die große Nummer auf seinem Rücken hätte sie nicht gewusst, wer von ihnen Link war.

Dann fing das Spiel an, und sie war erschüttert, wie rüde es zuging. Ständig lagen die Spieler in Haufen übereinander, mit sonst wohin ragenden Armen und Beinen. Ob die sich wohl manchmal am Bein ziehen oder einen Arm bewegen wollen und plötzlich merken, dass es der Arm oder das Bein von einem anderen Jungen ist?

Kurz vor dem Ende der ersten Spielzeit lagen wieder alle übereinander – ein Stapel aus scheinbar kopflosen Körpern mit verrenkten Armen und Beinen. Als sie sich auf die Beine hochrappelten, sah Abbie die Nummer einundzwanzig auf dem Boden liegen, reglos. Ihr erster Gedanke war: Ich wusste, dass so was passiert. Ich wusste es. Nummer einundzwanzig rührt sich nicht. Nummer einundzwanzig ist Link.

Sie sagte: »Das Spiel muss aufhören.« Und zwar laut. Die Frau, die neben ihr saß, sah sie verwundert an.

Link kam allmählich wieder auf die Beine, stand auf, schüttelte ein paarmal den Kopf, beugte sich vor und betastete ein Knie. Vom Spielfeldrand kam ein gedrungener kleiner Mann angewatschelt, mit einem Eimer, einem Handtuch und etwas, das aussah wie ein Schwamm, er knuffte Link, beklopfte ihn hier und da und forderte ihn auf, den Helm abzuziehen, aber Link winkte ihn immer wieder fort. Ein paar Spieler standen um ihn herum, und plötzlich schienen alle auf einmal mit den Armen zu wedeln, es gab einen Pfiff, und alle rannten wieder kreuz und quer über das Spielfeld, rannten frontal ineinander, stapelten sich zu diesen scheußlichen Haufen mit verrenkten Armen und Beinen.

Nummer einundzwanzig ging es offenbar gut. Er rannte und fiel und stand wieder auf. Gedanken an Gehirnerschütterungen, an Schädelbrüche und Rippenknackse und Bein- und Ellbogenbrüche schwirrten ihr durch den Kopf, aber dann fiel ihr das Reimen wieder ein: Einundzweinzig, mein Sohn ist einzig. Und so weiter.

Jetzt schienen alle noch schneller zu rennen, noch öfter hinzufallen, mit noch mehr Wucht ineinanderzukrachen, und plötzlich hatte die Nummer einundzwanzig den Ball, flitzte übers Spielfeld, wich den anderen rasenden Gestalten aus. Ihr hämmerte das Herz in der Brust, als ob sie mit ihm mitflitzte, und der Anblick der flinkfüßigen starken jungen Gestalt auf dem grünen Rasen erfüllte sie mit Stolz. Sie verstand zu wenig vom Spiel, um zu wissen, was genau er da tat, aber um sie herum waren alle Leute aufgestanden und schrien und riefen seinen Namen, skandierten seinen Namen: »Link! Link! Link!« Das Gebrüll aus vollen Kehlen machte sie noch aufgeregter, ließ ihr den Atem im Hals stocken, als ob sie selbst es wäre, die unter dem Jubel einer Riesenmenschenmenge über das ganze Spielfeld flitzt.

Dann kam von irgendwo hinten im Stadion eine laute wütende Stimme: »Schnappt den Nigger! Schnappt den Nigger!«

Plötzlich saß sie wieder auf dem harten Beton, hatte sich hingesetzt und gar nicht gemerkt, dass sie auch aufgesprungen war, und sich so abrupt wieder hingesetzt, dass es ihr durch den ganzen Körper gefahren war. Jetzt saß sie zitternd da und dachte nur: Ich lasse ihn nie wieder zum Footballspielen. Nie wieder.

Sie fuhr aus dem Stadion direkt zu Frances und erzählte ihr, dass Link zu Boden geschlagen worden war und jemand wutentbrannt gebrüllt hatte: Schnappt den Nigger! Schnappt den Nigger!, und dass Link nicht mehr Football spielen durfte.

Aber Frances hatte nur gesagt: »Unfug. Du wirst kein Wort darüber verlieren. Du hast ja vielleicht vergessen, dass er ein Waisenkind war und von fremden Leuten adoptiert wurde. Aber er hat das nicht vergessen. Du hast vielleicht vergessen, dass du ihn, als der Major starb, komplett und total verstoßen hast. Aber er hat das nicht vergessen. Und das wird er auch nie. Football tut ihm gut. Jede Wertschätzung, die ihm ein Haufen Leute zubrüllt, hilft ihm, Reserven für den Glauben an sich aufzubauen. Und was das Wort Nigger angeht …«

Und dann hatte ihr Frances zum ersten Mal die Geschichte vom Tod ihres Vaters erzählt und erklärt, warum sie sich seitdem nicht mehr im Geringsten aufregte, wenn sie jemanden das Wort Nigger sagen hörte.

Jetzt dachte sie gereizt: Wie schön. Für Frances. Mir hilft es kein bisschen. Link und dieses Mädchen, die Frau mit den blassgelben Haaren, die Frau, die hier so oft mit ihm zusammen war, dass ihr Parfüm in meinem Haus hing. Link, wie er über ein Footballfeld rennt, mit einem Ball, all den anderen starken jungen Gestalten ausweicht. Link, wie er samstagmorgens mit ihr die Dumble Street entlanggeht, ihren Einkaufskorb trägt, ihn hin und her schlenkert, zu ihr aufsieht. Verehrung, Hingabe im jugendlichen Gesicht, in den Augen.

Er war verliebt in diese Frau. Verliebt in sie …

Sie stand auf, setzte den Hut auf und zog den Mantel an. Sie würde zur Polizei gehen. Sie würde denen sagen, dass das Mädchen ihrer Meinung nach in Gefahr war. Sie würden ihr nicht glauben, da auf der Polizeiwache Franklin Avenue. Aber wenn sie allen möglichen Nachdruck hineinlegte, wären ein paar Polizisten vielleicht doch beeindruckt genug, um das blonde Mädchen besonders bewachen zu lassen.

Sie war ausgehfertig, als J. C. Powther ins Zimmer getänzelt kam. Sie hatte ihn seit Links Beerdigung nicht gesehen, dem Tag, an dem er den Hut des Majors demoliert hatte.

Er starrte sie an, steckte den Daumen in den Mund, zog ihn wieder raus und sagte: »Gehssu aus, Missus Crunch?«

»Ja.«

»Kannich mit?«

»Nein. Du läufst schnell wieder nach oben.«

»Is aba keiner da, bloß Powther. Der setzt nur rum und hält sich'n Kopf. Mamie hat zu ihm gesacht, man wird irre, wenn man dauernd ankucken muss, wie der da setz und sich'n Kopf hält. Un weg isse. Un Kelly und Shapiro is auch weg. Dadrum is keiner zu Hause. Kannich mit dir mit?«

»Nein«, sagte sie entschlossen. »Du läufst jetzt …«

Und hörte ein Echo aus der Vergangenheit, hörte Frances' Stimme: Los, lauf jetzt, Link, lauf spielen, und sah die tieftraurige kleine Gestalt aus dem Zimmer gehen, langsam, zögernd, und wollte ihn zurückrufen und konnte keine Worte finden, konnte nur mit Frances unter dem dunklen Tuch kauern und weinen, weil der Major tot war.

»Na gut«, sagte sie und gab J. C. einen Klaps auf die Schulter. »Du darfst mitkommen.« Obwohl sie sich nicht vorstellen konnte, was die bei der Polizei denken würden, wenn sie mit diesem patronenköpfigen kleinen Jungen an der Hand ankäme.

»Hol Mütze und Jacke. Aber zuerst gehst du auf die Toilette. Und zwar sofort«, sagte sie, weil er herumzappelte und mit zusammengekniffenen Knien von einem ausgelatschten braunen Schuh auf den anderen trat.

»Wo gehn wir'n hin?«, fragte er argwöhnisch. »Ham die da kein' Pipipott?«

»Das weiß ich wirklich nicht«, sagte sie. »Ich war noch nie auf einer Polizeiwache.«

Über einige übersetzerische Entscheidungen

Ann Petrys Roman »The Narrows« ist von 1953, ihre Figuren, schwarze wie weiße, reden Klartext: den Klartext ihrer Zeit, inklusive verbalem Rassen-, Juden-, Frauen- und Klassenhass. Und sie benutzen die jeweiligen Ausdrücke differenziert – manche Schwarzen legen größten Wert darauf, *colored* genannt zu werden, und verachten ihrerseits *Negroes*, *niggers*, *blackamoors*, *black folks*, vor allem solche, denen der Sklaven-Süden noch anzumerken ist; andere verachten umgekehrt alle etwas Hellhäutigeren als *high yaller* (= *high yellow*). Daneben gibt es eine Menge Schmäh- oder Spottbezeichnungen wie *dinge, pickaninny, nappyheaded, klinker tops*. Alle diese Wörter haben ihre Geschichte im US-Sprachraum, man kann sie leicht recherchieren; nicht alle haben deutsche Entsprechungen, weil die unterschiedliche Historie auch unterschiedliche, manchmal sogar gegensätzliche atmosphärische Wirkung erzeugt. Ein Beispiel: *Negro* – heute nicht immer, aber zumeist als diskriminierend abgelehnt – war bis ins 20. Jahrhundert hinein ein relativ unideologischer Begriff, die Harlem Renaissance hat ihn sogar positiv besetzt: in Gestalt des *New Negro*, den es sozial, kulturell und politisch zu schaffen galt. Das deutsche Wort »Neger« dagegen ist von Anfang an ideologisch-herabsetzend gemeint, es taugt also nicht als Übersetzung. (Ich habe deshalb »Negro« stehen lassen.) An verächtlichen Begriffen für Schwarze (und für Osteuropäer, im Original *hunkies*, und Juden, im Original *kikes*) ist die deutsche Sprache dagegen nicht gerade arm, die konnte ich also benutzen, um die Emotionalität dahinter zu transportieren.

Ein weiterhin unlösbares Problem ist das Wort *race*, da, wo es nicht »Rennen« bedeutet. Im US-Englischen ist es gleichzeitig »lockerer« und »schärfer« als das deutsche Wort »Rasse«. Abgesehen davon, dass uns unsere hiesige Geschichte lehrt, wie mörderisch falsch die Sortierung von Menschen in Rassen ist – es gab und gibt keinen Grund, das deutsche Wort in irgendeinem positiven Sinn zu verwenden. Anders im angelsächsischen Sprachraum und insbesondere in den USA. Auch das lässt sich gut recherchieren, muss also hier nicht ausgeführt werden. Nur so viel: Ich habe überall da, wo *race* im Original bewusst politisch aufgeladen ist (etwa wenn Link die Bürde namens *The Race* von Abbie und den Kampfgeist namens *The Race* von Bill Hod und Weak Knees eingetrichtert bekommt), im Deutschen auch *Race* genommen – einfach um die Differenz zu markieren.

Vom Original übernommene Begriffe sind außerdem: Orte, Kneipen-, Hotel- und Firmennamen sowie die kongregationalistischen Kirchenfunktionen Governor und Major.

Ich danke von Herzen allen, die mir ihren Rat, ihre Ideen, ihr Wissen zur Verfügung gestellt haben, besonders den Kolleginnen Bettina Bach, Eva Bonné und Miriam Mandelkow, dem schier unerschöpflichen Mitch Cohen und der einfach wunderbaren Jazz- und Bluesexpertin und *aficionada* Maxi Broecking.

Quellen und Anmerkungen

Das Motto, in dem der Ort Monmouth und der Fluss Wye auftauchen, ist von William Shakespeare, Heinrich V, Akt 4, Szene 7; im Original:
I tell you, captain, if you look in the maps of the 'orld, I warrant you shall find, in the comparisons between Macedon and Monmouth, that the situations, look you, is both alike. There is a river in Macedon, and there is also, moreover, a river at Monmouth. It is called Wye at Monmouth, but it is out of my prains what is the name of the other river. But 'tis all one; 'tis alike as my fingers is to my fingers, and there is salmons in both.
Ich habe es selbst übersetzt, weil Frank Günther dieses Drama nicht übersetzt und Friedrich Schlegel den *captain* der Armee zum Kapitän umgewidmet hatte.

12 – Poro-Methode
chemische Formel zum Haareglätten, erfunden von Annie Turnbo Malone (1869-1957), einer der ersten afroamerikanischen Millionärinnen der USA/Poro College St. Louis
FMB Minister –
Pfarrer der *First Mount Bethel Missionary Baptist Church*, gegründet 1885

18 – Aunt Grinny Granny
Figur aus »Uncle Remus – The Folk-Lore of the Old Plantation«, 1881 hg. von Joel Chandler Harris; 1946 produzierte Disney den Animationsfilm »Onkel Remus' Wunderland«, der seit Langem umstritten ist

21 – für einen ausgehungerten Abessinier
Der Spruch hat nichts mit Abessinien zu tun, sondern mit der Hilfe für die von Hungersnot betroffenen Südafrikaner, die 1946 in Harlem unter anderem von der *Abyssinian Baptist Church* organisiert wurde.

35 – »Mother-Goose«-Bücher
Mother Goose (Mutter Gans) ist eine Figur aus im angelsächsischen Raum populären Kinderversen, ursprünglich aus Frankreich stammend (*Mère l'Oye*, 1697); Abbie paraphrasiert hier:

Little Miss Muffet
Sat on a tuffet,
Eating her curds and whey;
There came a big spider,
Who sat down beside her
And frightened Miss Muffet
away.

36-37 – Mamies Song
sehr roh übersetzt:
Hab kein Dach überm Kopf
Die Latten fallen aus meinem Bett
Und ich bin einsam – einsam
Miete ist zu lange überfällig
Wirt sagt, er verklagt mich
Und ich bin einsam – einsam.
Big John hat ne nagelneue
Mulattenhure namens Sal
Und ich bin einsam – einsam.
Ärger hockt vor meiner Tür
Den krieg ich nicht mehr weg
Und ich bin einsam – einsam.

51 – »Wecke früh mich …«
Alfred Lord Tennyson, »The May

Queen«, in »The Lady of Shalott, and other poems«, 1833; Ü. Wilhelm Hertzberg, 1853
»You must wake and call me early, call me early, Mother dear« ...
»For I'm to be the Queen o' the May, Mother, I'm to be the Queen o' the May.«

53 – »Zu ihren Füßen verbeugt er sich ...«
Buch der Richter 5, 27; Ü. Lutherbibel, leicht verändert

55 – »Du freundlich Licht ...«
berühmtes Gedicht von Kardinal John Henry Newman; Ü. PB
Lead, kindly Light, amid th'encircling gloom, lead Thou me on!
– »Goin' home«
wurde populär als *somehow a Negro spiritual,* nachdem Williams Arms Fisher das Largo (2. Satz) aus Dvoraks »Sinfonie aus der Neuen Welt« 1922 neu arrangiert und mit einem Text versehen hatte

57 – Emanzipation
am 19. Juni 1865 trat auch im letzten Sklavenstaat Texas die 1863 von Präsident Abraham Lincoln verkündete *Emancipation Proclamation* in Kraft – die Befreiung der afroamerikanischen Bevölkerung aus der Sklaverei; seitdem wird der Tag gefeiert als *Juneteenth,* seit 2021 ist er ein nationaler Feiertag

62 – »Wie schön sind deine Füße in den Sandalen, du Fürstentochter!«
Hohes Lied 7, 1; Ü. Bibel-Einheitsübersetzung

79 – »I got my love ...«
Song von Irving Berlin, 1937, für den Film »On the Avenue« (dt. Titel »Gehn wir bummeln«); Ende der 1940er Jahre sehr populär

84 – der Engel der Aufnahme
doppeldeutig: Jubine macht Fotoaufnahmen, *recording angels* sind aber auch in der jüdischen, christlichen und islamischen Engellehre von Gott Ernannte, die alle Sünden und guten Taten der Menschen aufzeichnen

95 – Bennington College
renommiertes liberales College für Mädchen, gegr. 1932 in Vermont

95 – Sadler's Wells
Londons berühmtestes Tanztheater

99 – Old Man Louis,
Joe Louis, 1914-1981, Boxweltmeister, bekannt als Brauner Bomber
– Geechies
auch Gullahs genannt; ursprünglich Spitzname für aus Westafrika verschleppte Ex-Sklaven, die in den ländlichen Küstenregionen von South Carolina, Georgia und Florida leben; werden wegen ihres Akzents oft für Jamaikaner gehalten; von ihnen stammt der Friedensspruch *kumbaya; zu* ihrer Kultur gehört, vor allem in Charleston, Korbflechten aus Sweetgrass (Mariengras)

104 – Körbchenname
Gullah-Tradition seit dem späten 19. Jahrhundert: Kinder bekommen einen Kosenamen zusätzlich zum amtlichen Vornamen

106 – Im Dunkeln sind alle Katzen grau. B. Franklin
Benjamin Franklin hat das Sprichwort berühmt gemacht – als reichlich misogyne Empfehlung: Im Dunkeln seien alte Frauen mindestens ebenso gut für körperliche Lust wie junge: »Advice to a Young Man on the Choice of a

Mistress«, 1745.
Die Urfassung stammt aus John
Heywoods Sprichwörtersammlung
von 1546:
*When all candles bee out, all cats
bee grey.*
– Fisch isst die Katz …
Sprichwort: *The cat would eate
fish but would not wet her feete*;
Bedeutung zwischen »Ohne Fleiß
keinen Preis« und »Wasch mich,
aber mach mir den Pelz nicht
nass«

108 – Phi-Beta-Kappa-Schlüssel
Phi Beta Kappa ist eine akademi-
sche Gesellschaft seit 1776; nimmt
jährlich wenige besonders gute
College-Studenten auf und
verleiht ihnen einen goldenen
Schlüssel an einer Kette

111 – »Es fuhr ein Bau'r ins
Holz …«
deutsches Kinderlied, 1826 zuerst
notiert, wurde von deutschen
Immigranten in die USA
mitgebracht und dort zu »The
Farmer in the Dell«. »Heißa
Viktoria« kommt darin nicht vor,
ich habe es zum Wiedererkennen
eingeschmuggelt

123 f. – Kanarienvögel fangen
auch hier ein unterschwelliger
Doppelsinn: *the cat that ate the
canary* ist idiomatisch eine
selbstgefällige, blasierte Person

129 – Wenn ich artig bin …
im Original pädagogischer
Kinderreim:
*Come when you're called,
Do what you're bid,
Shut the door after you,
Never be chid.*

135 – »Sieh, das ist neu …«
Kohelet 1,10; Ü. Lutherbibel

143 – »Solche Possen …«
William Shakespeare, »Mass für
Mass«,
2. Akt 2. Szene; Ü. Frank Günther
– »Wie viele herrliche Geschöpfe
hier …«
William Shakespeare, »Der
Sturm«, 5. Akt, 1. Szene; Ü. Frank
Günther

175 – Sharecropper
Pachtbauern, ehemalige Sklaven,
die nach der Emanzipation ein
Stückchen Land bekamen und
einen Teil der Ernte an den
Besitzer abgeben mussten

180 – der Große Weiße Vater
Als *Great Father*, auch *Great
White Father* spielten sich
europäische Kolonialinvasoren
gegenüber den indigenen
Amerikanern auf; später auch
Synonym für US-Präsidenten und
Machthaber allgemein, selbstver-
ständlich weiße

183 – »Same train«
traditionelles Negro Spiritual,
Autor unbekannt, Allegorie auf
den Tod, der jedes Mal jemand
anderen abholt; hier auch
Anklänge an die *Underground
Railroad*, das Fluchtnetzwerk für
Sklaven, und seine bekannteste
Heldin Harriet Tubman
roh übersetzt:
*Derselbe Zug, drin meine
Mutter
Derselbe Zug kommt morgen
wieder
Derselbe Zug, derselbe Zug.
Derselbe Zug schrillt im
Bahnhof
Derselbe Zug kommt morgen
wieder
Derselbe Zug, derselbe Zug.*

186 – »Dich hörte noch mein
Staub …«
Alfred Lord Tennyson, »Maud«,
Ü. W. Weber, 1891; von mir

ergänzt um den Rest:
»… selbst wenn er ein Jahrhundert todt gelegen«
– »Komm leb mit mir und lass dich lieben.«
Christopher Marlowe, »Der verliebte Schäfer an seinen Schatz«; Ü. Werner Koppenfels, 2000
– »Es war die Lerche.«
William Shakespeare, »Romeo und Julia«, 3.Akt, 5. Szene, im Original umgekehrt: »Es war die Nachtigall und nicht die Lerche.«
– »Ihr Mund saugt meine Seele, sieh, sie fliegt.«
Christopher Marlowe, »Doktor Faustus«, *An Helena*; Ü. Hans Feist, 2000
– »Ich mache dir ein Bett von Rosen, Sträuße aus Blüten, frischentsprossen.«
Christopher Marlowe, »Der verliebte Schäfer an seinen Schatz«; a.a.O.
– »Frankie und Johnny«
berühmter alter Folksong, später (mit Elvis Presley) verfilmt; Frankie ist eine Frau, sie erschießt Johnny aus Eifersucht

191 – Sambo
Während der Kolonialzeit verächtliche Bezeichnung für schwarze und indigene Amerikaner, nach dem Bürgerkrieg unter Weißen allgemein verbreitet für Afroamerikaner. Seit »The Story of Little Black Sambo«, dem höchst populären Kinderbuch der schottischen Autorin Helen Bannerman von 1899 wurde »Sambo« zum Synonym für »kleiner schwarzer Junge«; heute eine rassistische Beleidigung

193 – »Schwarz und gar lieblich.«
Hoheslied 1, 5; Ü. Lutherbibel

196 – Blackbird
Amsel; als *blackbirds* wurden aber auch Gefangene bezeichnet, die als Sklaven nach Australien verkauft werden sollten

197 f. – »Yessah«, »Nossah« usw.
Katalog rassistischer Verhöhnungen von schwarzen Sprech- (für *Yes, sir* und *No, sir*) und Lebensweisen: Schwarze leben laut weißem Vorurteil im *Hühnerstall*, essen ständig *Wassermelonen*, sind *verschlafen* und *kommen überall zu spät*; *buck and wing* ist – sehr knapp gesagt – eine Kombination aus afrikanischen Rhythmen, rasanten Bein- und Hüftschwüngen und den klackernden Absätzen des Irish Clogging, aus die sich der Stepptanz entwickelt hat: eine genuin schwarze Art zu tanzen, mit der später ein paar weiße Tänzer Furore machten; Sambo, der da in der Sonne sitzt noch ein weißes Klischee: Schwarze liegen auf der faulen Haut

198 – Al Jolson bei *Mammy*
Al Jolson (1886-1950), jüdisch-amerikanischer Star der beliebten Minstrel Shows, in denen Schwarze durch Weiße mit *blackfacing* und »typischem Augenrollen« karikiert wurden; sang »My Mammy« als *one-knee performance:* knieend, wie viel später und aus sehr anderen Motiven Colin Kaepernick bei der US-Hymne

206 – Ouvertüre zu »Wilhelm Tell«
Oper von Gioacchino Rossini, 1829; dieser Teil der Ouvertüre wird auch heute gern als dramatische Hintergrundmusik für alles Mögliche genommen

210 – Chicago riots
in den USA gab es nach dem 1. Weltkrieg (in dem auch schwarze Soldaten gekämpft hatten) eine Serie sogenannter Rassenunruhen, die schwersten 1919 in Chicago

220 – Plantagenbulle
Der Sklavenhandel war das lukrativste Geschäft des Südens mit einem eigenen Werbesprech für afroamerikanische Menschen – Frauen wurden feilgeboten als *breeding wench* (Bruthure) oder *fancy girl*; Männer als *plantation buck* oder *bull*; nach dem Bürgerkrieg wurde daraus das rassistische Klischee des schwarzen Mannes als unheilbar gewalttätig und lüstern sowie unbeugsam gegenüber weißer Macht

222 – wie das Mondkalb
Mondkalb, Mondgarten und Hans Kraut stammen aus dem populären Kinderbuch »The Garden Behind the Moon« (1895) von Howard Pyle (dt. »Der Mondgarten«, 1993; Ü. Annemarie Döring)
– Schwer, schwer hängt es über den Köpfen ...
im Original: *Heavy, heavy hangs over thy head, what wilt thou do to redeem it?*
Das Pfänderspiel ist schon um 1560 auf Pieter Brueghels (d. Ä.) Bild »Die Kinderspiele« zu sehen und kommt auch in George Eliots Roman »Die Mühle am Floss« von 1860 vor, in der deutschen Übersetzung: »Schwer, schwer hängt es über den Köpfen. Was soll der tun, dem dieses Pfand gehört?«
Spiel bei Kindergeburtstagen: Dem Geburtstagskind wird ein eingepacktes Geschenk auf den Kopf geschlagen, das es durch einen Wunsch für den Schenkenden wie ein Pfand »auslösen« muss, dazu wird skandiert: *Heavy, heavy hangs over thy head. What shall the owner do to redeem the forfeit?* Link formuliert die Frage als biblische (Exodus) Anspielung: *What wilt thou do to redeem it?* Luther übersetzt *redeem* mit »auslösen«.

Es gibt auch eine böse Variation von 1946, Rockwell Kents Lithografie »Heavy, heavy hangs over thy head«; Kent (1882-1971) war ein weitgereister Künstler mit kommunistischen Sympathien, und dass er von Carl van Vechten fotografiert wurde, legt nahe, dass er selbst (als Weißer) mit der Harlem Renaissance verbunden war; möglicherweise hat Ann Petry also auch an sein Bild gedacht

279 – ausgehungerte Armenier
Stehende Redewendung, bei der es, anders als bei den »Abessiniern«, wirklich um Armenier geht; der osmanische Völkermord an den Armeniern 1915/16 (*Aghet*) war einer der ersten des 20. Jahrhunderts und brachte viele Flüchtlinge auch in die USA (wie die Familie Kardashian); seit damals drängen US-amerikanische Mütter ihre Kinder mit dem Hinweis auf *starving Armenians*, ihren Teller leerzuessen.

281– All God's chillun got shoes
Alle Kinder Gottes haben Schuhe – als »*All God's chillun got rhythm*« ein *jazz classic* von 1937, geschrieben von ost- und mitteleuropäischen Emigranten; ursprünglich ein Negro Spiritual: »*All God's chillun got wings*«, in dem aus *wings* manchmal *shoes* werden; Eugene O'Neill schreibt 1924 ein umstrittenes Theaterstück über einen schwarzen Mann und seine rassistische weiße Frau; bei der Premiere spielt Paul Robeson mit, er wird später absichtlich »englisch-korrekt« *children* singen, nicht *chillun*; Ivie Anderson singt und tanzt das Lied im Marx-Brothers-Film »At the Races« (1937), bei ihr wird *swing* aus *wings*

282 – Tell me what color …
etwa: »Sag mir die Hautfarbe, und
ich sag dir, wo sie lang ist«;
wahrscheinlich eine Variation auf
zwei Zeilen aus Blind Willie
McTells »Ticket Agent Blues«
(1935):

Ticket agent, ticket agent:
which a-way has my woman
gone
Say describe your woman:
and I'll tell you what road
she's on

319 – »Fünf Faden tief …«
William Shakespeare, »Der
Sturm«, 1. Akt 2. Szene; Ü. Frank
Günther
Full fathom five thy father lies; Of
his bones are coral made;

321 – »Es traf sich aber …«
Lukas 10, 31-33; Ü. Lutherbibel
– Der Fall eines Sperlings
William Shakespeare, »Hamlet«, 5.
Akt, 2.Szene; Ü. Frank Günther
»Es war ein Mensch …«, Lukas 10,
30; Ü. Lutherbibel

326 – »Du sollst den Herrn …«,
Matthäus 22, 37

337 – »Die hässliche Herzogin«
Porträt (1525/30) des flämischen
Malers Quentin Massys, heute in
der Londoner National Gallery, in
der angelsächsischen Welt
bekannt als »The Ugly Duchess«;
soll John Tenniel 1891 inspiriert
haben zur Figur der Herzogin in
Lewis Carrolls »Alice in
Wonderland« (der die Grinsekatze
gehört); ob es eine Adlige zeigt, ist
nicht gesichert; im Deutschen ist
das Porträt bekannt als »Eine
groteske alte Frau«.

338 – Crown und Porgy und
Bess …
Figuren und Straße in »Porgy and

Bess«, Oper von George Gershwin
(1935) nach dem Roman von
DuBose Heyward (1925), da heißt
sie allerdings »Catfish Row«
– Oliver Twist usw.
Romanfiguren von Charles
Dickens
– schafbraun
im Original: *meriney*; im
Deutschen geht leider die
rassistische Anspielung auf das
hellbraune, stark gekräuselte Fell
der Merinoschafe verloren

343 – Ostküstenadel –
im Original: *face of a Brahmin*
Brahmins (Brahmanen) sind nicht
nur die höchste indische Kaste, in
den USA ist *Boston Brahmins* ein
Spottwort für Bostoner Elite

357 – Der König von England …
König George VI zitiert in seiner
Weihnachtsansprache 1939 aus
Minnie Louise Haskins' Gedicht
»The Gate of the Year« von 1912
   And I said to the man who
   stood at the gate of the year:
   »Give me a light that I may
   tread safely into the un-
   known.«
   And he replied: »Go out into
   the darkness and put your
   hand into the Hand of God.
   That shall be to you better than
   light and safer than a known
   way.«
Die Zeilen wurden weltberühmt
und schwirren auch in (anony-
mer) deutscher Übersetzung
durchs Internet

362 – Gullah-Kinder (s. Anm.
Geechies. S. 88)

385 – Zorngiebel
Old Gruffandgrim aus Charles
Dickens' »Grosse Erwartungen«
(1862); Ü Melanie Walz

412 – »Dein Volk …«
Buch Ruth, 1, 16-17; Ü. Lutherbi-

bel – … in den Kaninchenbau entschwand. so wie Alice im Wunderland hinter dem weißen Kaninchen her ins Unbekannte saust

446 – Das Friedenswunder nach Father Divine im Original: »Peace, it's wonderful.« Father Divine, bürgerlich George Baker, Sohn freigelassener Sklaven, baptistischer Prediger, gründete das *International Peace Movement*, das unter anderem in Harlem in den späten 1930er Jahren mittels Armenspeisung missionierte; Motto: Der Weg zur Erlösung geht durch den Magen; er ist so populär wie umstritten in der schwarzen Community, aber auch einer der ersten, die Reparationen für Sklavenarbeit forderten.

446 – »Oh de muscle bone …« seit 1928 populäres Spiritual »Dem Bones«, komponiert von den Brüdern James Weldon und J.Rosamond Johnson; roh übersetzt:
Oh, der Muskelknochen sitzt am Schulterknochen; und der Schulterknochen sitzt am Nackenknochen; und der Nackenknochen sitzt *immer noch* am Kopfknochen; und schreit: »Hat's nicht geregnet, Kinder, oh Herr, hat's nicht geregnet?«
Der Text spielt an auf Hesekiel 37,1–14, wo »verdorrte Gebeine« durch »Gottes Atem« wiederauferstehen, und visualisiert die Idee vom »neuen Jerusalem«; das »Didn't it rain?« am Ende spielt auf die Arche Noah an und ist ursprünglich ein Negro Spiritual, auch bei der Arbeit gesungen, seit 1919 festgehalten als Klavierarrangement von Henry Thacker Burleigh

448 – Manche mögens mit Reis. alter englischer Kinderreim

»Pease Porridge Hot«:
Some like it hot
some like it cold
Some like it in the pot
nine days old

459 – Keystone Kops berühmte Serie von Slapstick-Stummfilmen (ab 1912) über trottelige Polizisten auf Verfolgungsjagd, erfunden und produziert von Mack Sennett – Zwiddeldum und Zwiddeldei die sich gegenseitig spiegelnden Zwillinge *Tweedledum & Tweedledee* aus Lewis Carrolls »Alice in Wonderland«

464 – Fort Sumter Schauplatz der ersten Kriegshandlungen im Bürgerkrieg 1861; »der Augenzeugenbericht« stammt von einer jungen Frau aus Philadelphia, die ihre Erinnerungen Jahre später niederschrieb; hier zitiert nach Shelby Foote, »The Civil War Vol. III: Red River to Appomattox« (1974); Ü. PB
Das Hissen der von Kanonen und Wetter zerfetzten *Stars and Stripes* gehört zu den großen patriotischen Pathosmomenten in der Geschichte der USA; damals predigte dort auch Reverend Beecher, der Bruder der »Onkel Toms Hütte«-Autorin Harriet Beecher-Stowe

471 – wie Louis an dem Abend … Joe Louis besiegte Primo Carbera am 25. Juni 1935 durch technisches K.O.

472 – … dieser holländische *man of Warre* 1619 in Jamestown Wer die ersten afrikanischen Sklaven auf amerikanischen Boden brachte, ist heute genauer erforscht: Es war kein Holländer, auch kein holländisches Schiff, sondern die *White Lion*, ein

englisches Kriegsschiff mit Kaperbrief von Prinz Moritz von Oranien; es landete Ende August 1619, brachte »keinerlei Dinge als gut 20 Negros welche der Gouverneur und Cape Merchant für Proviant kaufte« (John Rolfes historischer Bericht); die *White Lion* durfte spanische und portugiesische Schiffe kapern und plündern; die *20 odd Negroes* stammten von einem portugiesischen Sklavenschiff und waren für Mexiko bestimmt

503 – Cracker Jack
Popcorn mit Karamellkruste

512 – Columbia School of Journalism
als Teil der New Yorker Columbia University 1912 mit dem Geld von Joseph Pulitzer eröffnet; vergibt u. a. seit 1917 den höchst renommierten Pulitzer-Preis
– John L. Lewis
gemeint ist wohl der für seine Eloquenz berühmte, walisischstämmige Gewerkschaftsboss John Llewellyn Lewis (1880–1969)

519 – Aschenputtel, Kürbiskutsche, Kürbispapiere, Chambers, Hiss
Im Märchen verwandelt die Fee einen Kürbis für Aschenputtel in eine Kutsche; Bullock kommt von da auf die so genannten *pumpkin papers* und zwei Figuren aus dem McCarthy-HUAC-Komplexes Ende der 1940er: Alger Hiss und Whittaker Chambers; letzterer hatte keine Akten, aber drei Rollen Film in einem ausgehöhlten Kürbis versteckt
– »Macduff, komm ran …«
William Shakespeare, »Macbeth«, 5. Akt, 8. Szene; Ü. Frank Günther

521 f. – »Denn wo dein Schatz ist …«, Matthäus 6, 21
»Alles nun, was ihr wollt …«
Matthäus 7, 12

»Arzt, hilf dir selber«
Lukas 4, 23
»Wo das Aas ist …«
Matthäus 24, 28
»Denn wer das Schwert nimmt …« Matthäus 26, 52,
alle Ü. Lutherbibel

533 – Roger Williams
englischer Puritaner (1603-1683), Gründer der Kolonie Rhode Island und der ersten amerikanischen Baptistengemeinde; stand für Religionsfreiheit und die Trennung von Kirche und Staat

536 – Doppeljochkunde
im Original: *double harness*
– eigentlich das Doppelgeschirr für Kutschpferde; auch Filmkomödie von 1933, in der ein Mann ins Ehejoch manövriert wird

552 – *Oh my good Lord …*
der Chor antwortet auf die Kain-und-Abel-Geschichte mit einem traditionellen Spiritual über das Ende der Sintflut (Noah schickt eine Taube aus, 1. Buch Moses 8)

562 – »Der Cassius dort …«
William Shakespeare, »Julius Cäsar«, 1. Akt, 2. Szene, Ü. Frank Günter
komplett bei Shakespeare:
Caesar: Let me have men about me that are fat,
Sleek-headed men and such as sleep a-nights.
Yond Cassius has a lean and hungry look.
He thinks too much. Such men are dangerous.
Interessanterweise lässt Valkill die Sache mit dem gefährlichen Denken weg

569 – *Lebensraum*
im Original deutsch

569 – Henny Penny, Turkey Lurkey, Ducky Lucky, Foxy Loxy
Figuren aus europäischen Volksmärchen aus dem 19. Jahrhundert, auch bekannt als Chicken Little; in den USA wurde das Huhn Henny Penny zum Symbol für hysterische Panikmache, es fürchtet immer, dass der Himmel runterfällt

572 – Groton-Harvard-Akzent
Groton ist eine Kleinstadt in Massachusetts, Anfang des 20. Jahrhunderts Ku-Klux-Klan-Zentrum und noch heute fast komplett weiß; außerdem Sitz von Privatschulen, die u.a. auf Harvard vorbereiten

575 – das Biest mit zwei Rücken
Sex in Missionarslage oder -stellung: Bauch an Bauch, die Rücken nach außen
William Shakespeare, »Othello«, 1. Akt, 1. Szene
Jago: I am one, sir, that comes to tell you, your daughter and the Moor are now making the beast with two backs.
Bei Schlegel/Tieck ist es immerhin ein Tier mit zwei Rücken, Frank Günther macht leider ein *a tergo* daraus, deshalb hier Ü. PB
577 – sah ich den Wein an
Sprüche 23, 31; Ü. Lutherbibel
– mit Häschen und mit Hunden…
run with the hare, hunt with the hounds – idiomatisch für »auf zwei Hochzeiten gleichzeitig tanzen«, wörtlich übersetzt wegen des Hundes, der den Mond anbellt
582 – »Give me a girl with a curl …«
Weak Knees parodiert einen populären Kinderreim über ein Mädchen mit einer kecken Stirnlocke von Henry Wadsworth Longfellow (1807-1882)
There was a little girl,
Who had a little curl,

Right in the middle of her forehead.
When she was good,
She was very good indeed,
But when she was bad she was horrid.
596 – »Keine Chance. Nicht mal 'ne Chinesenchance.«
not a Chinaman's chance
– stehende Redewendung für »nicht den Hauch einer Chance«; die chinesischen Einwanderer Ende des 19. Jahrhunderts, vor allem an der Westküste, hatten größte Chancen, ausgebeutet, rassistisch diskriminiert und misshandelt zu werden und lebensgefährliche Jobs zu bekommen, aber nicht die geringsten Chancen dagegen; Frances erklärt Abbie etwas später (S.605) noch eine grausam-makabre Bedeutung